EMILY J. TAYLOR

HOTEL MAGNIFIQUE

EMILY J. TAYLOR

HOTEL MAGNIFIQUE

EINE MAGISCHE REISE

Roman

Aus dem Amerikanischen übersetzt
von Bettina Spangler

HEYNE

Titel der amerikanischen Originalausgabe
HOTEL MAGNIFIQUE

MIX
Papier | Fördert
gute Waldnutzung
FSC® C014496

Penguin Random House Verlagsgruppe FSC® N001967

2. Auflage

Deutsche Erstausgabe 06/2023
Redaktion: Uta Dahnke

Printed in Germany
Umschlaggestaltung: DAS ILLUSTRAT, München,
unter Verwendung des Motivs von Jim Tierney
Satz: Schaber Datentechnik, Austria
Druck und Bindung: GGP Media GmbH, Pößneck

ISBN 978-3-453-32196-0

www.heyne.de

Für Eric

PROLOG

Die Kurierin erhielt eine einzige Anweisung: Liefere den Jungen vor Schlag Mitternacht aus. Ganz einfach, nur dass sie normalerweise Pakete überbrachte, tagsüber, nicht kleine Jungen mitten in der Nacht.

Der Auftrag war ordentlich bezahlt, aber das war nicht der eigentliche Grund, warum die Kurierin sich einverstanden erklärte. Sie nahm ihn aus Neugier an.

Sie wunderte sich, warum dieses gut situierte Paar damit ausgerechnet zu ihr kam. Warum der Vater des Jungen sich weigerte, die Adresse aufzuschreiben, und sie ihr stattdessen ins Ohr flüsterte. Warum die Mutter weinte. Aber vor allem trieb sie die Neugier, wer den Jungen in Empfang nehmen würde, denn die Lieferadresse war kein gewöhnliches Wohnhaus und auch sonst kein Bauwerk, sondern der Raum zwischen zweien – eine unbewohnte Gasse auf der anderen Seite der Stadt.

Der Junge machte einen gewöhnlichen Eindruck auf sie, mit makelloser kupferbrauner Haut, ein wenig dunkler als die ihre. Als sie losgingen, ließ er allerdings den Kopf hängen, als würde die undurchdringliche Dunkelheit der Nacht seine Schultern niederdrücken.

Die Kurierin reckte ihre Laterne der Finsternis entgegen, wehrte mit wachsendem Unbehagen nach allen Seiten hin Schatten ab. Die Geschichten ihres Großvaters kamen ihr in den Sinn: geflüsterte Worte über magische Dinge, die in den dunklen Winkeln dieser Welt lauerten, und über kleine Kinder, denen ein schauriges Schicksal widerfahren war.

Sie war zu alt, um noch an solche Märchen zu glauben, und doch beschleunigte sie ihre Schritte.

Einen Häuserzug von ihrem Ziel entfernt, fing der Junge an zu schlurfen und drosselte sein Tempo. Entschlossen packte sie ihn an der knochigen Schulter und zerrte ihn so die letzte Straße entlang. Dann blieben sie stehen.

Die Gasse war verschwunden. Ein sonderbares schlankes Gebäude ragte stattdessen vor ihnen auf. In die Lücke gezwängt, fügte es sich nahtlos an das bröckelnde Mauerwerk zu beiden Seiten.

Eine Gestalt schälte sich aus dem Schatten unweit der Eingangstür.

Die Kurierin schleifte den Jungen die letzten Meter hinter sich her. »Seid Ihr die Person, die ich hier treffen soll?«

Wer auch immer es war, den sie da vor sich hatte, hob ihr ein schmales, längliches Objekt entgegen. Eine blutrote Stabkerze flammte auf und warf ihren Schein auf das blasse Gesicht eines jungen Mannes mit blauen Augen.

Die Kurierin hielt verblüfft nach einer Streichholzschachtel Ausschau, um die Flamme zu erklären; kein Mensch konnte eine Kerze aus dem Nichts entzünden. Es sei denn …

Golden glitzernder Rauch quoll aus der Kerze, ergoss sich auf das Pflaster der Straße, schlängelte sich um die Kurierin. Winzige Pünktchen umschwirrten sie, flackerten wie Glühwürmchen oder Staubpartikel, in denen sich das Mondlicht fing. Oder etwas anderes. Verschiedene Gerüche wehten vorüber: von Pfefferminzöl, dann von verbranntem Zucker, als hätte man Karamell zu lange auf dem Herd stehen und Blasen werfen lassen, gefolgt von einem Hauch verrotteter Zitrone.

Der Mann trat durch den goldenen Rauch auf den Jungen zu und ergriff seine Hand, ganz wie ein Vater es machen würde. Für einen kurzen Moment stolperte der Junge unsicher, doch dann lief er bereitwillig neben dem Mann her auf das schmale Gebäude zu.

Die Kurierin griff sich an die Brust. Sie spürte, wie ihr Herz unregelmäßig schlug und heftiger denn je zuvor. Das ging alles nicht mit rechten Dingen zu. Sie tat einen beherzten Satz und wollte den Mann aufhalten, doch der goldene Rauch wand sich um ihre Fußknöchel und hielt sie zurück. Sie öffnete den Mund zum Schrei, aber es kam kein Laut über ihre Lippen, nicht einmal das leiseste Wimmern.

Panisch führte sie die Hände an die Kehle, als der Mann am Eingang zu dem Gebäude stehen blieb. Mit vor Schreck geweiteten Augen sah sie, wie er sich zur Seite drehte und lächelnd zwei Reihen spitzer Zähne entblößte. Dann brachte er sein markantes Gesicht auf eine Höhe mit dem des Jungen. »Komm mit«, sagte er. »Ich habe die perfekte Aufgabe für dich.«

Der Mann öffnete die Tür und riss den Jungen nach drinnen.

Kaum hatte sich die Tür hinter ihnen geschlossen, begann der Rauch sich zu verflüchtigen. Die Kurierin kämpfte gegen die unsichtbaren Fesseln an, bis sie ihre Füße wieder frei bewegen konnte. Sie stürzte auf das Gebäude zu und kam schlitternd zum Stehen, als es sich vor ihren Augen vollständig in Luft auflöste und nichts zurückblieb als eine von Unkraut überwucherte Gasse, über der tiefer Schatten lag.

1

Oft hörte ich meine Schwester, bevor ich sie sah, so auch an diesem Abend. Zosas samtweiche Stimme strömte durch das geöffnete Fenster der Pension Bézier und klang wie die unserer Mutter – zumindest, bis sie eine etwas schlüpfrigere Weise anstimmte, in deren Zeilen die delikateren Teile der männlichen Anatomie mit einer gewissen Frucht verglichen wurden.

Ich schlich unbemerkt ins Haus, mischte mich unter die Menge der Kostgängerinnen. Zwei der jüngeren Mädchen drehten sich im Tanz mit unsichtbaren Partnern, doch ansonsten waren aller Augen auf meine Schwester gerichtet, das talentierteste Mädchen im Raum.

Es war eine besondere Sorte junger Frauen, die die Zimmer der Pension Bézier bewohnten. Sie hatten fast ausnahmslos Stellen inne, die zu ihren losen Mundwerken passten, als Hausbedienstete, Fabrikarbeiterinnen, Fettkocherinnen, oder verrichteten beliebige andere schlecht bezahlte Arbeit an den Vieux Quais – den alten Kaianlagen von Durc. Ich arbeitete in der Gerberei Fréllac, wo Frauen den lieben langen Tag über verkrustete Alutöpfe und Färberbrunnen gebeugt standen. Aber Zosa war anders.

»Herzlichen Glückwunsch zum Geburtstag«, rief ich, als sie ihr Lied beendet hatte.

»Jani!« Freudig kam sie auf mich zugesprungen. Ihre riesigen braunen Augen hoben sich glänzend von ihrem blassen olivfarbenen Teint ab. Ihr Gesicht war schrecklich schmal.

»Hast du schon zu Abend gegessen?« Ich hatte ihr etwas übrig gelassen, denn bei den vielen Mädchen hier im Haus neigte Essen dazu, einfach so zu verschwinden.

Sie seufzte. »Ja, hab ich. Frag mich doch nicht jeden Abend.«

»Muss ich aber. Ich bin deine große Schwester. Es ist die wichtigste Pflicht in meinem Leben.« Zosa zog die Nase kraus, und ich verpasste ihr einen Nasenstüber. Dann kramte ich in meiner Tasche, zog die Zeitung heraus, die mich einen halben Tageslohn gekostet hatte, und drückte sie ihr in die Hand. »Dein Geschenk, Madame.« Hier bei uns waren Geburtstage nicht mit Puderzucker bestäubt; sie waren hart erarbeitet und kostbarer als Gold.

»Eine Zeitung?«

»Die Stellenanzeigen.« Mit einem schelmischen Grinsen auf den Lippen griff ich nach der Zeitung und schlug sie auf.

Darin fanden sich Anzeigen für Stellen in schicken Boutiquen, Patisserien und Parfümerien – Stellen, die man niemals einer Dreizehnjährigen geben würde, die keinen Tag älter als zehn aussah. Zum Glück waren es nicht diese Annoncen, denen mein Interesse galt.

Ich bewegte den Zeigefinger über die Seite und deutete auf eine Anzeige, die vor etwa einer Stunde in sämtlichen Tageszeitungen der Stadt aufgetaucht war.

Die Tinte schimmerte leuchtend violett, wie der Blutmohn in Aligney oder amethystfarbener Pannesamt. Sie stach aus dem Rest hervor, ein eigenartiges Leuchtsignal in einem Meer von Schwarz und Weiß.

HOTEL MAGNIFIQUE

WIR STELLEN EIN.

INTERESSIERTE MELDEN SICH MORGEN ZUR MITTAGSSTUNDE.
BITTE MIT GEPACKTER TASCHE FÜR ANDERSWO, ABREISE IST UM MITTERNACHT.

Die Mädchen scharten sich um uns und reckten die Köpfe, um etwas zu sehen. Die violette Tinte schillerte so bunt, dass sie mit poliertem Mondstein hätte konkurrieren können.

Eine Adresse war nicht angegeben. Das war bei dem legendären Hotel nicht nötig. Ungefähr alle zehn Jahre tauchte es in derselben Gasse in der Innenstadt auf. Vermutlich waren bereits sämtliche Bewohner der Stadt dort versammelt, getrieben von der närrischen Hoffnung auf einen Aufenthalt darin.

Vor Jahren, als das Hotel das letzte Mal erschienen war, war der Großteil der Einladungen bereits vorab an die wohlhabendsten Bürger der Stadt überbracht worden. Dann, am Tag seiner Ankunft, war noch eine Handvoll der begehrten Einladungen an beliebige Personen in der Menge der Schaulustigen verteilt worden. Unsere Matrone, Minette Bézier, war eine der wenigen Glücklichen gewesen.

An jenem Tag um Punkt Mitternacht hatten die Gäste das Hotel betreten und sich zusammen mit dem Gebäude in Luft aufgelöst. Zwei Wochen später sollen sie dem Hörensagen nach aus dem Nichts wieder in der Gasse erschienen sein, als wären sie einfach zur Tür rausspaziert.

Meine Finger zuckten, als ich mir ausmalte, wie ich das Siegel an meinem eigenen Umschlag löste. Doch selbst wenn wir das große Glück haben sollten, eine der begehrten Einladungen zu ergattern, würden wir immer noch für den Aufenthalt bezahlen müssen – und die Zimmer waren bekanntermaßen nicht gerade billig.

Zosa runzelte die Stirn. »Du willst, dass ich mich dort vorstelle?«

»Nicht ganz. *Ich* werde mich dort vorstellen. Und ich nehme *dich* mit für ein Vorsingen.«

Es war vier Jahre her, dass ich sie zu einem Vorsingen begleitet hatte – und dieses erste Mal war nicht gerade zu ihren Gunsten verlaufen. Ich hatte den Gedanken, das alles noch einmal durchzustehen, nicht ertragen, deshalb hatten wir es danach nie wieder versucht. Aber heute war ihr Geburtstag, und es ging um das Hotel Magnifique. Mein Gefühl sagte mir, dass es diesmal anders laufen würde. Irgendwie schien mir alles stimmig zu sein. »In Hotels werden laufend Sängerinnen gesucht. Was sagst du dazu?«

Sie antwortete mit einem Lächeln, das ich bis in die Zehenspitzen spürte.

Eins der älteren Mädchen schob sich eine fettige blonde Haarsträhne hinter ihr rosa Ohr. »Diese Anzeige ist doch bloß ein Köder. Es würde an ein Wunder grenzen, wenn eine von uns dort eine Anstellung bekäme.«

Ich richtete mich kerzengerade auf. »Das ist nicht wahr.«

Mit einem herablassenden Schulterzucken drehte sie sich weg. »Mach doch, was du willst. Ich würde meine kostbare Zeit nicht darauf vergeuden.«

»Denkst du, sie hat recht?«, fragte Zosa, deren Mundwinkel enttäuscht nach unten wanderten.

»Ach was«, sagte ich, vielleicht ein wenig zu hastig. Als die Falten auf Zosas Stirn tiefer wurden, fluchte ich in Gedanken und strich mit der Daumenkuppe über die alte Halskette unserer Mutter.

Das wertlose Schmuckstück bestand aus verdannischem Gold, hart wie Stahl. Maman hatte immer Witze darüber gemacht, dass auch mein Rückgrat aus dem Zeug gemacht sei. Ich tastete oft danach, wenn ich ihren Beistand im Umgang mit Zosa brauchte. Nicht, dass es mir jemals wirklich half; tote Mütter waren nun mal keine große Unterstützung.

»Das Hotel würde doch keine Anzeige schalten, wenn von vornherein keine Chance bestünde. Morgen zeigen wir denen, was wir zu bieten haben. Wenn die sehen, wie fantastisch wir beide sind, verabschieden wir uns für immer von hier.«

Der Gedanke fühlte sich an wie ein Stück Kohle, das in meiner Brust schwelte.

Mit zitternden Fingern zog ich eine von Zosas dunklen Locken glatt, genau wie Maman es getan hätte. »Zeigen wir Bézier die Anzeige. Sie kann uns sicher mehr über das Hotel erzählen.«

Zosa nickte mit leuchtenden Augen. Ich riss ihr die Zeitung aus den Händen und machte mich auf und davon. Ein paar von den Mädchen jagten hinter mir her die Treppe hinauf, bis in mein Lieblingszimmer, das Wohnzimmer im zweiten Obergeschoss, in dem früher Seefahrer hausten, bevor Bézier das Haus übernahm. Es war vollgestopft mit Regalen voller antiquierter Seekarten und Atlanten mit entlegenen Orten, in denen ich oft blätterte.

Bézier saß vor dem brennenden Kamin, die bestrumpften Füße auf ein Fenstersims gelegt. Draußen prasselte der Regen auf den Hafen von Durc nieder und verwandelte die verhasste Stadt jenseits der Scheibe in ein verlaufenes Aquarell.

Sie kniff den Mund zusammen, als wir alle ins Zimmer drängten. »Was ist denn nun wieder los?«

Wortlos reichte ich ihr die Seite aus der Zeitung. Der flackernde Schein des Feuers fing sich in der lila Tinte, und ein ernster Ausdruck legte sich auf Béziers bleiche Züge.

»Stimmt etwas nicht?«, fragte eins der Mädchen hinter mir.

Bézier hob den Blick zur Wand über der Feuerstelle, zu dem zehn Jahre alten Stück Pergament, das dort hinter Glas gerahmt hing, ihrer Einladung. Im schwachen Schein schillerte die violette Tinte ähnlich wie die der Anzeige. »Das Hotel Magnifique kehrt also zurück, verstehe.«

Eine weitere Tür ging auf, und einige Nachzügler strömten ins Zimmer und drängelten sich vor, um einen Blick zu erhaschen.

»Ich habe gehört, die Gäste schlürfen dort schon zum Frühstück flüssiges Gold aus Champagnerflöten«, bemerkte ein Mädchen in der hinteren Reihe. Jetzt taten weitere Mädchen Gerüchte kund, die ihnen zu Ohren gekommen waren.

»Man sagt, die Kissen seien nicht mit Federn, sondern mit gesponnenen Wolken gefüllt …«

»Und die ganzen adretten Portiers sind Prinzen aus einem fernen Land …«

»Ich wette, ihre Küsse sind ebenso adrett.« Ein Mädchen mit sandfarbenem Teint und rosigen Wangen machte eine vulgäre Geste mit der Zunge. Zum Glück bekam Zosa davon nichts mit. Stattdessen trat nun ein breites Grinsen auf ihr Gesicht.

Es war eine Schande, dass es keine Möglichkeit gab herauszufinden, ob an den Gerüchten etwas dran war; die Gäste mussten beim Auschecken alle ihre Erinnerungen an ihren Aufenthalt im Hotel zurücklassen, besiegelt mit ihrer Unterschrift. Abgesehen von ihrem Gepäck, kehrten sie mit nichts als einem Gefühl verheerenden Glücks zurück. Bézier hatte einmal zugegeben, ihr Kiefer sei ganz steif gewesen vom vielen Lächeln.

Neugierig geworden, sah ich zu Bézier. Ihr Blick war verschleiert, als hätte die Rückkehr des Hotels eine Erinnerung freigelegt. Ich öffnete den Mund, um sie danach zu fragen, als Zosa sich vor mich schob. »Haben Sie je den Maître gesehen?«

Der Maître d'hôtel war der Eigentümer und fast so berühmt wie das Hotel selbst.

Bézier nickte mit selbstgefälliger Miene. »Das Hotel kam einmal in die Stadt, als ich noch ein blutjunges, bildhübsches Ding war. Der Maître hatte das strahlendste Lächeln, das ich je gesehen hatte. Er leuchtete förmlich, als er die wartende Menge begrüßte. Er pflückte einfach so eine Blume aus der Luft und warf sie mir zu.« Sie tat so, als würde sie die Blume auffangen. »Sie roch nach Blaubeerkuchen und zerbröselte zwischen meinen Fingern, bis nichts mehr übrig war. Ein ganzes Jahrzehnt verstrich, bevor das Hotel zurückkehrte, und als es dann so weit war, sah der Maître immer noch genauso aus.«

»Sie meinen, er trug dieselbe Kleidung?«, hakte jemand nach.

»Nein, du Dummerchen. Er *sah* genauso *aus*. Dasselbe Gesicht. Derselbe Charme. Er war nicht um einen Tag gealtert. Aber kein Wunder. Er ist der weltgrößte Suminaire.«

Bei der Erwähnung des Wortes *Suminaire* schnappten die Mädchen nach Luft: Es war das alte verdannische Wort für *Magier*.

Außerhalb des Hotels stellte ein Suminaire eine große Bedrohung dar. Es hieß, die Magie staue sich während der Kindheit und Jugend dieser Leute im Blut an, bis sie völlig unkontrolliert aus ihnen hervorbrach und das Potenzial besaß, alle, die sich zu diesem Zeitpunkt in ihrer Nähe aufhielten, zu verletzen – oder zu töten.

Manche behaupteten, die Magie würde bei ihnen schon als Kind als eine dunkle Wolke aus den Nasenlöchern hervorquellen. Andere meinten, es sähe aus wie kohlrabenschwarze Finger, die sich klauenartig aus den Kehlen der Kinder schoben. Und es gab keine Möglichkeit, ein gewöhnliches Kind von einem Suminaire zu unterscheiden, ehe sich die Magie offen zeigte.

Natürlich gab es Gerüchte, auf welche Anzeichen zu achten sei. Kuriose Eigenheiten wie eine Gier nach Blut oder geschwärzte Zungen zum Beispiel. Angeblich seien sogar schon Kinder nach einer tödlichen Verletzung wieder zum Leben erwacht, nur um festzustellen, dass sie Magie im Blut hatten. Aber Beweise für all das hatte niemand.

Wie auch immer, jedenfalls war diese Magie so brandgefährlich, dass man in Verdanne jahrhundertelang Kinder, die im Verdacht standen, Suminaires zu sein, entweder ertränkte oder auf dem Scheiterhaufen verbrannte.

Im Hotel dagegen galt Magie als sicher. Es war weithin bekannt, dass der Maître das Gebäude selbst verzaubert hatte, was es den bei ihm angestellten Suminaires ermöglichte, Erstaunliches zu vollbringen, ohne einer Menschenseele zu schaden. Niemand konnte genau sagen, wie er es geschafft hatte, aber jeder wollte es mit eigenen Augen sehen.

Bevor noch weitere Fragen kamen, klatschte Bézier in die Hände. »Es ist spät, Mädchen. Alle auf eure Zimmer.«

»Einen Moment noch«, sagte ich. »Erinnern Sie sich an irgendetwas, jetzt, da das Hotel zurück ist? Ist es so magisch, wie die Gerüchte behaupten?« Kaum waren die Worte aus meinem Mund, kam ich mir dumm vor.

Bézier aber blieb ernst und schien meine Frage gar nicht so abwegig zu finden. Stattdessen starrte sie wehmütig auf ihre Einladung.

»Ich bin mir sicher, dass noch mehr dahintersteckt, aber ich erinnere mich nicht«, sagte sie mit einem verbitterten Unterton in der Stimme. Ich würde mich auch betrogen fühlen, wenn ich mich nicht an die aufregendste Zeit in meinem Leben erinnern könnte. Sie warf die Anzeige kurzerhand ins Feuer und wich taumelnd zurück. »Du lieber Himmel.«

Das Papier fing Feuer, brannte erst dunkelrosa, dann grün, dann karmesinrot und verwandelte die Flammen in einen grellbunt flackernden Regenbogen. Sie züngelten höher, loderten wütend in den Schornsteinschacht empor und bildeten einen noch viel fesselnderen Anblick als die Ladenfronten des prächtigen Boulevard Marigny.

»Es ist *Magie*«, flüsterte Zosa.

Ich spürte ein Prickeln im Nacken. Es gab einen Grund, weshalb das Hotel Magnifique die Menschen reihenweise nach Luft schnappen und große Augen machen ließ. Denn normalerweise war Magie etwas Seltenes, Gefährliches und musste um jeden Preis gemieden werden. Doch unter dem Dach dieses Gebäudes war aus irgendeinem Grund genau das Gegenteil der Fall. Und morgen hätten wir vielleicht endlich die Chance, Zeugen dieses Wunders zu werden.

2

Am nächsten Morgen bedeckte ein nasskalter Südwind die alten Kaianlagen mit glitschigen Algen. Ich nahm Zosa fest bei der Hand, während wir Seite an Seite entlang der Piers schlitterten, vorbei an Fischern, die Paletten entluden, und an Müttern, die ihre Söhne zum Abschied küssten, bevor diese in See stachen.

»Jani, sieh mal.« Zosa deutete auf eine Fähre, die in den Hafen einfuhr. »Denkst du, das war unsre?«

»Schwer zu sagen.«

Vor vier Jahren, als unsere Mutter verstarb, hatte ich einen absurden Betrag in Dublonen bezahlt für die Überfahrt auf einer ähnlichen Fähre von Aligney, unserer kleinen Insel, ein Stück die Küste aufwärts.

Die Reise dauerte ganze fünf Tage. Zosa vertrieb sich die Zeit damit, von all den frivolen Dingen zu träumen, die sie sich in Durc kaufen würde, so was wie fingerlose Spitzenhandschuhe und die gestreiften Döschen mit Crème de Rose, die Maman sich immer ins Gesicht geschmiert hatte. Ich konnte damals nicht aufhören zu grinsen, überzeugt, dass mein Leben nun endlich beginnen würde.

Doch kaum hatten wir die Fähre verlassen, veränderte sich mein Gefühl schlagartig. Die Docks wimmelten von Menschen. Zosa war erst neun, deshalb behielt ich sie dicht bei mir. Und dann hatte mich die Erkenntnis getroffen: Alle, die mir je etwas bedeutet hatten, waren entweder tot oder in Aligney. Wir waren mutterseelenallein in einer fremden Stadt, und es war alles meine Schuld.

Es war ein Riesenfehler gewesen, unser Zuhause zu verlassen. In den vergangenen Monaten hatte ich jede Münze gespart, um für unsere Rückreise nach Aligney zu bezahlen. Aber bei dem zähen Tempo wollte ich lieber nicht darüber nachdenken, wie lange es noch dauern würde, bis ich genügend beisammen hätte. Das Hotel würde uns hoffentlich schneller dorthin bringen.

Bei diesem Gedanken beruhigte sich meine Atmung, und frische, goldene Erinnerungen an unser Zuhause stürzten auf mich ein. Ich konnte die unebenen Pflastersteine, über die ich als kleines Kind gelaufen war, förmlich unter meinen Füßen spüren, den Bauch mit Erdbeeren vollgeschlagen, die wir von sommerlich prall behängten Pflanzen gepflückt hatten.

»Aus dem Weg mit euch!«, blaffte eine bleichgesichtige Dame, die ihre Stola aus Otterfell umklammert hielt, und riss mich aus meinen Gedanken. Sie machte einen großen Bogen um uns, als wollte sie uns ja nicht zu nahe kommen.

Zosa betastete verschämt die Löcher in ihrem guten Rock. »Sie muss denken, wir wären unter den Piers hervorgekrochen. Alle sehen heute so glamourös aus.«

Ich nahm meinen schäbigen violetten Hut ab. Er war schrecklich altmodisch, aber das Hübscheste, was ich besaß.

Ich beugte mich vor und setzte ihn Zosa wie eine Krone auf den Kopf.

»Niemand ist so glamourös wie wir, Madame«, sagte ich, und als sie grinste, wurde mir leichter ums Herz. »Und jetzt beeilen wir uns. Der Maître d'hôtel höchstpersönlich erwartet uns zum Tee.«

Seite an Seite eilten wir an den alten Hafenanlagen vorbei ins Herz der Stadt. Violette Girlanden hingen von Erkern, die Eingangstüren der Häuser waren mit rosa und grünen Nelken dekoriert. Die Feierlichkeiten waren mit Abstand das Beeindruckendste, was ich je erlebt hatte, und wurden allein zu Ehren des Hotels abgehalten.

»Hier sind so viele Menschen.« Zosa gluckste, als wir unweit der berühmt-berüchtigten Gasse um die Ecke bogen. »Ich kann meine Füße nicht mehr sehen.«

Ich schob sie beiseite, als uns eine größere Gruppe entgegenkam. »Wenn du nicht aufpasst, tritt dir noch jemand auf deine hübschen Zehen, und dann kann ich mir dein Gejammer anhören.«

Sie drehte eine Pirouette. »Mir egal. Es ist wundervoll.«

»Bis wir uns aus den Augen verlieren.« Der Gedanke, im Gedränge von ihr getrennt zu werden, machte mich nervös.

»Du willst dir doch den Spaß nicht verderben lassen.«

»Ich habe es mir zur Regel gemacht, niemals *vor* dem Mittagessen Spaß zu haben«, neckte ich sie.

»Im Ernst?«

»Komm schon, du.« Ich knuffte sie lachend und lotste sie zu einem Areal, wo Straßenkünstler in Satinleibchen auftraten, die Gesichter hinter Pappmascheemasken verborgen. Zosa zuckte zurück, als eine der Artistinnen auf sie zusprang, herabtropfende Tränen aus Blut auf ihrer Maske, die zum Glück nur aufgemalt waren. Singend bettelte sie um Kleingeld.

»Ein Suminaire beschwor die Magie,
seine Frau ins Feuer zu jagen,
ihre Augen verkohlt, die Knochen geknackt,
Ihr Schicksal war zu beklagen!«

Ich hatte diese Zeilen bereits vielfach gesungen gehört. Hier in dieser Stadt waren Suminaires nach wie vor Thema vieler Lieder und Geschichten, auch wenn seit einer Ewigkeit niemand mehr welchen begegnet war. In den letzten Jahrzehnten waren die Sichtungen so selten geworden, dass die Leute sich nicht länger Sorgen machten, die Magie könnte irgendjemandem Schaden zufügen. Stattdessen waren sie nur neugierig, und auch die Gesetze in Verdanne waren lax geworden. Das Hotel erhöhte diesen Reiz noch. Die Menschen waren inzwischen so versessen darauf, Magie hautnah zu erleben, dass alle Ängste vergessen waren, so wie man die Gefahr vergaß, dass einen auf dem freien Feld ein Blitz treffen und töten konnte.

»Denkst du, wir bekommen heute Abend einen Suminaire zu Gesicht?«, fragte Zosa.

»Hoffentlich nur *drinnen*. Wo der Maître für unser aller Sicherheit sorgt.«

»Ich wette, der Maître sieht gut aus.«

»Er ist zu alt für dich«, brummte ich und kniff sie in die Backe. »Los, lass uns weitergehen.«

Kurz darauf kamen wir an zwei ausgelassen herumalbernden Männern mit gebräunten Gesichtern vorbei. Sie hielten jeder einen Packen dicker Umschläge in der Hand. Die Einladungen.

»Sechs Gewinner sind es diesmal!«, rief jemand.

»Wurden die Gewinner bereits ausgewählt?«, fragte ich mit bestürzter Miene. Ich fand das Auswahlverfahren gut – so bekam jeder eine Chance. Trotzdem versetzte es mir einen Stich, und ich verspürte einen Anflug von Neid, den ich nicht abzuschütteln vermochte.

Bevor ich einen weiteren Schritt tun konnte, zupfte Zosa mich so vehement am Ärmel, dass sie mir beinahe den Arm auskugelte. »Hey!«, rief ich protestierend.

»Würdest du dich endlich mal umdrehen, du Dickkopf?« Sie deutete mit dem Finger in die Gegenrichtung.

Dann sah ich es.

Man bekam den Eindruck, als hätte das Hotel schon immer in der engen Gasse zwischen dem Apothicaire Richelieu und dem Maison du Thé gestanden. Die Fassade war vollständig mit Brettern verkleidet, und eine einzelne Reihe von Fenstern zog sich senkrecht über fünf Stockwerke. Es konnte nicht mehr als zehn kleine Zimmer umfassen, maximal. Über der Eingangstür hing ein Schild, das übertrieben prunkvoll wirkte für das schäbige Gebäude. In Perlmuttintarsien prangten zwei Wörter in schnörkeliger Schrift darauf: HOTEL MAGNIFIQUE.

»Wie eigenartig«, bemerkte ich mit einem enttäuschten Unterton in der Stimme. Das Hotel war vollkommen unscheinbar.

Ein einzelnes rundes Fenster, zweimal so groß wie der Rest, saß ganz oben im Giebel, dahinter einige Sukkulenten. Geldbaum-Exemplare. Nur dass ich nicht recht verstand, wie sie von einem Ort zum anderen gelangten. Geschweige denn das Gebäude selbst.

Das Hotel tauchte angeblich früher oder später an jedem Ort der Erde auf. Ich kannte mich aus in Geografie – Verdanne war das größte Land auf dem Kontinent, begrenzt von den schroffen Bergen von Skaadi im Norden und dem windumtosten Preet im Osten. Dahinter lagen noch viel größere Länder und noch etwas weiter Ozeane voll endloser Orte, die es zu entdecken gab. Die Welt war unvorstellbar groß und voller Wunder, und doch stellte dieses schlichte Gebäude alles in den Schatten.

Der Ruf einer Frau ließ uns beide die Köpfe recken. »Es ist der Maître!«

Ein junger Mann war in der Tür erschienen.

»Ich habe gesehen, wie er Einladungen verteilt hat«, fuhr die Frau aufgeregt fort. »Er hat der ersten Gewinnerin beim Betreten des Hotels einen Strauß Duchesse-Rosen in die Hand gedrückt.«

»Ich wusste es. Er ist einfach wunderbar«, schwärmte Zosa.

Ich stutzte. Im hellen Sonnenlicht glitzerte der Maître wie eine Silberdublone frisch aus der Münzpresse. Er trug eine schwarze Livree, die in starkem Kontrast zu seiner blassen Gesichtshaut stand.

Bézier hatte recht. Der größte Suminaire der Welt war nicht wesentlich älter als ich. Neunzehn. Zwanzig vielleicht. Unerhört jung jedenfalls. Oder zumindest sah er so aus.

Dieser Mann hatte das gesamte Gebäude verzaubert und es für die bei ihm beschäftigten Suminaires sicher gemacht. Hier konnten sie ihre Magie wirken, während die Hotelgäste Zeugen dieses Wunders werden konnten, ohne sich dadurch in ernstliche Gefahr zu begeben.

»Willkommen.« Der Maître pflückte eine Tulpe aus der Luft und reichte sie einer älteren Dame mit gebräuntem

Teint und einem breiten Lächeln, die humpelnd das Hotel betrat, eine Einladung an die Brust gepresst. »Gern geschehen, gern geschehen«, sagte er zu einer hellhäutigen jungen Frau, die ebenfalls eine Einladung in der Hand hielt, und dann: »Ein außergewöhnlicher Hut, Mademoiselle«, zu ihrer kleinen Tochter, als sie gemeinsam durch die Tür schritten, gefolgt von den beiden heiteren Männern.

Der Maître räusperte sich. »Ich danke Ihnen allen für Ihr Kommen. Bitte beehren Sie uns beim nächsten Mal wieder, wenn das Hotel Magnifique in der Stadt ist.«

Er machte einen tiefen Diener. Als er sich wieder aufrichtete, lugten eine Handvoll Lilien zwischen seinen langgliedrigen Fingern hervor. Er warf sie hoch in die Luft. Die Blumen falteten sich zu winzigen Vögeln zusammen, die sich mit jedem Flügelschlag mehr und mehr in violett schimmernden Rauch auflösten. Als ich den Blick wieder senkte, war der Maître verschwunden.

Unglaublich. Nur dass an der Stelle, an der er gestanden hatte, jetzt ein Seil war, das die Tür abriegelte, mit einem Schild daran, auf dem stand: *Zutritt nur für Gäste und Angestellte.*

»Denkst du, die Vorstellungsgespräche finden drinnen statt?«, fragte Zosa.

»Ich weiß es nicht, aber ich werde es herausfinden.« Nachdenklich betrachtete ich das Schild. Sicher konnte ich einen kurzen Blick wagen. »Warte hier auf mich.«

Ich kämpfte mich mithilfe meiner Ellbogen durchs Gedränge, stieg die Stufen hinauf und schlüpfte unter dem Seil hindurch. Drei Worte, nicht viel größer als ein Daumen, waren in den schwarzen Lack der Eingangstür geritzt: *le monde entier.*

Die ganze Welt.

Die Worte rührten an etwas in meinem Unterbewusstsein, riefen nach mir.

Ich zog die Tür auf, aber es war unmöglich, irgendetwas zu erkennen. Also machte ich einen Schritt vorwärts. Doch statt einzutreten, prallte ich mit der Nase gegen eine Wand.

Benommen taumelte ich zurück, streckte den Arm aus und strich mit den Fingerkuppen über etwas Festes. Es schien eine Glasscheibe zu sein, die die Tür vollständig ausfüllte. Zumindest nahm ich an, dass es sich um Glas handelte, bis sich eine fremde Hand hindurchschob und mich am Handgelenk packte. Mit einem spitzen Schrei stellte ich fest, dass die Hand zu einem jungen Portier gehörte.

Blinzelnd versuchte ich die geöffnete Tür mit der Wand und diesem Jungen zu vereinbaren, der nun einfach hindurchspazierte.

Nein, kein Junge. Viel zu groß und mit Muskeln, die sich deutlich unter seiner Livree abzeichneten. Der Maître war erschreckend blass gewesen, aber dieser junge Mann war genau das Gegenteil. Sein warmer, kupferfarbener Hautton betonte die lebhaften braunen Augen, die auf mich herabstarrten.

»Kann ich dir helfen?«, fragte er auf Verdannisch mit einem mir völlig unbekannten Akzent.

Ich blickte am Gebäude empor und stellte mir all die Atlanten vor, die die Wände von Béziers Wohnzimmer säumten, die kleinen Kleckse Land, die ich so oft mit den Fingerkuppen nachgefahren hatte. Für mich war nicht nachvollziehbar, wie ein so altes Bauwerk derart weit reisen können sollte.

»Wo waren Sie gestern?«, fragte ich.

»Eine einminütige Wegstrecke von hier«, antwortete er knapp. Als ich die unsichtbare Wand genauer in Augenschein nehmen wollte, schlug er die Tür zu. »Zutritt nur für Gäste und Angestellte.«

Ach so, ja. Dieses dumme Schild. »Wo finden die Einstellungsgespräche statt?«

»Du willst dich für eine Stelle im Hotel bewerben?«

Er war sichtlich überrascht, was mich wiederum schlagartig in Rage versetzte. Ich durchbohrte ihn mit einem finsteren Blick. »Sieht ganz so aus.«

Wir zuckten beide zusammen, als die Tür zum Hotel noch einmal aufschwang. Eine Gruppe von Leuten kam herausgeschlendert. Auf der tiefbraunen Haut einer zierlichen Frau leuchtete eine Lapis-Halskette. Ihr folgte ein weiterer Gast, dessen Haut so weiß war, dass sie unter der Sommersonne von Durc binnen einer Minute verbrutzeln würde.

Sie lachten, und ein vorbeiziehender schwerer Duft löste einen wohligen Schauer in mir aus. »Was ist das für ein Geruch?«

»Wüstenjasmin. Recht gewöhnlich.«

Gewöhnlich war nicht gerade das Wort, das mir als Erstes in den Sinn kam. Am liebsten hätte ich diesen herrlichen Duft zum Dessert verschlungen. »Er ist exquisit. Woher kommt er?«

»Tut mir leid, aber ich hab's eilig. Ich habe keine Zeit für dumme Gören wie dich.«

»Entschuldigung?«

»Du nimmst mir die Worte aus dem Mund«, sagte er mit einem Grinsen und versuchte sich an mir vorbeizuducken.

Ich konnte das Gebäude nicht allein betreten, und auch wenn dieser Kerl schrecklich nervtötend war, war er der einzige Angestellte weit und breit, dem ich außer dem Maître begegnet war. Ich packte ihn am Arm. »Wo finden die Bewerbungsgespräche statt?«

»Bist du wirklich so schwer von Begriff? Ich bin beschäftigt.«

»Dann mach es kurz und beantworte meine Frage.«

Er bedachte mich mit einem langen Blick und spähte dann prüfend die Straße hinunter. Ich versuchte auszumachen, wonach genau er Ausschau hielt, sah aber nichts als ein Meer von Menschen. Mir stockte der Atem, als er sich vorbeugte und eine einzelne Strähne seitlich an meinem Hals zurückstrich.

»Wenn ich du wäre, würde ich zusehen, dass ich schleunigst nach Hause komme. Tu so, als sei das Hotel nie aufgetaucht«, raunte er mir zu. Dann schob er sich an mir vorbei und verschwand in der Menge.

3

In den folgenden beiden Stunden wollte mir dieser Portier nicht mehr aus dem Sinn gehen. Die Art, wie seine lebhaften braunen Augen mich prüfend angesehen hatten. Wie er mich abserviert hatte. Vermutlich hatte er diese seltsame Warnung nur ausgesprochen, weil er fand, dass ich an einem Ort wie dem Hotel Magnifique nichts verloren hatte.

Ich knibbelte an meinen grün gefleckten Fingern herum. Die Farbe aus der Gerberei stank nach Hafenmief wie fast alles hier in Durc. Manche behaupteten, Seepocken würden einem zwischen den Rippen wachsen, wenn man nur lange genug an diesem Ort lebte. Ich hatte nie daran gezweifelt. Selbst nach einem der seltenen Wannenbäder stank meine Haut nach verrottetem Fisch. Aber ich weigerte mich, so schnell aufzugeben. Maman war immer der Meinung gewesen, ich sei viel zu halsstarrig und tue mir selbst keinen Gefallen damit, aber ich konnte nicht anders. Dieser Portier brachte mich mit seiner herablassenden Art dazu, dass ich diese Stelle gleich noch dringender haben wollte.

»Geht es vielleicht noch ein bisschen langsamer?«

»Gott, ich hoffe nicht.« Zosa wischte sich unter der Krempe ihres violetten Huts den Schweiß von der Stirn.

Die Schlange vor dem Maison du Thé, dem alten Teehaus neben dem Hotel, wo die Bewerbungsgespräche stattfanden, wie wir schließlich erfahren hatten, war schrecklich lang. Zum größten Bedauern meiner armen Beine waren wir die Letzten in der Reihe.

Als wir endlich vor dem Eingang zum Teehaus standen, deutete Zosa auf ein vergoldetes Schild, auf dem die offenen Stellen aufgelistet waren: Bühnenkünstlerin tauchte zwischen Musiker und Hausmädchen auf. Ein hellhäutiger Mann im Anzug, der für die brütende Hitze viel zu elegant gekleidet war, hatte nicht das leiseste Lächeln für uns übrig. Wortlos öffnete er uns die Tür und schob uns förmlich hinein.

Auf den marmornen Oberflächen der Verkaufstresen standen schwere silberne Waagen. Jedes einzelne Regalbrett war mit hohen Glasgefäßen zugestellt, die bis zum Rand mit Teeblättern in den leuchtendsten Farben gefüllt waren.

»Nächster!«, rief eine weibliche Stimme aus dem Hinterzimmer. Es war so weit. Das Vorstellungsgespräch.

»Gehst du als Erste?« Zosas Stimme zitterte vor Aufregung, genau wie bei diesem ersten Vorsingen vor einigen Jahren.

Ich richtete eine Feder an ihrem Hut. »Selbstverständlich.«

In dem Hinterzimmer begrüßte mich eine statuenhafte Frau mit olivfarbenem Teint. Ihr kurz geschnittenes braunes Haar passte zu ihrem eleganten Hosenanzug aus glänzendem Samt. Sie war gekleidet wie ein Mann, hatte allerdings viel mehr Elan als alle Kerle, die ich kannte. Ich mochte sie auf Anhieb, bis sie mich mit gerümpfter Nase musterte.

»Nicht gerade eine Augenweide, wie?«, sagte sie und hielt einen großen Kompass aus Bronze mit einer leuchtenden grünen Jadenadel hoch. »Und jetzt stillhalten.«

Die Kompassnadel drehte sich in schwindelerregender Geschwindigkeit im Kreis und hielt nicht ein einziges Mal still. Die Frau ließ den Kompass wieder in der Anzugtasche verschwinden.

»Wofür war das gut?«

»Ich stelle hier die Fragen.« Sie fasste mich am Kinn. »Dein Name?«

Ich schluckte. »Janine Lafayette. Aber alle nennen mich Jani.«

»Was für ein langweiliger Name.« Sie spitzte die Lippen. »Ich bin übrigens Yrsa.« Sie ließ mein Kinn wieder los. »Lebst du schon immer in dieser Stadt?«

»Ich stamme aus einem Inseldorf ein Stück die Küste hinauf. Es heißt Aligney«, sagte ich mit zittriger Stimme.

»Mochtest du dein kleines Dorf?«

Als wir noch Babys waren, richtete Maman unsere Wiegen zum Dorfmittelpunkt von Aligney hin aus, damit unsere Füße stets den Weg zurückfinden würden, ein alter Aberglaube in Verdanne, den ich verinnerlicht hatte.

Selbst nach all den Jahren konnte ich mir die engen Häuserzeilen, die sich im Licht der untergehenden Wintersonne zitronengelb verfärbten, immer noch bildlich vorstellen. Ich hatte immer genau gewusst, wann der Mohn blühte und woher unser nächstes Abendessen kommen würde. Ich hatte Freunde dort – Menschen, die sich um mich *sorgten*. Manchmal fühlte es sich an, als hätte ich seit vier Jahren nicht mehr richtig frei durchgeatmet. In Aligney hingegen hatte mein Atem immer jeden Winkel meiner Lunge gefüllt.

Die einzige Konstante dieser Tage war der schmerzliche Wunsch, dorthin zurückzukehren.

»Ich habe mein Dorf sehr geliebt. Nach dem Tod unserer Mutter bin ich zusammen mit meiner Schwester hierhergekommen. Ich wollte eigentlich zurückkehren, sobald …«

»Deine Mutter ist also tot«, unterbrach sie mich unsanft. »Was ist mit deinem Vater?«

Maman hatte uns nie Genaueres erzählt. »Er war Bauer.«

»Und wo wohnst du jetzt?«

Ich fing an, ihr von der Pension Bézier zu erzählen, bis sie mit einer flatternden Handbewegung abwinkte. »Ich habe genug gehört. Schick die Nächste rein.«

Zosa sprang auf, als sie mich herauskommen sah. »Alles in Ordnung?«

»Alles bestens«, log ich. »Los, lass die Dame nicht warten.«

Meine Schwester beeilte sich, in das Hinterzimmer zu kommen, während ich mir verstohlen eine Träne fortwischte. Es war dumm von mir, noch zu hoffen. Mit dem Daumen fuhr ich die harten Umrisse einer Münze in meiner Tasche nach. Sie war von meinem Zeitungskauf übrig. Wenigstens konnte ich Zosa damit noch ein Döschen Pastillen kaufen, sobald sie fertig war, um ihr die herbe Enttäuschung ein wenig zu versüßen.

Die Minuten verstrichen. Ich hörte ihren gedämpften Gesang durch die geschlossene Tür. Schließlich kam Zosa herausgestürmt, die Miene seltsam leer.

»Und?«

Wortlos hielt sie ein Stück Pergament hoch, und mein Mund wurde staubtrocken. Die Seite rollte sich an den Ecken ein, wirkte archaisch im Vergleich zum heutigen Papier. Eine schwarze Linie unten auf der Seite verriet mir, worum es sich genau handelte.

Es war ein Vertrag. Für eine Anstellung.

Yrsa kam aus dem Zimmer geschlendert. »Ich habe deiner Schwester eine Stellung angeboten. Die Bezahlung liegt bei zehn verdannischen Dublonen pro Woche. Sie wird für unsere Gäste singen.«

Zehn Dublonen! Das war dreimal so viel wie das, was ich verdiente. Ich musste mir auf die Zunge beißen, um nicht vor Neid auszurasten. Natürlich musste Yrsa Zosa ganz außergewöhnlich finden, erst recht, nachdem sie zuvor ihre unscheinbare Schwester kennengelernt hatte.

Aber Zosa konnte nicht allein weggehen. Wäre Maman noch hier gewesen, hätte sie mich gedrängt, etwas zu unternehmen. Doch Zosa strahlte mit der Sonne um die Wette, und mir fiel beim besten Willen nichts ein, was ich sagen könnte, ohne dass es ihr das Herz brechen würde.

Yrsa platzierte einen Füller mit bronzener Schreibfeder sowie ein Fass violetter Tinte auf einem Tisch. Dann brachte sie eine goldene Nadel zum Vorschein und pikste meiner Schwester damit in den Zeigefinger. Ein perfekter rubinroter Blutstropfen quoll aus der Kuppe hervor.

Ich riss empört die Hände hoch. »Was tun Sie da?«

»Das ist Teil des Vertrages. Alle unsere Gäste und Angestellten müssen ein vergleichbares Dokument unterzeichnen.« Yrsa führte Zosas Finger über das Fass und ließ den Tropfen hineinfallen. Die Tinte zischte, als das Blut sich darin auflöste. Dann tauchte Yrsa die Feder ein und drückte meiner Schwester das Schreibgerät in die Hand.

Mein Blick wanderte zu dem Vertrag. Eigentlich hatte ich erwartet, dass die Seite auf Verdannisch verfasst wäre – in der Sprache, die auf dem gesamten Kontinent am häufigsten gesprochen wurde. Dieser Vertrag jedoch enthielt zwar Bruchstücke des Verdannischen, war ansonsten aber überwiegend in Sprachen verfasst, die mir völlig unbekannt waren. Ganz unten auf der Seite prangte ein X.

Zosas Wangen waren gerötet. »Mir ist noch nie etwas so Aufregendes passiert. Jani, ich habe es geschafft!«

Eifersucht durchflutete mich. Meine Finger krümmten sich, gepackt von dem Bedürfnis, mir den Vertrag zu schnappen und ihn selbst zu unterzeichnen. Verzweifelt wandte ich mich an Yrsa. »Meine Schwester ist erst gerade so dreizehn. Sie kann nicht allein gehen. Wir könnten uns ein Zimmer teilen, ich könnte verschiedene Arbeiten übernehmen, wo immer Bedarf herrscht.« *Bitte, lassen Sie uns beide gehen.*

»Tut mir leid, aber das ist nicht möglich«, entgegnete Yrsa. »Ich habe *ihr* eine Stelle angeboten. Nur Gäste und Angestellte dürfen die Schwelle zum Hotel übertreten.«

Die Schwelle: Damit war wohl diese Wand gemeint, die aus nichts bestand. Es gab also keine Möglichkeit für mich, sie hineinzubegleiten.

»Schon gut«, sagte Zosa. »Wir reden mit jemandem. Sicher löst sich das Problem von allein.«

Sie begriff offenbar nicht, dass ich nicht mitkommen konnte, es sei denn, man stellte mich ebenfalls ein. Ich schlug die Hände vors Gesicht. Als ich wieder aufsah, hatte Zosa die Feder zum Pergament geführt und kritzelte ihren Namen unten auf die Seite.

Ich machte einen Satz nach vorn und stieß dabei das Tintenfass um. Eine violette Pfütze breitete sich auf dem Tisch aus, während ich mir den Füllfederhalter schnappte und ihn Yrsa hinhielt. Dann sah ich nach unten und hätte um ein Haar hörbar nach Luft geschnappt. Die violette Tinte war gar nicht verschüttet oder verlaufen. Das Fass war fest verschlossen, der Deckel saß auf der Öffnung. Aber ich hatte doch mit eigenen Augen gesehen, wie die Tinte herausgeschwappt war, ich war mir vollkommen sicher.

Da musste Magie im Spiel gewesen sein.

»Deine Schwester soll sich um sechs Uhr abends beim Hotel einfinden.« Damit ließ Yrsa den von Zosa unterzeichneten Vertrag in der Innentasche ihres Jacketts verschwinden und rauschte davon.

*

»Du gehst unter keinen Umständen allein«, sagte ich und stellte den Fuß auf das alte Nachthemd, nach dem Zosa sich gerade bückte. Der Saum riss, als sie es sich schnappte und dabei so tat, als wäre ich gar nicht anwesend. »Hallo? Ich stehe direkt vor dir!« Erst als ich ihr mit dem Zeigefinger gegen die Stirn stieß, funkelte sie mich wütend an. »Siehst du. Ich bin doch nicht so unsichtbar, oder?«

Mich stur ignorierend, stopfte sie Mamans alte Notenblätter in einen alten Getreidesack, in dem bereits einige Erinnerungsstücke an Maman steckten. Eine Spinne ließ sich von dem groben Sackleinen auf ihre Hand herab. Kreischend schüttelte sie das Tierchen ab, dann wirbelte sie zu mir herum und sah mich direkt an. »Du lässt mich nie das tun, was ich tun will.«

»Das stimmt nicht. Außerdem habe ich hoch und heilig versprochen, auf dich aufzupassen.«

Meine kleine Schwester rollte mit den Augen. »Das war vor Mamans Tod. Jetzt bin ich dreizehn. Du warst auch nicht viel älter, als du die Stelle in der Gerberei angenommen hast.«

»Denkst du, mir blieb irgendeine Wahl? Jetzt bin ich siebzehn und schlauer.« Ich wies mit einer ausholenden Geste auf den beengten Raum, in dem wir standen. »Ich bezahle für all das hier. Also habe ich ein Wörtchen mitzureden.«

»Für den Ruß, meinst du? Für die Käfer und den Gestank nach fauligen Zähnen? Du verbringst deine Tage nicht damit, dir die Haare zu raufen und dir zu wünschen, du könntest dir die Haut abziehen, damit du den ganzen Dreck, den Juckreiz nicht mehr spüren musst. Von den zehn Dublonen in der Woche könnte ich dir einen Anteil schicken. Du könntest spätestens zum nächsten Winter von den alten Kaianlagen wegziehen.«

»Und wie willst du mir von der anderen Seite der Welt Geld zuschicken?«

»Es gibt sicher eine Möglichkeit.«

»Wenn, dann habe ich noch nie davon gehört.«

»Wäre Maman noch am Leben, würde sie mich diese Stelle annehmen lassen.« Zosas Unterlippe bebte. »Jani, ich dachte, du möchtest, dass ich singe.«

»Ich *will* auch, dass du singst«, entgegnete ich und verspürte einen Stich im Herzen, wusste mir aber trotzdem nicht zu helfen. »Aber nicht *so*, nicht ohne mich. Es tut mir leid.«

Zosa riss sich den violetten Hut vom Kopf und schleuderte ihn wütend zu Boden. Ich machte einen Schritt, um ihn aufzuheben, hielt dann aber inne. Eine Perle schimmerte aus Zosas Leinensack hervor.

Mamans Perlenohrringe.

Als wir beide noch klein waren, klipste Zosa sie sich gern an die Ohrläppchen und tat so, als würde sie auf einer Bühne auftreten. Sie sang, während ich dazu blökte wie ein Schaf mit Gehörschaden. Ich hatte den Schmuck nicht mehr gesehen, seit Zosa zu ihrem ersten Vorsingen in Durc gegangen war. Ihrem einzigen Vorsingen bis heute.

Knüppelhart traf mich die Erinnerung. Ich hatte damals geglaubt, die Ohrringe würden sie älter wirken lassen, deshalb hatte ich sie ihr angelegt und sie in mein altes rosa Kleid gesteckt. Sie hatte ausgesehen wie ein nervöses kleines Blümchen, aber wir brauchten damals dringend Geld, und Zosa hatte sich nichts sehnlicher gewünscht, als zu einem Vorsingen zu gehen.

Jetzt wünschte ich, ich könnte diesen Tag aus unseren Erinnerungen löschen.

Ich griff nach der Perle und rollte sie zwischen Daumen und Zeigefinger. Die schillernde Farbe blätterte ab, und eine billige Holzperle kam darunter zum Vorschein. Nachdem das Vorsingen nicht wie geplant verlaufen war, hatte ich versucht, die Ohrringe an einen Schmuckhändler zu verkaufen, der mich lachend wieder fortschickte. Ich hatte Zosa nie verraten, dass sie wertlos waren.

»Hör zu. Sobald ich genügend gespart habe, buche ich die Überfahrt nach Aligney.« Ich nahm Zosas Hand. Sie versuchte sich von mir loszureißen, aber ich hielt sie entschlossen fest. »Was, wenn du nicht rechtzeitig zurück bist, um mit mir zu kommen? Oder wenn etwas geschieht, was mich zwingt, anderswo hinzugehen? Was, wenn das Hotel erst in zehn Jahren wieder hier auftaucht?« Ich malte mir aus, wie ich abends nach der Arbeit in ein leeres Zimmer zurückkehrte. Bei dem Gedanken schnürte sich mir die Kehle zu. »Ich will nicht allein hierbleiben«, gab ich schließlich mit dünner Stimme zu und seufzte.

Eine Träne glitt über Zosas Wange. Nach einigen schweigsamen Sekunden drückte ihre kleine Hand die meine. Sie setzte sich. »Meine Haare sind völlig verfilzt wegen diesem blöden Hut. Hilfst du mir, sie wieder auszukämmen?«

Ich atmete erleichtert auf.

An diesem Abend schlief Zosa sehr früh ein, während ich noch lange wach lag und kein Auge zutat. Als die große Uhr von Durc elf Uhr schlug, begann mein Magen zu knurren; es war Stunden her, dass ich das letzte Mal etwas gegessen hatte. Also schlich ich die Treppe hinunter und klaubte auf dem Weg den violetten Hut vom Boden auf, der staubig und zerknautscht war – zum Glück das einzige Opfer dieses Tages.

Auf Zehenspitzen stahl ich mich in Béziers Küche, legte den Hut auf der Arbeitsplatte ab und plünderte alles, was noch an Resten da war. Gerade griff ich – mit dem Kopf im Brotfach – nach einem trockenen Kanten, als ich die Tür zur Küche knarzen hörte. Ich war wie versteinert. Es war spät, von den Mädchen sollte eigentlich keins mehr auf sein. Meine Finger schlossen sich um eine Dose mit Holzlöffeln. Damit bewaffnet, drehte ich mich um.

In der Tür stand ein Mann.

»Da bist du ja. Du bist spät dran, das ist dir hoffentlich klar.«

Er inspizierte erst den ramponierten Hut und dann mich. Es war der junge Portier von heute Mittag. Seine Mütze war verschwunden, bedeckte seine schulterlangen schwarzen Haare nicht mehr. Als er sich eine einzelne Haarsträhne, die ihm ins Gesicht hing, hinters Ohr strich, hielt ich den Atem an. Einer seiner Finger war gar kein echter Finger, sondern ein naturgetreu nachgeschnitztes und poliertes Stück Holz.

Es hatte sogar ein Gelenk.

Gefährlich, schwirrte es mir durch den Kopf. Ich hob die Dose mit den Löffeln hoch. Er hob eine Augenbraue. Ich nahm den Arm zurück und holte aus. »Was willst du?«

»Sofern du diesen Hut heute Nachmittag nicht unter deinem Rock versteckt hattest, bist nicht du es, derentwegen ich hier bin.« Er befingerte eine der violetten Federn. »Ich bin auf der Suche nach der Eigentümerin dieses … Dings. Einer jungen Dame, die einen Vertrag unterzeichnet hat.«

Er meinte Zosa. »Sie ist nicht hier.«

Zweifelnd trat er in den Raum. Er kam mir für meinen Geschmack viel zu nah. Ich warf mit der Dose nach seinem Kopf. Sie verfehlte nur knapp ihr Ziel und traf stattdessen die Wand, sodass die Holzlöffel auf seine Schultern herabregneten.

»Ausgezeichneter Wurf.« Er zog sich einen der Löffel aus dem Kragen. »So sehr ich es zu schätzen weiß, ich habe im Augenblick keine Zeit für solche Spielchen. Ich bin gekommen, um die Eigentümerin dieses Hutes ins Hotel zu bringen.«

»Wer bist du?«

»Mein Name ist Bel. Also, wo ist sie?«

Ich traute ihm nicht so weit über den Weg, wie ich spucken konnte. »Sie kommt nirgendwo mit dir hin.«

»Sie ist also doch hier.«

Ich verbiss mir einen Fluch.

Er wandte sich zum Gehen. Ich musste ihn aufhalten. Blitzschnell griff ich unter die Hackbank und zog ein breites, rostiges altes Küchenmesser hervor. Dann schoss ich auf ihn zu und warf mich zwischen ihn und die Tür. Mit einer Hand am Türrahmen richtete ich das Messer auf seine Leibesmitte. Ein Nervenkitzel durchrieselte mich. »Und, hältst du mich immer noch für ein dummes Gör?«

»Klar.«

»Oh … tja … Noch einen Schritt, und du wirst es bereuen.«

»Aber sicher doch.« Er ließ seinen Holzfinger vorschnellen. Mit einem leisen Klicken klappte eine Klinge daraus hervor. Ein Schnappmesser.

Er stürzte sich auf mich. Das Küchenmesser fiel klappernd zu Boden, als er mich gegen das Türblatt drängte und dort fixierte, sein Gesicht nur wenige Zentimeter von meinem entfernt. Ich spürte seinen heißen Atem an meiner Wange. Wenn jetzt jemand reinkäme und uns so sähe, würde er garantiert den falschen Eindruck gewinnen.

Bei dem Gedanken kroch mir die Röte ins Gesicht. Ich wehrte mich aus Leibeskräften, aber er hielt mich eisern fest. Die Klinge an meine Kehle gepresst, beugte Bel sich herab und schnupperte an meinem Hals. Er rümpfte die Nase. »Kennt ihr in Durc keine Seife?«

Ich zog den Kopf zurück und spuckte ihm ins Gesicht. Er wischte sich das nasse Kinn an der Schulter ab. Die große Stadtuhr schlug zur halben Stunde. Elf Uhr dreißig.

»Hast du nichts Besseres zu tun?«

Fluchend klappte er seine Klinge wieder ein. »Ich tu dir nicht weh.«

»Das bezweifle ich.«

»Hör zu. Ich begleite deine Freundin um Schlag Mitternacht durch die Eingangstür des Hotels in die Lobby. Der Vertrag ist unterzeichnet. Finde dich damit ab.«

In dem Moment sah ich es in seinen Augenwinkeln. Ich kannte diesen Ausdruck von mir selbst, wenn ich mich im Spiegel betrachtete: Verzweiflung. Und ich wusste aus eigener Erfahrung, dass verzweifelte Menschen dumme Entscheidungen trafen.

»Hier gibt es unzählige Zimmer. Du wirst sie niemals rechtzeitig finden. Gib mir auch eine Beschäftigung im Hotel, dann bringe ich dich auf der Stelle zur Eigentümerin des Hutes.«

Er kickte das Küchenmesser außer Reichweite und trat noch näher auf mich zu, bis meine Schultern die Wand berührten. »Du verstehst nicht. Es ist schon bald Mitternacht.«

Dieses *Mitternacht* sprach er mit großer Ehrfurcht aus: Es war die Stunde, zu der das Hotel wieder verschwinden würde.

»Ich will dir nicht wehtun«, sagte er noch einmal mit Nachdruck.

Ich glaubte ihm. Er *wollte* mir nicht wehtun. Aber der Ausdruck in seinen Augen verriet mir, dass er notfalls zu allem bereit wäre.

»Wirst du bestraft, wenn du sie nicht rechtzeitig ins Hotel bringst?«, fragte ich. Es musste einen Grund geben, warum er bis Mitternacht zurückkehren musste, zusammen mit Zosa, koste es, was es wolle.

»Ich werde nicht bestraft. Aber denkst du nicht, es wäre unfair, dem Mädchen seine Arbeitsstelle zu verweigern?«

Unglaublich. »Wie kannst du ernsthaft wollen, dass meine Schwester dort arbeitet, nachdem du mich davor gewarnt hast?«

»Deine Schwester?«, fragte er. »Die kümmert mich keinen Deut.«

»Wenn das stimmt, dann gib mir auch eine Stelle.«

»Nein.«

»Dann lass uns gefälligst in Frieden.«

Ein tiefes Knurren entrang sich Bels Kehle. »Genug. Ich muss sie finden. Also gehst du mir jetzt besser aus dem Weg.« Er schlang mir einen Arm um den Rücken und den anderen um meinen Hals, wobei sich sein Daumen an Mamans Halskette verfing, sodass sie zu reißen drohte.

Ich schlug mit den Nägeln nach ihm. Dabei verhakten sich meine Finger an etwas an seinem Schlüsselbein. Ein jäher Schmerz durchzuckte mich, und ich hielt mir das Handgelenk.

Eine dünne Kette mit einem Schlüssel am Ende war unter seinem Jackett zum Vorschein gekommen. Ich hatte noch nie etwas Magisches berührt, aber es gab keine andere Erklärung für das, was ich spürte. Trotzdem hatte ich Mühe zu verstehen. Alle Welt wusste, dass die Magie den Suminaires im Blut lag, nicht in Objekten beheimatet war. Er musste den Schlüssel folglich verzaubert haben.

»Bist du ein Suminaire?«, fragte ich.

Bels Mund verzog sich zu einem schelmischen Grinsen, und mir rutschte das Herz in die Hose. Hastig schob er den Schlüssel zurück unter sein Hemd und sah auf meine

Finger, die immer noch mein Handgelenk umklammert hielten.

»Gib mir eine Anstellung«, sagte ich noch einmal. Zum Glück brachte ich die Worte mit mehr Zuversicht hervor, als ich empfand.

Diesmal huschte ein seltsamer Ausdruck über sein Gesicht, als würde er es ernsthaft in Erwägung ziehen. »Bist du immer so schrecklich stur?«

»Bei dir ja.« Ermutigt durch seine Verunsicherung, bleckte ich die Zähne zu einem falschen Grinsen. »Und, nimmst du mich jetzt mit?«

»So einfach ist das nicht. Ich trage keine Tinte bei mir, und ohne einen unterzeichneten Vertrag oder eine Einladung darf niemand das Hotel betreten.«

Ich machte große Augen. »Was, wenn ich es auf eigene Faust reinschaffe?«

»Wie willst du das denn hinbekommen?«

»Mit einer Einladung.«

Unvermittelt ließ er mich los. »Bring mir eine Einladung, und ich verspeise auf der Stelle diese Scheußlichkeit von einem Hut.«

»Dann besorg dir schon mal eine Gabel und gib mir fünf Minuten.«

»Du hast eine Minute.«

Ich raste die Stufen hinauf in Béziers Wohnzimmer im zweiten Stock. Dort riss ich die gerahmte Einladung von der Wand über dem Kamin. Ich zerschmetterte das Glas und zog das Pergament mit spitzen Fingern heraus. Dann stürzte ich wieder nach unten in die Küche und wedelte damit vor Bels Nase herum, völlig außer Puste. »Und, genügt dir das?«

Er nahm mir das Schriftstück ab. »Wie alt ist dieses Ding?«

»Wird es damit klappen?«

»Ich habe es noch nie erlebt, dass jemand versucht hätte, mit einer so alten Einladung reinzukommen.« Er reichte mir das Pergament zurück. »Und, wo steckt jetzt deine Schwester? Wir hätten schon vor zehn Minuten aufbrechen sollen.«

Mein Puls raste. »Du gibst mir den Job?«

»Mir bleibt ja wohl keine Wahl.« Was so nicht richtig war, aber aus irgendeinem Grund schien er nicht ohne Zosa von hier weggehen zu wollen. Sein Blick heftete sich wieder auf die Einladung. »Wenn dieser alte Wisch dir wirklich Zutritt verschafft, kannst du probeweise für mich arbeiten.«

»Was soll das heißen?«

»Du arbeitest zwei Wochen lang unbezahlt, genauso lang, wie ein Gast bei uns bleibt. Wenn du was taugst, bekommst du den Posten.«

»Zu zehn Dublonen in der Woche?«

»Fünf.«

Das war weniger, als Zosa bekam. Aber fünf waren immer noch mehr, als ich gegenwärtig verdiente. »Du bestimmst also über mein Schicksal?«

»Lass mich raten. Du hast ein Problem damit.«

»Hab ich nicht«, presste ich zähneknirschend hervor, auch wenn mir bei dem Gedanken fast der Kragen platzte. »Und was, wenn irgendwas schiefläuft?«

»Dann bist du den Posten los.« Was im Klartext hieß: Dann schickte er mich hierher zurück. Ohne Bezahlung und ohne Zosa. »Das ist ein äußerst großzügiges Angebot.«

»Davon bin ich überzeugt.« Vor drei Jahren war ich in die Gerberei spaziert, verzweifelt auf der Suche nach Arbeit. Wegen meines Alters hatte man mich probehalber arbeiten lassen, woraus sich dann eine Festanstellung ergeben hatte. Genau wie Bel es mir jetzt anbot. Es bestand also die Chance, dass es klappte. Entschlossen blickte ich auf. »Wie soll ich dir vertrauen?« Er konnte mich jederzeit an der Nase herumführen.

»Ich bin die Vertrauenswürdigkeit in Person.«

»Und das soll ich dir abnehmen?«

»Das bleibt dir überlassen.«

Ich wünschte, Maman wäre noch da. Sie hätte gewusst, was zu tun war. »Schwöre es bei deiner Mutter«, sagte ich, einer spontanen Eingebung folgend.

Ein gequälter Ausdruck überschattete sein Gesicht. »Ich erinnere mich nicht an meine Mutter.«

»Oh … tut mir leid«, erwiderte ich betreten, während mein Herz sich ebenfalls zusammenkrampfte. Ich hatte nur verschwommene Erinnerungen an meinen Vater. Ich senkte den Blick auf diesen Schlüssel, den er um den Hals trug. »Dann schwöre es bei deiner Magie.«

»Na schön. Ich schwöre bei meiner Magie, dass ich dir den Posten gebe. Und jetzt müssen wir uns sputen, wenn wir es noch rechtzeitig schaffen wollen.«

Ich malte mir bereits aus, wie Zosa und ich Seite an Seite aus dem Hotel traten und mitten in Aligney landeten, um endlich nach Hause zurückzukehren. Bel warf mir einen schiefen Blick zu, als ich vor mich hin kicherte, weshalb ich mir die Hand vor den Mund schlug. Ich drehte mich zur Treppe um, zögerte dann aber. Wenn wir gleich losrannten, würde Zosa nicht mithalten können.

»Du wirst sie tragen müssen«, sagte ich und flog die Stufen hinauf. Bel folgte dicht hinter mir. Sekunden später warf er sich Zosa über die Schulter wie einen Sack Winterrüben. Blinzelnd wachte sie auf und wollte sich wehren, bis ich ihr unseren Plan ins Ohr raunte.

»Wer ist er?«, formte sie tonlos mit den Lippen, dann spähte sie auf seinen Rücken und zog die Brauen zusammen.

Gott. »Hör auf damit.« Ich kniff sie in die Nase.

Bel ließ den Blick zwischen uns beiden hin und her wandern.

»Was ist denn?«, fragte ich betont unschuldig.

»Du hättest niemals zugelassen, dass ich nur sie mitnehme, stimmt's?« Er klang ernsthaft überrascht.

»Wie du schon festgestellt hast: schrecklich stur.«

Seine Mundwinkel zuckten, als müsste er sich ein Lächeln verkneifen. »Verlier die Einladung nicht, zumindest nicht, bevor wir durch die Eingangstür sind.« Er setzte sich in Bewegung und eilte mit langen Schritten den Flur entlang.

Zosas gepackter Sack lag immer noch auf dem Boden, vollgestopft mit Mamans Sachen aus ihrer Zeit als Musiklehrerin. Inklusive der Perlenohrringe.

Und da wurde mir klar: Zosa würde schon bald vor echtem Publikum auftreten, wie sie es sich immer gewünscht hatte. Jetzt machten sich all die entbehrungsreichen Jahre also endlich bezahlt.

In einigen Monaten würden wir genügend Ersparnisse beisammen haben, um uns in Aligney lange Zeit über Wasser zu halten. Aber zuerst würden wir mit dem Hotel rund um den Erdball reisen, etwas von der Welt sehen. Das war alles viel zu wunderbar, um wahr zu sein.

»Würdest du dich jetzt bitte beeilen?«, rief Bel mir über die Schulter zu.

Das Knarzen von Schritten war zu hören. Die Mädchen wachten auf.

Also schnappte ich mir Zosas spinnenverseuchten Leinensack und rannte hinter dem Portier her, der meine Schwester auf dem Rücken trug.

4

Maman sagte einst zu mir, wahres Talent zeige sich früher oder später von allein. In dem Jahr, in dem ich elf wurde, verstand ich endlich, was sie damit gemeint hatte.

In Aligney fand jedes Jahr zu Beginn des Herbstes die *Fête de la Moisson* statt. Dann kippten die Erwachsenen unter freiem Sternenhimmel Unmengen *vin de framboise* in sich hinein und trieben Tauschhandel mit der spätsommerlichen Ernte. Maman ließ zu diesem Anlass immer ihre Schülerinnen auftreten und Geld für die Musikschule sammeln.

In diesem Jahr hatte Zosa wieder und wieder gebettelt, bei der Fête ebenfalls singen zu dürfen. *Noch nicht,* ma petite pêche, hatte Maman sie sanft zurückgewiesen. *Du bist noch zu jung.* Ich aber war der Meinung gewesen, meine Schwester sei gut genug, um ein paar Dublonen hinzuzuverdienen, und außerdem wollten wir unbedingt diese Dose Butterkaramell haben, die wir in der Auslage eines Ladens entdeckt hatten. Sie sahen unheimlich köstlich aus, eingewickelt in goldenes Stanniolpapier und mit kleinen Abenteuergeschichten unter der Banderole. Wild entschlossen, diese Bonbons zu kaufen, flocht ich Bänder in Zosas Haar und klaute eine Apfelkiste aus unserem Vorratsschrank. Kaum war die Sonne hinter dem Horizont verschwunden, liefen wir an den Stadtrand, wo die Festivitäten stattfanden.

Zahlreiche Besucher tummelten sich vor kunstvoll bemalten Ständen, die von flackernden Laternen erhellt wurden. In deren Gehäuse waren Märchenszenen geschnitzt. Beschämt wegen unserer alten Kiste, hätte ich am liebsten auf dem Absatz kehrtgemacht. Aber Zosa blieb hartnäckig, und ich hatte mir beim Tragen Splitter eingezogen. Das sollte schließlich nicht umsonst gewesen sein.

Geschickt gingen wir Maman aus dem Weg und schlichen bis ans andere Ende, wo die Spätankömmlinge Posten bezogen. Ich erkannte Madame Durand, die Auberginen aus ihrem Garten aufschichtete. Sie zog ihre gerötete Nase kraus, als ich mit der Fußspitze ein paar Steine beiseitestieß, um Platz für uns zu schaffen. Dann stellte ich das Schild mit der Bitte um Spenden auf, das ich eigens zu diesem Anlass gemalt hatte, und gleich daneben ein leeres Mehlbehältnis aus Glas.

Die alte Durand wieherte los, als sie das sah, wofür ich sie gleich noch mehr hasste. Aber Zosa achtete nicht auf sie. Sie hopste unbeirrt hinauf auf die Kiste und fing an zu singen, so wunderschön, dass alle innehielten und sich zu ihr umdrehten.

Ich hatte Zosa bereits so oft singen hören, dass mir ihre Singstimme so gewöhnlich vorkam wie ihr Schnarchen, aber die Leute um uns herum reagierten ganz anders. Die Zuhörer traten näher und bildeten nach und nach einen Kreis um uns herum. *Was für ein wunderbarer Gesang!*

Sie klingt wie ein Engel! Bemerkenswertes kleines Früchtchen, murmelten die Umstehenden. Plötzlich tauchte Maman auf und schlug sich die Hand vor den Mund.

Das war's, dachte ich, *jetzt schleift sie uns an den Ohrläppchen nach Hause.* Zu meiner Verwunderung aber ließ Maman die Hand sinken und lächelte. Tränen glitzerten in ihren Augen, und ich lachte erleichtert auf, auch wegen der Dublonen, die klimpernd im Mehlglas landeten. Und das alles hatten wir meiner Schwester zu verdanken.

Ich fragte mich oft, ob Zosa sich noch an diesen Tag erinnerte, ob er für sie ähnlich bedeutsam gewesen war wie für mich. Und jetzt standen wir hier, Jahre später, mit der Aussicht auf einen Lohn, größer als jedes Mehlglas voll Geldstücke.

Das Mondlicht warf silbrig glänzende Schatten auf das Hotel Magnifique. Bel schob die schwarz lackierte Tür auf. Mit beiden Händen umklammerte ich die Einladungskarte und stellte fest, dass das Licht jetzt schärfer wirkte. Vorsichtig schob ich meine Finger in den Raum jenseits der Schwelle. Keine unsichtbaren Wände.

»Seid gegrüßt, Reisende!« Eine schrecklich überdrehte Frauenstimme schrillte in meinen Ohren.

»Wer war das?«

Bel funkelte mich wütend an. »Würdest du dich bitte beeilen, statt Maulaffen feilzuhalten? Du magst vielleicht nur einen Sack voll altem Plunder auf dem Rücken haben, aber ich schleppe hier einen kleinen Menschen mit echt spitzen Knochen mit mir herum.«

Als ich keine Anstalten machte, mich in Bewegung zu setzen, stieß er mich an, sodass ich über die Türschwelle stolperte. Ich schnappte nach Luft, um mich lauthals zu beschweren, doch die Worte blieben mir in der Kehle stecken. Der allgegenwärtige Gestank nach Fisch war wie weggeblasen, ersetzt durch einen blumigen Duft mit leichten Untertönen von Orange. Und dieser Anblick …

Dieses prachtvolle Haus hätte unmöglich in diese verlassene, enge Gasse passen können, auch nicht, wenn sie fünfzigmal so breit gewesen wäre.

Das Hotel glich einem Palast.

Eine kolossale Treppe wand sich im hinteren Gebäudebereich spiralförmig in die oberen Stockwerke. Mit Kerzen bestückte Glaskugeln hingen wie glänzende Trauben von der Decke. Diese war mit goldenen Bordüren und filigranen Motiven aus der Fauna verziert und die Wände ringsum mit einer dunklen Blumentapete. Während ich diese anstarrte, fingen die Blütenblätter an zu beben, als bewegten sie sich in einer sanften Brise.

Ich war restlos überwältigt.

Der Raum war ringsum mit Trennwänden aus Silberglas in intime Sitzbereiche unterteilt, voll rosa schimmernden Samtkissen mit Fransen. In einem der Separees entdeckte ich ein lebensgroßes Schachspiel, die überaus realistisch wirkenden Königinnen wie Göttinnen in fließende Gewänder gekleidet.

Entlang einer der hinteren Wände waren in den Nischen plüschbezogene Sitzbänke zu sehen. Mein Blick blieb an einem Trio von riesigen, halbmondförmigen Loungesesseln unweit der Eingangstür hängen. Sie leuchteten und schienen schaukelnd in der Luft zu schweben. Ganz in der Nähe der Sesselgruppe stand eine Reihe von Gepäckwagen, und von dort wanderte mein Blick weiter zum Empfangstresen. Im Augenblick war er unbesetzt, dafür thronte eine mehrschichtige Torte darauf, verziert mit hübschen Rosenblüten, gleich neben einem Turm aus sorgsam übereinandergestapelten Champagnerflöten.

Ich hielt staunend den Atem an, als eine blubbernde Flüssigkeit aus dem obersten Glas aufstieg und über den Rand weiter in die darunterstehenden Gläser quoll. Schon bald waren sämtliche Gläser bis zum Rand gefüllt, ein magischer Champagnerbrunnen, mitten im Eingangsbereich.

Doch hinter all dem präsentierte sich mir der denkbar großartigste Anblick überhaupt: eine riesige Säule aus Glas, die sich bis hinauf zur Decke erstreckte und in ihrem Inneren eine Art Garten beherbergte.

Das Mondlicht sickerte durch die weißen Weinreben, die bis zu der Stelle rankten, wo die Säule auf die Brüstung des ersten Stockwerks traf. Gerade stieß ein Vogel auf einen Ast herab, auf dem eine ganze Schar seiner gefiederten Kameraden saß. Dem Anschein nach handelte es sich um eine riesige Voliere, die das Herzstück des Hotels bildete.

Entlang des Boulevard Marigny gab es Läden, in deren Schaufenstern Käfige mit exotischen Vögeln zu sehen waren. Zosa brachte es jedes Mal zum Kichern, wenn sie ihr leuchtend buntes Gefieder sträubten. Das dicke Glas der Voliere erschwerte die Sicht auf Höhe des Empfangstresens. Was auch immer sich hinter dieser trüben Scheibe befand, war gewiss mit keinem Vogel in ganz Durc zu vergleichen.

Die Haustür fiel krachend ins Schloss. Ich drehte mich um und blieb mit dem Ärmel am Ast eines Orangenbaums hängen, der direkt aus dem Boden wuchs. Der Marmorbelag war aufgebrochen, wo sich die dicken Wurzeln aus dem

Untergrund emporwölbten. Zweige mit wächsernen Blättern hingen herab, schwer behangen mit leuchtenden Früchten, die besonders glatt wirkten. Neugierig stupste ich eine mit dem Zeigefinger an. Die Orange baumelte hin und her.

»Nicht anfassen«, sagte Bel. Er setzte Zosa ab und ließ den Blick von meinem Hals hinunter zu Béziers Einladung wandern. Ein schockierter Ausdruck legte sich auf seine Züge.

»Was ist?«

»Du alterst.«

Ich hob die Hand und konnte nicht fassen, was ich sah. Sie war aschfahl. Die Fingerknöchel ragten spitz aus labberiger, ledriger Haut hervor. Ich strich mit den Fingerkuppen über mein Schlüsselbein, und ein Schauder überlief mich. Die Haut, die eigentlich fest und glatt hätte sein sollen, hing schlaff herab. Altersflecken erschienen auf meinem Handrücken. Nein, nicht Altersflecken – jetzt wurden sie schwarz und stanken faulig und nässten, während das Fleisch darunter verrottete. Als eine dicke, fette Made sich aus mir herauswand, spürte ich Galle in meiner Kehle aufsteigen.

Ich alterte nicht einfach. Ich *zersetzte* mich, wie verdorbener Fisch in der prallen Sommerhitze an den Piers.

»Jani, was geschieht mit dir?« Zosa kam auf mich zugeschossen.

»Nicht«, stieß ich krächzend hervor. Die lose Haut schlotterte um meine Knochen. Wenn das so weiterging, wäre ich in wenigen Minuten nur noch ein Kadaver.

Noch vor dem nächsten Wimpernschlag stürmte Bel durch die Lobby und verschwand. Ein stechender Schmerz bohrte sich in meine Seite. Ich taumelte und stieß gegen den Stamm des Orangenbaums. Dabei riss eine Frucht ab und zerschellte auf dem Boden in tausend Scherben. Trotz meines Zustands gelang es mir, die Stirn zu runzeln. Obst zersprang doch normalerweise nicht.

Ein weiterer Krampf zwang mich in die Knie. Bel kehrte kurz darauf zurück, ein Stück Pergament in der Hand. Es war ein Vertrag.

»Tu etwas«, stöhnte ich.

Zosa wimmerte hilflos.

Er legte den Vertrag vor mir auf den Boden und stellte ein großes Fass mit lila Tinte daneben. Dann ließ er die Klinge seines Springmessers hervorschnellen, stach mir mit der Spitze in die Daumenkuppe und ließ mein Blut in die Tinte tropfen, während die große Turmuhr von Durc auf dem Platz gegenüber des Hotels anfing, Mitternacht zu schlagen.

Bis zum achten Glockenschlag gelang es mir, mit meinem vollständigen Namen zu unterschreiben. Kurz bevor die Uhr zum zehnten Mal schlug, blätterte Bel durch einen dicken Wälzer, der unweit des Eingangs an der Wand lehnte. Er zog seinen Schlüssel an der Kette unter dem Hemd hervor und steckte ihn ins Schlüsselloch. Dann ließ er seine Stirn gegen das schwarz lackierte Holz sinken. Sein muskulöser Rücken hob und senkte sich gleichmäßig, als der elfte Glockenschlag ertönte.

Ich wagte es nicht, den Blick auf meine Hände zu richten, um zu sehen, was davon noch übrig war. Also saß ich nur benommen da und wartete auf Schlag Mitternacht. Der allerdings ausblieb.

Bel drehte sich um und rutschte an der Tür abwärts in die Hocke, die Augen fest auf meine geheftet. Ich erahnte den Anflug eines Lächelns in seinem Gesicht, kurz bevor er den Kopf erleichtert auf seine verschränkten Arme sinken ließ. »Willkommen zurück.«

»Er hat recht«, sagte Zosa voller Staunen.

Ich berührte meinen Hals, meine Wangen. Die Haut hing nicht länger schlaff herab.

»Das nächste Mal, wenn irgendein Schwachkopf versucht, sich mit einer alten Einladung Zutritt zu verschaffen, erinnere mich bitte, dass das keine so glorreiche Idee ist«, sagte Bel, aber ich war viel zu aufgelöst vor Erleichterung, um mich von seinen Worten verärgern zu lassen.

»Es ist nach Mitternacht.« Zosa sprang auf, hopste auf das nächstgelegene Fenster zu und versuchte hinter den geschlossenen Gardinen draußen etwas zu erahnen.

»Wir sind nicht mehr in dieser Gasse in Durc, stimmt's?«, fragte ich, an Bel gewandt.

Er zog die Augenbrauen zusammen. »Wir sind jedenfalls in einer Gasse.« Er stemmte sich hoch, kam auf mich zu und blieb stehen, als er mit seinem Absatz auf eine der Orangenscherben trat. »Du hast eine Orange zerbrochen? Wie es aussieht, hast du Schwierigkeiten, dich an die simpelsten Anweisungen zu halten.«

Ich warf ihm einen genervten Blick zu, aber er hatte sich bereits darangemacht, die Scherben wegzukicken, um die Beweise meines Vergehens zu beseitigen. Dann musterte er mich eindringlich, mit einer Intensität, wie ich sie noch nie erlebt hatte, schon gar nicht bei einem Mann. Meine Haut prickelte. Er beugte sich zu mir vor, berührte mich aber nicht. Stattdessen schnappte er sich den Vertrag und stieß einen Fluch aus.

»Stimmt was nicht mit dem Vertrag?«

»Kann man so sagen.« Er ließ ihn in seiner Jackentasche verschwinden.

»Was soll das denn heißen?«

Wir schreckten beide hoch, als das Klackern von Absätzen auf Marmor zu hören war. »Uns bleibt keine Zeit für lange Erklärungen. Ich komme morgen vor deiner Einarbeitung bei dir vorbei.«

»Wann ist das?«

Er hob den Zeigefinger an die Lippen, und im selben Moment erschien Yrsa, eine Teetasse auf einer Untertasse balancierend. »Ah, Bel! Wie schön, dass du es rechtzeitig zurückgeschafft hast, mein Lieber. Ich habe mir schreckliche Sorgen gemacht!«

»Wir wissen doch beide, dass das gelogen ist«, gab Bel zurück, ohne die Teetasse auch nur eine Sekunde lang aus den Augen zu lassen.

»Deinetwegen musste ich die versammelten Gäste frühzeitig zu Bett schicken. Überraschung, Überraschung. Du wirst mächtig Ärger kriegen.«

»Ich habe dir deine Neuanwerbung hergeschafft, genügt das nicht?« Bel drehte sich zu Zosa um, aber ich war es, auf die Yrsas Blick fiel.

»Was hat die denn hier zu suchen?«

»Ich habe das Recht, Verträge auszustellen, wenn es die Umstände erfordern. Ihre Schwester hat sich geweigert, ohne sie mitzukommen«, erklärte er. Was nicht ganz der Wahrheit entsprach, aber ich würde einen Teufel tun und widersprechen. »Keine Sorge. Sie untersteht meiner Verantwortung. Außerdem wird in der Hauswirtschaft jede helfende Hand gebraucht.«

»Du willst sie also einstellen?« Yrsa klang überrascht und leicht amüsiert. »Nun gut. Sie kann bleiben, aber wenn sie auch nur die geringste Dummheit begeht, brauchst du damit nicht zu mir gelaufen kommen.«

»Sie wird sich schon benehmen«, sagte Bel und nahm mich fest ins Visier. Als würde er mich warnen.

Ich musste an die zweiwöchige Probezeit denken, und mir wurde flau im Magen. Es war pures Glück, dass ich hier war, nicht meinen Fähigkeiten zuzuschreiben.

Bilder strömten mir durch den Kopf – Gesichter von Angestellten edler Herkunft. Sie würden schnell merken, dass ich eine Hochstaplerin war, spätestens morgen Abend würden sie alle Bescheid wissen.

Lass das. Du kriegst das schon hin, ermahnte ich mich selbst. Ich würde mich unter keinen Umständen nach Durc zurückschicken lassen, von niemandem, schon gar nicht von einem wie Bel. Er überlegte wahrscheinlich bereits krampfhaft, was ich alles verbocken könnte.

Zosa hopste auf mich zu und kam knapp vor mir schlitternd zum Stehen. Sie klaubte eine Scherbe vom Boden auf, die Bel übersehen hatte. Im nächsten Moment jaulte sie auf. Sie hatte sich an der scharfen Kante die Hand aufgeschnitten, die Scherbe steckte noch drin. Blut rann über ihren Arm.

Yrsa stellte die Teetasse ab und fischte eine kleine Phiole aus der Tasche. Darin befand sich eine goldene Paste. Sie zog die Verschlusskappe ab und holte mit dem Finger eine winzige Menge heraus. Mit einer flinken Bewegung zupfte sie die Scherbe aus Zosas Handfläche und rieb meiner Schwester die Goldsalbe in die Wunde.

Zosa wischte ihre Hand an ihrem Rock ab und hob sie vor ihr Gesicht. »Die Wunde ist schon verheilt!«

Ich sah mir die Stelle an. Tatsächlich, der Schnitt war geschlossen. Es war nicht einmal eine Narbe zurückgeblieben.

Yrsa fuchtelte mit der Scherbe vor Bels Nase herum. »Hast du eine dieser fabelhaften Orangen zerbrochen?« Ich hatte noch nie jemanden von *fabelhaften* Orangen sprechen hören, aber der Ausdruck auf Yrsas Gesicht verriet, dass sie ihr viel bedeuteten.

Bel zuckte mit der Schulter. »Bin versehentlich mit dem Ellbogen drangestoßen, als ich die Kleine reingetragen habe.« Er warf mir einen verstohlenen Blick zu, der mich warnte, bloß den Mund zu halten. Kaum zu glauben, er schwindelte doch tatsächlich für mich.

»Tut mir leid, dass er meinetwegen die Orange zerbrochen hat, Madame«, beeilte sich Zosa zu sagen, ging offensichtlich auf das Täuschungsmanöver ein, um mir aus der Patsche zu helfen. Ich wäre ihr um den Hals gefallen, hätte Yrsa uns nicht misstrauisch beäugt.

»Halb so wild. Passiert schon mal«, sagte Bel und wandte sich Yrsa zu. »Führst du die beiden nach unten? Wie du weißt, werde ich erwartet.« Er deutete auf mich. »Und wenn die da versucht, dich mit irgendwas zu bewerfen, keine Angst – sie ist richtig mies im Zielen.«

Ich funkelte wütend seinen Hinterkopf an, weil er sich bereits zum Gehen gewandt hatte.

»Dann mal viel Glück mit Bel als neuem Vorgesetzten. Dieser Junge interessiert sich für niemanden außer sich selbst.« Yrsa griff nach ihrer Teetasse. »Und jetzt folgt mir.«

Sie führte uns an der Voliere entlang in den hinteren Gebäudeteil. Aus dieser Perspektive erstreckte sich die Glaswand scheinbar endlos in die Höhe, vorbei an kerzenbeschienenen Emporen. Um uns herum wuchsen weitere Orangenbäume aus dem Marmor. Eine sehnsuchtsvolle Melodie erfüllte meine Ohren, aber es waren nirgends Musikanten zu sehen.

»Das alles ist einfach magisch«, flüsterte Zosa andächtig.

Ich nickte nur, weil es mir die Sprache verschlagen hatte. Mit jedem Schritt schien unser jämmerliches Leben in Durc weiter in den Hintergrund zu treten.

Staunend rissen wir die Augen auf, während Yrsa uns über eine Treppe in einen unterirdischen Gang führte. Kerzen in zierlichen Wandleuchtern spendeten Helligkeit. Die Flammen loderten auf, veränderten ihre Farbe zu Blassviolett und tauchten den Korridor in einen zauberhaften rosa Lichtschein. Sobald wir vorübergingen, züngelten sie gierig in unsere Richtung. Eine kam meinen Haaren gefährlich nahe, weshalb Zosa nach ihr schlug. Sie zog sich zurück.

»Die sind harmlos, nur ein wenig neugierig, wenn neue Angestellte auftauchen. Das legt sich bald wieder«, sagte Yrsa. »Hier wären wir.«

Eine Tür wehte auf. Der Raum dahinter war winzig und einfach perfekt – es war, als würde man einen Blick in eine Puppenstube werfen. Nichts hing schief oder blätterte ab oder hauste darin. Ich wagte es nicht, irgendetwas anzufassen, aus Angst, mit meinen schwieligen Händen Schaden anzurichten.

Zosa dagegen stürmte voller Begeisterung rein und warf sich auf ein Bett, auf dem hübsche Kissen drapiert waren. Eines hüpfte hoch und schwebte einige Zentimeter über der Matratze in der Luft, als wäre es tatsächlich mit gewirkten Wolken gefüllt. Die Mädchen aus der Pension Bézier hätten vor Entzücken gekreischt, aber sie waren ja nicht hier. *Wir* waren hier.

Yrsa wandte sich zum Gehen.

»Warten Sie.« Sie blieb stehen, sah zu mir. »Sind wir wirklich anderswo?«, fragte ich. Ich kannte ihre Antwort, aber ich musste hören, wie sie es laut aussprach, musste hören, dass die Magie mich weit fortgebracht hatte von Durc, meiner Heimat einen Schritt näher.

Ihre Hände schlossen sich um die Teetasse. Sie war bis zum Rand mit Milch gefüllt, die wundersamerweise von selbst im Kreis wirbelte.

»Willkommen im Hotel Magnifique«, sagte sie mit einem geheimnisvollen Lächeln auf den Lippen, dann schlenderte sie durch den rosa leuchtenden Flur davon.

5

In dieser Nacht träumte ich nicht von Magie, sondern von unbeschwerten Zeiten in Aligney: von Nachmittagen, an denen wir auf der Dorfmauer herumkletterten, von frischem *pain de campagne* in unserem Brotkasten, von Mamans Fingern, die auf unserem sonnenbeschienenen Küchentisch durch Notenbücher blätterten.

Die Träume hielten sich am Rande meines Bewusstseins, als ich am nächsten Morgen von Zosas Atem geweckt wurde, der mich am Ohr kitzelte.

»Du siehst ja übler aus als ein schrumpeliger alter Troll«, sagte sie.

»Verzieh dich, du Wicht.«

»Du klauenfüßige Koboldshexe.«

»Ich hab keinen Schimmer, was das für ein Wesen sein soll.« Ich öffnete ein Auge einen winzigen Spalt und sah Zosa grinsen. Langsam richtete ich mich auf. Meine kleine Schwester hatte ihr altes Kleid gegen eine weiße Bluse und einen gestärkten schwarzen Rock getauscht. »Woher hast du die hübschen Sachen?«

»Hab ich im Kleiderschrank gefunden. Sie passen perfekt. Ist das zu fassen?« Sie verschränkte die Hände und blickte zur Decke. »Vielen Dank, oh himmlische Göttin des Hotels.«

»Wie, glaubst du, funktioniert das alles?« Der Kleiderschrank sah völlig normal aus. Zosas Sack stand davor auf dem Boden. Es überraschte mich, dass sie das Zimmer noch nicht mit Mamans Sachen dekoriert hatte. Außen am Schrank hing ein schlichtes schwarzes Kleid mit weißem Kragen, typisch für ein Zimmermädchen. Von der Länge her war es nicht für Zosa bestimmt.

Ich würde also als Zimmermädchen arbeiten.

Es versetzte mir einen Stich, als ich mir meine hübsche Schwester vorstellte, wie sie vor begeistertem Publikum sang, unterbrochen von tosendem Applaus, während ich mich in irgendwelchen dunklen Ecken herumdrückte, einen Wischmopp in der Hand. *Aber wenigstens seid ihr zusammen,* rief ich mir ins Gedächtnis, als eine neuerliche Woge sinnloser Eifersucht durch mich hindurchrauschte.

Das Kleid war zumindest von guter Qualität. Ich strich mit den Fingerkuppen über den weißen Spitzenkragen. Er fühlte sich seidiger an als alles andere, was ich je am Leib getragen hatte. Ich fühlte mich kaum würdig, den Stoff zu berühren.

»Du siehst aus, als hätte man dir ein Diamantdiadem überreicht.« Zosa sah lachend zu mir auf. »Wer auch immer hinter alldem steckt, ich bin jedenfalls überaus dankbar.« Sie nahm sich ein Stück *tarte aux pommes* von einer Servierplatte, die auf der Frisierkommode stand.

»Jetzt erzähl mir nicht, dass den Kuchen auch eine Göttin vorbeigebracht hat.«

»Nein, der stand plötzlich da. Probier mal ein Stück. Er duftet wie das Schicksal.«

»Das Schicksal hat doch keinen Geruch.«

»Oh doch, und sogar einen eigenen Geschmack.« Sie nahm einen Bissen und seufzte. »Überzeug dich selbst.«

Ich schnappte mir ein Stück Kuchen, biss ab und dann gleich noch einmal. Und ehe ich michs versah, leckte ich herrlich buttrige Krümel von meinen Fingern. Zosa grinste, aber ich achtete nicht auf sie, sondern klopfte mir die Brösel vom Rock. Der Stoff knirschte wie eine altbackene Waffel.

Zosa deutete auf eine schmale Tür. »Da drin ist das Badezimmer. Bitte zieh dich um. Ich will *dein* Schicksal nicht in der Nähe meines Kuchens haben.«

Sie hatte recht. Beim Anblick der Porzellanwanne und der bereitliegenden pastellfarbenen Seifen wären mir um ein Haar die Tränen gekommen. Nachdem ich in die Wanne gestiegen war und meine Haut so lange geschrubbt hatte, bis sie krebsrot war, schlüpfte ich in das schwarze Kleid, das ich ins Badezimmer mitgenommen hatte, und drehte mich einmal im Kreis. Ich fühlte mich unheimlich schick. Dann ließ ich Mamans goldene Halskette unter dem engen Spitzenkragen verschwinden und trat nach draußen.

Zosa stieß einen leisen Pfiff aus. »Wer hätte gedacht, dass du unter den lumpigen Kleidern eine recht ansehnliche Figur verbirgst?«

»Halt die Klappe.«

Sie prustete.

Wir drehten uns beide um, als eine dicke elfenbeinfarbene Karte unter der Tür durchgeschoben wurde. Ich hob sie auf und betrachtete sie. In goldenen Lettern waren die folgenden Worte aufgedruckt:

Die Einweisung des Personals beginnt zur Mittagsstunde im Blauen Raum.

Schlagartig musste ich an gestern Nacht denken. Bel hatte versprochen, mich aufzusuchen, und zwar vor der Einweisung, um mir zu erklären, weshalb er sich beim Blick auf meinen Vertrag so eigenartig benommen hatte. Über dem Bett hing eine Uhr. Es war schon weit nach zehn.

Vielleicht hatte Bel sein Versprechen vergessen. Wie ich ihn einschätzte, hatte er mich ohnehin schon als hoffnungslosen Fall abgeschrieben. Der Gedanke, dass mit meinem Vertrag etwas nicht in Ordnung sein könnte, machte mich nervös, und ich wollte nicht auf Antworten warten. Also schob ich meine Füße in die neuen Stiefel, die neben dem Kleiderschrank bereitstanden, und seufzte. Sie passten wie angegossen.

Zosa blickte auf. »Wohin gehst du?«

»Spazieren.« Ich kniff sie in die Nase. »Ich muss Bel finden.«

»Kann ich mitkommen?«

»Du arbeitest heute den ersten Tag. Was, wenn du lange aufbleiben musst? Du solltest dich ausruhen.« Außerdem bezweifelte ich, dass Bel mir mit einer geschwätzigen kleinen Plaudertasche am Rockzipfel irgendetwas erzählen würde. »Ich bin gleich wieder zurück.«

»Aber Jani …«

Mit einem einzigen Blick schnitt ich ihr das Wort ab. Stöhnend warf sie sich zurück aufs Bett. Kissen purzelten herunter und blieben knapp eine Handbreit über dem Boden liegen. Ich verkniff es mir, eines davon zu öffnen und reinzuschauen. *Das hole ich später nach,* schwor ich mir und streckte die Hand nach dem Türgriff aus.

»Sieh die Kerzen nicht an«, warnte Zosa mich noch schnell.

Ich trat zu ihr und strich ihr eine Locke hinters Ohr. »Kein Grund zur Besorgnis. Immerhin ist das hier der einzige Ort auf der ganzen Welt, an dem Magie sicher ist.«

✷

Nachdem ich das Zimmer verlassen hatte, nahm ich die Dienstbotentreppe nach oben, in der Hoffnung, sie würde in die Lobby führen. Aber nachdem ich etwa fünf Minuten lang Stufe um Stufe hochgestiegen war, schien sie völlig überraschend die Richtung zu ändern und wieder nach unten zu gehen.

Endlich landete ich in einem von Kerzen erhellten Flur im oberen Stockwerk, in dem eine Reihe von zierlichen Regenschirmen unter der Decke hing, aus denen es herabregnete.

Vorsichtig hielt ich die Finger unter einen, und ein feiner Sprühnebel legte sich als feuchter Film auf meine Wangen. Rasch ging ich weiter und hielt im Vorbeigehen die Finger unter jeden einzelnen Schirm. Aus einigen schienen tropische Starkregen niederzugehen, aus anderen schlugen mir heftige Böen entgegen. Ein Regenschirm in Aquamarin roch wie die Sommerregen meiner Kindheit.

Aus einem düsteren blauen Schirm gleich daneben wehte eine böige Meeresbrise. Ich berührte eine der gewachsten Speichen und bereute es im selben Moment. Es war ein

Gefühl, als würde ich auf dem weiten Ozean treiben. Ich würde mich gleich übergeben.

Eine Hand riss mich unsanft zurück.

Ich wirbelte herum und sah ein zierliches Dienstmädchen mit heller Haut und rosigen Wangen vor mir stehen. Sie war ungefähr in meinem Alter, mit blonden Löckchen, die ihr spitzes Kinn umspielten. Wir trugen beide die gleiche Uniform, abgesehen von dem Schmetterling aus Metall, der auf ihrer Schulter saß.

»Du solltest die Schirme nicht berühren«, schalt sie.

Ich wischte mir Schweißperlen von der Stirn. »Tut mir leid.«

Hinter ihr standen fünf weitere Zimmermädchen, jede von ihnen ordentlich frisiert. Ich atmete durch die Nase ein und flehte innerlich, ich möge ihnen nicht die glänzenden Arbeitsstiefel vollkotzen. Zum Glück ließ die Übelkeit rasch nach.

»Witzig, diese Schirme, was? Sie sind erst gestern aufgetaucht.«

»Ach, echt?«

»Die Flure verändern sich fortlaufend«, sagte das Mädchen und sah mir dann prüfend ins Gesicht. »Ich nehme an, du bist Jani. Du siehst sauberer aus als erwartet.«

Ich kniff die Augen zusammen. »Und wer bist du?«

»Béatrice«, sagte sie. »Leitende Hauswirtschafterin und deine neue Vorgesetzte.«

Ich staunte, denn sie sah kaum einen Tag älter aus als ich. Bels Worte kamen mir wieder in den Sinn, die Probezeit. Wenn ich hier wirklich meine neue Vorgesetzte vor mir hatte, würde sie mir die Sache mit dem Regenschirm vermutlich gleich als Minuspunkt ankreiden.

Offenbar musste ich ein recht verdattertes Gesicht gemacht haben, denn die anderen Dienstmädchen kicherten jetzt hinter vorgehaltener Hand. *Na großartig.*

»Bel hat mich informiert, dass du unter mir arbeiten wirst.« Béatrice musterte mich von Kopf bis Fuß. »Ich nehme an, man hat dir nicht gesagt, dass das Personal zu den Räumen jenseits der Lobby unbeaufsichtigt keinen Zutritt hat, jedenfalls nicht vor der Einweisung.«

Noch so eine Regel, gegen die ich verstoßen hatte.

Ich riss bedauernd die Hände hoch. »Das wusste ich nicht. Ich schwöre es.«

Die anderen Dienstmädchen tuschelten und warfen mir verstohlene Blicke zu. Am liebsten wäre ich im Erdboden versunken.

»In den Wäscheraum mit euch, los, los.« Béatrice scheuchte die Mädchen fort und fasste mich am Ellbogen. »Du nicht. Ich zeige dir höchstpersönlich den Weg zum Dienstbotenflur.«

»Warte«, sagte ich. »Weißt du vielleicht, wo ich Bel finde? Gestern meinte er, er wolle noch vor der Einweisung mit mir sprechen.«

»Und weswegen?«

»Ich … keine Ahnung«, sagte ich abwiegelnd, nicht sicher, ob ich den Vertrag erwähnen sollte.

Sie bedachte mich mit einem langen Blick. »Nun, Bel könnte im Salon sein. Ich bringe dich hin. Komm mit.« Sie lotste mich eine Treppe hinunter. Die Stufen führten uns mitten in die Eingangshalle, in der sich eine große Schar von Gästen drängte.

Noch nie hatte ich so viele unterschiedliche Menschen auf einem Haufen gesehen. Zosa und ich hatten beide dunkelbraunes Haar und einen olivfarbenen Teint, wie so viele aus dem Süden Verdannes, aber die Gäste des Hotel Magnifique waren in Gestalt und Hautfarbe so verschieden, wie man es sich nur vorstellen kann. Sie alle waren in farbenfrohe Stoffe gekleidet und mit Juwelen behangen, als wollten sie noch vor dem Abendessen einen Kostümwettbewerb gewinnen.

Ich machte kehrt, um Béatrice zu folgen, und prallte direkt mit einem Gast zusammen. Er hatte rötlich braune Haut und riesige grüne Augen. »Tut mir schrecklich leid«, murmelte ich.

Mit einem missbilligenden Schnauben öffnete er einen großen pinkfarbenen Fächer, der aus gefärbten Pfauenfedern gefertigt war. Er legte den Arm um einen hellhäutigen Mann in einem mit Quasten besetzten Hemd, dessen winzige Ringellöckchen ihm bis über die Schultern reichten. Sie tranken beide Champagner durch silberne Strohhalme.

»Pass doch auf, wo du hinläufst.« Béatrice packte mich am Arm. »Wenn du die Gäste verärgerst, und der Maître erfährt davon …« Tadelnd sah sie mich an, sodass ich mich unwillkürlich versteifte.

»Was für ein herrlicher Morgen«, flötete eine umwerfend aussehende ältere Dame, deren Gesichtshaut einen Hauch dunkler war als Bels kupferfarbener Teint. Sie trug einen Hut, auf dem sich kunstvoll gefertigte Blüten türmten, dazu eine Strandtunika.

Jeder Mensch in Durc wusste, dass die Einladungen genau zwei Wochen lang galten, und das bedeutete, dass man vierzehn verschiedene Klimazonen durchreiste.

»Wenn das Hotel sich jede Nacht weiterbewegt, woher wissen die Leute, was sie anziehen sollen?« Ich hätte nicht gewusst, was ich einpacken sollte.

»Im ganzen Hotel gibt es Schränke mit dem Wetter entsprechender Kleidung, aber die meisten Gäste orientieren sich am Reiseplan. Der füllt sich automatisch aus, sobald der Maître über das nächste Ziel bestimmt. Manchmal geschieht das einen Tag im Voraus, manchmal nur wenige Minuten vor unserem Eintreffen.« Béatrice schürzte die Lippen. »Es ist lustig, mit anzusehen, wie hektisch die Gäste jedes Mal werden. Rennen herum wie aufgescheuchte Hühner.«

Sie zog ein fast leeres Blatt Papier hervor, auf das ganz oben die Worte *Itinéraire de l'Hôtel Magnifique* gedruckt waren, daneben prangte ein roter Lippenabdruck. Offenbar hatte es jemand benutzt, um sich den Lippenstift abzutupfen.

»Ich fische die Zettel hin und wieder aus Mülleimern. Behalte ihn. So wirst du immer wissen, was uns dort draußen als Nächstes erwartet.« Mein Blick folgte ihrem Zeigefinger, mit dem sie hinter mich deutete.

Zwanzig nebeneinander angeordnete hohe Fenster zogen sich über die gesamte Fassade, jedes von ihnen flankiert von prächtigen Orangenbäumen. Dahinter war ein wunderschöner weißer Sandstrand zu sehen, aber es waren die Fenster selbst, derentwegen ich vor Staunen die Luft anhielt.

»Oh.«

»Man sagt, die Fenster beraten sich und beschließen gemeinsam, aus welchem Blickwinkel sich Anderswo von seiner Schokoladenseite zeigt. Deshalb sieht man durch alle Fenster einer Etage dasselbe.«

Es wies nicht nur jedes der Fenster zum Strand, nein, sie zeigten auch alle genau den gleichen Abschnitt. Ich sah staunend zu, wie eine Frau in fließenden karmesinroten Gewändern durch die Eingangstür nach draußen trat, dann abbog und im nächsten Moment durch alle zwanzig Fenster gleichzeitig zu sehen war.

Béatrice lächelte. »Beeindruckend, was?«

Hinter ihr war ein Schild zu sehen, mit einem Rahmen aus sich windenden und ringelnden goldenen Weinranken. Für einen flüchtigen Moment glaubte ich, hinter einem der goldenen Blätter das Gesicht einer Frau hervorspähen zu sehen. Das Schild selbst wirkte im Vergleich zum Rahmen recht gewöhnlich. Verschiedene Pfeile wiesen den Weg zu den Waschräumen, zur Garderobe, zum Ballsaal der Wunder und zum immerwährenden Büfett. Ein livrierter Angestellter drehte den untersten Pfeil um hundertachtzig Grad und änderte so die Richtung zum Büfett, das nun plötzlich links zu liegen schien statt wie zuvor rechts.

Béatrice stieß einen tiefen Seufzer aus. »Das Büfett ist schon wieder umgezogen? Ich habe keine Ahnung, wie ich das alles noch stemmen soll.«

»Du meinst, die Räume verschieben sich ganz zufällig?«

»Nichts hier passiert zufällig. Die Räume tauchen auf, wenn sie gebraucht werden. Die Spielsäle zum Beispiel zeigen sich nur bei unwirtlichem Wetter, dort finden dann zur Unterhaltung der Gäste die fantastischsten Spiele statt. Manche Ballsäle treten in Erscheinung, sobald ein Gast nach einer Feier verlangt. Es gibt noch weitere Zimmer, die bisweilen plötzlich da sind. Einmal gab es diesen Raum, der war vom Boden bis zur Decke mit Porzellantellern gefüllt.« Sie runzelte die Stirn. »Ich hab nie rausgefunden, wofür der gut war.«

»Vorhin bin ich eine Treppe hochgelaufen, die seltsamerweise die Richtung geändert hat.«

Béatrice nickte schmunzelnd. »Das Hotel ist ständig in Bewegung, um Raum für neue Zimmer zu schaffen, neue Gänge hinzuzufügen, die gesamte Anordnung zu verändern. Man gewöhnt sich dran, du wirst sehen.«

Während sie so sprach, erkannte ich endlich ihren Akzent. Fähren aus dem Norden legten gelegentlich in Durc an und brachten wohlhabende Leute zu uns, die genauso klangen wie sie. »Bist du aus dem Norden von Verdanne?«

»Solche Fragen solltest du nicht stellen«, fauchte sie. »Angestellte an ihre Heimat zu erinnern, wenn sie so weit davon entfernt sind, und das für so lange Zeit, kann schmerzhaft sein. Es ist unhöflich, sich nach so etwas zu erkundigen.«

»Mir war nicht klar ...« Ich verstummte, als sich schlagartig Stille über die Lobby senkte. Neben mir war ein Rascheln zu hören.

»Wie es aussieht, hat der Maître über das morgige Ziel entschieden«, bemerkte Béatrice.

Überall um uns herum griffen Gäste in ihre Jackentaschen oder wühlten in ihren Handtaschen, um die dünnen Blätter mit der Reiseroute herauszuholen. Wenig später erfüllten Rufe in einer Vielzahl von Sprachen den Raum.

Ich zog meinen Reiseplan mit dem roten Lippenabdruck aus der Tasche und fuhr mit dem Zeigefinger über die glänzenden violetten Buchstaben, die dort aufgetaucht waren, wo das Blatt vorhin noch weiß gewesen war. Die Stimme einer Frau – dieselbe überschwängliche Stimme, die ich bereits bei unserer Ankunft gehört hatte – verlas die Worte, als ich sie berührte.

Itinéraire de l'Hôtel Magnifique
Die Stadt Torvast, höchster Punkt des Grimmuld Hochlands.

Dann fügte sie ebenso überdreht hinzu: »Halten Sie Ihre Hüte fest, und binden Sie Ihre Schals zu. Der Wind ist ein gemeiner Dieb.« Dann folgte eine kurze Pause. »Machen Sie sich für die Abreise um Mitternacht bereit.«

»Wer ist sie?«

»Du hast diese Stimme gehört?« Béatrice machte große Augen. »Niemand vom Personal weiß davon. Seltsam, dass du sie wahrgenommen hast. Sie spricht normalerweise nur zu den Gästen.«

Ich fuhr mit dem Daumen über den Reiseplan und stellte mir vor, wie Aligney darauf erschien. Als ich wieder aufsah, hatte Béatrice sich bereits ein Stück entfernt. Ich rannte hinter ihr her, vorbei an der riesigen Voliere. Hinter der Scheibe wuchsen weiße Weinreben, so dicht, dass es unmöglich war, irgendetwas zu erkennen. »Wo ist die Tür?«

»Es gibt keine. Der Zutritt zur Voliere ist allen strengstens verboten – außer dem Maître und Hellas, dem Botanisten.« Ihr Ausdruck verdüsterte sich, als sie Hellas erwähnte. Offenbar mochte sie ihn nicht besonders. »Sehen wir zu, dass wir weiterkommen. Der Maître hasst es, wenn Hausmädchen herumtrödeln.«

Während wir die letzten Meter der Lobby durchquerten, deutete Béatrice auf verschiedene Nischen, die nach dieser Herzogin oder jenem Würdenträger benannt waren. Ich war viel zu gefesselt von allem, was ich sah, als dass ich auf ihre Worte geachtet hätte. Die Worte gingen zum einen Ohr hinein und zum anderen wieder hinaus.

Endlich blieben wir vor einer gläsernen Caféhaustür stehen, die einen spärlich beleuchteten Raum von der Lobby abtrennte.

»Da wären wir«, verkündete Béatrice.

Der Saal war zwei Stockwerke hoch, und unter der Decke hingen funkelnde Kristalllüster, von denen tropfenförmig diese farbigen Flammen herabzüngelten. Eine Frau schwebte ein Stück über der Bühne und balancierte mit den Füßen auf etwas, das wie leuchtende Sterne aussah. Dazu zupfte sie an einer hoch aufragenden Harfe, deren Klang die Gäste einlullte. Über der Tür prangten, in Bleiglas gefasst, die Worte *Salon d'Amusements*.

Diese ganze Pracht erinnerte mich an das erste Mal, als ich Zosa in die Innenstadt von Durc mitgenommen hatte. Wir standen vor einem Restaurant, nippten *chocolat chaud* und kicherten ausgelassen, während ich Geschichten über das abenteuerliche Leben der Gäste jenseits dieser Scheiben erfand. Aber das Restaurant damals war recht bescheiden im Vergleich zu dem hier.

»Bel war vorhin auf dem Weg hierher. Wenn er nicht schon wieder weg ist, hast du hier die besten Chancen, ihn zu treffen«, sagte Béatrice.

»Dürfen Dienstmädchen denn da rein?« Ich sah keine einzige Uniform zwischen den Gästen.

»Nur vor dem Mittagessen, wenn noch nicht allzu viel Betrieb herrscht. Wie gut, dass du in der Haushaltsführung arbeitest. Küchenkräfte haben hier nämlich unter keinen Umständen Zutritt.« Sie wies auf eine Treppe. »Hier lang geht es runter zum Dienstbotentrakt. Bei der Einweisung gehe ich mit dir deinen Dienstplan durch.« Mit diesen Worten eilte sie davon, wobei sie etwas von schmutzigen Betttüchern murmelte.

Ich spähte in den Salon, konnte Bel aber nirgends entdecken. Hinter der Bar stand Yrsa und bereitete verschiedene Getränke zu. Vielleicht konnte sie mir sagen, wo er zu finden war. Bevor ich es mir anders überlegen konnte, trat ich auf den Tresen zu und nahm auf einem der Barhocker Platz.

Mundgeblasene Glasbehältnisse waren hinter der Theke aufgereiht, jedes mit einer andersfarbigen Flüssigkeit gefüllt. In einem entdeckte ich auch die goldene Paste, mit der Yrsa die Schnittwunde an der Hand meiner Schwester behandelt hatte. Daneben, direkt vor meiner Nase, stand ein eigenartiger Flakon, in dem sich silbriger Rauch kräuselte. Ich hob den Pfropfen aus geschliffenem Kristallglas an, und ein hauchdünner Faden schlängelte sich daraus empor.

Yrsa stürzte herbei und verschloss den Flakon wieder. »Du bist nicht mal eine Minute hier, und schon vergreifst du dich ausgerechnet an *dem* da?«

»Was ist das?«

»Probiere ruhig einen Tropfen.«

Ich zuckte zurück, als ein hohlwangiges Gesicht mit tiefliegenden Augen hinter dem Glas erschien.

»Es sind in Flaschen gefüllte Albträume«, erklärte sie leichthin. »Sämtliche Alchemisten, die ihr Salz wert sind, besitzen eine Phiole davon.«

»Sie sind Alchemistin?« Ich hatte von Alchemisten gehört, die im Norden Verdannes an allen Straßenecken Heilmittel gegen jedes Zipperlein anpriesen und Elixiere anrührten, die man leicht mit Magie verwechseln konnte. »Aber die Alchemie ist doch keine …«

»Echte Magie?« Yrsa stieß ein schallendes Lachen aus. »Viele sind dieser Ansicht. Was verständlich ist, wenn man bedenkt, dass der überwiegende Teil ihrer Mixturen wirkungslos ist. Sie wurden vor langer Zeit von Suminaires mithilfe ihrer Magie erschaffen. Seither wurden sie tausendfach verwässert. Kein Wunder, dass das Zeug heutzutage nichts taugt. Aber nach so etwas wirst du hier vergeblich suchen.« Ihr Blick wanderte über die glänzenden Glasbehälter. »Der Großteil dieser Kreationen ist neu, allesamt von meiner Wenigkeit geschaffen.«

»Sie haben diesen Albtraum kreiert?«

»Ich habe den Inhalt dieser Flasche hergestellt, aber das Rezept dafür wurde schon vor langer Zeit von einem anderen Suminaire verfasst. Manchmal tauchen an verschiedenen Orten unserer Reise noch Teile des alten Bestandes auf.« Sie ließ den Flakon verschwinden und schob mir ein Glas hin. Die Flüssigkeit darin erinnerte farblich an mondbeschienene Granate. Sie schien förmlich zu leuchten. »Keine Bange, ist nur Saft.«

»Und das soll ich Ihnen glauben?«

»Glaub, was du willst. Ich bin zu beschäftigt, um mir darüber Gedanken zu machen.« Etwas verschnupft rauschte sie davon.

»Warten Sie. Ich bin auf der Suche nach Bel«, rief ich ihr nach, aber sie war bereits einem Gast zu Hilfe geeilt.

Mist, verdammter.

Weil ich noch nicht gehen wollte, hob ich das Glas an die Lippen und nahm einen vorsichtigen Schluck von dem Saft. Meine Augenlider flatterten. Das Getränk schmeckte wie der Kuchen vorhin, nur dick belegt mit den eingemachten Aprikosen, die ich letzten Sommer von einem Straßenhändler bekommen hatte – einem hübschen Jungen mit dunkler Haut und aufgeweckten haselnussbraunen Augen. Er hatte mir schüchtern zugelächelt und sich geweigert, Geld von mir zu nehmen. Am nächsten Tag hatte ich nach ihm Ausschau gehalten, doch sein Wagen war fort.

Ich atmete tief durch die Nase ein und glaubte, sein Duftwasser zu riechen, vermischt mit dem Geruch sonnengewärmter Haut. Das Getränk wirkte jetzt süßer, und der Geschmack von Aprikose explodierte auf meiner Zunge. Ehe ich michs versah, war das Glas leer getrunken. Der Salon füllte sich zusehends.

Eine Kellnerin mit bernsteinfarbener Haut sah mich aus ihren hübschen zusammengekniffenen Augen an. »Ziemlich spät für ein Dienstmädchen, um sich noch hier aufzuhalten.«

»Tut mir leid.« Ich sprang von meinem Hocker herunter.

Eine starke Hand legte sich in mein Kreuz und stützte mich. »Sie gehört zu mir«, erklärte eine schneidende männliche Stimme.

Die Kellnerin stutzte. Dann machte sie einen höflichen Knicks und sauste davon.

Ich versteifte mich, als Bel neben mir Platz nahm und gegen das leere Glas tippte. »Der Saft hat dir also geschmeckt, wie ich sehe?«

An diesem Morgen war er frisch rasiert und hatte sich die Haare hinter die Ohren gestrichen. Er sah umwerfend aus, wie ich zugeben musste. Genau der Typ Mann, nach dem die meisten Mädchen der Pension Bézier geschmachtet hätten.

Bei diesem Gedanken senkte ich schamhaft den Blick. Bel trug dieselbe Jacke wie gestern, die Knöpfe seines Hemds so weit geöffnet, dass seine Schlüsselbeine zu sehen waren und die Kette um seinen Hals hervorlugte. Als er meinen Blick bemerkte, setzte ich mich zurück auf den Hocker. Mir wurde schrecklich heiß unter dem engen Spitzenkragen. Der Anflug eines Lächelns umspielte seine Lippen.

»Grins nicht so«, zischte ich nervös. Als sein Lächeln noch breiter wurde, sah ich ihn finster an. Genug jetzt. »Mir ist aufgefallen, dass du ein komisches Gesicht gemacht hast, als du nach meinem unterschriebenen Vertrag gegriffen hast. Du meintest, du würdest mir deine Reaktion erklären. Wenn damit irgendetwas nicht stimmt …«

»Nicht hier.«

»Es ist also wirklich was nicht in Ordnung damit.« Mein Puls raste. »Was denn?«

Er brachte seine Lippen dicht an mein Ohr. »Ich habe vor, es dir später zu zeigen.«

»Mir *was* zu zeigen?«

»Wie ist deine Schwester so?« Er hatte unvermittelt das Thema gewechselt.

»Du hast sie doch kennengelernt.«

»Ich will mehr über sie wissen.«

Ich fühlte mich gezwungen, etwas zu sagen. Also antwortete ich ihm, recht detailliert. Ich erzählte ihm alles, von Zosas Lieblingslied und davon, dass sie mich immer mit den Fingern anschnipste, wenn ich durch den Mund atmete. Ich presste die Lippen fest aufeinander, doch die Worte sammelten sich dahinter, wie Spucke, die unbedingt rauswollte. Also ließ ich sie raus. Tränen brannten mir in den Augen, als ich anfing, unser Leben in Aligney mit den Tagen in Durc zu vergleichen. Wie wir aus Béziers Vorratskammer geklaut hatten. Wie neidisch ich gewesen war, dass Zosa zu Hause bleiben durfte, während ich mir in der Gerberei die Finger wund schürfte.

Bel hörte aufmerksam zu, ohne mich ein einziges Mal zu unterbrechen.

»Keine geistreiche Bemerkung diesmal?«

»Es tut mir leid, dass du das alles durchmachen musstest.«

Er klang tatsächlich so, als meinte er es aufrichtig, was mich nervös machte. Jetzt wollte auf einmal *ich* das Thema wechseln, deshalb deutete ich auf das Heft seines Schnappmessers. »Was ist mit deinem Finger passiert?«

»Man hat ihn mir entfernt«, antwortete er knapp. »Wie alt bist du?«

»Siebzehn.« Ich musterte ihn neugierig. Er selbst konnte nicht wesentlich älter sein. »Wie viele Suminaires gibt es im Hotel?«

Er verschränkte die Arme. »Zu viele. Woher stammen deine Eltern?«

»Verdanne. Woher sonst?«

Das Blut rauschte durch meine Adern, als er mir forschend ins Gesicht sah. »Wenn deine Schwester nicht hergekommen wäre, wärst du dann trotzdem gern hier?«

Ich wollte Nein sagen, behaupten, dass ich bestimmt noch in Durc wäre, um Geld für unsere Heimreise zu verdienen. Aber ich brachte die Worte nicht über die Lippen.

»Na?«, drängte er mich.

»Ja«, sagte ich und seufzte, denn es stimmte. Es spielte gerade keine Rolle, ob Zosa hier war oder nicht. Ich war voller Neugier auf all die fremden Orte jenseits dieser Tür. Eine unerwartete Sehnsucht schwoll in meiner Brust an, aber ich war schlau genug, ihr nicht nachzugeben. Es war dieselbe idiotische Neugier, die mich ursprünglich dazu verleitet hatte, nach Durc zu gehen, und uns von allem, was wir bis dahin gekannt hatten, trennte.

Schuldgefühle nagten an mir. Ich rieb mir mit den Handballen die Augen.

»Was ist los?«, erkundigte sich Bel.

»Ich musste nur gerade an zu Hause denken.«

Er beugte sich verschwörerisch vor. »Vermisst du es?«

Das war mal mächtig untertrieben. In den vier Jahren, die wir in Durc verbracht hatten, hatte ich mit der ständigen Angst gelebt, dass ich den einzigen Ort zurückgelassen hatte, an den ich wirklich gehörte. »Sobald diese Anstellung hier zu Ende geht, kehre ich mit meiner Schwester nach Aligney zurück.«

»Verstehe«, sagte er. »Will deine Schwester auch dorthin zurück?«

»Ich … klar will sie das.«

Er wölbte eine Augenbraue. »Hast du sie mal gefragt?«

»Nicht so richtig. Ich hab nur … Ich …« Stammelnd verlor ich den Faden, da mehr und mehr Fragen in mir aufstiegen wie kleine blubbernde Bläschen und meinen Schädel anfüllten, bis ich das Gefühl hatte, er würde jeden Moment explodieren. Ich öffnete den Mund und sagte das Erstbeste, was mir einfiel. »Warum hast du wegen dieser Orange gelogen?«

Bel beugte sich so weit zu mir vor, dass mich sein Atem an den Wangen kitzelte. Mein Puls flatterte. »Unser Maître neigt zu Überbesorgnis, was seine Orangen betrifft. Wenn er wüsste, dass du eine zerbrochen hast, würde er dich nie wieder gehen lassen. Und jetzt kein Wort mehr darüber.«

Doch die merkwürdigen Kerzen, die endlose Magie … Die Fragen fühlten sich an wie Messer in meiner Kehle. Sie mussten raus, sofort, sonst würde ich noch platzen.

Ich erkannte mich kaum wieder.

Zwar war ich von Natur aus keineswegs verschlossen, aber ich hatte noch nie so offen zu einem Mann gesprochen, den ich kaum kannte und dem ich schon gar nicht vertraute. Tatsächlich hatte ich nie jemandem ein Wort davon erzählt, wie hart mein Leben in Durc war. Und ich war keineswegs stolz darauf.

Als ich mich umsah, begegnete ich Yrsas Blick, die am anderen Ende der Bar stand. Da kam mir ein Gedanke. Alchemisten handelten unter anderem mit bewusstseinsverändernden Tränken. Ob sie da ihre Hände im Spiel hatte?

»Was war da drin?« Ich schnupperte an dem letzten Rest Saft im Glas.

»Wenn ich dich schon unter meine Fittiche nehme, muss ich vorab ein paar Dinge wissen.«

Er steckte also dahinter und hatte dafür gesorgt, dass ich ihm Details aus meinem Leben erzählte. Der Saft war eine Art Wahrheitsserum gewesen.

»Du hast ihr aufgetragen, mir eine Droge einzuflößen?«

»Tut mir leid, aber ich hatte keine Wahl. Normalerweise übernimmt Yrsa die Befragungen. Ich bezweifle stark, dass dir diese Option gefallen hätte. Also habe ich sie gebeten, dieses Privileg mir zu überlassen«, erklärte er ungerührt.

Er glaubte also allen Ernstes, mir einen Gefallen getan zu haben. Unerhört.

»Außerdem war nur ein einziger Tropfen Wahrheitselixier in dem Saft«, fuhr Bel fort. »Auf diese Weise findet Yrsa die versteckten Fähigkeiten von potenziellen neuen Angestellten heraus, damit sie die offenen Stellen mit den besten Kandidatinnen und Kandidaten besetzen kann. Normalerweise träufelt sie den Leuten das Serum auf die Zunge, für den letzten Teil des Vorstellungsgesprächs.«

So weit war ich nie gekommen. Aber Zosa schon. In diesem Teehaus hatte sie ihren Vertrag für meinen Geschmack viel zu überstürzt unterzeichnet. Es musste dieser Tropfen Wahrheitselixier gewesen sein, der sie manipuliert hatte. Bei dem Gefühl, das durch meine Adern rauschte, verstand ich gut, dass man sich unter dem Einfluss dieser Droge schnell zu einer unbesonnenen Reaktion verleiten ließ. »Wie lange hält die Wirkung an?«

»Nur wenige Minuten, bedauerlicherweise.« Der Anflug eines Lächelns umspielte seine Lippen. »Um ganz ehrlich zu sein, war das der absolute Höhepunkt meines Vormittags.«

»Du bist ein Scheusal, weißt du das?«

Er hob trotzig sein Kinn an. »Und du bist die Erste, die das Zeug hat, mir das auf den Kopf zuzusagen.«

»Das scheint dich zu überraschen.«

»Irgendwie schon«, sagte er, fast wie zu sich selbst. »Wegen des Vertrags komme ich später noch mal auf dich zu. Wenn du länger als zwei Wochen durchhalten willst, solltest du pünktlich zu deiner Einarbeitung kommen.«

Stimmt. Die Hand an die Kehle gelegt, als könnte ich so verhindern, dass weitere unerwünschte Worte aus mir heraussprudelten, eilte ich davon.

6

Im Blauen Raum, der sich im Dienstbotentrakt befand, war es brütend heiß. Das einzig Schöne war die himmelblaue Decke, die mit fluffigen weißen Schäfchenwolken bemalt war.

Ich sah mich nach Zosa um. Sie war nicht in unserem Zimmer gewesen, deshalb war ich davon ausgegangen, dass ich sie hier antreffen würde, aber sie war nirgends zu sehen. Meine Besorgnis wuchs, als ich gedanklich noch einmal alles im Detail durchging, was Bel mir erzählt hatte. Ich dachte zurück an die Made, die sich gestern um Mitternacht aus meiner Haut herausgewunden hatte. Wenn die Verwendung einer alten Einladung so heftige Folgen hatte, dass es mich um ein Haar das Leben gekostet hätte, dann konnte noch viel Schlimmeres passieren, wenn mit meinem Vertrag etwas nicht stimmte.

»Alle mal herhören!«, durchbrach eine schneidende Stimme den Lärm.

»Wer hat da gesprochen?«, flüsterte eine Arbeitskraft hinter mir.

Jemand deutete auf einen riesigen vergoldeten Spiegel, der an einer Seitenwand hing. Das Spiegelbild des

Maître erschien darin, aber die Stelle im Raum, an der er den Gesetzen der Logik nach hätte stehen müssen, war leer.

»Willkommen alle zusammen in meinem Hotel«, sagte das Spiegelbild, und sämtliche Anwesenden schnappten hörbar nach Luft. »Mein Name ist Alastair. Und auch wenn ich nichts lieber täte, als diese Einweisung persönlich zu übernehmen, bin ich leider anderweitig beschäftigt.«

Während er sprach, lag ein starres Lächeln auf seinen Lippen. Es erinnerte mich an die grotesk verzerrten Mienen von Marionetten.

»Was wisst ihr über das Hotel Magnifique?«, fragte das Spiegelbild in den Raum hinein.

»Es ist der einzige Ort auf der Welt, an dem Magie sicher ist!«, rief ein hellhäutiger Junge in Portierslivree. »Und es bleibt immer nur einen Tag lang an ein und demselben Ort.«

»Ausgezeichnet. Sonst noch etwas?«

Ein älteres Mädchen mit samtig brauner Haut sagte: »Wir müssen bis spätestens Mitternacht drinnen sein.«

»Und was geschieht, wenn wir draußen erwischt werden?«, wollte ein bleichgesichtiger Kofferträger wissen.

»Die Eingangstür ist die Demarkationslinie des Hotels: die Grenze zwischen dem Drinnen und Anderswo. Wenn sich Gäste oder Angestellte mit unterschriebenem Vertrag noch draußen aufhalten, sobald das Hotel sich um Mitternacht weiterbewegt, verschwinden sie auf Nimmerwiedersehen. Das ist ein unschöner Nebeneffekt der mächtigen Magie, die garantiert, dass im Inneren des Hotels alle sicher sind.«

Totenstille senkte sich über den Raum.

Zosa hatte ihren Vertrag unterzeichnet.

Bei unserer Begegnung in Béziers Küche war Bel eisern gewesen, entschlossen, sie um jeden Preis mitzunehmen. Ich war davon ausgegangen, dass er damit irgendwelche egoistischen Ziele verfolgte. Dabei hatte er ihr in Wahrheit das Leben gerettet, wie mir jetzt klar wurde. Und da hatte ich noch versucht, ihm mit diesem rostigen alten Messer Einhalt zu gebieten. Hätte ich meinen Willen durchgesetzt, wäre Zosa für immer verloren, und es wäre allein meine Schuld gewesen.

Ich stellte mich auf die Zehenspitzen und hielt noch einmal Ausschau nach ihr. Aber in dem Meer von Köpfen in dem Raum war es unmöglich, sie auszumachen. Mein Puls beschleunigte sich. *Hör auf, dir ständig Sorgen zu machen. Sie wird wahrscheinlich von jemandem verdeckt,* versuchte ich mich zu beruhigen, doch leider vergebens.

Plötzlich schob Zosa sich neben mich, und ich schnappte zitternd vor Erleichterung nach Luft. »Wo hast du gesteckt?«

Sie antwortete nicht. Ihre Augen waren auf eine wunderschöne Frau mit einem Teint so makellos wie Porzellan geheftet. Sie stand in der Nähe des Spiegels und trug die gleiche Samtuniform wie Yrsa, nur dass die ihre sich eng an ihre Kurven schmiegte und ein tiefes Dekolleté hatte. Auf ihrem Kopf saß eine opulente Perücke mit veilchenblauen Locken.

»Wer, denkst du, ist sie?«, fragte Zosa, von Ehrfurcht ergriffen.

»Jedenfalls verbringt sie ihre komplette Zeit vor dem Schminkspiegel.«

Zosa prustete ungehalten los.

»Sei ruhig«, sagte ich. Doch wir mussten beide kichern, bis Zosa stirnrunzelnd an ihrer Bluse zupfte – derselben, die sie heute früh angelegt hatte. Alle trugen Uniform, nur sie nicht. »Wo ist deine Uniform?«

»Sie meinten, die würde ich später bekommen.«

»Sie?«

»Die anderen Darstellerinnen und Darsteller. Ist das zu fassen? Ich werde tatsächlich singen!«

Ich freute mich für sie, das tat ich wirklich, aber aus irgendeinem unerfindlichen Grund musste ich mich zu einem Lächeln zwingen. »Haben sie auch gesagt, wann du anfangen sollst?«

Sie schüttelte unwirsch den Kopf und stieß mir den Ellbogen in die Rippen, als das Spiegelbild des Maître sich räusperte. Die Kerzen flackerten auf, und alle im Raum wurden mucksmäuschenstill.

»Leider muss ich noch eine Warnung aussprechen«, sagte das Spiegelbild, das unheimliche Lächeln so breit wie zuvor. »Jeder Einzelne von euch hatte das Glück, eine Anstellung zu bekommen, aber die Erfahrung der Gäste ist für uns das A und O. Wenn jemand gegen die Regeln verstößt, werden wir nicht zögern, denjenigen oder diejenige auf der Stelle zu entlassen. Die Liste von Bewerbern, die um die Stellen hier wetteifern, ist lang. Bitte behaltet das im Hinterkopf.«

Ich drückte Zosas Hand. Das Letzte, was ich wollte, war, nach Durc zurückgeschickt zu werden.

»Also«, fuhr das Spiegelbild fort, »befolgt die Regeln, und ihr habt nichts zu befürchten.«

»Welche Regeln?«, fragte jemand.

»Die erfahrt ihr in den kommenden Tagen von euren jeweiligen Vorgesetzten. Es sind reine Vorsichtsmaßnahmen, die leider nötig sind, damit die Magie im Hotel für alle sicher bleibt. Wenn ihr euch an die Vorgaben haltet, verdient ihr euch das Privileg, all die Orte da draußen zu erkunden. So dürft ihr kostenlos das erleben, wofür unsere Gäste teuer bezahlen. Wenn ihr aber nicht warten könnt, erkläre ich euren Vertrag für nichtig, und ihr könnt jederzeit gehen, wie es euch beliebt.«

Das Herz klopfte mir bis zum Hals. Das bedeutete also, dass wir nach Aligney zurückkehren konnten, sobald das Hotel in die Nähe kam. Aber bis dahin würden wir unserer Arbeit nachgehen und uns einige der Orte auf unserer Reiseroute ansehen. Ich biss mir auf die Unterlippe, um nicht vor Freude laut loszulachen.

»Und nun bereitet euch vor auf den wunderbarsten Arbeitsplatz, den ihr je haben werdet.« Das Spiegelbild des Maître machte eine ausladende Wischbewegung. Winzige Glitzerpartikel stoben aus dem Spiegel und senkten sich auf unsere Nasen. Während sie sich leise zischend auflösten, verschwand auch sein Spiegelbild.

Das Personal begann sich zu Gruppen zusammenzufinden, nach Uniformen geordnet. Wir konnten leider keine weiteren Darstellerinnen oder Darsteller ausmachen, deshalb blieb Zosa kurzerhand bei mir. Wenig später entdeckte ich Béatrice, die inmitten einer Schar neuer Dienstmädchen stand, einem guten Dutzend junger Frauen mit den unterschiedlichsten Figuren und Hautfarben, so mannigfaltig wie die Gäste.

Béatrice brachte ein Buch zum Vorschein, das den Titel *Monsieur Valettes Regeln für die Haushaltsführung in Ho-*

tels, 4. Auflage trug. »Die Vormittage sind ganz dem Säubern der Gästesuiten vorbehalten«, las sie laut vor.

Das bedeutete, wir würden Bettzeug wechseln und Böden wienern, bis sie glänzten. Außerdem würde ich mich um die Kerzenständer kümmern, Staub von den Möbeln wischen, die Teppiche kämmen und die Bettvorleger ausklopfen.

»Nach einem schnellen Mittagessen macht ihr da weiter, wo ihr aufgehört habt. Natürlich fallen zwischendurch immer wieder zusätzliche Arbeiten an: die Ballsäle reinigen, Waschräume putzen …« Béatrice setzte ein süßes Lächeln auf. »Die Toiletten schrubben.«

Zosa kicherte schadenfroh, woraufhin ich ihr den Finger in die Rippen stieß.

Béatrice ging des Weiteren auf unsere Pflichten vor und nach dem Dinner ein. Dann gab sie uns einen kurzen Überblick über die Gäste, die eine schwindelerregende Vielzahl von Nationalitäten repräsentierten. Das Einzige, was sie alle gemeinsam hatten, waren ihre gut gefüllten Geldsäckel, wie ich erfuhr; die begehrten Einladungen galten für einen zweiwöchigen Aufenthalt, der sie ein Vermögen kostete.

»Warum verlangt der Maître eigentlich so viel Geld?«, erkundigte sich ein hochgewachsenes Mädchen mit bronzefarbener Haut.

»Du wirst schon noch sehen, dass das Geld der Gäste von großem Nutzen ist.«

Ich verstand ja, dass genügend finanzielle Mittel nötig waren, um Vorräte zu kaufen, aber der Maître war doch der mächtigste Suminaire der Welt. »Und wozu braucht er eigentlich Dienstmädchen, wo wir schon dabei sind?«, schickte ich gleich hinterher. »Kann er dem Hotel denn nicht befehlen, sich selbst zu reinigen?«

»Bedauerlicherweise nicht. Es gibt Zauber, die helfen aufzuwischen, wenn etwas verschüttet wurde, und auch bei einigen kleineren Aufgaben gibt es nützliche Sprüche. Früher gab es einen Zauber, mit dem konnte man Betten machen, bis einmal jemand von den Gästen verschlafen hatte. Das Bett machte sich von selbst und klemmte diesen *armen* wohlhabenden Gast unter den frisch gestärkten Laken ein.« Sie schien sich ein Schmunzeln verkneifen zu müssen. »Die Gäste wechseln ständig, und die Räume werden immer den jeweiligen Erfordernissen angepasst. Die Magie aber ist in einem Zustand des ständigen Wandels nicht effektiv. Der Maître würde die Räumlichkeiten laufend mit neuen Zaubern belegen müssen.«

»Und warum tut er das nicht?«

Sie zuckte mit der Schulter. »Er hat mir erklärt, Zauber bräuchten Zeit. Ein Trupp Dienstmädchen ist besser dafür geeignet, sich nahtlos um alles zu kümmern, ohne ihn jedes Mal um Rat fragen zu müssen. Er zieht dieses Vorgehen nun einmal vor.«

Während Béatrice sprach, tanzten plötzlich Sonnenstrahlen über unsere Gesichter. Die gemalten Wolken wechselten ihre Farbe, nahmen eine Färbung in Rosa- und Fliedertönen an, als würde die Sonne direkt hier im Zimmer untergehen.

Béatrice hob den Blick zur Decke. »Ihr werdet hier Magie erleben, wie man sie nirgends sonst zu sehen bekommt. Das alles dient der Belustigung der Gäste, was nicht heißt, dass ihr euch nicht auch beeindrucken lassen dürft.«

Sie strich versonnen über den Schmetterling auf ihrer Schulter. Die metallenen Flügel flatterten von allein. Sie musste eine Suminaire sein!

Türen schwangen auf. Die Scharen neuer Angestellter strömten aus dem Raum.

Die Gruppe von Dienstmädchen wollte sich ebenfalls in Bewegung setzen, als Béatrice noch einmal ihre Stimme erhob. »Noch eine letzte Sache! An jedem siebten Abend veranstalten wir um Mitternacht eine kleine Soiree. Heute ist bereits die erste dieser Abendveranstaltungen, da darf ich nicht riskieren, dass neue Dienstmädchen durch die Lobby irren. Ihr werdet euer Abendessen auf euren Zimmern einnehmen. Eure Arbeit beginnt morgen früh mit Anbruch der Dämmerung. Wir treffen uns im Wäscheraum im ersten Stockwerk.« Damit empfahl sie sich und begann eine Unterhaltung mit einer stämmigen bleichgesichtigen Frau in Vorgesetztenuniform.

Gerade als ich mich zum Gehen wenden wollte, stand plötzlich diese atemberaubend schöne Frau mit der blauen Perücke neben meiner Schwester. Auf ihren Wangen lag eine dicke Schicht der Crème de Rose, die Maman immer sehr sparsam auf ihre Wangen getupft hatte.

»Du musst Zosa sein. Bist du nicht ein hübsches kleines Ding? Bitte folge mir, meine Süße.« Schon schloss die Frau ihre Finger um das Handgelenk meiner Schwester.

Das alles ging mir viel zu schnell, weshalb ich Zosa instinktiv am Arm zurückhielt.

Mit verärgerter Miene schlug die Dame meine Hand mit einem quastenbesetzten Fächer weg. »Mach keinen Ärger. Dieser exquisite kleine Leckerbissen wird von jetzt an für mich arbeiten. Sie wird eine von meinen *Chanteuses*.« Sie musterte mich abschätzig, während sie an etwas in ihrem Ausschnitt herumfingerte. Es war ein silberner Anhänger, eine Vogelkralle. »Und wer bist du?«

»Ihre Schwester.«

»Ah.« Sie ließ die Wimpern flattern. Dann nickte sie jemandem zu, der hinter mir stand. Béatrice erschien an meiner Seite. »Wenn dein neues Mädchen die Stelle behalten möchte, soll sie mir nicht in die Quere kommen«, sagte sie, an Béatrice gewandt.

Zosa straffte die Schultern. Mit unsicherem Blick wandte sie sich zu mir um und sah mich ratlos an, bis ihre neue Vorgesetzte sie am Arm nahm und aus dem Raum zerrte.

Wie versteinert stand ich da, nachdem die Tür sich hinter ihnen geschlossen hatte. Es fühlte sich genauso an wie damals, als Zosa unbemerkt durch das östliche Tor der Stadtmauer von Aligney geschlüpft und verschwunden war. Vor Angst wie von Sinnen, war ich umhergerannt, bis sie eine Stunde später wieder aufgetaucht war, mit einem Riesenstrauß Wildblumen in der Hand.

Genau das gleiche Gefühl befahl mir nun lautstark, ihr nachzusetzen. *Beruhige dich. Zosa ist hier drinnen vollkommen sicher,* rief ich mir ins Gedächtnis. *Du wirst sie später sehen.* Außerdem war das Hotel nicht gerade die freie Wildnis.

»Wie es aussieht, arbeitet deine Schwester für Madame des Rêves«, stellte Béatrice fest.

Madame des Rêves – die Dame der Träume. Der Titel erinnerte mich an die fantasievollen Bühnennamen auf den farbenprächtigen Plakaten in der Gegend der Vieux Quais von Durc. Das konnte unmöglich der echte Name dieser Frau sein. »Ihre Uniform sah ein wenig aus wie Yrsas. Bilden die beiden ein Team?«

»Das könnte man so sagen. Sie arbeiten beide schon, solange ich hier bin, sehr eng mit dem Maître zusammen.« Sie zog die Mundwinkel nach unten. »Aber sie haben unterschiedliche Pflichten. Yrsa ist für den Salon zuständig, während Madame des Rêves die Aufsicht über die Bühnenkünstler hat und die Soireen veranstaltet.«

»Heißt das etwa, Zosa wird heute Abend singen?«

»Möglich.« Béatrice bugsierte mich zur Tür. »Irgendwann in den kommenden Tagen kannst du sie treffen. Dann könnt ihr beide euch austauschen. Aber vorerst möchte ich, dass du auf dein Zimmer gehst. Deine Arbeit beginnt mit Anbruch der Morgendämmerung. Und das ist nicht verhandelbar.«

Ich stutzte. »Irgendwann in den kommenden Tagen? Aber Zosa und ich teilen uns doch ein Zimmer?«

»Ich habe von eurem kleinen Arrangement mit Bel gehört. Das war in allerletzter Minute. Aber es gibt reichlich Zimmer hier drinnen. Deine Schwester bekommt eines in der Nähe der anderen Darstellerinnen und Darsteller.« Und damit schob sie mich zur Tür hinaus und schlug sie mir vor der Nase zu. Ich war viel zu verdattert, um wütend zu sein.

Dann hatte ich also ein eigenes Zimmer.

So etwas wie einem eigenen Zimmer war ich an meinem neunten Geburtstag am nächsten gekommen, als Maman mich mit einem Bett überraschte, das sie den Beaumonts zwei Häuser weiter abgekauft hatte. Das knarzende Ding war wunderschön gewesen, mit filigranen Weinreben, die in das geölte Walnussholz geschnitzt waren. Viel besser als das Gitterbett, das ich mir mit Zosa geteilt hatte, vor allem, weil es mir allein gehörte.

Aber in jener ersten Nacht hatte es sich seltsam angefühlt, allein in diesem Bett zu liegen. Zosa musste ähnlich empfunden haben, weil sie irgendwann mitten in der Nacht klammheimlich unter meine Decke schlüpfte. Ich tat damals so, als sei ich mächtig genervt. Sie war meine kleine Schwester. Ich sollte sie nicht in meinem Bett haben wollen. Aber ich hatte so lange Zeit neben ihr geschlafen, dass sie mir schrecklich fehlte.

Jetzt würde ich ein ganzes Zimmer für mich allein haben.

Wie benommen steuerte ich durch den in Kerzenlicht getauchten Flur. Wenig später erklangen um mich herum gedämpfte Geräusche, die von überall und nirgends zu kommen schienen: prasselnder Regen, das leise Schmatzen eines Kusses, raschelnde Seide und unterdrückte Flüche. Die Laute hüllten mich ein wie ein Traum und raubten mir die Orientierung. Ich war mir nicht sicher, in welche Richtung ich lief oder ob ich schon einmal durch diesen Korridor gekommen war.

Vielleicht arrangierten sich die Flure auch neu. Plötzlich war ich mir nicht einmal mehr sicher, ob dieser Weg zurück in mein Zimmer führte. Bald schlich ich auf Zehenspitzen durch einen Gang mit nichts als einer einzigen Tür, in deren Holz eine Sonne und eine Schneeflocke geschnitzt waren, darunter die Worte *Conditions Météorologiques Actuelles*. Aktuelle Wetterbedingungen.

Béatrice hatte diese Wetterkammern erwähnt. Vorsichtig zog ich die Tür auf, in der Erwartung, irgendetwas Außergewöhnliches zu sehen. Aber das Ganze entpuppte sich als gewöhnliche Abstellkammer für Schrubber und Scheuerlappen.

»Die Wetterkammern sind nur den Gästen zugänglich.«

Ich wirbelte herum und stand Bel gegenüber, der eine elegante Abendlivree trug. Mein Puls begann zu rasen, weil er so dicht vor mir stand.

»Ich war auf deinem Zimmer, aber du warst nicht da.«

»Du warst bei mir?« Ich sah mich um. »Ich dachte, es müsste hier irgendwo sein.«

»Dein Zimmer befindet sich auf der anderen Seite des Stockwerks.«

»Aha«, sagte ich und drehte mich zu der Abstellkammer um, damit er nicht mitbekam, wie mir die Röte in die Wangen stieg. »Wie funktioniert die?«

»Wenn ich es dir zeige, versprichst du mir dann, dass du nicht noch mal einfach irgendwo herumschnüffelst?«

Ich hätte ihm auch noch andere Dinge versprochen. Deshalb nickte ich. Er schnappte sich meine Hand. Ich versuchte, mich von ihm loszureißen, aber sein Griff blieb eisern.

»Keine Angst, ich beiße nicht. Außerdem wird dir das gefallen.«

Ein Kribbeln durchfuhr mich, als Bel mich in die kleine Kammer führte. Er zog die Tür hinter uns zu, sodass ich die Hand nicht mehr vor Augen sehen konnte. Das hier war ein großer Fehler.

»Und jetzt nicht bewegen«, sagte er.

7

Für einen kurzen Moment kniff ich die Augen zu, dann kitzelte mich plötzlich eine kühle Brise an der Nase. »Was passiert jetzt?«

»Wenn du deine Augen aufmachen würdest, könntest du es vielleicht selbst sehen.«

Also schlug ich sie auf und stieß einen Schrei aus. Panisch riss ich die Hände hoch und klammerte mich an Bels Schultern fest.

»Ich hätte schwören können, dass du mich nicht ausstehen kannst.«

»Wie kommst du auf die Idee?« Ich verpasste ihm einen Stoß und hätte dabei fast das Gleichgewicht verloren.

Wir standen auf einem Felsen mitten in einem weiten Ozean. Wellen brachen sich an dem Gestein, und ein frischer Wind fuhr unter meine Röcke. Unter uns sprang etwas Riesenhaftes aus dem Wasser, mit einem Maul voll spitzer, scharfer Zähne. Taumelnd klammerte ich mich an Bels Jacke fest. Daraufhin legte er schützend seine Hände um meine Taille. Diesmal wagte ich es nicht, ihn zurückzustoßen, obwohl ich große Lust gehabt hätte, weil seine Brust vor Lachen bebte.

»Das ist nicht lustig«, fauchte ich aufgebracht.

»Oh doch, ist es. Keine Sorge. Dir passiert nichts.«

»Sagt ausgerechnet die Person, der ich keinen Millimeter über den Weg traue.« Ich blickte hinaus auf das dunkle, aufgepeitschte Meer. »Wo sind wir?«

Bel deutete auf drei Gebäude, die in der Ferne am Strand standen. Nun, zwei Gebäude vielmehr und ein schmales Bauwerk, das dazwischengezwängt war.

»Es ist das Hotel«, sagte ich erstaunt.

Nur dass die weiß getünchten Holzlatten durch eine pfirsichfarbene Lehmfassade ersetzt waren. Die Reihe schmaler Fenster war immer noch genauso positioniert wie zuvor, über fünf Etagen und mit einem runden Fenster ganz oben im Giebel. Das Hotel schien immer noch aus demselben Grundgerüst zu bestehen, nur mit einer anderen äußeren Verkleidung. Als hätte es sich Punkt Mitternacht wie eine Schlange aus seiner alten Haut geschält.

»Sind wir draußen?«

»Nein. Aber genau das hier bekämen wir zu sehen, wenn wir draußen wären. Es ist das aktuelle Wetter.« Er hob die Hand und schien in die Luft klopfen zu wollen, aber dann trafen seine Knöchel auf etwas, was solide klang. »Streng genommen stehen wir immer noch in dieser Kammer. Wenn du also nicht von einem unsichtbaren Wischmopp aufgespießt werden willst, schlage ich vor, du hältst gleich still.«

Es war also ein Zauber, der für dieses unglaubliche Spektakel verantwortlich war, genau wie bei der Decke mit den Wolken und dem Sonnenuntergang im Blauen Raum.

»Halt ganz still.« Die Arme fest um mich geschlungen, drehte Bel mich blitzschnell zum offenen Wasser um.

Mein Herz machte einen Satz. Gierig sog ich die Gerüche der Nacht in mich auf, den salzigen Wind. Mir war schwindelig.

»Alles in Ordnung?«, fragte er.

»Nein. Ja. Es fühlt sich an, als stünde ich am Rande von Zeit und Raum«, gab ich zurück und musste niesen, als mich die salzige Meeresbrise in der Nase kitzelte.

Bel verhielt sich mucksmäuschenstill. Ich sah mich nach ihm um. Ein kleines Lächeln umspielte seine Mundwinkel. Wenigstens er hatte seinen Spaß.

Jetzt spürte ich, wie Bewegung in ihn kam. »Ich nehme an, du hast noch nicht viele Orte wie diesen gesehen?«

»Oh, doch, den einen oder anderen«, schwindelte ich, denn ich war natürlich nicht annähernd mit etwas Vergleichbarem in Berührung gekommen. »Ich wette, du hast schon viel gesehen von der Welt, hast viele verschiedene Orte besucht.«

»Das schon«, sagte er. »Aber kennst du einen, kennst du alle.«

»Das ist doch Quatsch.«

»Ach, glaubst du?«

»Keine zwei Orte sind gleich. Allein im Meer südlich von Verdanne gibt es vier Inselketten, und jede hat ihre ganz eigenen unverkennbaren Merkmale.«

Er hob eine Braue. »Du magst Geografie?«

Ich liebte Geografie, aber ich zögerte, es ihm gegenüber zuzugeben. Er wirkte auf mich welterfahrener als irgendjemand sonst, der mir je begegnet war. »In der Pension, in der meine Schwester und ich gewohnt haben, gab es ein Zimmer voll alter Atlanten. Seefahrer hatten sie zurückgelassen.« Mir wurde warm ums Herz bei der Erinnerung daran, wie ich oft stundenlang über den knittrigen Seiten gebrütet und in Gedanken die einzelnen Länder bereist hatte.

Manchmal beförderten mich solche alten, verstaubten Karten zurück in meine frühe Kindheit. Damals hatte ich davon geträumt, an fernen Stränden entlangzuschlendern, in Ländern, deren Namen ich nicht auszusprechen vermochte, und dann splitternackt im heißen Sand zu liegen, mit nichts als dem Sonnenschein, der meinen Körper bedeckte. Ich hatte davon geträumt, die Welt mit jedem Zentimeter meines Wesens zu erkunden. Aber das war lange vor Durc gewesen, bevor ich von zu Hause weggegangen war.

»Was ist los?«, erkundigte sich Bel.

»Wie oft kommt das Hotel in den Süden Verdannes?«

»Denkst du wieder an dein Dorf?« Diesmal lag in seinem Ton nichts Neckendes.

»Warum fragst du?« Als ich zu ihm aufblickte, überlief es mich eiskalt.

Er betrachtete mich mit demselben ernsten Ausdruck wie gestern, als die Orange heruntergefallen und zerbrochen war. Jetzt hob er seine Hand. Die Griffkante seines Schnappmessers streifte mein Kinn. »Mir ist jetzt schon sonnenklar, dass du für diesen Ort viel zu neugierig bist.« Er ließ die Hand wieder sinken. »Da wären wir«, sagte er unvermittelt, dann schob er sich an mir vorbei und trat aus der Wetterkammer.

Ich blinzelte. Der Strand war verschwunden.

Ich tastete mit den Händen haltsuchend nach der Wand. »Du hättest mich wenigstens vorwarnen können.«

»Und wo bliebe da der Spaß?«, meinte er mit einem schiefen Grinsen und flitzte eine Treppe nach oben. Ich hätte schwören können, dass die da vorhin noch nicht war.

»Hey!« Ich sprintete hinter ihm her und stand plötzlich auf einem mit Teppich ausgelegten Absatz, mit einem Muster aus gezuckertem Nougat und Pastellbonbons. Der Duft von Schokolade hing in der Luft.

»Das Nougat ist klebrig«, rief Bel mir zu. »Pass auf.«

Er hatte recht. Mühsam löste ich die Schuhsohlen vom Teppich und holte Bel vor einem riesigen Aufzugkäfig wieder ein.

»Bitte nach dir.« Er deutete auf die geöffneten Fahrstuhltüren. Ich zögerte. »Ich dachte, du willst Antworten, was deinen Vertrag angeht.«

Das wollte ich. Ich trat also in den Käfig, auf einen Boden aus schwebenden Wolken. Sie fühlten sich relativ solide an, obwohl sie sich bewegten. Ein filigranes Zifferblatt in der Fahrstuhlwand zeigte auf *Cirrus*. Die anderen beiden Möglichkeiten waren *Cumulus* und *Stratus*.

Der Aufzugwärter schien unbeeindruckt von den Wolken. Er hob seine sonnengebräunte Hand. »Heute ist der Aufzug für Gäste reserviert.«

»Freut mich auch, dich zu sehen, Zelig. Fünfter Stock, bitte.« Bel schrappte mit seinem Schnappmesser an den Gitterstäben entlang.

Zelig schnaubte missmutig, kam Bels Wunsch aber nach. Der Käfig fuhr ruckelnd an. Als er im fünften Stock knirschend zum Stehen kam, wurde ich gegen Zelig geschleudert. Erschrocken richtete ich mich wieder auf.

»Wie es aussieht, hast du es heute Abend auf Könige abgesehen«, sagte Bel beim Aussteigen. Er warf einen Blick zurück zu Zelig.

»Zelig ist ein König?«

»Er war es, früher einmal. Zelig hat über die Insel Parnasse im Siebten Meer geherrscht. Er ist der Grund, warum den Gästen höchstens ein Aufenthalt von zwei Wochen gewährt wird. Ausnahmen macht Alastair nur bei gewissen Würdenträgern, die er zu beeindrucken wünscht und die bereit sind, horrende Summen für einen längeren Aufenthalt hinzublättern. Allerdings auch nie länger als einen Monat. Bis auf Zelig.«

»Wie lange ist er denn schon hier?«

»Zelig hat seine Schatzkammer komplett geleert für einen Aufenthalt von zwölf Jahren.«

Ich machte große Augen. Zwölf Jahre waren erstaunlich lang.

»Irgendwann riss ein entfernter Verwandter seinen Thron an sich und verbannte das Hotel aus seinem Land. Alastair war nicht erfreut.«

»Aber Alastair bleibt ja noch die ganze restliche Welt. Was hat da eine kleine Insel schon zu bedeuten?«

»Glaub mir, für ihn zählt jeder Flecken Erde.« Bel deutete den Flur hinunter. »Hier entlang.«

Der Korridor mündete in einen etwas größeren Treppenabsatz. Das große runde Fenster befand sich direkt in der Mitte der Stirnwand dahinter. Verwundert deutete ich auf die Aussicht jenseits der glänzenden Scheibe. »Was ist das?«

Bel beobachtete mich interessiert. »Die Frage ist: Was siehst du?«

Der Mond hing über dem Wasser. Aber er war an einer anderen Stelle als der Mond vor dem Fenster der Lobby. Er strahlte schmutzig gelb und erhellte die Hügel in westlicher Richtung. Silberne Regenschleier gingen prasselnd auf Kopfsteinpflaster nieder. Piers glänzten in der Ferne wie mit einer Schicht Öl überzogen.

Aus diesem Blickwinkel erkannte ich die Lichter der Gerberei Fréllac und die trüben Gaslaternen entlang des Boulevard Marigny. Ein kleines Kaminfeuer flackerte im zweiten Stock der Pension Bézier.

Ich presste die Handfläche gegen die Scheibe. Die Kälte brannte sich in meine Haut. Das Fenster klapperte, als ein Windstoß vom Hafen her einen Schwall Wasser dagegenwarf. Erschrocken riss ich die Hand zurück. Meine Finger waren feucht vom Kondenswasser, und die Handfläche schmerzte immer noch vor Kälte.

»Also? Was siehst du da draußen?«

»Es ist Durc«, sagte ich, weil es stimmte. Es war einfach magisch. Durc befand sich, von unserem Standpunkt aus gesehen, derzeit vermutlich genau auf der anderen Seite der Erdkugel, aber Bel wirkte kein bisschen überrascht.

»Das Mondfenster ist verzaubert und zeigt den Gästen ihre Heimat, jenen Ort, an den sie zurückkehren, sobald sie hier ausgecheckt haben. – Eine der Sonderleistungen dafür, dass sie für den Aufenthalt einen so hohen Preis bezahlen müssen.« Durc war nicht meine Heimat, aber das konnte das Fenster ja nicht wissen. Bel klopfte mit dem Knöchel gegen das Glas. »Wie es aussieht, erlebst du alles genau so, wie ein Gast es erleben würde.«

»Aber ich bin kein Gast.«

»Nein. Bist du nicht.«

»Habe ich denn Magie?«, fragte ich und schämte mich sofort dafür. »Ich meine, ich hätte nie gedacht …«

»Keine Sorge. Hast du nicht. Außerdem besitze ich sehr wohl magische Fähigkeiten, aber bei mir funktioniert das Fenster nicht.«

»Und warum dann …« Unwillkürlich versteifte ich mich. »Mein Vertrag. Es hat etwas damit zu tun.« Das war schließlich der Grund, weshalb wir hier standen.

Er nickte. »In der Hektik nach eurer Ankunft habe ich versehentlich zum falschen Formular gegriffen und einen Gästevertrag erwischt. Ich habe meinen Fehler erst bemerkt, als es zu spät war.«

»Na schön«, sagte ich, weil ich die Tragweite des Ganzen nicht begriff. »Das Personal unterschreibt also einen komplett anderen Vertrag?«

»Ich befürchte, ja.«

Ich musste an diese überschwängliche weibliche Stimme denken, die ich gehört hatte. Offenbar erlebten die Gäste noch viel mehr magische Dinge als die gewöhnlichen Angestellten. Wenn ich einen Gästevertrag unterschrieben hatte, bedeutete das, dass ich genau das Gleiche zu sehen bekommen würde wie sie. Schwindelnd vor Freude, sah ich zu Bel. Beim Anblick seiner Miene schwand meine gute Laune allerdings schlagartig.

»Was siehst du?«

»Den Strand draußen vor der Eingangstür, genau wie der Rest der Angestellten«, sagte er und starrte sehnsuchtsvoll zum Fenster hinaus.

Béatrice hatte mich ermahnt, die anderen Angestellten nicht nach ihrer Heimat zu fragen. Aber ich musste es wissen. »Möchtest du gern dein Zuhause sehen?«

Er antwortete nicht, was aber auch nicht nötig war; schließlich sprach der Schmerz in seinem Blick Bände. Er musste aus einem entlegenen Ort stammen, an dem das Hotel niemals Halt machte.

Alastair war grausam, seine Magie nicht wenigstens so weit zu Gunsten der Angestellten wirken zu lassen, dass auch sie in den Genuss des verzauberten Mondfensters kamen. Ich hatte schreckliches Mitleid mit Bel, wusste aber nicht, was ich sagen sollte. Bevor ich etwas zusammenstammeln konnte, ließ Bel sich seufzend auf eine samtbezogene Polsterbank sinken.

Es gab weit und breit keine andere Sitzgelegenheit als den Platz neben ihm. Mein Magen flatterte, aber ich zwang mich, mich neben Bel zu setzen. Das Sitzpolster stieß ein leises Fauchen aus und schien sich unter mir zu strecken wie eine Katze.

»Gott.« Wie von einer Tarantel gestochen, schnellte ich wieder hoch. »Was zur Hölle ist das?«

Bels Schultern bebten verräterisch. Er versuchte das Lachen hinter vorgehaltener Hand zu verbergen, aber es war nicht zu übersehen, dass der Mistkerl mich schon wieder auslachte.

»Freut mich, dass du dich so köstlich über mich amüsieren kannst.«

»Glaub mir, mich auch«, sagte er und wischte sich die Tränen aus den Augenwinkeln. »Keine Sorge. Das ist nur ein Zauber. Falls du es nicht mitgekriegt haben solltest: Dieser Ort ist durchtränkt von Magie.« Er strich mit den Fingerkuppen über die Quasten am Polster. »Jetzt kannst du dich setzen.«

»Nein, danke.« Ich verschränkte trotzig die Arme. »Sind wir dann fertig?«

»Hast du was gegen meine Gesellschaft?«

»Spätestens jetzt schon«, gab ich zurück und biss mir sofort auf die Unterlippe. Ich schuldete ihm was dafür, dass er mir eine Anstellung besorgt hatte. Ihm allein hatte ich es zu verdanken, dass ich in Zosas Nähe bleiben konnte. Ich öffnete den Mund, um mich zu entschuldigen, doch er hob abwehrend die Hand.

»Hör zu. Ich weiß, dass du mir nicht traust, und du hast auch allen Grund, misstrauisch zu sein. Aber du hast einen Vertrag zwischen uns zu erfüllen. Wenn die falsche Person davon erfährt, dass du …« Er presste die Lippen zu einer schmalen Linie zusammen.

Ich hatte keineswegs vor, es irgendjemandem zu erzählen, aber ich hätte nicht im Traum daran gedacht, dass es gefährlich werden könnte, wenn jemand es herausfand. Bei dieser Vorstellung rieselte es mir eiskalt über den Rücken. Also nickte ich artig.

»Wunderbar.« Sein Blick zuckte zur Wanduhr. »Es ist spät. Ich muss wieder nach unten.«

Noch während er sprach, drang plötzlich Musik an mein Ohr, gepaart mit Gelächter und dem Geräusch klirrender Gläser. Die Soiree! Ich wagte mich näher an die Brüstung heran, konnte aber nichts erkennen. »Geschieht auf dieser Soiree auch viel Magisches?«

»Mehr, als du dir vorstellen kannst. Und wenn allen Anwesenden schon ganz schwindelig ist von all dem Zauber, gibt eine Gruppe der mächtigsten Suminaires noch eine Vorstellung zum Besten, als krönenden Abschluss des Abends.«

Mir klappte die Kinnlade herunter.

»Was ist los?«

»Es gab Gerüchte in Durc, dass die mächtigsten Suminaires unsterblich sein sollen.«

»Unsterblich, wie? Tja, schätze, so könnte man es auch sehen.«

»Dann stimmt es also?«

»In gewisser Weise.« Er berührte eine leicht hervorstehende Ader an seinem Handgelenk. »Unsere Macht wird von der Menge an Magie in unserem Blut bestimmt. Sie hilft uns, dass wir schneller genesen als andere Menschen.«

Was er da sagte, ergab Sinn. »Ich habe von Suminairekindern gehört, die sich von schweren Verletzungen wieder erholten oder gar von den Toten zurückkehrten. Man sagt, es sei eine Möglichkeit, einen Suminaire von einem gewöhnlichen Kind zu unterscheiden … aber es gibt auch noch andere Gerüchte.«

»Welche anderen Gerüchte?«

»Über ein heftiges Verlangen nach Blut«, platzte ich heraus und wich unwillkürlich einen Schritt zurück. »Ich meine, du hast doch nicht …«

Er lachte. »Keine Sorge. Ich habe keinen Appetit auf dein Blut. Das erste Gerücht aber kommt der Wahrheit schon ziemlich nahe.«

»Du meinst das mit der Rückkehr von den Toten?«

»Niemand kann von den Toten wiederauferstehen, aber es gibt Suminaires, die springen dem Tod buchstäblich von der Schippe. Manche glauben, es seien körperliche Schutzreaktionen zum Wohl unserer Magie. Weniger mächtige Suminaires leben zwar auch etwas länger und genesen schneller, aber sie altern und sterben wie jeder andere Mensch auch. Sehr mächtige Suminaires, wie die, die heute Abend diese Vorstellung geben, sind anders. Wie du schon sagtest, sie sind praktisch unsterblich.«

»So wie der Maître?«

»Genau.« Er strich seine Jacke glatt, als wollte er sich bereit machen zum Gehen, doch mit einem Mal packte er mich an der Schulter, beugte sich vor und zog mich so dicht an seine Brust, dass mein Herz gegen meine Rippen gepresst wurde. »Wenn du weitere Fragen hast, komm damit bitte als Erstes zu mir. Irgendein Gefühl sagt mir, dass man deinem geschwätzigen Mund nicht trauen kann.«

Mit einem finsteren Blick entwand ich mich seinem Griff und nickte.

»Gut.« Er deutete auf eine enge Stiege. »Die östliche Treppe. Über die kommst du zurück nach unten in den Dienstbotentrakt.«

Als er ging, ließ ich mich tiefer in die Polster sinken und stieß einen verhaltenen Fluch aus, als es plötzlich leise zu schnurren begann.

Bels schallendes Gelächter hallte durch den Korridor zu mir.

8

Während ich die Stufen hinunterstieg, hatte ich die ganze Zeit Bels niedergeschlagenen Gesichtsausdruck beim Blick aus dem Mondfenster vor Augen. Durc war wirklich der allerletzte Ort, den ich momentan sehen wollte, aber die Vorstellung, dass Zosa ihr Zuhause nicht würde sehen können, stimmte mich traurig.

Unsere Verträge waren auf dickes Pergament gedruckt, mit unzähligen Paragrafen, die ich nicht gelesen hatte. Wir hatten völlig unbekümmert unterzeichnet, ohne das Ganze zu hinterfragen. Offenbar waren die Verträge doch bedeutsamer, als mir klar gewesen war, und nach allem, was ich mittlerweile wusste, gab es vermutlich noch ganz andere Klauseln, die mir nicht gefallen würden. Ich hätte Bel viel mehr auf den Zahn fühlen sollen.

Alle Gedanken an meinen Vertrag waren mit einem Schlag verschwunden, als ich merkte, dass die östliche Treppe mich keineswegs, wie versprochen, zu meinem Zimmer führte, sondern stattdessen mitten in die große Eingangshalle mündete. Wo soeben die Soiree stattfand.

Eine Woge der Panik schwappte über mich hinweg. Offenbar war Bel nicht bewusst, dass Béatrice mir strengstens untersagt hatte, auch nur einen Fuß in die Lobby zu setzen. Der einzige mir bekannte Weg nach unten war die Dienstbotentreppe gleich neben dem Salon – und um dorthin zu gelangen, musste ich durch die Eingangshalle.

Rasch duckte ich mich an Männern vorbei, die um Kartentische herumstanden, vorbei an Frauen, die um Juwelen von der Größe eines Hühnereis spielten.

»Ich bitte um Verzeihung«, stammelte ich, als ich versehentlich gegen eine Frau mit schimmernder brauner Haut in einem prächtigen Kleid aus silbernen Fischschuppen stieß. Neben ihr gähnte ein junger hellhäutiger Mann mit einer Kopfbedeckung in Form eines Schweifsterns. Von dem fuchsiaroten Rouge, das jetzt bis hinunter zum Kinn verschmiert war, merkte er offenbar nichts.

Ich machte einen Satz zurück, als eine Schar Mädchen mit gefiederten Engelsflügeln, die an ihren Schulterblättern befestigt waren, an mir vorbeirannte. Dicht hinter ihnen folgte ein kolossales Segelschiff, bestehend aus aufgetürmten Champagnerflöten. Gesteuert wurde es von schicken Matrosen auf Stelzen. Das Ungetüm wankte gefährlich. Champagner schwappte über die Glasränder, und die Umstehenden drängten nach hinten und keilten mich ein. Ich saß nun fest in der Menge und hatte irgendwie die Orientierung verloren. Wo war nur diese verdammte Treppe? Ich sah sie nirgends. Meine Hände waren schweißnass.

»Hier, nimm.« Eine Frau mit heller Haut und brünettem Haar reichte mir eine leere Champagnerflöte und betrachtete mich blinzelnd. Auf ihre Augenlider waren glänzend rote Lippen gepinselt. Eine andere Frau mit einem

Teint in einem warmen Braunton küsste ihre nackte Schulter.

Ich atmete erleichtert auf, als die Gästeschar sich teilte, bis ich begriff, dass sie lediglich für ein kirschrotes Piano Platz machten, auf dem eine Frau mit bernsteinbrauner Haut im silbernen Smoking spielte. Sie stand auf und bewegte ihre Finger in der Luft weiter, wobei die Tasten nach wie vor im Rhythmus ihrer Finger angeschlagen wurden. Ich wischte mir den Schweiß von der Stirn und schob mich zwischen den Leuten durch, vorbei an weiteren Suminaires.

Ein Mann mit bronzefarbener Haut jonglierte mit Feuer auf einer Untertasse. Ein bleichgesichtiges, sommersprossiges Mädchen mit Haaren so rot, wie ich sie noch nie gesehen hatte, goss den Gästen ununterbrochen Getränke in ihre Gläser, aus einem Fingerhut, dessen Inhalt nie zu versiegen schien. Eine tätowierte Frau mit lohfarbenem Teint strich mit einer smaragdgrünen Feder unter ihrer Nase hin und her und atmete Farbe durch die Nasenlöcher ein, bis die Feder ausgelaugt und knochenweiß war. Dann stieß sie die Luft durch den Mund aus. Ein grüner Schwall quoll zwischen ihren Lippen hervor, wie der Rauch eines Zigarillos. Die versammelten Gäste klatschten begeistert in die Hände, als die Rauchschwade zwei Männer umhüllte und alles an ihnen grün färbte, sogar ihre Augenbrauen. Als ich zu der Suminaire zurückblickte, hatte ihre Feder plötzlich die Farbe von Zitrin angenommen. Wenn Zosa das sehen könnte, würde ihr die Kinnlade bis zum Boden hängen.

Bei dem Gedanken an meine Schwester sah ich mich um. Ich konnte keine Sängerinnen oder Sänger ausmachen.

Dafür fiel mir jetzt die Dienstbotentreppe ins Auge. Zum Glück.

Entschlossen schob ich mich darauf zu und zuckte zusammen, als direkt neben meinem Fuß eine Champagnerflöte klirrend zerschellte. Sofort bäumte der Boden sich auf und verschluckte die Scherben mit einem Maul aus weißem Marmor. Eine Frau sah das und kicherte ausgelassen, während ein anderer Gast vor Schreck zurücksprang.

Tatsächlich waren die Reaktionen der Gäste auf die Zauber so verschieden wie ihre Sprachen. Und es war ja auch verständlich; jede Nation hatte andere Ansichten über Magie, basierend auf ihrer eigenen, mal mehr, mal weniger dornigen Geschichte in Bezug auf die Suminaires. Das Einzige, was wir alle teilten, war die Faszination, die die Magie auf uns ausübte.

»Dienstmädchen haben zu Soireen keinen Zutritt«, hörte ich jemanden sagen. Ich drehte mich nach der Stimme um. Ein klein gewachsener Kellner mit olivfarbenem Teint funkelte mich wütend an.

»Ich … ich war gerade auf dem Weg nach unten.« Hilflos deutete ich zur Dienstbotentreppe.

Zwei kräftige Muskelberge hatten sich rechts und links davon postiert. Eineiige Zwillinge. Ihre Bewegungen waren absolut synchron, als teilten sie ein Gehirn. Die kahlen Köpfe ruckten im Gleichtakt hin und her, um die Gäste im Auge zu behalten. Sie hatten beide tatsächlich jeder nur ein Auge – wo das andere einmal gewesen war, befand sich ein Wulst aus zusammengenähtem Fleisch. Der schwarze Faden zeichnete sich deutlich von ihrer teigig weißen Haut ab.

Sie blinzelten sogar im Gleichtakt. Ich schauderte.

»Wer sind die?«, fragte ich, an den Kellner gewandt.

»Sido und Sazerat. Suminaires, die dem Maître Bericht erstatten. Ich würde mir eine andere Treppe suchen, wenn ich du wäre«, meinte er schnippisch und rauschte davon, noch bevor ich ihn fragen konnte, wo es denn noch eine Treppe geben könnte. *Mist.*

Auf einem Stuhl lag eine Jacke, offenbar zurückgelassen von einem Gast. Die würde als Tarnung reichen müssen. Ich warf sie mir über die Schultern, um meine Dienstmädchenuniform zu verbergen. Plötzlich kam Bewegung in die Menge. Hastig schlüpfte ich in eine der Nischen, um in ihrem Schutz zu warten, bis die Soiree zu Ende war. Sobald die Gäste sich auf ihre Zimmer zurückgezogen hätten, würde ich mich unbemerkt die Treppe hinunterschleichen können.

Als ich mich in die Ecke der Nische drängte, entdeckte ich eine kleine Wandplakette, die im Halbdunkel nur schwer auszumachen war. Der Großteil der Buchstaben war abgerieben, aber drei Worte waren noch deutlich lesbar: *Artefakt … dich … führen.*

Die Worte waren Verdannisch, nur dass ich das Wort *Artefakt* noch nie gehört hatte. Vermutlich war es ein sehr alter Wegweiser.

In der Eingangshalle wurde es schlagartig still. Ich blickte auf und sah, wie Alastair mit großem Pomp hinter einem sternenübersäten Vorhang unweit der Tür hervortrat.

»Seid gegrüßt, Reisende!«, rief er. »Willkommen im Hotel Magnifique, wo Sie die große weite Welt erwartet!«

Die Zuhörer brachen in Jubelrufe aus.

»Während wir ganze Kontinente und Ozeane überqueren, werden wir vom Hotel unser Bestes geben, um Ihre Neugier zu wecken, Ihren Geist mit Staunen zu erfüllen und Ihnen grenzenloses Glück zu bescheren, ein Glück, das in Ihren Herzen auch dann noch weiterleben wird, wenn Sie Ihren Aufenthalt hier längst vergessen haben. Und nun lasset die Vorstellung beginnen. Wir brechen um Schlag Mitternacht nach Anderswo auf!«

Das Licht wurde heruntergedimmt, und nicht weit von mir formierten sich die Gäste zu einem Kreis. Es war zu dunkel, um zu erkennen, ob die Zwillinge immer noch an der Treppe Wache standen. Aber zum Glück auch zu dunkel, als dass *sie mich* hätten sehen können. Also schluckte ich tapfer und näherte mich verstohlen dem Kreis.

Eine Suminaire mit wunderschöner brauner Haut und glänzenden Lippen stand unbewegt im Zentrum, gehüllt in nachtblauen Samt. Sie hielt sich eine violette Blütenknospe unter die Nase. Ihre regungslose Pose erinnerte mich an die Straßenkünstler in Durc, die sich von Kopf bis Fuß mit Bronzepuder bestäubten und vorgaben, zur Statue erstarrt zu sein.

Ein Mann neben mir knetete eine Karte in seiner Hand.

»Darf ich?«, fragte ich.

Er reichte sie mir. In silbernen Buchstaben waren auf der Vorderseite die folgenden Worte eingeprägt: *Le Spectacle de Minuit*. Das Mitternachtsspektakel. Die Rückseite der Karte las sich wie ein Programmheft.

Den Anfang macht die Illusionistin und wird eine Rauchschwade heraufbeschwören, gleich gefolgt vom Botanisten mit einem Papierkunststück. Madame des Rêves und ihre Chanteuses *sorgen im Salon d'Amusements für Unterhaltung, wo auch für Ihr leibliches Wohl gesorgt sein wird. Aber eilen Sie zurück ins Hotel,* Mesdames et Messieurs, *eilen Sie. Denn um Schlag Mitternacht wird der Magnifique uns Anderswo hinbringen.*

Meine Fingerkuppe schwebte über dem Wort *Chanteuses*. Zosa trat also allem Anschein nach im Salon auf, aber ich wäre verrückt, jetzt dort reinzuschneien.

Ich überflog den restlichen Text auf der Karte. Hinter den ganzen restlichen erwähnten Titeln mussten Suminaires stecken, woraus ich schlussfolgerte, dass die Frau mit der Blütenknospe die besagte Illusionistin war. Nur dass sie bislang nicht sonderlich viel von ihrem Können zeigte.

Als ich wieder hochsah, klappte mir der Mund vor Staunen weit auf.

Jetzt standen acht Versionen der Suminaire vor dem Publikum, und allesamt schnupperten sie an der ungeöffneten Blüte. Dann fingen sie an, sich simultan zu bewegen, absolut synchron, und führten ihre Zeigefinger zu der Blüte.

Die umstehenden Gäste stießen Laute der Verblüffung aus, als sich die Blütenblätter zu Flügeln öffneten.

Motten, Schmetterlinge und Bienen stoben von den geöffneten Handflächen auf und fanden sich zu Wolken zusammen, die die Decke verhüllten. Die Frauen klatschten gleichzeitig in die Hände, und die Wolken veränderten ihre Farbe. Zu malvenfarben. Pfirsich. Blutrot. Silber. Indigo. Die Gäste verfolgten das Spektakel staunend. Aber die Show nahm gerade erst ihren Anfang.

Das Licht flackerte, und die Frauengestalten lösten sich in Luft auf.

»Seht!«, rief jemand.

Hoch über den Gästen schwebten die acht Frauen nun auf einem riesigen Kronleuchter in Form eines Zweimasters aus den Wolken herab. Statt der nachtblauen Gewänder trugen sie jetzt Korsagen und Pluderhosen, von denen ein fließender silberner Netzstoff herabhing. Gleichzeitig erhoben sie ihre Stimmen.

»Ich, die Illusionistin, wurde engagiert, um Sie, werte Gäste, in Staunen zu versetzen. Im Zuge meines letzten Tricks werde ich mich in einen tosenden Sturm auf dem Blau des Ozeans verwandeln. Genießen Sie bitte meine Unterwasserbelustigung. Denn nach Verlassen des Hotels werden Sie all das hier vergessen haben.«

Die Suminaires klatschten in die Hände, und mit einem Mal war die Lobby durchdrungen von einem tiefblauen Licht. Eine salzige Brise fegte durch den Raum. Eine Frau nicht weit von mir stieß einen spitzen Schrei aus, als kleine Bläschen aus ihren Nasenlöchern hervorblubberten. Der Rock einer anderen Frau bauschte sich auf, als befände sie sich unter Wasser.

Meine eigenen Röcke wirbelten nun ebenfalls hoch und entblößten meine Unterschenkel. Verlegen zerrte ich den Stoff nach unten. Als ich wieder aufsah, war der Schiffskronleuchter verschwunden, die Lobby sah wieder aus wie zuvor.

Die acht Frauen standen nun abermals in der Mitte des Raums. Ich blinzelte, und die Gestalten wurden eins. Die Illusionistin machte eine tiefe Verbeugung, und ein Mann in Hotellivree kam herbeigeeilt.

Die Menge brach in Applaus aus, bis laute Rufe die Aufmerksamkeit der Gäste auf sich zogen.

Ein junger Mann stand auf der anderen Seite der Lobby. Sein silbernes Haar reichte ihm bis weit über den Rücken, und auf seinen Wangenknochen glitzerten aufgemalte Blätter, die sich deutlich von seiner tiefgoldenen Haut abhoben. Um ihn herum wuchsen rote Blumen aus den weißen Quadraten des Marmorbodens.

»Bitte tun Sie das noch mal, Monsieur le Botaniste«, sagte ein Gast auf Verdannisch, allerdings mit Akzent.

Der Botanist. Den Titel hatte auch Béatrice bereits erwähnt. Sie hatte mir erzählt, dass nur Alastair und Hellas, der Botanist, Zutritt zur Voliere hätten. Sie schien diesen Suminaire nicht sonderlich zu mögen.

Hellas mischte ein Kartenspiel und hielt den Pikbuben, für alle gut sichtbar, hoch. Dann schleuderte er die Karte von sich. Sie landete auf dem Boden, wo aus ihr alsbald eine weiße Weinrebe emporrankte, besetzt mit schwarzen, umgekehrt herzförmigen Blüten, passend zum Symbol auf der Karte.

Ein älterer Herr trat versehentlich auf eine der Blumen, woraufhin sie wieder zu einer Karte zusammenschrumpelte. »Sie ist einfach so zerkrümelt. Ich kann nichts dafür, die Magie des Suminaire ist schwach!«, rief er empört.

Die Menge schnappte nach Luft. Hellas lächelte unbeirrt und schnappte sich den Filzhut des Gastes.

»Geben Sie den wieder her.« Der Gast wedelte mit den Armen, aber aus meiner Sicht geschah es ihm recht.

Statt den Hut zurückzugeben, schob Hellas nun eine Spielkarte hinein und warf ihn hoch. Als der Hut auf den Fliesen landete, teilte sich der Marmor. Wurzeln sprossen aus dem Boden und wanden sich um die Knöchel des Mannes, dann erwuchsen sie zu einem weißen Papierbaum. Der Gast wimmerte kläglich. Zum Glück bildete sich ein Verschluss aus Rinde über seinem Mund, aus dem sich Blüten in der gleichen saphirblauen Farbe wie seine Hutfeder hervorschoben.

»Wagen Sie es nie, an den magischen Fähigkeiten eines Suminaire zu zweifeln, sonst könnten Sie noch weit mehr verlieren als Ihren Hut«, sagte Hellas ohne jeden Anflug von Humor. In dem Moment beschloss ich, ihm unter keinen Umständen in die Quere zu kommen.

Wieder brandete tosender Applaus auf, dann begannen die Zuschauer zurückzuweichen und Platz um die lackierte Eingangstür herum zu machen.

»Der Magnifique sollte jeden Moment hier sein«, hörte ich einen Gast einem anderen zuraunen. »Mir ist zu Ohren gekommen, er sei der mächtigste Suminaire neben dem Maître.«

Man hatte in der Zwischenzeit eine Bühne vor die Tür gerollt. Öllampen wurden an Seilwinden herabgesenkt und tauchten den Eingangsbereich in ein helles Licht. Alastair trat nun neben Madame des Rêves durch die Tür.

Sie hatte sich umgezogen und trug jetzt ein schrilles Kleid, das mit Pfauenfedern besetzt war. Ihre Perücke war nicht mehr veilchenblau, sondern reinweiß und in etwa doppelt so hoch. Die silberne Vogelkralle hing immer noch in ihrem Ausschnitt, aber ihre Finger hielten einen zierlichen ovalen Handspiegel umschlossen.

Sie fächelte sich damit Luft zu, bis Alastair ihn ihr abnahm und ihn behutsam in seine Jackentasche schob, als wäre er unbeschreiblich kostbar für ihn.

Madame des Rêves räusperte sich vernehmlich, und es wurde dunkel in der Lobby. »Geschätzte Reisende! Bitte heißen Sie nun den Suminaire willkommen, dessen glorreiche Magie uns Abend für Abend an neue Orte bewegt.« Madame des Rêves breitete beide Arme aus und hob sie über ihren Kopf. »Applaus für den Magnifique!«

Das Licht flackerte. Unter rasendem Beifall trat der Magnifique auf die Bühne, mit weißen Handschuhen und einem schwarzen Cape. Ich persönlich hatte mir einen Gentleman mit gewachstem Schnurrbart und Pomade im Haar vorgestellt, aber was ich hier vor mir hatte, war ein ganz gewöhnlicher braunäugiger junger Mann, um dessen Hals eine Kette mit einem Schlüssel hing, einem Schlüssel, den ich schon einmal *berührt* hatte.

Der sogenannte Magnifique war kein anderer als Bel.

Gestern Nacht hatte ich mit eigenen Augen zugesehen, wie er mit diesem Schlüssel die Tür abgesperrt hatte. Mir war nicht klar gewesen, dass *er* der Suminaire war, der das Hotel bewegte. Bel hatte gesagt, mächtige Suminaires seien unsterblich.

Er hatte also von sich selbst gesprochen.

Kein Wunder, dass er überrascht schien, als ich ihn im Salon als Scheusal bezeichnet hatte. Kein Mensch würde es wagen, derart unverblümt zu einem so mächtigen Suminaire zu sprechen. Ich vergrub mein Gesicht in beiden Händen. Kaum auszudenken, dass ich mich mit ihm gestritten, ihn bespuckt hatte. Nicht nur das, ich hatte ihm sogar mit einem alten Küchenmesser gedroht.

Bel griff hinter den Orangenbaum unweit der Tür und zog dasselbe alte Buch hervor, in dem er gestern Nacht geblättert hatte. Der Lederrücken ächzte, als er es aufschlug.

»Zwei Minuten bis Mitternacht«, flüsterte eine Frau. Sie hielt einen Reiseplan in der Hand, auf dem in einem der Felder in Violett bereits das nächste Reiseziel schimmerte.

Die Gäste wussten genau, wo das Hotel landen würde, aber diese feierliche Zeremonie war weit aufregender als jede Tinte es zu sein vermochte. Der Gedanke, dass wir alle kurz davor waren, binnen eines Wimpernschlags in einem jahrhundertealten Gebäude um die halbe Welt befördert zu werden, war überwältigend, und ich bekam nichts mit, weil mir die Sicht verstellt war.

Unter Zuhilfenahme meiner Ellbogen kämpfte ich mich ein Stück weiter vor, bis ich erkennen konnte, dass das Buch eine Art Atlas voll zusammengewürfelter Karten unterschiedlichster Größe war, manche fein säuberlich auf kleinere Blätter gezeichnet, andere grob auf Zeitungspapier gekritzelt.

Bei einer größeren Landkarte hielt Bel inne und strich mit der flachen Hand darüber, voller Ehrfurcht, ähnlich, wie ich Béziers Atlanten immer behandelt hatte. Dann steckte er seinen Schlüssel in das Schlüsselloch der Eingangstür und drehte ihn im Uhrzeigersinn um. Eine Sekunde verstrich, dann noch eine.

»Da wären wir«, verkündete Madame des Rêves. Sie schob Bel unsanft mit dem Ellbogen beiseite und öffnete die Tür.

Draußen war diesmal kein Strand zu sehen, sondern eine riesige, glitzernde Großstadt. Winzige Schneeflöckchen tanzten durch die Luft. Ich öffnete die Lippen und atmete gebannt ein.

Alastair und Madame des Rêves verbeugten sich zu einer weiteren Runde donnernden Applauses.

Bel stand hinter ihnen und spähte mit derselben Begeisterung, die ich in den Gesichtern der Gäste registrierte, durch die geöffnete Tür ins Freie. *Kennst du einen, kennst du alle,* das waren seine Worte gewesen. Von wegen.

Nach einer Weile schloss er die Tür wieder und rieb sich erschöpft den Nacken. Verständlich, wenn man bedachte, dass er das Hotel Nacht für Nacht ganz allein bewegte. Wenigstens musste er nur alle sieben Tage zusätzlich für die Gäste der Soiree diese peinliche Show abziehen.

Als Alastair und Madame des Rêves sich abermals verbeugten, stahl sich Bel klammheimlich davon.

9

Am folgenden Morgen wachte ich zum ersten Mal in meinem Leben ganz allein im Bett auf.

Es kam mir vor, als sei ein Teil der Magie dieses Ortes mit meinen Träumen davongeschwirrt. Zosa war nicht bei mir, und das gefiel mir ganz und gar nicht. *Sie liegt vermutlich noch gemütlich im Bett und schnarcht seelenruhig vor sich hin,* versuchte ich die Sorge um sie zu verscheuchen. Doch nach allem, was ich gestern Nacht erfahren hatte, war es mir unmöglich.

Beim Anziehen kämpfte ich unbeholfen mit den Knöpfen meiner Kleidung. Ich war gedanklich bei dem, was Bel mir erzählt hatte. Mir war aufgefallen, dass er ein entscheidendes Detail ausgelassen hatte: Er hatte mir nie auf meine Frage geantwortet, ob das Hotel jemals in den Süden von Verdanne kam. Das Versprechen des Maître, dass es uns jederzeit freistand zu gehen, wie es uns beliebte, half mir persönlich herzlich wenig, wenn wir Aligney kein bisschen näher kamen als Durc. Der Gedanke, dass wir noch viel weiter von zu Hause entfernt stranden könnten, war mir unerträglich, und doch hatte ich nicht noch einmal nachgehakt.

Ich hätte Bel viel hartnäckiger in die Mangel nehmen und löchern sollen, an welchen Orten wir Halt machen würden. Aber ich war viel zu gefesselt gewesen von all der Magie um mich herum. Am liebsten hätte ich jemanden vom Personal in die Enge getrieben und Antworten verlangt, aber ich hatte Bel das Versprechen gegeben, mit niemandem außer ihm über meine Situation zu reden. So verlockend es auch sein mochte, seine Warnung in den Wind zu schlagen, war mir doch bewusst, dass ich das unmöglich bringen konnte. Er war nicht nur ein mächtiger Suminaire, sondern hatte Zosa auch das Leben gerettet. Mein Versprechen zu halten, war das Mindeste, was ich ihm schuldete. Meine einzige Option war also, nach ihm Ausschau zu halten, sobald ich meine Schicht begonnen hatte.

An diesem Morgen ließ Béatrice alle neuen Zimmermädchen zusammenkommen, um uns durch ein Gewirr von spärlich beleuchteten Korridoren zu führen, gesäumt von Gästesuiten mit poetisch anmutenden Namen wie *Verloren im Labyrinth* oder *Der Geschmack von Sünde und Schokolade*.

»Haben die Zimmer alle ein bestimmtes Thema?«, fragte ein Mädchen hinter mir.

Béatrice nickte. »Der Maître richtet jede der Suiten für unsere renommierteren Gäste individuell ein. Er verändert die Farbpaletten, das Dekor, selbst die Gerüche und die Geräusche hinter jeder einzelnen Tür.«

Ein wohlriechender Duft drang aus der geöffneten Tür einer Suite mit dem Titel *Blütenhauch*. Der Geruch wirkte beruhigend auf meine Nerven. Ich warf einen Blick hinein.

Unter der Decke hingen Wolken aus Dahlien. Das Bettgestell bestand aus langen Ritterspornstängeln, die eine

Matratze trugen. Auf einer Frisierkommode standen Glasglocken mit zauberhaften Szenen, komponiert aus verschiedensten Blüten. Unter der Glocke, die der Tür am nächsten war, dümpelten Moosschwäne auf einem Teich aus Vergissmeinnicht.

An der Wand entdeckte ich einen goldenen Knopf, in etwa von der Größe des Nagels an meinem kleinen Finger. Daneben stand auf einem ähnlich zierlichen Schild *Für Champagner drücken*.

Neugierig hob ich die Hand.

Béatrice kam panisch angeflitzt. »Den würde ich nicht anfassen, wenn ich du wäre, es sei denn, du bist wild darauf, einen Eimer von der Größe einer Badewanne randvoll mit Champagner zu beseitigen.«

Ich war fassungslos. »Eine ganze Badewanne voll?«

»Wenn du auf diesen Knopf drückst, ja.« Sie machte einen Schritt zurück, um sich an die versammelte Schar der Mädchen zu wenden. »Jedes Gästezimmer steckt voller Überraschungen. Insbesondere jenes, das ihr gleich saubermachen werdet.«

Ein Stück den Gang hinunter stellten wir uns in einer Reihe auf, während Béatrice ihren Wäschewagen durch die größte Tür von allen rollte.

»Voilà, die Suite *Ode an einen Fabelwald*.«

Der Suite hätte man keinen passenderen Namen geben können, denn dieser Raum hätte sehr gut aus einem meiner Märchenbücher aus meiner Kindheit stammen können. Ich wischte mit der Hand über den Frisiertisch, in dessen Holz gehörnte Fabelwesen geschnitzt waren. Flechten blühten auf, wo meine Finger das Holz berührten.

Ein kleiner Kasten, bezogen mit violettem Samt, stand auf der Kommode. Ich hob den Deckel an und entdeckte allerhand Dinge darin, die für die Gäste gedacht waren: zwei Reisepläne und einige Gepäckanhänger. Ich entrollte eine Papierrolle. Ganz oben stand die Überschrift *Packliste für Anderswo*. Die Liste führte Posten wie Krawatten und Smokings sowie Dinge auf, von denen ich noch nie gehört hatte: einen Nebelschirm, Trikotagen für das Baden in Salzwasser, einen Trundeltwist.

»Was soll denn ein Trundeltwist sein?«, fragte ich in die Runde.

Die anderen Dienstmädchen zogen ein ebenso ratloses Gesicht wie ich.

»Wahrscheinlich irgendein praktischer Gegenstand von wo auch immer der Gast, der hier wohnt, stammt«, erklärte Béatrice. »Die Packliste für Anderswo gestaltet sich ganz individuell, je nachdem, woher man kommt.«

Ich lächelte, als ich eine etwas kleinere Packliste für Haustiere entdeckte, falls man sich entschied, eines mitzubringen.

»Wo ist der Zimmerschlüssel?« Er war nicht in dem kleinen Kasten.

»Wir verwenden hier keine Zimmerschlüssel«, erklärte Béatrice. »Die Türen der Suiten sind verzaubert und öffnen sich während der Dauer ihres Aufenthalts automatisch für die jeweiligen Gäste und dann erst wieder für das Personal, sobald die Bewohner ausgecheckt haben. Jede Tür ist außerdem mit einem Innenriegel versehen. Aber wagt es ja nicht, diese zu benutzen. Sie lösen nämlich in der Regel noch eine Reihe von weiteren Zaubern aus.«

Béatrice holte eine Kiste vom Wagen, in der sich alles Mögliche fand, von Waschsoda bis hin zu Chlorkalk. »Höchste Zeit, dass ihr euch an die Arbeit macht«, sagte sie. Mit diesen Worten ließ sie uns stehen, um den übrigen Mädchen die nächste Suite zu zeigen.

Wenig später war ich auch schon eifrig dabei, ganze Armladungen voll Bettwäsche auf den Boden zu befördern.

»Das schmutzige Bettzeug gehört aber in den Wäschewagen«, sagte ein anderes Zimmermädchen.

»Oh, tut mir leid.« Ich musterte das Mädchen von Kopf bis Fuß. Sie war hochgewachsen mit beigefarbenem Teint, der etwas fahl wirkte, als würde sie nicht genügend Schlaf bekommen. »Ich bin Jani. Wie heißt du?«

Meine Frage entlockte ihr nichts weiter als ein Blinzeln, weshalb ich sie wiederholte. »Sophie«, sagte sie schließlich. »Ich heiße Sophie.«

»Du scheinst dir nicht sicher zu sein?«

»Natürlich bin ich das«, blaffte sie.

Ihre heftige Reaktion fand ich eigenartig. »Tut mir leid, dass ich gefragt habe.«

Mit einem bockigen Schnauben hob sie den Haufen Bettwäsche hoch und ließ ein einzelnes Dekokissen zurück, das neben meinem Knöchel in der Luft schwebte.

Ich hob es auf. Ein Faden stand davon ab, und ich zupfte daran. Vermutlich nicht die klügste Idee, aber ich kam einfach nicht gegen meine verdammte Neugier an. Der Saum begann sich aufzulösen, und ein winziges Loch bildete sich in der Kissenhülle.

Die anderen Zimmermädchen versammelten sich staunend um mich herum. Wie es aussah, waren die Kissen nicht mit gesponnenen Wolken gefüllt.

Ich hielt meine Hand über die Öffnung. Federn strömten zwischen meinen Fingern hindurch und stiegen empor, weiter und immer weiter, bis sie sich zu einer einzigen weißen Schwade vereinten, die unter der Zimmerdecke waberte.

Ein paar von den Mädchen kicherten und ließen ihre Finger spielerisch durch die gewichtslosen Federn tanzen. Das vergnügte Gelächter verstummte abrupt, als Béatrice zurückkehrte.

Sophie deutete mit dem Finger auf mich. »Die da war's.«

Béatrice sagte keinen Ton. Ich spürte regelrecht, wie sie im Geiste die verschiedenen Möglichkeiten einer Bestrafung durchging und überlegte, ob sie den Maître herbestellen oder mich gleich nach Hause schicken sollte.

Lass den Quatsch, ermahnte ich mich im Stillen. Es war doch nur ein dämliches Kissen. Trotzdem war ich wie versteinert, bis ein jüngeres Zimmermädchen mit bernsteinfarbener Haut eine einzelne Feder aus der Luft pflückte.

»Wie funktioniert das?«, wollte sie wissen, und Béatrice schien sich sichtlich zu entspannen.

»Der Großteil der Magie, die ihr hier drinnen seht, basiert auf Zaubern, die der Maître selbst ersonnen hat. Er ist hier im Hotel der mächtigste Suminaire«, erklärte sie. Ich wollte wissen, wie ein einzelner Mann all diese Wunder ins Leben rufen konnte, wagte es aber nicht zu fragen, weil Béatrice ihren eisernen Blick auf mich gerichtet hatte und in die Hände klatschte. »Und jetzt zurück an die Arbeit.«

✵

Im Laufe der nächsten Stunden entdeckte ich jede Menge kleinerer Zauber, die mir die Arbeit erheblich erleichterten: Die Papiertücher füllten sich von allein wieder auf, die Kissen waren immer perfekt aufgeschüttelt, und selbst meine Stiefel hinterließen nie auch nur die kleinste Macke im Boden. Ich gab mir allergrößte Mühe, mich darüber zu freuen, wie wunderbar doch alles war, aber meine Laune sank zusehends, weil die anderen Zimmermädchen sich immer wieder merkwürdig benahmen.

Ich fragte noch ein weiteres Mädchen nach seinem Namen, und sie reagierte ganz ähnlich wie Sophie. Und jedes Mal, wenn ich versuchte, ein Gespräch mit ihr anzufangen, verstummte sie mitten im Satz, lief einfach weg oder tat so, als hätte sie eine dringende Aufgabe zu erledigen. Und dabei hielt sie sich so peinlich genau an die Regeln, als hinge ihr Leben davon ab.

Das ging den lieben langen Tag so. Das Verhalten der anderen Zimmermädchen beunruhigte mich so sehr, dass ich ernste Probleme bekam einzuschlafen, nachdem Béatrice uns am späten Abend auf unsere Zimmer entlassen hatte. Zosas Abwesenheit trug noch weiter zu meiner wachsenden Unruhe bei.

Am nächsten Morgen, nach einer Reihe verstörender Träume, fuhr ich aus dem Schlaf hoch. Ein unheilvolles Gefühl legte sich wie Blei um meine Brust. Auch wenn mein erster Tag im Hotel voller Staunen gewesen war, wurde die anfängliche Begeisterung allmählich getrübt. Die Dinge, die ich von Bel erfahren hatte, dazu das kuriose Verhalten der anderen Zimmermädchen, das alles begann an mir zu nagen. Irgendetwas stimmte nicht mit diesem Ort. Aber abgesehen von den Gesprächen, war da nichts Greifbares, nichts, worauf ich meinen Finger hätte legen können, kein handfester Beweis dafür, dass meine Zweifel berechtigt waren.

Nachdem ich mich für die kommende Schicht angekleidet hatte, beschloss ich, einen anderen Weg zur Wäschekammer einzuschlagen. Dabei stolperte ich über eine kleine vergoldete Truhe mit der Aufschrift *Wunschkiste*. Ein eingravierter Text forderte die Gäste auf, die Lippen ans Schlüsselloch zu führen und ihren Wunsch dort hineinzuflüstern. Der Maître würde diesen dann nach Möglichkeit in Erfüllung gehen lassen. Ich bog in einen weiteren Korridor ab und kam an einem Suminaire vorüber, der Geschenke verteilte. Gäste rissen gestreiftes Geschenkpapier von Päckchen ab, aus denen jeweils eine ganze Handvoll Rosenblätter zum Vorschein kam, die sich auf den Handflächen zu Miniaturfeuerwerken entzündeten.

Der Zauber wirkte insgesamt harmlos und schien einzig und allein der Belustigung der Gäste zu dienen. Und trotzdem konnten alle diese Wunder nichts gegen mein Gefühl ausrichten, dass hier irgendetwas ganz und gar nicht stimmte.

»Wir müssen einen kurzen Zwischenstopp im vierten Stock einlegen«, verkündete Béatrice, nachdem ich endlich in der Wäschekammer eingetroffen war. Natürlich erkundigte sich keins der anderen Mädchen, was wir denn dort sollten, deshalb hielt auch ich den Mund.

Wenig später standen wir vor einer gepolsterten doppelflügeligen Tür, die mit Straußenleder bezogen und mit Perlen besetzt war. Auf einem Schild darüber stand SALON DE BEAUTÉ.

»Hübsch, nicht?« Béatrice strich liebevoll mit der Hand über die Perlen und wischte sich dann hastig eine Träne aus dem Augenwinkel. Ihre Reaktion schien mir reichlich übertrieben. »Madame des Rêves hat dieses Zimmer nach dem Vorbild des Atelier Merveille gestaltet.«

»Wo ist das denn?«, erkundigte sich eins der Mädchen. Ich selbst hatte auch nie von einem solchen Ort gehört.

»Nun, dabei handelt es sich lediglich um den berühmtesten Damenausstatter von ganz Champilliers. Dort hat Madame des Rêves alle ihre Perücken erworben. Madame hat die beliebten Umkleiden dort eins zu eins nachgebildet.« Noch einmal strich Béatrice über eine der Perlen. »Ich würde nur zu gern einmal das Original sehen.«

»Sie waren noch nie dort?«, fragte ich. Champilliers war die größte Stadt in Verdanne, bekannt für ihre Kanäle, die allesamt in den Fluss Noir mündeten. Sicher war das Hotel schon einmal dort gewesen.

Doch Béatrice schüttelte den Kopf. »Es gibt eine Liste von Orten, an die wir niemals reisen. Champilliers ist einer davon. Anweisung des Maître, sehr zu meinem Bedauern. Falls wir trotzdem einmal hinreisten, wüsste ich genau, wo ich meinen Tag verbringen würde …«

Sie strich mit beiden Händen an den Türflügeln entlang und zog sie dann schwungvoll auf. Ein plüschiger Raum ganz in Rosarot tat sich vor unseren Augen auf, vollgestopft mit Schneiderpuppen und Vitrinen voller Seidenstoffe. In der Mitte des Raums wuselten Arbeiterinnen um eine Frau herum, die sich neu einkleiden ließ.

»Darf ich vorstellen: *L'Entourage de Beauté.*« Béatrice deutete auf die emsigen Arbeiterinnen. »Suminaires mit dem Talent, die Schönheit eines Menschen zu betonen.«

Die Frau mit dem lohfarbenen Teint und der zitrinfarbenen Feder war ein Mitglied dieser Entourage. Sie inhalierte Farbe aus ihrer Feder, dann pustete sie kleine gelbe Wölkchen auf das Korsett der Dame, während eine weitere Suminaire eine Fadenspule um deren Taille herumführte. Der Faden ordnete sich von allein zu einer feinen Stickerei, während eine dritte Suminaire der Dame mit einer Porzellanbürste durchs Haar strich und wie aus dem Nichts perfekte Locken zauberte.

Alles hier drinnen war durchweg magisch und rosa. Selbst die Mitglieder der Entourage de Beauté trugen rosafarbene Uniformen.

Als ich jünger war, ging Maman völlig ohne Grund davon aus, meine Lieblingsfarbe sei Rosa. Und es war nicht so, dass ich die Farbe hasste. Nur passte sie nicht zu mir. Ich zog kräftigere Farben vor, so was wie Smaragdgrün und Saphirblau, so dunkel und tief wie der Ozean, Farben, die Kapitäne kleideten, wenn sie am Steuer ihres Schiffs standen, oder Heldinnen, die sich zu nachtschlafender Zeit davonstahlen, um sich klammheimlich mit ihrem Liebsten zu treffen. Ein knalliges Pfingstrosenpink war Zosas Lieblingsfarbe. Sie würde vermutlich einen hysterischen Lachanfall kriegen, wenn sie das hier sähe.

Bei dem Gedanken an sie versteifte ich mich. Béatrice hatte mir berichtet, sie sei vorgewarnt worden, womit sie sich alles Ärger einhandeln würde. Und nach dem seltsamen Verhalten der anderen Arbeiterinnen war das der einzige Strohhalm, an den ich mich klammern konnte, um nicht in helle Panik zu geraten. Heute Abend würde ich nach ihrem Zimmer suchen. Wie ich Zosa kannte, würde sie mich allerdings vorher aufspüren.

»Dieses dumme Ding ist schon wieder kaputt.« Eine Arbeiterin deutete mit ihren blassen, rissigen Händen auf einen riesigen Glasschrank, dessen oberste Tür schief hing.

Béatrice schüttelte ihr Handgelenk. Eine kleine Blechdose kam unter ihrem Ärmel zum Vorschein. Sie öffnete den Deckel. Wir traten allesamt einen Schritt zurück, als eine funkelnde Wolke aus verschiedenen Werkzeugen aus der Dose heraus in Richtung Schrank stob.

»Sie sind ein Suminaire«, sagte ich verwundert.

Ich hatte es bereits vermutet, aber abgesehen von dem Schmetterling aus Metall, der gelegentlich mit den Flügeln schlug, hatte ich sie bislang nicht die geringste Magie wirken sehen.

»Das bin ich, und mein besonderes Talent sind Reparaturen jeglicher Art. Da der Maître sich nicht sonderlich gern um derlei Belange kümmert, ruft man in solchen Fällen für gewöhnlich mich. Deshalb leite ich auch den Bereich Haushaltsführung.« Sie schüttelte die Büchse. »Wir Suminaires erhalten stets Positionen, die unseren Fähigkeiten entsprechen.«

»Ihre besondere Begabung ist es also, Sachen zu reparieren?«

»In der Regel ja. Aber diese Schranktüren sind knifflig.« Wieder schüttelte sie ihr Handgelenk. Die Werkzeuge bewegten sich und schlugen klappernd gegen den Schrankgriff, aber sonst schien nichts weiter zu geschehen. »Sie klemmt.« Béatrice seufzte, und die Werkzeuge kehrten nacheinander in ihre Büchse zurück.

Ich starrte neugierig auf den Blechbehälter – noch so ein magisches Objekt also, genau wie Bels silberner Schlüssel. Die Fadenspule, die Bürste, die Feder – auch das mussten solche verzauberten Gegenstände in den Händen von Suminaires sein.

»Wie funktioniert das mit der Büchse?«, fragte ich. Sie musste sie mit einem Zauber belegt haben.

Béatrice klappte den Mund auf, machte ihn dann aber wieder zu. Ein wachsamer Ausdruck legte sich auf ihre Züge. »Weißt du, es ist nicht ratsam, sich allzu intensiv mit Suminaires und ihrer Magie zu befassen.«

Ende der Diskussion. Die Wirkweise von Magie war offenbar ein Tabuthema.

Wieder deutete die Arbeiterin auf die kaputte Schranktür. »Können wir dann endlich?«

Béatrice warf uns einen Blick von der Seite zu. »Warum lauft ihr nicht schon mal runter in den Wäscheraum? Das hier dauert wohl ein wenig länger als gedacht.«

Wir knicksten kurz und huschten zur Tür hinaus. Die anderen Zimmermädchen schlugen denselben Weg ein, den wir gekommen waren, aber ich zögerte. Am Ende des Flurs stand ein Mädchen und hielt sich die Schläfe. Es war Sophie, die aus der Gästesuite.

Ich eilte auf sie zu. »Was ist denn mit dir los?«

»Kopfschmerzen. Armes Ding.« Eine braunhäutige Frau in einem wehenden türkisfarbenen Pelzmantel kam auf uns zu. Sie fuchtelte mit einem Glas Champagner in der Hand herum. »Ich leide selbst regelmäßig unter heftigen Anfällen.«

»Hattest du schon mal diese Kopfschmerzen?«, fragte ich, an Sophie gewandt.

»Ich … ich weiß es nicht«, gab sie verunsichert zurück.

»Du weißt es nicht?«

»Ich kann mich nicht erinnern.« Ihre Lippen bebten. »Ich glaube, ich lege mich besser ein wenig hin.« Sich mit der Hand die Stirn massierend, ging sie davon.

»Ich habe ihr gesagt, sie soll rausgehen«, bemerkte die Dame im Pelzmantel. »Frische Luft wirkt meistens Wunder. Aber sie wollte nicht. Sagte, sie ginge nicht gern raus.«

»Ach ja?« Es gab Mädchen in der Pension Bézier, die hatten Angst, die Sonne könnte ihrem Teint schaden, aber das Hotel reiste ja nicht ausschließlich in sonnige Gegenden. Tatsächlich hatten alle in der Schlange vor dem Teehaus davon gesprochen, wo sie überall gern hinreisen würden, wenn man ihnen eine Anstellung gab. Das war einer der Hauptgründe, weshalb wir alle in dem Hotel arbeiten wollten: um weit entlegene Orte zu sehen. Der größte Pluspunkt an der Arbeit hier, abgesehen von der ganzen Magie. Und dieses Dienstmädchen ging angeblich nicht gern raus – wollte sie allen Ernstes nichts von Anderswo sehen?

Dieser Gedanke schien mir schon unbegreiflich, aber in Verbindung mit den ganzen anderen Eigenartigkeiten, die mir aufgefallen waren, schnürte er mir den Magen zusammen.

Die Blumentapete entlang des Korridors schien sich zu verdüstern, genau wie meine Laune. Blütenblätter fielen von den verwelkenden Blumen herab. Hier war einfach zu vieles, was mir Rätsel aufgab, und ich wurde das Gefühl nicht los, dass da etwas gewaltig zum Himmel stank. Ich wollte Antworten. Und wenn ich nicht bald welche bekam, würde ich heute Nacht garantiert kein Auge zutun können.

Einer Eingebung folgend, machte ich kehrt, um Béatrice zur Rede zu stellen, doch auf halber Strecke zurück zu dem Salon hielt ich inne. Mit einem unterdrückten Fluch fiel mir mein Versprechen Bel gegenüber wieder ein.

Die Frau im Pelzmantel hob grinsend ihr Glas. Die eine Hälfte ihrer Zähne war durch Goldimplantate ersetzt. »Möchtest du etwas Champagner, Darling? Ich musste nur auf dieses Knöpfchen drücken, und *Puff!* Jetzt kann ich mich kaum mehr retten vor dem Zeug.«

»Nein, danke. Ich … ich muss jemanden finden«, murmelte ich hastig.

»Ach du liebe Zeit, ihr Hausmädchen seid aber auch für keinen Spaß zu haben«, rief sie empört, als ich auch schon losflitzte.

Mir blieb nicht viel Zeit, eigentlich sollte ich längst in der Wäschekammer zurück sein. Trotzdem machte ich einen kurzen Abstecher durch die Lobby, um nach Bel Ausschau zu halten. Als ich ihn nirgends entdecken konnte, eilte ich eine Treppe nach oben in den ersten Stock. Der Gang hier kam mir bekannt vor.

Béatrice hatte doch erwähnt, die Flure tauchten auf und verschwanden, je nach Bedarf. Die Schirme von gestern waren offensichtlich nicht mehr da. Stattdessen fand ich mich in einem düsteren Korridor wieder, an dessen Wänden Gipsreliefs hingen, die immer dasselbe Frauenprofil zeigten, nur mit unterschiedlichem Ausdruck: Die Miene spiegelte Gefühle wie Langeweile, Freude oder Trauer wider.

Während ich mir jedes Profil eingehend ansah, vermischten sich die in Gips verewigten Emotionen offenbar mit meinen eigenen Gedanken. Meine Füße wurden langsamer und blieben schließlich ganz stehen. Ich strich mit der Fingerkuppe über die gerunzelte Braue auf einem Bildnis. Im nächsten Moment hörte ich jemanden schluchzen, und ein plötzlicher Anflug von Traurigkeit schnürte mir die Kehle zu. Ich wurde auf ein Intaglio in der unteren Reihe aufmerksam. Darauf hielt die Frau sich einen Finger an die Lippen, als wollte sie jemanden zum Schweigen auffordern. Ich beugte mich zu ihr herab. Der Flur verdüsterte sich, die Kerzen flackerten schwach.

»Gib acht, wem du vertraust«, flüsterte eine sanfte Stimme von irgendwo aus der Ferne. Ein eisiger Schauer kroch über meinen Rücken. Langsam hob ich die Hand zu dem Gipsabdruck.

»Nur Gästen ist es erlaubt, sie zu berühren.«

Ich wirbelte auf dem Absatz herum.

Der Maître zeichnete sich schemenhaft vor einer dunklen Ecke ab.

Ich geriet ins Stolpern und stieß eins der Bildnisse herunter. Ich wartete darauf, dass der Gips am Boden zerschellte. Dass der Maître verlangte, meinen Namen zu erfahren, dass er mich feuerte.

Doch nichts dergleichen geschah. Das Intaglio hing an der Wand, als wäre nichts gewesen.

Der Maître trat auf mich zu, in der Hand ein schmales Fässchen mit violett schimmernder Tinte. Anders als die größeren Fässchen, die Zosa und ich verwendet hatten, um unsere Verträge zu unterzeichnen, sah dieses hier richtig alt aus. Verschlossen wurde es von einem silbernen Stöpsel in Form eines Wolfskopfes, dessen Maul weit aufgerissen war, sodass man den Eindruck bekam, er wollte das Fässchen verschlingen.

Ich warf einen Blick auf die Finger des Maître. Einer stand etwas gekrümmt ab, die Haut war fleckig und faltig.

»Geh«, knurrte er bedrohlich.

Ich tat das Einzige, was mir einfiel. Ich rannte.

10

Das Bild von Alastair, wie er das Tintenfass mit dem Wolfskopf als Stöpsel umklammert hielt, hatte sich mir tief ins Gedächtnis eingebrannt. Seine bedrohliche Miene. Es war das erste Mal, dass ich ihn ohne ein Lächeln im Gesicht gesehen hatte.

Es war nicht zu leugnen, dass er wütend gewesen war, aber soweit ich wusste, gab es keine Regel, die es mir verbot, mich in diesem Gang aufzuhalten. Ich erschauderte. Wenn ich ihn verärgert hatte, spielte es keine Rolle mehr, wie die Regeln lauteten. Niemand käme auf die Idee, irgendwelche Zweifel anzumelden, wenn er mich noch heute Abend nach Durc zurückschickte.

Ich zwang mich weiterzugehen, doch ich hatte nur noch diese geflüsterten Worte im Kopf: *Gib acht, wem du vertraust.* Ich war mir ohnehin nicht sicher, auf wen ich hier zählen konnte. Klar wollte ich mich gern auf Bel verlassen – er war vermutlich das, was einem Vertrauten am nächsten kam –, aber andererseits hatte er nie mit einem Wort erwähnt, dass er der Magnifique war. Sicher hielt er noch ganz andere Dinge vor mir geheim – Dinge, die ich nicht wissen sollte.

Die kerzenbeschienenen Korridore wirkten mit jedem Schritt enger, und ich war ganz allein. Ein Pochen an meiner Schläfe machte sich bemerkbar, das sich zusehends verstärkte. Ich verspürte den Drang, wegzulaufen und mir einen sicheren Ort zu suchen, an dem ich wieder einen klaren Kopf bekommen konnte. Ich bog in Richtung Wäschekammer ab und traf auf eine Gruppe von Zimmermädchen, die Wischmopps bei sich trugen. Grenzenlose Erleichterung überkam mich, dass ich nicht mehr allein war. Ich drückte mich gegen die Wand, meine Brust hob und senkte sich.

Ein hellhäutiges Mädchen riss die Augen auf, als sie meine leeren Hände sah. »Kein Mopp? Béatrice reißt dir den Kopf ab. Alle Zimmermädchen wurden angewiesen, beim Saubermachen zu helfen.«

»Was denn saubermachen?«, fragte ich.

»Vorhin kam schwerer Schneeregen herunter. Einige Gäste haben sich geweigert rauszugehen, also gab der Maître den Künstlerinnen und Künstlern Anweisung, spontan Spiele zu veranstalten.«

Mein Puls schoss hoch. »Welche Künstler?«

»Weiß nicht genau. Alle möglichen Darstellerinnen und Darsteller.«

Wenn Zosa auch ein Teil dieser Spiele war, musste ich sie finden. An der Wand lehnten einige Ersatzmopps. Ich schnappte mir den erstbesten und schloss mich der Gruppe an.

Der Spielsaal war so riesig wie ein Ballsaal und die Decke so beleuchtet, dass sie aussah wie ein sternenübersäter Nachthimmel. Dutzende von kastenförmigen Glasabteilen füllten den abgedunkelten Raum, und in jedem dieser Abteile befanden sich Menschen.

Mir wurde schwer ums Herz, als ich Zosa in keinem von ihnen entdecken konnte.

»Seid gegrüßt, Reisende!«, erklang die überschwängliche Frauenstimme in meinem Kopf. *»Willkommen beim Glaspuzzle, dem Schlechtwetterspiel des Hotel Magnifique, voller Abenteuer und Gefahr. Die Regeln sind einfach: Folgen Sie den Hinweisen, und finden Sie den Weg hinaus aus dem Glaswürfel. Aber seien Sie gewarnt: Sobald Sie sich auf ein Spiel einlassen, gibt es kein Zurück, bis der Ausweg gefunden ist.* Bonne chance!«

In jedem Raum befanden sich nun eine Handvoll Gäste sowie eine oder ein Suminaire als Spielleitung.

In einem Glaskubus entdeckte ich Hellas' silbernen Haarschopf und seine tiefgoldene Haut. Der Botanist fächelte sich mit seinem Kartenspiel Luft zu, während die Gäste einen kleinen Wald aus weißen Papierbäumen durchforsteten. In einem anderen Raum entließ ein junges Mädchen mit brauner Haut und feinen Gesichtszügen durch ihr Blinzeln Blasen aus einem Monokel und stützte sich ab, während die Spieler sich gegen die Glaswände warfen und den kompletten Kasten ins Wanken brachten. Im nächsten Glaswürfel ging ein Miniaturgewitter nieder. Damen schwebten einen Fuß über dem Boden, während ein bleicher Junge in Livree auf eine Wetterfahne im Miniaturformat blies. Offenbar wieder so ein magisches Objekt.

Mein Blick fiel auf einen Kubus unweit der Tür. Darin entdeckte ich die rothaarige Suminaire von der Soiree, die einen Strom einer nie versiegenden Flüssigkeit aus einem Fingerhut goss. Eine Gruppe völlig durchnässter Gäste – alle mit dem gleichen blonden Haar und der gleichen gebräunten Haut – suchten den nassen Boden tastend mit den Händen ab. Mein Herz setzte einen Schlag aus, als die Rothaarige mich direkt ansah. Dann wanderte ihr Blick weiter und schien sich auf etwas hinter mir zu richten. Ich drehte mich um, aber da war nur die Wand.

»Sie können uns nicht sehen«, rief eins der Dienstmädchen über den Lärm hinweg.

»Wie meinst du das?«

»Na, genau, wie ich es sage. Sobald man Teil eines Spiels ist, sieht man nicht mehr raus.«

»Aber die Wände sind doch aus Glas.« Ich trat einen Schritt näher, um mir das Glasgebilde genauer anzusehen.

Das Dienstmädchen riss mich zurück. »Geh nicht zu nah ran!«

»Eine Gruppe hat es geschafft, sie kommen heraus!«, rief eine Stimme.

Wir erschraken beide, und das Mädchen stieß mich an. Meine Hände schossen vor, um sich an dem Glaskubus abzustützen, doch statt meinen Sturz zu bremsen, gingen meine Hände durch das Glas hindurch. Ich landete der Länge nach in einer warmen Pfütze. Mein rechter Fuß ragte noch nach draußen. Als ich ihn ebenfalls ins Innere zog, verschwand der Saal um mich herum. Die Glaswände wurden milchig weiß. Ich klopfte dagegen. Solide.

»Wie ulkig. Ein Dienstmädchen hat sich zu uns gesellt«, sagte eine Frau auf Verdannisch mit schwerem Akzent. Sie zwirbelte einen Schnurrbart, wie ein Spion in einem Theaterstück. Ihr rüschenbesetztes Kleid war völlig durchnässt.

Die Flüssigkeit fühlte sich an wie Badewasser, aber dem Geruch nach zu urteilen handelte es sich um Tee. Die Wände glänzten jetzt wie Keramik. Die Öffnung eines gebogenen Ausgießers zeigte sich an der Decke. Wir waren in einer Teekanne gefangen. Ich fing an zu zählen. Acht Leute fanden bequem Platz darin.

»Zimmermädchen sind bei den Spielen nicht erlaubt«, hörte ich eine hohe, durchdringende Stimme sagen.

Ich drehte mich um. Die rothaarige Suminaire sah mich vorwurfsvoll an. »Ich wollte ja nicht …«

»Madame des Rêves trägt die Verantwortung für die Spiele. Wenn sie dich hier erwischt, fliegst du raus.«

Sie sagte das so nebenher, aber es erschütterte mich zutiefst. »Können Sie mich nicht rauslassen?«

Ihre Finger schlossen sich um den Fingerhut, aus dem immer noch unablässig Tee strömte. »Ich befürchte, du wirst warten müssen. Sobald man sich auf ein Spiel einlässt, gibt es kein Zurück, bis der Ausweg gefunden ist.«

Es waren fast die gleichen Worte, wie ich sie bereits von der überdrehten Frauenstimme gehört hatte. Das Problem war nur, dass die Wände allesamt massiv waren und es keinen sichtbaren Ausgang gab.

Ein Gast wedelte panisch mit der Hand. »Es gibt keinen Hinweis, der auf einen Fluchtweg hindeutet. Wir sind zum Ertrinken verdammt.«

»Ein Hinweis sei Ihnen gewährt«, sagte die rothaarige Suminaire. »Wollen Sie ihn jetzt hören?«

Alle riefen im Chor: »Hinweis! Hinweis! Hinweis!«, gefolgt von gackerndem Gelächter.

»Nun gut. Aber der Hinweis hat seinen Preis.« Bei diesen Worten schob sich eine Reihe von Buchstaben durch die Glaswand.

»Wie hoch ist der Preis?«, fragte ich.

Die Suminaire hob ihren Fingerhut. Die Flüssigkeit floss schneller, der Pegel des Tees stieg rasant an. Na schön.

Ich hatte keinen Schimmer, was dieser Hinweis zu bedeuten hatte, aber ich trottete darauf zu und versuchte das Rätsel zu lösen, damit ich endlich von hier verschwinden konnte.

»Seht, das Dienstmädchen ist gekommen, um uns alle zu retten!«, jaulte ein Gast belustigt und wedelte mit einem leeren Weinglas.

»Was könntest du wohl noch ausprobieren, was wir noch nicht versucht haben?«, meinte ein anderer Gast.

Ich pflichtete ihm bei. Ich hatte nicht die leiseste Ahnung, was ich tun könnte.

Wieder stapfte ich spritzend zur Suminaire zurück. »Wie heißen Sie?«

»Red«, sagte sie.

Das leuchtete ein. Ihre Haare strahlten wie ein Rubin.

»Nun, Red, ich bin überzeugt, dass die Gäste bereits viel zu viel intus haben. Sie müssen mich hier rauslassen.« Als Red daraufhin keine Anstalten machte, etwas zu tun, schloss ich meine Hand um ihren Fingerhut. Er knisterte, so voller Magie war er.

»Rühr mein Artefakt nicht an!« Red entriss mir den Fingerhut.

Artefakt. Dasselbe Wort hatte auf dieser Plakette in der Lobby gestanden. Ich starrte den Fingerhut an.

»Es gibt da diese Plakette, auf der steht auch was von einem Artefakt …«

»Sei still«, flüsterte sie, mit einem Mal ängstlich. »Dieses Wort darf dieses Gebäude nicht verlassen. Es war töricht von mir, es laut auszusprechen.«

Red reagierte ähnlich verschlossen wie Béatrice. Ehe ich sie weiter mit Fragen löchern konnte, strich sie sich eine feuchte Haarsträhne aus der Stirn und brachte so eine kreisförmige Anordnung kleinerer Punkte zum Vorschein, die auf ihre Stirn tätowiert waren. Genau dieses Muster hatte ich über den Brauen von Seemännern in Durc gesehen.

»Sie stammen von den Lenore-Inseln, stimmt's?« Die kleine Inselkette lag zwei Tagesreisen von Verdanne entfernt in südöstlicher Richtung. Bézier hatte mir einmal erklärt, die tätowierten Punkte stünden für die Sternenkonstellation direkt über der Hauptinsel.

Ihr Kiefer verspannte sich. »Ich erinnere mich nicht.«

»Sie erinnern sich nicht an Ihr Zuhause?«

Blitzschnell kehrte sie mir den Rücken zu. »Ich muss wieder an die Arbeit.«

Ein Schauder des Unbehagens durchfuhr mich. Béatrice und Bel hatten es beide geschickt umgangen, auf irgendwelche meiner Fragen zu ihrer Heimat zu antworten. Und jetzt wollte Red sich angeblich nicht erinnern. Je mehr ich in Erfahrung brachte, desto größer wurde meine Besorgnis.

Ich schnappte mir die nächstbeste Spielteilnehmerin, die Frau mit dem Schnurrbart. »Wo haben Sie das Hotel betreten?«, fragte ich. »Erinnern Sie sich an Ihre Heimat?«

»Stanisburg? Natürlich erinnere ich mich«, erklärte sie verschnupft. »Der Maître hat mir versprochen, ich würde erst nach dem Auschecken alles vergessen, vorher nicht. Und schon gar nicht meine Heimat.«

Klar. Sie würde bald nach Hause zurückkehren, schließlich war sie hier nur Gast.

Ich erzitterte. Am Mondfenster hatte Bel gemeint, wer im Hotel arbeitete, könnten nicht wie die Gäste sein Zuhause dahinter sehen. Er hatte nie ein Wort darüber verloren, dass man sogar komplett vergaß, woher man kam. Andererseits hatte er auch nicht erwähnt, dass er der Magnifique war. Wie es aussah, hatte er jede Menge Details ausgelassen.

Komischerweise erinnerte ich mich haargenau an Durc. Das musste etwas damit zu tun haben, dass ich einen Gästevertrag unterzeichnet hatte. In diesem gab es Absätze in verschiedenen Sprachen – im Grunde konnte da alles Mögliche versteckt drinstehen. Die Dienstmädchen hatten sicher allesamt Angestelltenverträge unterschrieben. Wenn diese Verträge ihre Erinnerungen beeinflussten, könnte das vielleicht ihr seltsames Verhalten erklären.

Ich rieb mir das Gesicht. Wenn ich jetzt weiter darüber nachgrübelte, würde das ohnehin zu nichts führen. Sofern Madame des Rêves nicht schon längst draußen vor diesem Spielraum wartete, war sie zumindest auf dem Weg hierher. Und wenn sie mich nach Durc zurückschickten, bevor ich mit Zosa sprechen konnte …

»Bitte lassen Sie mich raus«, flehte ich Red noch einmal inständig an.

Sie presste die Lippen zu einem schnurgeraden Strich zusammen. »Das ist mir nicht erlaubt. Der einzige Weg hier heraus führt darüber, dass du den Ausgang findest und das Spiel damit beendest.«

»Wie denn? Ich kann diesen Hinweis nicht entziffern, es scheint eine fremde Sprache zu sein, und die Gäste haben es kein bisschen eilig.«

»Tut mir leid, aber du wirst dich gedulden müssen.«

»Und mich von Madame des Rêves erwischen lassen? Gefeuert werden?« Panisch sah ich mich um. »Können Sie mir wenigstens verraten, wo vielleicht eine Tür erscheinen könnte?«

Sie stieß einen tiefen Seufzer aus. »Es ist mir nicht erlaubt, dir zu sagen, wo der Ausgang ist, aber eins kann ich dir verraten: Es ist keine Tür.« Ihr Blick zuckte zum Ausguss der Teekanne über uns.

»Das ist also der Ausweg, ja?«

Wieder presste sie die Lippen fest aufeinander.

Das musste es sein. »Aber wie soll man da raufkommen?«

»Das wird sich zeigen, sobald alle zusammen das Rätsel gelöst haben.«

»Und was, wenn wir es nicht schaffen?«

Sie hob demonstrativ ihren Fingerhut, und Tee floss heraus. »Entweder lässt Madame des Rêves uns raus, oder wir schwimmen.«

Am liebsten wollte ich schreien. Stattdessen sah ich mich fieberhaft um. Es musste einen anderen Weg geben, da raufzukommen, aber die Wände waren zu glatt, und es war außerdem sehr eng. Plötzlich kam mir ein Gedanke.

»Ich hab's!«, rief ich. Ich hatte vorhin beobachtet, wie Gäste einen Raum ins Wanken gebracht hatten. Mit aller Kraft warf ich mich mit der Schulter gegen die Wand, dann stürzte ich zur anderen Seite und rammte die gegenüberliegende. »Wenn alle mitmachen, könnten wir die Teekanne umstoßen und dann durch den Ausgießer rauskriechen.«

»Es ist meine Aufgabe, dafür zu sorgen, dass die Teilnehmer den Ausgang anhand von Hinweisen finden«, zischte Red. »Wenn nicht, bekomme ich Ärger.«

Mir war egal, ob sie sich Ärger einhandelte. Was konnte schlimmer sein, als dass ich nach Durc zurückgeschickt wurde?

Ihren Einwand ignorierend, rief ich: »Und jetzt alle zusammen! Gegen diese Wand!« Aber die Gäste achteten nicht auf mich. Und allein konnte ich die Teekanne nicht dazu bringen umzufallen.

Ein älterer Gast sprach mich an. »Du bist nicht sonderlich überzeugend, weißt du.«

Seine Worte brachten mich auf eine Idee. Ich räusperte mich. »Je schneller wir dieses Ding umwerfen, desto schneller können Sie alle sich Ihre Preise abholen.«

»Preise?«, fragte eine Frau interessiert.

Red funkelte mich drohend an.

»Fantastische Preise«, bestätigte ich. »Besser als jedes Feuerwerk auf Ihrer Handfläche. Und«, ich legte eine dramatische Pause ein, »Sie dürfen sie nach dem Check-out mit nach Hause nehmen.«

Acht Augenpaare weiteten sich.

Ich konnte mir ein zufriedenes Grinsen nicht verkneifen. »Stehen Sie nicht untätig herum. Helfen Sie mir, die Kanne zum Schaukeln zu bringen.«

Red machte nicht mit, aber der Rest bewegte sich jetzt im Pulk, warf sich mit den Händen voraus erst gegen die eine Wand, dann gegen die andere. Der Tee schwappte hin und her und trug mit seinem Gewicht zu unserem Erfolg bei. Schon bald kippte die Kanne leicht. »Lehnen Sie sich alle gegen die Wand!«

Dieses Mal hörten sie auf mich. Wir warfen uns allesamt dagegen. Die Kanne geriet in Schieflage, dann überschlug sie sich. Tee schoss mir in die Nase. Spuckend landete ich auf dem Boden.

Im selben Moment lösten sich die Wände auf. Der gesamte Spielraum war verschwunden.

Red saß ein Stück von mir entfernt, wie ein bedröppelter Haufen. Leute scharten sich um sie. Ich musterte ihre Gesichter. Madame des Rêves war nicht darunter, zum Glück.

Mühsam kämpfte ich mich auf die Beine und hob den Saum meines triefnassen Rocks an. Dann machte ich einen Knicks in Richtung der benommen am Boden hockenden Gäste. »Glückwunsch. Sie können Ihre Preise in der Lobby abholen.«

Eine Hand packte mich am Arm.

»Hier entlang. *Sofort.*« Béatrice schleifte mich unsanft hinter eine Topfpflanze, das Gesicht wutverzerrt. »Bevor sie dich noch sieht.«

Dann hörte ich es auch.

Klackernde Absätze. Eine orange Perücke, die jenseits der Glaskuben auf und ab wippte. Red saß immer noch inmitten der Pfütze. Ich zögerte.

»Lass sie«, zischte Béatrice. »Uns bleibt keine Zeit.«

Sie hatte recht. Wir duckten uns hinter die Palme, gerade als Madame des Rêves um die Ecke gebogen kam. Hellas folgte ihr dicht auf den Fersen. Sie sahen weder Béatrice noch mich; ihre Augen waren fest auf die Überschwemmung geheftet.

»Dieses Spiel sollte doch eigentlich anders enden. Was hast du getan?«, blaffte Madame des Rêves.

Tränen rollten über Reds Wangen. Sie hielt ihre Knie umklammert und wirkte völlig eingeschüchtert. Aber Red hatte die Kanne ja nicht selbst umgeworfen. Man würde sie doch wohl nicht für ein Vergehen bestrafen, mit dem sie nichts zu tun hatte?

Béatrice grub ihre Nägel in meine Handfläche, um mir zu signalisieren, still zu sein.

»Ich habe keine Zeit für solche Mätzchen.« Madame des Rêves sah Red aus schmalen Augen an. »Hellas, bring sie zum Maître.«

11

»Untersteh dich, auch nur ein Wort darüber zu verlieren.« Béatrice zerrte mich durch einen Korridor hinter sich her und dann über eine Treppe nach oben.

»Es war ein Unfall. Ich wusste nicht, dass ich zu den Spielen keinen Zutritt habe.« Ich schlang die Arme um mein triefnasses Kleid, und ein eisiger Schauder überlief mich. »Wird der Maître diese Suminaire ernsthaft bestrafen?«

»Was denkst du wohl?«

Meine Schultern sackten nach unten.

Im oberen Stockwerk klopfte Béatrice an eine schmale Tür. Als keine Antwort kam, befahl sie mir zu warten. Sie verschwand, und wenige Augenblicke später kehrte sie mit Bel im Schlepptau zurück. Mein Magen verkrampfte sich, als ich ihn sah. Er schüttelte sich Eiskristalle aus den Haaren. Seine Kleidung war ungefähr so nass wie meine. Wie es aussah, hatte er den ganzen Vormittag draußen verbracht.

»Du hast mich gebeten, auf dieses Mädchen aufzupassen, aber es ist mir nicht möglich. Sie ist schrecklich leichtsinnig«, schimpfte Béatrice.

Bel musterte mich von oben bis unten. »Was …«, setzte er an.

»Sie hat an einem Spiel teilgenommen«, schnitt Béatrice ihm das Wort ab. »Eine Suminaire wurde zum Maître gebracht.«

»Aber Jani ist nicht erwischt worden.«

»Ja, dank mir.« In ihren Augen funkelte Zorn. »Nimm dir für den Rest des Abends frei. Morgen schrubbst du die Toiletten«, zischte sie in meine Richtung und stürmte wütend davon.

Schweigend führte Bel mich in das kleine Zimmer. Meine Zähne begannen zu klappern. Bel durchstöberte einen Schrank unweit der Tür. »Hier.« Er reichte mir eine alte Dienstmädchenuniform, die aussah, als wäre sie mir zwei Nummern zu groß. Dann wandte er sich mit dem Gesicht zur gegenüberliegenden Wand.

»Du willst mich wohl auf den Arm nehmen.«

»Wenn du willst, kannst du dich gern zu Tode frieren.« Er zuckte mit der Schulter. »Eine Sorge weniger.«

Ich blickte zur Tür. »Wage es ja nicht, dich umzudrehen«, sagte ich und mühte mich mit den Knöpfen am Rücken ab. Meine Hände zitterten vor Kälte. »Mist, verdammter.«

»Halt still.« Ich schnappte nach Luft, als sich starke Finger in den nassen Stoff meines Kleides gruben und sich an den Knöpfen in meinem Nacken zu schaffen machten. Ich wollte mich ihm entwinden, aber Bel hielt mich unerbittlich fest. »So was ist mir noch nicht untergekommen.«

»Du hilfst verängstigten, hilflosen Frauen also öfter mal aus ihren nassen Kleidern?«

Er schnaubte. »Klar, täglich.«

Rasch öffnete er sämtliche Knöpfe in meinem Rücken. Ich wirbelte herum. »Dreh dich zur Wand«, wies ich ihn an und behielt ihn im Auge, während ich mich aus dem nassen Kleid schälte, bis es als triefender Haufen auf dem Boden lag.

Er wollte sich umdrehen.

»Bin noch nicht fertig!«, fauchte ich und kämpfte mich in das neue Kleid. Mit einem abfälligen Schnauben drehte er sich dennoch um und bekam hoffentlich nur noch ein Stück nackter Wade zu sehen, bevor der schwarze Stoff mich komplett verhüllte. Meine Hände zitterten immer noch, aber ansonsten war mir glücklicherweise wieder warm.

»Hat ja lange genug gedauert«, maulte er.

Ich rollte mit den Augen und sah mich dann im Zimmer um. Es gab kein Bett. »Ist das hier dein Zimmer?«

»Nein. Wolltest du gern mein Zimmer sehen?«

»Ich … Nein«, stammelte ich. Er brachte es echt fertig zu lachen. »Ich hasse dich.«

»Im Moment beruht das auf Gegenseitigkeit.« Er machte eine ausholende Geste, wies auf den kleinen Raum. »Das hier ist das Kartenzimmer.«

An einer Wand stand ein Regal, vollgestopft mit staubigen Objekten. Über einem kalten Kamin hing das Porträt einer Frau. Die durchdringenden Augen, die helle Haut und die scharf geschnittene Nase waren mit feinen Pinselstrichen ausgeführt. In ihrem tiefen Dekolleté war ein bronzefarbener Anhänger zu sehen.

Ich kannte dieses Gesicht. Es war die Dame, deren Antlitz ich bereits als Gipsabdruck gesehen hatte, in diesem verzauberten Korridor, in dem ich Alastair begegnet war. Während ich das Porträt betrachtete, blühten plötzlich die

Blumen auf der Wandtapete, vor der die Frau stand, auf. Schwarze Blütenblätter schoben sich aus der Leinwand. Eines segelte träge zu Boden.

Der vergoldete Rahmen wirkte kostbar, und das Gemälde war eindeutig von Meisterhand geschaffen. Sie musste eine wichtige Persönlichkeit sein. Oder steinreich. »Wer ist sie?«

»Das kann ich dir nicht sagen.«

Nickend richtete ich meinen Blick auf einen runden Tisch, der mit Blumen aus aller Welt bemalt war. Ich strich mit der Daumenkuppe über die violetten Blütenblätter eines Blutmohns aus Aligney. Über den Tisch waren einige Blatt Papier verteilt. Auf einem entdeckte ich eine hastig hingekritzelte Skizze eines Siegelrings. Der riesige Atlas, den Bel immer verwendete, wenn er das Hotel bewegte, lag in der Mitte – geöffnet, sodass eine handgezeichnete Karte zu sehen war, in einer zierlichen Handschrift beschriftet.

»Sämtliche Landkarten in diesem Atlas wurden von ein und derselben Suminaire geschaffen«, sagte er, als er meinem Blick folgte.

»Von der Frau auf dem Porträt etwa?«

»Möglich.«

Er legte seine Jacke ab. Das feuchte Hemd klebte ihm an der Brust, sodass sich seine Muskeln deutlich unter dem Stoff abzeichneten. Hitze schoss mir in die Wangen.

Ich schluckte und trat einen Schritt zurück. »Du siehst bezaubernd aus«, erklärte ich trocken.

»Du auch.« Er deutete auf eine nasse Haarsträhne. »Du hast bei diesen Fluchtspielen nichts zu suchen.«

»Ich wollte da ja gar nicht rein«, protestierte ich. »Ich …« Als ich an das, was geschehen war, zurückdachte, an mein Gespräch mit Red, kam mir alles, was ich in den vergangenen Tagen erlebt hatte, schlagartig wieder in Erinnerung. »Ich hatte ein paar eigenartige Unterhaltungen mit einigen Zimmermädchen. Und bei diesem Spiel konnte die leitende Suminaire sich nicht an ihr Zuhause erinnern. Aber die Gäste tun dies sehr wohl und ich auch. Der einzige Unterschied, der mir einfällt, ist, dass ich einen Gästevertrag unterschrieben habe. Du hast mir nicht die ganze Wahrheit über diese Verträge erzählt, stimmt's?«

»Ich hatte es aber vor.«

Trotzig verschränkte ich die Arme. »Tja, dann schieß mal los.«

Statt zu antworten, zog Bel etwas aus der Tasche, was in ein kleines Leinentuch eingeschlagen war, und fing an, den Stoff zu entfalten. Zum Vorschein kam ein altes Paar Würfel, in das winzige Monde geritzt waren.

Ich warf ihm einen fragenden Blick zu. Als er mir keine Beachtung schenkte, war ich versucht, ihm die Würfel aus der Hand zu reißen und sie ihm an den Kopf zu schmeißen. Doch bevor ich das tun konnte, drückte er sie mir in die Hand. Die Magie darin vibrierte sanft auf meiner Haut, ganz anders als bei Bels Schlüssel. Es fühlte sich kühler und seidiger an.

Seltsamerweise wirkte die Magie beruhigend auf mich. Ich atmete erleichtert aus und rollte die Würfel in meiner Hand. Sie weckten in mir ein ähnliches Gefühl wie Reds Fingerhut. »Sind sie … ein Artefakt?«, fragte ich, das Wort auf meiner Zunge erprobend.

»Woher weißt du davon?«

Ich erzählte ihm, wie Red das Wort versehentlich herausgerutscht war und dass ich es auf dieser Plakette in der Lobby gelesen hatte. »Ich habe gesehen, wie auch andere

Suminaires magische Objekte wie diese Würfel hier verwendet haben.« Ich strich über die glatten Oberflächen mit den kleinen Vertiefungen. »Wie funktionieren sie?«

»*Artefakte* sind nicht an sich magisch. Sie sind nur Träger der Magie. Jeder Suminaire erhält bei Betreten des Hotels genau ein Objekt. Sie ziehen die Magie aus unserem Blut und verwandeln sie in einen einzelnen Zauber, bevor wir damit jemandem schaden können.«

»Aber ich dachte, das Hotel sei verzaubert, damit die Magie nicht zur Gefahr wird.« Das war der eigentliche Grund dafür, dass die Menschen sich an diesem Ort absolut sicher fühlten.

»Das Hotel hat nichts damit zu tun.« Er berührte die Kette, an dem der Schlüssel hing. »Ich muss nicht ständig ein Artefakt bei mir tragen, aber es wäre gefährlich, mehr als ein paar Tage ohne eins herumzulaufen oder ohne meine Magie auf grundlegendere Weise einzusetzen.«

Alles, was ich bislang über Suminaires zu wissen glaubte, schien offenbar ein Irrtum zu sein. »Was meinst du damit, auf grundlegendere Weise?«

»Heilen ist eine davon. Außerhalb des Hotels verhindern manche Suminaires, dass ihre Magie aufbegehrt, indem sie sich wieder und wieder selbst heilen.« Er zuckte mit der Schulter. »Ich persönlich habe das allerdings nie versucht, weil ich immer ein Artefakt griffbereit hatte.«

Ich konnte es nicht fassen. Der ganze Hass und die ganze Angst vor der zerstörerischen Kraft der Magie. Dabei hätten diese Artefakte die ganze Zeit dafür sorgen können, dass alle auf der Welt beruhigt leben können. Aber niemand wusste von ihrer Existenz. »Wäre es nicht besser, wenn Alastair der Welt von diesen Objekten erzählen würde? Wenn den Menschen bewusst wäre, dass …«

»Keine Option, bedauerlicherweise.« Er klaubte die Würfel aus meiner Hand. Dann packte er mit einer raschen Bewegung mein Handgelenk und zwang mich zu einer halben Umdrehung. Ich wehrte mich. »Jetzt hör schon auf. Ich werde dich nicht umbringen.«

»Das ist wirklich tröstlich.«

Er lachte. »Versuch einfach stillzuhalten, okay?« Ich hielt die Luft an, als er meine Hand zum Tisch führte, sodass ich gezwungen war, mich vorzubeugen. Seine Finger schoben sich vor und pressten meine flache Hand auf den aufgeschlagenen Atlas. »Spürst du das?«, fragte er dicht an meiner Wange.

Mir schoss die Hitze in den Kopf. Ich spürte, wie seine Finger sich um meine Hand legten, fühlte die Wärme, die von ihm ausging, aber ich bezweifelte, dass es das war, was er meinte. Ich atmete tief ein und konzentrierte mich. Plötzlich registrierte ich tatsächlich noch etwas anderes. Zwei deutliche magische Nadelstiche auf der Landkarte kitzelten mich an der Handfläche. »Was ist das?«

»Magische Signaturen. Manchmal stehen sie für den Aufenthaltsort eines Suminaires, aber noch wahrscheinlicher ist, dass es sich um Artefakte handelt.« Er schob meine Handfläche über die Seite. Ich spürte zwei weitere Stiche.

Vier Artefakte also.

»Alastair hat mir erzählt, das Wissen über ihre Herstellung sei im Laufe der Zeit verloren gegangen. Es brauchte dazu mächtige Suminaires, Blut und andere Dinge, an die er sich nicht mehr erinnern kann. Deshalb kann er sie nicht selbst herstellen, dem Himmel sei Dank. Heute sind sie über die ganze Welt verstreut, weil Suminaires entweder getötet wurden oder zur Flucht gezwungen waren, aber allzu viele sind nicht mehr übrig.«

Bel ließ mein Handgelenk los und blätterte durch den Atlas. Ich erkannte einige Karten, sie stellten Städte auf dem Kontinent dar. Die restlichen waren mir fremd.

»Die magischen Signaturen auf diesen Karten zeigen mir ganz grob, wo ein Artefakt verborgen ist, aber sie sind trotz allem schwer aufzuspüren.«

»Du bist auf der Jagd nach Artefakten?«

»Die hier habe ich gerade erst heute Vormittag gefunden.« Er schüttelte die Würfel in seiner hohlen Hand, dann ließ er sie wieder in seiner Tasche verschwinden. »Abgesehen davon, dass ich jeden Tag um Mitternacht den Schlüssel umdrehe, ist das meine Hauptaufgabe.« Er stupste eine feuchte Locke an, die mir ins Gesicht hing. »Im Gegensatz zu dir bin ich ziemlich gut in dem, was ich tue.«

Wütend funkelte ich ihn an.

»Bitte hör einfach zu.« Sein Blick richtete sich auf den Atlas. »Irgendwie sind Alastair Aufzeichnungen zu bekannten Artefakten in die Hände gefallen. Er ist auf der Suche nach einigen davon. Die magischen Signaturen geben uns vor, wohin wir das Hotel als Nächstes bewegen.«

Bei diesen Worten horchte ich auf. Unsere Reiseziele waren also allesamt auf das Auffinden von Artefakten ausgerichtet.

»Ist er auf der Suche nach diesem Ring?« Ich deutete auf die Skizze des Siegelrings, die auf dem Tisch lag.

Bel schnappte sich das Blatt und stopfte es in seine Tasche. »Alastair ist auf der Suche nach sehr vielen Artefakten.«

Er selbst schien von dieser Tatsache nicht allzu begeistert zu sein.

»Wenn Artefakte das einfachste Mittel sind, um die Magie eines Suminaires so sicher zu machen, dass er anderen damit nicht schaden kann, wäre es dann nicht von Vorteil, sie zu finden? Alastair könnte noch viel mehr Suminaires einstellen, dann wäre die Welt für alle ein sichererer Ort.«

»Die Angestellten scheinen zumindest davon überzeugt.« In seinen Worten schwang eine unterschwellige Botschaft mit.

»Aber du glaubst das nicht, stimmt's?«

»Nicht ganz. Alastair ist vordergründig zwar fanatisch auf Sicherheit bedacht, aber in Wahrheit, glaube ich, treibt ihn die Gier. Das ist zumindest meine Theorie. Alastair möchte nicht, dass irgendwelche anderen Suminaires außer ihm selbst dort draußen in der Welt Artefakte sammeln. Er meint, es wären nicht genügend übrig für alle.«

»Wie viele gibt es noch?«

Bel blieb mir eine Antwort schuldig. Stattdessen starrte er mich an und biss sich dabei auf die Unterlippe. Die Stille um uns herum machte mir schlagartig bewusst, wie nah er mir war, wie beengt dieser Raum war. »Weißt du … ich sollte dir das alles eigentlich gar nicht erzählen.«

Die Art, wie er mir prüfend in die Augen sah, wirkte bedeutsam. Ich verspürte ein nervöses Flattern im Magen. »Und warum tust du es dann?«

»Ich bin mir nicht sicher …« Er senkte den Blick. »Ich schätze, ich möchte nur nicht, dass du irgendetwas tust, was du bereuen könntest.«

Wie er das sagte … »Machst du dir etwa Sorgen um mich?«

»Nein«, beeilte er sich zu antworten, viel zu hastig. Meine Augen weiteten sich. »Bilde dir bloß nicht zu viel darauf ein.«

Unglaublich. Er machte sich wirklich Sorgen meinetwegen. Was hieß, dass ich ihm wichtig genug sein musste, um überhaupt einen Gedanken an mich zu verschwenden. Diesen Gedanken schob ich rasch beiseite, um ihn später genauer unter die Lupe zu nehmen, denn momentan brauchte ich vor allem eins: Antworten. »Willst du mir also jetzt was über den Vertrag erzählen, oder muss ich diese Information aus dir rauspressen, indem ich dir die Kehle zudrücke?«

Bels Miene wurde ausdruckslos, und er bedachte mich mit einem Blick, den ich nicht deuten konnte. Sofort wurde ich nervös. »Die Personal- und die Gästeverträge sind in so gut wie allen Punkten genau gegenteilig. Die Erinnerung an diesen Ort verschwindet aus den Köpfen der Gäste, sobald sie auschecken.«

»Ja? Und? Das ist wohl allgemein bekannt.«

»Das stimmt. Aber was nicht jeder weiß, ist, dass es für die Angestellten genau andersherum ist. Sobald die neuen Mitarbeiter einen Personalvertrag unterschreiben und das Hotel betreten, verlieren sie jede Erinnerung an ihr Zuhause.«

Meine Augen weiteten sich.

»Deshalb funktioniert dieses Mondfenster bei mir nicht.« Er schenkte mir ein bedauerndes Lächeln. »Glückwunsch. Wegen meines Versehens bist du davon verschont geblieben.«

Ich trat einen Schritt zurück, als die Wahrheit nach und nach zu mir durchsickerte. Bels gequälter Ausdruck beim Anblick des Mondfensters … hatte nichts damit zu tun, dass er sein Zuhause nicht sehen konnte, sondern dass er sich noch nicht einmal mehr daran erinnerte.

Und dann war da Béatrices Reaktion in der Lobby, als ich sie nach ihrem Zuhause gefragt hatte. Natürlich war es dreist gewesen zu fragen. Vermutlich hatte es bei ihr denselben Schmerz ausgelöst wie bei Bel, und es erklärte auch den leeren Gesichtsausdruck der anderen Zimmermädchen bei Fragen zu ihrer Herkunft. Das alles war so unfassbar grausam, es durfte einfach nicht wahr sein.

Ich kniff die Augen zu und kramte nach Erinnerungen an Aligney. An die Steinmauern. Die Sonnenstrahlen, die die umliegenden Felder in ein goldenes Licht tauchten. Ich würde mich jederzeit mit verbundenen Augen in den mit Kopfstein gepflasterten Straßen Aligneys zurechtfinden. Der Gedanke, dass man mir diese Erinnerungen entreißen könnte, löste ein heftiges Brennen in meiner Brust aus.

Maman hatte immer Witze darüber gemacht, dass der Boden, auf dem unser Dorf errichtet war, mir im Blut lag. Ich wüsste nicht, wer ich wäre, ohne meine Erinnerungen daran. Das Dorf machte mich zu dem, was ich war, machte auch Zosa zu der Person, die *sie* war.

Zosa. Sie hatte einen Angestelltenvertrag unterzeichnet, und das bedeutete, dass sie wie Bel sein würde, solange sie hier arbeitete.

Es waren sicher an die hundert Menschen, die hier im Hotel tätig waren, denen man die Heimat genommen hatte. Einfach ausradiert. Die Grausamkeit des Ganzen war unerträglich. Aber irgendwie passte das alles nicht zusammen. Bel hatte behauptet, Alastair sei unersättlich, fixiert darauf, die Artefakte zu finden. Aber das erklärte doch nicht, warum er dem Personal jede Erinnerung an ihr Zuhause nahm. Das machte er doch sicher nicht ohne Grund. So herzlos konnte kein Mensch sein.

Ich beschwor sein Lächeln im Spiegel des Blauen Raums herauf, und mir wurde übel. Er hatte uns den wunderbarsten Arbeitsplatz versprochen, den man sich vorstellen kann. Aber das war er ganz gewiss nicht.

Dann fiel mir noch etwas anderes ein.

Mir schrillten die Ohren, als ich an ein kleines Fenster in der Ecke des Zimmers trat. Der Himmel draußen verdüsterte sich bereits. Man blickte auf einen schneebedeckten Formschnittgarten. Die Hecken waren so zurechtgestutzt, dass sie Tiere darstellten, die es eigentlich nicht geben sollte: geflügelte Bären, Katzen mit gespaltenen Schwänzen und vierbeinige Schwäne. Eine Gruppe von extravagant gekleideten Gästen schlenderte umher, aber es war keine einzige Gestalt in Hotellivree oder einer anderen Personaluniform zu sehen.

Dieses Wort darf dieses Gebäude nicht verlassen, hatte Red gesagt. Bezogen auf den Begriff *Artefakt*.

»Alastair hat uns allen bei der Einführung versprochen, wir dürften als Belohnung Ausflüge nach draußen machen, wenn wir unsere Arbeit zuverlässig erledigen. Wann können wir denn eigentlich raus?« Meine Stimme klang schrill.

»Nur eine kleine Handvoll darf gleichzeitig raus.«

»Wie viele ist eine kleine Handvoll?«

»Ist nicht wichtig.«

Ich biss die Zähne zusammen. »Wie viele?«

Er seufzte. »Yrsa geht manchmal raus, um Interviews zu führen. Béatrice, aber nur in Begleitung und nur, um Vorräte zu besorgen. Ein paar weitere, der Sicherheit wegen. Und ich.«

Er nannte keine weiteren Namen. Du lieber Himmel, die Angestellten hatten also gar keinen Freigang.

»Tut mir leid, aber so sieht es nun mal aus«, erklärte Bel sanft.

Ein beklemmendes Gefühl machte sich in mir breit. Es schien, als sei alles, was man mir erzählt hatte, seit ich meinen Fuß in dieses Hotel gesetzt hatte, eine einzige Lüge gewesen. Ich musste Zosa warnen, aber ich wusste nicht, wo sie steckte. Ich hatte sie ganze zwei Tage lang nicht gesehen, sie war völlig auf sich allein gestellt. *Was auch immer passiert, versprich mir, gut auf deine Schwester aufzupassen,* hatte Maman mich auf dem Totenbett angefleht. Ich sah sie immer noch vor mir, wie ihr dabei die Tränen über die hohlen Wangen gekullert waren.

»Ich muss meine Schwester finden, sofort.«

»Du sorgst schon genügend für Ärger. So spät noch nach ihr zu suchen, macht es nur noch schlimmer.«

Ich konnte es nicht fassen. »Aber sie ist meine Schwester. Ich muss sie finden. Das musst du doch verstehen – sicher gibt es hier jemanden, der dir etwas bedeutet.«

Er zuckte zusammen, als hätten meine Worte ihn hart getroffen. »Das Einzige, was mir im Moment Sorgen bereitet, ist, dass du etwas noch viel Unbesonneneres tun könntest, als in eins von diesen Fluchtspielen reinzugeraten. Bist du den Zwillingen schon irgendwo begegnet?«

»Ich habe ein kahlköpfiges Zwillingspaar gesehen, jedem hat ein Auge gefehlt. Ich … ich wäre ihnen um ein Haar in die Arme gelaufen.«

»Warum überrascht mich das jetzt nicht?« Kopfschüttelnd rieb er sich die Schläfen. »Gut, dass sie dich nicht gesehen haben. Sido und Sazerat sind Alastairs Bluthunde. Jeder von ihnen trägt ein Artefakt bei sich, das ihre Kräfte vervielfacht, zwei identische Steine, die in ihre Uniformen eingenäht sind. Mit den beiden ist nicht zu spaßen. Und wenn sie irgendetwas Verdächtiges wittern, werden sie Alastair verständigen.«

»Aber Zosa …«

»Du magst ja unter Béatrice arbeiten, aber *ich* habe dir diese Anstellung besorgt.« Er schloss seine Hand um meine. Als ich mich von ihm losreißen wollte, stieß er mit den Fingerknöcheln gegen den Tisch. »Ich bin für dich verantwortlich. Weißt du, was das bedeutet?«

Er begriff es nicht. »Du magst ja glauben, dass ich von Verantwortung nicht die Bohne verstehe. Aber das tue ich wohl!«

»Ja, klar.« Er begann durch die Seiten des Atlasses zu blättern.

Die Zornesröte stieg mir in den Kopf. »Du glaubst mir also nicht?«

»Ich glaube nicht vielen Menschen. Nimm es also nicht persönlich.«

Ich hatte nie auch nur einer Menschenseele anvertraut, was uns ursprünglich nach Durc verschlagen hatte, aber wenn er meine einzige Verbindung zu Zosa war, würde es ihm vielleicht helfen zu verstehen.

Ich stählte mich innerlich. »Vor vier Jahren starb unsere Mutter und ließ uns mit nichts als einem Haufen Gerümpel zurück.«

Bels Finger hielten inne. Wenigstens hörte er mir zu.

Ich räusperte mich. »Nach der Beisetzung durchsuchte ich unser Haus nach Sachen, die ich verkaufen konnte, und stolperte dabei über ein zerknittertes Flugblatt für eine Darbietung in Durc. Vornedrauf war eine wunderschöne Frau zu sehen, die sang. In dem Moment beschloss ich, dass wir dorthin mussten.«

»Wegen eines Flugblatts?«

»Ja«, gab ich zu. »Diese Frau sah so unheimlich *glücklich* aus. Ich war so dumm zu glauben, dass Zosa als Sängerin arbeiten könnte, wenn wir nach Durc gingen. Dann hätten wir genügend Geld, um zu reisen, um uns einen aufregenderen Ort zum Leben zu suchen. Damals war ich gerade mal dreizehn.« Ich sah hinunter auf meine Hände. »Im Nachhinein kommt mir das alles so töricht vor, dass ich mich schäme, es laut auszusprechen.«

»Sich mehr vom Leben zu erhoffen ist nicht töricht«, sagte er leise. »Was geschah dann?«

»Ich kaufte Fahrkarten für die Fähre. Nach unserer Ankunft gab ich unsere letzten Groschen für ein Zimmer in der Pension Bézier aus. Am folgenden Nachmittag steckte ich Zosa in ihr bestes Kleid und brachte sie zum Vorsingen in das Lokal, für das auf dem zerknitterten Flugblatt geworben wurde. Sie war erst neun.«

Bel beobachtete mich mit undurchdringlicher Miene. »Lass mich raten. Sie erhielt keine Anstellung.«

»Sie sang gar nicht erst. Der Direktor dieses Etablissements warf einen flüchtigen Blick auf sie, aufgetakelt wie sie war, und lachte. Anschließend wollte ich nichts sehnlicher, als nach Aligney zurückkehren, aber ich hatte alles, was wir besessen hatten, für die Überfahrt nach Durc ausgegeben. Wir saßen fest.«

Seine Züge wurden weicher. »Es tut mir leid, dass du das alles durchmachen musstest.«

Ich kochte innerlich. Sein Mitleid konnte er sich sparen. Sehnsüchtig senkte ich den Blick auf den aufgeschlagenen Atlas voll ferner Orte. Bis vor Kurzem hatte ich noch geglaubt, ich würde einige von ihnen besuchen, bevor ich nach Hause zurückkehrte. Und jetzt musste ich erfahren, dass ich das Hotel gar nicht verlassen durfte.

»Wenn meiner Schwester irgendetwas zustößt, bevor wir von hier fortgehen …« Schuldgefühle wallten in mir auf. »Wo steckt sie?«

»Vermutlich in ihrem Zimmer. Wenn man sie als Sängerin engagiert hat, bezweifle ich, dass sie vor der nächsten Soiree auftreten wird.«

Das konnte nicht stimmen. »Aber Madame des Rêves hat mir persönlich versichert, dass Zosa jeden Abend für sie arbeiten würde.«

»Jeden Abend?«

»Sie ist eine von Madame des Rêves *Chanteuses*.«

Bel versteifte sich. Etwas an seiner veränderten Haltung ließ mich stutzig werden.

»Was ist los?«

»Ach, nichts«, beeilte er sich zu sagen. Das nahm ich ihm nicht ab. Irgendetwas stimmte nicht, da konnte man Gift drauf nehmen. Bels Blick wanderte zu einer Wanduhr. »Es ist schon nach sieben. Madame des Rêves wird bereits im Salon auf der Bühne stehen. Ich rede später mit ihr und erkundige mich nach Zosa. Du und ich, wir können uns dann morgen früh unterhalten. Und jetzt geh bitte auf dein Zimmer.« Er sah mich eindringlich an. Sein Blick ließ keinen Zweifel daran, dass er ein Nein als Antwort nicht akzeptieren würde.

»Na schön.« Ich tat so, als gäbe ich mich geschlagen, was natürlich geschwindelt war.

Wenn da wirklich was faul war, wäre es meine Schuld, dass ich nicht nach Zosa gesehen hatte. Ich würde gleich persönlich mit Madame des Rêves sprechen.

Bel ließ mich vorbei. Als er die Tür hinter mir schloss, rannte ich los. Ich jagte die Treppe hinunter und weiter durch die Lobby, und ich wurde erst langsamer, als ich den Gesang hörte. Der Salon war rappelvoll. Keine Spur von Yrsa oder den Zwillingen, also stahl ich mich rein. Ein Mann zupfte an einer hoch aufragenden Harfe. Überall saßen Gäste gemütlich herum und nippten an Aperitifs in den leuchtendsten Farben, die Augen auf die Bühne geheftet, wo gerade ein Mädchentrio eine Darbietung gab.

Das erste Mädchen hatte braune Haut, die sich leuchtend von ihrem knallrosa Chiffongewand abhob, dessen Säume mit Marabufedern besetzt waren. Das zweite Mädchen war etwas rundlicher mit beigem Teint und blonden Haaren, die wie ein Vorhang über ein staubblaues Kleid fielen, besetzt mit irisierenden Federn. Mädchen Nummer drei war Zosa.

Sie trug ein tief ausgeschnittenes Seidenkleid mit einem Rock aus Federn in der Farbe flüssigen Goldes.

Ich schob mich näher auf die Bühne zu, bis sie den Mund öffnete und sang. Meine Füße blieben wie von allein stehen. Mit jedem Ton wurde ihre Stimme kräftiger. Ich dachte an die Apfelkiste und das Mehlglas und dann an den Direktor jenes Etablissements, der nur über sie gelacht hatte.

Jetzt würde ihm garantiert das Lachen vergehen.

Zosa stimmte einen hohen Ton an, und sämtliche Gäste im Salon d'Amusements schnappten staunend nach Luft. Tränen brannten in meinen Augen. Meine Schwester war noch um Längen besser als Maman. Besser, so glaubte ich, als die Frau, die damals den zerknitterten Flyer geziert hatte. Die Gäste gingen sehr wahrscheinlich davon aus, dass sie eine Suminaire war, denn ihre Stimme war pure Magie.

Die samtenen Vorhänge hinter den Sängerinnen teilten sich. Madame des Rêves trat dahinter hervor, in einem Rüschenumhang, farblich passend zu ihrer saphirblauen Perücke. Das Einzige an ihr, was nicht blau war, waren ihre bleiche Haut und die silberne Kralle in ihrem Ausschnitt. Den Anhänger hatte ich völlig vergessen. Es war anzunehmen, dass es sich dabei auch um ein Artefakt handelte.

»Jetzt kommt der beste Teil«, flötete eine weibliche Stimme aus dem Publikum.

Bei der letzten Note berührte Madame des Rêves mit der Kralle Zosas Schlüsselbein. Die Zuschauermenge rastete aus. Ein Wimpernschlag, und Zosa schrumpfte in sich zusammen, ihr Kleid fiel zerknüllt zu Boden, und sie verwandelte sich in einen winzigen goldenen Vogel.

»Zosa!« Ich wollte zur Bühne stürzen, doch da waren zu viele Menschen. Alles in mir schrie danach, ihr zu Hilfe zu eilen, aber ich steckte mitten im Gedränge fest, da war kein Durchkommen.

Ein vergoldeter Käfig tauchte wie aus dem Nichts auf, und ich fasste mir an die Kehle. Es war, als bekäme ich keine Luft mehr. Madame des Rêves verwandelte nun auch die anderen beiden Mädchen und steckte die Vögel allesamt in den Käfig.

»Zosa!«

Dann fiel der Vorhang.

Meine Arme sackten schlaff herab. Alles war so schnell gegangen, dass ich mich fragte, ob Zosa überhaupt mitbekam, was sich hier abspielte. Nein, sie konnte es unmöglich wissen, weil sie niemals ihr Einverständnis dazu gegeben hätte. Aber das musste sie auch gar nicht, wie mir nun schlagartig klar wurde. Die anderen Angestellten verrichteten ihre Arbeit mit absoluter Zufriedenheit, und vermutlich war auch Zosa genau wie sie. Ohne Erinnerung.

Das war alles meine Schuld, ich hatte ihr die Zeitung mitgebracht, hatte sie zu diesem Vorstellungsgespräch geschleift. Dieser Ort hier sollte für uns eigentlich der schnellste Weg raus aus Durc sein, und außerdem war ich die Ältere von uns beiden, ich wollte ausnahmsweise einmal das Richtige tun, uns nach Hause bringen, dafür sorgen, dass wir zusammenblieben. Ich ballte die Faust und glaubte regelrecht zu spüren, wie mir die kleine, schwitzige Hand meiner Schwester entglitt.

Schwarze Schatten krochen über die Wände, verschluckten jeden Funken Licht. Alles, was Bel mir erzählt hatte, seine warnenden Worte, die Sache mit den Mitarbeiterverträgen, die Wahrheit über Alastairs seltsames Verhalten … alles das jagte mir gleichzeitig durch den Kopf. Ich hatte geglaubt, hier drinnen wären wir sicher, deshalb hatte ich Zosa leichtsinnigerweise aus den Augen gelassen. Das war mein bislang schlimmster Fehler. Ich musste zu ihr.

Ich drängelte mich an aufgeregten Gästen vorbei, kletterte hoch auf die Bühne und teilte den schweren Samtstoff. Kein Käfig. Keine einzige Feder. Da war nichts.

12

»Die Bühne ist tabu.«

Madame des Rêves war in einer Seitentür erschienen, ihre Crème de Rose schweißverschmiert.

»Meine Schwester, die Sängerin im goldenen Gewand, wo ist sie?«

Madame des Rêves schürzte die Lippen. »Tut mir leid, Süße, aber ich weiß es nicht. Vielleicht solltest du mit deinem Anliegen zum Maître gehen. Sein Büro ist gleich da hinten.« Sie deutete auf eine Tür jenseits der Bar.

Im selben Moment geriet der Boden des Salons in Bewegung. Ich knallte hart auf den Marmor, während die Bühne von allein hinter den mit Quasten gesäumten Vorhang trippelte.

Madame des Rêves lachte. Grummelnd kämpfte ich mich auf die Beine. Niemand hielt mich auf, als ich durch die Tür hinter der Bar huschte, in einen langen, dunklen Gang, der von zahlreichen geschlossenen Türen gesäumt war. Etwa auf halber Strecke entdeckte ich eine Tür, die einen winzigen Spalt offen stand, durch den flackerndes Lampenlicht fiel. Auf leisen Sohlen schlich ich darauf zu und spähte durch den Spalt.

Red, die Suminaire dieses Fluchtspiels, lag auf einem Tisch, die dürren, sommersprossigen Arme weit ausgebreitet. Ihre roten Haare fielen über die Tischkante. Yrsa tauchte auf und stellte ihre Teetasse neben Reds Ohr ab. Die Milch darin wirbelte von allein herum.

Yrsa entrollte ein Lederetui mit einem Chirurgenbesteck und entnahm ihm ein langes Messer. Sie hielt die Spitze der Klinge über eine blaue Kerzenflamme und summte leise vor sich hin. Dann hob sie mit distanzierter Gleichgültigkeit das erhitzte Messer an, zog die bleiche Haut unter Reds Auge zurück und versenkte die spitze Klinge in der Augenhöhle.

Durch Reds Körper ging ein Ruck, ehe ich beide Augen zukniff. Die chirurgischen Instrumente klirrten. Dann folgten weitere Geräusche: ein tiefes Stöhnen, Geklapper, ein feuchtes Platschen. Als ich glaubte, es wäre vorbei, öffnete ich vorsichtig ein Auge und biss mir dann in die Backe, um nicht laut loszuschreien. Yrsa hielt Reds herausgerissenes Auge über ihre Teetasse. Ein Faden der weißen Flüssigkeit darin wirbelte empor, und es war garantiert keine Milch.

Yrsa schnippte ihn weg. Sie tauchte das Auge ein und zog es gleich wieder heraus.

Reds Auge – oder das, was früher einmal ihr Auge gewesen war – sah jetzt aus wie ein weggeworfener Rest aus einer Töpferwerkstatt, der jeden Moment entzweibrechen konnte, wenn Yrsa ihn fallen ließ. Die kleine Kugel musste aus massivem Porzellan bestehen. Wenn das Reds Strafe für die Sache mit dem Fluchtspiel war …

Ich war der Grund dafür.

»Lieber Himmel«, sagte ich – glaube ich – laut. Erschrocken schlug ich mir die Hand vor den Mund.

Yrsa raunte jemandem etwas zu. Schritte schlurften in Richtung Tür. Ich wich taumelnd zurück und raste den Flur hinunter, ohne mich zu fragen, wohin er mich führen würde. Wichtig war nur, dass er mich von hier fortbrachte. Die nächste Tür war unverschlossen. Ich schlüpfte hindurch und schlug sie hinter mir zu. Dann stand ich, am ganzen Leib zitternd, gegen sie gelehnt da.

Ein offener Kamin warf sein Licht auf eine riesige Vitrine mit einer Sammlung von Gegenständen. Ich ging darauf zu. Dabei spürte ich, wie ein schwaches Vibrieren knisternd durch das Glas ging. Artefakte. Auf dem obersten Regal lag der angelaufene ovale Handspiegel, mit dem Madame des Rêves sich bei der Soiree Luft zugefächelt hatte.

Ein Buch schlug mit einem lauten Knall zu.

Ich wirbelte herum. Auf der anderen Seite des Raums saß Alastair hinter einem Schreibtisch, der über und über mit Glasphiolen vollgestellt war, manche mit einer schimmernden violetten Flüssigkeit gefüllt, andere leer. In der Mitte stand das schmale Tintenfass mit dem Wolfskopf als Stöpsel. »Zu meinem Büro ist dir der Zutritt nicht erlaubt. Wer hat dich reingelassen?«

Meine Zunge weigerte sich, irgendwelche Sätze zu bilden.

»Du bist das Dienstmädchen, das Bel hergebracht hat«, fuhr er fort. »Die mit der kleinen Schwester.«

Bei der Erwähnung Zosas fokussierte sich mein Verstand wieder. »Ihr Name ist Zosa, und sie sitzt irgendwo als Vogel in einem Käfig«, platzte ich heraus. »Ich … ich muss sie finden.«

Ehe Alastair etwas entgegnen konnte, kamen Sido und Sazerat hereingestürmt. Ihre Augen richteten sich, als bildeten sie ein Paar, auf mich. Mir schnürte es die Kehle zu.

Yrsa hatte offenbar auch ihnen jeweils ein Auge herausgeschnitten.

Alastairs Gesichtszüge spannten sich an. »Was ist denn jetzt wieder los?«

»Dieses Dienstmädchen hat gesehen, wie Yrsa ihr Artefakt verwendet hat«, sagte einer der Zwillinge, während der andere mich mit leerem Blick fixierte.

»Wartet draußen«, sagte Alastair. Sie verließen gemeinsam das Zimmer. Als die Tür sich hinter ihnen schloss, deutete er auf einen Stuhl. »Setz dich.«

Mich zu setzen war das Letzte, was ich tun wollte. »Damit Sie mir auch ein Auge rausreißen können?«

»Ich habe keine Ahnung, was du gesehen hast, aber ich verspreche dir, dass dir nichts dergleichen geschehen wird. Setz dich. Anschließend bringe ich dich zu deiner Schwester.«

Das lief hier alles gar nicht nach Plan. »Bringen Sie mich sofort zu ihr.«

Etwas prallte von hinten gegen meine Beine. Ich sank hart auf den Lederstuhl, der eben noch am anderen Ende des Zimmers gestanden hatte. Seine hölzernen Armlehnen fühlten sich an wie lebendige Finger, die sich um meine Handgelenke schlossen. Ich konnte mich nicht mehr bewegen. Die Stuhlbeine schabten über den Boden, schoben mich vorwärts, bis ich Alastair direkt gegenübersaß.

Er nahm das Tintenfass mit dem Wolfskopf hoch, zog den Stöpsel heraus und füllte einen leeren Glasbehälter, ähnlich dem, mit dessen Flüssigkeit Zosa und ich unsere Verträge unterzeichnet hatten. Violette Tinte floss in einem nie versiegenden Strom aus seinem Tintenfässchen, gerade so wie der Tee aus Reds Fingerhut.

Dieses Tintenfass mit dem Wolfskopfverschluss musste ein Artefakt sein. *Sein* Artefakt.

Als der Behälter gefüllt war, zog er aus einer Schreibtischschublade ein Buch, dessen Ledereinband mit violetten Schnörkeln bedeckt war – handgeschriebenen Worten. *Société des Suminaires* stand in winzigen goldenen Lettern inmitten der violetten Tinte aufgedruckt. Ich hatte noch nie von einer solchen Gesellschaft gehört.

»Wofür ist das Buch?«

Sein Blick zuckte zu mir hoch. »Mein unendliches Registerbuch? Es ist verzaubert und bildet eine Art Archiv.«

Er begann durch die Seiten zu blättern wie Hellas, wenn er sein Kartenspiel mischte. Aber die Anzahl der Karten war begrenzt. Die Seiten dieses Registerbuches hingegen schienen nicht zu enden, als würde Alastair hundert Bücher durchblättern, die übereinandergestapelt waren. Auf jeder einzelnen Seite leuchtete violette Tinte auf. Nachdem er länger als eine Minute geblättert hatte, machte er auf einer Seite in der Mitte Halt. Er klappte das Registerbuch ganz auf, tauchte seinen kompletten Unterarm hinein und wühlte darin herum. Dann zog er ein Stück Pergament heraus, mit einer einzelnen violetten Unterschrift ganz unten auf der Seite.

Mein Vertrag.

»Das war meine Erfindung«, erklärte er schwermütig. »Wir alle müssen unseren Beitrag dazu leisten, dass die Magie sicher bleibt …«

Er unterbrach sich und presste die Lippen zusammen. Ich schluckte schwer, als er einen zweiten, unausgefüllten Vertrag herauszog, ein Blankoexemplar, das er neben den anderen auf den Tisch legte. Sie sahen identisch aus, bis

Alastair mit dem Finger über den Blankovertrag strich und bei einer kurzen Zeile auf Verdannisch fast ganz unten auf der Seite innehielt.

Mein Blick zuckte zwischen dem Gästevertrag, den ich unterzeichnet hatte, und dem Blankoexemplar hin und her. Tatsächlich, die Zeile, auf die er deutete, fehlte in meinem Vertrag.

Sobald neue Belegschaftsmitglieder das Hotel betreten, vergessen sie alles, was sie zurückgelassen haben.

Wenn das ein Mitarbeitervertrag war, dann lag Bel absolut richtig; es war das Gegenteil dessen, was die Gäste unterschrieben und was auch ich unterzeichnet hatte. Nur dass dieses »vergessen sie alles, was sie zurückgelassen haben« so allumfassend klang.

Diese Klausel bedeutete, dass Zosa mit der Unterzeichnung des Vertrags mehr aufgegeben hatte als nur ihre Erinnerung an zu Hause. Ich ging im Geiste noch einmal alles durch, worüber wir am Morgen der Soiree gesprochen hatten. Sie hatte Bézier oder Maman mit keinem Wort erwähnt und auch diesen Sack, der randvoll war mit Mamans Kram, nicht. Und doch hatte sie sich an mich erinnert …

Weil sie mich nicht *zurückgelassen* hatte. Wir waren Seite an Seite zur Eingangstür hereinspaziert.

In Durc hatte ich Bel gebeten, bei seiner Mutter zu schwören, dass er mir eine Anstellung besorgen würde, doch er hatte es nicht gekonnt. Er würde sich nicht an sie erinnern, war seine Entschuldigung gewesen. Ich war automatisch davon ausgegangen, dass es daran lag, dass sie tot war, und nicht daran, dass man ihm seine Erinnerungen an sie genommen hatte.

Alastair steckte den unausgefüllten Mitarbeitervertrag zurück in das Registerbuch. Dann schnappte er sich einen Füllfederhalter und tauchte ihn in das Tintenfass mit der violetten Tinte.

Mein Herz machte einen Satz. »Was tun Sie …«

»Wie es aussieht, hast du einen Gästevertrag unterzeichnet statt des für Mitarbeiter gedachten Vertrages. Aber es spielt keine Rolle mehr.«

Ich verstand nicht, bis Alastair anfing, etwas auf meinen Gästevertrag zu kritzeln. Er besserte etwas aus. Sechs violette Sätze, die mir den Boden unter den Füßen wegzogen.

Ich musste hier raus. Panisch sprang ich auf und rannte zur Tür, wo ich gegen zwei muskelbepackte Brustkörbe prallte. Die Zwillinge. Sie hatten dort gewartet.

»Haltet sie fest«, wies Alastair sie an. Sie packten, verstärkt durch ihre Magie, so fest zu, dass sich ihr Griff für mich anfühlte wie Stahlklammern, die sich um meine Schultern legten. Ich konnte mich nicht mehr vom Fleck rühren. Alastair hob mein Kinn an und zwang mich, ihm in die blassen Augen zu sehen. »Dass du herumschnüffelst, wo du nichts verloren hast, verstößt gegen die Regeln. Ich habe sie eigens aufgestellt, damit die Magie sicher bleibt.« Ein Ausdruck, den ich nicht recht zu deuten wusste, legte sich auf seine Züge. »Ich werde dich degradieren müssen. Du lässt mir keine andere Wahl.«

Mein Atem ging flach.

Er ließ mein Kinn los. Seine Hände sahen beide völlig normal aus. Zehn makellose lange Finger. Keine vom Alter faltig gewordene, fleckige Haut wie bei unserer Begegnung in diesem verbotenen Korridor. Ich musste mir das eingebildet haben. Dann hob er meinen ausgebesserten Vertrag in die Höhe. Die noch feuchte Tinte schimmerte. »Ich verspreche dir, es tut nicht weh. Anschließend wirst du dich an nichts erinnern.«

Nein.

Als er mit der anderen Hand nach dem Verschluss in Form eines Wolfskopfes griff und damit an mein Schlüsselbein tippte, wehrte ich mich. Es war genau wie bei Zosa, als Madame des Rêves sie mit ihrer Vogelkralle berührt hatte. Magie rauschte summend durch meinen Schädel und schloss sich eng um meinen Hals, drohte mich zu ersticken, während die folgenden Zeilen glühend heiß auf dem Vertrag aufleuchteten und dann im Pergament zu versickern schienen.

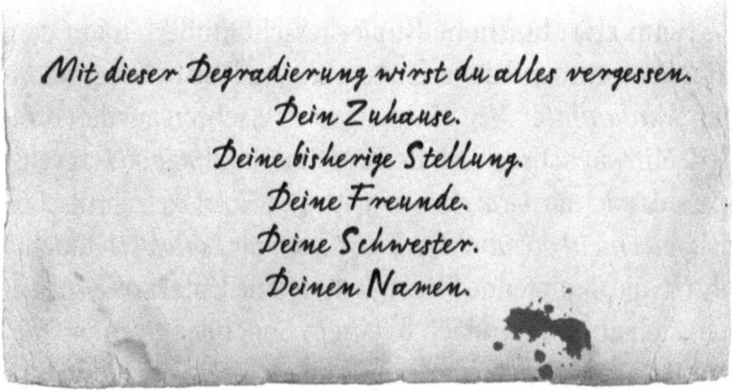

13

»Mol!« Die Chefköchin wies mit dem Finger auf die Töpfe. »Du arbeitest jetzt schon seit fünf Wochen in der Küche. Siehst du denn nicht, dass die Suppe kurz davor ist überzukochen?«

Neun etwa hüfthohe Kupferkessel blubberten auf dem Herd vor mir, und der sechste war gerade dabei überzulaufen. *Verdammter Mist.* Sahnetropfen zischten auf den Kohlen. Mir war schrecklich heiß. Meine Hand war so schweißnass, dass ich am Griff meines splittrigen Holzlöffels abrutschte. *Wage es nicht abzubrechen, du gemeiner Löffel.* Ich tauchte ihn in die dampfende Flüssigkeit. Meine Unterarme spannten sich an, während ich in einem Bogen langsam im Topf rührte. Dann weiter im Kreis. Suppe spritzte hoch und hinterließ noch mehr Flecken auf meiner Kochschürze.

Die Chefköchin kam zu mir herübermaschiert und schnupperte am sechsten Topf. »Na wunderbar, verbrannt. Jetzt kannst du die ganze Ladung wegschütten. Zu sehr mit Tagträumen beschäftigt, Mol?« Als ich nicht antwortete, schürzte sie die Lippen. »Mol?«

Ich fluchte kaum hörbar vor mich hin. Man hatte mich jetzt schon oft genug bei diesem Namen gerufen, seit jener

Nacht in Alastairs Büro, aber es fühlte sich immer noch an, als wollten die Leute meine Aufmerksamkeit auf sich lenken, indem sie jemand anderen ohrfeigten.

Nach einer Degradierung bekamen Angestellte des Hotels immer auch einen neuen Namen verpasst.

Obwohl es im Grunde keine große Rolle spielte. Abgesehen von grundlegendem Wissen über das Magnifique, wie zum Beispiel, wo sich die Toiletten befanden, sollten sich degradierte Arbeiterinnen und Arbeiter an nichts von ihrer vorherigen Stelle erinnern.

Doch ich erinnerte mich sehr wohl.

Alastair hatte seine Tinte dazu verwendet, den von mir unterzeichneten Vertrag auszubessern, um mich zu degradieren. Eigentlich hätte das mit der Tinte funktionieren sollen, aber aus irgendeinem unerfindlichen Grund hatte ich immer noch alle meine Erinnerungen. Nur durfte ich das niemanden wissen lassen.

Ich rümpfte die Nase, als auch ich den verbrannten Geruch wahrnahm. »Tut mir leid.«

Die Chefköchin funkelte mich wütend an. »Du bist jetzt schon mehrere Wochen bei uns. Mittlerweile sollest du es besser wissen.«

»Gib dem Mädchen eine Chance. Sie lernt noch, ist doch so, Mol, oder?« Gerade kam Béatrice um die Ecke gebogen.

Die Chefköchin sah sie abschätzig an. »Was hast du denn hier unten zu suchen?«

Béatrice hielt einen Korb voll leerer Stoffbeutel hoch. »Ein Herzog in der Suite *Scharade und Schabernack* hat nach Lavendel für seinen Kleiderschrank verlangt. Ich hatte gehofft, Mol könnte mir zur Hand gehen.« Damit grinste sie mir verschwörerisch zu. »Du kannst sie doch bestimmt für ein paar Minuten entbehren, in Ordnung?«

Die Chefköchin war keine Suminaire, soweit ich das beurteilen konnte, und es war eine unausgesprochene Regel, dass Suminaires gegenüber einfachen Angestellten das Sagen hatten, völlig unabhängig von ihrem Tätigkeitsbereich. Allerdings hielt dieser Grundsatz die Chefköchin nicht davon ab, der Leitung der Haushaltsführung einen ihrer berühmt-berüchtigten strengen Blicke zuzuwerfen. »In Ordnung. Solange Mol zurück ist, bevor der nächste Topf anbrennt.«

Als die Chefköchin wieder abzog, machte Béatrice hinter ihrem Rücken eine unanständige Geste. Ich presste die Lippen fest zusammen, um mir das Lachen zu verkneifen.

Im Laufe der vergangenen Wochen hatte Béatrice oft in der Küche vorbeigeschaut, um nach mir zu sehen. Vielleicht war es ja reines Wunschdenken, aber ich glaubte zu spüren, dass sie hier herunterkam, weil sie sich wegen meiner Degradierung schuldig fühlte, und sie schien auf mich aufzupassen, als würde sie der Chefköchin nicht über den Weg trauen.

Aus welchem Grund auch immer sie es tat, jedenfalls war ich sehr dankbar. Inzwischen war sie mir zu einer guten Freundin geworden, trotz ihrer hochtrabenden Ansichten und ihres mangelnden Respekts vor persönlichen Freiräumen.

Sie kniff mir in die Wange. »Du siehst viel zu blass und dünn aus, Mol. Du solltest dem *Forêt à manger* einen Besuch abstatten.«

Sie meinte den Speisesaal im Dienstbotentrakt, wo die Angestellten ihre Mahlzeiten einnahmen. Es handelte sich um einen verzauberten Wald aus mit Honig glasiertem Schinken und zuckrigen Kuchen. Der Raum war ursprünglich für die Gäste geschaffen worden, doch dann hatte man ihn zur Nutzung durch das Personal umfunktioniert.

Ich war vor einigen Wochen einmal da gewesen. Einmal und nie wieder! Die Arbeit in der Küche war hart genug. Das Letzte, was ich da gebrauchen konnte, war, dass ich mit Leuten speisen musste, die mich Mol nannten. Ich konnte nicht riskieren, dass sie gleich zu Alastair rannten, wenn ich sie versehentlich korrigierte.

»Ich esse lieber auf meinem Zimmer.«

»Wie du meinst, Chérie. Aber glaub bloß nicht, dass ich dich so leicht vom Haken lasse. Du weißt …« Béatrice grinste breit. »Ich könnte der Entourage de Beauté jederzeit auftragen, dir ein Leuchten auf die Wangen zu zaubern.«

»Das würdest du nicht *wagen*«, antwortete ich mit gespielter Empörung.

»Sie könnten dir das Haar auffrischen, dein zerlumptes Kleid auf Vordermann bringen.«

»Ich würde nie wieder ein Wort mit dir reden, das weißt du.«

»Dann wärst du aber schrecklich einsam hier unten. Du würdest in deine Suppe heulen, ohne eine Freundin, die sich für dein Schmollen interessiert.«

»Ich würde mich mit der Chefköchin anfreunden.«

Sie stieß ein bellendes Lachen aus. »Was würdet ihr beide wohl miteinander machen? Euch gegenseitig die Haare flechten?«

Als ich mir das bildlich vorstellte, prustete ich los.

»Komm schon, bevor die Chefköchin uns noch hört.« Sie fasste mich am Ellbogen. Gemeinsam gingen wir an einer Gruppe livrierter Rezeptionsmitarbeiter vorbei, die Glasbehälter mit pastellfarbenen Süßigkeiten auf einen filigranen Servierwagen stapelten.

Ich blieb stehen. Red, die Suminaire des Fluchtspiels, war unter ihnen.

Ich hatte sie gelegentlich gesehen. Sie wich meinen Blicken immer aus, aber ich konnte nicht anders, ich musste sie anstarren. Ihr rechtes Auge – das Auge, das Yrsa ihr in meinem Beisein ausgerissen hatte – fing das Licht und leuchtete einen Tick heller als das andere, auch wenn es kaum auffiel. Hätte ich nicht gewusst, worauf ich zu achten hatte, wäre ich nie im Leben auf den Gedanken gekommen, dass es aus Glas war.

Zum Glück verschwand sie um die Ecke, sodass ich vorerst nicht länger an mein schlimmes Vergehen erinnert wurde.

Versonnen betrachtete ich die vielen Reihen schwitzender Köchinnen, Konditoren und Küchenhilfen, ihre Kleidung voller Mehl und Eigelb und Kuchenglasur, allesamt völlig ohne jedes Bewusstsein, dass ihnen kostbare Erinnerungen fehlten.

Hunderte von Fragen brannten mir unter den Nägeln, und ich wollte Antworten. Zum Beispiel ob sie noch Lust auf das gleiche Essen verspürten wie früher, bevor sie hier ins Hotel gekommen waren, oder ob sie über dieselben Witze lachten oder ihre Haare immer noch auf die gleiche Weise frisierten.

Nachdem ich das eigenartige Verhalten der anderen Dienstmädchen miterlebt hatte, ging ich inzwischen davon aus, dass Alastairs Tinte einen Menschen auf viel tieferer Ebene beeinflusste, sodass es nachvollziehbar wäre, wenn sie sich mit jeder Herabstufung noch weiter veränderten. Doch Alastair allein kannte die Wahrheit.

Manchmal stellte ich den anderen Angestellten Suggestivfragen, um Grenzen auszutesten. Es gab ein paar Themen, die sie allesamt scheuten wie der Teufel das Weihwasser – darunter jedes Gespräch über Bezahlung, Stellenwechsel oder Besuche draußen. Die Tilgung ihrer Erinnerungen ließ die Angestellten folgsamer werden, und sie neigten weniger dazu, alles und jeden zu hinterfragen. Und doch war ich verschont geblieben, mittlerweile bereits zum zweiten Mal.

Das erste Mal Bels wegen.

Ein Bild von ihm flackerte kurz vor meinem geistigen Auge auf: Dieser letzte Tag in Durc, als wir vor der Eingangstür des Hotels gestanden hatten, sein Mund an meinem Hals, und er mir ins Ohr geflüstert hatte, ich solle schleunigst wieder nach Hause gehen. Er hatte von Anfang an versucht, mich und Zosa vor größerem Unheil zu bewahren, nur war ich zu stur gewesen, um seine Warnungen ernst zu nehmen.

Ich spielte meinen ersten Tag hier in Gedanken noch einmal durch. Zosas strahlendes Lächeln. Wie besorgt ich gewesen war. Wie eifersüchtig. Ich hatte in meiner Naivität angenommen, hier drinnen wären wir sicher, deshalb war ich unvorsichtig geworden – etwas, was ich mir während unserer Zeit in Durc niemals erlaubt hätte. Ich hätte es besser wissen müssen, statt plötzlich alles auf die leichte Schulter zu nehmen.

»Beeil dich, Mol«, sagte Béatrice. Sie stand unweit der Stahltür zu einem riesigen Kühlhaus. Eines hatte ich rasch gelernt, als ich vor all den Wochen hier in der Küche angefangen hatte: mich tunlichst davon fernzuhalten. Yrsa und die Chefköchin waren die Einzigen, die dort Zutritt hatten.

In Durc wurde Eis während der kalten Wintermonate von Eisfeldern geholt und in unterirdischen Kellern gelagert, die unter den edleren Etablissements zu finden waren.

Das Eis hielt allerdings nie länger als bis Juni. Es gab keine Möglichkeit, es weiter kühl zu halten, sobald die Erde sich erwärmte. Aber das Kühlhaus des Hotel Magnifique lieferte rund ums Jahr die perfekten Eisblöcke. Ich hatte das Ganze ursprünglich für einen Zauber gehalten, bis die Chefköchin eines Morgens hinter dieser Tür zu schreien begann. Ich wusste zu dem Zeitpunkt nicht, was sich in dem Raum befand, und ich war auch nicht sonderlich erpicht darauf, es zu erfahren. Zum Glück gingen Béatrice und ich jetzt weiter zum Trockenlager.

Béatrice trat ein und kam mit dicken Büscheln Lavendel wieder heraus. Wir begannen die Säckchen damit zu füllen. Ein metallisches Klappern ließ uns innehalten.

Yrsa rollte ihren Getränkewagen zum Kühlhaus. Ihr Artefakt, die Teetasse voll Milch, die gar keine Milch war, stand darauf. Yrsa beäugte Béatrice misstrauisch. »Was hast du denn in der Küche verloren?«

»Wir füllen Duftsäckchen.« Béatrice hob ihren Korb und wich zurück, als die Flüssigkeit, die keine Milch war, in der Tasse zu wirbeln begann.

Die Alchemistin streckte ihre Hand aus und strich mit dem kleinen Finger mit einer langsam kreisenden Bewegung einmal um Béatrices rechtes Auge. »Der Maître war viel zu nachsichtig mit dir, Méchanique. Ich könnte ihm raten, seine Duldsamkeit dir gegenüber noch einmal zu überdenken.«

Bei Béatrice setzten sich sämtliche Zahnrädchen in Bewegung. Sie war sichtlich nervös, und sie hatte auch allen Grund dazu. Falls sie sich je einen Fauxpas erlaubte, würde Yrsa keine Sekunde zögern, Béatrice das Auge herauszuschneiden und es in ihre Teetasse zu tunken, wie sie es mit Reds Auge getan hatte, da war ich mir sicher. Mir war inzwischen klar, dass sämtliche Suminaires Angst vor dieser Drohung hatten.

»Zurück an die Arbeit«, blaffte Yrsa, dann verschwand sie im Kühlhaus. Die Stahltür flog krachend hinter ihr zu. Wir zuckten beide zusammen, als von innen etwas gegen die Tür donnerte.

»Suchen wir uns lieber einen anderen Platz, an dem wir die hier füllen können.« Béatrice drückte den Korb mit den Säckchen verängstigt an ihre Brust.

Nachdem ich stundenlang in Suppentöpfen gerührt hatte, wechselte ich die Schürze und machte mich für meine abendliche Runde im Zimmerservice bereit – der einzige Teil meiner Schicht, den ich eigentlich recht gern übernahm. Ich überflog das Registerbuch mit den Bestellungen. Heute Abend gingen die meisten in den zweiten Stock, mit einigen wenigen Zwischenhalten im ersten und einer Lieferung in die Bibliothek.

»Wenigstens sollte das nicht die ganze Nacht dauern«, sagte ich zu einem neuen Küchenangestellten mit hübschen Grübchen in den Mundwinkeln und einem Teint in einem intensiven Terrakotta-Ton. Er hatte seinen Vertrag erst heute Morgen unterzeichnet, und die Chefköchin hatte mich damit beauftragt, ihn einzuarbeiten. Ich wollte ihn schon fragen, woher er kam, ehe ich mich gerade noch rechtzeitig unterbrach. »Komm mit.«

Als wir beim Fahrstuhl anlangten, sah uns König Zelig – wie ich ihn inzwischen nannte – hoheitsvoll an. »Stockwerk?«

»Eins.«

Während der Lift nach oben fuhr, stupste der neue Arbeiter die kleinen Wölkchen an, die um unsere Füße herumwaberten. Ich holte die erste Bestellung heraus. Sie war für die Suite *Überquerung eines längst vergessenen Ozeans* bestimmt.

Als wir vor der Tür standen, machte uns eine braunhäutige Frau mit sonnengebleichtem Haar auf. Sie sah aus wie eine Schiffskapitänin in ihrem nautisch wirkenden Morgenrock. Der neue Angestellte präsentierte ihr den Teller, auf dem ein im Ganzen gebratener Fisch lag.

Unsere nächste Lieferung ging in die Suite *Auf dem Wunschkarussell*. Ein Gast mit hellbrauner Haut und haselnussbraunen Augen machte auf. Er sprach kein Verdannisch und winkte uns zum Abschied mit dem kleinen Finger – eine Geste, die ich nie zuvor gesehen hatte.

Der Bewohner der Suite *Grüne Verzauberung* hatte dieselbe Bestellung aufgegeben wie schon in den vergangenen drei Tagen: ein Glas getrocknete Beeren und Samen. Die Tür schwang beim vierten Klopfen auf. Ein Mädchen mit sattgoldener Haut und einem Haarnest fast in derselben Farbe streckte den Kopf heraus. Sie schnappte sich das Glas und schlug die Tür wieder zu.

»Das war ja interessant«, sagte mein neuer Kollege.

»Das sind die meisten Dinge hier, du wirst sehen.«

Im zweiten Stock bat ich ihn, die Bestellungen allein auszutragen und dann unten in der Küche auf mich zu warten. Um die letzte Lieferung würde ich mich persönlich kümmern.

Die Bibliothek war ein großer, gemütlicher Raum mit viel Plüsch, nicht weit vom Salon. Ich holte die Bestellung, eine Ladung geschnittenes Obst, vom Wagen, bevor ich eintrat, damit die anderen Bibliotheksbesucher nicht vom Rascheln des Pergaments gestört wurden. Oder die Kreatur. Auf dem Pergament stand in der krakeligen Handschrift der Chefköchin eine Notiz, die zweimal unterstrichen war: *Wecke den Vogel nicht auf.*

Toller Ratschlag, denn dieser spezielle Vogel war halb so groß wie ich und schlief tief und fest, die obsidianfarbenen Federn dicht an den Körper gepresst.

Der Vogel war nicht nur überaus hübsch anzusehen, sondern erwies sich auch als äußerst nützlich; sein sanftes Gurren beruhigte die Bibliotheksbesucher, und wenn ein Gast durch seine Lautstärke auffiel, krächzte er warnend. Zum Glück war sein Käfig außer Reichweite. Es gab Gerüchte über eine Küchenangestellte, die den Vogel einmal aufgeschreckt hatte, was sie bitterlich bereute, weil er ihr daraufhin ein Ohr abbiss.

Ich erklomm die kleine Leiter, öffnete den Käfig und stellte das Obst in Windeseile hinein. Gottlob wachte der Vogel nicht auf. Ich kletterte wieder hinunter und sah mich um.

Über mir schienen sich die Bücherstapel bis ins Unendliche zu erstrecken, verbunden durch ein Netz von Leitern aus Elfenbein und kunstvoll verschnörkelten Verbindungsstegen. Die Gäste, die sich hier aufhielten, trugen edle Roben. Jeder und jede von ihnen hatte eine Lorgnette mit filigranem Haltestiel in der Hand und hielt sich die sorgfältig gearbeitete Brille beim Lesen dicht vor die Augen.

Das Ganze erinnerte mich an Béziers Wohnzimmer, wo ich mich stundenlang verlieren konnte, über dicke Bücher und Atlanten gebeugt. Eine plötzliche Sehnsucht überkam mich, während ich all die Bücher betrachtete. Ich nahm an, dass es nicht allzu schwer wäre, sich einfach eines auszuleihen und es später zurückzubringen. Die Gäste taten das doch die ganze Zeit.

Ich strich mit der Fingerkuppe über ein Buch, in dessen Umschlag Worte in einer fremden Sprache geprägt waren, und gleich danach entdeckte ich eins in einer anderen Sprache, die aus einer eigenartigen Zusammensetzung von Vokalen zu bestehen schien. Auf einem der unteren Regale lag eine Lorgnette. Jemand musste sie dort vergessen haben. Ich griff danach. Als ich die Stielbrille an meine Augen hob, präsentierten sich mir die Titel der Bücher mit einem Mal in klarstem Verdannisch. Ich ließ den Blick über die Regalreihen schweifen. Keines der Werke handelte von Geografie, deshalb schob ich mir kurzerhand eine skandalös anmutende Romanze in die Tasche, zusammen mit der Lorgnette.

»Was tust du da?«

Als Erstes fiel mir sein silberner Haarschopf ins Auge. Hellas, der Botanist, stand plötzlich neben mir. Er führte eine seiner Spielkarten an mein Kinn und hob es an. Die Magie hinterließ ein leichtes Kribbeln, wo die Karte meine Haut berührte.

»Ich trage Bestellungen aus, Sir«, antwortete ich mit dünner Stimme.

Er senkte den Blick. Der Stiel der Lorgnette ragte aus meiner Rocktasche. Mir rutschte das Herz in die Hose. Er zog die Brille heraus, zusammen mit dem entwendeten Buch. Ich erwartete, dass er mich an der Schulter packen und mich fortschleifen würde, aber er tat nichts dergleichen. »Das nächste Mal erfährt der Maître davon, haben wir uns verstanden?«

Er ließ mich also laufen. Ich nickte, unendlich erleichtert.

»Und jetzt verschwinde.« Damit entließ er mich, fügte dann aber noch hinzu: »Mol!«

Meine Augen weiteten sich. In der Küche waren sicher an die hundert Mitarbeiterinnen und Mitarbeiter beschäftigt. Es war unmöglich, dass er sich ohne Grund an den Namen eines einzelnen Mädchens erinnerte. Er musste also irgendeinen Verdacht haben.

Aber seit jener Nacht in Alastairs Büro war ich stets auf der Hut gewesen. Es gab nichts, womit ich seine Aufmerksamkeit erregt haben könnte. Außerdem war ich ihm bis zu diesem Augenblick nie näher gekommen als auf dieser Soiree – wo er bei der Mitternachtsdarbietung einen Gast praktisch mit einer einzigen schnellen Bewegung aus dem Handgelenk in einen Baum verwandelt hatte.

Hellas fuhr mit der Daumenkuppe an der Kante einer glänzenden Spielkarte entlang. Die Geste hatte etwas Drohendes.

Ich musste hier weg. Während ich mich zwang, mich so schnell wie möglich auf den Ausgang der Bibliothek zuzubewegen und nach draußen in die Lobby zu verschwinden, spürte ich seinen Blick auf mir. Als ich endlich außer Sichtweite war, ließ ich mich mit hängenden Schultern gegen die Wand sinken. Mein Herz hämmerte wie wild. Ich umklammerte Mamans Halskette und versuchte, mich zu beruhigen.

Als meine Hände nicht länger zitterten, huschte ich, verborgen im Schatten, durch die Lobby, bis ich die kleine Nische fand, nur wenige Schritte von der Tür zum Salon entfernt. Sie war für mich in den vergangenen Wochen das perfekte Versteck gewesen, weil man von hier aus einen guten Überblick über den Eingangsbereich hatte.

Ich setzte mich und fischte einen Reiseplan aus der Tasche. Genau wie Béatrice hatte ich es mir zur Gewohnheit gemacht, in den Mülleimern danach zu suchen, sodass ich so gut wie immer im Bilde war, wo wir uns gerade aufhielten.

Während ich mit dem Finger über jedes einzelne Reiseziel glitt, erklang die überschwängliche Frauenstimme in meinen Ohren.

Reiseplan des Hotel Magnifique

Die Nehrung von Malassai.
Hrami, der letzte Außenposten der Kristallebene.
Die gemalten Wälder des westlichen Bergerac.
Lestra, die Stadt der Brücken über den großen Kazan-Fluss.
Teufelszungenbecken.
Cap Callavez, Hauptstadt der Juweleninseln.
Palamar, größte Stadt im Volis-Sund.
Bin-Mar-Kanal.
Der Wolkenwald von Aritangua.

Zum Glück stand Aligney noch nicht auf der Route. Es würde mir das Herz brechen, wenn wir dorthin reisten und ich es nur vom Lobbyfenster aus erleben könnte.

Wenig später hörte ich Zosas engelsgleiche Stimme aus den geöffneten Salontüren dringen.

Als Küchenhilfe hatte ich dort keinen Zutritt, und es war mir leider nicht möglich, von der Lobby aus zur Bühne zu sehen. Meine kleine Schwester war nicht viel mehr als ein fernes goldenes Schimmern hinter Glas. Sie trat mittlerweile fast jeden Abend für Madame des Rêves auf, in Begleitung der beiden anderen Chanteuses, nur um am Ende der Vorstellung jedes Mal in einen Vogel verwandelt zu werden und zu verschwinden, sobald der Vorhang fiel.

Als das Lied endete, drang Madame des Rêves schrille Stimme an mein Ohr. »Sind meine kleinen Chanteuses nicht wundervoll? Welches Lied sollen wir sie als Nächstes singen lassen?« Beinahe glaubte ich das bösartige Schmunzeln auf ihren Lippen zu sehen.

Zorn wallte in mir auf, aber ich würde mich hüten, irgendjemandem zu zeigen, was ich empfand. Nach Yrsa war Madame des Rêves die Zweite in der Befehlskette des Maître. Wenn ich irgendetwas tat, was ihre Aufmerksamkeit erregte, würde er mich vermutlich noch einmal degradieren.

Im Lauf der letzten Wochen hatte ich Béatrice immer wieder unauffällig zu Madame des Rêves befragt. Diese Frau verwandelte ihre Mädchen allein der Unterhaltung wegen in Vögel und dachte nicht daran, sie vor dem nächsten Auftritt wieder zurückzuverwandeln. Und da Alastair alles guthieß, was bei den Gästen für Begeisterung sorgte, ließ er sie gewähren. Sie konnte tun, was sie wollte. Auch mit meiner Schwester.

Mit klopfendem Herzen huschte ich aus meinem Versteck und lief hinüber zur Voliere. Auf der Suche nach einer Tür oder einem Schlüsselloch strich ich mit den Fingern über einen Bereich der Scheibe, den ich bislang noch nicht näher betrachtet hatte. Es musste doch etwas geben, irgendetwas, was mir half, herauszufinden, ob man Zosa zwischen ihren Auftritten dort drinnen gefangen hielt. Aber so fieberhaft ich auch suchte, da war nichts. Und Alastair und Hellas waren die einzigen beiden Personen, die Zutritt zur Voliere hatten.

Wütend schlug ich mit der Faust gegen die Scheibe, und sofort erklang die schrille Frauenstimme: *»Auf unbestimmte Zeit geschlossen!«*

»Da bist du ja.«

Der neue Küchenjunge, den ich vorhin allein gelassen hatte, kam mit dem Servierwägelchen auf die Voliere zu.

»Du solltest doch unten auf mich warten. Der Wagen hat in der Lobby nichts zu suchen.« Ich legte meine Hände an den Schiebegriff, doch der Junge machte keine Anstalten beiseitezutreten. Offenbar war er durch etwas hinter mir abgelenkt worden.

Die Fenster.

Draußen sickerte das Licht der untergehenden Sonne durch Palmenblätter von der Größe eines Pferdes. Ein goldenes Äffchen saß auf dem Hut eines Gasts und schälte mit seinen kleinen, krallenbesetzten Pfoten eine leuchtend blaue Frucht. Die Aussicht war wirklich atemberaubend, umso mehr, als sie durch die anderen neunzehn Fenster ebenso umwerfend war.

»Man sagt, die Fenster beraten sich und zeigen den Gästen immer die beste Aussicht«, erklärte ich leise.

Die Lippen des Küchenjungen öffneten sich. »Lieber Himmel! Die Fenster unterhalten sich?«

»Das ist Teil des Zaubers.« Ich wandte mich zum Gehen, doch etwas erregte meine Aufmerksamkeit. Unter dem Registerbuch mit den Bestellungen klemmte ein Umschlag. Neugierig zog ich ihn heraus und ließ ihn sogleich in meiner Tasche verschwinden. »War jemand an dem Wagen?«

Der Küchenjunge warf mir einen verwunderten Blick zu. »Nicht, dass ich wüsste.«

»Bist du dir ganz sicher?«

»Hältst du mich für einen Schwindler?«

»Nein«, gab ich zurück.

Wenn ich ehrlich war, hatte ich bislang gar keine Meinung über ihn. Für mich war dieser hübsche Junge mit seinen niedlichen Grübchen ein so unbeschriebenes Blatt wie ein noch unausgefüllter Reiseplan, und er würde vermutlich auch ein ebenso unbeschriebenes Blatt bleiben, solange er hier arbeitete.

»Könntest du den Wagen vielleicht in die Küche zurückbringen?« Ich täuschte ein Gähnen vor. »Meine Füße machen leider nicht mehr mit.«

Er nickte. Kaum war er außer Sichtweite, riss ich den Umschlag auf und zog eine Karte heraus. Darauf stand etwas geschrieben, in einer Handschrift, die ich inzwischen fast so gut kannte wie meine eigene. Ein Schauder überlief meinen Rücken, als ich die fünf kleinen Worte las, die alles bedeuten konnten – oder nichts.

14

Vor fünf Wochen, nach der unschönen Episode in Alastairs Büro, hatten die Zwillinge mich zurück in mein Zimmer geschleift. Mit hängendem Kopf und fest zusammengepressten Lippen hatte ich innerlich gefleht, sie mögen nicht merken, dass bei mir etwas nicht stimmte.

In jener Nacht tat ich kein Auge zu. Zitternd hatte ich wach gelegen, halb überzeugt, dass alles nur ein schrecklicher Traum war, aus dem ich jeden Moment erwachen würde. Es war schwer vorstellbar, dass irgendetwas von alldem real war.

In der Stunde vor dem Morgengrauen hatte jemand an meine Tür geklopft.

»Einen Augenblick bitte.«

Ich fühlte mich steif, meine Knochen waren schwer wie Blei. *Steh auf,* ermahnte ich mich. Ich quälte mich aus dem Bett und stolperte zum Frisierspiegel. Ein Mädchen mit tränenfeuchten Wangen und großen, tief in ihren Höhlen liegenden Augen starrte mir daraus entgegen. Ich brauchte einen Moment, bis ich mich gefasst und sich mein Herzschlag halbwegs beruhigt hatte. Doch kaum drehte ich am

Türknauf, packte mich abermals die Panik. Wer konnte da zu so früher Stunde bei mir anklopfen?

Draußen auf dem Flur stand Bel.

Unendlich erschöpft vor Erleichterung, sank ich gegen den Türrahmen. Gottlob waren es nicht Sido oder Sazerat oder gar Alastair. Ich erwartete, dass Bel Antworten von mir wollte. Stattdessen blieb er auf Distanz und wich meinem Blick aus. Da wurde mir schlagartig klar, dass er ja unmöglich wissen konnte, dass Alastairs Tinte nicht funktioniert hatte.

Schließlich nickte er mir freundlich zu. »Guten Morgen«, sagte er. »Ich bin Bel. Ich bin gekommen, um …«

»Du hättest mich vorwarnen können«, fauchte ich im Flüsterton.

»Dich vorwarnen?«

Rohe Wut stieg in mir auf und zwang mich, durch die Nase zu atmen. Ich schluckte mühsam ein Schluchzen hinunter. »Du hättest mich warnen können, *bevor* ich in Alastairs Büro ging.«

Seine Züge spannten sich an. Er packte mich an den Unterarmen und zog mich zu sich heran, sah mir forschend ins Gesicht. »Du erinnerst dich an mich?«

»Wie könnte ich die Person, der ich gerade am liebsten den Hals umdrehen möchte, vergessen?«, brachte ich hervor. Dann sog ich Luft zwischen den Zähnen ein, als ein weiteres Schluchzen meine Brust zu zerreißen drohte. Die grünen Flammen der Kerzen im Korridor flackerten.

»Still«, wisperte Bel an meinem Ohr. Er schob mich vor sich her ins Zimmer und schloss die Tür hinter uns.

»Was tust du …«

»Die Chefköchin wird jeden Moment hier sein.«

»Die Chefköchin?«

»Du arbeitest doch jetzt in der Küche«, sagte er. Ich hatte noch keinen Fuß in die Küche gesetzt. Sogleich riss ich den Mund auf und wollte ihn ausfragen, aber er hielt eine Hand hoch. »Ich will dir helfen, aber erst musst du mir von gestern Abend erzählen. Mach schnell.«

Bel machte ein verkniffenes Gesicht, während ich ihm von den Ereignissen unmittelbar vor der Sache in Alastairs Büro und dem ausgebesserten Vertrag berichtete. »Mein Gästevertrag muss fehlerhaft sein.«

»Das ist er nicht«, sagte er. »Alastairs Tinte macht genau das, was er aufschreibt, und zwar ausnahmslos. Es muss eine andere Erklärung geben, warum sie bei dir nicht funktioniert hat.«

Ich dachte scharf nach, aber mir wollte kein Grund einfallen. Allerdings war ich auch viel zu durcheinander. Immer wieder tauchte vor meinem geistigen Auge Zosa auf dieser Bühne auf. Ihr blasses Gesicht und das goldene Kleid. Ihre Stimme. Und mit welcher Leichtigkeit Madame des Rêves sie anschließend in einen Vogel verwandelt und weggesperrt hatte. Trotz allem *erinnerte* ich mich an sie. Hätte Alastairs Tinte ihre Wirkung getan … Hätte sie tatsächlich gewirkt, hätte ich meine Schwester endgültig verloren.

Ich warf einen Blick zum Bett. Die Kissen, die Zosa heruntergeschmissen hatte, waren immer noch im Zimmer verteilt und schwebten eine Handbreit über dem Boden. Noch vorgestern Nacht hatte sie hier geschlafen, neben mir, so wie jede Nacht, solange ich denken konnte.

Eine Erinnerung kam mir in den Sinn, an unseren letzten Morgen in Durc, als ich davon aufwachte, dass Zosas zierliche Finger mit einer meiner dunklen Locken spielten.

Sie griff oft im Schlaf danach, als wollte sie sich im Traum an mir festklammern. Tränen schossen mir in die Augen.

»Hier.« Bel bot mir einen Zipfel seiner Jacke an.

Ich starrte ihn verständnislos an.

»Ich bin nicht dein Feind«, erklärte er.

Ich glaubte ihm sogar. Trotzdem wäre es um einiges leichter für ihn gewesen, sich um Schadensbegrenzung zu bemühen und mich einfach stehen zu lassen. Doch er blieb hartnäckig, sodass ich sein Angebot schließlich annahm und mir die Tränen mit seinem Jackenzipfel abwischte. Ich wusste nicht recht, woran ich bei ihm war, aber eins konnte ich mit Gewissheit sagen: Ich war ihm unendlich dankbar.

»Es wird leichter«, sagte er. Ich konnte mir zwar nicht vorstellen, wie, aber mir blieb keine Zeit zu protestieren, weil er sich im nächsten Moment zu mir vorbeugte. »Und jetzt hör mir gut zu. Ich werde dir Nachhilfe darin geben, so zu tun, als wärst du eine andere. Tu genau, was ich sage.«

Im Verlauf der folgenden fünf Wochen schickte Bel alle paar Tage nach mir, jedes Mal mittels einer Notiz, die unter meiner Tür hindurchgeschoben war. Die heutige Nachricht war die erste, die er auf dem Servierwägelchen hinterlassen hatte.

Samtene Dunkelheit hüllte das fünfte Stockwerk ein, lediglich durchbrochen von einer runden Scheibe vom Nachthimmel, dem Mondfenster. Während ich auf Bel wartete, trommelten meine Finger einen Rhythmus auf seiner Nachricht, diesen fünf kleinen Worten. Wenig später durchfuhr mich ein nervöses Kribbeln, als ich jemanden leise ausatmen hörte. Ich drehte mich um. Bel lehnte mit der Hüfte an einem Kanapee, so lautlos wie ein Geist. Er hatte mich beobachtet.

»Findest du mich immer noch so faszinierend, dass du die Augen nicht von mir lassen kannst?«

»Rede dir das nur weiter ein«, gab er zurück. Aber seine Lippen verzogen sich zu einem schiefen Lächeln, und mein Puls beschleunigte sich. Mein Körper war sich seiner Nähe überdeutlich bewusst. Ich biss mir in die Backe, bis die Erregung wieder abflaute.

»Was siehst du?«, fragte er. Er wollte wissen, ob Alastairs Tinte vielleicht doch noch ihre Wirkung gezeigt hatte.

Ich blickte zum Mondfenster hinaus. »Einen ausbrechenden Vulkan. Schon erstaunlich, dass wir alle noch gesund und munter sind und nicht Pfützen aus hautfarbenem Glibber.«

»Das ist nicht witzig, Mol.«

»Meinst du nicht eher Jani?« Ich zuckte zusammen, als ich meinen richtigen Namen von den Wänden widerhallen hörte. *Jani, Jani, Jani.*

Bevor ich das nächste Mal Luft holen konnte, stand Bel neben mir. »Möchtest du, dass ich unsere Treffen beende?«, fragte er.

»Als würdest du es wagen.«

Er zuckte mit der Schulter und entfernte sich wieder von mir.

»Warte. Ich benehme mich ja schon. Versprochen.«

»Ich glaube dir kein Wort«, sagte er, blieb aber stehen.

Zum Glück. Als Küchenhilfskraft war es mir verboten, auch nur einen Fuß in den Salon zu setzen, aber er hatte Zutritt. »Wie geht es meiner Schwester?«

»Du zuerst.«

Seit meiner Degradierung nutzten wir unsere Treffen für eine Art Handelsbeziehung; Bel brachte mir Neuigkeiten von Zosa im Gegenzug für eine einzige Antwort.

Ich sah wieder zum Mondfenster hinaus und wünschte mir nichts sehnlicher, als Aligney zu sehen. Das wäre mir zumindest ein kleiner Trost. Stattdessen prasselte Regen auf den Hafen von Durc herab. »Die Aussicht ist wieder die gleiche. Mein Vertrag hat offenbar immer noch keine Wirkung auf mich. Also los, sag schon, wie geht's meiner Schwester?«

Bevor Bel antworten konnte, war das Rattern des Fahrstuhls zu hören. König Zeligs Stimme mischte sich mit dem betrunkenen Gelächter von Gästen. Zu so später Stunde kam normalerweise niemand hier herauf.

Fieberhaft sah ich mich nach einem Versteck um und stürzte dann auf eins der Sofas zu.

Bel packte meine Hand. »Sei nicht albern. Hier oben kann man sich nirgends verstecken.«

»Was, wenn sie uns hier entdecken?«, zischte ich. »Die werden uns auf die Schliche kommen.«

»Werden sie nicht. Wer auch immer das ist, wird glauben, wir seien aus einem ganz anderen Grund hier.«

»Was für einem Grund denn?«

Als sich seine Finger um meine Taille schoben, zuckte ich zusammen, doch er drehte mich wortlos um, sodass wir beide nach draußen sahen. Dann zog er mich an sich. Die Knöpfe seiner Uniform drückten sich einer nach dem anderen in meinen Rücken, und in dem Moment wurde mir schlagartig klar, was die Gäste denken sollten.

Am liebsten hätte ich ihn erwürgt.

»Wenn sie uns für ein Liebespaar halten, werden sie uns unsere Privatsphäre lassen«, flüsterte er an meinem Ohr.

»Keiner wird das infrage stellen. Genau aus diesem Grund habe ich diesen Ort gewählt.«

»Das hättest du auch mal früher erwähnen können«, presste ich durch zusammengebissene Zähnen hervor.

Bel seufzte in mein Haar, und ein brennendes Gefühl wanderte an meiner Wirbelsäule empor.

»Vergiss nicht, es ist alles nur Theater«, flüsterte er, als die Gäste sich näherten. Ich spürte Blicke auf mir, auf Bels Händen, die an meinen Hüften emporglitten.

Es ist nur Theater. Es hat nichts zu bedeuten, redete ich mir ein, während seine Lippen sich in meinen Nacken drückten. Mein Magen war wie zugeschnürt.

»Ich glaub fast, du hast Spaß daran, Mol«, flüsterte Bel, diesmal an meiner Wange.

Ich trat ihm fest auf den Fuß. »Hab ich nicht.«

»Wie du meinst.« Seine Nasenspitze strich an meiner Ohrmuschel entlang nach oben, dann beugte er sich noch tiefer über mich, fast, als würde er es ebenfalls genießen. Aber das war ja wohl Quatsch. Er wollte nur Informationen, sonst nichts.

»Es ist der Magnifique«, bemerkte eine Frau im Flüsterton.

Wir waren beide wie erstarrt.

»Eine Schande, dass er schon vergeben ist«, murmelte eine andere. »Ich habe gehört, dass sie ihn den Magnifique nennen, hat rein gar nichts mit seiner Fähigkeit zu tun, das Hotel zu bewegen, wenn du verstehst, was ich meine.«

Ein erstickter Laut entrang sich meiner Kehle. Bel ging es wohl ähnlich, denn er vergrub sein Gesicht an meiner Schulter und unterdrückte so seine Reaktion.

»Trägst du ein neues Parfüm?«, fragte er, als der Fahrstuhlkäfig, den Geräuschen nach, wieder nach unten unterwegs war.

»Meinst du die gebratenen Zwiebeln oder die Rinderfiletspitzen mit Estragon?«

»Die gebratenen Zwiebeln. Eindeutig. Der Duft unterstreicht deine schillernde Persönlichkeit.«

»Du bist so ein Arsch.« Aufgebracht stieß ich ihn zurück. Mit seinem sinnlosen Geplänkel würde er mich nicht täuschen. Er war zutiefst berechnend, und trotzdem blieb mir nichts anderes übrig, als ihm zu vertrauen. »Also sag schon, wie geht's Zosa?«

»Sie sah ein wenig blass um die Nase aus, aber ansonsten ist sie unversehrt.«

Die Worte trugen nur wenig zur Aufhellung meiner Stimmung bei. »Warum kann ich mich nicht selbst davon überzeugen? Ich will sie sehen.«

Er schüttelte den Kopf und kam mir wieder mit der üblichen Warnung. »Küchenkräfte dürfen den Salon nicht betreten. Wenn du es trotzdem tust, kriegen sie dich, und glaub mir, du willst nicht, dass die Zwillinge dir auf den Pelz rücken. Falls Alastair uns je bei einem solchen Gespräch belauscht …« Bel presste die Lippen zusammen. »Hier in diesem Haus ist niemand sicher auf seinem Posten. Jede Arbeitskraft ist ersetzbar, selbst wir Suminaires. Da können wir kein Risiko eingehen.«

»Aber wie wäre es unmittelbar vor Zosas Auftritt? Oder danach? Wenn du den Schlüssel für die Voliere fändest, könnte ich nach ihr sehen und feststellen, ob man sie dort drinnen gefangen hält.«

»Wir haben das doch alles schon zigmal durchgekaut. Nur Alastair und Hellas haben Zutritt.«

»Na und?«

Er warf mir einen vernichtenden Blick zu. »Selbst wenn deine Schwester da drinnen eingesperrt wäre, könnte ich sie ohne Madame des Rêves Artefakt nicht zurückverwandeln, geschweige denn, sie von ihrem Vertrag entbinden.«

Er hatte recht. Falls es Zosa und mir tatsächlich gelänge, über die Schwelle zu kommen, würden wir uns schlagartig in Luft auflösen, sobald sich das Hotel um Punkt Mitternacht weiterbewegte. Wir mussten erst unsere Verträge annullieren.

Was ein Ding der Unmöglichkeit war. Aber ich musste einen Weg finden.

Ich nahm an, dass Zosas Vertrag in diesem unendlichen Registerbuch steckte, zusammen mit meinem und allen anderen. Allerdings wusste ich nicht, wie Alastair sie für nichtig erklären konnte. Wann immer ich das Thema anschnitt, erklärte Bel mir nur, es sei leider nicht so einfach, es reiche nicht, das Pergament in der Mitte entzweizureißen, Alastair würde dafür mächtige, komplizierte Zauber verwenden. Er wusste selbst nicht, wie es funktionierte oder ob überhaupt jemand anderer diesen Zauber wirken konnte.

Ich wollte unbedingt etwas tun, was uns weiterbrachte – wollte alles tun, nur nicht untätig sein und mich nutzlos fühlen. Doch Bel erklärte mir, Alastair würde es sogar merken, wenn ich nur einen Tick zu lang in seine Richtung sah. Ich sollte meinen Kopf schön brav unten behalten, während er weiter nach Antworten suchte und für mich nach Zosa sah.

Aber das alles war mir nicht genug. Während der Arbeit drehte ich schier durch vor Sorge um meine Schwester.

Ich musste sie mit eigenen Augen sehen. »Wie schwer wäre es für dich, den Schlüssel zur Voliere zu besorgen? Damit ich einen Blick reinwerfen kann?«

»Ich wusste ja schon immer, dass du ein Dickkopf bist, aber offenbar hast du jetzt komplett den Verstand verloren.«

»Zosa ist meine Familie, mein Ein und Alles. Verstehst du denn nicht?«

Bel zuckte zusammen, als hätte ich ihn geohrfeigt. Ich schlug mir die Hand vor den Mund. Es war gemein, so etwas zu sagen. Bel erinnerte sich weder an seine Familie noch an sein Zuhause. Und auch wenn er es mir nie explizit gesagt hatte, war doch klar, dass er sich nichts mehr wünschte als das, was ich hatte.

»Tut mir leid. Ich wollte nicht …«

»Schon gut. Vergiss es.«

»Bel …« Mein Herzschlag geriet ins Stolpern. Er mochte berechnend sein, und trotzdem hatte ich das Gefühl, als entwickelte sich da endlich etwas zwischen uns. Und so dürftig es auch war, es fühlte sich komplett anders an als das, was mich mit Béatrice verband. Bel kannte alle meine intimsten Geheimnisse. Er durchschaute mich wie niemand sonst, mit Ausnahme von Zosa. Und jetzt musste ich es vermasseln.

Ich wollte nach seiner Hand greifen, bremste mich aber. Bel betrachtete meine Finger, die in der Luft zwischen uns verharrten. Seine Augenbraue hob sich.

Was tat ich da? Mir schoss die Röte ins Gesicht. *Er ist nur ein Fluchthelfer, sonst nichts. Reiß dich zusammen. Zosa ist alles, was zählt,* ermahnte ich mich. Ich ließ die Hand sinken.

»Sonst noch was?«, fragte er nach einer Weile.

»Ich habe Red, diese Suminaire, gesehen, unten in der Küche.«

»Und?«

»Ich habe sie nur kurz angesehen, aber sie weicht meinem Blick aus.«

»Du musst so tun, als sei sie eine Fremde für dich.«

Vor meinem geistigen Auge sah ich diese Teetasse voll weißer Flüssigkeit. »Aber das mit dem Fluchtspiel war mein Vergehen. Ihr Auge …«

»Du konntest das zu dem Zeitpunkt nicht wissen. So sind nun mal die Regeln.«

Bel hatte mir bereits vor Wochen erzählt, dass Alastair Suminaires früher auf die gleiche Weise herabgestuft hatte wie gewöhnliche Arbeitskräfte, bis er einem einzelnen Suminaire zu oft das Gedächtnis gelöscht hatte und dieser übergeschnappt war. Im selben Moment hatte sich die Magie, die dem Artefakt dieses armen Kerls entströmte, vervielfacht, und zwar um ein Zehnfaches. Dabei kam eine ganze Handvoll gewöhnlicher Angestellter ums Leben. Seither hütete Alastair sich, seinen Suminaires ihre Erinnerungen zu nehmen.

Wenn Suminaires aus der Reihe tanzten, durften sie ihre Stelle in der Regel behalten. Statt einer Degradierung riss Yrsa ihnen eins ihrer Augen aus und tauchte es in ihre Teetasse mit weißer Flüssigkeit, wo es zu massivem Porzellan wurde. Eine erste Warnung. Doch was danach kam, war noch viel schlimmer.

Bel war einmal Zeuge geworden, wie Yrsa ein Porzellanauge zerbrochen hatte. Der betroffene Suminaire fiel im nächsten Moment tot um.

»Hat Red mitbekommen, dass du sie angesehen hast?«, fragte Bel.

»Du meinst, als wir vor aller Augen ein gemeinsames Freudentänzchen anlässlich unseres Wiedersehens aufs Parkett gelegt haben?«

»Zieh einfach immer brav den Kopf ein«, sagte er, vollkommen ernst. »Hier.« Damit holte er ein Bündel aus seiner Tasche.

»Was ist das?« Ich wickelte das Päckchen aus. Es war eine Lorgnette, zusammen mit einem kleinen Buch, in dessen Deckel eine silberne Kompassrose geprägt war. Ein Atlas. Ich war sprachlos. Bel brachte mir ein Geschenk, obwohl er das nicht musste … einfach nur, weil er wusste, dass es mir gefallen würde. Diese Vorstellung trieb mir ein Lächeln auf die Lippen.

Seine Mundwinkel zuckten.

»Vielen Dank. Aber warum …«

»Es gab Gerüchte über ein Küchenmädchen, das sich an Bibliotheksbüchern vergreifen wollte.«

»Ach du lieber Himmel.«

»Das nächste Mal, wenn du dich langweilst, lass es mich bitte wissen.« Er strich seine Jacke glatt. »Höchste Zeit, dass ich an die Arbeit gehe. Es ist fast Mitternacht.«

»Schon?«

»Erst willst du mich zum Teufel jagen, und jetzt kriegst du plötzlich nicht genug von mir?«

Er zog mich auf, aber ich schluckte den Köder nicht, weil sich ein dumpfes Gefühl in meiner Brust eingenistet hatte. »Heute Nacht werde ich wohl sonst nichts weiter erfahren, was?«

»Tut mir leid.«

»Ich soll also brav in mein Zimmer zurückgehen, ohne zu wissen, ob ich meine Schwester je wiedersehen werde?«

»Du könntest dich zur Abwechslung einmal in Geduld üben.«

»Das sagst du jedes Mal.«

»Vielleicht sollte ich aufhören, dich ständig darauf hinzuweisen, und es dir stattdessen auf den Handrücken tätowieren.«

»Würde auch keinen Unterschied machen. Schrecklich halsstarrig, schon vergessen?«

Ich zuckte zusammen, als Bel seine Hand auf meine Schulter legte. Eins seiner Knie war gebeugt und streifte die Falten meines Rocks. Die Haut an meinem Bein prickelte. »Kannst du nicht einfach mal nett lächeln und knicksen, wenn ich dich um etwas bitte, so wie alle anderen Angestellten auch?«

»Du würdest es also vorziehen, wenn ich eine hirnlose Marionette wäre, die du nach Lust und Laune manipulieren kannst?«

»Klingt verlockend.«

Ich funkelte ihn finster an.

Sein Blick wanderte zu meinem Mund. »Weißt du … deine finsteren Blicke gefallen mir immer besser«, sagte er. »Gute Nacht, Mol.«

15

Nach meinem Treffen mit Bel verging eine ganze Woche, ohne dass ich etwas Neues erfuhr. Ich tat, was er sagte, und zog den Kopf schön brav ein. Aber wenn ich in der Suppe rührte, schweiften meine Gedanken zu Alastairs Registerbuch. Ich stellte mir gern vor, wie ich mit Freude jede einzelne Seite darin zerfetzte. Seine Macht speiste sich aus diesen Verträgen. Und deshalb wuchs sich meine Besessenheit, sie zu zerstören, zu einem Juckreiz aus, dem ich nicht nachgeben durfte, indem ich kratzte.

Schon bald fühlten sich Tage wie Jahre an und Nächte wie Ewigkeiten. Oft lag ich nachts wach und schwelgte in Kindheitserinnerungen, weil ich nicht wissen konnte, wie lange sie noch mir gehören würden. Das hatte nur den Nachteil, dass ich Zosa gleich noch schmerzlicher vermisste. Es war ein Gefühl wie Trauer. Ich schätze, in gewisser Hinsicht trauerte ich auch tatsächlich. Sie war meine Schwester, aber in Durc war sie außerdem meine beste Freundin gewesen. Es tat weh, auf beides verzichten zu müssen.

Eines Morgens lief ich zu früher Stunde am Speisesaal des Personals vorbei, dem *Forêt à manger*. Der Küchenangestellte, der mir bei der Auslieferung der Bestellungen geholfen hatte, stand vor einem Ast, an dem gläsernes Geschirr hing. Er nahm sich einen Teller, türmte Wolken von fluffigen Brioches darauf und lachte, als sich das Gebäck wie von Zauberhand nachfüllte.

Ich stellte mir vor, wie Zosa neben ihm stand und mich zu sich herüberwinkte, so wie sie es früher bei Bézier immer getan hatte, wenn ich zögerte, mich zu den anderen Mädchen zu gesellen.

Ein Zimmermädchen, das ich nicht kannte, tippte mir auf die Schulter. »Gehst du rein oder nicht? Du stehst im Weg.«

Ich schüttelte den Kopf und trat beiseite.

Als ich in die Küche kam, stellte ich fest, dass die Chefköchin schon wieder eine ihrer Launen hatte. Sie stand Befehle blaffend neben einer Reihe von Servierwagen, die mit allem Möglichen beladen waren, von Himbeer-Millefeuilles bis hin zu Austern auf Reis.

»Was ist denn los?«, fragte ich einen rotgesichtigen, schweißgebadeten Koch.

»Hast du's nicht gehört? Wir sind in Barrogne.«

Mir gefror das Blut in den Adern. Barrogne war ein Dorf am Ufer eines Sees ganz im Nordwesten von Verdanne, direkt an der Grenze zu Skaadi. Dort herrschten strenge Gesetze in Bezug auf Magie, es gab dort nach wie vor Hinrichtungen von Suminaires.

Die Chefköchin stürmte an mir vorüber. »In exakt zwei Minuten werden sämtliche Servierwagen in die Lobby gefahren.« Sie wies mit dem Finger auf mich. »Du machst den Abschluss. Ich brauche jede einzelne Kraft an den Wagen. Auf Befehl des Maître. Er will diese piekfeine Botschafterin nicht verärgern.«

»Moment. Die Botschafterin von Skaadi ist hier?« Viele Menschen in Durc gingen davon aus, dass es der jungen Botschafterin gelingen könnte, die rückwärtsgewandte Regierungspartei davon zu überzeugen, die Gesetze zu lockern und dem Hotel das Aufenthaltsrecht zu gewähren. Doch bislang hatte sich nichts in dieser Richtung getan.

»Der Maître plant die Entsendung eines Begrüßungskomitees, zusammen mit der Gebühr für die Botschafterin, damit sie uns endlich reinlassen in ihr rückständiges Land.« Die Chefköchin schnaubte. »Eigentlich hätten schon vor zwanzig Minuten alle draußen sein sollen. Und jetzt ab an deinen Wagen.«

Meine Augen weiteten sich, als ich die Bedeutung ihrer Worte begriff. »Ich gehe nach draußen?«

Die Chefköchin schlug mit einem Küchentuch nach meinem Rock und stürmte davon.

Wenig später stand ich ganz am Ende der Schlange aus sechzehn Servierwagen, die darauf warteten, die lackierte Eingangstür zu passieren. Beim Anblick der Sonne schwang sich mein Herz empor, stürzte aber im nächsten Moment wieder ab, da Alastair erschien.

Ich hatte ihn gelegentlich gesehen, seit ich bei ihm im Büro gewesen war, aber nie aus unmittelbarer Nähe. Während er an der Reihe der Angestellten entlangschritt, ertönte das Klicken seiner Stiefelabsätze in einem ungleichförmigen Rhythmus. Da war ein Humpeln in seinem Gang, das mir vorher nie aufgefallen war. Bels Warnungen klangen mir in den Ohren. Als Alastair bei mir ankam, senkte ich den Blick, so zahm wie eine Küchenmaus, während er an mir vorbeistolzierte.

»Und jetzt bewegt euch!«, rief Yrsa mit donnernder Stimme.

Hinter mir scharten sich verschiedene Suminaires um ein großes Objekt, das unter einem Seidenlaken schwebte. Ein Suminaire, den ich bei diesem Fluchtspiel gesehen hatte, konzentrierte sich und blies in seine Miniaturwindhose. Dadurch ließ er das Objekt offenbar schweben, während die anderen Suminaires es durch die Luft lenkten. Ich versuchte einen Blick unter das Laken zu erhaschen, bis Alastair und Yrsa sich dazugesellten und die Prozession sich in Bewegung setzte.

Ich zwang meine Füße, sich zu bewegen. Ich schob mit aller Kraft und beförderte den Wagen über die Schwelle, auf einen mit Steinen gepflasterten Weg, der um einen Bergsee herumführte. Grelles Sonnenlicht stach mir in die Augen, aber ich sog die wärmenden Strahlen gierig auf.

Ich war draußen. Anderswo.

»Bewegt euch«, rief Alastair, als er die Tür durchschritt.

Ich bugsierte den Wagen vorwärts, vorbei an Gebäuden, die von hohen Kiefern umringt waren, eingerahmt von Skaadis Bjor-Bergen. Aber das war alles nichts im Vergleich zu den Unterkünften direkt auf dem Wasser.

Mindestens fünfzig *bateaux manoir* – herrschaftliche Hausboote – dümpelten auf dem kristallklaren Wasser der Bucht wie farbenprächtige schwimmende Paläste. In Durc gab es insgesamt nur zwei von diesen Booten. Zosa hatte oft deren Decks an ihren Fingern abgezählt. Hätte sie die Decks dieser Boote zählen wollen, hätte sie mehr als ihre zehn Finger gebraucht.

Hunderte von Bewohnern der Stadt standen auf den Bootsdecks und beobachteten unsere Prozession. Doch wenig später richteten sich sämtliche Augenpaare auf das größte *bateau* von allen, eine graue Monstrosität, die das Signum der Stadt Skaadi trug, einen schwarzen Fuchs. Darauf stand eine einzelne Frau.

Das goldene Haar der Botschafterin war das einzig Weiche an ihr. Ansonsten wirkte sie aus jedem Blickwinkel scharfkantig, von den spitzen Wangenknochen bis hin zu den messerscharfen Linien ihrer Augenbrauen. Ihre Haut war schneeweiß. Hinter ihr hatten Wachleute Stellung bezogen, die glänzenden Rapiere vor der Brust gekreuzt. Entlang der einzelnen Decks reihten sich weitere Wachen, die Armbrüste auf das schwebende Objekt unter dem Seidenlaken gerichtet.

»Botschafterin.« Alastair zog an dem Tuch, und das Objekt schwebte auf nichts als purer Luft ein Stück darunter hervor. »Dies hier ist für Euch.«

Die Botschafterin wirkte wenig beeindruckt. »Wenn Sie erwarten, dass meine Königinnen Ihrem Hotel Zugang zu unserem Land gewähren, dann kostet das bare Münze und nicht irgendeine Art von Magie.« Damit machte sie eine wegwerfende Handbewegung, das Gesicht voller Abscheu. »Wo ist die versprochene Truhe?«

»Die ist hier.« Alastair riss das Laken komplett herunter. Es wurde vernehmlich nach Luft geschnappt, als das Sonnenlicht von den dicht an dicht gestapelten blassrosa Münzen reflektiert wurde, skaadischen Urds, hergestellt aus dem Edelmetall Urdiel, das aus Minen in den Bjor-Bergen gewonnen wurde. Die Münzen bildeten die Form einer großen Truhe nach, die in der Luft schwebte.

Wenn du dir diese Münzen ganz vorn in die Socken stecktest, so hieß es, dann führten sie dich zu deinem Schicksal. Ich hätte nichts dagegen gehabt, die Taschen voll davon zu haben. In Durc trug man rosafarbene Schmuckstücke, die aus eingeschmolzenen Urds hergestellt wurden, nur in den reichsten Straßen zur Schau; ein einziger Urd entsprach in etwa tausend verdannischen Dublonen. Und diese Truhe bestand bestimmt aus Hunderten dieser Münzen.

Es war die Eintrittsgebühr, um nach Skaadi zu gelangen.

Vor Wochen hatte Béatrice mir erzählt, Alastair sei auf das Geld der Gäste angewiesen. Vermutlich war es als Bestechungsgeld gedacht, damit rückwärtsgewandte Nationen wie diese hier ihre Gesetze in Bezug auf die Zauberei änderten. Würdenträger in aller Welt stopften sich vermutlich die Taschen voll, während Alastair ihnen Arbeitskräfte raubte.

Der Suminaire mit der Windhose blies wieder in Richtung der Truhe, woraufhin sie zerbrach und sich das Rosa nur so ergoss. Zwei Wachmänner kamen herbeigeeilt. »Sie sind echt!«, rief einer. Rapiere und Armbrüste wurden gesenkt.

»Ich habe meinen Teil der Abmachung erfüllt«, verkündete Alastair. »Ich werde die nötigen Unterlagen beim Dinner unterzeichnen. Wir planen unseren Besuch für nächste Woche.«

»Nicht so schnell«, sagte die Botschafterin unterkühlt. »Sie haben ab dem kommenden Jahr Zugang.«

Es war gerade mal Sommer. Bis zum nächsten Jahr war es noch Monate hin.

Für einen kurzen Augenblick sah man Ärger auf Alastairs Gesicht aufflackern. Dann aber trat wieder das strahlende Lächeln auf seine Lippen, das er fast immer zur Schau trug. Allerdings erreichte es seine Augen nicht. »Sicher könnt Ihr uns einen Besuch bereits vor dem neuen Jahr gewähren.«

Die Botschafterin verschränkte die Arme. »Würden Sie es vorziehen, wenn ich Ihr Hotel komplett vergäße?«

»Nun gut«, gab Alastair sich geschlagen. »Wir sind uns also einig?«

Die Botschafterin antwortete nicht. Stattdessen ging sie an der Reihe von Servierwagen entlang und blieb stehen, bevor sie Alastair erreichte. Direkt neben mir. »Was ist deine Aufgabe in diesem Hotel?«, fragte sie mich.

Hunderte von Augenpaaren richteten sich nun auf mich. »Ich … ich arbeite in der Küche«, stammelte ich.

»Hast du je gesehen, wie jemand durch Magie zu Schaden gekommen ist?«

»Achtet nicht auf das Mädchen«, mischte Alastair sich ein. »Sie ist nur eine Küchenhilfe. Ich versichere Euch, die Magie ist sicher.«

Die Botschafterin hob ungerührt eine Augenbraue. »Hier in Skaadi bereiten Küchenhilfen Essen zu, das unser Volk nährt. Ihre Meinung ist hochgeschätzt und wichtiger als die eines Hoteliers.« Ihre blassblauen Augen sprühten. »Beantworte meine Frage, Kind. Ist die Magie gefährlich?«

Meine Gedanken überschlugen sich. Innerlich beschwor ich Zosas Bild herauf. Ich könnte schreien, um Hilfe flehen. Die Botschafterin hatte Wachleute. Sie könnte uns retten.

Im selben Moment begegnete ich Yrsas drohendem Blick. Falls in Alastair irgendein Verdacht aufkeimte, würde ich mir das nie verzeihen. »Es besteht keinerlei Gefahr«, presste ich hervor.

»Da hört Ihr es«, rief Alastair vergnügt. »Also, markiert Euch den Tag im Kalender. Das Hotel Magnifique wird mit

Beginn des neuen Jahres in die Hauptstadt von Skaadi kommen.«

Bei der Erwähnung der Hauptstadt wurde ich hellhörig.

Alastair wedelte sich mit einem Fächer aus Umschlägen Luft zu. »Und nun verteilen wir die Einladungen!«

Die Menschen stürmten von den Decks. So schnell, wie ich es noch nie erlebt hatte, bildete sich eine Traube um Alastair herum.

»Alle Angestellten zurück ins Hotel!«, schrie Yrsa.

Ich nickte und schob meinen Wagen nach drinnen, völlig in Gedanken versunken.

Die Hauptstadt von Skaadi.

Ich erinnerte mich noch lebhaft an eine alte Landkarte, die ich bei Bézier gefunden hatte. Sie zeigte die Stadt und ihre Ausdehnung in Form eines sechszackigen Sterns, der sich zwischen Bergketten schmiegte.

Ich hatte diese Form erst neulich irgendwo gesehen, und ich glaubte auch, mich zu erinnern, wo das gewesen war.

Die Chefköchin war nicht in der Küche. Es herrschte immer noch große Aufregung, Arbeitskräfte eilten hektisch umher. Es würde eine Weile dauern, bevor irgendwer nach mir suchen würde. Und noch bevor ich Vernunft annehmen konnte, huschte ich unbemerkt zur Tür hinaus.

16

Keine zehn Minuten später schlüpfte ich in den kleinen Kartenraum, in den mich Béatrice vor so vielen Wochen geführt hatte. Zum Glück war niemand hier. Wie beim letzten Mal lag der Atlas aufgeschlagen auf dem Tisch.

Ich blätterte ein paar Seiten um und hielt bei der Karte inne, die mir ins Auge gestochen war, als ich mit Bel in diesem Zimmer gewesen war – einer Stadt in Form eines Sterns.

Ganz langsam führte ich die Hand zu der Seite und schreckte zurück. Sie trug Dutzende magische Signaturen. Ganz oben stand etwas in einer winzigen Handschrift geschrieben.

Alpenheim.

Die Hauptstadt von Skaadi, und wenn man nach dieser Karte ging, war die Stadt voll mit unentdeckten Artefakten.

Alastair tobte, weil wir nicht früher dorthin konnten. Er hatte bereits eine ganze Sammlung von Artefakten in seinem Büro, mehr als genug für jeden Suminaire, den er hier angestellt hatte. Es sollte also keine Rolle spielen, ob wir

Alpenheim morgen oder in einem Jahr besuchten. Aber aus irgendeinem Grund schien es ihm wichtig zu sein.

Neben dem Atlas lagen einige lose Blätter. Ich nahm eine hastig hingekritzelte Skizze zur Hand, wieder von diesem Siegelring, genau wie beim letzten Mal.

Bel hatte mir erzählt, Alastair würde über sämtliche bekannten Artefakte Buch führen und er sei auf der Suche nach einigen speziellen. Alastair war womöglich hinter diesem Siegelring her, zumindest war es anzunehmen. Vielleicht war der Ring der Grund, weshalb er unbedingt nach Alpenheim wollte.

Wie auch immer, mir würde es nicht helfen, wieder mit meiner Schwester vereint zu werden.

Ich schlug den Atlas zu und fing an, auf und ab zu gehen. Die Frau auf dem Porträt über dem Kamin schien mir dabei mit dem Blick zu folgen.

»Warum geht Alastair so weit, alle hier einzusperren? Das tut er doch gewiss nicht nur, damit die Magie sicher bleibt«, sagte ich, halb in der Erwartung, dass sie mir antworten würde. »Ich wette, du amüsierst dich köstlich, wenn Arbeiterinnen versuchen, sich mit deinem Gemälde zu unterhalten.«

Ich rieb meine Schläfen und lehnte mich gegen das Regal gleich neben der Feuerstelle. Ein alter Kerzenhalter kullerte zu Boden. Ich stellte ihn zurück, als mein Blick an einem alten, staubigen Buch hängen blieb, das zwischen Regal und Wand eingeklemmt war.

Das Buch war uralt. Auf den Rücken war der Titel geprägt. *Société des Suminaires* stand da. Dieselben Worte, die auch auf Alastairs unendliches Registerbuch gedruckt waren.

Ich zog das Buch aus dem Spalt und schlug es auf. Es war auf Verdannisch verfasst. Langsam strich ich mit den Fingern über die geschwungene Schrift auf dem Vorsatzblatt. *Möge dein Artefakt dich zu deinem Seelenwunsch führen,* las ich.

Artefakt dich führen, dieselben Worte wie auf dieser abgeriebenen Plakette in der Lobby. Ich erinnerte mich noch genau. Vielleicht hatte dort früher einmal exakt der gleiche Satz gestanden wie in diesem Buch.

Der Rest der Seite bestand aus dem Inhaltsverzeichnis, mit Überschriften wie *Gebäudeplan*, *Verhaltenskodex*, *Allgemeine Bestimmungen*, *Benutzungsvorschriften zu den Artefakten*, *Geheimhaltungsprotokoll*, *Personalverzeichnis* und *Informationen für Bewohner*.

Das Ganze las sich wie ein Handbuch. Das genannte Jahr des Drucks lag über ein Jahrhundert zurück, während der *Renaissance de l'acier*, der Stählernen Renaissance, einer Periode, in der die Städte im Norden Verdannes binnen weniger Jahrzehnte zu ihrer aktuellen Größe heranwuchsen.

Damals war die Welt ein grausamer Ort für Suminaires gewesen. Wenn diese Gesellschaft sie hier aufgenommen hatte, um sie zu verstecken, dann war das eine Angelegenheit, die über Leben oder Tod entscheiden konnte.

Ich blätterte weiter zum Gebäudeplan. Die einzelnen Stockwerke bestanden aus Zimmern, die man im Hauptquartier einer Gesellschaft erwarten konnte: diverse Gemeinschaftsräume, zwei kleinere Küchen, eine Reihe von Büros. Die obersten drei Stockwerke waren beschriftet mit dem Wort *Unterkünfte*. Dort gab es viele kleine Zimmer, unterbrochen von Waschräumen sowie Räumen, die als *Artefaktübungsräume* ausgewiesen waren.

Der Eingangsbereich im Erdgeschoss entbehrte des heutigen Prunks, er war sogar klein, verglichen mit den anderen Zimmern – aber er wurde damals schon als *Lobby* bezeichnet. Ich dachte mir nicht viel dabei, bis mein Blick auf einen Korridor im fünften Stock fiel, wo *Mondfenster* stand.

Ich schnappte nach Luft. Das Hotel wurde zwar nirgends erwähnt, aber es musste sich um dasselbe Gebäude handeln. Das konnte alles kein Zufall sein. Was wiederum hieß, dass hier früher einmal eine Gesellschaft von Suminaires untergebracht war – eine Geheimgesellschaft, von deren Existenz niemand außerhalb dieses Hotels wusste.

Das Magnifique schien wirklich voller Geheimnisse zu sein. Ganz gleich, wie viel Neues ich auch erfuhr, es kamen immer noch weitere Details ans Licht. In der Pension Bézier hatte ich jeden Winkel gekannt. Ich war durch fast jede Gasse in Durc gelaufen und hätte mich wahrscheinlich blind zurechtgefunden. Dieses Wissen gab mir Halt, wohingegen ich hier den Eindruck bekam, mich im Inneren eines sich ständig verschiebenden Labyrinths zu befinden. Weite Teile des Gebäudes hatte ich noch nie betreten, neue Gänge und Räume tauchten ganz plötzlich und ohne Vorankündigung auf und verschwanden dann ebenso plötzlich wieder. Ein Mysterium innerhalb eines Mysteriums.

Ich malte mir aus, wie ich die Blümchentapete von den Wänden schälte und dahinter verschlossene Türen zum Vorschein kamen, die in geheime Salons und Bibliotheken führten, voll uralter Bände über Magie. Mitglieder der Gesellschaft mussten früher durch diese Korridore gegangen sein – ja, sie hatten in ebendiesen Zimmern gewohnt und ihre Kunst ausgeübt, für die man sie zum Tode hätte verurteilen können. Doch diese Gesellschaft gab es nicht mehr. Zumindest nicht in diesem Hotel.

Wenn das Magnifique gegen Ende der Renaissance de l'acier eröffnet hatte, dann war dieser Gesellschaft offenbar irgendetwas zugestoßen. Es war anzunehmen, dass sie aufgelöst wurde, und wenn nicht, bestand sie irgendwo im Geheimen vielleicht immer noch fort.

Ich blätterte durch den Rest des Handbuchs, unter anderem auch durch einen eigenen Abschnitt über Lorgnettes. Demnach waren sie verzaubert, damit Suminaires Bücher über Magie in allen Sprachen studieren konnten, auch wenn sie sie nicht verstanden. Im Anschluss daran waren verschiedene Porträts abgedruckt, die ehemaligen Vorsitzenden der Gesellschaft, deren Haare im Stil verschiedener Jahrhunderte frisiert waren.

Beim letzten Porträt hielt ich inne. Es zeigte eine Frau, oder zumindest das, was davon übrig war. Die obere Hälfte der Seite war herausgerissen, das Gesicht fehlte von der Nase aufwärts, sodass nur noch Mund, Hals und Oberkörper zu sehen waren. Sie hatte ihre Finger um das Tintenfass mit dem Wolfskopf geschlossen. Diesen Mund kannte ich.

Ich hielt das Buch hoch. Es war schwer zu beurteilen, da die Augen fehlten, aber der Mund war auf jeden Fall identisch mit dem der Dame auf dem Gemälde.

Wenn diese Frau das Tintenfass vor Alastair besessen hatte, dann wusste sie vielleicht etwas darüber, wie man Mitarbeiterverträge für nichtig erklärte. Aber vielleicht war sie auch schon seit hundert Jahren tot, was wusste ich denn.

Ich legte das Buch beiseite und rieb mir mit beiden Händen übers Gesicht. Ich hatte gehofft, ich könnte darin Antworten finden, die mich weiterbrächten. Stattdessen hatte meine Suche noch weitere Fragen aufgeworfen. Frustriert blätterte ich noch einmal durch den Atlas, strich mit der Hand forschend über die Seiten, um die Magie darin zu erspüren. Allmählich ging mein Puls wieder etwas ruhiger, doch als ich bei der Karte ganz in der Mitte angekommen war, durchfuhr mich ein derartiger Ruck, dass ich mir um ein Haar die Zunge abbiss.

Die Karte zeigte Durc.

Natürlich gab es auch eine Karte von Durc; Bel hatte das Hotel schließlich dorthin gebracht. Ich hatte diesen Ort immer gehasst, aber im Moment hätte ich alles gegeben, um wieder dort zu sein und zusammen mit Zosa Küchenabfälle zu klauen. Bézier saß wahrscheinlich gerade im Wohnzimmer im zweiten Stock und nahm ihren Nachmittagstee ein.

Bézier. Wenn Bel mich zu ihr brächte, könnte ich ihr alles erzählen. Sie hatte mich nie besonders gern gemocht, aber für meine Schwester hatte sie immer eine Schwäche. Vielleicht würde sie mir helfen, die Obrigkeiten zu verständigen …

Die Wanduhr schlug zur vollen Stunde. Die Chefköchin würde bald merken, dass ich nicht mehr da war. Ich verließ den Raum und ging den dunklen Korridor entlang.

»Die Zierleiste auf dieser Etage ist mit Blattgold veredelt und über vierhundert Jahre alt«, ertönte Madame des Rêves' Stimme. »Sie wurde aus den Trümmern eines verfallenen Palasts auf den Topas-Inseln geborgen.«

»Faszinierend«, rief jemand.

Eine größere Gruppe, in deren Mitte eine kobaltfarbene Perücke auf und ab wippte, kam um eine Ecke gebogen. Madame des Rêves führte die Schaulustigen genau auf die Stelle zu, an der ich stand. Ein Küchenmädchen hatte in diesem Stockwerk ohne einen Servierwagen nichts zu suchen.

Ich wollte mich gerade umdrehen und verschwinden, als Bel sich von der Gruppe absonderte. Eine hübsche junge Frau mit hellbraunem Teint und beerenfarbenen Lippen strich ihm mit der flachen Hand anzüglich über die Jacke.

Hastig trat ich zurück, stieß gegen eine Anrichte. Eine Vase fiel krachend zu Boden. *Verdammter Mist.*

Ohne eine Sekunde zu verlieren, riss ich die nächstgelegene Tür auf und huschte in das Zimmer. Noch bevor ich sie hinter mir schließen konnte, hatte Bel sich ebenfalls in den Raum geschoben. Er wirkte gar nicht erfreut.

»Was dachtest du dir nur dabei, zu so früher Stunde hier hochzukommen? Madame des Rêves hätte dich sehen können«, presste er zähneknirschend hervor. »Jetzt müssen wir warten, bis die Tour vorüber ist.«

Bei seinem Tonfall presste ich trotzig die Lippen zusammen. »Ich war doch nur auf der Suche nach hilfreichen Hinweisen.« Rote Kussspuren zogen sich seitlich an seinem Hals entlang. Ich deutete mit dem Kinn darauf. »*Du* warst ja wohl anderweitig beschäftigt.«

Er rieb sich verlegen die Stelle und schmierte dabei den roten Lippenstift auf seinen Kragen.

»Bel?«, rief eine hohe Stimme aus dem Flur. »Wo steckst du denn?«

Ich schloss die Tür und schob den Riegel vor. Béatrices Warnung, kein Gästezimmer von innen zu verschließen, fiel mir leider erst ein, als es zu spät war.

Der Raum verdüsterte sich. Der Boden war mit einem flauschigen burgunderfarbenen Teppich ausgelegt. Die Tapeten an den Wänden zierten Weinreben und pralle Rosen. Das Zimmer war zwar prunkvoll, aber seltsamerweise auch so gut wie leer, abgesehen von einem überdimensionalen Bett, das nur mit einem karmesinroten Laken bezogen war. In meiner Eile hatte ich den Namen der Suite nicht gelesen. »Wie heißt dieses Zimmer?«

Bels Mund wurde zu einer schmalen Linie. »Das ist jetzt unwichtig.«

»Sieh mal.« Ich deutete mit dem Finger auf etwas. Glitzernder saphirblauer Rauch quoll unter dem Bett hervor und bedeckte nach und nach den gesamten Teppich. Meine Stiefel begannen darin zu verschwinden. Ich hatte von Räumen gehört, die Form und Größe veränderten, aber von Rauch war mir nie was zu Ohren gekommen.

Wir retteten uns beide auf das Bett. Gerade rechtzeitig, denn im nächsten Moment sackte der Boden weg, und an seine Stelle trat eine Dunkelheit, die sich endlos in die Tiefe zu erstrecken schien.

»Was geschieht hier?«, fragte ich.

»Ich weiß es nicht. Dieses Zimmer muss neu sein.«

Ich strich mit der Hand über das Laken. Es kräuselte sich unter der Berührung. »Siehst du das?«

Bel betrachtete die Oberfläche des Betts. »Es schrumpft.«

Er hatte recht. Die Ränder der Matratze lösten sich zusehends auf, und das Laken wurde von Sekunde zu Sekunde kleiner.

Bel schälte sich aus seiner Jacke und warf sie über den Rand der Matratze. Mit entsetzten Mienen sahen wir zu, wie das Kleidungsstück gute zwei Stockwerke in die Tiefe flatterte, bevor es von der Finsternis verschluckt wurde.

»Ist es schon mal vorgekommen, dass ein Raum Gästen etwas getan hat?«, fragte ich.

»Nicht, dass ich wüsste, aber Alastair ist auch nicht eben mitteilsam, was solche Dinge betrifft.«

»Mach, dass es aufhört.«

»Glaub mir, das würde ich, wenn ich wüsste wie.«

Der Rand des Bettes schob sich immer weiter auf uns zu, bis die Matratze nur noch ungefähr so groß war wie die, auf der ich bei Bézier geschlafen hatte. Jetzt rutschten meine Beine über die Kante. Ich stemmte meine Handflächen dicht am Rand in die Matratze und schob mich weiter hinauf. Im nächsten Moment aber spürte ich nichts mehr unter meinen Händen, und ich schrie auf. Ich würde jeden Moment abstürzen.

»Nein.« Bel packte mich an den Schultern und zog mich wieder hoch.

Schwungvoll landete ich auf ihm, mit dem Gesicht voran, unsere Arme miteinander verschlungen, meine Nase in seine Halsbeuge gepresst. Mein Rock hatte sich über meine Knie hochgeschoben, die sich neben seinen Hüften befanden.

Ich spürte, wie sich seine Bauchmuskeln zwischen meinen Beinen anspannten, sodass mir unwillkürlich die Hitze ins Gesicht schoss. Er packte mein Handgelenk. Ich wehrte mich gegen seinen Griff.

»Hör auf zu zappeln«, sagte er. »Sieh nur!«

Mit heftig pumpendem Brustkorb berührte ich den Rand der Matratze. Wie durch ein Wunder schrumpfte das Bett nicht weiter. »Wie kann das sein?«

»Ich habe da so eine Idee«, sagte Bel und ließ mich los.

Kaum entließen seine Finger mein Handgelenk, löste sich die Matratze unter meinen Fingern auf. Ich kreischte auf, und Bel schlang seine Arme um mich.

»Es will, dass wir uns berühren«, sagte er. »Haut auf Haut.«

Die Matratze hatte mittlerweile nur noch die Breite einer schmalen Sitzbank, aber sie wurde nicht kleiner. Stattdessen schwebten von irgendwo über uns leuchtende Sternenornamente herab und verwandelten das albtraumhafte Zimmer in eine Traumszenerie. Es war schrecklich romantisch.

Bel bewegte sich unter mir, und ich gab mir alle Mühe, nicht darüber nachzudenken, wie fest ich mich an ihn presste. Hastig wandte ich den Blick ab. Und schaute auf unsere verschränkten Hände. *Gott.* Wann war das denn passiert?

Mein Puls raste, und ich hoffte inständig, Bel möge es nicht spüren. Und als ich glaubte, dass die Situation nicht mehr peinlicher werden konnte, ertönte sanfte Musik, und Rosenblätter regneten auf uns herab und erfüllten das Zimmer mit ihrem berauschenden Duft, der mir das Hirn vernebelte.

Ich schluckte. »Das ist …«

»Ich weiß.«

Ich versuchte mein Gewicht zu verlagern, damit ich nicht direkt auf ihm lag, aber es war nicht mehr annähernd genug vom Bett übrig. Meine Wangen brannten, meine Haut war überempfindlich, ich spürte jeden einzelnen von Bels Atemzügen darauf. »Wie lange sitzen wir hier jetzt fest?«

»Sag du es mir.« Er bewegte sich ebenfalls und schob sich eine Hand in den Nacken. Die andere Hand legte er um meine Taille. Ich war wie erstarrt.

»Was erlaubst du dir?«

»Wir müssen so oder so warten, bis diese Tour zu Ende ist, deshalb mache ich es mir gemütlich.«

Ich bedachte ihn mit einem strafenden Blick. »Lass mich raten. Du hast wochenlang auf diese Gelegenheit gewartet.«

Sein Mundwinkel hob sich. »Ich träume jede Nacht davon. Dass sich dein Ellbogen in meine Seite bohrt … und von einem Bett, das uns umbringen will …«

Es hätte so schön sein können, hier zu liegen, wenn ich mir nicht so quälend bewusst gewesen wäre, dass sich wirklich jeder Zentimeter meines Körpers an ihn drängte. Ich wagte es nicht, mich zu bewegen, aus Angst, ich könnte dabei irgendwelche pikanten Stellen berühren.

Bel wandte sein Gesicht den Sternen zu. Die Kussspuren entlang seines Halses waren immer noch zu sehen, genauso wie sein Bartschatten. Mein Mund war nur wenige Zentimeter davon entfernt, weshalb ich mich zwangsläufig fragte, wie es sich anfühlen würde, ihn dort zu küssen. Vermutlich ziemlich kratzig.

Er trommelte mit den Fingern einen Rhythmus auf meinen Arm. »Woran denkst du?«

»An absolut gar nichts.«

Er wurde von einem Lachen geschüttelt. »Solange wir hier festsitzen, könntest du mir vielleicht erklären, was du auf diesem Stockwerk zu suchen hattest.«

»Ich … Ja, das könnte ich«, gab ich zurück, erleichtert über den Themenwechsel. Ich erzählte Bel von Alastairs

Reaktion draußen vor dem Hotel und von Alpenheim, das ich auch in diesem Atlas gefunden hatte. Von der Frau auf dem Gemälde, die identisch war mit einem Porträt, das man zur Hälfte aus dem Buch herausgerissen hatte. Und von dem Tintenfass in ihrer Hand, dem mit dem Wolfskopf. Bel nahm das alles völlig ungerührt zur Kenntnis. Obwohl anzunehmen war, dass er den Raum selbst schon Dutzende Male durchsucht hatte. »Da war außerdem eine Skizze von einem Siegelring neben dem Atlas, genau wie beim letzten Mal, als wir zusammen dort waren.«

Seine Muskeln spannten sich an.

»Es handelt sich um ein Artefakt, nicht wahr?«

»Es ist eins der Artefakte, nach denen ich in Alastairs Auftrag suchen sollte. Ich habe keinen Schimmer, was der Ring kann, und ich darf auch eigentlich nicht darüber reden. Also bitte, frag nicht mehr danach«, sagte er, jedes seiner Worte voller Bitterkeit. Der Ring war offenbar ein wunder Punkt bei ihm. »War's das?«

»Ich habe auch eine Karte von Durc gesehen.«

»Wir reisen gelegentlich dorthin«, entgegnete er trocken.

»Das ist es ja gerade. Du könntest uns dorthin zurückbringen. Ich könnte zu Bézier gehen, ihr alles erzählen. Sie würde die Behörden informieren, bevor sich das Hotel um Mitternacht weiterbewegt.«

»Das kann ich nicht. Alastair würde Lunte riechen, wenn ich so plötzlich unser Ziel abändere, es sei denn, es hätte etwas mit meiner Suche nach einem Artefakt zu tun.«

Ich stöhnte. »Dann musst du eben in Durc noch eins finden.«

»Es ist zu früh dafür. Ich würde eins auf den Deckel kriegen, weil ich beim letzten Mal nicht alle gefunden habe.

Außerdem wäre es reine Zeitverschwendung, aus vielerlei Gründen.«

»Und welche Gründe wären das?«

»Es sind zu viele, um jetzt näher darauf einzugehen.« Seine Worte waren scharf wie ein Messer.

Es klang sehr endgültig, wie er das sagte, als dürfte ich ihm keine weiteren Fragen mehr stellen.

Alles, was sich in den vergangenen zwei Wochen in mir angestaut hatte, stieg jetzt an die Oberfläche. »Du weißt ja gar nicht, wie schwer es ist, so zu tun, als sei ich Mol, in dem Wissen, dass die einzige Person, die mir etwas bedeutet, irgendwo in diesem Gebäude eingeschlossen ist und dass ich sie vielleicht nie wiedersehe«, sagte ich. »Ich weiß nichts mit mir anzufangen. Und vor allem weiß ich nicht, wie lange ich diese … *Einsamkeit* noch ertrage.«

Scham überkam mich, und sogleich wollte ich das Gesagte zurücknehmen. Zum Glück schien Bel das Ende meines Gefühlsausbruchs gar nicht richtig registriert zu haben.

»Pscht«, zischte er, das Ohr der Tür zugewandt. »Ich glaube, die Tour ist vorüber.«

Vorsichtig schob er sich unter mir hervor und rutschte von der Bettkante herunter.

»Nicht!« Ich hechtete zu ihm, um ihn festzuhalten. Doch statt in die Tiefe zu stürzen, trat er mit dem Fuß auf eine schwarze Stufe. Sie brachte ihn sicher auf den Boden.

Kaum hatten seine beiden Füße den Teppich berührt, nahm das Bett seine ursprüngliche Größe wieder an. Dumm nur, dass ich jetzt mitten auf einem karmesinroten Laken saß, den Rock bis zu den Hüften hochgeschoben.

Bels Blick wanderte über meine nackten Schenkel. Sein Adamsapfel hüpfte auf und ab, er schien zu schlucken.

»Ich muss zurück nach unten. Findest du den Weg in die Küche, ohne dich in Schwierigkeiten zu bringen?«

Ich nickte.

»Gut.« Er öffnete die Tür, zögerte dann aber. In etwas sanfterem Tonfall schob er hinterher: »Du magst dich einsam fühlen, aber ich verspreche dir, du bist nicht allein.«

Mit diesen Worten schlüpfte er zur Tür hinaus.

Völlig verdattert saß ich da, während sich mir der Sinn dieses letzten Satzes in seiner ganzen Bandbreite erschloss. Dann fasste ich mir ein Herz und verließ ebenfalls das Zimmer. Der Name der Suite stand auf einer Plakette gleich neben der Tür: *Lune de Miel et Étoiles.*

Honigmond und Sterne.

17

Am nächsten Morgen klopfte es heftig an meiner Tür. Ich drehte meine Haare zu einem ordentlichen Knoten und öffnete die Tür. Béatrice stand draußen auf dem Flur und tippte ungeduldig mit dem rechten Fuß auf den Boden.

»Ich habe bereits mit der Chefköchin gesprochen. Du begleitest mich am Vormittag. Am heutigen Zielort findet ein Markt statt, wir benötigen ein paar Vorräte.« Sie warf mir eine rosafarbene Cocktailjacke zu. »Leg die an.«

»Du nimmst mich mit nach draußen?«

»Ich darf eine Person als Begleitung mitnehmen. Und soweit ich das beurteilen kann, brauchst du dringend ein wenig Sonne und frische Luft.« Ihre Mundwinkel hoben sich. »Gewöhn dich bloß nicht dran.«

Schon den zweiten Tag in Folge im Freien, nachdem ich wochenlang eingesperrt gewesen war, schien mir zu schön, um wahr zu sein, aber ich würde mich garantiert nicht beschweren. Also schlüpfte ich in die Jacke und folgte ihr in die marmorne Eingangshalle.

Dort wimmelte es bereits von Gästen, die ein und aus gingen. Ich wollte schon auf die Eingangstür zusteuern, als Béatrice mich am Ärmel zurückhielt.

»Warte noch einen Moment«, sagte sie und ließ den Blick durch den Raum schweifen.

Ich konnte Alastair nirgends entdecken. »Ist alles in Ordnung?«

»Ich denke schon. Aber ich habe noch nie eine Küchenhilfe mit nach draußen genommen, deshalb möchte ich lieber niemandem begegnen, der vielleicht Anstoß daran nimmt.«

Es machte mich stutzig, dass Béatrice Kopf und Kragen riskierte, nur um mich mitzunehmen. Sie musste wegen meiner Degradierung doch größere Gewissensbisse haben, als ich dachte.

Gemeinsam gingen wir auf den Ausgang zu. Ein Portier hielt uns die Tür auf. Wir waren schon fast über die Schwelle, als Béatrice unvermittelt stehen blieb.

Ich drehte mich um. Die Zwillinge hatten sie zwischen sich genommen und flankierten sie, mit ihren zugenähten Augen, die sich deutlich von den teigigen Gesichtern abhoben, ein unheimlicher Anblick. Bel hatte mir erzählt, Yrsa habe ihnen jeweils ein Auge herausgeschnitten, lange bevor sie anfing, die Augen von Suminaires zur Strafe in Porzellan zu verwandeln.

»Alastair hat euch nicht erlaubt zu gehen«, sagte einer der Zwillinge. Ich nahm an, dass es Sido war, weil Sazerat nie ein Wort sprach.

»Ich habe ihm eine ausführliche Nachricht hinterlassen.« Béatrices Hände zitterten, während sie einen kaputten Wasserhahn aus der Tasche zog. »Ein Gast bezieht bald die Suite *Ode an einen Fabelwald*, und dieser dämliche Wasserhahn hat beschlossen, ausgerechnet jetzt zu streiken. Ich habe versucht, ihn mithilfe meines Werkzeugs zu reparieren, aber dieses Ding ist ziemlich eigenwillig.« Sie schnipste mit dem Finger gegen eine lose Schraube. »Ich habe nicht die nötigen Ersatzteile, um ihn wieder in Ordnung zu bringen.«

Als die Zwillinge darauf nur schwiegen, fügte ich hinzu: »Der Maître erwartet doch sicherlich, dass alle seine Gäste fließendes Wasser haben, nicht wahr?«

Béatrice trat mir gegen den Knöchel, als die Zwillinge beide ihr eines Auge zusammenkniffen. »Die da darf nicht raus.«

»Der Maître gewährt mir eine Begleitperson.« Béatrice klapperte mit dem Wasserhahn. »Wir beeilen uns auch. Wir wollen doch alle nicht, dass ein Gast etwas am Hotel zu bemängeln hat.«

Die Zwillinge sahen einander an und schienen sich wortlos zu beratschlagen. Schließlich ließ Sido Béatrices Schulter los. »Zwei Stunden.«

»Das wird nicht reichen«, protestierte Béatrice. »Drei Stunden. Was, wenn ich nicht das richtige Ersatzteil finde?«

»Zwei. Wenn ihr bis dahin nicht zurück seid, kommen wir euch holen.« Und damit ließen sie uns stehen.

Nachdem ich meine Tage wochenlang nur drinnen verbracht hatte, klangen zwei Stunden in meinen Ohren wie eine Ewigkeit, aber Béatrice schien meine Begeisterung nicht zu teilen.

Sie zerrte mich über die Türschwelle. »Ich schätze, zwei Stunden werden dann wohl reichen müssen. Wenn wir schon hier sind.«

Ich sah mich um. Dieses *Hier* verschlug mir den Atem. Ein weitläufiger Platz breitete sich vor unseren Augen aus, gepflastert mit Kopfstein und mit Brunnen zu den Seiten hin, geschmückt mit Statuen, die nackte Gestalten darstellten. Dahinter präsentierte sich ein Stadtbild mit Bauwerken, die aus himmelblauem Gestein gehauen waren.

Die Farbe erinnerte mich an das Achatgestein, das Zosa im Umland von Durc oft ausgegraben hatte. Nur dass es sich dabei um grobe Brocken gehandelt hatte, von Dreck und Seepocken umschlossen, während das hier – Himmel, das hier war eine ganz andere Kategorie.

»Klapp die Kinnlade wieder hoch und beweg dich. Der Maître wird bald seine Einladungen unters Volk bringen, uns bleibt nicht viel Zeit.«

Béatrice hatte recht. Genau wie in Durc versammelte sich eine Menschenmenge rund um das Hotel, Leute, die sich im Wesentlichen nicht groß von den Bewohnern der Vieux Quais unterschieden.

Nachdem ich gestern diese Truhe aus rosafarbenen Urds gesehen hatte, war mir klar, dass Alastair einen horrenden Preis von den Gästen verlangte, um dem Hotel ein Aufenthaltsrecht zu erkaufen. Vermutlich war das der Grund, weshalb ich noch keinem einzigen Gast begegnet war, der oder die nicht steinreich gewesen wäre.

Dieser Gedanke ließ mich innehalten. Wer über kein großes Vermögen verfügte, hatte also keinen Zutritt.

Und trotzdem hatte angeblich jeder die Chance, eine Einladung zu gewinnen. Genau aus dem Grund zog das Hotel die Massen so magisch an. Deshalb standen diese ganzen Menschen hier, die Augen voller Hoffnung. Aber der Großteil von ihnen wirkte nicht annähernd wohlhabender als ich.

In Durc hatten im Lauf der Jahre vor allem vermögende Personen wie Bézier die begehrten Einladungen gewonnen, aber genauso auch einige ärmere Leute. Mir war nie etwas zu Ohren gekommen, dass man irgendjemanden abgewiesen hätte. Aber genauso wenig war ich im Hotel je irgendwelchen ärmlichen Gästen begegnet. Ich konnte mir beim besten Willen nicht erklären, wie das funktionieren sollte. Immer mehr Menschen scharten sich um uns.

»Hier entlang.« Béatrice zog mich hinter sich her zu einem Laden an der Ecke des Platzes. Dort wurden im Schaufenster schicke Kleider feilgeboten, keine Ersatzteile für Wasserhähne.

»Sollten wir uns nicht ein wenig beeilen?«

»Für Kleidung ist immer Zeit«, gab sie zurück, den Blick auf einen aufwendig gearbeiteten silbernen Rock gerichtet. Die Verkäuferin bemerkte das, zog ihn von der Stange und hielt ihn Béatrice an die Hüfte, bis diese die junge Frau wieder wegscheuchte.

Mir war bekannt, dass Béatrice von den Gästen oft Trinkgeld bekam. Sie verfügte also über gewisse Mittel. »Du könntest dir ein hübsches Kleid kaufen und aufhören, sie nur anzuschmachten.«

»Ich brauche im Augenblick keins.«

»Aber ich dachte, du wolltest eine gewisse Suminaire beeindrucken?«

Vergangene Woche war Béatrice mit geschwollenem Mund und einem geheimnisvollen Lächeln auf den Lippen in die Küche spaziert, und der weiße Spitzenkragen an ihrer Dienstmädchenuniform hatte auf wundersame Weise eine korallenrote Färbung angenommen. Doch bevor ich sie nach dem Kragen fragen konnte, hatte sie mir aufgeregt anvertraut, dass sie und die Suminaire mit der zitrinfarbenen Feder und den Tätowierungen sich nähergekommen seien.

Ich freute mich sehr für sie. Béatrice verdiente es, das größtmögliche Glück zu erleben. Wie wir alle.

Sie ignorierte mein Drängen und ließ ihre Finger über ein weiteres Kleid gleiten. Als ich ihr einen tadelnden Blick zuwarf, seufzte sie. »Neue Dinge sind immer verlockend, Chérie. Aber nicht diese hier. Ich spare mein Geld für einen anderen Laden.«

»Welchen?«, wollte ich wissen, aber sie war bereits in den nächsten Gang abgebogen. »Ich dachte, du müsstest ein Ersatzteil für einen Wasserhahn besorgen«, rief ich ihr nach.

»Tut sie nicht. Das mit dem Wasserhahn war meine Idee.«

Ich fuhr vor Schreck zusammen. Bel stand im Ladeneingang, mit aufgeplatzter, blutiger Lippe. Seine Knöchel waren aufgeschürft, die dunklen Haare standen ihm in alle Richtungen vom Kopf ab. Er sah mich aus seinen lebhaften braunen Augen an. Ich war nicht darauf vorbereitet, ihn nach der peinlichen Geschichte gestern in dieser Suite so schnell wiederzusehen.

Verlegen räusperte ich mich. »Was ist denn mit dir passiert?«

Er hielt eine Blumenbrosche in die Höhe, besetzt mit Saphiren und Diamanten. Das Schmuckstück sah aus, als hätte es ein halbes Vermögen gekostet. »Es ist nicht immer ein Kinderspiel, an Artefakte ranzukommen.«

Béatrice kam auf uns zugerauscht. »Du hast lange genug gebraucht«, sagte sie und berichtete Bel dann von unserem kleinen Disput mit den Zwillingen.

»Das alles war deine Idee?« Mit offenem Mund starrte ich ihn an.

Er zuckte mit der Schulter. »Mir ist es im Gegensatz zu Béatrice nicht erlaubt, jemanden mit nach draußen zu nehmen.«

»Und warum jetzt?«

»Ich dachte, du hättest vielleicht Freude daran, einen Nachmittag außerhalb des Hotels zu verbringen«, sagte er, aber wie ich ihn kannte, war das nur die halbe Wahrheit. Er war viel zu berechnend, um das alles zu meinem reinen Vergnügen zu organisieren. Jetzt wandte er sich Béatrice zu. »Wir treffen uns nachher am Hoteleingang, bevor die Zwillinge uns suchen kommen.«

»Wenn einer von euch auch nur eine Minute zu spät auftaucht, werdet ihr das auf ewig bereuen, das verspreche ich euch«, sagte sie, dann rauschte sie durch den nächstgelegenen Gang mit Kleidern davon.

»Jetzt mal Hand aufs Herz, warum bin ich hier?«, fragte ich, kaum dass sie außer Sichtweite war.

»Um einen Nachmittag fernab vom Hotel zu verbringen«, wiederholte er. »Ich habe über das nachgedacht, was du gesagt hast, in dieser Suite gestern. Tja, und außerdem sind meine Ausflüge an die frische Luft das Einzige, was mich an diesem gottverlassenen Ort nicht völlig den Verstand verlieren lässt.«

Ich machte große Augen. »Du meinst, du hast das alles nur geplant, weil ich so verzweifelt war?«

»Sieh mich nicht so an. Ist ja nur für ein paar Stunden.«

Ich nickte, viel zu sprachlos, als dass ich irgendetwas anderes hätte machen können, als brav neben ihm herzutrotten.

Er führte mich durch eine Straße mit blauen Pflastersteinen, gesäumt von Schreibwarenhändlern, die geblümtes Papier und Siegelwachs verkauften. Die Hitze war unerbittlich. An einem Brunnen blieb ich stehen, um meinen Hals mit Wasser zu benetzen und die rosa Jacke auszuziehen.

Bel beäugte das Kleidungsstück. »Gehört die dir?«

»Nein. Die hat Béatrice für mich angeschleppt. Rosa ist nicht gerade meine Lieblingsfarbe.« Ich strich versonnen über den Ärmel.

»Was ist?«, fragte er.

»Meine Schwester liebt Rosa, je knalliger, desto besser. Sie wollte immer schon gern auffallen. Ich dagegen war noch nie begeistert von zu viel Aufmerksamkeit.« Bel musterte mich von der Seite, sein Blick jetzt weicher dank des kleinen Lächelns, das auf seinen Lippen lag. Und ich erlaubte es mir zum ersten Mal seit Wochen, sein Lächeln zu erwidern. »Als ich jünger war, hat unsere Mutter mich gezwungen, Kleider in einem etwas helleren Rosa zu tragen. Ich sag dir, einmal und nie wieder.«

Bel lehnte sich gegen den Brunnenrand und sah hinauf in den Himmel. Sonnenstrahlen erhellten sein Gesicht. Ich versuchte ihn nicht anzustarren, aber er war einfach atemberaubend. »Erzähl mir mehr von den Kleidern.«

Oh Gott. Allein die Erinnerung war peinlich genug, und jetzt sollte ich auch noch darüber reden? »Das … ist doch völlig uninteressant.«

»Für mich ist es durchaus interessant.« Er sah mich unter seinen langen Wimpern hervor an. »Ich höre mir gern an, woran du dich erinnerst.«

»Wirklich?«

Er nickte, und ich verspürte eine stechende Sehnsucht nach ihm.

Verlegen richtete ich den Blick auf meine Schuhspitzen, um seinem Blick nicht begegnen zu müssen. »Damals hatte meine Mutter versehentlich zu viel Stoff für Zosas neues Winterkleid bestellt, und es traf ein ganzer Ballen Musselinstoff in Pfingstrosenpink ein. Wir mussten ihn zu dritt ins Haus schleppen. Für Zosa benötigte Maman nur einen Bruchteil der Menge. Blöderweise hatte ich selbst einen ziemlichen Wachstumsschub hingelegt, deshalb reichten mir sämtliche Kleider im Schrank nur noch bis zu den Waden. Also beschloss Maman, mir aus dem Stoff vier neue zu nähen.« Bei dem Gedanken verzog ich das Gesicht. »Sie waren so knallig, dass ich aussah wie ein Glühwürmchen. Mit riesigen Rüschen dran.«

»Ich kann es mir lebhaft vorstellen.«

»Hör bloß auf. Ich hätte sie am liebsten alle verbrannt.«

»Aber du hast sie getragen.«

Ich stöhnte. »Ja. Maman hatte meine alten Kleider versteckt, deshalb war ich gezwungen, sie zu tragen. Ansonsten hätte ich nackt herumlaufen müssen. Wo wir auch hinkamen, die Leute starrten mich an. Ich wollte mich am liebsten verkriechen. Deshalb versuchte ich mir beim Essen den Bauch jedes Mal richtig vollzuschlagen, in der Hoffnung, ich würde schnell rauswachsen und die scheußlichen Fummel nicht länger tragen müssen.«

»Und, hat es geklappt?«

Ich schlug die Hände vors Gesicht. »Ja. Drei Jahre später.«

Bel brach in schallendes Gelächter aus. Aus Rache schöpfte ich mit der hohlen Hand Wasser aus dem Brunnen und schleuderte es ihm ins Gesicht.

»Manchmal verblüfft mich wirklich, wie reif du für dein Alter bist«, sagte er und spritzte mich ebenfalls nass. Ich kreischte auf, als die Ladung mir gegen den Hals schwappte und in den Ausschnitt rann. Bel senkte den Blick auf meinen nassen Hals und ließ ihn dann tiefer wandern. Hastig riss er die Augen wieder hoch. »Wir sollten weitergehen.«

In Ordnung.

Ich knöpfte die rosa Jacke über meinem nassen Kleid zu. Vier Straßenzüge weiter blieb Bel vor einem Speiselokal mit einer reichhaltigen Auslage aus geräuchertem Schinken inmitten von üppigen Blumenkörben in den Fenstern stehen. Auf einem Schild über der Tür stand auf Verdannisch: WILLKOMMEN IM CAFÉ MARGOT.

»Sind wir denn in der Nähe von Verdanne?«, fragte ich verwundert.

»Wir befinden uns auf einer kleinen Insel ein paar Tage Bootsreise nördlich vom Festland. Aber immer noch nahe genug, um dem einen oder anderen Auswanderer aus Verdanne zu begegnen.« Bel zog die Tür zum Café auf. »Bitte nach dir.«

»Du möchtest hier essen?«

»Béatrice hat sich nur unter der Bedingung, dass ich dir ordentlich was zu Futtern besorge, bereit erklärt, mir zu helfen.«

»Klar, das sieht ihr ähnlich.«

Ich warf einen Blick die geschäftige Straße hinunter. Es konnte gut sein, dass die Zwillinge hier vorbeikamen. Wenigstens lag der vordere Bereich des Cafés im Halbdunkel.

Wir betraten das schmale Restaurant, das mit allerhand Nippes dekoriert war. Ein perlenbesetztes Kleid hing an einer Wand, daneben diverse Paraphernalia aus dem Theater: farbenprächtige Eintrittskarten, paillettenbesetzte Stirnbänder, Spielpläne, und sogar ein verschnörkeltes Toilettenschild aus Verdanne gab es. Ein Junge mit olivfarbenem Teint stand hinter dem Tresen und war gerade dabei, einen schwankenden Turm aus Quiches zu errichten, während eine hellhäutige ältere Frau auf einem Piano spielte.

»Nettes kleines Lokal, das Sie hier haben«, rief Bel der Frau zu.

»Sie sprechen meine Sprache«, antwortete sie in perfektem Verdannisch. »Setzen Sie sich, setzen Sie sich. Ich bringe Ihnen gleich etwas zu essen.« Sie lotste uns an einen Tisch und verschwand dann durch eine Schwingtür im hinteren Teil des Lokals.

Bel nahm nicht Platz. Stattdessen trat er vor ein Gemälde, das an der Wand hing. Darauf war eine Frau zu sehen, die ein Schürzenkleid trug, dem Stil nach aus einer längst vergangenen Zeit. Sie stand vor einer vergoldeten Schaufensterfront. Offenbar war sie eine Verkäuferin. Eine Zeile auf Verdannisch unter dem Bild verriet, dass es vor fünfzig Jahren in Champilliers gemalt worden war. Aber das war es nicht, was meine Aufmerksamkeit erregte.

»Es ist Béatrice«, sagte ich erstaunt.

»Nein, ist es nicht.«

»Wie?« Ich beugte mich auf das Gemälde zu. Sie sah wirklich aus wie Béatrice, aber Bel hatte recht; bei näherem Hinsehen gab es einen kleinen Unterschied. Die Augen standen näher zusammen, und die Stirn war etwas zu hoch. »Eine Verwandte vielleicht?«

»Ich glaube, es ist ihre Schwester. Ich habe dieses Gemälde vor einigen Jahren entdeckt, als wir das letzte Mal in dieser Stadt waren. Damals habe ich mich ein wenig mit Margot unterhalten, der Frau am Piano. Sie war zu dem Zeitpunkt zwar noch deutlich jünger, aber ich brauchte nicht erst das Gemälde als Bestätigung, um zu wissen, wen ich da vor mir hatte. Sie sah ein wenig älter aus als Béatrice, doch ansonsten glichen sie sich aufs Haar.«

Ich ließ mir die Worte durch den Kopf gehen. Margot war also Béatrices Schwester. »Dann ist Margot der Grund, warum du mich hierhergebracht hast?«

»Nein. Ich habe dich hergebracht, um dir das hier zu zeigen.« Damit berührte er Margots rechten Arm auf dem Bild. Sie hielt ihn in einem seltsamen Winkel, über eine leere Stelle.

»Warum hält sie ihren Arm so komisch?«

»Ich habe noch eine Reihe weiterer Gemälde gesehen, auf denen die Leute ähnliche Posen einnahmen. Als würden sie jemandes Hand halten oder als hätten sie den Arm um die Schulter einer anderen Person gelegt. Ich habe sogar einmal ein Bildnis von einer Braut an ihrem Hochzeitstag gesehen, die eine Handbreit über einem Stuhl in der Luft schwebte, als hätte man sie auf dem Schoß einer zweiten Person sitzend gemalt.« Er tippte mit dem Zeigefinger auf die leere Stelle. »Ich glaube, dass da ursprünglich noch jemand mit auf dem Gemälde war.«

»Béatrice?«

Er nickte. »Bis sie ihren Vertrag unterzeichnete und das Hotel betrat.« Im nächsten Moment ließ er sein Schnappmesser hervorschnellen und hinterließ einen langen Riss in der Leinwand.

»Was tust du da?« Ich sah mich um und hoffte, niemand hatte etwas mitbekommen.

»Dasselbe, was ich bei jedem meiner Besuche mache. Mittlerweile ist es bestimmt schon das zwanzigste Mal. Sobald wir gegangen sind, wird das Gemälde binnen kürzester Zeit aussehen wie immer. Es wird keinen Beweis dafür geben, dass wir hier waren. Bis heute Abend wird Margot uns vergessen haben.«

Ich warf noch einmal einen langen Blick auf das Gemälde und auf die leere Stelle. »Wir verschwinden also«, sagte ich nachdenklich.

»Von Gemälden. Und aus dem Bewusstsein anderer, ja.«

»Weiß Béatrice davon? Du hättest sie hierher mitnehmen und ihr das zeigen können.«

»Das habe ich. Schon viele Male. Es macht keinen Unterschied. Sie erkennt Margot nicht, und Margot erkennt sie nicht. Sie sahen früher einmal fast identisch aus, und trotzdem scheinen sie diese Ähnlichkeit nicht zu erkennen, als wären sie nicht fähig, sie wahrzunehmen.«

»Das bedeutet also, Bézier, meine Mitbewohnerinnen, sie alle … niemand, den ich in Durc kannte, erinnert sich an mich?«

Bel nickte. »Ich wette, dein altes Zimmer ist jetzt leer, und jeder Fleck, jede Schramme, die du auf Möbelstücken hinterlassen hast, ist verschwunden. Alles ist wie neu, als wärst du nie dort gewesen. Du magst immun gegen Alastairs Zauber sein, aber ich würde jederzeit darauf wetten, dass es deine alten Freunde nicht sind.«

»Gestern, als ich dich fragte, ob wir nicht nach Durc zurückkönnten …«

»Hätte ich dich dorthin gebracht, und du hättest irgendjemanden gebeten, die Behörden einzuweihen, hätten sie dich einfach nur ausgelacht. Glaub mir, ich habe es selbst zigmal versucht.«

Erschöpft ließ ich mich auf einen Stuhl sinken, weil ich glaubte, meine Beine würden mein Gewicht keine Sekunde länger tragen. Wenn das, was Bel da sagte, wirklich stimmte, und Zosa wäre ohne mich weggegangen, hätte ich sie also komplett vergessen.

»Niemand sucht nach dir. Niemand sucht nach mir«, fuhr Bel fort. »Niemand hat mehr Bilder von uns im Wohnzimmer hängen oder hofft, wir würden irgendwann zum Tee vorbeikommen. Niemand vergießt je auch nur eine Träne unseretwegen, niemand denkt mehr an uns. Außerhalb des Hotels sind wir nicht mal mehr eine Erinnerung. Wir existieren für die Welt da draußen nicht.« Die letzten Worte presste er mit letzter Kraft hervor. Er warf ein paar Münzen auf den Tisch. »Iss, was immer Margot dir bringt. Ich brauche ein wenig frische Luft. Treffen wir uns draußen, sobald du fertig bist.« Damit verließ er mit hängenden Schultern das Restaurant.

Ich drehte mich zu dem Gemälde um und schreckte zurück. Der Schlitz, den Bel in die Leinwand geschnitten hatte, hatte sich bereits geglättet, und der Beweis, dass wir hier gewesen waren, verschwand vor meinen Augen.

Ich konnte das alles nicht fassen. Wir waren nichts weiter als Gespenster, die durch die Welt irrten. Nein, das stimmte nicht ganz; an Geister erinnerten die Leute sich.

Außerhalb des Hotels hatte unser Leben keinen Bestand, keine Bedeutung, keinen Einfluss.

»Da bin ich auch schon wieder.« Margot kam mit zwei Tellern Quiche auf den Tisch zu. »Wo ist denn Ihr Freund abgeblieben?«

»Er ist gegangen«, sagte ich abwehrend und sah noch einmal zu dem Bild. »Sind Sie das?«

Ihr faltiger Mund verzog sich zu einem breiten Grinsen. »Ja. Es wurde zu einer Zeit angefertigt, als ich noch nicht so gut aussehend war wie jetzt.« Sie zwinkerte mir verschmitzt zu. »Ich war damals voller Tatendrang. Hab meiner Familie die Meinung gegeigt, als sie mich mit einem reichen Nachbarn verkuppeln wollten.«

»Und dann sind Sie nach Champilliers gegangen?« Ich deutete auf den Text ganz unten.

»Ja. Um Piano zu spielen.«

»Aber was Sie da auf dem Gemälde anhaben, ist eine Verkäuferinnenuniform.«

Sie zuckte die Achseln. »Ich hatte diverse Jobs, über die Stadt verteilt, aber leben konnte ich davon nicht, es reichte nicht mal für die Miete. Zum Glück wusste ich ein, zwei Dinge übers Backen. Ich nahm tagsüber eine Anstellung bei einem Konditor im Café eines berühmten Damenausstatters an.« Sie tippte mit dem Fingernagel auf die vergoldete Schaufensterfront im Hintergrund des Gemäldes. »Ich schuf die ausgefallensten Kreationen, wie Türme aus Macarons, verspeist von reichen Damen in den Umkleiden. Es war grauenvoll.«

Ich musste an Béatrices Miene denken, als sie mir vor all diesen Wochen den Salon de Beauté zeigte und mir erzählte, er sei den Umkleiden des berühmtesten Damenausstatters in Champilliers nachempfunden. Und wie sie heute erwähnt hatte, sie würde ihr Geld sparen, um sich anderswo etwas zu kaufen. Ich musste mich an einer Stuhllehne abstützen. »Für welchen Damenausstatter haben Sie gearbeitet?«

»Na, für das berühmte Atelier Merveille selbstverständlich.« Sie lachte vergnügt in sich hinein.

»Verstehe«, sagte ich und holte bebend Luft.

Wenn ursprünglich Béatrice neben Margot auf diesem Gemälde mit abgebildet gewesen war, hatte sie vielleicht auch in diesem Atelier gearbeitet. Das erklärte, weshalb es so eine Anziehungskraft auf sie ausübte.

»Ich verstehe immer noch nicht, warum ich damals diese unsinnige Stelle angenommen habe. Oder warum ich so viele Jahre dortblieb.« Margot runzelte die Stirn. »Letztlich packte ich meine Siebensachen und sah zu, dass ich so weit wie möglich vom Kontinent wegging.«

Auf dem Bild reichte Margots Schürzenkleid bis zum Boden. Ich konnte mir Béatrice mühelos in einer identischen Uniform vorstellen. Sie hatten sich sicher verblüffend geähnelt, wie sie da so nebeneinandergestanden hatten. Aber davon war nichts mehr zu sehen.

Béatrice hatte also eine Schwester, die sie früher einmal ebenso geliebt hatte wie ich Zosa. Eine Schwester, von deren Existenz sie nichts mehr wusste. In dem Moment kam mir der erschreckende Gedanke, wie leicht ich in die gleiche Situation hätte geraten können wie Margot.

Die Tür ging auf, und Bel rannte auf mich zu. »Wir müssen verschwinden. Sofort.«

»Sind die Zwillinge im Anmarsch?«

»Sie nicht.« Er packte mich am Arm und schleifte mich aus dem Lokal.

»Wer dann?«, fragte ich im selben Moment, als drei finster dreinblickende Kerle mit harten Gesichtszügen und olivfarbenem Teint uns umringten. Bel war relativ groß, aber diese Typen machten das durch schiere Masse wett, mit Oberarmen so dick wie Hinterschinken. Einer von ihnen trug ein riesiges, breites Messer an der Hüfte.

»Jani, zurück mit dir«, blaffte Bel.

Mich zu warnen war gar nicht nötig. Der Kräftigste der drei Brutalos stieß mich so hart, dass es mir die Füße unterm Hintern wegzog. Die Luft wurde aus meinen Lungen gepresst, als ich gegen einen Verkaufskarren krachte. Blitzschnell krabbelte ich darunter, während zwei der Kerle Bel ein paar Meter entfernt festhielten und anbrüllten.

Das Kraftpaket mit dem Messer durchsuchte derweil Bels Taschen. Der Kerl zog seine Hand heraus. Eine Brosche, besetzt mit Saphiren und Diamanten, funkelte auf seiner Handfläche.

Es war das Artefakt, das Bel aufgespürt hatte. Auch wenn es für sie vermutlich nicht viel mehr als ein wertvolles Spielzeug war.

Leute schrien die Männer an, sie sollten verschwinden. Zwei von ihnen ergriffen die Flucht. Der Dritte ließ die Brosche in seiner Tasche verschwinden und beugte sich dann noch einmal über Bel. Diesmal packte er die Kette, an der der Hotelschlüssel hing, und riss daran.

Bels Gesicht verzerrte sich vor Zorn. Er zückte seine Messerklinge.

Mehr brauchte es nicht.

Der Mistkerl zog nun sein eigenes Messer und versenkte es knapp unter Bels Rippen. Als er es wieder herauszog, glänzte es. Blut tropfte von der Spitze auf das blaue Pflaster.

Einer der Verkäufer hinter mir schrie auf. Auch in meiner Kehle formte sich ein Schrei, bis zwei Paar Hände den Angreifer packten und ihn von Bel wegzerrten.

Sido und Sazerat waren wie aus dem Nichts aufgetaucht.

Ich schob mich tiefer unter den Wagen, damit sie mich nicht entdeckten. Meine Hände griffen in etwas Schmieriges; Fleischsaft war von dem Karren herabgetropft. Ich verlor den Halt, rutschte seitlich weg und schürfte mir das Handgelenk auf, aber ich schluckte den Schmerz hinunter, aus Angst, durch den geringsten Laut auf mich aufmerksam zu machen.

Der Grobian wehrte sich, als die Zwillinge ihn an den Schultern packten und ihre wulstigen Finger in sein Fleisch gruben. Bei der Erinnerung an ihre geballte Kraft zog ich unwillkürlich den Kopf ein.

Die Augen der Zwillinge zuckten zu Bels feucht glänzender Wunde. Das Messer war tief eingedrungen. Ich wusste nicht, wie lange es dauerte, bis eine solche Verletzung bei einem Suminaire heilte, aber diese Stichwunde war schlimmer als alles, was ich bislang gesehen hatte.

Das wird wieder, redete ich mir ein. Er war ein mächtiger Suminaire. Praktisch unsterblich, oder zumindest hatte er dieses Gerücht selbst bestätigt. Es bestand kein Grund zur Besorgnis, aber es machte den Anschein, als hätte er große Schmerzen, deshalb kam ich nicht dagegen an.

»Dieser Kerl hat mir das Artefakt aus der Tasche geklaut«, presste Bel zwischen zusammengebissenen Zähnen hervor.

»Schaffst du es alleine zurück?«, erkundigte sich Sido.

Bels Blick zuckte zu dem Verkaufskarren, unter dem ich kauerte. Seine Lippen hatten eine bläuliche Färbung angenommen, und seine Hände zitterten. Es musste ihn übel erwischt haben. Trotzdem stemmte er sich wortlos hoch und rappelte sich auf. Er taumelte ein wenig, blieb aber aufrecht stehen.

Er spielte den Zwillingen offensichtlich etwas vor, nur um mich nicht allein zurücklassen zu müssen.

»Seht ihr? Einwandfrei«, gelang es ihm zu sagen. Wäre ich nicht so weit weg gewesen, hätte ich ihm einen Tritt verpasst.

Die Zwillinge nickten einhellig.

»Dann kümmern wir uns um den Kerl«, sagte Sido. Gemeinsam schleiften sie den Gefangenen davon und traktierten ihn dabei von beiden Seiten mit Prügeln.

Als das Trio in eine Seitenstraße abgebogen und außer Sichtweite war, kroch ich unter dem Handkarren hervor. Eine größere Menschentraube hatte sich gebildet, Leute schrien Dinge, die ich nicht verstand, und deuteten auf Bel, der sich mit schmerzverzerrtem Gesicht unter die Rippen griff. Ich versuchte einen Blick auf seine Wunde zu erhaschen, doch jetzt hielt er sich stöhnend beide Arme vor den Bauch.

»Wir müssen weg hier«, presste er hervor. Immer mehr Menschen schoben sich neugierig näher. »Kannst du … mir helfen?«

Er sagte das so, als könnte ich Nein sagen.

»Ist doch klar, du Dummerchen.« Ich ergriff seine Hand und schnappte erschrocken nach Luft. Sie war eiskalt. Vorsichtig legte ich den Arm um ihn und zog ihn an mich. Sein Kopf kippte zur Seite und landete auf meiner Schulter.

»So schlimm?«

Er quittierte das mit einem Grunzen, und bei jedem Schritt spürte ich an meinem Hals, wie er mühsam den Atem ausstieß.

18

Einmal legten wir auf dem Rückweg zum Hotel einen Zwischenstopp ein, damit ich mir seine Wunde ansehen konnte. Aus dem Schnitt sickerte immer noch Blut. Mir drehte sich fast der Magen um.

»Du solltest lernen, das Hotel auch von außerhalb zu bewegen, das würde uns jede Menge Zeit ersparen«, witzelte ich. Bel erwiderte nichts darauf. Er konnte kaum die Augen offen halten. »Bleib bei mir.«

Die Stichverletzung sah böse aus. Bel wäre dort auf dem Kopfsteinpflaster gestorben, wäre er kein Suminaire, und ich wollte gar nicht weiter darüber nachdenken, was das bedeutete. Zum Glück brauchte ich meine gesammelte Konzentration, um ihn aufrecht zu halten. Wir schafften es nur mit knapper Not zum Hotel zurück.

Béatrice glitt aus dem Schatten in der Nähe des Eingangs, kaum dass sie uns erspähte. Ich hätte Bel um ein Haar losgelassen, so erleichtert war ich, sie zu sehen. Im nächsten Moment musste ich an ihre Schwester Margot denken und wusste nicht, was ich sagen sollte.

»Ihr seid spät dran. Was ist passiert?« Als sie das viele Blut sah, verzog sie das Gesicht. »Nein, nein, ich will es lieber nicht wissen. Uns bleibt keine Zeit. Bring ihn auf sein Zimmer, sobald ihr über die Schwelle seid. Seine Magie übernimmt dann hoffentlich den Rest.«

»Wir sollen ihn also einfach blutbesudelt, wie er ist, da reinmarschieren lassen?«

»Überlass die Einzelheiten mir.«

Ich wollte protestieren, aber Bel drückte meine Hand. »Sei nicht so stur. Tu, was sie sagt.«

»Ich bin nicht diejenige, die stur ist. Wer hat sich denn mit einem Messer abstechen lassen?«

Er hob zu einer scharfen Antwort an, verzog aber stattdessen schmerzerfüllt das Gesicht.

»Siehst du? Und jetzt sei ein braver Junge, und klapp den Mund wieder zu. Sonst tut es gleich noch mehr weh.« Ich wuchtete Bel an meiner Hüfte hoch.

Béatrice machte große Augen. »So redet sonst niemand mit ihm.«

»Höchste Zeit, dass sich mal jemand traut, ihm den Marsch zu blasen«, gab ich zurück und machte mich an den Aufstieg die Stufen zur Haustür hinauf.

Bevor der Portier uns entdecken konnte, entsandte Béatrice ein paar von ihren Werkzeugen und ließ sie einen Spiegel in fünf Metern Entfernung abmontieren. Man hörte Glas bersten. Der Krach lenkte alle Blicke von der Tür weg, lange genug, dass wir drei unbemerkt die Lobby durchqueren konnten.

Béatrice deutete auf den Fahrstuhl. »Sein Zimmer ist oben. Wenn der Maître da ist, halte ich ihn auf. Aber beeilt euch.« Sie löste ihren Griff um Bels Hüfte und half ihm, sein Gewicht auf mich zu verlagern, dann eilte sie in Richtung Salon davon.

Bel sackte entkräftet in sich zusammen, richtete sich aber wieder auf, als ich seine Wunde vorsichtig berührte. »Du verlierst viel Blut.«

»Wie aufmerksam von dir«, sagte er zähneknirschend. Er zog seine Beine bei jedem Schritt schleifend nach.

Als wir im Aufzug standen, tippte sich König Zelig an den Hut. »Stockwerk?«

»Fünf«, ächzte Bel.

»Du wohnst im fünften Stock?« Es war die Etage mit dem Mondfenster. Bel blieb mir eine Antwort schuldig. Stattdessen fluchte er verhalten, als der Fahrstuhlkäfig sich ruckelnd in Bewegung setzte.

»Den Flur runter auf der rechten Seite. Ganz am Ende«, sagte er, oben angekommen. Zum Glück war die Tür mit einem Zauber belegt und öffnete sich bei seinem Erscheinen von allein. Bel taumelte ins Zimmer und ließ sich auf sein Bett sinken.

Das Knie in die Matratze gestemmt, drehte ich ihn auf die Seite und knöpfte sein Hemd auf. Meine Finger hinterließen Spuren im bereits gerinnenden Blut, als ich unter seinem Rippenbogen nach der Stichwunde tastete. Schließlich stöhnte Bel auf, und ich ertastete eine Vertiefung, so breit wie ein Fingerknöchel.

Ich knüllte das Laken zusammen und presste es auf die Öffnung, aus der nach wie vor frisches Blut quoll, so wie es die Fischer an den Piers taten, wenn sie sich einen Angelhaken in den Finger gejagt hatten. Aber die Verletzung hier stammte nicht von einem Haken, und es ging auch nicht um einen Finger.

»Also gut, Suminaire. Jetzt zeig mal, was für magische Tricks dein Zauberkörper so draufhat.«

Nur dass rein gar nichts geschah, abgesehen davon, dass Bel jetzt etwas bläulich im Gesicht war.

»Heil dich schon, verdammt«, sagte ich. Dann holte ich scharf Luft. Trotz aller seiner Heimlichkeiten und ironischen Spötteleien war er doch mein einziger Vertrauter. Der Gedanke, ich könnte ihn verlieren, erwischte mich eiskalt.

Von Angst ergriffen, fasste ich ihn an der Schulter, und er riss die Augen auf. Sie schimmerten glasig, seine Lippen bewegten sich. Als ich mich zu ihm vorbeugte, um ihn besser zu verstehen, stellte ich fest, dass er leise in sich hineinlachte. »Durc«, murmelte er. »Diese Küche.«

»Was für eine Küche?«, fragte ich, um ihn zum Weitersprechen zu animieren.

»Ich fand dich so amüsant. Mit diesem rostigen alten Messer.« Wieder lachte er und verzog dann vor Schmerz das Gesicht.

»Du fantasierst. Jetzt sei still«, sagte ich und legte ihm den Zeigefinger auf den Mund.

Er griff danach. »Du bist stärker, als ich dachte.«

Ich warf ihm einen langen Blick zu und zuckte leicht zurück, als er die Hand hob und mit dem Daumen über meine Lippen strich. Dann ließ er ihn dort verweilen. Mein Herz schlug schneller.

»Ich wünschte …« Er verstummte.

»Was wünschst du dir?«

Einen Moment lang fixierte er mich mit seinem Blick. Dann schloss er die Augen und sackte kraftlos in sich zusammen.

Erschrocken beugte ich mich über ihn. »Bel? Kannst du mich hören?«

Er rührte sich nicht.

Sanft strich ich über seine Wange, woraufhin er leise stöhnte. An den Stellen, wo seine Haut nicht blutverschmiert war, fühlte sie sich klamm an. Was war denn nun mit seinen Selbstheilungskräften? Ich konnte ihm nicht helfen. Ich kannte mich damit aus, Essen zu schnorren, aber es war immer Maman gewesen, die unsere aufgeschürften Knie versorgt hatte. Ich brauchte sie jetzt. *Hilf mir,* flehte ich im Stillen. Ich fuhr mit den Fingerkuppen über ihre Halskette.

Ich ließ die Hand fallen und stellte fest, dass sie blutig war. Der Anblick erinnerte mich daran, dass der Schnitt, den sich Zosa an dieser Orangenscherbe zugezogen hatte, dank dieser Goldpaste aus der Phiole sofort verheilt war. An unserem ersten Morgen hier im Hotel hatte ich ein Glas eben dieser Paste auf dem Tresen der Bar im Salon stehen sehen, inmitten einer Vielzahl von weiteren Glasbehältern. Wenn es immer noch dort stand, könnte ich es mir holen. Es wäre riskant, klar; Küchenkräften war es strengstens untersagt, auch nur einen Fuß in den Salon zu setzen.

Als Bel abermals stöhnte, fuhr ich hoch. Einen Versuch war es zumindest wert. »Lauf nicht weg«, sagte ich. »Und schrei mich hinterher bitte nicht an. Dazu hast du kein Recht.«

Er öffnete noch nicht einmal die Augen, um mich anzusehen.

Der Salon d'Amusements war vollgepackt mit dinierenden Gästen, die an rosafarbenen alchemistischen Gebräuen nippten. Ich schenkte ihnen nur am Rande Beachtung. Das klebrige Blut an meinen Fingern gemahnte mich daran, mich auf meinen Plan zu konzentrieren. Die Bar. Yrsa war nirgends zu sehen. Stattdessen hatte Hellas den Posten des Barkeepers übernommen.

Seine langen silbernen Haare waren zu einem Knoten zurückgebunden. Die Ärmel seiner Uniform waren hochgerollt bis über die Ellbogen, während er einen Drink mixte. Die goldene Paste stand direkt hinter ihm. Mit möglichst argloser Miene marschierte ich auf die Bar zu.

Er blickte auf. »Hast du dich verlaufen, Kleines?«

»Ich … ich bin auf der Suche nach Yrsa.«

»Ach?« Seine Löwenaugen verengten sich. »Warum trägt ein Küchenmädchen wie du ein rosa Jäckchen über ihrem Gewand?«

Nicht gut. Ich hatte vergessen, das blöde Ding auszuziehen. An den Ärmeln waren Blutspritzer zu sehen. Ich überlegte krampfhaft und hielt sie dann hoch, um ihm die Flecken zu zeigen.

»Du blutest«, stellte er fest.

»Es ist nicht mein Blut. Es gab einen Unfall. Die Chefköchin …« Wie auf Kommando ließ ich ein Wimmern hören. Ein Gast wandte sich mit besorgter Miene zu uns um.

Hellas zuckte nur mit den Achseln. »Nicht mein Problem.«

Er dachte also nicht daran, einer Angestellten zu helfen, die offenbar verletzt war? Am liebsten hätte ich ihn an den silbernen Haaren gepackt und ihn gezwungen, mir zuzuhören. Nichtsdestotrotz gelang es mir, keine Miene zu verziehen, bis plötzlich eine Stimme ertönte.

Es war kaum zu glauben. Wie hatte ich das vergessen können?

Zosa stand zwischen den anderen beiden Chanteuses auf der Bühne. Ich hatte sie immer wieder verschwommen durch die Frontscheibe des Salons wahrgenommen, aber so richtig klar und deutlich gesehen hatte ich sie schon seit einer halben Ewigkeit nicht mehr. Jedenfalls nicht aus solcher Nähe. Die beiden anderen Mädchen summten, während Zosa ein Lied anstimmte, mit dem Maman uns vor all den Jahren morgens aufzuwecken pflegte.

Ich wollte nur noch die Augen zukneifen und im Erdboden versinken. Als meine Schwester ihr Lied beendet hatte, setzte das Trio übergangslos zum nächsten an.

»Wartet auf dich nicht der Magnifique?«, erkundigte sich Hellas.

Ich blinzelte. »Entschuldigung?«

»Ich persönlich finde es verstörend, dass Bel wirklich so tief gesunken sein soll, sich mit einer Küchenhilfe abzugeben.«

Er wusste also, dass ich mich mit Bel traf. Mein Puls beschleunigte sich. Er musste uns zusammen gesehen haben. »Ich weiß nicht, wovon Sie sprechen.«

»Natürlich nicht.«

Ich glaubte, einen verborgenen Unterton aus seinen Worten herauszuhören. Doch als Zosa eine hohe Note sang, riss mir der Geduldsfaden. »Lassen Sie mich die Goldpaste zur Chefköchin bringen.«

Hellas hob eine seiner silbernen Augenbrauen. »Und woher weiß ein einfaches Küchenmädchen von der Wirkung der Paste?«

Mist, verdammter.

»Wenn die Chefköchin sie so dringend braucht, kann sie sich die Paste doch selbst holen.«

»Bitte!«

»Nein.«

Die Chance, dass er nachgeben würde, war verschwindend gering. Mich mit ihm zu streiten war also reine Zeitverschwendung. Kostbare Zeit, die Bel nicht mehr hatte. Deshalb nickte ich Hellas nur knapp zu, verließ völlig benommen den Salon und sah mich hilflos um. Es musste eine andere Möglichkeit geben, an diese Goldpaste heranzukommen. Vielleicht gab es irgendetwas, womit ich für Aufruhr sorgen konnte, um Hellas hinter der Bar hervorzulocken. Denn er würde mir die Paste niemals aus freien Stücken aushändigen, so viel stand fest. Es war mehr als offensichtlich, dass er mich auf den Tod nicht ausstehen konnte, auch wenn mir der Grund dafür ein Rätsel war. Auch bei unserer Begegnung in der Bibliothek …

Die Bibliothek! Dieser Riesenvogel! Ohne eine Sekunde zu verlieren, eilte ich nach nebenan und riss die Tür auf. Der Raum war so gut wie menschenleer, der Riesenvogel schien zu schlafen.

Entschlossen stieg ich auf die Leiter, warf meine Jacke über den Käfig und holte ihn von seinem Ständer herunter. Das Ding wog so viel wie ein Kleinkind. Die obsidianfarbenen Federn des Vogels raschelten unter dem Sichtschutz. Ich hielt inne. *Bitte nicht aufwachen, liebes Vögelchen.*

Behutsam trug ich den Käfig durch den Korridor, wobei ich mich dicht an der Wand hielt. Beim Salon angekommen, trat ich ein, riss die Käfigtür weit auf und stupste den Vogel an, um ihn zu wecken. Seine schwarzen Augen bewegten sich ruckartig, seine Krallen klickten, als er sich seinen Weg ins Freie suchte. Er war fast so groß wie ein Hund.

Der Vogel reckte seinen langen Hals und schwang sich dann empor in den Speisesaal, um geradewegs auf den juwelenbesetzten Kopfschmuck einer Dame zuzuhalten. Ich musste nicht lange auf den gewünschten Effekt warten. Stühle wurden umgestoßen, Gäste schrien voller Panik auf und stürmten aus dem Saal.

Hellas schwang einen umgekippten Stuhl über seinem Kopf. Aber der Riesenvogel pickte weiter nach dem Kopf der Frau, während der offenbar stark alkoholisierte Mann neben ihr kicherte wie ein alberner kleiner Junge und zu dem Spektakel sein Weinglas erhob wie zum Toast. Blaue Flammen züngelten zu dem Vogel empor, ausgehend von der jetzt unbesetzten Bar.

Niemand achtete auf mich, als ich hinter den Tresen tauchte und mir die Goldpaste schnappte. Blitzschnell ließ ich sie in meiner Tasche verschwinden. Als ich wieder aufblickte, sah Zosa mich direkt an.

Ich war wie versteinert.

Sekunden verstrichen. Sie machte einen Schritt in meine Richtung. Ihre rosigen Lippen bewegten sich, als würde sie meinen Namen sagen, aber sie war zu weit weg, als dass ich sie hätte verstehen können. Meine Kehle war wie zugeschnürt bei dem Gedanken, sie könnte mich immer noch kennen, dass eine Chance bestand, dass sie mich nicht vollständig vergessen hatte, so wie ich angenommen hatte.

Zosa sah erschreckend dürr aus. Ihre dunklen Augen glänzten wie Öltropfen. Eine Träne fiel auf meine Wange, aber ich konnte den Blick nicht abwenden. Es kostete mich allergrößte Mühe, nicht auf der Stelle zu ihr zu laufen.

Madame des Rêves tauchte wie aus dem Nichts auf, eine ausladende lavendelfarbene Perücke auf dem Kopf, deren lange Strähnen ihr über die Schultern herabhingen. Sie hielt wieder diesen fleckigen Spiegel in der Hand, den ich auch im Büro des Maître gesehen hatte. Damit fächelte sie sich Luft zu und riss dann an einem Seil mit einer Quaste am Ende, um den Vorhang herunterzulassen. Allerdings hatten sich zwei Gäste in den Samtstoff eingewickelt, um sich vor dem Vogel zu verstecken. Der Vorhang wollte sich nicht schließen.

Madame des Rêves murrte, dann beförderte sie einen Käfig auf die Bühne. Ich blinzelte die Tränen fort, als sie die Schultern der Sängerinnen nacheinander mit der Vogelkralle um ihren Hals berührte.

Alastair platzte in den Saal. »Wer hat den Vogel freigelassen?«

Sofort ließ ich mich auf die Knie fallen und kroch unter einen der Tische.

»Ich weiß es nicht«, antwortete Madame des Rêves. »Er ist wie aus dem Nichts aufgetaucht.«

Zur Tür war es nur ein Katzensprung, aber wenn ich jetzt losliefe, würden sie mich sehen, es wäre ein fataler Fehler. Ich würde warten müssen, bis ich unauffällig rausschlüpfen konnte.

Der Vogel schnappte nach einem Gast. Zorn ließ eine Ader an Alastairs Stirn anschwellen. Er riss Madame des Rêves den silbernen Spiegel aus der Hand, genau wie bei dieser ersten Soiree. Dann strich er mit dem Zeigefinger darüber, als würde er nach Sprüngen im Glas suchen.

Unter den gegebenen Umständen kam mir sein Verhalten äußerst seltsam vor. Das Artefakt war ihm ganz offensichtlich lieb und teuer, auch wenn das Tintenfass sein wichtigstes Artefakt war und die Vogelkralle das liebste von Madame des Rêves. Sie verwendeten den Spiegel offenbar beide für ihre Zwecke. Ich fragte mich nur, wofür. Noch so eine Frage, auf die ich keine Antwort wusste.

Der Vogel stieß ein Kreischen aus.

»Genug!« Alastair murmelte etwas Unverständliches vor sich hin und stampfte auf den Boden auf. Ein lauter Knall ertönte. Eine Woge aus Marmor breitete sich von der Stelle aus, an der sein Absatz gelandet war, sodass weitere Stühle umfielen und Kristall herunterkrachte und barst. Der Vogel wurde ruhig.

Alastair richtete den Blick auf Madame des Rêves, auf die drei Vögel, die neben dem goldenen Käfig herumhopsten. »Wo ist Frigga?«

»Vermutlich auf ihrem Zimmer. Sie ist erst in einer Stunde dran«, sagte Madame des Rêves.

»Vermutlich? Sie ist für die Vögel zuständig«, erwiderte Alastair erzürnt. »Schaff sie mir sofort hier herunter. Sie soll diese Singvögel wegbringen und dann dieses *Ding* beseitigen.« Er deutete auf den schwarzen Vogel, der auf einem Stück zermatschtem Kuchen herumkaute.

Zuständig für die Vögel.

Meine Gedanken rasten. »Frigga«, murmelte ich nachdenklich und prägte mir den Namen ein. Wenn sie für die Vögel verantwortlich war, wusste sie vielleicht, wo man Zosa einsperrte und wie man in die Voliere kam. Alastair und Hellas besaßen beide einen Schlüssel, aber möglicherweise hatte auch sie einen.

Alastairs Stiefel knirschten über Glassplitter. Bevor er sich umdrehte, schoss ich auf die Salontür zu und blickte mich ein letztes Mal um. Ich sah gerade noch, wie Madame des Rêves Zosa zum Käfig scheuchte.

»Lebst du noch?«

Ich schlug die Augen auf. Wie es aussah, war ich, neben Bels Bett kauernd, eingeschlafen. Jetzt stand er über mich gebeugt. Er trug ein frisches Hemd, das noch nicht zugeknöpft war, sodass seine glatte, muskulöse Brust hervorblitzte. Er ertappte mich dabei, wie ich ihn anstarrte, deshalb zwang ich meinen Blick weiter zu der Wunde. Heute Morgen war da nichts mehr zu sehen als eine leuchtend rote Narbe.

Unendliche Erleichterung durchflutete mich. Am liebsten wäre ich aufgesprungen und ihm um den Hals gefallen. Aber wenn ich an sein Delirium von gestern dachte und wie schlecht es ihm gegangen war, verzichtete ich lieber darauf. Ich führte die Hand zum Mund und berührte meine Lippen, erinnerte mich an das Gefühl, wie er mit dem Daumen darübergefahren war.

»Weißt du noch, wie ich dich hier hochgeschafft habe?«

»Ich erinnere mich, wie meine Tür aufgegangen ist. Der Rest ist ziemlich verschwommen.« Bel fixierte mich mit einem schiefen Blick. »Warum? Hab ich was gesagt, wofür ich mich schämen müsste?«

»Nein, nein, keine Sorge«, beeilte ich mich zu sagen. Meine Stimme überschlug sich. Skeptisch hob Bel sein Kinn an. »Hauptsache, deine Wunde ist verheilt«, fügte ich hastig hinzu.

»Dir ist schon klar, dass ich ein mächtiger Suminaire bin, oder? Außerdem hast du ein ganzes Glas voll morvayanischer Heilsalbe verwendet. Die Paste kostet mehr als

eine Jahresmiete für die Suite *Ode an einen Fabelwald*.«
Er wischte einen dicken Klecks unter meinem Ohr weg.

Das konnte er sich getrost sparen. Die Goldpaste klebte in meinen Haaren und war über die ganze Matratze verteilt. Ich konnte nicht anders, ich musste lachen.

»Freut mich, dass du es witzig findest«, meinte er, grinste aber ebenfalls. Nachdem er wieder ernst geworden war, hielt er den Blick auf mich gerichtet, seine Miene undurchdringlich.

Wieder einmal stieg mir die Hitze in die Wangen.

»Ich mag dein Zimmer«, sagte ich, einfach, um die Stille zu füllen. Dabei hatte ich mich noch gar nicht richtig bei ihm umgesehen.

Langsam ließ ich den Blick schweifen und sah mir alles eingehend an. Der Raum war voller Bücher. Die Titel, die ich entziffern konnte, handelten von Geografie, auf dem Boden stapelten sich Landkarten und Atlanten. Auf einem Regal standen kleine Globen neben einigen alten Kompassen, einem kleinen Messingteleskop sowie anderem weltlichen Schnickschnack.

Meine Finger zuckten. Am liebsten hätte ich alles ganz genau unter die Lupe genommen. Es war nicht fair, dass er alle diese Schätze um sich scharen durfte. Hier könnte ich viele Tage verbringen, es würde nicht langweilig werden.

Ich hatte eigentlich erwartet, dass Bels Zimmer eher modern und spartanisch eingerichtet wäre. Aber nicht so. Es erinnerte mich an Béziers Wohnzimmer im zweiten Stock, das ich so geliebt hatte. Bel hatte behauptet, für keins der Ziele, an die er reiste, etwas übrig zu haben, und trotzdem hatte er in diesem Zimmer einen Altar für all die Orte da draußen errichtet.

Und auch der Rest war recht hübsch eingerichtet. Ordentlich gefaltete Decken, ein abgenutzter Ledersessel. Es roch sogar nach ihm: nach Messingpolitur und Orangenöl. Ich sog den Duft tief in meine Nase.

Bel löste etwas, was um seinen Nacken befestigt war. Das Cape, das er trug, wenn er allabendlich seinen Schlüssel zum Einsatz brachte.

»Du bist aufgestanden, um das Hotel zu bewegen?«

»Es war schon wieder Mitternacht.« Er zuckte mit der Schulter. »Es ist meine Aufgabe.«

Ich nickte, als mir plötzlich alles wieder einfiel: das Café Margot, der Salon, Zosa. Meine Schwester hatte mich unumwunden angesehen, hatte mit den Lippen meinen Namen geformt. Ein anderer Name kam mir in den Sinn. »Wer ist Frigga?«

Bel versteifte sich, als kannte er den Namen. »Ich glaube, sie arbeitet für Madame des Rêves, aber ich könnte mich auch irren.«

Meine Hände ballten sich zu Fäusten. »Gibt es da irgendetwas, was du mir verschweigst?«

»Natürlich nicht.« Er umfasste mein Handgelenk und öffnete meine Hand, indem er über die Innenfläche strich. »Würdest du dich bitte wieder entspannen?«

Entspannen? Ich war so kurz davor, herauszufinden, wie ich meine Schwester zurückbekommen könnte. Deshalb zwang ich mich, tief Luft zu holen. Bel hatte vermutlich recht. Zosa stand unter Vertrag, daran hatte sich nichts geändert. Und selbst wenn ich diese Frigga fand, konnte ich sie schlecht mit Fragen zur Voliere behelligen, ohne dass ich mich zu erkennen gab.

Ich zupfte an einem eingerissenen Fingernagel herum und musste an das dicke Glas der Voliere denken, an die

Frauenstimme, die ich gehört hatte, als ich meine Hand daraufgelegt hatte. *Auf unbestimmte Zeit geschlossen.*

»Ich wüsste gern, weshalb die Voliere immerzu abgeschlossen ist.« Es musste eine Erklärung dafür geben, dass Alastair den Gästen den Zutritt verwehrte. Irgendetwas trieb ihn dazu an. »An jenem Tag in dem Kartenraum, da hast du gemeint, Alastair sei unersättlich. Was genau meintest du damit?«

Bel zuckte mit der Schulter. »Jedes Mal, wenn ich ihm ein Artefakt bringe, sehe ich sein Gesicht. Alastair hortet sie, er ist völlig fanatisch. Er geht dafür ein hohes Sicherheitsrisiko ein, wie ich glaube. Einmal habe ich ihn dabei ertappt, wie er die Artefakte auf dem Boden seines Büros aufgereiht hatte. Wieder und wieder zählte er sie durch, wie ein Drache, der seinen geliebten Goldschatz sichtet.«

»Was ist mit diesem Siegelring, nach dem du suchst?«

»Du lässt nicht locker, was?«

»Hattest du das allen Ernstes von mir erwartet?«

Er stieß ein Lachen aus. »Eigentlich hatte ich erwartet, es dir schon viel früher erklären zu müssen. Die Wahrheit ist, ich suche schon seit Jahren nach diesem vermaledeiten Ring.«

Alastair musste wirklich versessen darauf sein, ihn in die Finger zu bekommen. »Welche Wirkung hat er?«

»Ich weiß es nicht«, gab Bel zu. »Ich suche schon so lange danach, dass ich gar nicht mehr darüber nachdenken will. Und doch scheint Alastair von mir zu erwarten, dass ich ihn ihm irgendwann bringe.«

Das Schmuckstück musste außergewöhnliche Fähigkeiten besitzen. Aber das alles lieferte immer noch keine Erklärung für die Geheimniskrämerei um die Voliere.

Bel ließ seine Daumenkuppe in einem Klecks Goldpaste kreisen. »Würdest du mir jetzt bitte erklären, wie du an die Heilsalbe rangekommen bist?«

Jetzt ging das wieder los.

Mit grimmiger Miene hörte Bel zu, wie ich ihm von meiner Finte mit dem Vogel aus der Bibliothek erzählte. Eine Sache aber musste ich ihn noch fragen, wenn ich auch keinen Schimmer hatte, wie. Allein der Gedanke daran trieb mir den Angstschweiß auf die Stirn.

»Alles in Ordnung mit dir?«

Offenbar sah man mir meine Furcht an, denn jetzt nahm er meine Hand und fing an, mir die Salbe mit dem Heft seines Schnappmessers von der Handfläche zu schaben. Dabei flehte ich in Gedanken, er möge nicht merken, dass ich bis zu den Haarwurzeln errötete. Aber natürlich fiel es ihm auf. Verdammt, ich wünschte, ich wäre nicht immer so leicht zu durchschauen. Vor allem schien er in meinem Gesicht zu lesen wie in einem offenen Buch.

»Hellas weiß, dass wir uns treffen«, sagte ich.

Bels Schnappmesser hielt inne.

Mich kümmerte nicht, *was* Hellas sagte, aber die Art, *wie* er es gesagt hatte, sehr wohl. »Ist er … eifersüchtig, dass wir uns treffen?« Kaum waren die Worte über meine Lippen, hätte ich sie am liebsten zurückgenommen und wollte nur noch im Boden versinken. »Nicht, dass zwischen uns irgendwas wäre …«, fügte ich eilig hinzu. *Oh Gott. Bitte lass mich auf der Stelle tot umfallen.* »Vergiss es, vergiss es bitte. Vergiss, dass ich gefragt habe.« Ich ließ mich auf seine Matratze sinken und zuckte zusammen, als ich Goldpaste unter mir schmatzen hörte.

Bel war ungewöhnlich still.

Dieses Schweigen war unerträglich. Meine Eingeweide krampften sich zusammen. Ich zwang meine Augen, den Boden zwischen meinen Stiefeln zu fixieren, als würden dort sämtliche Geheimnisse dieser Welt verborgen liegen.

Nach einer gefühlten Ewigkeit atmete Bel hörbar aus. »Hellas und ich … Wir waren einmal ein Paar. Es ist schon sehr lange her.«

»Oh. Ich hatte keine Ahnung.«

»Nicht viele wissen davon. Es gab eine Zeit, da stand ich ihm näher als irgendjemand sonst. Damals versuchten wir noch beide, uns Alastair gegenüber zu beweisen.« Er legte die Stirn in Falten. »Doch dann begriffen wir allmählich, was um uns herum vorging. Ich wollte dem nachgehen, aber Hellas war zu furchtsam, um irgendetwas zu unternehmen, aus Angst, er könnte sich Ärger einhandeln. Das hat mich rasend gemacht vor Wut.« Ein verbitterter Ausdruck legte sich auf seine Züge. »Aber Hellas hatte auch allen Grund, nervös zu sein – einen Grund, den ich damals partout nicht wahrhaben wollte.«

Neugierig hob ich das Kinn. »Und der wäre?«

»Es … es ist nicht mehr wichtig«, sagte er abwiegelnd. »Mir gefällt nicht, was aus Hellas geworden ist, aber ich könnte ihn niemals dafür hassen. Im Nachhinein betrachtet, war es vermutlich die Tatsache, was für ein unschönes Ende unsere Beziehung nahm, die ihn zu dem gemacht hat, was er heute ist. Und daran, wie es geendet hat, war allein ich schuld. Die fürchterlichen Dinge, die ich gesagt habe …«

Er kniff die Augen zu. Mir entging nicht, wie schwer es ihm fiel, darüber zu reden, weshalb mein Herz sich ein wenig erweichte. Mit einem Mal sah ich den Botanisten in einem gänzlich neuen Licht, und ich kam nicht dagegen an, dass er mir leidtat, genau wie Bel.

»Hellas hat jedes Recht, immer noch sauer auf mich zu sein. Aber er erstattet sowohl Yrsa als auch Alastair Bericht. Also versprich mir, in seiner Gegenwart wachsam zu sein.«

Als ich nickte, atmete er erleichtert aus und ließ sich neben mir auf die Matratze sinken. Dabei streifte sein Oberschenkel meinen Rock. Bei der Berührung straffte sich meine Haut. Die Stille im Raum war spannungsgeladen. Ich wandte mich ihm zu, suchte nach den richtigen Worten, doch meine Aufmerksamkeit wurde abgelenkt durch das saubere Hemd, dessen Knöpfe offen waren. Darunter blitzte seine glatte, muskulöse Brust hervor.

Gestern Nacht hatten meine Finger über genau diese nackte Haut gestrichen, in der Hoffnung, die Blutung würde stoppen. Aber jetzt fühlte es sich anders an. Meine Wangen erwärmten sich. Er fing meinen Blick ein. Seine Pupillen waren erweitert. Ich teilte die Lippen, um zu verkünden, dass ich wohl besser gehen sollte, doch mir blieben die Worte in der Kehle stecken, weil sich sein Blick auf meinen Hals senkte. Mir stockte der Atem. Seine Augen wanderten weiter zu meinem Mund, als würde er … als würde er mich küssen wollen.

Wie ein geölter Blitz sprang ich auf und stürmte auf die Tür zu.

»Warte.« Er fasste mich am Arm. »Du bist verletzt.«

Die Schürfwunde, die ich mir unter dem Verkaufskarren geholt hatte, war mit blauem Staub verkrustet. Das hatte ich vollkommen vergessen.

Bel nahm mit dem Zeigefinger ein wenig goldene Salbe aus meinen Haaren auf und schmierte sie auf die Verletzung. Sie war verschwunden, bevor ich mich ihm entziehen konnte. Er ließ den Finger auf meiner Haut ruhen. »Danke« sagte er. »Für die Paste.«

»Ja, klar. Die Paste«, wiederholte ich.

Dann fügte er hinzu: »Auch wenn es eine ganz miese Idee war, sie zu holen.«

Ich funkelte ihn finster an, während er sich ein Handtuch von einem Regal schnappte und es mir hinhielt.

»Ich habe dich nicht um ein Handtuch gebeten.«

»Das Badezimmer ist da hinten.« Als ich mich weiter sträubte, wischte er mir ein wenig Paste von der Unterlippe. »Du siehst aus wie eine Praline, bei der man zu dick aufgetragen hat. Lauf du so durchs Haus. Du wirst sehen, die Gäste werden dich vernaschen wollen.« Damit warf er mir das Handtuch an den Kopf und ging davon.

19

Bel hatte uns nach Morvay gebracht, einem etwas kleineren Staat östlich von Preet. Wo wir waren, erkannte ich nicht an den fließenden Gewändern der Gäste oder an ihrem subtilen Reichtum, sondern an den Raubkatzen. Schlanke morvayanische Leoparden, wie aus Mamans Gutenachtgeschichten entsprungen, tappten an Leinen aus gedrehter Seide durch die Lobby.

Ich verbarg mich im Schatten, während die edlen Tiere sämtliche Aufmerksamkeit auf sich zogen, auch Alastairs. Er klatschte in die Hände und bestellte mit Zitrone aromatisiertes Wasser. Das Dienstpersonal lief umher und stellte Tabletts voll rohem Fleisch auf. Die Raubtiere rauften unter bedrohlichem Knurren um die größeren Stücke. Ein Leopard richtete seine ockerfarbenen Augen direkt auf mich. Das Herz klopfte mir bis zum Hals. Gespielt ruhig ging ich weiter, und zum Glück begegnete ich auf dem Weg in die Küche keinen weiteren Leoparden mehr.

»Ach, hast du doch noch beschlossen aufzutauchen«, maulte die Chefköchin, als ich die Küche betrat. Sie stellte ein silbernes Tablett auf einem Servierwagen ab, darauf eine verzauberte Meringue, die mit prächtigen Fondant-Blüten verziert war.

»Tut mir leid, ich habe nicht ...«

Sie wedelte abwehrend mit der Hand. »Béatrice hat mir schon alles erklärt. Keine Ahnung, wie du noch aufrecht stehen kannst, nachdem du eine ganze Treppe runtergestürzt bist.«

Béatrice hatte mir also Rückendeckung gegeben. Ich ging auf die Suppenstation zu, als die Chefköchin mich noch einmal am Ärmel zurückhielt.

»Nicht die Suppe. Du lieferst heute Bestellungen aus. Die Würdenträger aus Morvay nehmen ihr Abendessen auf ihren Zimmern ein. Sie alle haben eine Extramahlzeit für ihre Haustiere bestellt.« Die Chefköchin verzog angewidert den Mund. »Ich würde einen Hund nicht mit am Essenstisch haben wollen. Jetzt sollen wir diesen Kätzchen auch noch Steaks servieren. Der Wohlstand steigt diesen Leuten zu Kopf, wenn du meine bescheidene Meinung hören willst.«

Es gab viele Menschen, die ihre Haustiere über die Maßen verwöhnten. Sicher gab es einen Grund, weshalb diese Leoparden so verhätschelt wurden. Aber die Chefköchin wollte nichts davon hören. Sie reichte mir das Bestellbuch und rauschte davon.

»Warten Sie«, rief ich. »Hat Madame des Rêves ein Mädchen namens Frigga in ihren Diensten?«

»Frigga? Im Dienst von Madame des Rêves?« Die Chefköchin stieß ein bellendes Lachen aus. »Hellas würde sich eher die Haare abschneiden, als das zuzulassen.«

»Hellas?«

Sie deutete auf den Wagen, auf das Glas mit getrockneten Früchten und Samen, das für die Suite *Grüne Verzau-*

berung bestimmt war. »Erstaunlich, dass du den Namen noch nie gehört hast. Immerhin beliеferst du Frigga schon seit zwei Wochen mit Essen«, sagte sie. »Der Maître lässt Hellas' Schwester im ersten Stock wohnen, getrennt von den übrigen Angestellten.«

Ich kannte die Suite. Sie wurde von dem Mädchen mit der tiefgoldenen Haut und den ebenso goldenen Haaren bewohnt, allerdings hatte ich sie bislang nur einmal durch einen schmalen Türspalt gesehen.

Ein flaues Gefühl machte sich in mir breit. Wenn sie die Schwester von Hellas war, musste Bel Frigga kennen, und doch hatte er so getan, als sei sie nicht von Bedeutung. Aber sie war verantwortlich für die Vögel. Sie musste einen Weg wissen, wie ich zu Zosa in die Voliere gelangen konnte.

Hätte ich früher von Frigga erfahren, hätte ich gezielt nach ihr gesucht. Ich hatte meine Schwester seit Wochen nicht gesprochen. Und Bel wusste von dieser Frau …

Eine Woge der Erkenntnis erfasste mich. Bel war kein Narr. Er wusste genau, hätte ich früher von Frigga erfahren, hätte ich alle Hebel in Bewegung gesetzt, um mit ihr zu sprechen. Möglicherweise hätte ich mich am Ende noch einmal in Alastairs Büro verirrt. Und selbst wenn nicht, hätte es letzten Endes nicht viel gebracht. So oder so waren wir alle Gefangene hier im Hotel. Bel versuchte nur, mich zu beschützen.

Ich trommelte mit den Fingern auf meinem Rock herum. Wenn Bel das vor mir verheimlicht hatte, konnte es gut sein, dass er mir auch noch andere Dinge vorenthielt. Sicher barg dieses Gebäude noch ganz andere Geheimnisse, vielleicht sogar solche, die mir und Zosa helfen konnten, wieder nach Hause zu kommen. Und ich war fest entschlossen, jedes einzelne von ihnen in Erfahrung zu bringen.

*

Einige Stunden später, es war bereits Abendessenszeit, fanden sich im Salon nach und nach wieder Gäste ein. Man hatte die Tische wieder aufgestellt und das gröbste Chaos beseitigt, und auch der Marmorboden wirkte wieder heil, zumindest nach dem zu urteilen, was ich durch die Glasscheibe erkennen konnte.

Versteckt in meiner Nische, wartete ich darauf, dass Zosa zu singen begann, aber bislang drangen nur leise Pianoklänge nach draußen. Im Salon gab es eigentlich nie Klaviermusik. Die war den Soireen vorbehalten.

Ich warf einen Blick in den Saal. Die Suminaire aus dieser ersten Soiree stand auf ihrem leuchtend roten Piano. Zwischen den Tischen wuselten Angestellte herum und servierten Getränke. Im Lauf der letzten Wochen hatte ich mir einige Gesichter des Servicepersonals eingeprägt. Aber die, die ich sah, waren mir alle fremd.

Als ein Kofferträger vorüberkam, packte ich ihn an der Schulter.

»Lass mich los.« Er hob einen geschliffenen Stein an mein Kinn. Ein magisches Knistern war zu hören. Ich riss ihn ihm aus der Hand und schleuderte ihn quer über den Fliesenboden.

»Ich soll ein Päckchen an jemanden vom Servicepersonal liefern. Minette heißt sie.« Ich nannte ihm den erstbesten Vornamen, der mir einfiel. »Sie ist nicht im Salon.«

»Natürlich nicht. Aber ich glaube kaum, dass man das einem einfachen Küchenmädchen erzählen würde.«

»Mir *was* erzählen?«

»Gestern Abend wurde ein Vogel freigelassen. Hat für mächtigen Wirbel gesorgt. Der Maître hat das Personal im Salon komplett durch neue Leute ersetzt.« Der Junge grinste selbstgefällig. »Er hat sogar den Botanisten in seine Schranken gewiesen.«

Als er sich von mir losmachen wollte, grub ich ihm die Nägel in die Schulter. »Was weißt du über die Vögel?«

Er schwieg verdutzt.

»Rück schon raus mit der Sprache.«

»Ich habe nur gehört, dass ein Vogel zur Tür rausgeflogen und nicht zurückgekommen ist.«

Seine Worte ließen mein Herz schneller schlagen. »Wie sah dieser Vogel aus?« Ich hatte nie gesehen, wie Zosa im Käfig gelandet war. Wenn sie vor Mitternacht nach draußen geflogen war …

Als er zusammenzuckte, merkte ich, dass sich ihm meine Fingernägel bis auf die Knochen gebohrt hatten. »Sie tun mir weh, Mademoiselle.«

Ich ließ von ihm ab und huschte im Schatten der Wände zur Scheibe der Voliere. Dort suchte ich nach einem Schloss, einer Tür. Irgendetwas. »Auf unbestimmte Zeit geschlossen!«, ertönte wie schon zuvor die überschwängliche Frauenstimme.

»Sei still«, zischte ich voller Panik. Gäste wichen zurück.

Der Servierwagen stand immer noch dort, wo ich ihn abgestellt hatte. Ich schob das Glas voll Trockenfrüchte und Samen in meine Tasche und stürzte die Treppe hinauf zur Suite *Grüne Verzauberung*. Beim sechsten Klopfen öffnete sich die Tür einen Spaltbreit, und die Frau streckte den Kopf heraus.

»Lieferung.« Ich hielt das Glas hoch. Sie versuchte danach zu greifen, aber ich zog es wieder weg. Die Tür ging ein Stück weiter auf. Hinter ihr im Zimmer raschelten Vögel mit ihrem Gefieder. »Ich brauche Ihre Hilfe«, sagte ich.

Sie legte die Stirn in Falten. Verständlich, schließlich kannte sie mich nicht. Aber wenn sie wusste, wie man in die Voliere gelangen konnte, musste ich es aus ihr herausbringen.

Ich schüttelte das Glas. »Können wir uns vielleicht drinnen unterhalten?«

Frigga schüttelte den Kopf, und aus ihrem hoch aufgetürmten Haar surrte eine Biene hervor. Sie schlug danach. Die Kerzen im Flur flackerten leuchtend blau auf, woraufhin sie nervös zurückwich. Sie beäugte das Glas, dann stieß sie die Tür ganz auf. »Aber nicht lange.«

In ihrem Zimmer standen entlang der hinteren Wand geöffnete Vogelkäfige. Weiße Papierbäumchen wuchsen aus dem dicken Teppich. Vögel flatterten von Papierast zu Papierast und weiter zu einer gefüllten, frei stehenden Badewanne aus Metall. Die Wasseroberfläche war mit Seerosenblättern bedeckt. Die Suite *Grüne Verzauberung* war weniger ein Gästezimmer als ein Wald, erwachsen aus Hellas' geliebten Karten.

Ich überreichte ihr das Glas. Sie öffnete es und verteilte den Inhalt auf dem Boden. Sofort schwirrten Vögel herbei und zankten sich um die Leckerbissen, doch Friggas braune Augen blieben auf mich geheftet. »Was willst du hier?«

»Ich habe gehört, Sie sind für Madame des Rêves' Singvögel verantwortlich. Worin genau besteht Ihre Aufgabe?«

Frigga hob den rechten Arm. Eine Fessel umschloss ihr Handgelenk. Sie trat zu den Käfigen und berührte den ersten damit. Die Gitterstäbe verschmolzen miteinander, bis keine Tür mehr zu sehen war. Ihre Fessel war also ein Artefakt.

»Sie bearbeiten Metall.«

»Und ich kann gut mit Vögeln umgehen.« Sie pfiff, und ein weißer Vogel kam auf ihre Schulter geflattert. »Deshalb hat der Maître mir die Verantwortung für ihren Transport übertragen.«

»Haben Sie zufällig einen Vogel mit Federn in der Farbe flüssigen Goldes gesehen?«

»Ich kümmere mich um sehr viele Vögel.«

Ich stöhnte. »Ein Portier meinte, gestern Abend sei ein Vogel entwischt. Wissen Sie, was für einer das war?«

»Ich … Mir ist zu Ohren gekommen, dass der schwarze Vogel aus der Bibliothek fort ist.« Sie verzog bedauernd den Mund. Es war mir unbegreiflich, wie man diesen fürchterlichen Vogel mögen konnte.

»Was ist mit dem goldenen Vogel? Madame des Rêves' Chanteuse?«

»Ich bin mir nicht sicher. Ich war nicht rechtzeitig unten, um es mit eigenen Augen mitzuerleben. Ich habe nicht nachgesehen …«

»Nicht sicher?« Mein Puls beschleunigte sich. »Wird der goldene Vogel in der Voliere gehalten? Haben Sie einen Schlüssel dazu?«

Verunsichert wich sie zurück. »Hellas hat auch einen Schlüssel. Du könntest ihn fragen.«

Auch. Also besaß sie einen.

Sie musste mir Zutritt zu dieser Voliere verschaffen, aber wenn sie mir helfen sollte, musste ich dafür sorgen, dass sie Vertrauen zu mir fasste. Ich sah mich um. Auf einer Frisierkommode lag ein Brief, auf dem ganz oben ein Name in einer krakeligen Handschrift stand. »Wer ist Issig?«

»Niemand«, sagte sie, den Blick auf die Suppenflecken auf meiner Schürze gerichtet. »Du arbeitest in der Küche. Wie ist es dort?« Sie nahm den Brief zur Hand. Ihre schlanken Finger tanzten über das Papier. »Hellas verbietet mir, auch nur einen Fuß hineinzusetzen.«

»Die Hitze dort ist unerträglich. Hören Sie, ich gebe Ihnen eine Führung, wenn Sie mir dafür die Voliere zeigen.«

»Es ist heiß?« Frigga schob den Brief in einen Umschlag und legte ihn auf einen Stapel ähnlicher Umschläge, alle an denselben Mann adressiert.

»Issig ist also niemand, wie?«

»Er arbeitet in der Küche.«

Mir war bislang kein Koch mit diesem Namen begegnet, aber die Küche war groß. Dafür war mir jetzt völlig unverhofft ein Druckmittel in die Hände gefallen. »Wenn ich diese Briefe für Sie überbringe, lassen Sie mich dann in die Voliere?«

Sie machte große Augen, womit sie mich sehr an Zosa erinnerte. »Das würdest du tun?«

»Natürlich.« Im Moment hätte ich fast alles getan.

Sie rang ein Lächeln nieder, schnürte die Briefe mit einem Stück Zwirn zusammen und reichte mir den Packen. »Überbring sie. Wir treffen uns um elf in der Lobby, unweit der Voliere. Bring einen Brocken Eis als Beweis mit.«

Ich riss den Kopf hoch. »Aus dem Kühlhaus?«

Sie deutete auf die Briefe, auf den Namen Issig.

Ich brauchte einen kurzen Moment, ehe ich kapierte, worum sie mich da eigentlich bat. »Sie machen Witze.«

»Dort wird er gefangen gehalten.«

Das Kühlhaus. Man hatte mich eindringlich gewarnt, mich davon fernzuhalten, und soweit ich das beurteilen konnte, hatte das auch seinen guten Grund. Béatrice war noch nie drinnen gewesen, genauso wenig wie Bel. Aber sowohl die Chefköchin als auch Yrsa gingen dort regelmäßig ein und aus, und ihnen war noch nie etwas zugestoßen. Bis um elf war es gerade mal eine Stunde. »In Ordnung, ich tu's«, sagte ich schließlich und verstaute die Briefe in meiner Rocktasche.

»Wunderbar. Sag mir bitte hinterher, wie er reagiert hat.« Damit stieß sie wieder einen Pfiff aus, und die Vögel flogen lange genug von der Tür weg, dass ich raushuschen konnte. Dann schlug sie die Tür hinter mir zu.

Plötzlich war mir alles andere einerlei. Schon bald würde ich meine Schwester wiedersehen.

Ich atmete erleichtert auf, doch als ich mich umdrehte, stand ich Hellas gegenüber.

»Schön, dich wiederzusehen.«

Er drückte mir eine seiner Spielkarten zwischen die Augenbrauen. Dicke Weinreben aus Papier rankten über meine Nase und meinen Mund. Ich fasste danach, wollte sie mit den Fingernägeln wegkratzen, aber es war so, als wollte ich mir meine eigene Haut abschaben.

»Ich war gerade bei der Chefköchin. Sie wusste nichts von einem Unfall oder von einem *geborgten* Glas Heilsalbe.«

Die Ranken aus Papier wuchsen immer weiter und fixierten meinen Kopf an der Tür. Ich bekam kaum mehr Luft. Hellas entfernte mit einer raschen wischenden Bewegung den Ast von meinem Mund. Gierig holte ich Luft, kämpfte gegen die Fesseln an, kam aber nicht los.

»Ich habe keine Zeit für irgendwelche Lügenmärchen. Also raus damit: Für wen hast du die Goldpaste geklaut?«

»Sie war für mich.«

Bel lehnte hinter uns an der Wand, hingegossen wie ein morvayanischer Leopard. Eine Haarsträhne fiel ihm in die Stirn. Als er sie zurückschob, schnappte mit einem leisen Klicken die Klinge seines Messers hervor. »Höchste Zeit, dass wir beide uns unterhalten, Hellas. Dieses Gespräch ist längst überfällig.« Seine Stimme klang wie Seide.

Die Weinranken aus Papier lösten sich und fielen flatternd zu Boden. Bel würdigte mich keines Blickes. »Lass uns allein, Mol«, sagte er.

20

Die Stahltür zum Kühlhaus wölbte sich unter filigranem Dekor, schien aber keinen Griff zu haben. Behutsam klopfte ich an. Als eine Antwort ausblieb, ballte ich die Hand zur Faust, kam aber nicht mehr dazu anzuklopfen.

Die Tür öffnete sich einen Spaltbreit, dann schwang sie langsam wieder zu, als würde sie Luft holen. Im nächsten Moment flog sie weit auf und ließ eine Kälte entweichen, die mir den Atem verschlug. Ich trat ein, und die Tür fiel hinter mir wieder ins Schloss. Wie versteinert stand ich da. Als sich meine Augen an das Halbdunkel gewöhnt hatten, sah ich Eisblöcke herumliegen, zwischen denen sich nach und nach eine massige Gestalt herausschälte. Sie war an die Wand gekettet und mit Eiskristallen bedeckt.

Issig.

Die langen schwarzen Haare waren zu einem dicken Zopf geflochten, der ihm über die glatte olivfarbene Brust hing. Abgesehen von einer Uniformhose, war er nackt. Seine Hände waren von einem frostigen Weiß, wie aus poliertem Marmor gehauen. Ein Finger war abgebrochen. Sein Oberkörper war mit sich vielfach kreuzenden Stahlketten an der Wand fixiert. Ein Schauder überlief mich. Issig würde Friggas Briefe niemals lesen; er war nicht viel mehr als ein zu Eis erstarrter, gefesselter Leichnam.

Das eingelagerte Eis befand sich größtenteils jenseits von ihm.

Ich machte einen Schritt darauf zu. Ketten rasselten. Ganz langsam wandte ich mich zu Issig um. Der Tote schien Eis abzusondern. Um seinen Hals hatte er eine Metallkette mit einer strahlend weißen Steinscheibe hängen. Er richtete den Blick auf mich.

Also war doch noch Leben in ihm.

»Hallo«, brachte ich mit piepsiger Stimme hervor.

Seine Hände schossen vor und streckten sich mir entgegen, zurückgehalten von den jetzt gestrafften Ketten. Erschrocken wich ich zurück und prallte gegen die gegenüberliegende Wand. Die Temperatur sank deutlich ab.

Hastig kramte ich die Briefe aus meiner Tasche. »Ich habe Post!«, rief ich, schob mich vorsichtig auf ihn zu und legte ihm den Packen in die geöffnete Hand. Das lenkte ihn lange genug ab. Vor Kälte erschaudernd, bückte ich mich und ließ drei kleine Eisbrocken in meiner Tasche verschwinden.

Die weiße Scheibe um seinen Hals klapperte, und eine neuerliche Woge frostiger Luft ging von ihm aus. Vermutlich war die Scheibe ein Artefakt. Ich spürte eine neue Kälte in mir, die nichts mit der Außentemperatur zu tun hatte. Dieser Suminaire wurde aller Wahrscheinlichkeit nach hier gefangen gehalten, um Eis für die Gäste herzustellen.

Violette Tinte leuchtete auf dem Stapel Briefe in seiner Hand auf. Ich überprüfte meine Tasche. Offenbar hatte ich ihm zusammen mit Friggas Briefen versehentlich auch einen Reiseplan überreicht. Er strich mit dem Daumen über die violette Schrift, als könnte er im Geiste die Stimme der Frau hören. Das Papier wurde brüchig.

»Was ist das?«, fragte er, seine Worte ein eisiges Raspeln.

»Briefe von Frigga.«

Er schüttelte den Kopf. »Ich kenne keine Frigga.«

Frigga kannte offenbar Issig. Warum sollte er sich nicht an sie erinnern? Er war ein Suminaire. Seine Erinnerungen aus dem Hotel sollten eigentlich intakt sein, wie bei allen Suminaires. Alastair wagte es nicht, sie ihnen wegzunehmen … wegen eines Suminaires, dessen Gedächtnis Alastair so oft gelöscht hatte … dass seine Magie dadurch unberechenbar geworden war. Ja, sogar tödlich.

Bel hatte mir erzählt, dass, nachdem dieser Suminaire endgültig den Verstand verloren hatte, ein nicht enden wollender Strom seiner Energie durch sein Artefakt geflossen war und von dort aus alle im näheren Umkreis attackiert hatte. Da wäre es besser gewesen, man hätte ihm nie ein Artefakt ausgehändigt. Alle Anwesenden, die keine Suminaires waren, waren auf der Stelle gestorben.

Bel musste von Issig gesprochen haben. Dieser Mann war der Grund, weshalb Alastair damit aufgehört hatte, an den Verträgen von Suminaires herumzupfuschen. Der Grund, weshalb Yrsa Augen in Porzellan verwandelte.

Issig schnaubte und schlug um sich. Die Atemluft, die er ausstieß, ließ die Briefe zu feinem Staub zerfallen. Dann sah er wieder zu mir, als wüsste er genau, was er war, wozu er fähig war.

»Geh«, krächzte er, jetzt wieder mit leerem Blick, während er sich abermals gegen die Ketten auflehnte.

Ich musste sofort hier raus.

Issigs Fingerkuppen streiften meinen Ärmel, als ich mich an ihm vorbeischob. Dann huschte ich durch die Tür nach draußen. Als sie abermals von allein zuknallte, drang ein kehliger Schrei aus dem Inneren des Kühlhauses. Die Tür öffnete sich einen halben Meter weit, dann wurde sie wieder angesaugt, und zurück blieb eine feine Eisspur auf den Fliesen.

Mein gefrorener Ärmel zerbröckelte.

»Nicht berühren.« Die Chefköchin tauchte wie aus dem Nichts auf. Sie schwang eine Küchenschere, und im nächsten Moment fiel der Stoff zu Boden, nur noch eine feine Rauchschwade. »Das letzte Mal, als er explodiert ist, konnte sich einen ganzen Monat lang niemand zu ihm reinwagen.« Zitternd krallte sie ihre Finger in ihre Schürze; die komplette Küche war mit einer feinen Frostschicht überzogen. »Die Leoparden. Ihr Fleisch ist da drin!«

»Tut mir leid!«

»Dir tut es leid? Der Maître reißt mir den Kopf ab, wenn Issig irgendetwas zustößt.«

»Warum hält er ihn dort gefangen?«

»Er ist ein Suminaire, der seine Magie nicht mehr unter Kontrolle bringen kann.« Sie tippte sich an den Schädel. »Hat einen Sprung in der Schüssel. Diese Stahltür ist das Einzige, was uns vor ihm schützt, und da kommst du daher und ärgerst ihn.«

Aber in Wahrheit war er gar nicht verrückt. Für einen flüchtigen Moment war er bei glasklarem Verstand gewesen. Doch für lange Diskussionen war jetzt keine Zeit. Die Eiswürfel in meiner Tasche waren bereits dabei zu schmelzen.

Die Chefköchin packte mich am Arm. »Es ist mir egal, was Béatrice sagt – du bringst nichts als Ärger, und sowas dulde ich hier nicht. Wenn wir die Küche um Mitternacht dichtmachen, gehe ich zum Maître und rede mit ihm.«

»Das können Sie nicht tun«, keuchte ich.

Die Miene der Chefköchin verzerrte sich vor Wut. »Raus aus meiner Küche.«

✷

In der Lobby war alles dunkel. Bald würde Bel das Hotel an den nächsten Ort bewegen. Ich würde ihn später aufsuchen, ihn anflehen, mich zu verstecken, egal was, Hauptsache, mein Vertrag wurde nicht noch einmal abgeändert. Denn sollte Alastairs Tinte diesmal funktionieren, würde ich alles verlieren.

Alle diese düsteren Gedanken waren augenblicklich vergessen, als Frigga neben der Voliere auftauchte. Nichts war jetzt mehr wichtig. Ich wollte nur wissen, ob Zosa da drinnen war.

Frigga hielt ihre Hand auf. »Das Eis?«

Ich legte einen Würfel, der noch nicht vollends geschmolzen war, auf ihre Handfläche. Ihre Lippen öffneten sich. »Was hat Issig gesagt?«

Wie es aussah, hatte niemand sie über seinen Zustand informiert. »Er hat nur wenig gesprochen … aber er war zutiefst gerührt.«

Sie wischte sich die Augenwinkel und brachte einen kleinen Schlüssel zum Vorschein. »Mein Teil der Vereinbarung.« Mit den Fingerknöcheln klopfte sie gegen die dicke Scheibe der Voliere. »Gefertigt aus mehreren Schichten Libellenflügeln aus Preet. Sehr hübsch anzusehen, aber hart wie Stahl und beinahe schalldicht.«

Ich sah mich um. »Und wo ist die Tür?«

»Direkt vor deiner Nase und doch gut versteckt. Der Maître hat den Zauber selbst verfasst.« Der Schlüssel berührte das Glas, woraufhin es sich an der Stelle kräuselte. Aus dem Nichts erschien eine Tür, darauf ein grün angelaufenes Schild aus Kupfer mit der Aufschrift *La Volière des Délices*. Die Voliere der Verzückung.

Frigga nahm mich bei der Hand. »Komm mit.«

Im Inneren der Voliere strichen Papierblätter über meine Wangen. Ich war dankbar, als Friggas Finger sich mit meinen verschränkten und sie mich durch das Dickicht von Bäumen zu einem Brunnen lotste, der von Marmorstatuen umgeben war. Die Statue gleich neben mir stellte eine Männergestalt dar, die in der über den Kopf gehobenen Hand ein Stundenglas hielt. Frigga strich mit dem Zeigefinger darüber. »Ein Suminaire.«

Die Sanduhr musste sein Artefakt sein. »Stellen alle diese Statuen Suminaires dar?«

»Ich denke schon.«

Eine schlanke Frauenfigur, gehauen aus grünem Marmor, war mit einem runden Artefakt dargestellt, das ich zunächst für ein flaches Gesicht hielt, bis ich erkannte, dass dieses Gesicht nicht das der Statue selbst war, sondern eine Reflektion. Ein Spiegel.

»Ich habe den Maître mit einem ganz ähnlichen Artefakt gesehen. Einem Handspiegel«, sagte ich. »Wissen Sie etwas darüber?«

Frigga schürzte die Lippen.

»Sie haben es also gesehen?«, drängte ich.

»Nein … ich meine, ja, ich habe es gesehen, aber ich habe ihn nie gefragt, was er zu bewirken vermag. Hellas sieht es nicht gern, wenn ich meine Nase in solche Angelegenheiten stecke.«

Überwacht Hellas eigentlich auch, was du zu dir nimmst, dachte ich im Stillen. Und um ein Haar wäre mir dieser Gedanke laut herausgerutscht, wenn ich nicht im selben Moment vom Krächzen eines Vogels abgelenkt worden wäre.

»Wo sind die Vögel?« Alles, was ich sah, war eine Handvoll echter Bäume, die sich zwischen Hellas' Papierkunstwerken verbargen.

»Hier entlang.«

Im Weitergehen erzählte Frigga bereitwillig von den Chanteuses. So erfuhr ich, dass sie die Vögel fast jeden Abend zwischen der Voliere und dem Salon zu Auftritten hin und her beförderte. Madame des Rêves führte ihre Nummer so regelmäßig auf, dass sie Frigga zwang, in diesem Zimmer im ersten Stock zu wohnen, weil die Treppe gleich neben der Suite *Grüne Verzauberung* direkt hinunter zum Salon führte. Frigga machte das nichts aus, weil sie in diesem Gästezimmer das perfekte Refugium für sich und ihre Vögel gefunden hatte.

»Wenn deine Sängerin hier drinnen ist, dann dort hinten«, sagte Frigga und führte mich zwischen Hecken hindurch, deren Blätter aussahen wie Finger. Auf einer Art Lichtung, ausgestattet mit hölzernen Sitzstangen, kamen wir wieder heraus. Hoch oben im Blätterdach konnte ich die Vögel ausmachen, die man von der Eingangshalle aus wahrnahm, wenn auch nur schemenhaft. Darunter, verborgen im dichten Weinlaub, saßen Hunderte weitere. Sie schienen zu schlafen.

Ich blickte von einem Vogel zum anderen. Die meisten von ihnen waren farblos. Ihr Gefieder hatte zwar noch die typische Zeichnung, doch die Farbe war verblasst, die Federn sahen stumpf und grau aus.

»Was ist denn mit denen passiert?«, flüsterte ich.

»Sie sehen schon so aus, wenn sie hier eintreffen.«

Ein paar vereinzelte farbige Vögel gab es, aber keine goldenen.

Ganz in der Nähe riss einer der grauen Vögel den Schnabel auf, als würde er gähnen, und öffnete verschlafen ein Auge. Das andere Auge funkelte in einer etwas anderen Schattierung im Mondlicht.

Es war offenbar aus Glas.

21

Mein Blick wanderte weiter über die unzähligen Vögel in der Voliere. »Wie viele von ihnen sind Suminaires?«

»Abgesehen von Madame des Rêves' Chanteuses alle«, antwortete Frigga bedrückt.

»Dieser schwarze Vogel aus der Bibliothek auch?«

Tränen traten in Friggas Augen. Sie nickte. »Ich glaube, er wusste, was er tat, als er davonflog. Offenbar zog er es vor, für immer zu verschwinden, statt weiter eingesperrt zu bleiben.«

Er.

Der Vogel aus der Bibliothek war also ein Suminaire, der es vorgezogen hatte zu sterben, statt ein ewiges Dasein als Gefangener zu fristen.

Entsetzt sah ich Frigga an. Zorn wallte in mir auf, der mich von innen zu zerfressen drohte. Doch ich schrie nicht, und es flossen auch keine Tränen. Für eine solche Reaktion war ich viel zu perplex.

Hinter allen diesen Vögeln steckten Menschen. Es waren so viele von ihnen. Hunderte von Männern und Frauen, vielleicht auch Kinder. Alle von der Welt dort draußen abgeschnitten und in einen gläsernen Käfig gesperrt.

Suminaires genossen normalerweise ein langes Leben. Diese armen Wesen waren vielleicht schon seit vielen Jahrzehnten hier eingeschlossen, wenn nicht sogar länger. Du lieber Himmel. Wenn sie alle den gleichen Angestelltenvertrag unterzeichnet hatten, erinnerte sich niemand außerhalb des Hotels mehr an sie. Sie wären einfach von der Bildfläche verschwunden, wie Béatrice von diesem Gemälde, so wie Zosa und ich aus Béziers Gedächtnis.

Der Anblick war so schockierend, dass es mir die Sprache verschlug, und trotz allen Nachdenkens begriff ich die Logik dahinter nicht. Alastair hortete Artefakte. Wenn die Magie dieser Suminaires mit deren Hilfe sicher eingesetzt werden konnte, brauchte Alastair sie doch nicht einzuschließen. Und nichts von alledem erklärte, warum ihr Gefieder so stumpf und farblos war.

Im nächsten Moment kam mir etwas in den Sinn, wovon Maman früher hin und wieder gesprochen hatte. Vor etwa einem Jahrhundert hatte die Krone von Verdanne eine Reihe von Experimenten in Auftrag gegeben. Man wollte die Magie der Suminaires besser verstehen und so verhindern, dass sie weiter Menschen tötete. Allerdings hatte man die Tests schlagartig abgebrochen, als ein Großteil der Beteiligten ums Leben kam. Maman hatte es immer als *la semaine sombre* bezeichnet, die dunkle Woche. Das Ereignis hatte einen finsteren Fleck in der ruhmreichen Geschichte des Landes hinterlassen.

Alastair verfolgte womöglich ähnliche Ziele mit diesen Suminaires. *Experimente mit Magie.* Bittere Galle stieg mir in die Kehle bei diesem Gedanken, und ich musste mich am Stamm eines Papierbaumes abstützen.

Und dann war da noch Issig, der im Kühlhaus in Ketten lag. Wenn seine Magie so tödlich war, verstand ich nicht, warum er nicht auch in einen Vogel verwandelt worden war, wo es doch bei allen anderen offenbar einwandfrei geklappt hatte. Vielleicht schloss sein Geisteszustand ihn von dem, was Alastair im Schilde führte, aus. Oder die Wahrheit war weit erschreckender, als ich mir derzeit vorstellen konnte. Wie ich Alastair kannte, war Letzteres gut denkbar.

Ich betrachtete einen Vogel nach dem anderen. *Wo steckst du, Schwesterherz?*

Das Knacken eines Zweiges war zu hören. Eine kleine Gruppe von Gästen hatte die Voliere betreten, mit einem Leoparden, der an seiner seidenen Leine zerrte. Die Vögel schrien.

Ich wandte mich Frigga zu. »Haben Sie die Tür nicht abgeschlossen?«

»Abschließen? Ich bin doch nie länger als wenige Minuten hier drin. Es hat noch nie jemand versucht, widerrechtlich hier einzudringen.«

Ich rieb mir die Schläfen. Natürlich glaubte ich ihr, aber ich bezweifelte auch, dass oft Leoparden im Hotel waren, die Beute mühelos erschnüffeln konnten.

»Wir müssen verschwinden. Ich sollte eigentlich gar nicht hier sein.« Frigga zupfte mich am Ärmel, aber ich fegte ihre Hand weg.

»Geben Sie mir noch eine Minute.«

Fieberhaft suchte ich die Voliere ab, aber es waren zu viele Vögel, um einen bestimmten zu finden. Falls Zosa wie der schwarze Vogel aus dem Hotel geflogen war, wüsste ich nicht, was ich tun würde.

Gerade wollte ich mich abwenden, als ein goldener Vogel auf mich zugesaust kam und auf meinen ausgestreckten Händen landete. Ein Schluchzen der Erleichterung brach aus mir hervor, bis das Tier plötzlich anfing, nach meiner Nase zu picken.

»Zosa, lass das.«

Ich versuchte ihre Angriffe abzuwehren, aber sie wollte nicht auf mich hören. Jetzt zupfte sie mit ihrem kleinen Schnabel an meinen Haaren. Ich war verwirrt und so trunken vor Glück, dass ich beinahe gestürzt wäre. Mit einem hohen Piepton, zu kräftig für ihren zarten Körper, flog Zosa davon.

Ich drehte mich um und stand direkt vor Alastair.

Hinter ihm führte Yrsa soeben die Gäste mit dem Leoparden wieder nach draußen.

Alastair krallte seine Finger um Friggas Handgelenk. »Du kommst mit mir.« Er hatte die Stirn in tiefe Falten gelegt.

»Es ist nicht Friggas Schuld«, rief Hellas. Einen Augenblick später stolperte er aus dem Gebüsch hervor. »Dieses Mädchen muss es getan haben«, fauchte er in meine Richtung, ehe er seine Aufmerksamkeit auf Frigga richtete. In seinen Augen stand die Besorgnis um seine Schwester – ein Ausdruck, den ich an ihm bislang nicht kannte.

Das war es also, worauf Bel bei unserem Gespräch angespielt hatte; Frigga war der Grund, weshalb Hellas Alastair nicht verärgern wollte. Hellas tanzte nach Alastairs und Yrsas Pfeife, um seine Schwester zu schützen. Bel mochte seine Aufopferungsbereitschaft vielleicht nicht verstehen, ich aber sehr wohl. Ich verstand ganz genau, was Hellas fühlte.

»Um das Küchenmädchen kümmere ich mich später«, sagte Alastair.

»Aber Maître …«

»Gäste sind in die Voliere gelangt. War es der Schlüssel deiner Schwester oder nicht, der ihnen Zutritt verschafft hat?«

»Bitte«, flehte Hellas.

»Du kennst die Regeln«, sagte Alastair. »Sie muss bestraft werden.«

Ich stellte mir Friggas Haarnest vor, wie es sich über Yrsas Tisch ausbreitete, genau wie Reds langes Haar. Diese wirbelnde weiße Flüssigkeit, die keine Milch war. Vorhin hatte die Chefköchin noch gedroht, sie würde mich dem Maître melden. Ärger würde ich also so oder so bekommen. Ich sollte einschreiten …

Aber wenn mir irgendetwas zustieß, würde niemand sich mehr um Zosa kümmern. Im selben Moment fing Frigga an, bitterlich zu weinen. Ich konnte unmöglich tatenlos zusehen.

»Ich war es«, rief ich. »Ich habe Friggas Schlüssel genommen und mir Zutritt verschafft. Sie wollte ihn sich nur zurückholen.«

»Ist das wahr?«, fragte Alastair, an Frigga gewandt.

Frigga sah mich an. *Sag ja,* befahl ich ihr in Gedanken. Als sie nickte, stieß Hellas hörbar die Luft aus vor Erleichterung.

»Na schön.« Alastair packte mich an der Schulter. »Hier entlang.«

Es war eine halbe Stunde vor Mitternacht, als wir die Lobby betraten. Ein Turm aus silbernen Gepäckstücken, der bis zur Decke reichte, diente als Abstellfläche für Champagner. Gäste bedienten sich an den Gläsern und versammelten sich, um mitzuerleben, wie das Hotel weiterbewegt wurde. Bel lehnte an der Wand. Er stieß sich von ihr ab, als er mich sah, hielt beim Anblick Alastairs aber wie versteinert inne.

Alastair bemerkte Bel zum Glück nicht. Er führte mich zu einer Tür und flüsterte einen Befehl. Die Tür öffnete sich, und vor mir lag eine schlichte Gästesuite ohne Titel. »Bitte nach dir.«

Zögernd betrat ich den Raum, und sofort knallte die Tür hinter mir zu und schloss mich allein darin ein. Der Rahmen begann sich zu füllen, bis die Tür komplett verschwunden war und ich stattdessen auf eine solide Wand starrte. Gefangen. Meine Knie gaben nach, und ich sackte zu Boden.

Ich wusste nicht, was mich erwartete, hatte keine Ahnung, ob Bel mir helfen würde oder nicht, ob er überhaupt dazu in der Lage war. Meine Schläfen pochten, ich wollte einfach nur hier raus. Aufgeregt kratzte ich an der sich ablösenden Tapete herum. Aber wenigstens war Zosa noch am Leben, und Frigga würde ihre Augen behalten.

Viel schneller als erwartet, noch bevor ich die Wand genauer unter die Lupe nehmen konnte, tauchte die Tür wieder auf und öffnete sich. Beim Anblick Bels durchflutete mich Erleichterung, so heftig und plötzlich, dass es mir den Atem verschlug. Ich sprang auf und schlang beide Arme um ihn. Als ich spürte, wie er erstarrte, löste ich mich von ihm.

Sein Gesicht, das ich mittlerweile fast so gut kannte wie mein eigenes, zeigte keinerlei Regung. Er sah mich an wie eine Fremde. Mir zog es den Boden unter den Füßen weg.

Ich hatte keinen Schimmer, weshalb er sich mir gegenüber so gleichgültig gab, aber es war sicher kein gutes Zeichen. Fröstelnd schlang ich die Arme um meinen Oberkörper.

»Und?«, fragte ich.

»Man schickt dich zurück nach Durc.«

»Mit Zosa?«

»Nein.«

»Dann gehe ich nicht.«

»Du hast keine Wahl. Dein Vertrag wurde aufgelöst. Sobald du das Hotel durch die lackierte Eingangstür verlässt, landest du wieder in dieser Gasse, in der du es betreten hast. Genau wie die Gäste, wenn sie abreisen.« Dann fügte er so leise, dass ich es kaum wahrnahm, hinzu: »Du wirst nicht noch einmal degradiert, wenigstens das bleibt dir erspart.«

»Degradiert mich ruhig. Sag Yrsa, sie soll mir das Auge herausreißen. Hauptsache, Alastair lässt mich hierbleiben.«

»Das mach ich nicht.«

Das *mach* ich nicht. Nicht *kann* ich nicht. Tränen verschleierten meinen Blick. »Warum setzt du dich nicht für mich ein?«

Er wischte mir die Tränen fort, dann ließ er seine Hand auf meiner Wange ruhen. Ich streckte mich seiner Berührung entgegen, weil ich sie im Moment so dringend brauchte wie die Luft zum Atmen. »Tut mir leid«, sagte er nur.

Ich verstand das alles nicht. »Warum hast du mir dann überhaupt geholfen?«

Ein seltsamer Schatten huschte über Bels Züge und war im nächsten Moment wieder verschwunden. »Ich war neugierig, wie seine Tinte wirkt, und jetzt bin ich es eben nicht mehr. Wenn Alastair herausfindet, dass dein Gedächtnis die ganze Zeit über intakt war, wird er eine andere Möglichkeit finden, dich zu bestrafen. Du kannst unmöglich bleiben.«

Zur Hölle, und ob ich das konnte!

Blitzschnell zerrte ich seinen Hemdkragen beiseite und fischte den Hotelschlüssel heraus. »Du bist der Magnifique. Er braucht dich, um das Hotel zu bewegen. Geh einen Handel mit ihm ein.«

Sein Kehlkopf hüpfte auf und ab. »Das habe ich bereits.«

Ich ließ die Hand sinken. Schüttelte ungläubig den Kopf. »Du schickst mich also zurück? Ohne meine Schwester?«

»Ich rette dir das Leben.«

Ich konnte mir nicht annähernd vorstellen, was Bel ihm dafür angeboten hatte. Er musste Alastair irgendwelche unmoralischen Versprechungen gemacht haben.

Er kramte in seiner Tasche und drückte mir einige eiskalte Münzen in die Hand. Silberne Dublonen. »Für die Überfahrt in dein Dorf«, sagte er. »Glückwunsch. Alastair hat deinen Vertrag für nichtig erklärt. Du kannst nach Hause gehen.«

Bei diesen Worten zuckte ich unwillkürlich zusammen, und mir wurde schwer ums Herz. Da hatte ich jahrelang darauf hingearbeitet, endlich nach Hause zurückzukehren, und plötzlich wusste ich, dass Aligney nie wieder ein Zuhause für mich sein würde, nicht ohne Zosa.

»Verstehst du denn nicht? Dieses Zuhause bedeutet mir nichts ohne die Menschen, die ich liebe.« Als er daraufhin weiter eisern schwieg, ballte ich die Hände zu Fäusten.

Tief in meinem Inneren ahnte ich, dass Bel einen guten Grund für all das haben musste. Aber die Vorstellung, dass er mich einfach so wegschicken wollte, presste mir die Luft aus den Lungen. Ich biss die Zähne zusammen. Ich wollte ihn unbedingt spüren lassen, was sein Verhalten mit mir anrichtete, wollte, dass er verstand, wie sehr es mich schmerzte.

Ich hob das Kinn, durchströmt von bitterem Zorn. »Du schickst mich nicht einfach nur nach Hause. Es ist mehr als das. Du weist mich zurück, so wie du es mit allen Menschen hier machst. War ich für dich die ganze Zeit nur die einfache Angestellte, die du nach Lust und Laune für deine Experimente benutzen und dann wegwerfen kannst?« Meine Lippen begannen zu beben. Einfach jämmerlich. »Gott, du hast meine Tränen nicht verdient.«

»Jani …«

»Als ich hierherkam, dachte ich, du würdest dich um niemanden scheren. Aber dann schien sich etwas zwischen uns zu verändern. Und jetzt … jetzt schickst du mich weg, als würdest du dich einen Dreck um mich scheren.«

Ein Muskel an seinem Kiefer begann rhythmisch zu zucken.

Er streckte die Hand aus. Raue Finger strichen mir über den Hals.

»Was tust …« Mit einem Keuchen unterbrach ich meinen Protest. Jetzt tauchte sein Daumen in den Halsausschnitt meines Kleides ein und verhakte sich in Mamans Halskette. Dann streckte er die andere Hand nach mir aus, strich mit den Fingerkuppen über meine Taille, und seine Augen verdunkelten sich. Langsam, fast träge, ließ er den Blick an meinem Gesicht abwärts gleiten, bis er an meinem Mund hängen blieb.

Ich hielt den Atem an, doch dann schüttelte Bel unvermittelt den Kopf und trat einen Schritt zurück.

»Du bedeutest mir sehr wohl etwas«, sagte er, fast wie zu sich selbst. »Das ist ja genau das Problem.«

Wenig später tauchte Yrsa mit den Zwillingen auf. Ich wich zurück, als sie mich am Arm packen wollte. »Wehr du dich nur. Je heftiger du dich widersetzt, desto größer ist die Chance, dass der Maître mich dir ein Auge rausschneiden lässt, bevor er dich wegschickt.« Ich wurde kreidebleich, was ihr ein zufriedenes Lächeln entlockte. Sie zerrte mich neben sich her, die Zwillinge dicht hinter uns.

Es war immer noch vor Mitternacht, mittlerweile hatte sich eine ganze Schar von Gästen eingefunden, um der Versetzung des Hotels beizuwohnen. Béatrice stand in einer Ecke und tupfte sich die Wangen mit einem Taschentuch, während Bel wieder an der Wand lehnte und so tat, als wäre ich Luft für ihn.

Die Suminaire mit der Feder blies rosa Rauch über eine Reihe von Gästen, deren kunstvolle Kleider dadurch die komplette Farbpalette eines Sonnenuntergangs durchliefen. Alastair stand bei ihnen. Er begegnete meinem Blick und sah dann weg, als wäre ich nichts als lästiger Dreck unter seinen Schuhsohlen.

Mir war das einerlei.

Ich würde tun, was immer er von mir verlangte, nur um bleiben zu dürfen. Ich würde in Suppe rühren und Toiletten schrubben, bis meine Hände wund wären. Ich könnte zu ihm hinlaufen, ihn anflehen. Blitzschnell drehte ich mich von Yrsa weg.

»Falsche Richtung.« Ihre Hand riss an meinem Rock. Ich blieb mit dem Absatz an einer Wurzel hängen und stürzte erst auf die Knie und dann aufs Kinn. Dabei schlug ich mir die Unterlippe auf. Ich spuckte Blut auf die Wurzeln. Passenderweise würde ich diesen Ort nach einer unschönen Begegnung mit einem Orangenbaum verlassen, ähnlich wie bei meiner Ankunft. Wie gut, dass es mir diesmal gelang, keine der fabelhaften Orangen zu zerbrechen.

Meine Augen weiteten sich. Bels Worte über Alastair und die Orangen schossen mir durch den Kopf. *Wenn er wüsste, dass du eine zerbrochen hast, würde er dich nie wieder gehen lassen.*

Als ich die Orange zerbrochen hatte, hatte er es vor Yrsa verborgen und die Schuld auf sich genommen. Keine Ahnung, ob ich damit Alastairs Aufmerksamkeit bekommen könnte, aber wenn ich an eine rankäme und sie runterstieße, würde ich dadurch vielleicht zumindest etwas Zeit gewinnen.

Ein letzter Baum stand noch zwischen mir und der Tür.

Ich streckte die Finger danach aus, doch Sazerat umklammerte meine Schultern und stieß mich vorwärts. Ich riss die Faust hoch und sah schockiert, wie sie auf Höhe des Türrahmens verschwand. Nein, sie verschwand nicht; ich spürte, wie kalte, feuchte Luft meine Fingerknöchel streifte, von jenseits der Tür.

Ich bäumte mich in Sazerats Griff auf, kam auf dem glatten Marmor ins Rutschen. Dann trat ich mit den Stiefeln seitwärts und erwischte dabei mit dem Absatz einen Ast. Einige Orangen brachen herunter, aber ich konnte nicht hören, ob sie zersprangen, weil jetzt wieder diese fürchterlich überdrehte Frauenstimme zu hören war: *»Lebwohl, Reisende!«*

Ich kniff die Augen zu.

Da roch ich es. Der Duft von Wüstenjasmin war einer vertrauten salzigen Brise gewichen. Ich verlor die Orientierung, befand mich offenbar in einer Art Zwischenwelt. Immer noch spürte ich Sazerats Pranke auf meiner Schulter, schmeckte aber gleichzeitig Durc auf der Zunge. Bittere Galle stieg in meiner Kehle auf.

»Da ist ein Mädchen!«, rief jemand auf Verdannisch. Ein südlicher Akzent. Von einem Fischer vielleicht.

Großer Gott.

Dann packten mich starke Finger an den Hüften und zerrten mich zurück. Ich riss die Augen auf, als eine schwarz lackierte Tür vor meiner Nase zuschlug. Ich unterdrückte ein Schluchzen und blickte auf. In Alastairs Gesicht. Er atmete schwer, als hätte er mit einem Satz die komplette Lobby durchquert.

Die Orangen von dem Zweig, nach dem ich getreten hatte, waren zerbrochen, die Scherben über den Boden verteilt. Bel stand hinter dem Baum, die Augen auf mich gerichtet, Entsetzen im Blick.

Ein zufriedenes Lächeln breitete sich auf Alastairs Lippen aus. »Das Mädchen bleibt.«

22

Als Yrsa sich umdrehte, fiel ihr Blick auf die zerbrochenen Orangen. »Maître, mir war nicht bewusst, dass …«

»Ich weiß.« Alastair brachte sie mit einem einzigen Blick zum Schweigen. »Hinter die Bar mit dir«, befahl er. »*Sofort.*« Sie nickte und bedeutete den Zwillingen, ihr zu folgen. Doch Alastair legte Sazerat die Hand auf die Schulter. »Melde dich in einer Stunde in meinem Büro«, sagte er zu dem Zwilling.

»Wozu?«, wollte Sido wissen.

Langsam drehte Alastair sich zu Sido um. Die Vene an seiner Stirn trat deutlich hervor.

Der Zwilling wich eingeschüchtert zurück.

»Die Kleine hier hat gleich mehrere Orangen zerbrochen, und dein Bruder hätte sie um ein Haar vor die Tür gesetzt. Seinetwegen hätte ich sie fast verloren. Dafür muss er büßen.«

Sazerat fehlte bereits ein Auge. Seine erste Warnung hatte er also erhalten. Aber Alastair würde ihn doch meinetwegen sicher nicht gleich töten?

»Und jetzt geht mir aus den Augen. Alle beide.« Alastair wedelte mit der Hand. Fassungslos nahm Sido seinen Bruder am Arm und schlurfte hinter Yrsa her.

Ein Kreis von Angestellten erschien mit Besen und Kehrschaufeln. Sie scheuchten die aufgebrachten Gäste auf ihre Zimmer und kehrten die zerbrochenen Orangen auf. Der Marmorboden verschluckte die Scherben, die sie dabei übersahen.

Ich stand reglos da. Meine Beine waren wie mit dem Boden verwurzelt, während Alastair mich aus seinen blassen Augen argwöhnisch musterte.

»Ungewöhnlich, dass ein einfaches Küchenmädchen innerhalb eines einzigen Tages so viele Schwierigkeiten bereiten kann«, bemerkte Alastair. »Wusstest du es?«

»Ich hatte einen gewissen Verdacht.«

Als ich Bels Stimme hörte, wirbelte ich herum. Genau wie vorhin in der Gästesuite war es mir unmöglich, seine Miene zu deuten, doch seine Augen erschienen mir ungewöhnlich leer, als wäre ein Teil von ihm selbst mit den Orangen zerbrochen.

»Du hattest einen Verdacht, und doch hast du mit mir darum gefeilscht, sie zurückzuschicken?« Alastair drehte eine Orangenscherbe zwischen seinen Fingern. »Diese fabelhaften Orangenbäume sind einzigartig, es gibt sie nur in diesem Hotel. Vor langer Zeit, noch bevor das Magnifique in seiner heutigen Form existierte, schuf ein Suminaire sie, indem er gewöhnliche Orangenbäume verzauberte.«

Bevor das Hotel existierte. Ich dachte an das Handbuch der Gesellschaft aus dem Kartenraum. Der Suminaire, von dem er sprach, war womöglich ein Mitglied dieser Gesellschaft.

Alastairs Mund wurde zu einer schmalen Linie. »Einmal habe ich versucht, die Bäume zu fällen. Doch sie wachsen wieder nach, schießen direkt aus dem Marmorboden.« Er wandte sich mir zu. »Es ist fast unmöglich, die Früchte zu pflücken, und wenn, dann gelingt das nur einem Suminaire.«

Bei seinen Worten wurde ich stutzig. Das konnte nicht sein.

Es war schlicht und ergreifend nicht möglich. Nicht ein einziges Mal hatte sich die Magie in mir bemerkbar gemacht. Nie war irgendeine Art von Energie aus mir herausgeflossen, waren Menschen um mich herum verletzt worden, wie es bei Suminairekindern der Fall war. Vor meiner Zeit im Hotel hatte ich nie auch nur das leiseste Summen von Magie wahrgenommen. Und doch hielt der Maître mich für eine Suminaire. Und auch Bel schien das zu glauben.

Die Vorstellung war einfach lächerlich, ja, sogar ausgesprochen albern. Ich schüttelte den Kopf. »Unmöglich«, sagte ich. »Die Orangen müssen sich irren.«

Ich wartete gebannt, dass Bel mir beipflichtete, dass er lachte und einen Witz auf meine Kosten machte. Doch er schwieg mit ernster Miene und wich meinem Blick aus.

Langsam erwachte in mir die Erkenntnis. Bel würde sich nicht so seltsam verhalten … wenn es nicht die *Wahrheit* wäre.

Ich war eine Suminaire.

Für einen flüchtigen Augenblick war es, als würde sich in mir eine Art Schalter umlegen und einrasten, um mich unwiderruflich zu verändern. Ich sah mich um, wie mit neuen Augen. Die unheilvolle Dunkelheit der Lobby schien sich auszudehnen, mich und meine Magie zu rufen.

Meine Magie.

Ich hatte viele wundersame Dinge gesehen hier im Hotel, von dieser ersten Soiree über die Fluchtspiele bis hin zu den regnenden Regenschirmen und den magischen Fluren. Wenn ich wirklich eine Suminaire sein sollte, dann bedeutete das, dass sich im Lauf der Jahre auch in mir ein gewisses Potenzial angereichert hatte.

Ich blickte hinab auf meine Hände, betrachtete meine Knöchel, den eingerissenen Nagel am Zeigefinger, die schwielige Haut, die sich über Knochen und Sehnen straffte. Diese Hände sahen völlig normal aus. Es waren die Hände einer einfachen Arbeiterin einer Gerberei in Durc, einer Küchenhilfe, einer Schwester, einer Tochter aus Aligney. Aber wenn Alastair wirklich recht hatte, dann waren diese Hände auch dazu in der Lage, Zauber zu wirken – schreckliche, wunderschöne Zauber. Und ich hatte nicht die geringste Ahnung gehabt.

Aber Bel hatte es vermutet.

Der erste Schock wich einem unbändigen Zorn, der sich in mir Bahn brach und jeden freien Raum in meinem Inneren einnahm, bis ich kaum mehr Luft bekam. Ich wandte mich ihm zu. Er straffte sich, die Kiefermuskeln angespannt, die Augen zusammengekniffen zu diesem berechnenden Blick, den ich inzwischen so gut kannte.

Er wusste es! Hatte die ganze Zeit schon gewusst, was ich war, und trotzdem hatte er es mir verschwiegen. Und nicht nur das, er hatte mich dreist belogen. Ich hatte ihn für einen Vertrauten gehalten, einen Freund sogar. Meine Lippen begannen zu beben. Er *war* ein Freund. Vielleicht sogar der beste Freund, den ich hier hatte, und jetzt …

Der Verrat traf mich wie ein Schlag in die Magengrube. Ich wollte meine Enttäuschung am liebsten laut hinausschreien, ihn mit endlosen Fragen bestürmen, doch meine Kehle war wie zugeschnürt.

Entschlossen stapfte ich auf ihn zu und packte ihn am Kragen. Er riss meine Hand weg und hielt mich auf Armeslänge von sich, seine Miene bewusst ausdruckslos.

»Du *wusstest* es«, zischte ich durch zusammengebissene Zähne. Bittere Tränen sammelten sich in meinen Augenwinkeln. »Warum hast du es mir nicht gesagt?«

»Du musst dich beruhigen. Sofort.« Er deutete über meine Schulter. Alastair kam auf uns zu.

Als mein Blick auf ihn fiel, wich mein Zorn schlagartig einer Eiseskälte, und ich begann zu zittern.

Alastairs Lächeln entblößte eine Reihe spitzer Zähne. Er ließ die Orangenscherbe in seiner Jackentasche verschwinden und legte mir die Hand in die Armbeuge, als wäre ich seine Siegestrophäe.

»Hier entlang«, sagte er. »Es ist fast Mitternacht, der Magnifique hat einen Auftrag zu erledigen.«

✷

Alastair brachte mich in sein Büro. Ich musste meine geballte Willenskraft aufbringen, um nicht einfach wegzulaufen, sondern mich dem zu stellen, was ich war, was ich immer schon gewesen war.

Ich rieb meine Handflächen aneinander und strich mit der Daumenkuppe über die Adern an der Innenseite meines Handgelenks. Mir waren Geschichten zu Ohren gekommen, wie farblos und schrecklich die Magie war. Ich stellte mir vor, wie sie in diesem Moment in meinem Blut floss, wie eine tiefschwarze Schlange, die zischelnd darauf lauerte, endlich hervorzubrechen. Ich wusste nicht, was ich von alldem halten sollte.

»Hier drüben«, sagte Alastair. Er trat vor sein Kuriositätenkabinett und nahm drei Artefakte von einem der oberen Regale. Diese legte er nebeneinander auf seinen Schreibtisch.

Da ich nur verunsichert dastand, griff er nach meiner rechten Hand und zog mich neben sich. Er führte meine Fingerspitzen nacheinander an jedes der Objekte: an einen Haselzweig in Form einer Wünschelrute, an ein kleines Steinpendel und an einen Bronzekompass mit einer Jadenadel.

Die Magie aus dem Kompass löste ein Kribbeln in meiner Hand aus, kühl und stechend, während sowohl die aus dem Pendel als auch die aus der Wünschelrute lediglich sanft auf meiner Haut summte und sie erwärmte.

Alastair verzog den Mund. Wieder und wieder führte er meine Fingerkuppen über die drei Artefakte. Als nichts weiter zu passieren schien, weiteten sich seine Nasenlöcher. Er schleuderte meine Hand von sich, mit so roher Gewalt, dass meine Fingerknöchel gegen die Wand krachten.

Misstrauisch wich ich einen Schritt zurück. Auch wenn der Schock meine Emotionen dämpfte, ließ sich meine natürliche Neugier nur schwer zügeln. »W… was sind das für Sachen?«

»Nicht für dich bestimmt, wie es aussieht. Ich bin noch keinem Suminaire begegnet, der ein gutes Gefühl für eins dieser Artefakte offenbart hätte.« Er stupste die Jadenadel des Kompasses an. »Yrsa hat es gelegentlich mit dem Kompass versucht, aber sie bekommt ihn nicht dazu, richtig zu funktionieren. Das Ergebnis ist bestenfalls unvorhersehbar.«

Ich hatte den Kompass schon einmal gesehen. Yrsa hatte ihn bei dem Vorstellungsgespräch in Durc vor mir hochgehalten. Die Nadel hatte sich unablässig im Kreis gedreht. Das war es wohl, was er mit *unvorhersehbar* meinte. Vielleicht sollte die Nadel eigentlich auf passende Kandidatinnen und Kandidaten deuten, auf Personen mit Talent, so wie Zosa.

Alastair legte die drei Artefakte zurück in die Vitrine, gleich neben den fleckigen Handspiegel, der in der Ecke gegen das Glas gelehnt war. Er rührte den Spiegel nicht an. Stattdessen holte er alle anderen Artefakte heraus, eins nach dem anderen, bis der Schreibtisch komplett bedeckt war. Dann richtete er seine Aufmerksamkeit wieder auf mich. Ein eisiger Schauer überlief meinen Rücken.

»Sobald neue Suminaires hier eine Anstellung annehmen, wählen sie ihr Artefakt. Normalerweise entwickeln sie ein Gefühl für ein bestimmtes Objekt. Zwar kann die eigene Magie auch auf weitere Artefakte ansprechen, doch es gibt immer eines, zu dem man eine besonders tiefe Verbindung herstellt. Die Magie mithilfe eines Artefakts zu beschwören wird einem Suminaire zur zweiten Natur.«

Seine Worte klangen einstudiert, als hätte er diese kleine Ansprache schon Tausende von Malen gehalten. »Es gibt eine uralte Theorie, die besagt, dass die Fähigkeit eines Suminaires, ein Gefühl für bestimmte Artefakte zu entwickeln, dadurch bestimmt wird, wie intensiv die Macht in ihm ist. Allerdings spielt auch der Seelenwunsch eine Rolle.«

»Seelenwunsch?« Dieses Wort war auch auf dem Vorsatzblatt des Handbuchs dieser ominösen Gesellschaft zu lesen gewesen. Ich hatte es schon beinahe vergessen.

Alastair nickte. »Der Wunsch kann sich unter Umständen so tief verbergen, dass man ihn selbst nicht wahrnimmt. Aber er ist nichtsdestotrotz vorhanden.«

Ich ließ den Blick über den Tisch schweifen. »Was, wenn ich kein Gefühl für eins davon bekomme?«

»Je mehr Macht du besitzt, desto mehr Artefakte wirst du benutzen können, zumindest bis zu einem gewissen Grad. Fest steht, dass jeder Suminaire in der Regel ein Gefühl für ein bis zwei Objekte entwickelt«, sagte er mit einem Lächeln, das nicht im Geringsten echt wirkte. »Leider sind viele der Artefakte hier für den Hotelbetrieb nicht von Nutzen.«

Eine Gänsehaut bildete sich auf meinen Unterarmen. »Was geschieht, wenn ich nur eins der schwächeren Objekte verwenden kann? Würden Sie mich dann in einen Vogel verwandeln?«, fragte ich, ehe ich mich bremsen konnte.

»Wir alle müssen unseren Beitrag dazu leisten, dass die Magie sicher bleibt.« Er wiederholte sich, genau das Gleiche hatte er mir auch beim letzten Mal erzählt. »Genug geplaudert. Wollen wir doch mal sehen, was deine Seele begehrt.«

Er ergriff meine Hand. Ich verzog das Gesicht, als er meine Finger auseinanderzwang. Unendlich langsam führte er sie über das Sammelsurium von Objekten: einen Rabenschnabel, ein Pentagramm, eine aus einem Amethyst geschliffene Hand, einen einzelnen Schmetterlingsflügel in einem Fläschchen mit Stöpsel, einen länglichen Lapislazuli, ein winziges goldenes Stachelschwein, eine Ansammlung von Messingblättern an einem gebogenen Draht, ein Stück Knochen mit Gravur, eine Elfenbeinspinne, einen Granat so groß wie meine Handfläche, eine Ebenholzmünze und dann noch einige Phiolen unterschiedlichen Inhalts, darunter Knöpfe, Metallsplitter und Tinkturen.

Die Magie eines jeden Artefakts fühlte sich einzigartig an. Bei manchen spürte ich die Magie kaum, während ich mich an anderen fast verbrannte. Manche waren heiß, manche kalt, andere samtweich. Die Magie, die ich in einem kleinen Stein erspürte, wand sich um meine Finger, erdig und uralt, und verlieh meinem Speichel das Aroma von Pilzen. Ein Kribbeln jagte unter meiner Haut dahin. Einige Artefakte fingen an zu klappern, als meine Hand über sie hinwegglitt, doch Alastair ließ mich nicht nach einem einzigen Objekt greifen.

»Interessant«, sagte er schließlich, als meine Finger ein mit winzigen silbernen Tränen besetztes Topaskästchen berührten, das aussah, als würde es selbst diese Tränen vergießen. Als er mich losließ, verharrte meine Hand reglos darüber. Ich *wollte* sie gar nicht fortbewegen.

Es war ein seltsames Ziehen, das ich empfand, als hätte eine Spinne einen seidenen Faden mit meinem Blut verwoben und ihn an meinem Herzen befestigt, um es an das zu binden, was in diesem Kästchen war. Das Kästchen bebte, und vielleicht hatte es sich von allein geöffnet, vielleicht auch nicht, das konnte ich nicht sagen. Jedenfalls klappte der Deckel auf, als ich blinzelte. Im Futteral saß ein kreisförmiges Instrument aus Metall. Es sah fast aus wie ein weiterer Kompass.

Bei genauerer Betrachtung handelte es sich allerdings um eine etwas vertieft liegende Scheibe, auf der die Tierkreiszeichen zu sehen waren, mit einer etwas höheren Umrandung aus mattierter Bronze. Besetzt war das Ganze mit flachen Plättchen in bizarren Formen, die mit den Namen von Sternbildern beschriftet waren.

»Das Cosmolabium«, sagte Alastair in zufriedenem Tonfall. »Früher konnte man damit Saatzeiten, Steuerabgaben oder Ebbe und Flut berechnen.« Er deutete auf zwei erhabene Kreise auf der Scheibe. »Höhenwinkel und Azimut. Sie beziehen sich auf die himmlische Sphäre. Mithilfe dieses unscheinbaren Instruments konnten Forscher früher die Himmelskarte lesen und neue Länder entdecken. Eine Sternenkarte von der Größe deiner Handfläche. Manche gebrauchen diese Instrumente noch heute, aber sie werden als antiquiert betrachtet.«

»Ein Cosmolabium also.« Das Wort war gänzlich neu für mich. Das winzige Gerät bestand aus so vielen ineinander verschlungenen, filigran gearbeiteten Bestandteilen, dass man es genauso gut für ein Schmuckstück halten konnte. Trotzdem machte es einen vertrauten Eindruck auf mich. Ich hatte es schon einmal gesehen, konnte aber nicht sagen, wo. *Le monde entier* war in winzigen Buchstaben an der Oberseite eingraviert, dieselben Worte, die ich auch an der lackierten Hoteleingangstür gelesen hatte. Die ganze Welt.

Ich strich mit der Daumenkuppe über die feine Mechanik, die unter meiner Berührung erzitterte. Es fühlte sich wie Wunsch und Fluch zugleich an, und es juckte mich in den Fingern, irgendetwas damit zu tun. Was das war, konnte ich allerdings nicht sagen, ganz davon zu schweigen, ob ich es wirklich wollte.

Mein Geist sperrte sich nach wie vor dagegen zu akzeptieren, dass ich nach all der Zeit nun herausfinden sollte, dass echte Magie in mir steckte, *gefährliche* Magie, die Wirbelsäulen brechen und Herzen zerspringen lassen konnte.

Alastair befeuchtete seine Lippen mit der Zunge, eine abstoßende Geste, die mich unwillkürlich zurückweichen ließ. »Hätte ich vermutet, dass du eine Fabrikantin bist, hätte ich dich schon sehr viel früher hergeholt.«

Eine Fabrikantin.

Er trat an seinen Schreibtisch. Dahinter bedeckte eine Landkarte die komplette Wand. Bei meinem letzten Besuch war sie mir entgangen. Sie war gesprenkelt mit Hunderten von unförmigen Landmassen. Eine so detaillierte Karte war mir bislang nie untergekommen. Sie musste die ganze Welt zeigen. Alles war mit violetter Tinte vollgekritzelt. Offenbar Notizen. Einige Orte waren eingekreist, viele durchgestrichen.

Ich hielt Ausschau nach Verdanne, wollte unbedingt den kleinen Flecken sehen, der Aligney darstellte, um mich zu vergewissern, dass es immer noch irgendwo dort draußen war. Aber ich konnte es nicht finden. Ich hatte nicht die blasseste Ahnung, wo ich mich auf der Welt befand oder wo ich morgen sein würde. Es spielte vermutlich auch keine Rolle. Denn eine Rückkehr in die Heimat schien ohnehin undenkbar.

Tränen rollten mir über die Wangen, doch ich gab mir keine Mühe, sie wegzuwischen.

Alastair holte das Tintenfässchen mit dem Wolfskopf aus seiner Brusttasche. Dann zog er eine Schublade des Schreibtischs auf und fischte einen unausgefüllten Vertrag heraus. Ich ließ den Blick über die Seite gleiten. Diesmal war es ein Angestelltenvertrag.

»Es gibt hier einige Zauber, die unschöne Auswirkungen haben können, wenn du nicht schleunigst einen neuen

Vertrag unterzeichnest. Wenn man noch dazu bedenkt, dass ich deinen alten Vertrag nur wenige Minuten, bevor du diese Orange zerbrochen hast, aufgelöst habe, muss ich darauf bestehen«, sagte er. »Ich weiß, es ist nicht leicht, Jani. Aber es ist zu unser aller Wohl.«

Als er mich bei meinem wirklichen Namen nannte, versteifte ich mich unwillkürlich. Andererseits, warum sollte Alastair mich weiter Mol nennen; ein aufgelöster Vertrag bedeutete, dass meine Erinnerungen von früher wieder da wären, und das wusste er.

Mein alter Vertrag war ein ausgebesserter Gästevertrag gewesen, aber der, der nun vor mir lag, war die gleiche Art von Vertrag, wie Bel, Zosa und der Rest der Belegschaft ihn unterzeichnet hatten. Ich bezweifelte, dass ich noch einmal verschont bleiben würde.

Unvermittelt traf mich die Realität der Situation. Noch nie hatte ich dem Tod ins Auge gesehen, doch das hier kam dem ziemlich nahe. Es war, als stünde ich vor einer Guillotine, die mich von der Person abtrennen würde, die ich vor meiner Ankunft im Hotel gewesen war.

Ich malte mir eine reduzierte Version meiner selbst aus, die mit ausdrucksloser Miene neben mir stand, so stumpf wie das Gefieder der Vögel in der Voliere. Kein sturer, entschlossener Ausdruck mehr, der meinen Mund umspielte. Kein Funkeln im Blick. Sie wirkte seelenlos, das Phantom eines Mädchens, mit dunklen Haaren und toten Augen. Meine Muskeln spannten sich an. Ich wollte sie mir nicht vorstellen. Und schon gar nicht wollte ich zu dieser Person *werden*.

Aber Zosa ist hier. Und solange du hier bist, wirst du dich an deine Schwester erinnern, rief ich mir ins Gedächtnis.

Dieser Gedanke war das Einzige, was mich aufrecht hielt, als Alastair jetzt den Wolfskopf drehte und den Verschluss herauszog.

Ein süßlicher Duft entstieg dem Fläschchen und ließ mir das Blut in den Adern gerinnen. Alastair packte meine Hand und stach mir mit einer Schreibfeder in die Daumenkuppe.

Ich sog scharf die Luft ein, als mich der Schmerz durchfuhr.

Das hielt Alastair nicht davon ab, einen Tropfen von meinem Blut in das Tintenfass zu pressen. Dann tauchte er die Feder ein und schloss meine Finger darum. »Los jetzt. Es ist schon spät, ich habe nicht die ganze Nacht Zeit.« Als ich keine Anstalten machte, mich zu rühren, beugte er sich drohend zu mir vor. »Ich kann gerne Yrsa rufen.«

Alastair ließ mir keine Wahl.

Ein Bild von Margot in ihrem Café trat mir vor Augen. Ich versuchte mir vorzustellen, was wohl wäre, wenn ich mich entschieden hätte, in Durc zu bleiben, so wie sie all die Jahre in Champilliers geblieben war. Jeden Morgen aufzuwachen, während ganze Teile von einem selbst fehlten. Für immer fort. Ich wappnete mich innerlich, bereitete mich auf die atemberaubende Leere vor, die mich meiner Vorstellung nach von innen her auffressen würde.

Meine Augen brannten, und die dicke Linie neben diesem bösartigen kleinen X verschwamm. Ich setzte die Feder an und unterschrieb.

Als ich das Schreibgerät wieder von der Seite nahm, ließ ich Erinnerungen aus Aligney in meinem Kopf kreisen. Mamans Stimme. Ihre Hände, die mir die Haare aus der

Stirn strichen, Nägel, die in meine Wirbelsäule stachen, wenn ich mich krümmte. Zosa, die ihre Süßigkeiten über dem Boden verteilte. Und ich, wie ich ihr zu Hilfe kam, um sie aufzusammeln, bevor Maman sie dafür ausschimpfte. Wie ich mit den Fingern durch das limettengrüne Federgras strich, das entlang der Dorfmauer in dicken Büscheln wucherte.

Und dann später. Die schneidenden Winde. Ein schaukelndes Fährboot unter meinen Füßen. Die Vieux Quais, die sich meinem Blick präsentierten, und wie ich geglaubt hatte, in Durc stünden uns alle Möglichkeiten offen.

Ein Augenblick verging.

Die Erinnerungen trafen mich, dass es mir die Luft aus den Lungen presste.

Ich erinnerte mich noch glasklar an Durc, an den Gestank unten am Hafen, an die Gerberei und an Bézier und ihr Haus. An Aligney und meine Mutter. Es fehlte nichts.

In mir stieg ein Lachen auf, das ich unterdrückte, indem ich mir in die Backe biss. Alastair hegte offenbar keinerlei Verdacht, was meine Erinnerungsfähigkeit betraf.

Er hob den frisch unterzeichneten Vertrag hoch, öffnete sein unendliches Registerbuch und steckte das cremeweiße Blatt hinein. Dann legte er seine Jacke ab und verschwand in einer Kammer hinter seinem Schreibtisch. Ich war allein.

Das Registerbuch lag direkt vor mir.

Ich vernahm ein Summen in den Ohren. Mein Vertrag war da drin. Und der aller anderen auch. Zosas.

Ich streckte die Finger nach dem Buch aus.

Das Klicken einer Tür war zu hören. Blitzschnell zog ich meine Hand zurück, gerade als Alastair wieder aus der

Kammer trat. Er durchquerte das Zimmer und nahm das Registerbuch zur Hand.

Wenn ich wüsste, wo die Verträge aufbewahrt wurden, könnte ich zurückkommen. *Leg das Buch weg,* versuchte ich ihn kraft meiner Gedanken zu beeinflussen, doch das tat er nicht. Stattdessen schlug er das Buch auf. Seite um Seite blätterte er um. Nachdem mehr als eine Minute verstrichen war, hielt er bei einer inne, die immer noch ziemlich weit vorn war. Er öffnete das Buch, so weit es ging, und zog ein einzelnes Blatt heraus, das er mir reichte. Es war allerdings kein Vertrag.

Société des Suminaires, stand ganz oben auf dem Briefkopf. Ich überflog die Seite. Eine Aufzählung von Artefakten bedeckte das Stück Pergament. Neben den Beschreibungen der einzelnen Objekte fand sich jeweils eine Erklärung zu deren Funktionsweise sowie der Ort, an dem es zu finden war.

Eine Liste von Artefakten.

Eine Liste, die jahrhundertealt war, wenn sie der Gesellschaft gehört hatte. Das musste die Liste von Artefakten sein, von der Bel gesprochen hatte. Die ursprüngliche Tinte war schwarz, aber einige Ortsangaben waren durchgestrichen, mit violetter Tinte, und durch das Kürzel »H. M.« ersetzt worden. Das Hotel.

»Wozu dient diese Liste?«

Alastair deutete auf das oberste Regalbrett seiner Kuriositätensammlung, wo der Kompass, die Wünschelrute und das Pendel lagen. »Diese drei Artefakte sind hier katalogisiert und sollen Magie aufspüren können. Der Kompass führt denjenigen, der ihn benutzt, angeblich direkt zu anderen Artefakten oder zu Personen, in denen Magie fließt.«

Deshalb hatte Yrsa den Kompass also bei meinem Vorstellungsgespräch benutzt. Sie war auf der Suche nach weiteren Suminaires. Aber offenbar funktionierte der Kompass bei ihr nicht. Als sie ihn vor mich gehalten hatte, hatte die Nadel in keine bestimmte Richtung gewiesen, sondern war unaufhörlich im Kreis rotiert.

»Mächtige Suminaires haben versucht, diese drei Artefakte zu benutzen, doch leider ohne Erfolg«, fuhr Alastair fort.

»Und was ist mit Ihnen, können Sie sie nicht verwenden?«, fragte ich. Immerhin galt er als der mächtigste Suminaire weit und breit.

»Macht allein bedeutet nicht, dass einem jedes Artefakt gehorcht. Ich kann zwar die meisten der Objekte in meinem Besitz benutzen, aber aus irgendeinem Grund habe ich nie ein Gefühl für diese drei da bekommen. Und auch nicht für das Cosmolabium.« Diese Tatsache schien ihn mächtig zu wurmen. »Allerdings gibt es ein Artefakt, das mich weit mehr interessiert als alle anderen.«

Er deutete auf eine Zeile der Liste, ungefähr in der Mitte der Seite. Da stand etwas von einem goldenen Siegelring.

Eine Ortsangabe fehlte. Die Fähigkeit des Rings war lediglich mit vier kleinen, verblassten Worten angegeben: *verleiht und raubt Magie.*

Alastair tippte mit dem Zeigefinger auf den Eintrag. »Dieser Siegelring ist irgendwo auf der Welt verschollen, ich muss ihn finden. Und auch wenn du keins der Artefakte verwenden kannst, die mich direkt zu ihm führen würden, könnte sich das Cosmolabium bei der Suche als nützlich erweisen.«

Er musterte mich mit seinen blassen Augen, was in mir abermals den Drang auslöste, auf der Stelle die Flucht zu ergreifen.

Deshalb war er durch die Lobby geeilt, um mich aufzuhalten. Jetzt war ich gezwungen, ihm zu helfen, weil ich eine Suminaire war – eine Suminaire, die er nach Belieben für seine Zwecke missbrauchen konnte. Ich war sein Werkzeug.

Dieser Gedanke machte mich krank, aber was mir noch viel größere Kopfschmerzen bereitete, waren diese vier kleinen Worte: *verleiht und raubt Magie.*

Ich bezweifelte, dass Alastair vorhatte, sich seiner eigenen Magie zu berauben. Da schien es mir schon wahrscheinlicher, dass er sich selbst mehr davon verleihen wollte. Aber er verfügte doch bereits über mehr Macht als irgendein anderer Suminaire auf dieser Welt. »Wozu brauchen Sie diesen Ring?«

»Für einen guten Zweck«, gab er aalglatt zurück. Ich glaubte ihm keine Sekunde. »Die Konzentration der Magie im Blut eines Suminaires bestimmt darüber, wie gut seine Verletzungen heilen und wie lange er zu leben hat. Mächtige Suminaires erliegen nur äußerst selten tödlichen Wunden oder den üblichen Altersgebrechen.« Ich musste an Bels Stichverletzung denken. Zwar hatte es viele Stunden gedauert, bis sie verheilt war, trotz der Paste, mit der ich sie versiegelt hatte, doch immerhin war er nicht auf offener Straße gestorben. »Wenn dieser Siegelring Magie verleiht, könnte er auch die vorteilhaften Auswirkungen der Magie gewähren.«

»Sie denken, der Ring könnte heilen?«

»Mehr als das. Ich denke, er könnte Menschen vor dem Tod retten, ein einzelnes Leben um viele Jahre verlängern. Es könnte zum Nutzen aller sein«, sagte er.

Es war für mich undenkbar, dass er sich genügend um andere Menschen scherte, um ihnen allen helfen zu wollen.

Dann kam mir eine Erkenntnis, die mich fast von den Füßen riss: Ich war noch nie krank gewesen. Die ganze Zeit über hatte ich geglaubt, ich hätte einfach nur ein Riesenglück, aber es war die Magie in meinem Blut, die mich gesund erhielt. Und sie würde auch noch lange dafür sorgen, dass ich mich bester Gesundheit erfreute, vielleicht sogar über die übliche Lebenserwartung hinaus. Und wenn dieser Ring tat, was der Katalog behauptete, könnte auch Zosa diese magische Fähigkeit zur Selbstheilung verliehen bekommen. Ihr könnte ein ebenso langes Leben an meiner Seite beschert sein.

Doch selbst wenn Alastair dazu in der Lage wäre, jemandes Leben zu verlängern, wären diese Leute immer noch magisch, immer noch gefährlich. Auf dieser Welt war nur noch eine begrenzte Anzahl von Artefakten übrig. Ich wollte mir lieber nicht ausmalen, was passieren würde, wenn sie alle aufgebraucht wären.

Nein, Alastair hatte gewiss nicht vor, neue Suminaires zu erschaffen. Das widerspräche allem, was er darüber predigte, dass die Magie sicher bleiben müsse. Es musste noch einen anderen Grund geben, warum er diesen Ring unbedingt in die Finger bekommen wollte.

Bels Mutmaßungen kamen mir wieder in den Sinn. Möglicherweise war es die reine Gier, die Alastair antrieb. Er hatte gerade zugegeben, dass ihm diese drei Artefakte, die dazu in der Lage waren, Magie aufzuspüren, nicht gehorchten; aber dass es sein Wunsch war, sie zu benutzen, war offensichtlich. Wenn er den Ring besäße, könnte er sich selbst mit noch mehr Magie ausstatten. Und je mächtiger ein Suminaire war, desto mehr Artefakte vermochte er unter Umständen zu beherrschen. Wenn ihm grenzenlose Magie zur Verfügung stünde, hätte Alastair das Potenzial, jedes beliebige Artefakt nach seinen Wünschen zu verwenden. Bei diesem Gedanken drehte sich mir fast der Magen um.

Die Tür zu seinem Büro ging auf, und Madame des Rêves streckte ihren Kopf mit der Perücke ins Zimmer. »Bist du bald fertig mit ihr?«, erkundigte sie sich. Alastair ging auf sie zu und flüsterte ihr etwas ins Ohr. Sie nickte knapp und eilte davon.

»Zeit zu gehen«, sagte er und trat wieder hinter seinen Schreibtisch. Er zog die dritte Schublade von oben auf der rechten Seite auf und legte das unendliche Registerbuch hinein. Dann schob er die Schublade wieder zu, platzierte den Finger darauf und murmelte einen unverständlichen Befehl. Mit einem Klicken wurde ein Schloss abgesperrt. Das Registerbuch war durch Magie geschützt.

Trotzdem merkte ich mir die Schublade.

Alastair schob das Tintenfass mit dem Wolfskopfverschluss zurück in seine Jackentasche und streckte mir den Arm entgegen. »Folge mir, Jani Lafayette. Du wirst deine Suche nach dem Ring noch heute Abend beginnen.«

23

Alastair führte mich einen Flur im Erdgeschoss entlang, durch einen Saal mit Tausenden von leuchtenden Lampions, die sich bis in die Unendlichkeit zu erstrecken schienen. Anschließend ging es weiter durch eine Reihe von kleineren Räumen, jeder mit seiner ganz eigenen Geschichte.

Alastair deutete auf eine Polsterbank und erzählte von dem berühmten Dichter Antoine-Martin, der stundenlang darauf zu sitzen pflegte, im Beisein seiner Entourage, während er Oden an alles Mögliche verfasste, von Pasteten bis hin zu bebrillten Damen. Er erzählte mir von der Marmeladenerbin, Colette La Rive, die einmal einen sehr effektvollen Auftritt auf einer Soiree hingelegt hatte, als sie mit brennenden Kerzendochten auf den Schultern aufgetaucht war, nur um wenig später wieder zu verschwinden, weil ihre Ohrläppchen Feuer gefangen hatten. Er sprach von Würdenträgern, Musikerinnen und Musikern und Königinnen, die ihn in diesen Räumen mit ihrer Anwesenheit beehrt hatten, sowie von Würdenträgern, Musikerinnen und Musikern und Königinnen, die ihm schon bald die Füße küssen würden, nur um Zeugen all dieser Magie werden zu dürfen. Nicht ein einziges Mal erwähnte er seine Angestellten.

Alastair verstummte, als er mich durch eine Halle führte, in der drei livrierte Männer über Schreibtische gebeugt saßen. Sie erinnerten mich an die Arbeiterinnen und Arbeiter in der Gerberei.

Einer warf einen Satz kunstvoll geschnitzter Stäbe hoch und sah zu, wie sie in einer komplexen Konstellation wieder herunterfielen. Ein anderer saß regungslos über eine Schüssel in Form eines Skarabäus gebeugt da, die mit Wasser gefüllt war. Der Dritte fuhr mit bandagierten Fingern über einen Tisch voll scharfkantiger Metallplättchen, in die Buchstaben geätzt waren. Alle drei blickten auf, als wir an ihnen vorbeigingen. Dabei registrierte ich, dass bei jedem von ihnen ein Auge heller war als das andere, zweifelsohne aus Porzellan.

Ich versuchte zu erkennen, was diese drei Suminaires da machten, doch Alastair packte mich am Arm und zerrte mich weiter.

Wir stiegen eine Wendeltreppe empor und landeten direkt in dem kleinen Kartenraum, durch eine Tür, die der Haupttür gegenüberlag. Sie war das letzte Mal, als ich hier war, noch nicht da gewesen, da war ich mir sicher.

»Wie machen Sie das nur?«, fragte ich verwundert.

»Was glaubst du?« Er tätschelte die Brusttasche, in der sich das Tintenfass befand. »Sämtliche Zauber in diesem Gebäude sind mit meiner Tinte niedergeschrieben. Die meisten werden durch einen Befehl in Kraft gesetzt. Solange ich das Tintenfass bei mir trage und die korrekten Worte spreche, kann ich nach Lust und Laune jeden beliebigen Zauber wirken.«

Er murmelte einen Befehl und schwenkte die Hand. Die Tür schien mit der Tapete zu verschmelzen und verschwand. Doch die Wand hörte nicht auf, sich zu verändern. Jetzt wich sie zurück. Der Fußboden knarzte. Ein schmales Bett und eine noch schmalere Kommode wölbten sich aus dem Nichts hervor und verwandelten den kleinen Kartenraum in eine bescheidene Suite.

Alastair sprach einen weiteren Befehl, woraufhin farblose Flammen im kalten Kamin emporzüngelten. Ihr schwacher Schein fiel auf das Porträt der Frau darüber. Die Augen der Dame füllten sich mit Tränen. Eine rann an der Wand herab und zischte, als sie in die Flammen fiel.

Jetzt erst wurde mir bewusst, wo ich das Cosmolabium schon einmal gesehen hatte: die Frau auf dem Gemälde trug es um den Hals. »Wer ist sie?«

»Eine Suminaire, die dazu fähig war, viele mächtige Artefakte zu benutzen«, gab er mit belegter Stimme zurück.

Sie war jedenfalls eine wichtige Persönlichkeit, so viel stand fest.

Auf dieser halb herausgerissenen Seite im Handbuch der Gesellschaft hatte sie das Tintenfass mit der Wolfskappe in der Hand gehalten. Alastair hatte soeben zugegeben, dass diese Frau dazu in der Lage gewesen war, auch andere mächtige Artefakte zu verwenden. Sie hatte offenbar das Tintenfass benutzt und vermutlich auch darüber Bescheid gewusst, welche Magie bei der Annullierung von Verträgen im Spiel war.

»Wo ist sie jetzt?«, fragte ich mit möglichst unschuldiger Miene.

»Sie ist gestorben«, gab Alastair in schneidendem Tonfall zurück. Wie es aussah, führte diese Unterhaltung zu nichts.

Er öffnete den Riesenatlas. »Vor ihrem Tod hat sie dein Artefakt noch dazu benutzt, die Karten in diesem Buch zu zeichnen. Seit ihrem Tod ist es uns allerdings nicht gelungen, weitere hinzuzufügen.« Er senkte den Blick von meinem Gesicht zu dem Cosmolabium. »Das mag sich nun ändern.«

Er wollte also, dass ich eine Karte zeichnete? »Aber ich habe noch nie in meinem Leben etwas gezeichnet.«

Alastairs Augen zuckten zu dem Gemälde. Weitere Tränen kullerten über das Gesicht der Frau. »Das hatte sie auch nicht. Aber mithilfe des Cosmolabiums konnte sie zu allem eine Karte zeichnen, solange sie etwas hatte, worauf sie sich beziehen konnte. Sie war dazu in der Lage, die geografische Herkunft eines Objekts zu bestimmen, das bereits in unserem Besitz war, oder aber die exakte Position eines Artefakts herauszufinden. Sie hat mir eine Karte gezeichnet, die mich zu dem Kompass mit der Jadenadel führte, ausgehend von nichts als einer groben Skizze in einem uralten Tagebuch. Ich hoffe sehr, du schaffst das auch bald.«

»Wollen Sie mir etwa drohen?«

Darauf antwortete er nicht. Stattdessen legte er die Liste der katalogisierten Artefakte auf den Tisch und tippte auf den Eintrag für den Siegelring. Plötzlich verstand ich genau, was das Cosmolabium tat, wie ich mich als *nützlich* erweisen konnte.

»Ich werde Ihnen nicht helfen«, erklärte ich rundheraus.

Mein Protest schien ihn nicht zu interessieren. »Am heutigen Zielort gibt es einen Markt. Der hat bis spätnachts geöffnet.« Er platzierte einen Stapel silberner Rohlinge auf dem Tisch, ganz ohne Prägung. »Diese Münzen sollten für alles Nötige reichen. Kauf Kohle, Tinte, Pergament oder Velinpapier. Was immer du möchtest. Ich erteile dir die Erlaubnis, zu kommen und zu gehen, wie es dir beliebt. Selbstverständlich erwartet dich zu jeder Zeit eine Begleitperson in der Eingangshalle.«

Natürlich. »Eine Wache, meinen Sie?«

»Reine Wortklauberei«, antwortete er lächelnd.

Er schien sich nicht mehr um den schwarzen Vogel zu scheren, der weggeflogen war, und auch nicht um Sazerat oder Bel oder um irgendjemanden sonst. Jetzt betrachtete er mich als sein wichtigstes Unterpfand.

Doch ich weigerte mich, ihm zu noch mehr Macht zu verhelfen. Mit einer flinken Bewegung schnappte ich mir die Liste und trat auf das Kaminfeuer zu, in der Absicht, sie zu vernichten.

Alastair aber erwischte mich am Handgelenk und nahm mir das Stück Pergament gewaltsam wieder ab. »Das würde ich nicht tun, wenn ich du wäre.«

Er murmelte einen weiteren Befehl. Ein Glöckchen erschien an der Wand gleich neben der Tür, wie die für den Zimmerservice in den schickeren Gästesuiten. Er schnipste es mit dem Finger an, und es klingelte.

»Was passiert jetzt mit mir?«

Es kam keine Antwort. Wenig später wurde am Türgriff gerüttelt. »Jani? Jani, bist du da drinnen?«

Das Herz sprang mir fast aus der Brust.

Zosa.

»Ich bin hier!« Hastig stürzte ich zur Tür und zog am Knauf, während sie von der anderen Seite mit den Fäusten dagegenhämmerte. Die Tür wollte nicht aufgehen. »Mach sie auf«, bettelte ich.

Es gelang mir, den Knauf zu drehen, und ein Klicken war zu hören. Die Tür öffnete sich, gerade weit genug, dass sie ihre schmalen Finger durch den Spalt schieben konnte. Suchend tastete sie an der Kante entlang. Keine Federn oder Flügel; es waren echte menschliche Finger, und sie streckten sich nach mir aus. Ich berührte sie – ich berührte sie wirklich, fühlte sie, meine kleine Schwester, zum ersten Mal seit Wochen.

Alastair stieß mich beiseite.

»Lassen Sie sie rein«, presste ich mit erstickter Stimme hervor.

Er dachte nicht daran. Mit einer flinken Bewegung zog er Zosas Finger durch den Spalt. Rund um das Türblatt herum wuchsen Zähne.

Nein!

Mit einem Übelkeit erregenden Knirschen krachte die Tür zu. Zurück blieben ein roter Blutfleck an der Kante und vier abgetrennte Finger in Alastairs Hand.

Zitternd sank ich auf die Knie.

Als sich die Tür wieder öffnete, stand Madame des Rêves davor, einen Käfig in der Hand. Darin saß ein kleiner goldener Vogel, der jämmerlich zu fiepen begann. Ein Flügel hing schlaff herab. Blut sickerte aus der abgetrennten Spitze, wo auch einige Federn fehlten. Zosas tiefschwarze Augen beobachteten mich, während mir die Tränen über die Wangen rollten.

Alastair hielt die abgetrennten Finger meiner Schwester hoch. Madame des Rêves verzog das Gesicht, wickelte sie dann aber in ein seidenes Taschentuch. »Gib einen davon Yrsa«, wies er sie an und wischte sich das Blut von den Händen.

Ungläubig blickte ich zu ihm auf. »Ich dachte, Yrsa würde den Leuten nur ihre Augen nehmen.«

»Bei Fingern funktioniert es nicht ganz so schnell wie bei Augen, aber sie tun ebenfalls ihren Dienst.« Als er seinen Zeigefinger so flink vorschnellen ließ, wie Bel es mit seinem Schnappmesser immer tat, brach sich eine neue Woge des Grauens in mir Bahn. »Ich nehme an, Bel hat dir nie davon erzählt?«

Die Leute mochten Alastair für den größten Suminaire aller Zeiten halten, doch in Wirklichkeit war er nichts weiter als ein grässliches Ungeheuer.

Er deutete auf das Cosmolabium. »Mitternacht ist vorüber. Du hast drei Tage Zeit, um mir eine Karte zu zeichnen, die zu diesem Ring führt. Deshalb schlage ich vor, du machst dich auf den Weg und besorgst dir die nötigen Materialien. Sollte es dir nicht gelingen, mir diese Karte zu zeichnen, wirst nicht du diejenige sein, die ich dafür bestrafe.« Damit griff er nach dem Atlas, marschierte hinter Madame des Rêves davon, und ließ mich einfach stehen, mit nichts als diesem Stück Pergament, auf dem ein kurzer Absatz über diesen furchtbaren Ring stand.

Als die Tür sich geschlossen hatte, lehnte ich mich von innen dagegen und ließ mich zu Boden gleiten. Ich weinte, bis meine Augen rotgerändert und verquollen waren und die Tränen versiegten. Sobald ich wieder halbwegs bei klarem Verstand war, dachte ich nach.

Meine Knie drohten nachzugeben, aber ich zwang mich dazu aufzustehen. Langsam wandte ich mich dem Porträt zu. Die Frau starrte mich an, mit ebenso tränennassen Augen wie meine.

»Hat er dir auch gedroht?«, fragte ich und erwartete beinahe, dass sie ihre Zähne bleckte und lachte. Ich musste einen jämmerlichen Anblick bieten.

Sollte ich Alastairs Ring wirklich finden, würde er dadurch zu mehr Macht kommen. Er behauptete, er wolle diese Macht zu einem guten Zweck verwenden, doch nach allem, was ich bislang mitbekommen hatte, war nicht daran zu denken, dass er das ernst meinte.

Ich kniff die Augen zu und hatte dieses unendliche Registerbuch vor Augen, das in dieser Schublade im Schreibtisch steckte. Wenn ich es in die Finger bekäme und unsere Verträge annullieren könnte, hätte das ganze Drama hier ein Ende. Wir könnten, ohne uns noch einmal umzudrehen, zur Tür hinausspazieren.

Allerdings hatte ich keinen Schimmer, wie ich an diese Schublade rankommen sollte. Es schien mir vollkommen unmöglich. Und selbst wenn ich einen Weg fand, in Alastairs Büro einzudringen, war es mir ein Rätsel, wie man seine Tinte unwirksam machte. Bel hatte erwähnt, dass es leider nicht reichte, die Verträge zu zerreißen, so einfach war es nicht. Es erforderte sehr viel Magie, über die ich ganz offensichtlich nicht verfügte.

»Wie komme ich aus diesem Schlamassel nur wieder raus?«, fragte ich, an das Gemälde gewandt. »Wie können wir von hier entkommen?«

Die Liste der katalogisierten Artefakte lag zerknittert auf dem Tisch. Da war diese Beschreibung des Rings: *verleiht und raubt Magie.*

Raubt Magie.

Wieder und wieder jagten diese Worte durch meinen Schädel. Natürlich hatte ich keine Möglichkeit, genau zu sagen, was das bedeutete. Vielleicht raubte der Ring einem Suminaire seine Magie, aber es konnte auch mehr dahinterstecken. Falls der Ring Magie auslöschte, hob er vielleicht auch die Magie auf, mit der unsere Verträge belegt waren. Und wenn das der Fall war, brauchte ich gar nicht erst herauszufinden, wie Alastair die Verträge annullierte. Ich könnte stattdessen den Ring dafür verwenden.

Wieder und wieder wälzte ich diesen Gedanken hin und her, bis die Uhr im Zimmer schlug.

Meine Augen brannten höllisch, ich konnte sie kaum mehr offen halten. Aber mir blieben nur noch drei Tage, und ich hatte keine Vorstellung, wie man Magie wirken ließ oder wie ich mit dem Cosmolabium umgehen sollte. Was auch immer geschehen würde, ich durfte nicht aufgeben, bis ich die Karte zu diesem Ring gezeichnet hatte.

Ich warf einen Blick in den Kleiderschrank. Kein Mantel, unter dem ich meinen blutbefleckten Rock hätte verbergen können. Nur ein einzelnes Kleid. Ich strich mit dem Fingernagel über das Mieder und wurde von einem Schauder erfasst. Es war mitternachtsschwarz, mit Hunderten von kleinen Monden, die sich, aus Silberfäden gewirkt, in einem breiten Band um die Taille zogen. Der Stoff war von exquisiter Qualität, passend für eine Suminaire vom selben Schlag wie Bel.

Du bedeutest mir sehr wohl etwas, hatte er gesagt. Da hatte er die ganze Zeit gewusst, was ich war, und es für sich behalten. Er hatte mich verraten und versucht, mich nach Hause zu schicken, fort von allen, die mir etwas bedeuteten. Aber durch meine Adern pulsierte Magie. Sicher hätte ich irgendetwas tun können, ihm helfen können, einen Ausweg aus diesem Schlamassel zu finden. Doch offenbar hatte er mir nicht hinreichend vertraut, um mir die Wahrheit zu verraten.

Eine Mischung aus Verletztheit und Wut traf mich mit einer solchen Wucht, dass ich mir in die Backe biss, um nicht sämtliche Möbel umzustoßen. Jetzt brauchte ich mehr denn je einen klaren Kopf. Ich durfte nicht scheitern!

Hastig zog ich mich um und verstaute das Cosmolabium und die silbernen Münzrohlinge in der Tasche des Kleides.

»Ich gehe Material besorgen«, raunte ich dem livrierten Hotelangestellten zu, der draußen vor meiner Tür Posten bezogen hatte. Seine Augen waren blutunterlaufen und nur einen winzigen Spalt geöffnet, doch er heftete sich mir wortlos an die Fersen.

Die silbernen Geldstücke klimperten, während wir durchs Hotel eilten. In der Eingangshalle angekommen, öffnete der Portier mir die schwarz lackierte Tür.

»Willkommen in Ahnka, dem Herzen von Preet«, sagte er mit einem herzhaften Gähnen. »Wir empfehlen einen Schal gegen den beißenden Wind.«

24

Ahnka war eine kleine Stadt hoch oben in den Bergen östlich von Verdanne. Die Luft war dünn, und unter dem Druck verschlossen sich meine Ohren, kaum trat ich über die Schwelle. Der Boden vor mir fiel steil ab.

Die Fassade des Hotels ging diesmal in ein Dach mit spitzem Giebel über, sodass es sich perfekt zwischen die Häuser aus behauenem Stein zu beiden Seiten einfügte. Die Gebäude schmiegten sich an eine Klippe und waren mit von Grünspan überzogenen Kupferkabeln in der senkrechten Felswand verankert. Ich befand mich inmitten eines Netzes aus in den Fels gehauenen Fußwegen, die von bronzenen Laternen erhellt wurden.

Heißer Wind fegte durch die staubige Schlucht. Ich leckte mir die trockenen Lippen und schmeckte das Salz meiner Tränen. Wenn ich an Zosa dächte, kämen mir zweifellos wieder die Tränen, deshalb tat ich einen tiefen Atemzug und konzentrierte mich auf die Hitze, auf das Silber in meiner Tasche und auf die vor mir liegende Aufgabe.

Schmale Stufen führten in Serpentinen zu einer Häuserzeile, die gefährlich nah am Rand der Klippe stand. Wenigstens brannte dort Licht. Vor fast allen größeren Fenstern baumelten Öllampen. Hinter den vergoldeten Fensterläden tanzten Schatten. Musik drang von weiter oben an mein Ohr, zusammen mit seltsamen Klängen – darunter ein langes, unmissverständliches Stöhnen. Ich konnte mir schon vorstellen, woher diese Geräusche rührten.

Die Wünschemärkte in Preet waren berüchtigt, bis über die Grenzen hinaus kannte man sie, auch in Verdanne. Händler boten dort alles Mögliche feil, von essbarem Gold über gravierte Walzähne bis hin zu Küssen, die jede Krankheit heilen konnten, je nachdem, auf welche Körperstelle man den Kuss pflanzte.

Mit einem Wunsch im Herzen tritt ein, mit einem erfüllten Wunsch verabschiede dich wieder, hatte Maman zu uns gesagt, als wir klein waren, auch wenn diese Wünsche reine Gutenachtgeschichten waren und ganz gewiss nichts mit echter Magie zu tun hatten. Wir waren damals schon alt genug, um zu wissen, dass echte Magie nur von Suminaires gewirkt werden konnte. Aber das hielt Zosa und mich nicht davon ab, die Papiersterne zu zählen, die wir an die Decke unseres Zimmers geklebt hatten, und einen törichten Wunsch nach dem anderen herbeizuträumen.

Der livrierte Angestellte, mein bedauernswerter Wächter, kratzte sich am Kopf. »Wir gehen da rauf?«

»War das nicht Ihre Aufgabe, mich überall hinzubegleiten?«

Irgendwie plagte mich mein Gewissen, dass ich diesen Mann, der einfach nur seine Arbeit tat, dazu zwang, mir zu folgen. Doch dann dachte ich an Zosas abgetrennte Finger auf Madame des Rêves' Seidentaschentuch, und sofort waren die Gewissensbisse verflogen. Ich machte mich an den Aufstieg. Mein Bewacher stöhnte, folgte mir aber auf dem Fuß.

Am Eingang wurden wir von einer Frau begrüßt. Ihre beige-goldene Haut war mit feinen Sommersprossen gesprenkelt, das rotbraune Haar hing ihr in langen Zöpfen über eine Tunika aus schimmerndem Stoff, von dem ich wünschte, Béatrice hätte ihn sehen können – sie wäre blass geworden vor Neid. Nur dass diese Frau am Ende jedes Fingers eine gebogene Klinge trug, die aussah wie eine kleine Sense. Auf dem Wunschmarkt in Preet war es demnach nicht ratsam, etwas zu stehlen.

»Willkommen«, sagte sie auf Verdannisch mit Akzent, runzelte dann aber die Stirn. »Geht es Ihnen gut, Mademoiselle?«

»Nein. Nein, gar nicht gut. Oh …« Ich umfasste meine Fußgelenke und schnappte nach dem anstrengenden Aufstieg japsend nach Luft. Als ich mir sicher war, dass ich mich nicht übergeben würde, richtete ich mich wieder auf, stand auf wackeligen Beinen da und sah den Hügel hinunter. Mein Bewacher war neben einem Busch stehen geblieben und würgte sich die Seele aus dem Leib.

Ich deutete mit einem bedauernden Schulterzucken auf den Mann. »Empfindlicher Magen.«

»Überrascht mich nicht«, sagte die Frau. »Männer sind ja doch das sensiblere Geschlecht.«

»Dem kann ich schwerlich widersprechen.«

Ich zupfte an einem losen silbernen Faden am Rock des Kleides und wartete. Irgendwann sah es so aus, als wäre der Wächter fertig, doch dann stieß er ein Röcheln aus und würgte wieder. Es würde wohl noch eine Weile dauern. Kostbare Zeit, die ich nicht hatte.

Ich versuchte mich an der Frau vorbeizuschieben, aber sie hielt die Hand hoch und legte den Kopf schief. »Sag mir erst, was du dir wünschst«, verlangte sie. »Köstliches Essen? Den Kuss eines Geliebten? Oder etwas Außergewöhnlicheres?«

Als ich nur gleichgültig mit der Schulter zuckte und mich abermals an ihr vorbeischieben wollte, ließ sie ihre Klingen blitzen. Sie würde mich nicht einlassen, ohne dass ich einen Wunsch äußerte.

Mir kamen durchaus ein paar Dinge in den Sinn, zum Beispiel die Geschichte mit Zosa, aber es war einfach zu lächerlich; Wunscherfüllung war doch nichts weiter als ein naiver Volksglaube, und es war schon spät. »Kohle und Pergament«, antwortete ich daher kurzentschlossen.

Das schien sie zufriedenzustellen. Ihr Lächeln wurde breiter, und sie gewährte mir Zutritt.

Drinnen glitt ich durch ein Labyrinth aus länglichen Markthallen, die erfüllt waren von dichten Schwaden, einer Mischung aus Weihrauch und dunklem Holz. Händler boten ihre Waren im Kerzenschein feil. Kunden in juwelenbesetzten Gewändern saßen an mit Samt ausgelegten Tischen und vergnügten sich mit Kartenspielen, die typisch für Preet waren, ähnlich dem verdannischen Poker. Der einzige Unterschied war, dass die Spielkarten Himmelskörper zeigten – Sterne und Kometen statt Pik und Kreuz. Außerdem beendete jeder Spieler seine Runde, indem er sich mit der Daumenkuppe an die Unterlippe tippte.

Ein Musikant zog vorbei. Er blies in ein Instrument aus Bronze, das aussah wie eine Flöte, während eine bildhübsche Tänzerin in prächtiger Seide Zimbeln aus Messing zwischen Daumen und kleinen Fingern aneinanderschlug.

Nicht weit von mir zeichnete eine Frau die Silhouette einer anderen Frau nach, die reglos wie eine Statue hinter einem von hinten beschienenen Mulltuch stand und sich eine Kerze an die maskierte Nase hielt.

Es gab unzählige Kunsthandwerker, die in ihren Läden alles verkauften, was das Herz begehrte. Mein Blick fiel auf einen Gentleman, der einer älteren Frau Küsse auf die Ohrmuschel drückte, während sie ihm eine schwere Münze reichte.

Schon bald fand ich einen Verkaufsstand, an dem Zeichenutensilien angeboten wurden. Ich wählte einen dicken Stapel Pergament aus, dazu eine Schachtel Kohlestifte, die mit Goldfolie umwickelt waren. Dann griff ich in die Tasche und fischte zwei Silberrohlinge heraus, nur um sie um ein Haar fallen zu lassen. Es waren keine einfachen flachen Scheiben mehr, sondern kunstvoll geprägte Münzen. Auf der einen Seite war eine Eule zu sehen, die eine Krone auf dem Kopf trug, auf der anderen das Profil eines Mannes.

Der Händler nahm die Münzen entgegen und packte alles zu einem Bündel zusammen. Meine Einkäufe unter den Arm geklemmt, wandte ich mich gerade zum Gehen, als ich wie versteinert innehielt.

Bel saß an einem der vollbesetzten Kartentische. In der einen Hand hielt er einen Fächer Spielkarten, in der anderen einen Glasdekanter mit einem grünen Likör, den man hier bevorzugt servierte.

Eine junge Frau mit wunderschöner bernsteinfarbener Gesichtshaut kam an seinen Tisch geschlendert und strich ihm verführerisch mit dem Fingernagel am Kragen entlang. Ich musste einen verärgerten Laut ausgestoßen haben, weil Bels Augen jetzt hochzuckten und für einen flüchtigen Moment den meinen begegneten – lange genug, dass ich mir ganz sicher war, dass er mich gesehen hatte. Gleich darauf sah er hastig wieder weg. Er nippte an seinem Getränk und legte eine Karte auf den Tisch, ohne noch einmal zu mir aufzublicken. Auch vermied er es tunlichst, auch nur annähernd in meine Richtung zu sehen.

Der Zorn, den ich verspürt hatte, nachdem die Orangen heruntergefallen waren, kehrte mit voller Wucht zurück. Ich presste die Lippen zusammen. Dann marschierte ich entschlossen auf seinen Tisch zu. Aller Augen richteten sich auf mich, als erwarteten sie, gleich Zeugen zu werden, wie ein Karren frontal gegen eine Felswand krachte. Sämtliche Anwesende beobachteten mich, bis auf einen. Bel hielt den Blick stur gesenkt und warf eine weitere Karte auf die Tischplatte.

Wie kannst du es wagen, wollte ich am liebsten schreien, ihn irgendwie für sein Verhalten bestrafen.

Stattdessen schnappte ich mir blitzschnell sein Glas und schüttete ihm den Inhalt ins Gesicht. Ich hörte ihn fluchen, und während ich davonstürmte, schabten Stuhlbeine über den Boden. Ich kam gerade mal zehn Schritte weit, ehe er mich am Arm packte und zu sich herumwirbelte. Taumelnd fing er sich und richtete sich zu seiner vollen Größe auf.

Ich rümpfte die Nase beim beißenden Gestank von Alkohol in seinem Atem. »Du bist betrunken.«

»Kann schon sein.«

Ich stieß ihm mit beiden Händen gegen die Brust. »Seit wann weißt du, dass ich eine Suminaire bin?« Bei meinen Worten drehten sich einige Männer nach uns um.

Er beugte sich dicht an mein Ohr. Mein Herz schlug schneller, obwohl er mich nicht berührte. Ich hasste es, dass er diese Wirkung auf mich hatte. »Tatsächlich hatte ich schon in Durc so eine Vermutung. Ich erhalte nicht jeden Tag die Gelegenheit, einer Suminaire einen Vertrag auszuhändigen. Warum, glaubst du, habe ich dich überhaupt mitkommen lassen?«

»Du bist unglaublich.«

»Dachtest du allen Ernstes, ich sei so einfältig, dich aus reiner Selbstlosigkeit mitzunehmen? Ich suche schon seit Jahren nach einer Möglichkeit, die Wirkung von Alastairs Tinte aufzuheben. Und dann kamst du daher.« Er musterte mich vom Scheitel bis zur Fußspitze. Ein Schauder überlief mich. »Ich dachte, wenn ich geheim halte, was du bist, könntest du mir vielleicht helfen, die Wirkweise der Tinte zu verstehen.«

Ich nickte, völlig verdattert. Er hatte mir weit mehr verschwiegen als gedacht.

Jedes Gespräch, das wir geführt hatten, alles, was er mir gezeigt, mir erzählt hatte, jedes Mal, dass er etwas mit mir unternommen oder mir Informationen anvertraut hatte – das alles jagte mir jetzt durch den Kopf. Sein Mund an meinem Ohr oben am Mondfenster und dieser Abend im Kartenraum … Ich hatte ihm hinreichend vertraut, um ihm alle meine Geheimnisse zu verraten – Geheimnisse, die ich noch nicht mal meiner eigenen Schwester erzählt hatte. Und dann der Tag in der blauen Stadt, da hatte er sich mit schmerzhaftem Staunen alles angehört, woran ich mich erinnerte. Ich hatte geglaubt, Bel verhielte sich mir gegenüber so zuvorkommend, weil ich ihm etwas bedeutete. Und so war es wohl auch gewesen. Natürlich war ich ihm nicht gleichgültig.

Ich war schließlich eine Suminaire. Sein *Experiment*.

Allein der Gedanke rief Ekel in mir hervor.

»Du wusstest also schon in Durc, dass ich eine Suminaire bin. Woran hast du es erkannt?«

Bel seufzte. »Jani …«

»Beantworte meine Frage.« Meine Stimme knisterte vor Zorn.

»Nicht hier mitten auf dem Markt«, wiegelte er ab und führte mich ein Stück weg vom Kartentisch in eine Nische, wo niemand unser geflüstertes Gespräch belauschen konnte. »Der Verdacht kam mir schon in der Küche dieser Pension, in dem Moment, als du meinen Schlüssel berührt hast. Nur Suminaires können Magie erspüren.«

»*Nur* Suminaires?«

Er verdrehte die Augen. »Und dann war da noch das hier.«

Mir stockte der Atem, als Bel mein Kinn anhob und sein Daumen unter dem Kragen meines Kleids entlangglitt, um nach Mamans Halskette zu tasten, genau wie er es schon einmal getan hatte. Doch dieses Mal fischte er sie heraus, den Blick fest mit meinem verschränkt.

»Ein Artefakt«, flüsterte er leise.

»Was?«

»Die Magie darin ist nur sehr unterschwellig zu spüren. Aber als ich es in Durc zufällig berührte, erkannte ich sofort, was es war. Kaum ein anderer Suminaire hätte es bemerkt, aber mein Metier ist es schließlich, Artefakte aufzuspüren. Ich nahm also an, dass du eine Suminaire bist, und begriff bald, warum man deine Magie noch nicht entdeckt hatte. Aber ganz sicher war ich mir erst, als du diese erste Orange zerbrochen hast.«

Ich erinnerte mich noch haargenau an diesen Moment. Bels ausweichende Antworten. Und jetzt das.

Behutsam strich ich über die Halskette und zuckte zusammen. Ich verspürte wahrhaftig ein schwaches Kribbeln in den Fingerkuppen. Hätte ich nicht eben erst sämtliche Artefakte in Alastairs Büro berührt, hätte ich es auch jetzt nicht bemerkt: das leise Vibrieren der Magie, so schwach, dass es mir bislang nicht aufgefallen war.

Ich hatte mein eigenes Spiegelbild in Mamans Frisierspiegel noch lebhaft vor Augen, in dem Moment vor all den Jahren, als sie mir das Haar zur Seite gestrichen und die Kette um den Hals gelegt hatte. Sie hatte sich warm angefühlt auf meiner Haut. Und seltsamerweise auch irgendwie besonders. *Ein Geschenk für meine Erstgeborene*, hatte Maman gesagt.

In jener Nacht konnte ich die Finger nicht mehr davon lassen, wieder und wieder berührte ich sie. Zosa hatte geschmollt deswegen, natürlich, deshalb hatte Maman sie zum Trost einen ihrer Ringe tragen lassen. Ich könnte zwar keinen Ton halten, selbst wenn mein Leben davon abhinge, aber an dem Tag hatte ich das Gefühl, von uns beiden die besondere Tochter zu sein.

Ich *war* etwas Besonderes, wie mir jetzt schlagartig klar wurde, und Maman hatte es gewusst.

Meine Lippen bebten. Manchmal hatte ich sie dabei ertappt, wie sie mich beobachtete, die Hände im Schoß knetete, und wie die Fältchen um ihre braunen Augen vor Sorge tiefer wurden. Gelegentlich blieb sie abends mit mir zusammen noch länger wach, nachdem Zosa längst eingeschlafen war, und erzählte mir begeistert Geschichten von Suminaires und dass sie Magie zwar für etwas Gefährliches hielt, aber auch für ein Geschenk. Ein Geschenk! Meine Kehle war wie zugeschnürt. *Wahre Begabung kommt früher oder später ans Licht,* hatte Maman zu mir gesagt. Und das hatte sie wirklich ausdrücklich zu *mir* gesagt, nicht zu Zosa. Ich war immer davon ausgegangen, dass sie von der Stimme meiner Schwester gesprochen hatte, aber die wahre Begabung war offenbar meine Magie.

Maman hatte mir die ganze Zeit nur Dinge über mich selbst beibringen wollen.

Aber sie hatte mir nie die Wahrheit gesagt, geschweige denn mich vorgewarnt, nicht einmal auf dem Totenbett. Der Schmerz angesichts dieser Erkenntnis ließ Bels Verrat im Vergleich dazu zur Bedeutungslosigkeit schrumpfen. Was hätte ich jetzt gegeben für eine gemeinsame Stunde mit ihr, um sie nach meiner Geschichte zu befragen. Doch sie war fort, tot und begraben.

»Wie lange trägst du diese Halskette schon?«, erkundigte Bel sich sanft.

»Meine Mutter hat sie mir um den Hals gelegt, als ich noch ganz klein war. Sie hat mich gebeten, sie niemals abzulegen.« *Ganz gleich, was irgendjemand sagt,* ma petite pêche, das waren ihre Worte gewesen. *Selbst wenn ein Junge dir süße Versprechungen ins Ohr flüstert oder ein Mann dir eine Handvoll Dublonen dafür bietet, ja sogar, wenn es dich in den Fingern juckt, sie abzunehmen, möchte ich, dass du sie an deinem hübschen Hals behältst. Es ist schließlich ein Familienerbstück.* »Sie ließ es mich bei meinem Leben schwören.« Seine Augenbrauen wanderten nach oben. »Maman hatte einen Hang zum Dramatischen.«

»Tja, vermutlich zieht sich das Blut von Suminaires durch die Reihe deiner Ahnen. Möglicherweise hatte deine Mutter bereits einen Verdacht, was du bist. Vielleicht warst du nie krank, oder deine Wunden verheilten schneller als die anderer Kinder.«

Mein Mund öffnete sich.

»Was ist?«, fragte Bel.

»Als ich sieben war, fiel ich von einem Baum und dachte, ich hätte mir den Arm gebrochen. Ich hatte das Knacksen deutlich gehört. Der Schmerz war so heftig, dass ich ohnmächtig wurde. Unser Dorfarzt hat es sich am nächsten Tag angesehen. Es war kein Bruch, nur ein blauer Fleck. Maman verhielt sich während der gesamten Untersuchung auffallend still. Später an dem Abend hat sie sich in ihrem Zimmer eingeschlossen.« Ich erinnerte mich noch gut, wie ich das Ohr an ihre Tür gepresst und gelauscht hatte. Sie hatte geweint. Damals hatte ich mich lange nach dem Grund gefragt.

»Sie muss damals herausgefunden haben, was du bist.«

»Aber meine Mutter war keine Suminaire. Sie hat immer Witze darüber gemacht.«

»Manchmal überspringt die Magie eine Generation, und auch bei Geschwistern kommt es vor, dass sie sich nicht bei allen zeigt. Das ist vermutlich der Grund, warum deine Mutter die Halskette nicht selbst behalten hat, sondern stattdessen an ihre Tochter weitergab, die sie offensichtlich sehr geliebt haben muss.«

Meine Finger zitterten, als ich sie an dem goldenen Schmuckstück entlanggleiten ließ. Ich war fassungslos. Jahrelang war ich mit einem gottverdammten Artefakt um den Hals herumgelaufen. »Und was, wenn das, was die Kette macht, jemanden verletzt hätte?«

»Ich denke nicht, dass sie das kann.«

Ich funkelte ihn an. »Du meinst, du weißt, welche Wirkung die Kette hat?«

»Nicht genau. Wenn ich sie anfasse, kann ich kein Gespür für sie bekommen. Aber ich bin sicher, was immer es ist, es hat mit Magie zu tun.«

»Du musst völlig betrunken sein. Die Kette ist ein Artefakt. Natürlich hat es was mit Magie zu tun.«

Er seufzte. »Das habe ich nicht gemeint. Ich glaube, die Halskette verhindert, dass andere Artefakte eine Wirkung auf dich haben.«

»Wie bitte?«

»Überleg doch mal. Es muss doch einen Grund geben, warum du immun gegen Alastairs Tinte bist, und die einzig logische Erklärung, die mir einfällt, ist das, was du da um den Hals hängen hast.« Er beugte sich zu mir. »Ich habe Yrsa nach dem Vorstellungsgespräch gefragt. Sie meinte, der Bronzekompass hätte bei niemandem in Durc funktioniert. Sie schafft es nicht, dass er sie zu Suminaires führt, aber trotzdem reagiert der Kompass, wenn er sich mit einem im selben Raum befindet. Er *deutet* auf Suminaires.«

Auf mich hatte er nicht gezeigt. Als Alastair mir erklärt hatte, wie der Kompass funktioniert, hatte ich angenommen, Yrsa könne bloß nicht richtig damit umgehen. Aber auf diese Erklärung wäre ich niemals gekommen.

»Du kannst Magie trotzdem nutzen«, fuhr Bel fort, »sie spüren und sehen, wenn sie auf Dinge in deinem Umfeld angewendet wird, zumindest innerhalb des Hotels. Aber wie es aussieht, sind dein Geist und dein Körper dank der

Kette immun gegen die direkten Auswirkungen der Magie und vielleicht sogar nicht einmal mithilfe meines Atlas aufspürbar.«

»Die Halskette meiner Mutter hat mich also die ganze Zeit beschützt?«

»Ich denke, die Halskette hat eine große Rolle dabei gespielt, ja, aber vielleicht hast du deine Magie auch auf andere Arten eingesetzt, und das hat dir geholfen, unentdeckt zu bleiben.«

Ich erinnerte mich an unser Gespräch im Kartenraum vor all den Wochen. »Du hast einmal etwas von grundlegender Magie erwähnt, dass Suminaires sich ihrer bedienen können, selbst wenn sie kein Artefakt haben.«

Er nickte. »Manche sprechen auch von *première magie*.«

Erster Magie.

»Wie funktioniert die?«

»Das meiste von dem, was ich weiß, habe ich mir durch Berichte aus zweiter Hand zusammengereimt. Ich weiß nur, dass sie einfach so in uns wirkt, ohne dass wir sie beschwören müssten, so was wie schnelle Heilung zum Beispiel. Es gibt Geschichten über Suminaires, die bei hellem Tageslicht ohne Artefakt durch die Straßen spaziert sind, und niemand hat auch nur das Geringste von ihrer Anwesenheit bemerkt, oder von Suminaires, die ein glückliches Leben führten, wo normale Menschen sich abkämpfen. Man sagt, die *première magie* sei dafür verantwortlich. Es gibt sogar Gerüchte über Suminaires, die sich versteckt und ihre Magie ohne die Hilfe eines Artefakts im Zaum halten, indem sie sich bewusst in gefährliche Situationen bringen. Angeblich zwingt das die *première magie*, ihre Wirkung zu entfalten«, sagte er. »Neben der Kraft zur Selbstheilung wird dieser Magie nachgesagt, dass sie uns schützt und Glück bringt.«

»Glück«, wiederholte ich.

Ich hatte miterlebt, wie Bézier Mädchen wegen lächerlicher Kleinigkeiten rausgeworfen hatte, so was wie Kleckern beim Essen oder das Versäumnis, die Haustür abzusperren. Uns aber hatte Bézier nie mit solchen Dingen behelligt. Ich hatte immer geglaubt, es läge daran, dass sie eine Schwäche für meine Schwester hatte. *Meinen kleinen Glücksbringer* hatte ich Zosa manchmal genannt.

Sie war die Außergewöhnliche von uns beiden gewesen. Die Stimme, die innerhalb weniger Minuten ein Glas mit Münzen füllen konnte. Die kleine Elfe, die unbeschadet wieder heimfand, nachdem sie ganz allein außerhalb der Dorfmauern herumgeirrt war, während ich daheim krank gewesen war vor Sorge.

Aber bei all diesen Gelegenheiten war ich an ihrer Seite gewesen, hatte ihr den Rücken gestärkt, ihre Hand gehalten, nach ihr gesucht, mich ihretwegen gegrämt. Ich war immer für sie da.

Und dann im Hotel … war es mir so oft gelungen herumzuschnüffeln, ohne erwischt zu werden, so wie bei dieser ersten Soiree, dass man nur von Glück sprechen konnte.

Ich hatte Zosa für meinen kleinen Glücksbringer gehalten, aber wenn Bels Theorie wirklich stimmte, dann war es genau andersherum. Dann war es über all die Jahre die *première magie* in mir gewesen, die uns beschützt hatte. Und das bedeutete, dass ich die ganze Zeit die Glückliche gewesen war.

»Wenn du schon seit jenem Tag in Durc wusstest, was ich bin, warum hast du es mir nicht gesagt?«

»Kurz nach deiner Ankunft sah ich keinen Sinn darin, dir die Wahrheit über deine magischen Fähigkeiten zu sagen – ich dachte, es wäre sicherer für dich. Jani, die Dinge, die ich erlebt habe …« Die Muskeln um seinen Mund herum zuckten. »Ich kann dir versichern, es hat mir nicht gefallen, es vor dir zu verheimlichen. Aber … ich habe es für mich behalten, weil ich befürchtete, du würdest sofort versuchen, deine Schwester mithilfe deiner Magie zu finden. Dann wäre alles, was ich auf mich genommen hatte, um deine Identität geheim zu halten, umsonst gewesen. Tja, und schließlich lernte ich dich näher kennen.« Sein Blick wanderte über mein Gesicht, mit einem Ausdruck, der mir unter die Haut ging.

»Und?«

Er sah hinunter auf seine Hände. »Gott, ich wollte es dir so oft sagen … du hast ja keine Vorstellung.«

»Und trotzdem hast du die Wahrheit für dich behalten.« Ich presste die Lippen zusammen. »Du hast mir verheimlicht, wer ich *bin*.«

»Das habe ich«, gab er unumwunden zu. »Wie du vielleicht weißt, stehe ich kaum einem Menschen im Hotel wirklich nahe. Der Letzte, mit dem ich viel Zeit verbrachte, war Hellas. Aber wir haben uns beide zu stark verändert und uns auseinandergelebt, wegen Alastair. Und nach allem, was ich zu ihm gesagt habe, nachdem es so ein unschönes Ende nahm, ist es unwahrscheinlich, dass es zwischen uns je wieder wird, wie es einmal war.« Bels Mund wurde schmal. »Es ist so lange her, dass ich auch nur annähernd eine gewisse Nähe zu einem anderen Menschen erleben durfte, dass ich ganz vergessen hatte, wie es ist, sich einfach nur darauf zu freuen … mit jemandem zu reden.«

Ich öffnete die Lippen, doch wusste ich nicht, was ich sagen sollte.

»Ich habe die Wahrheit weiter vor dir verheimlicht, weil ich merkte, dass du mir immer wichtiger wurdest.« Sein Blick begegnete meinem, und da lag etwas in seinen Augen, was mir den Atem stocken ließ. Schnell sah er wieder weg. »Wenn ich dir erzählt hätte, was du bist, hättest du mich dafür gehasst, dass ich es dir nicht schon früher erzählt habe. Ich glaube, der Egoist in mir wollte das Risiko nicht eingehen, das zu verlieren, was wir hatten.«

Eine tiefe Furche bildete sich zwischen Bels Augenbrauen, und sofort wich mein Ärger einem Gefühl, das sich am ehesten als Schmerz beschreiben ließ. Im Grunde wusste ich nicht recht, was ich fühlen sollte, aber eins stand fest: Ich war noch nicht bereit, ihm zu verzeihen.

»Ich hätte dir von Anfang an alles erzählen sollen, schon als du das Hotel betreten hast«, sagte er.

»Allerdings.«

»Wegen deiner Magie wurdest du zu einer Gefahr für dich selbst, ohne dass du etwas davon ahntest. Ein recht egozentrisches Experiment meinerseits.«

»Und du wolltest mich nach Hause schicken, vergiss das nicht.«

Bel verzog das Gesicht.

Gut. Wenigstens bereute er es. Doch obwohl er es zu meiner eigenen Sicherheit getan hatte, tat es immer noch weh. »Ich hoffe, was du hast opfern müssen, damit ich rausgeworfen wurde, war *extrem* wertvoll.«

Bel knurrte nur und verlagerte sein Gewicht, dann brachte er sein Gesicht dicht vor meins. Ein Hauch von Messingpolitur und salzigem Schweiß kitzelte mich in den Nasenlöchern. Wenn ich mich auch nur zwei bis drei Zentimeter vorgebeugt hätte, hätten sich unsere Lippen berührt.

Bei dieser Vorstellung wurde mir schwindelig, und ich ärgerte mich, dass ich so einen Gedanken überhaupt zuließ. Es war sinnlos.

»Ich muss zurück.« Mit diesen Worten wollte ich mich abwenden, doch Bels Finger schlossen sich sanft um meinen Arm. Ich versteifte mich unter seiner Berührung, doch er ließ nicht locker. Stattdessen zwang er mich, ihn anzusehen.

»Hör zu. Ich wollte nicht, dass Alastair herausfindet, was du bist, sonst hätte er dich wie alle anderen auch zu seiner Marionette gemacht. Und jetzt hat er es doch geschafft.«

»Es ist nicht mehr wichtig. Hauptsache, ich bin bei Zosa.«

»Du bist eine Gefangene, genau wie der Rest von uns. Du wirst nie wieder nach Hause zurückkehren.«

»*Sie* ist mein Zuhause.«

Als die Worte aus mir heraussprudelten, war ich selbst überrascht, wie überzeugt ich klang … aber es stimmte. Ich wusste auch, dass ich seine Nähe keinen Moment länger aushielt. Was auch immer dieses zerbrechliche Etwas zwischen uns gewesen sein mochte, schien nun in Scherben zu liegen. Er war nichts als eine sinnlose Ablenkung für mich, und ich verlor nur kostbare Zeit.

Mit verbissener Miene versuchte ich mich an ihm vorbeizuschieben, aber seine Hand rutschte von meinem Arm und kam auf meiner Taille zu liegen. Als ich aufkeuchte, schreckte er zurück, wie vor einer glühenden Herdplatte. Er murmelte etwas Zusammenhangloses, bis sein Blick plötzlich an meinem Bündel hängen blieb.

»Was ist das?« Er zupfte daran. Das Pergament lugte hervor, und seine Augen nahmen einen feurigen Ausdruck an. »Welches Artefakt hast du gewählt?«

Ich fischte das Cosmolabium aus meiner Tasche. Als Bel es sah, stieß er einen Fluch aus.

»Weißt du, wie es funktioniert?«, fragte ich.

»Zum Teil, ja. Alastair hat mich einmal in ein Zimmer eingeschlossen. Er hat mich gezwungen, dieses Ding da über Stunden in der Hand zu halten. Ich konnte am Rande meines Bewusstseins tatsächlich schemenhaft Orte wahrnehmen, aber nichts, was konkret genug gewesen wäre, um eine Karte davon zu zeichnen. Das Gefühl, das ich dafür entwickelte, war nicht stark genug.« Seine Augen verengten sich. »Wozu sollst du ihm eine Karte zeichnen?«

»Zu diesem Siegelring«, gab ich zu. Es hatte keinen Sinn, ein Geheimnis daraus zu machen. Ich reichte ihm die Liste der Artefakte und wies auf den Eintrag zu dem Ring. »In der Beschreibung steht, der Ring würde Magie verleihen, sie aber auch wegnehmen.«

Bel stieß eine Reihe von verhaltenen Flüchen aus, die selbst den abgebrühtesten Haudegen zum Erröten gebracht hätten.

»Er behauptet, er wolle den Ring für einen guten Zweck einsetzen«, fuhr ich fort. »Er scheint zu glauben, dass der Ring, wenn er tatsächlich Magie verleihen kann, auch ganz gewöhnlichen Menschen ein langes Leben schenken kann, genau wie uns Suminaires.«

»Und du hast ihm das abgenommen?«

»Hältst du mich wirklich für so einfältig? Natürlich nicht. Ich denke nicht, dass er auch nur annähernd die Absicht hat, andere mit Magie zu beschenken. Aber Bel, er hat gedroht, Zosa etwas anzutun, wenn ich ihm keine Karte liefere.« Niedergeschlagen blickte ich auf meine Handfläche und musste an Zosas abgetrennte Finger denken. Ich blinzelte wiederholt, doch das Bild ließ sich nicht verscheuchen, als wäre es in die Innenseiten meiner Lider eingebrannt. Dann führte ich mir die Liste vor Augen, den Eintrag zu dem Ring. »Ich habe mir überlegt ...«

Bel beäugte mich misstrauisch. »Ich nehme an, was jetzt kommt, wird mir nicht gefallen, oder?«

Ich warf ihm einen strafenden Blick zu. »Hör dir um Himmels willen wenigstens an, was ich zu sagen habe, ja? Von dem Ring wird behauptet, er könne Magie auch *rauben*. Würde ich noch heute Nacht eine Karte zeichnen, die zu dem Ring führt, was könnte dich davon abhalten, ihn aufzuspüren, ohne dass Alastair etwas davon mitbekommt? Was wäre, wenn wir ihn dazu verwenden könnten, die Magie in unseren Verträgen unwirksam zu machen?«

Entnervt verdrehte Bel die Augen. »Wir können nicht mit Gewissheit sagen, ob das wirklich funktionieren würde. Die Wirkung der meisten Artefakte ist um einiges vielschichtiger. Ich bezweifle, dass der Ring so einfach zu handhaben ist, wie es klingt.« Bels Miene verdüsterte sich. »Hat Alastair dich durch diese Halle zu seinem Büro geführt?«

Wir waren tatsächlich durch einen Saal gekommen, in dem drei Suminaires an getrennten Tischen über verschiedene Artefakte gebeugt saßen. Ich nahm an, dass sich Bel darauf bezog. Also nickte ich.

»Einer von ihnen beobachtet mithilfe einer Wahrsageschale Menschen auf der ganzen Welt, ein anderer hat einen Satz Holzstäbe, die wir manchmal über unser nächstes Reiseziel bestimmen lassen, und der Dritte beantwortet mit Buchstaben aus Metall allerlei Fragen. Alles nicht vergleichbar mit einem Artefakt, das direkt auf Magie deuten kann, und wohl doch hilfreich genug, um diese drei Tag und Nacht dort einzusperren. Ihre Aufgabe ist es, nach dem Ring zu suchen. Es könnte gefährlich werden«, erklärte Bel in ernstem Tonfall. »Sofern wir nicht in Erfahrung bringen, wozu Alastair ihn so zwingend braucht, finde ich nicht, dass du eine Karte zeichnen solltest.«

Er begriff es nicht. Nur … »Was interessiert es dich überhaupt? Du verbringst deine Tage doch auch mit der Jagd nach Alastairs Artefakten, oder etwa nicht?«

»Ich bin nicht auf den Kopf gefallen. Natürlich bringe ich kein Artefakt mit, wenn ich ein Gefühl dafür entwickele und merke, dass es jemandem schaden könnte.«

»Und was ist mit denen, für die du kein Gespür entwickelst? Händigst du ihm die aus?«

»Du verstehst nicht. Ich muss es tun.«

»Oh, ich verstehe sehr wohl. Du hilfst ihm, weil du keine Wahl hast. Und mir geht es genauso. Wenn du mir schon nicht hilfst, diesen Ring zu finden, erklärst du mir dann wenigstens, wie man das Cosmolabium benutzt?« Als er mit einer Antwort auf sich warten ließ, brachte ich mein Gesicht bedrohlich nah vor seins. »Sag mir, wie man es benutzt«, forderte ich ihn auf.

»Ich kann nicht.«

»Lügner.«

»Du hast das Cosmolabium aus Alastairs Sammlung ausgewählt. Es zu verwenden, sollte dir so instinktiv gelingen, wie zu atmen. Finde es selbst heraus. Ich brauche noch einen Schluck.« Damit wandte er sich ab und ging zurück an den Spieltisch.

»Männer können schrecklich stinkig werden, wenn sie nicht kriegen, was sie wollen.« Beim Klang der Stimme schreckte ich auf. Die Markthüterin stand nur wenige Schritte von mir entfernt gegen eine Steinsäule gelehnt. »Soll ich ihn für dich töten?« Sie grinste verschwörerisch und ließ ihre kleinen Sensen klimpern.

Ich zuckte mit der Achsel. »Tun Sie sich keinen Zwang an.«

25

Meinem Begleiter war immer noch flau von dem anstrengenden Aufstieg. Er ächzte und stöhnte und ließ sich gegen die Wand im Flur fallen, während ich in den Kartenraum flitzte und die Tür hinter mir zuschlug. Ich warf den Packen Pergament auf den Tisch und riss die Verpackung der Kohlestifte auf.

Vielleicht brauchte ich Bel gar nicht, um den Ring zu finden. Wenn ich eine Karte zeichnete und ihn irgendwie überzeugen könnte, uns dorthin zu bringen, könnte ich selbst nach dem Ring suchen, bevor Alastair ihn in die Finger bekam.

Ich hielt das Cosmolabium in einer Hand und strich mit den Fingern der anderen über die Liste der katalogisierten Artefakte. Mit dem Zeigefinger fuhr ich Zeile für Zeile über den Eintrag zu dem Siegelring. Es tat sich nicht das Geringste. Ich warf einen Blick auf das Gemälde der Frau. »Das hier würde schneller gehen, wenn du mir verraten würdest, wie man dieses Ding benutzt.«

Ich konzentrierte mich. Die Magie aus dem Cosmolabium kroch kribbelnd bis in mein Handgelenk. Ich schloss die Augen in der Hoffnung, mir würde sich so eine Karte präsentieren, aber nichts geschah. Nach jedem neuerlichen Versuch stieg das Vibrieren der Magie in meinem Arm ein Stück höher. Aber immer noch zeigte sich mir keine Karte.

Das Handbuch der Gesellschaft steckte unverändert in dem Spalt zwischen der Wand und dem staubbedeckten Regal. Ich zog es heraus und blätterte sämtliche Kapitel durch, in denen von Artefakten die Rede war, aber auch hier war nichts zu finden, was mir Aufschluss über die Verwendung des Cosmolabiums hätte geben können. Frustriert schleuderte ich das Buch quer durch den Raum.

Als Zosa noch klein war, erteilte Maman ihr Gesangsunterricht und brachte ihr die einfachsten Lieder bei. Nach und nach steigerte sie das Niveau, bis meine Schwester gemeinsam mit ihr in den unterschiedlichsten Tonarten singen konnte. Der Listeneintrag zu diesem Ring war in einer winzigen Handschrift hingekritzelt. Vielleicht war die Sache zu schwer für eine blutige Anfängerin wie mich. Am besten, ich fing mit etwas Einfacherem an.

Ich ließ den Blick über das Regal wandern und griff nach einer kleinen Phiole, gefüllt mit rosafarbenem Sand. Davon ließ ich eine kleine Menge auf meine Handfläche rieseln. Ich hob das Cosmolabium. Diesmal spürte ich tatsächlich etwas, als die Magie meinen Arm emporkroch.

Sonnenschein wärmte meine Zunge, und ein sachtes Prickeln wie von einer Meeresbrandung umspülte meine Beine. Es erinnerte mich an diese Regenschirme, die ich an meinem ersten Tag hier im Hotel entdeckt hatte, nur dass es anders war. Irgendwie noch intensiver. Ich befand mich in diesem Zimmer, aber im Geiste war ich Anderswo. Ich gab den Sand zurück in die Phiole, doch das Gefühl hielt an, war in meinen Nasenlöchern, zwischen meinen Zehen.

Neben dem Sand fand ich ein altes Stück Rinde. Als ich sie berührte, waren meine Sinne erfüllt von einer Winternacht. Ich schloss die Augen und sah ein Dorf, das unter einer dicken Schneedecke verschwand. Bleiche, hohlwangige Kinder schlürften eine wässrige Brühe. Mein Magen knurrte vor Hunger, und ich hätte nicht sagen könne, ob es mein eigener Hunger war oder ein Hunger, heraufbeschworen durch die Berührung der Rinde.

Ich nahm ein staubiges Objekt nach dem anderen in die Hand. Die verschiedenen Orte verschwammen zu einer grotesken Mischung aus Gerüchen, Texturen und Geschmacksreizen. Meine Zunge fühlte sich dick an, mein Magen rumorte. Ich rannte zur Toilette und übergab mich, dann brach ich auf dem Fliesenboden zusammen, ein schweißgebadetes Häufchen Elend.

Es war spät. Meine Augenlider waren bleischwer, und mein Körper wollte sich nur noch zusammenrollen und auf der Stelle schlafen, doch ich ließ es nicht zu. Als ich wieder halbwegs aufrecht stehen konnte, spülte ich mir den Mund aus und wankte zurück an den Tisch. Ich nahm noch einmal eine Prise von dem rosa Sand zwischen Daumen und Zeigefinger und führte die rechte Hand an das Cosmolabium. Mit der Linken griff ich nach einem Stück Kohle und hielt es über das Pergament. Ich schloss die Lider. Als mir daraufhin abermals ein Ort vor Augen trat, zeichnete ich eine Karte.

✷

Im Lauf der nächsten beiden Tage versuchte ich in meiner Vorstellung eine Karte zu schaffen, die mich zu dem Ring führen würde. Aber ganz gleich, wie oft ich mit dem Finger über den Listeneintrag strich, nichts geschah. Also zeichnete ich andere Karten.

Manche fielen mir kinderleicht, andere zeigten sich mir erst, nachdem ich ein Objekt minutenlang an meine Brust gedrückt, es fast an meiner Kehle zerquetscht oder fest gegen meinen Kiefer gepresst hatte; je näher ich einem Artefakt kam, desto leichter wurde es. Das Gelingen der Karten kostete mich meine volle Konzentration. Aber es war gut so. Dadurch, dass ich ganz mit der Perfektionierung von Flüssen, Straßen und hügeligen Landstrichen beschäftigt war, konnte ich an nicht viel anderes denken.

Ich schlief kaum noch. Die Mahlzeiten wurden mir von Küchenmädchen geliefert, die ich nicht kannte. Lustlos stocherte ich im Essen herum; ich wollte keine wertvolle Zeit damit verschwenden, mir die Kohle von den Fingern zu waschen, um anständig zu essen. Um die sich abwechselnden Wachleute kümmerte ich mich nicht, und solange ich in meinem Zimmer blieb, kümmerten sie sich zum Glück auch nicht um mich.

Alastair besuchte mich am Morgen des zweiten Tages, ein aalglattes Lächeln auf den Lippen. Er schien hocherfreut, dass ich so viele Karten gezeichnet hatte, zeigte sich dann aber erzürnt, als er feststellen musste, dass keine von ihnen ihn zu diesem Ring führen würde. Er legte die Blätter zu einem ordentlichen Stapel zusammen und nahm sie mit, als er wieder ging.

Am nächsten Morgen fuhr ich aus dem Schlaf hoch. Ich musste über dem Pergament eingeschlafen sein, mit der Kohle in der Hand. Mein Genick knackte, und meine Augen brannten. Fast glaubte ich, die Liste der katalogisierten Artefakte sei nur ein Traum gewesen, ein reines Produkt meines Unterbewusstseins. Doch das zerknitterte Stück Pergament lag direkt vor mir, und immer noch ließen mich diese vier Worte nicht los: *verleiht und raubt Magie*.

Jemand klopfte an die Tür.

»Verschwinden Sie«, fauchte ich. Mir blieb genau noch bis Mitternacht. Ich hatte keine Zeit für unnötige Ablenkungen. Nicht einmal Zeit zum Durchatmen blieb mir.

Wer auch immer da draußen auf dem Flur stand, hatte mich offenbar nicht gehört, denn jetzt öffnete sich die Tür, und ein Servierwagen wurde klirrend ins Zimmer geschoben, von einer hellhäutigen Küchenhilfe, die ich noch nie zuvor gesehen hatte.

»Wo möchten Sie Ihre Mahlzeit einnehmen, Mademoiselle?«

Mit einer unwirschen Geste deutete ich auf einen kleinen Tisch am Fenster.

Tabletts klapperten. Ich kniff mir in den Nasenrücken und verfluchte mich im Stillen dafür, dass ich nicht von innen abschlossen hatte.

»Hübsches Dorf da draußen«, sagte das Küchenmädchen. Ich sah, wie sie zum Fenster hinausspähte. »Ich habe zufällig ein paar der Köche belauscht, wie sie sich über unser Ziel unterhalten haben. Angeblich ein recht idyllisches Fleckchen ganz im Süden von Verdanne.«

»Was sagst du da?« Wie der Blitz war ich aufgesprungen und ans Fenster geeilt. Eine alte Steinmauer breitete sich vor meinen Augen aus. Dahinter erstreckte sich bis zum Horizont hügeliges Ackerland.

Allein anhand der Aussicht war schwer zu sagen, wo wir uns befanden, aber ich musste es trotzdem wissen. Entschlossen wischte ich mir die Haare aus dem Gesicht und schlüpfte in meine Stiefel.

Fünf Minuten.

Ich würde mir fünf Minuten genehmigen, um den Kopf frei zu kriegen, ein wenig an der frischen Luft zu sein. Anschließend würde ich zurückkommen und endlich diese verdammte Karte zeichnen.

Ich stürmte aus dem Zimmer und hielt inne, als der Wachmann sich von der Wand abstieß. Sido. Ganz ohne seinen Zwilling. Mit krummem Buckel und kreidebleich im Gesicht stand er da, den kahlen Kopf leicht zu der Seite geneigt, die Sazerat normalerweise einnahm.

»Wo ist Ihr Bruder?«

Er kniff die Augen zu. Dann kehrte er mir wortlos den Rücken.

Erst da fiel es mir wieder ein. Alastair hatte ja erklärt, Sazerat müsse dafür bestraft werden, dass er mich um ein Haar vor die Tür gesetzt hätte. Entweder war er in einen Vogel mit farblosem Gefieder verwandelt und in die Voliere gesperrt worden, oder es war ihm noch weit Schlimmeres zugestoßen. Ich sah bildlich vor mir, wie ein Porzellanauge zerbrach, und zuckte zusammen.

Alastair beharrte darauf, dass solche Degradierungen dafür sorgten, dass seine Angestellten spurten, aber es bestand kein Zweifel, dass Sazerat nicht den Hauch einer Ahnung gehabt hatte, was ich war, bevor diese Orangen zu Bruch gingen. Sobald er es begriffen hatte, war ich nach drinnen zurückgezerrt worden.

Alastair hatte Sazerat nicht dafür bestraft, dass er sich nicht an die Regeln gehalten hatte. Er hatte es getan, weil er wütend war und voller Rachegelüste, weil er diesen Ring unbedingt in die Finger kriegen wollte.

Die Furcht, die sich in den vergangenen Tagen in mir angestaut hatte, schwoll wie zu einer gewaltigen Woge an.

Ich sog tief Luft in meine Lunge und rang die Angst nieder, in der Hoffnung, sie für die folgenden Minuten im Zaum halten zu können. Dann stählte ich mich innerlich, machte mich auf den Weg in die Lobby und trat wenig später hinaus in einen herrlichen Sommertag irgendwo im Süden von Verdanne.

26

Das Hotel war zwischen zwei moosbedeckten leer stehenden Häusern am Rande eines Dorfes gelandet. Meine Nerven vibrierten vor Aufregung. Leichtfüßig lief ich einen Pfad entlang, der zu der steinernen Mauer führte. Sido folgte mit einigen Schritten Abstand, ließ mich nicht aus den Augen, wich meinen Blicken aber aus.

Die Luft wirkte geladen, so wie in den Minuten vor einem sommerlichen Regenschauer, wie sie mich in meiner Kindheit so oft überrascht hatten. Die Augen leicht zusammengekniffen, sah ich hinauf in den Himmel. Wolken waren aufgezogen. Ein Regentropfen landete auf meiner Nase, aber ich ließ mich nicht davon aufhalten.

Innerhalb kürzester Zeit waren meine Haare tropfnass. Meine Stiefelabsätze lösten sich schmatzend aus der feuchten Erde, Gras und Blumen streiften meine Beine. Ich bückte mich und griff nach einer Blüte, die genau die gleiche Farbe hatte wie Alastairs Tinte. Blutmohn.

Mein Herz krampfte sich zusammen; wir waren also wahrhaftig in Aligney.

Ich hätte nie gedacht, dass ich diesen Ort je wiedersehen oder diesen Pfad je wieder entlanglaufen würde. Ich drehte mich zur Dorfmauer. Alles war genau so, wie ich es in Erinnerung hatte: Da war das schroffe Gestein mit seinen Bruchkanten, die zum Klettern einluden. Als Kind wurde ich immer magisch angezogen davon. Wie oft hatte ich meine Finger in diese Mauer gekrallt und mir die Hände aufgeschürft, wenn ich mich daran hochzog, bis ich es ganz nach oben geschafft hatte und alles überblicken konnte.

Regentropfen trafen auf meine Wangen, während eine Erinnerung nach der anderen durch mein Bewusstsein jagte. Ich kniff die Augen fest zu und dachte an die verregneten Nächte meiner Kindheit, wie Zosa unter meine Bettdecke schlüpfte, eingekuschelt zwischen Maman und mir, und dabei ihre frostigen Füße in meine Kniekehlen presste. *Hör auf mit dem Gezappel,* hatte Maman sie immer gerügt, nur um sich im nächsten Moment zu räuspern und eine Geschichte zu erzählen.

In unseren kleinen Köpfen tauchte sie unser altes Dorf in blutige Geheimnisse, besiedelte das umliegende Farmland mit Landstreichern, knöchernen Jungfrauen, Ungeheuern mit Jadeaugen und Feenköniginnen, denen ich sehnlichst einmal begegnet wäre.

Alle diese Geschichten hinterließen ihre Spuren in mir. Sie weckten in mir den Wunsch nach mehr. Mit diesen Erzählungen im Herzen saß ich oft auf der Steinmauer und tat so, als könnte ich von hier aus die ganze Welt sehen.

Meine Beine zitterten, als ich um eine schlammige Pfütze herumging und auf eine Lichtung trat, halb in der Erwartung, der Boden könnte sich unter mir auftun. Ich hörte eine Stimme rufen: *Sieh, das ist es! Hier gehörst du hin. Für immer.* Doch das einzige Geräusch war das anhaltende Plätschern des Regens. Ich hatte geglaubt, wenn ich uns hierherbrächte, wären wir sicher und alles würde von selbst wieder in Ordnung kommen. Und doch war ich jetzt hier, in einer weit misslicheren Lage, als ich es in Durc je gewesen war.

Ich schlang die Arme um meinen Oberkörper, während mir heiße Tränen über die Wangen rollten. Ich war erfüllt von einem tiefen Schmerz, einer quälenden Sehnsucht nach der Vergangenheit, nach dem, was früher einmal war und nie wieder sein würde. Ich stellte mir eine jüngere Version meiner selbst vor, wie ich an der Mauer entlanghopste, meine kleine Schwester im Schlepptau.

Gott, ich vermisste Zosa so sehr.

Ich hatte sie nie gefragt, ob sie hierher zurückkehren wollte. Wenn ich ehrlich war, hatte ich mich immer davor gescheut, sie zu fragen. Sie hatte nie auf die gleiche Weise von diesem Ort gesprochen wie ich. Ich hätte ihr besser zuhören sollen, nehme ich an. Aber ich war zu stur gewesen, um ihren Wünschen Aufmerksamkeit zu schenken, und jetzt war es zu spät.

Ich klaubte ein Blatt von meinem Stiefel und vergrub meine Finger im Boden. Andächtig knetete ich das nasse Laub in meiner Hand und erwartete beinahe, Aligney in meinem Herzen zu spüren, so wie ich die Objekte gespürt hatte, die mich zu den Landkarten inspirierten. Nur dass dieser Ort sich nicht anders anfühlte als Preet oder Skaadi.

Aber es *sollte* sich doch eigentlich anders anfühlen. Das hier war mein Zuhause – das einzige Zuhause, das ich kannte.

In den vergangenen Wochen war ich von dem Wunsch erfüllt gewesen, mich in den Erinnerungen an dieses Dorf zu verkriechen. Jetzt allerdings kam es mir plötzlich vor wie das Leben einer anderen. Einer Person, in der ich mich kaum wiedererkannte; eines Mädchens, das an allem, was ich in den vergangenen vier Jahren erlebt hatte, zerbrochen wäre.

Und trotzdem stand ich immer noch aufrecht, war immer noch ich. Wenn ich ehrlich war, war ich vermutlich sogar mehr ich selbst als je zuvor.

Ich hob das Kinn und reckte mein Gesicht den tropfenden Bäumen entgegen, betrachtete die raue Mauer des Dorfs. Die ganze Zeit über wollte ich mir einreden, ich würde hierhergehören, einfach weil ich so sehnsüchtig irgendwo dazugehören, mich sicher und behütet fühlen wollte. Aber jetzt stand ich hier, und mir wurde schlagartig klar, dass dieser Ort mich nicht glücklich machen würde.

Dieses Dorf war nicht viel mehr als ein zu klein gewordener Schuh, der mir in die Ferse schnitt. Das rosafarbene Rüschenkleid eines kleinen Mädchens, das aus allen Nähten platzte.

Ich atmete tief durch. Plötzlich bestand für mich kein Zweifel mehr, dass ich mehr wollte als das. Mehr als dieses Stück Land inmitten dieser Wälder. Mehr als die Strecke von der nördlichen bis zur südlichen Dorfmauer.

Instinktiv wühlte ich in meiner Tasche. Erleichtert seufzte ich auf, als sich meine Finger um das kühle Metall des Cosmolabiums schlossen, froh über das Versprechen, das ich bei der ersten Berührung verspürte.

Wenn Suminaires ihr Artefakt auf Basis ihres Seelenwunsches wählten, dann sehnte meine Seele sich nach etwas anderem, als ein Leben lang an ein und demselben Ort zu bleiben. Reisen vielleicht. Oder Abenteuer. Allerdings schien all das im Moment ein Ding der Unmöglichkeit zu sein.

Abermals wallten Tränen in mir auf und trübten meine Sicht. Ich wischte mir mit dem tropfnassen Ärmel über die Augen. Was ich wollte, war unerheblich, solange alle anderen im Hotel gefangen waren und ich nichts tun konnte, um ihnen zu helfen.

Nein, das stimmt nicht, ermahnte ich mich scharf. Diese dritte Schreibtischschublade von oben rechts wartete immer noch auf mich. Alles, was Alastair Macht über uns verlieh, befand sich in diesem Registerbuch. Doch vorher brauchte ich diesen Ring.

Eine Bö riss mich aus meinen Gedanken. Meine Ärmel waren triefnass, und mein Rock war auf dem besten Weg, sich ebenfalls vollzusaugen. Sido stand in einiger Entfernung unter einem Baum, die Schultern nach vorn gezogen, die Arme schützend um den Leib geschlungen. Ich sollte das Gleiche tun, bis das Gewitter vorüber war.

Entschlossen hob ich den nassen Saum meines Kleides an und rannte zu dem Torbogen in der Dorfmauer, der in etwa so breit war wie eine große Tür. Früher war das hier ein Eingang gewesen, aber mittlerweile hatte man ein Gitter davor angebracht, und das Ganze war mit Unkraut überwuchert. Ich duckte mich unter den Mauervorsprung und wrang den Rocksaum aus. Hinter mir hörte ich das Knacken eines Zweiges. Ich war nicht allein.

Langsam drehte ich mich um.

Bel stand gerade mal vier Schritte entfernt auf der anderen Seite gegen den Torbogen gelehnt. Seine Haare waren klitschnass und standen ihm in alle Richtungen vom Kopf ab.

Ich war immer noch unendlich wütend auf ihn, hatte aber gleichzeitig das Bedürfnis, ihm die Haare glatt zu streichen und ihm die Regentropfen aus dem Gesicht zu wischen.

Sein Blick landete auf mir und wandte sich sofort wieder ab. »Das Gewitter sollte bald weiterziehen.«

»Wollen wir es hoffen.«

Ich presste mich mit dem Rücken gegen die kalte Steinmauer, möglichst weit weg von Bel, aber noch im Trockenen. Ich rieb die Handflächen aneinander, um mich zu wärmen. Bel musste ähnlich empfinden wie ich, weil er meinem Blick nicht noch einmal begegnete, und ich würde garantiert nicht zu ihm hinsehen. Nach einer Weile fing ich an, am ganzen Leib zu zittern. Ich schlang die Arme um meinen Oberkörper, doch meine Ärmel waren ebenso nass wie der Rest.

Bel zog seine Uniformjacke aus und hielt sie mir hin. »Diesmal habe ich leider kein trockenes Kleid für dich, aber das sollte ausreichen, bis der Regen nachgelassen hat.«

»Es geht schon«, antwortete ich zähneklappernd.

»Sei nicht so stur«, entgegnete er scharf. Er legte mir die Jacke um die Schultern und zog sie vorn zu.

Die Wolle hatte seine Körperwärme gespeichert. Ich klappte den Kragen hoch über meine tropfenden Ohren. Und auch wenn es sich wundervoll anfühlte, bedachte ich ihn mit einem finsteren Blick.

Seine Mundwinkel wanderten nach oben. »Wie habe ich deine bösen Blicke vermisst.«

Ich entspannte mich ein wenig und kehrte ihm den Rücken zu, um hinaus in den Regen zu starren.

»Ich war wirklich ein Arsch auf dem Wünschemarkt«, sagte er nach einer Weile.

»Tja, dann wären wir uns ja zumindest in einer Sache einig.«

»Tut mir leid.«

»Es tut dir leid?«, erwiderte ich aufbrausend. »Spar dir deine lausigen Entschuldigungen. Es ist das Letzte, was ich jetzt gebrauchen kann.«

Mein Körper versteifte sich, als Bel nach meiner Hand griff. Er ließ nicht zu, dass ich sie ihm entzog. »Du frierst immer noch«, sagte er.

»Ich werd's überleben.«

»Das will ich hoffen, immerhin bist du eine Suminaire.«

Bei seinen Worten horchte ich auf. Als hörte ich es zum ersten Mal.

»Du gewöhnst dich wohl nie dran, was?«, meinte er, als könnte er Gedanken lesen.

Mir brannten so unzählige Fragen auf der Zunge, doch ich verlor den Faden, als er meine Hand umdrehte und sachte die Regentropfen von der Innenfläche wischte, bevor er anfing, sie mit den Daumen zu massieren.

Meine Finger schmerzten vom vielen Kartenzeichnen, und seine Hände waren herrlich warm. Die Hitze, die von ihm ausging, fühlte sich göttlich an.

»Besser?«, fragte er.

Ich murmelte etwas Unzusammenhängendes, und ein Lächeln umspielte seine Lippen. Er ließ meine Hand los und griff nach der anderen, um mit seiner Behandlung fortzufahren. Anders als sonst machte mir die Stille zwischen uns nichts aus. Sie war angespannt, das ja, aber lange nicht so schlimm wie die Stille, die mich im Kartenraum erwartete.

»Wie läuft es mit dem Zeichnen?«, erkundigte er sich.

»Nicht gut. Es ist mir immer noch nicht gelungen, eine Karte zu dem Ring anzufertigen.«

»Interessant«, bemerkte er, und ich hätte schwören können, dass in seiner Stimme Erleichterung mitschwang.

»Wenn ich es schaffe, eine Karte zu zeichnen, begleitest du mich dann wenigstens, wenn ich mir den Ring hole? Gemeinsam finden wir vielleicht schneller heraus, welche Wirkung er hat, bevor wir ihn ins Hotel bringen.«

Bel ließ meine Hand los. »Falls Alastair irgendeinen Verdacht hegt, erlegt er uns noch mehr Strafen auf.«

»Wir müssen eben gut achtgeben, dass er nichts mitbekommt.«

Er richtete seine Aufmerksamkeit auf mein Gesicht. Ein Regentropfen rann von meiner Nasenspitze zu meinem Mund. Bel hob die Hand und wischte ihn fort. Seine Daumenkuppe verharrte auf meiner Unterlippe, und ich hielt den Atem an.

»Bitte«, flüsterte ich.

Scharf sog ich die Luft ein, als er mit der Hand seitlich an meinem Kiefer entlangfuhr. Der Schaft seines Schnappmessers presste sich in die Haut unter meinem Ohr. In seinem Blick lag ein beinahe gequälter Ausdruck, aber es flackerte noch etwas anderes darin auf, das ein Flattern in meinem Magen auslöste.

Über uns krachte der Donner.

Bel zuckte zusammen. Er stieß sich von mir ab, und ich verspürte einen schmerzhaften Stich, als er so plötzlich von mir abließ. »Tut mir leid, Jani, aber ich werde dir nicht helfen, den Ring zu finden.«

Ich blinzelte gegen die aufkommenden Tränen an. »Für einen kurzen Moment habe ich mich doch tatsächlich von dir täuschen lassen. Ich dachte, du wärst ein Freund.« *Und wenn du mich so ansiehst wie jetzt, bin ich sogar sicher, dass du mehr bist als nur ein Freund,* wollte ich hinzufügen, scheute mich aber zu sehr davor.

Bel kratzte ein feuchtes Mooskissen aus der Steinmauer und zerrieb es zwischen den Fingern. »Weißt du, heute hätten wir eigentlich in einem Wald nördlich von hier landen sollen. Alastair hatte heute Morgen eine seiner Launen, deshalb musste ich ihm versprechen, ein Artefakt für ihn zu finden, zum Ausgleich dafür, dass ich das Reiseziel abgeändert habe.«

»*Du* hast entschieden, uns nach Aligney zu bringen?«

»Eine lausige Entschuldigung«, sagte er, meine Worte wiederholend. »Ich hatte gehofft …« Forschend sah er mir in die Augen, dann senkte er den Blick und starrte auf den Boden. Er schüttelte den Kopf. »Vergiss es.«

Mit offenem Mund stand ich da, als der Mann, der normalerweise zu allem eine geistreiche Bemerkung parat hatte, mit der Stiefelspitze einen Lehmklumpen wegkickte und dann ohne ein weiteres Wort in den Regen hinausschritt.

✷

Zurück im Kartenzimmer, verscheuchte ich all die wirren Gedanken, die um Bel kreisten, und machte mich wieder ans Zeichnen. Ich berührte den Eintrag zu dem Siegelring. Immer noch nichts. Ich warf die Liste achtlos zu Boden und fing an, im Zimmer auf und ab zu laufen. Irgendwann blieb ich vor dem Gemälde stehen.

»Sag mir, wo der Ring ist.« Als keine Antwort von der Frau auf dem Gemälde kam, schlug ich mit der flachen Hand gegen die Wand. Das Bild wackelte in seinem Rahmen. »Verrat mir deine Geheimnisse!«, schrie ich. »Los, sag schon!«

Wieder wallten Tränen auf und kullerten über die Leinwand. Eine Träne verfing sich an ihren Wimpern.

»Tut mir leid«, murmelte ich. Ich hob den Zeigefinger, um sie fortzuwischen, und atmete ein.

Es sollte dir so instinktiv gelingen, wie zu atmen, hatte Bel gesagt. Ein einziger Atemzug genügte. Eine Lunge voll salziger Luft. Hätte ich nicht jahrelang im Dreck und Gestank von Durc gelebt, hätte ich diesen einen Atemzug niemals von der Luft um mich herum unterscheiden können.

Ich hob das Bild von der Wand herunter. Der Rahmen erzeugte einen dumpfen Laut, als er auf dem Tisch landete. Ich griff nach dem Cosmolabium und machte einige tiefe Atemzüge. Mit jedem einzelnen erwachten meine Sinne weiter zum Leben, nahmen neue Geschmacksrichtungen und Gerüche wahr, die niemals alle in diesen kleinen Raum gepasst hätten. Diese Frau sollte längst tot sein, aber ich roch ihr Parfüm so deutlich, als stünde sie neben mir. Gleichzeitig nahm ich den Geruch von geschmiedetem Eisen und von Salzlake wahr. Ich schloss die Augen und sah in meiner Vorstellung einen Laden mit einer violetten Markise. Als ich die Lider wieder aufschlug, waren büschelweise Blumen um das Gesicht der Frau herum erblüht. Seidige schwarze Blütenblätter sammelten sich entlang des hölzernen Rahmens und regneten wie ein Wasserfall zu Boden. Ich strich mit der Kuppe des Zeigefingers über den Mund der Frau, als ich plötzlich in meinen Gedanken klar und deutlich eine Stimme vernahm.

»Lasst mich in Frieden, Fabrikantin!«

Die Kohle flog mir vor Schreck aus den Fingern. Ich wich vor dem Gemälde zurück, die Augen weit aufgerissen. Es war die Frauenstimme, dieselbe überschwängliche Stimme, die auch die Reiseziele ankündigte. Nur dass sie diesmal sehr erzürnt klang.

Als ich abermals ihren Mund berührte, schallten dieselben Worte durch mein Bewusstsein. Es war zwar nicht der Ring, den ich gefunden hatte, dafür aber etwas anderes.

Ich hob die Kohle auf und konzentrierte mich. Und tatsächlich gelang es mir, eine Karte anzufertigen – eine Karte, die mich zu dieser Frau führen würde, zu der ehemaligen Fabrikantin.

Eine neue Pergamentseite knisterte unter meinen Fingern, als ich zu zeichnen begann. Meine Sinne entzündeten sich, und im Geiste malte ich breite Alleen und Gebäude, viel schneller, als meine Hand sie zu Papier bringen konnte. Als ich fertig war, schwoll meine Brust an beim Anblick dessen, was ich vor mir sah und was es zu bedeuten hatte.

Es dauerte eine halbe Ewigkeit, mir die Kohle von den Händen und aus dem Gesicht zu wischen, und trotzdem achtete ich penibel darauf, auch noch die letzten Spuren zu beseitigen. Dann steckte ich meine Haare hoch. Ich faltete die Karte und schob sie tief in die Tasche meines Kleids, wo sie gut versteckt war, bis ich Bel ausfindig gemacht hätte.

27

Als ich den Kopf zur Tür hinausstreckte, stand Sido nicht mehr vor meinem Zimmer. Stattdessen lehnte ein neuer livrierter Wachmann an der Wand.

»Haben Sie etwas für mich, Mademoiselle?«, fragte er mit einem gierigen Gesichtsausdruck.

Ich schenkte ihm ein katzenhaftes Lächeln und fächelte mir mit einer gefalteten Karte Luft zu, die ich rasch hingekritzelt hatte, nachdem ich den Teppich berührt hatte. »Oh ja. Ich habe dem Maître die gewünschte Karte gezeichnet.«

Er kratzte sich an seinem geröteten, haarigen Ohr. »Das ist es also, was er von Ihnen wollte?«

»Ist es. Ach, Alastair wird ja so erfreut sein.« Ich faltete die Karte noch einmal in der Mitte und fuhr mit den Fingern langsam über das Pergament. »Er hat mir eine Belohnung versprochen, wenn ich sie ihm bringe.« Ich machte Anstalten, mich an dem Wachmann vorbeizuschieben, doch er hielt mich auf und riss mir die Karte aus der Hand.

»Geben Sie sie mir zurück«, verlangte ich.

Er dachte nicht daran. Der Kerl stopfte sie sich in die Jackentasche. »Bleiben Sie auf Ihrem Zimmer. Ich händige sie ihm persönlich aus.«

»Das können Sie nicht tun«, protestierte ich. »Es ist meine.«

»Sie gehört nicht Ihnen. Sie gehört dem Maître. Keine Sorge, ich werde später berichten, was er dazu gesagt hat.« Dann eilte er durch den Korridor davon. Ich wartete ab, bis er außer Sichtweite war, bevor ich in die Gegenrichtung loslief.

Als Erstes versuchte ich es bei Bels Zimmer und hämmerte mit der Faust gegen die Tür. Doch einzig die Kerzen schienen mich zu hören. Violette Flammen streckten sich mir entgegen und züngelten nach meinen Schultern.

»Sofort aufhören!«, brüllte ich, und alle wichen sie zischelnd vor mir zurück. Ich raste los in Richtung Fahrstuhl.

Unten in der Lobby hatte soeben eine Soiree begonnen, das Thema war Herbstwald, vermutlich genau jener Wald, in den Bel uns eigentlich hätte bringen sollen. Die Luft war durchdrungen vom Duft verschiedener Gewürze. Riesige goldene Tierfiguren zierten den Raum: Hirsche, Rehe und ein gigantischer Bär aus Bronze, in dessen Augenhöhlen Rubine saßen.

Jedes der Tiere war von goldenen Pfeilen durchbohrt, an denen wilde Beeren und Früchte steckten. Macarons tropften dekorativ daran herunter, zwischen Blättern aus Zuckerfäden. Laub rieselte herab wie Schnee vom Himmel und verwandelte sich in Schwaden farbigen Rauchs, sobald die Blätter auf den Nasen der aufgeregten Gäste landeten.

Das Farbschema wechselte zwischen Ocker und bräunlichem Orange. Passenderweise erschien Madame des Rêves in einem Brokatkleid, ihre aktuelle überdimensionale Perücke schimmerte in einem hellen Pflaumenton. Ihre Locken wippten auf und ab, während sie einer Reihe von Bediensteten Befehle erteilte und dabei an der Vogelkralle in ihrem Dekolleté herumfingerte.

Erschrocken wich ich zurück, als weitere Darstellerinnen und Darsteller an mir vorbeiwirbelten, gekleidet in reich verzierte Stoffe, bestickt mit typischen Boten des Herbstes: Beeren, Zapfen und kupferfarbenen Füllhörnern.

Bel sollte längst wieder im Hotel sein. Ich stellte mich auf die Zehenspitzen und sah mich um, konnte ihn aber nirgendwo entdecken.

»Da bist du ja.« Ich erschrak, als Alastair plötzlich neben mir stand. Er reichte mir eine kühle Champagnerflöte. In der anderen Hand hielt er die Karte, die mir der Wachmann abgenommen hatte. »Dein Bewacher hat mir die hier überbracht.« Er hielt die Karte hoch. »Wohin führt sie?«, fragte er.

Sie führte zu einem kleinen Außenposten irgendwo im Süden von Preet, woher der Teppich im Kartenraum stammte, was aber anhand meines hastig hingeschmierten Gekritzels unmöglich zu erkennen war.

»Was denken Sie denn, wohin sie führt?«, erwiderte ich gespielt geziert und führte die Champagnerflöte an meine Lippen.

Alastair packte meine freie Hand und drückte zu, bis ich glaubte, einen Knochen brechen zu hören. »Wohin führt sie?«, wiederholte er mit zusammengebissenen Zähnen.

»Zu dem Ring«, gab ich mit gepresster Stimme zurück.

Seine Nasenflügel blähten sich. »Wenn wir den Ring morgen finden, überlasse ich dir den Finger deiner Schwester.« Unsanft ließ er meinen Arm fallen. »Ich verarbeite das Porzellan sogar höchstpersönlich zu einer hübschen Halskette.«

Ich vergrub die Hände in meinem Rock und fluchte in Gedanken, als die Karte in der Tasche leise raschelte. Die Musik war zwar laut, aber ich hörte es ganz deutlich.

»Entschuldigen Sie, ich fühle mich nicht gut«, sagte ich rasch und wollte mich zum Gehen wenden, als Alastair mich am Ellbogen fasste.

»Ich bringe dich auf dein Zimmer, Fabrikantin.« Damit schob er mir den Arm um die Taille und verfehlte dabei nur knapp die Rocktasche mit der Karte. Mir stockte der Atem.

»Maître.« Eine kleingewachsene Suminaire kam angerannt und wedelte mit den rosigen Händen. »Ein Gast sucht nach Ihnen.«

»Er soll warten.«

»Es ist der Abgesandte von den Lenore-Inseln. Ein Lord Allenbee. Ja!« Die Suminaire schüttelte den Kopf. »Oder war es Bartonbee? Nein, Allenbee. Ganz bestimmt Allenbee … Esquire, glaube ich. Er hat die absolut köstlichsten kleinen Sauergemüse-Sandwiches mitgebracht. Wir sollten sie der Chefköchin aushändigen, damit sie …«

»Genug.« Alastair stieß einen gereizten Laut aus. Er ließ mich wieder los und sagte: »Wir sprechen uns später.«

Nach seinem Abgang klammerte ich mich an der Lehne eines Polsterstuhls fest und zwang mein Herz, sich zu beruhigen.

»Er ist sehr gut aussehend, nicht wahr?«, hörte ich eine Dame in einem Kleid mit enger Korsage zu ihrer Freundin sagen, während sie sich mit einem überdimensionalen, mit Pailletten besetzten Blatt Luft zufächelte. Ich nahm an, dass sie von Alastair sprach, doch als ich mich in die Richtung drehte, in die die beiden Frauen blickten, entdeckte ich Bel.

Sein Hemd war weit aufgeknöpft. Noch nass vom Regen klebte es an seinem drahtigen Oberkörper. An seiner Hose hafteten Kletten und schmutziges Laub. Er sah aus, als wäre er den ganzen Tag lang durch den Regen gelaufen.

»Hast du dein Artefakt gefunden?«, fragte ich, nachdem ich mich zu ihm durchgekämpft hatte.

»Selbstverständlich.« Er hielt etwas Goldenes hoch. Als er es wieder in der Hosentasche verschwinden ließ, blitzte es kurz auf. »Müsstest du nicht eigentlich oben sein und eine Karte zeichnen?«

»Wir müssen reden.«

Misstrauisch beäugte er den Champagner in meiner Hand. »Willst du mir den ins Gesicht schütten, wenn ich mich weigere?«

»Zweifelsohne.«

Ich sah mich um, konnte aber weder den Maître noch irgendwelche anderen Suminaires in unserer Nähe entdecken, deshalb nahm ich Bel am Ellbogen und schob ihn hinter eine verspiegelte Trennwand. Mir wurde eng um die Brust, als er einen gewissen Abstand zwischen uns herstellte. Ich wollte nähertreten, entschied mich aber dagegen. Es war ohnehin schon alles kompliziert genug.

»Ich habe eine Karte angefertigt«, sagte ich.

Der eben noch amüsierte Ausdruck auf seinem Gesicht war wie weggefegt. »Und?«

Ich fischte die Karte aus meiner Tasche. Die Kohle war stellenweise verschmiert, aber der Fluss Noir wand sich wie eine Schlange durch eine Stadt, die von zahlreichen Kanälen durchzogen war.

»Diese Karte führt nicht zu dem Ring. Sie führt nach Champilliers.« Ich strich mit den Fingern über eine Stelle in der Mitte und spürte sie, die deutliche Signatur der Magie. Bel versuchte es selbst und machte große Augen. »Ich habe sie mithilfe des Gemäldes über der Feuerstelle im Kartenzimmer gezeichnet. Ich glaube, dieser magische Punkt hier ist der Aufenthaltsort dieser Frau, der ehemaligen Fabrikantin.« Hastig verstaute ich die Karte wieder in meiner Rocktasche. »Als ich ihr Gesicht auf dem Bild berührte, sprach sie zu mir. Es war dieselbe Stimme wie die, die die Reiseziele ankündigt.«

»Gemälde reden nicht einfach so.«

Entnervt warf ich die Hände in die Luft. »Ach, wirklich? Sieh dich doch um. Wir sind von Magie umgeben. Dinge sprechen! Diese Frau ist in Champilliers, sage ich dir.«

»Alastair hat mir selbst gesagt, dass die alte Fabrikantin tot ist.«

»Und was, wenn nicht? Es muss einen triftigen Grund geben, warum du uns nicht dorthin bringen sollst. Ich glaube, sie ist am Leben und weiß etwas. Ich kann den Ring nicht spüren, keine Ahnung, wo er ist, aber als ich das Gesicht dieser Frau berührt habe, habe ich diese Karte gezeichnet. Du hast doch selbst gesagt, dass hinter den magischen Signaturen manchmal auch Suminaires stecken. Ich bin mir sicher, sie ist es. Bel, sie ist die Antwort.«

»Ich wüsste nicht wie.«

Ich stieß ein Stöhnen aus. »Im Handbuch dieser Gesellschaft ist ein Porträt von ihr abgedruckt, auf dem sie Alastairs Tintenfass in der Hand hält. Es war also irgendwann einmal ihr Artefakt. Sie war außerdem die Fabrikantin; sie könnte wissen, wo der Ring zu finden ist, und uns sagen, ob er uns helfen könnte, die Verträge zu annullieren.«

»Das wäre reiner Selbstmord«, sagte Bel. »Und so oder so müsstest du erst an die Verträge rankommen, hast aber keinen Schimmer, wo sie aufbewahrt werden.«

»Oh doch, das weiß ich.« Ich führte mir diese Schreibtischschublade mit dem Registerbuch vor Augen, und wenn Alastair die Schublade mit einem Zauber verschlossen hatte, konnte der Ring womöglich sogar diesen aufheben. Er könnte die Lösung für alle unsere Probleme sein. Als ich die Karte ein zweites Mal herausziehen wollte, schob Bel meine Hand weg.

»Nein.«

»Warum nicht?«

Er schüttelte den Kopf und stürmte davon.

Ich flitzte an einer Schar von Gästen vorbei und bekam seinen Unterarm zu fassen. »Du hast mich nach Aligney gebracht. Warum willst du mich jetzt nicht nach Champilliers bringen? Alastair hat gedroht, Zosa etwas anzutun. Das ist meine letzte Chance«, stieß ich atemlos hervor. »Hilf mir.«

»Ich kann nicht«, sagte er nur. Als er meinen zornigen Blick registrierte, schob er hinterher: »Hör zu. Wenn ich uns dorthin bringe, wird Alastair mir alles wegnehmen, was er mir gegeben hat.«

»Dir gegeben?«

»Er droht nicht nur, mich zu bestrafen, wenn ich meine Arbeit nicht zu seiner Zufriedenheit erledige. Er belohnt mich auch, wenn ich meine Sache gut mache.«

»Dafür, dass du ihm die Artefakte bringst?« Bel nickte nur. Es war nicht zu fassen. »Das, womit er dich belohnt, ist dir also wichtiger als wir alle? Wichtiger als meine Schwester?«

»So war das nicht gemeint.« Er zupfte getrockneten Dreck von seinem Ärmel. »Ich sollte nach oben gehen und mich umziehen, bevor mich noch jemand so sieht.«

»Wie war es dann gemeint?«

Mit einer einzigen raschen Bewegung zog er mir die Karte aus der Tasche und stopfte sie in seine eigene. »Ich vernichte dieses Ding.«

Völlig verdattert stand ich da und sah zu, wie die Gäste beiseitesprangen, als er durch die Menge hindurchpflügte und auf den Fahrstuhlkäfig zuhielt.

Ich hetzte hinter ihm her, aber er war bereits eingetreten. König Zelig hatte den Käfig schon fast geschlossen, als ich schlitternd davor zum Stehen kam. Mit ganzer Kraft zwang ich die Tür wieder auf. Bel versuchte mich zurückzudrängen, aber ich duckte mich unter seinem ausgestreckten Arm hindurch und verschaffte mir so Zutritt.

»Stockwerk?«, fragte Zelig.

Bel funkelte mich an.

»Fünftes«, gab ich zurück.

»Ich zerreiße das Ding.«

»Dann zeichne ich eben eine neue.«

»Die zerstöre ich wieder. Ich bringe dich nicht nach Champilliers, vergiss es.«

»Warum nicht? Was haben wir denn zu verlieren?« Als mir daraufhin nur eisernes Schweigen entgegenschlug, hieb ich mit der flachen Hand gegen das Käfiggitter. König

Zelig wich erschrocken zurück. »Ich dachte, du wärst anders, aber Yrsa hatte offenbar recht. Du interessierst dich nur für dich selbst.«

Ein ganzes Stockwerk lang hielt Bel die Augen fest zugekniffen. Irgendwann schien er zu einer Art Entscheidung zu gelangen, weil seine Schultern sich sichtlich entspannten. Er ließ den Atem aus seinen Lungen entweichen und sagte: »Alastair belohnt mich mit Erinnerungen.«

Mir blieb die Luft weg. Die entfernten Klänge der Musik, das Gelächter und das Klirren von Champagnergläsern, nichts von alledem drang mehr zu mir durch, während ich versuchte, den Sinn seiner Worte zu begreifen.

Bel pflückte ganz nebenher außerhalb des Käfigs ein herunterfallendes Blatt aus der Luft. Es verflüchtigte sich zwischen seinen Fingern zu rosafarbenem Rauch. »Für jedes Artefakt, das ich aufspüre, gewährt Alastair mir eine Erinnerung. An den Duft einer Blume, die Locken von jemandes Haar.« Ich zuckte leicht zurück, als er eine meiner gelockten Strähnen anhob. »Die Erinnerungen sind der Grund, warum ich mich nicht vom Mondfenster fernhalten kann. Durch sie unterscheide ich mich vom Rest der Belegschaft.«

»Wie denn?«

»Jede Erinnerung, die ich zurückbekomme, bringt mich der Erinnerung, woher ich stamme … und wer ich bin, einen Schritt näher.«

»Aber du bist Bel.«

»Ja, sicher. Benannt nach meiner ersten Anstellung als geschätzter Bellboy, noch bevor Alastair herausfand, dass ich eine starke Verbindung zu dem Schlüssel hatte.«

»Du warst Bellboy? Ein einfacher Hoteljunge?«

»Viele hier haben keinen richtigen Namen. Ich war nicht der Erste, der den seinen verloren hat, und ich werde auch nicht der Letzte sein.« Er seufzte tief. »Ich hatte Freunde, denen ich mein Leben anvertraut hätte, Freunde, die ich geliebt habe. Leider wurden sie einer nach dem anderen degradiert, oder sie verschwanden komplett von der Bildfläche. Manche habe ich auch selbst vertrieben, wie in Hellas' Fall. Und dann waren da noch diejenigen, deren Herzen der Maître hart wie Stein werden ließ. Wegen meiner neuen Position redeten sie nicht mehr mit mir.«

»Ich wusste ja nicht …«

»Wie solltest du? Die Erinnerungen, die Alastair mir zurückgegeben hat … Es gibt nichts, was mir das Risiko wert wäre, sie mir wieder nehmen zu lassen«, erklärte er mit Nachdruck.

In dem Moment begriff ich. Bel war der Magnifique; er war nicht ersetzbar wie die anderen Suminaires. Alastair musste also einen anderen Weg finden, ihn zu manipulieren, und den hatte er darin gefunden, dass er Bel immer wieder einen kleinen Vorgeschmack auf das gab, was er sich mehr als irgendetwas sonst wünschte. Er hielt Bel die Erinnerungen vor die Nase wie dem Esel seine gottverdammten Karotten.

Meine Augen füllten sich mit Tränen. »Bel …«

»Tut mir leid, wenn du erst jetzt begreifst, wie viel Schmerz die Sorge um jemand anderen hier drinnen verursacht.«

Ich horchte auf.

Seine Worte trafen mich völlig unvorbereitet. Das also war der Grund, warum er lieber für sich blieb. Vermutlich hatte er deshalb kein Verständnis für Hellas' Sorge um seine Schwester gezeigt. Und wollte mich ohne Zosa nach Hause schicken.

Wie oft hatte ich ihn dabei ertappt, dass er mich anstarrte und dann schnell wieder wegsah. Oder dass er rasch vom Thema ablenkte, sobald unser Gespräch über harmloses Geplänkel hinauszugehen drohte. Das alles tat er nur, weil er verletzt worden war und Angst hatte, wieder verletzt zu werden.

Die Fahrstuhltür hatte sich im fünften Stock geöffnet. Mir fiel es erst auf, als Bel davonstürmte.

»Warte!«

Unablässig rieselten Blätter von der Decke herab und sprenkelten den Teppich mit kleinen Inseln farbigen Rauchs. Er kitzelte mich an den Beinen, während ich versuchte, Bel einzuholen. Als Bel sein Zimmer erreichte, schob ich mich an ihm vorbei und warf mich gegen die Tür.

»Du irrst dich«, platzte ich heraus. »Ich habe herausgefunden, dass der Seelenwunsch eines Suminaires über sein Artefakt bestimmt. Bel, ich habe deine Atlanten gesehen. Und ich erinnere mich an dein Gesicht, als du das Hotel in der ersten Nacht bewegt hast. Und das hier …« Ich strich mit dem Fingernagel über die Kette um seinen Hals, an der der Schlüssel hing. »Als du das erste Mal diesen Schriftzug gelesen hast, der in den schwarzen Lack der Eingangstür geritzt ist, *le monde entier*, da hat dich etwas gerufen, stimmt's? Bei mir war das genauso.«

»Jani …«, setzte er zum Protest an.

»Im ersten Moment dachte ich, du wärst einfach nur schrecklich arrogant«, fiel ich ihm ins Wort. »Aber das bist du nicht, du hast ein gutes Herz. Du hast nur Angst, du könntest anderen Menschen zu nahekommen, weil du glaubst, es würde dich von deinem eigentlichen Ziel abbringen: nach Hause zurückzukehren. Aber wenn es uns gelingt, diese Verträge aufzuheben, stehen dir alle Möglichkeiten offen. Bitte, Bel. Bring uns nach Champilliers.«

»Ich will gar nicht, dass mir alle Möglichkeiten offen stehen«, wandte er entschieden ein. Dann stieß er die Tür auf und wollte sich an mir vorbeischieben.

Ich aber hielt ihn zurück. »Deine Erinnerungen sind doch nicht das Einzige, was du dir wünschst. Es muss noch andere Dinge geben.«

Wie schon einmal hefteten sich seine Augen jetzt auf meine Lippen. »Du solltest besser gehen«, sagte er mit leicht belegter Stimme.

Ich hatte eine Riesenwut im Bauch, das auf jeden Fall, aber abgesehen davon, loderte auch noch ein anderes Gefühl in mir auf.

Ich hob die Hand und berührte behutsam seine Wange, woraufhin er die Augen zukniff. Er wirkte völlig resigniert. Seit vielen Jahren war er ein Gefangener, wenn nicht schon seit *Jahrzehnten*. Wie viele Male musste er sich gegen sein Herz entschieden haben!

Aber auch ich hatte mir vieles verwehrt, was ich mir gewünscht hätte.

Ein neues Gefühl stieg in mir auf, der plötzliche Drang, ihm zu zeigen, was er alles haben konnte und auch *verdiente*.

»Bitte geh«, wiederholte er.

»Vermutlich hast du recht«, gab ich zurück und presste im nächsten Moment meine Lippen auf seine.

Ein erstickter Laut entrang sich Bels Kehle, ein kleines überraschtes Keuchen, das in ein Stöhnen überging, das mir Schmetterlinge im Bauch bescherte.

Ich löste mich von ihm und sah verwundert zu ihm auf. »Ich hatte also recht. Du willst es wirklich.«

»Würdest du jetzt einfach mal den Mund halten?«, hauchte er atemlos.

»Ich dachte …«, setzte ich an, doch sein Mund fand meinen. Seine Zunge teilte meine Lippen, und alles, jedes Wort, jeder vernünftige Gedanke, driftete plötzlich außer Reichweite. Ohne nachzudenken, fuhr ich mit meinen Fingern über seinen Rücken, mit meinen Nägeln an seinen Rippen entlang.

»Vorsichtig«, flüsterte er.

Ich nahm das als Aufforderung, es gleich noch einmal zu tun.

Heiser stieß er meinen Namen hervor und schob seine Hände unter meinen Po. Hob mich hoch. Trug mich ins Zimmer und drängte mich gegen die Wand. Nein, nicht die Wand. Ein Buch fiel zu Boden, traf mit einem dumpfen Knall auf. Ich zog den Kopf zurück, löste mich aus dem Kuss und blickte nach unten. In tiefschwarzer Tinte stach mir ein verdannischer Text ins Auge, doch er hätte genauso gut in einer fremden Sprache verfasst sein können, weil er für mich überhaupt keinen Sinn ergab. Ich war einfach zu abgelenkt durch Bels Hand, die nun unter meinen Rock glitt und meinen Oberschenkel umfasste, durch seinen Mund, der eine Spur von Küssen entlang meines Dekolletés auf meinem Schlüsselbein hinterließ. Unvermittelt hielt er inne.

Ich wölbte den Rücken, als er mit einer Hand über meinen Hals strich, zu der Stelle, wo Mamans Kette unter dem Kragen des Kleids hervorlugte. Er vergrub sein Gesicht in meiner Halsbeuge und atmete aus. Ganz langsam rutschte ich an dem Bücherregal nach unten, während seine Finger seitlich an meinem Körper entlangfuhren, sodass mein Magen einen Purzelbaum schlug.

Mir entfuhr ein überraschtes Keuchen, als er meinen Arm fixierte. Forschend wanderte sein Blick über mein Gesicht. Dann tiefer. »Es ist spät. Ich muss nach unten«, erklärte er in ernstem Tonfall.

Wärme durchflutete jeden Zentimeter meines Körpers, und meine Zunge verweigerte mir den Dienst, als hätte ich plötzlich einen Knoten darin. Als ich deshalb nur nickte, ging er, um sich umzuziehen. Unbeholfen stand ich da, meine Gedanken ein einziges Chaos, und versuchte, das eben Geschehene irgendwie zu begreifen. Und dann hatte ich plötzlich nur noch eins im Kopf: Bel würde das Hotel in Kürze weiterbewegen.

Die Karte.

Ich lief hinüber und zerrte sie aus der Tasche seiner Hose, die er direkt neben der Tür achtlos hatte fallen lassen. Als er zurückkehrte, drückte ich sie ihm in die Hand und schloss seine Finger darum, damit das Pergament fest an seine Handfläche gedrückt wurde, so wie ich es ihn mit den Seiten des Atlas hatte tun sehen. Flatternd schlossen sich seine Lider. Ich spürte es auch: dieses Zupfen von geschmiedetem Eisen und den kühlen Kuss der Kanäle.

»Bring uns dorthin.«

Er wollte mir die Karte zurückgeben, als wäre sie eine Flamme und kein schlichtes Stück Pergament.

»Ich kann nicht«, sagte er.

»Bel …«

Er legte mir den Daumen auf die Lippen, um mich zum Schweigen zu bringen, und strich dann an meinem Kiefer entlang. »Du weißt, ich liebe unsere kleinen Auseinandersetzungen, aber in diesem Punkt diskutiere ich nicht. Es ist keine Zeit. Versteck die Karte. Warte auf mich, bis ich zurück bin. Es sollte nicht länger als fünf Minuten dauern.« Er berührte den Schlüssel um seinen Hals. »Wir finden später eine Lösung. Versprochen.«

Er würde uns also nicht nach Champilliers bringen.

Nachdem er gegangen war, schleuderte ich die Karte quer durchs Zimmer und lief mehrere Minuten lang planlos auf und ab. Keine Spur von Bel. Dann versuchte ich es eine Zeit lang mit Sitzen, aber ich war einfach zu hibbelig.

In Bels Zimmer gab es keine Uhr, aber als ich nach oben gekommen war, war es bereits kurz vor Mitternacht gewesen. Er sollte längst zurück sein. Weil ich nicht weiter untätig herumsitzen konnte, stürzte ich aus dem Raum und eilte den Korridor entlang.

Plötzlich schloss sich eine Hand um meine Schulter und riss mich herum.

»Hab sie gefunden«, rief Sido.

Er drehte mir beide Arme auf den Rücken, zog mich dicht an sich heran und stieß mir seinen stinkenden Atem ins Gesicht. Ich wehrte mich mit Händen und Füßen und schlug mit den Nägeln nach ihm, erreichte aber rein gar nichts. »Lass mich los«, schrie ich, doch mein Geschrei interessierte ihn nicht.

Dann sah ich Alastair auf uns zukommen, begleitet von Yrsa.

»Was geht hier vor sich?«, fragte ich. »Wo ist Bel?«

Der Maître antwortete nicht. Stattdessen strich er mit dem Zeigefinger um mein rechtes Auge herum und nickte der Alchemistin kurz zu. »Bring sie nach unten.«

Das Herz schlug mir bis zum Hals. »Was? Warum?«

»Mit Vergnügen.« Yrsa packte mich am Ellbogen. Sido tat das Gleiche auf der anderen Seite und zerrte an mir. Sie stießen mich in Richtung Fahrstuhl.

»Das können Sie nicht tun!«, brüllte ich aus Leibeskräften.

Alastair schenkte mir keine Beachtung. Ich sah, wie er ans Mondfenster trat. Für einen kurzen Moment stand er da und starrte nach draußen. Dann stieß er einen frustrierten Laut aus und hieb mit der Faust gegen das dicke Glas.

28

Ich hatte Alastairs Gesicht noch vor Augen, als sie mich in dieses grauenvolle Zimmer hinter der Bar schleiften. Sido hielt mich fest, während Yrsa ihre Teetasse mit der Ehrfurcht einer Mutter vor ihrem Neugeborenen zur Hand nahm. Dann stellte sie diese auf dem langen Tisch ab, auf den man damals auch Red gelegt hatte. Bittere Galle kroch meine Kehle empor. Neben dem Tisch brannte eine einzelne Öllampe und warf ihr Licht auf ein makabres Sammelsurium an Kuriositäten. Sie waren mir beim ersten Mal nicht aufgefallen.

Flaschen, Tinkturen, Blechdosen und Glasbehälter, gefüllt mit winzigen Knochen, waren auf den Regalen aufgereiht. Und noch viele andere Dinge: Klingen und Federn, Phiolen, die menschliche Haare enthielten. Zähne. Ein winziger Vogelschädel lag auf einem Buch, das mit einer Schicht heruntergetropftem Kerzenwachs überzogen war. Eine leuchtende Phiole aus Silberglas trug ein Etikett mit der Aufschrift *Tränen einer Jungfrau*. Daneben standen weitere Behältnisse, die der Beschriftung nach Emotionen wie *Besorgnis* oder *Bedauern* enthielten. Und ganz am Ende befand sich ein komplettes Regal voll mit Augen.

Meine Knie wurden weich. Die eine Hälfte der Behältnisse war mit Glasaugen in verschiedenen Größen und Farben gefüllt. Die andere Hälfte enthielt hingegen Augen aus Porzellan, unglasierte weiße Kugeln, die ins Nichts starrten. Jedes war einzigartig. Jedes stand für einen Menschen. Ein zierliches Hämmerchen, überzogen mit Porzellanstaub, lag neben einem Auge, das in der Mitte entzweigebrochen war. Zweifellos gehörte es zu einem Toten.

Hellas kam im selben Moment zur Tür herein, als Yrsa ihr Chirurgenbesteck auswickelte.

»Wie läuft es da draußen?«, fragte sie ihn.

»Es herrscht Chaos«, gab Hellas zurück.

Ich hätte nur zu gern gewusst, was er damit meinte.

Yrsa nickte. »Sido, postiere dich an der Tür zur Bar. Und sorge dafür, dass niemand sich nach hier hinten verirrt.«

Ich taumelte, als er mich losließ. Nachdem Sido die Tür geräuschvoll hinter sich zugeschlagen hatte, vernahm ich ein Rascheln aus der Ecke: ein winziger goldener Vogel saß dort in einem Käfig.

»Was tut sie denn hier?«

Yrsa hob ein Stück Porzellan hoch, einen Finger, der zierlicher war als die meinen. »Wenn du Zicken machst, zerbreche ich den hier. Dann wirst du schon sehen, was passiert.« Sie warf einen Blick zu meiner Schwester. »Alastair meinte, eine Tür habe ihr die Finger abgebissen. Eine Schande, dass nicht ich sie ihr abschneiden durfte.« Sie verzog den Mund.

Heißer Zorn durchflutete jede Faser meines Körpers. Yrsa griff nach einer Spule mit schwarzem Zwirn auf einem der unteren Regalbretter und legte sie neben eine blutbefleckte

Zange, einen Löffel, ein Messer und eine Kerze. Dann wedelte sie mit der rechten Hand über der Teetasse und brachte die weiße Flüssigkeit, die keine Milch war, zum Wirbeln. Ein cremiger Faden schlängelte sich empor und berührte ihren Finger. Sie schnippte ihn wieder ab.

Zosa schlug kreischend mit den Flügeln gegen die Gitterstäbe des Käfigs.

Meine Nägel gruben tiefe Halbmonde in meine Handflächen. »Der Maître mag Ihnen weisgemacht haben, Sie würden einer guten Sache dienen, aber in Wahrheit sind Sie nichts als ein Fluch für die Menschheit.«

Meine Worte schienen Yrsa aufzuheitern. Jedenfalls summte sie zufrieden vor sich hin, während sie die Kerze mit der blauen Flamme entzündete. Langsam hob sie das Messer und hielt die Klinge darüber, drehte sie hin und her, bis das Metall an den Rändern rot glühte.

»Und rauf mit dir. Auf den Tisch, hopp, hopp.« Sie fuchtelte mit dem schmalen Messer in meine Richtung. »Jetzt mach schon.«

Der Tisch war über und über mit einer Mischung aus Wachsflecken und getrocknetem Blut bedeckt. Meine Beine zitterten so unkontrolliert, dass sie unter meinem Gewicht nachzugeben drohten. Ich hätte um nichts in der Welt da raufklettern können, selbst wenn ich es gewollt hätte.

»Dann machen wir es eben anders«, meinte Yrsa schulterzuckend. »Einerlei. Hellas, sei so lieb und geh mir mal zur Hand.«

Hätte ich etwas im Magen gehabt, hätte ich mich auf der Stelle übergeben. Doch bevor Hellas auch nur einen Schritt in meine Richtung machen konnte, schwang die

Tür nach innen auf. Im Türrahmen stand Madame des Rêves, mit pflaumenfarbener Perücke und in voller Montur, Sido an ihrer Seite.

Yrsa wandte sich Madame des Rêves zu. »Was ist denn nun wieder?«

»Alastair braucht dich oben. Es gibt ein Problem.«

»Ach ja? Dann mal raus mit der Sprache.«

»Draußen vor dem Hotel hat sich eine größere Menschenmenge versammelt. Die Gäste strömen ins Freie. Die Krone hat bereits einen Abgesandten geschickt, der uns treffen will.«

»Was ist los?«, fragte ich.

Madame des Rêves' Blick zuckte zu mir. »Habt ihr es noch nicht gehört? Wir sind in Champilliers.«

Ich stieß überrascht die Luft aus.

Bel.

Frische Tränen wallten in mir auf. Ich berührte meine Lippen, die sich immer noch geschwollen anfühlten von diesem Kuss. Bel würde alles verlieren, was Alastair ihm im Austausch für seine Arbeit gewährt hatte. All die kleinen Erinnerungen. Bel hatte also alles aufs Spiel gesetzt, nur um mich hierherzubringen. Meine Brust weitete sich vor Dankbarkeit. Er hatte es für uns alle getan.

Meine Aufgabe war jetzt klar: Ich musste die Frau auf dem Gemälde finden.

»Bleib bei dem Mädchen. Ich bin so schnell zurück, wie ich kann«, blaffte Yrsa in Hellas' Richtung, dann schoss sie regelrecht zur Tür hinaus, dicht gefolgt von Madame des Rêves und Sido.

Hellas mischte sein Kartenspiel und baute eine unsichtbare Barriere zwischen uns auf.

Ich wünschte, ich hätte irgendeinen magischen Trick vollführen können, der ihn zum Gehen bewegte.

Während er meinem Blick beharrlich auswich, musterte ich sein Gesicht. Es mochte vielleicht reines Wunschdenken sein, aber fast machte es den Anschein, als würde er einen inneren Konflikt austragen. Die Wahrscheinlichkeit, dass er mich immer noch nicht leiden konnte, war hoch, allerdings blieb ein kleiner Funken Hoffnung, dass er mich nicht komplett hasste. Als Alastair Frigga gedroht hatte, war deutlich geworden, dass Hellas nicht die Macht besaß, sie zu retten. Ich hatte seine Angst aus nächster Nähe miterlebt. Seine Stellung unterschied sich also nicht groß von der meinen. Und ich wusste aus Erfahrung, dass manche Leute alles tun würden, um diejenigen zu schützen, die sie liebten.

Als Hellas in der Voliere geglaubt hatte, Frigga sei in Schwierigkeiten, hatte ich die Furcht in seinen Augen deutlich gesehen. Hellas stand nicht hier, weil er gern für Alastair arbeitete.

Er musste die Parallelen doch sehen, wir waren beide in einer ganz ähnlichen Situation, sorgten uns beide um unsere Geschwister, und genau deshalb waren uns die Hände gebunden. Vielleicht wollten wir beide das Gleiche.

»Es gibt einen Grund, warum Bel uns nach Champilliers gebracht hat«, sagte ich mit leichtem Nervenflattern. Ich befürchtete, Hellas könnte wortlos gehen und von außen absperren, aber zum Glück hörte der Botanist mir einfach nur schweigend zu. »Ich … ich glaube, es gibt in dieser Stadt eine Frau, die über Wissen verfügt, das uns allen helfen könnte.«

»Helfen wobei?«

Den Ring erwähnte ich mit keinem Wort. Stattdessen sagte ich: »Sie weiß vielleicht etwas über die Verträge. Wie man sie unwirksam machen kann. Du und deine Schwester, ihr könntet von hier verschwinden. Aber dazu musst du mich rauslassen.« Als er daraufhin nur eine seiner silbernen Augenbrauen hob, fügte ich mit drängender Stimme hinzu: »Bitte.«

Meine Hände waren eiskalt. Ich rieb über meine Unterarme, um die drückende Stille zu füllen, um etwas zu tun. Alles war besser, als einfach nur tatenlos hier herumzustehen. Mehr wusste ich leider nicht zu sagen. Sicher, ich hätte betteln können, ihn auf Knien anflehen. Selbst dafür war ich mir nicht zu schade.

»Was würdest du tun, wenn es umgekehrt wäre?«, fragte ich. »Wenn Frigga ein Vogel wäre, und du hättest die Chance, sie zu retten. Würdest du da nicht nach jedem Strohhalm greifen?«

Bitte lass mich frei, flehte ich unter Aufbietung all meiner Willenskraft.

Einige Augenblicke lang schwieg er, dann hielt er die Tür weit auf. Er ließ mich wirklich gehen.

»Was du für Frigga getan hast … Sie hat mir erzählt, dass du für sie gelogen hast. Das hättest du nicht tun müssen. Hättest du es nicht getan …« Er seufzte. »Ich schätze, damit wären wir quitt.«

Er war also bereit, mir zu helfen.

Lärm drang durch den Flur zu uns, aber ich zögerte noch.

»Worauf wartest du? Setz dich in Bewegung«, forderte Hellas mich auf.

Vorsichtig griff ich nach Zosas Porzellanfinger und steckte ihn zu dem Cosmolabium in meine Rocktasche. Dann trat ich vor den Käfig.

Hellas schüttelte ungläubig den Kopf. »Bel würde sich doch nicht auf eine solche Närrin einlassen.«

»Ich lasse sie nicht allein zurück.«

»Mit diesem sperrigen Ding schaffst du es keine zehn Häuser weit. Und ihr müsstet beide bis Mitternacht zurück sein.«

Ohne auf ihn zu hören, bückte ich mich nach dem Käfig.

Hellas stieß ein mürrisches Knurren aus. Dann bog er eine seiner Spielkarten mit den Fingerkuppen der anderen Hand zurück. Kurz dachte ich, er würde sie mir gegen die Kehle flitschen lassen. Aber dann trat er plötzlich neben mich und berührte damit die metallenen Gitterstäbe. Blätter aus Papier sprossen weiß hervor und umhüllten den Käfig komplett. »So schaffst du es wenigstens durch die Lobby, ohne erwischt zu werden.«

Überrascht richtete ich mich auf und sah ihn an. Dass Hellas sich die Mühe machte, etwas für mich zu tun … Ich schob ein weißes Blatt beiseite und streichelte Zosas Gefieder. »Du musst ganz leise sein«, flüsterte ich in der Hoffnung, dass sie mich verstand. Sie war schließlich nur ein Vogel. Aber tatsächlich kam sie zur Ruhe und steckte das Köpfchen unter den Flügel.

Hellas bedeutete mir, ihm zu folgen. »Wenn du jetzt nicht mitkommst, hast du deine Chance vertan. Eine zweite wirst du nicht kriegen.«

Ich hob den Käfig mit den blätterverhüllten Gitterstäben hoch. »Ich bin bereit.«

»Gut. Sobald der Maître merkt, dass du verschwunden bist, wird er jemanden ausschicken, der nach dir sucht. Wofür auch immer du dich entscheidest, ich schlage vor, du läufst bis ans andere Ende der Stadt und versteckst dich dort, bis du weißt, was als Nächstes zu tun ist. Zum Glück haben wir erst eine Stunde nach Mitternacht. Gratuliere. Dir bleiben ganze dreiundzwanzig Stunden, bevor das Hotel weiterzieht.«

Ich lief den Korridor hinunter und blieb noch einmal kurz stehen, um mich zu vergewissern, dass die Tür zu Alastairs Büro nicht offen stand. Doch sie war, wie zu erwarten, abgeschlossen. Ich presste Zosas Käfig fest an meine Brust, bis mir ein Gedanke kam.

»Was ist los?«, fragte Hellas.

»Wie soll ich denn bitte schön mit einem Käfig in der Hand zur Eingangstür rausspazieren?«

»Überlass das mir. Halte dich im Schatten und warte ab, bis ich dir ein Zeichen gebe. Ich habe da einen Trick auf Lager. Wenn es so weit ist, huschst du blitzschnell raus.«

»Was für einen Trick denn?«

Er breitete seine Karten zu einem Fächer aus, ein spitzbübisches Funkeln in den Augen. »Wenn du wirklich so clever bist, wie ich glaube, kommst du von allein drauf.«

✷

In der Lobby herrschte Chaos. Es war mitten in der Nacht, aber immer noch tuschelten die Feiernden hinter vorgehaltener Hand über die Stadt dort draußen. Die vielfach replizierte Aussicht zeigte Gaslampen, wie auf einer Perlenschnur aufgereiht, und dahinter erstreckte sich ein Nachthimmel voll rosa gefärbter Sterne. Vom Mondfenster aus musste der Ausblick noch viel beeindruckender sein.

Bei diesem Gedanken suchte ich den Eingangsbereich fieberhaft nach Bel ab, konnte ihn aber nirgends sehen. *Er kommt schon zurecht,* redete ich mir ein. Denn wenn nicht …

Ich wollte gar nicht weiter darüber nachdenken. Wollte nicht wissen, was das bedeuten würde. Mein einziger Trost war, dass wir in Champilliers waren, und das hatte ich ganz allein ihm zu verdanken.

Alastair stand in der Ecke und gestikulierte wild vor einer Gruppe von Portiers herum.

Hellas trat nun auf die Bühne, die normalerweise Bel vorbehalten war. Er trug nicht wie üblich seinen Mantel, doch das schien niemanden zu stören. Hauptsache, der Botanist war hier, um eine kleine Darbietung zu geben.

Seine silbernen Haare wehten hoch, als er sechs rote Spielkarten in einem weiten Halbkreis von der Bühne schleuderte. Gäste versammelten sich davor, blieben aber auf Abstand.

Alastair reckte den Kopf, als er Hellas bemerkte. Ein harter Ausdruck legte sich auf seine Züge, während er mit seinen stechenden Augen den Raum absuchte. Bevor er mich erspähen konnte, duckte ich mich hinter einen Orangenbaum.

Was Alastair dachte, war jetzt unerheblich, denn kaum hob Hellas beide Hände über den Kopf, schoben sich alle in der Lobby Anwesenden näher an die Bühne heran, sodass Alastair beiseitegedrängt wurde und ich ihn aus dem Blick verlor.

Ich musste raus hier, sofort.

Alle verstummten, als Hellas seine Karten in Position brachte. Es war so still in der Lobby, dass man einzelne Leute atmen hörte. Hellas wagte einen verstohlenen Blick in meine Richtung und hob eine Hand an die Schläfe, eine Art Salut oder Signal für mich, keine Ahnung. Dann ließ er einen Knöchel knacken, öffnete den Mund und stieß ein durchdringendes Brüllen aus.

Zweihundert Gäste senkten gleichzeitig die Köpfe und sahen auf den Boden. *Das ist bestimmt die versprochene Ablenkung,* dachte ich. Ich konnte den Blick nicht loseisen, als aus den Karten Wurzeln hervorwuchsen. Sie schlängelten sich nach unten und teilten den Marmor wie Setzlinge die feuchte Erde im Frühjahr. Nachdem die Wurzeln Halt gefunden hatten, sprossen blasse Pflänzchen hervor und wuchsen zu massiven Papierstämmen heran, bis hinauf zur Decke. Dort verwoben sie sich mit den Kronleuchtern und verwandelten die gesamte Lobby in einen Garten, gekrönt von einem Blätterdach aus leuchtend roten Herzen.

Die Menge brach in Beifall aus.

In dem Moment griff ich nach Zosas Käfig und schlüpfte unbemerkt zur Tür hinaus.

29

»Willkommen in Anderswo«, flüsterte ich Zosa zu. Sie sah mich zwischen den welkenden Blättern hervor an, die nun nach und nach abfielen, je weiter wir uns vom Hotel entfernten.

Das Zentrum von Durc war nach Mitternacht immer von den unzüchtigen Liedern der Seeleute erfüllt gewesen. Hier war es ähnlich. Von allen Seiten hörte man die Nachtschwärmer verdannische Kinderverse rezitieren, und durch die Kanäle schallte lautes Gelächter.

Von Angst getrieben, rannte ich durch die halbe Stadt und blieb zwischendurch nur kurz stehen, um wieder zu Atem zu kommen. Es vergingen Stunden, während ich versuchte, mir die Karte mit der magischen Signatur im Zentrum zu vergegenwärtigen. Aber ohne das tatsächliche Pergament konnte ich Norden und Süden nicht unterscheiden und hatte keinerlei Anhaltspunkt, wo der gesuchte Ort sich befand.

Leider wusste ich auch nicht, wie Bel es immer schaffte, die Markierungen zu finden. Das Einzige, was ich klar und deutlich vor Augen hatte, war diese violette Markise mit dem wellenförmigen Volant. Allerdings machte es mir die nächtliche Dunkelheit unmöglich, irgendwelche Farben auszumachen.

Bald bekam ich vom Tragen des schweren Käfigs Blasen an den Fingern. Auch die Stadt um mich herum begann sich zu verändern. Makellose Marmorbauten wurden allmählich von halb verfallenen Gebäuden mit durchgerosteten Regenrinnen abgelöst. An einem Gasthaus mit blauen Fensterläden machte ich halt und fragte nach dem Weg. Auf einem schmucklosen Schild, von dem die Farbe abblätterte, las ich den Namen: HOTEL DU SOLEIL.

Die Tür knarzte, als ich sie aufschob. Die Morgendämmerung nahte bereits. Eine alte Frau hob ihre speichelnasse Wange vom Empfangstresen und blinzelte gegen das erste Tageslicht an, das durchs Fenster sickerte.

Ich beschrieb ihr die violette Markise mit dem Wellenrand. »Gibt es hier irgendwo einen Ort, an dem Suminaires zu finden sind? Einen Laden vielleicht?«

Ihre wässrigen Augen hellten sich auf. »Die Betrügergasse. Am Ende der Rue d'Arles vielleicht. Aber sei vorsichtig, diese Gegend ist voller Hehler und Hochstapler. Am südlichen Ende gibt es einige Trödler, die mit magischen Objekten handeln.« Bei dem Wort *magisch* senkte sie die Stimme und zischelte es, wie man vielleicht sonst nur Dinge wie *Dämon* oder *Teufel* sagen würde, und das löste eine Beunruhigung in mir aus wie noch nie zuvor. »Die Verkaufsstände und Läden sollten bald aufmachen. Kann gut sein, dass ich da schon mal eine solche violette Markise gesehen habe. Versuch es dort.«

Die Straßen wimmelten jetzt von Leuten, die in Richtung des Hotels Magnifique schwärmten. Der Griff des Käfigs schnitt so schmerzhaft in meine Handfläche, dass mir

Schweißperlen auf die Stirn traten. Aber wenigstens half mir der Schmerz, konzentriert zu bleiben. Er hielt mich wach und trug meine Füße unbeirrt weiter. Gerade als ich dachte, ich könnte keinen Schritt mehr gehen, bog ich um eine Ecke und war am Ziel.

Die Rue d'Arles, auch bekannt als Betrügergasse, zumindest an diesem etwas zwielichtigeren Ende, war eine mit Kopfstein gepflasterte Straße, nur drei Häuserzüge vom Fluss Noir gelegen, und doch schien sie Welten entfernt. Frauen kauerten vor den Läden und priesen ihre falschen Zauber an, die Gesichter maskenhaft geschminkt – offenbar, um von ihren schwärenden Wunden und hervorstehenden Rippen abzulenken.

»Für einen Zinngroschen lese ich dir aus der Hand, mein Kind.« Ein altes Weib spähte nach meinen Rocktaschen und wackelte mit ihren aufgemalten Augenbrauen. Als ich ihre fauligen Zahnstumpen sah, gab ich mir Mühe, nicht angewidert das Gesicht zu verziehen.

»Sehnst du dich nach einem Kuss? Dann habe ich genau den richtigen Zauber für dich, du wirst sehen.«

»Der Weg deines Schicksals ist gepflastert mit Skandalen! Für eine Kupfermünze verrate ich dir, was dich erwartet.«

»Lass dir etwas von deinem Schatten in eine Flasche füllen und trink davon. Das heilt jede Krankheit!«

»Komm her, ich lese dir die Karten! Darin findet sich die Lösung für alle deine Probleme!«

Das bezweifle ich, dachte ich im Stillen. Zumal dieses Kartendeck nach einem zerfledderten Satz gewöhnlicher Spielkarten aussah, bei deren Anblick Hellas angewidert das Gesicht verzogen hätte.

Ganz am Ende der Gasse stand ein Karren voll mit leuchtenden Phiolen und Tinkturen. Sie sahen aus wie die auf dem Tresen im Salon d'Amusements. Ich nahm ein Fläschchen zur Hand, das mit Kerzenwachs versiegelt war und auf dessen Etikett ein menschliches Herz abgebildet war. Das Wort *Amour* prangte in abblätternder Silberfolie darauf.

Eine junge Frau blickte von einem Hocker auf. Ihre bleichen, hohlen Wangen waren mit Sommersprossen gesprenkelt. Sie war gerade dabei, durch leichtes Klopfen ein glänzendes Pulver aus einem Umschlag in ein Glasgefäß zwischen ihren Knien zu befördern. Die Flüssigkeit darin verfärbte sich grellorange, genau wie die Mixtur, die Yrsa einmal für mich zusammengebraut hatte.

»Wünschen Sie einen Trank, Mademoiselle?«

»Nein, danke, lieber nicht«, gab ich zweifelnd zurück und eilte weiter.

Am Ende begrenzte ein schmaler Kanal die Gasse. An dessen Ufer blieb ich stehen und sah mich um. Mein Blick fiel auf eine violette Markise mit welligem Volant, genau wie die, die ich gesehen hatte, als ich das Gemälde berührte.

Ich trat auf das Gebäude zu, wischte eine dicke Schutzschicht von der Fensterscheibe und spähte hinein. Ein Tresen erstreckte sich über die Länge der hinteren Wand, verdeckt durch Regale voll mystischer Objekte: Da waren Phiolen, Federn, Schalen, Fossilien und schimmernde Kristalle. Die rostigen Angeln knarzten, als ich die Tür langsam aufschob.

Kaum war ich eingetreten, legte sich der Geschmack abgestandener Luft auf meine Zunge. Eine offene Vitrine voll staubiger Holzspielsachen stand an einer Wand. SOUVENIRS MAGIQUES, war auf einem Bronzeschild zu lesen.

Neugierig nahm ich nacheinander ein paar davon in die Hand: ein Fernrohr, einen kleinen Hammer, eine Zigarettenspitze, eine flache Scheibe, in die die zwölf Tierkreiszeichen geschnitzt waren.

Ich fischte das Cosmolabium aus meiner Rocktasche und hielt es neben die Scheibe. Beinahe identisch, nur dass das eine ein Artefakt war und das andere ein wertloses Stück Holz.

Diese schlichten Spielsachen waren offenbar so etwas wie einfache Holzversionen der Artefakte, die ich im Hotel gesehen hatte. Die Frau von diesem Gemälde musste hier irgendwo zu finden sein, und offenbar verfügte sie noch über alle ihre Erinnerungen aus ihrer Zeit im Hotel. Wie sonst hätten die Artefakte irgendjemandem als Vorlage für diesen Plunder dienen können?

Auf einem Marmortresen etwas weiter hinten stand eine Registrierkasse, und gleich daneben lag eine Zeitung, aufgeschlagen bei den Annoncen. Eine Stellenanzeige stach in leuchtendem Violett aus dem Meer von Schwarz und Weiß hervor.

HOTEL MAGNIFIQUE

WIR STELLEN EIN.

INTERESSIERTE MELDEN SICH ZUR MITTAGSSTUNDE.
BITTE MIT GEPACKTER TASCHE FÜR
ANDERSWO KOMMEN,
ABREISE IST UM MITTERNACHT

Eine Tasse Tee stand neben der Zeitung, aus der sich Dampf emporkräuselte. Er war noch heiß. Das Herz hämmerte mir in den Ohren. »Ist hier jemand?«, rief ich.

Das Knarzen von Eisen war zu hören. Ich blickte erschrocken auf. Eine Frau kam eine schmiedeeiserne Wendeltreppe in der Ecke des Raums herunter und streifte sich dabei ein Paar armlange Opernhandschuhe aus Seide über, die mir etwas zu schick für dieses Etablissement erschienen. Sie war es. Die Frau von diesem Bild. Und sie war um keinen Tag gealtert.

»Ich schließe heute etwas früher«, rief sie mir zu und griff nach zwei abgenutzten Hutschachteln, die sie auf den Tresen stellte. Die Deckel der Schachteln gingen auf. Beide waren leer. »Kann ich helfen?«

»Ich denke, ich bin auf der Suche nach Ihnen. Sie sind die Frau von dem Gemälde im Kartenraum des Hotels.«

Ihre hellen, freundlichen Augen musterten mich mit neu erwachtem Interesse. Dann schien sie das Cosmolabium in meiner Hand zu bemerken. »Eine Fabrikantin, soso. Ich nehme an, du hast mithilfe des Gemäldes eine Karte erstellt?«

Ich nickte.

»Beeindruckend. Menschen ändern sich im Laufe der Zeit. Es bedarf schon eines gewissen Talents, um Karten zu erstellen, die zu bestimmten Personen führen, aber du hast es offenbar geschafft. In dir steckt sehr viel Macht.« Sie trat hinter den Tresen und betrachtete eingehend mein Gesicht. »Aber eins würde mich interessieren. Wie kommt es, dass du noch beide Augen hast?«

Ich musste an Yrsas Tasse mit der weißen Flüssigkeit, die keine Milch war, denken und wurde von einem Schauder erfasst. »Ich bin erst seit wenigen Tagen Fabrikantin.«

Zosa krächzte. Die Frau richtete den Blick auf meine Schwester und schmunzelte, doch lag ein Hauch von Melancholie in ihrem Lächeln. Auf dem Gemälde blickte sie ernst, aber ich hatte dieses Lächeln schon einmal irgendwo gesehen.

»Wer sind Sie?«

»Mein Name ist Céleste.« Ihre Mundwinkel wanderten noch weiter nach oben. »Du bist etwas ganz Besonderes. Ich habe genau das Richtige für dich. Warte, ich suche es für dich raus.«

Sie wühlte in einem Haufen Sachen hinter dem Tresen.

»Ah, hier ist es ja.«

Sie drückte mir ein hölzernes Spielzeug in die Hand, ähnlich den Souvenirs in der Vitrine. Es war ein grob gearbeitetes Stück Holz in der Form eines Siegelrings, in dessen Oberfläche recht stümperhaft der Buchstabe S geritzt war. Ein Funkeln trat in ihre Augen.

»Sie kennen den Ring?«

»Selbstverständlich. Früher einmal hätte ich alles für meinen Bruder getan, ich hätte sogar den Ring für ihn gefunden. Aber die Zeiten sind vorbei.«

»Ihren Bruder?«

Als sie abermals lächelte, war die Ähnlichkeit plötzlich nicht mehr zu übersehen. Sie hatten beide die gleiche Stirn, das gleiche runde Kinn.

Sie war Alastairs Schwester.

Und wenn sie seine Schwester war, musste sie tatsächlich etwas über den Ring wissen und ob er uns vielleicht helfen könnte.

Céleste machte sich daran, irgendwelchen Krimskrams in die leeren Hutschachteln zu werfen, immer zwei Teile auf einmal. Sie packte, als wollte sie verreisen.

»Wollen Sie zum Hotel?«, fragte ich.

»Ist Yrsa noch dort?«

Ich nickte knapp.

»Die Hexe hat geschworen, diesen Laden niederzubrennen, mit mir darin, falls das Hotel je hierher zurückkäme. Nein, ich gehe nicht in dieses Hotel, und ich will es auch nicht drauf anlegen herauszufinden, ob Yrsa ihre Drohung wahrmachen würde.«

Auf der Straße vor dem Fenster herrschte immer regeres Treiben. Nicht lange, und Yrsa würde hierherkommen – oder Sido. Ich glaubte förmlich Bels Stimme zu hören. *Sei nicht dumm,* hätte er gesagt. *Verschwinde, solange es noch geht.* Aber wenn mir irgendjemand Antworten liefern konnte, dann Alastairs Schwester.

»Haben Sie ein paar Minuten für mich?«

»Himmel, nein.« Sie flitzte hin und her, holte ein Buch von einem staubigen Regal. »Es ist keine Zeit mehr. Ich gehe, und das solltest du auch tun.«

Nach den Worten der Frau auf dem Gemälde hatte ich nicht erwartet, dass sie mich mit offenen Armen empfangen und mir freimütig alles erzählen würde. Auf dem Weg hierher hatte ich mir deshalb eine Strategie überlegt, wie ich sie davon überzeugen könnte, mir zu helfen. Erst hatte ich daran gedacht, sie eiskalt zu belügen, aber etwas Besseres als die Wahrheit fiel mir leider nicht ein. Als sie die Hand nun nach einer der Hutschachteln ausstreckte, schlug ich den Deckel zu und zwang sie so, mich anzusehen. Sie wollte nach dem Tragegriff greifen, aber ich schob die Schachtel aus ihrer Reichweite.

»Alle mögen ja glauben, Ihr Bruder würde dafür sorgen, dass Magie innerhalb des Hotels sicher ist, doch hält er seine Angestellten wie Gefangene und bindet sie durch ihre Verträge«, erklärte ich.

Céleste verkniff das Gesicht. »Es tut mir leid, wirklich, aber ich kann dir nicht helfen …«

»Er hat gedroht, meiner Schwester etwas anzutun, falls es mir nicht gelingt, die Karte zu diesem Ring zu zeichnen«, fiel ich ihr ins Wort. »Er hat …« Mir schnürte es die Kehle zu. »Er hat ihr vier Finger abgetrennt. Einen davon hat er Yrsa gegeben. Sie hat ihn in Porzellan verwandelt.« Ich berührte den Finger in meiner Tasche, um mich zu vergewissern, dass er noch da war. Céleste hielt sich mit ihren behandschuhten Händen am Rand des Tresens fest, sichtlich erschüttert. Gut so. »Niemand kann ihn aufhalten. Ich kenne Sie nicht. Ich habe keinerlei Grund, Ihnen zu vertrauen, aber Sie sind meine letzte Hoffnung. Wenn der Siegelring Magie wirklich aufheben kann, will ich ihn dafür nutzen, unsere Verträge unwirksam zu machen. Dazu aber muss ich diesen Ring finden. Werden Sie mir helfen?«

Célestes Augen huschten zur Tür. »Ist dir jemand gefolgt?«

Meine Muskeln zuckten vor Anspannung. »Mir ist niemand aufgefallen. Heißt das, Sie helfen mir?«

»Das ist ziemlich viel verlangt. Natürlich könnte ich dir erzählen, was ich weiß. Aber es würde viele Stunden dauern, und ich breche schon bald auf.«

Ihre Hutschachteln waren immer noch halb leer. »Dann erzählen Sie mir eben, so viel Sie können, während Sie fertig packen.« Sie machte den Mund auf, um zu protestieren, aber ich hieb mit der Faust auf den Tresen. »Sie haben alle im Stich gelassen. Erzählen Sie mir jetzt wenigstens, was Sie über den Ring wissen.«

Wieder verzog sie das Gesicht. »Na schön. Ich verrate dir, was ich weiß. Aber anschließend musst du gehen.« Ich atmete erleichtert auf und wollte mich gerade bedanken, als sie abwehrend die Hand hochhielt. »Sag du mir erst, was du über das Hotel herausgefunden hast. Aber mach schnell.«

Also erzählte ich ihr von den Verträgen und dem unendlichen Registerbuch. Und dann von diesem Buch, das ich im Kartenraum gefunden hatte und durch das ich herausgefunden hatte, dass das Hotel früher einmal der Unterschlupf einer Gesellschaft für Suminaires war.

Sie nickte wissend. »Das Gebäude hat sich damals nur nach außen hin als Hotel getarnt.«

»Es war also eine Art Geheimversteck?«

»Ja. Ich bin zufällig in Champilliers darüber gestolpert. Es war ein brütend heißer Tag. Alastair und ich waren gerade auf dem Heimweg, da klagte er über Durst. Plötzlich stand da dieses Hotel, also gingen wir hinein und gelangten in eine kleine Lobby. Wir dachten, wir könnten dort etwas zu trinken bekommen. Es war niemand an der Rezeption. Auf dem Tresen stand ein Schild, auf dem hieß es, das Hotel sei ausgebucht. Ich trommelte mit den Fingern auf dem Tresen herum und wartete, aber es kam niemand. Irgendwann bemerkte ich eine kleine Klingel, die etwas weiter unten angebracht war. Das Ding kam meinem Finger wie durch Zauberei entgegengeschwebt. Und das war nicht das einzig Magische, das wir an jenem Tag sahen, bei Weitem nicht.«

»Das kann ich mir vorstellen«, gab ich zurück, weil ich an den Moment zurückdenken musste, als ich mit Zosa ins Hotel gekommen war. Ich war wie berauscht gewesen von dem Gefühl, all die Wunder zu sehen. »Aber sicher gingen andere potenzielle Gäste genauso ein und aus wie Sie. Was, wenn einer von ihnen herausgefunden hätte, dass sich dort Suminaires versteckten?«

»Nein, es bestand keinerlei Gefahr. Die Fassade des Hotels bot die perfekte Tarnung. Besucher ließen sich mühelos abwimmeln. Schließlich ist die Anzahl der Zimmer in einem solchen Etablissement begrenzt, du verstehst?«

»Man machte den gewöhnlichen Leuten also weis, die Zimmer seien alle belegt.«

»Ja. Bei uns war es allerdings anders. Als wir eintraten, war ich noch jung. Ich wusste nicht, dass ich eine Suminaire bin. Wäre ich in eine Familie mit einer langen Ahnenreihe von Suminaires hineingeboren worden, hätte ich vielleicht längst ein Artefakt überreicht bekommen oder wäre in der Nutzung meiner Magie unterrichtet worden, bevor ich andere damit verletzte.«

»Sie meinen, mit *première magie*?«

Sie nickte. »Ich wusste rein gar nichts über Magie, oder wie man sie einsetzt. Die Gesellschaft war für mich die Rettung, wie für viele andere Kinder auch. In Familien mit Suminaireblut im Stammbaum kannte man die Gesellschaft. Wenn solche Kinder gewisse Anzeichen entwickelten, konnten ihre Eltern sie dorthin schicken, um ein langes, zufriedenes Leben zu führen, ohne Angst, entdeckt zu werden. Ich hatte das große Glück, von allein darauf zu stoßen.«

»Sie sind also im Hotel eingezogen?«

»Das sind wir. Die einzige andere Option wäre gewesen, unterzutauchen und zu versuchen, meine Magie selbst im Zaum zu halten – worauf ich ganz und gar nicht vorbereitet war. Die Gesellschaft war für mich zu diesem Zeitpunkt die optimale Lösung. Dort bekam ich mein Artefakt und auch gleich eine Anstellung. Ich habe Karten für sie gezeichnet.« Céleste richtete den Blick auf mein Cosmolabium.

Instinktiv ließ ich die Metallscheibe in meiner Tasche verschwinden.

»Wenn Sie Karten geschaffen haben, was hat dann Ihr Bruder getan?« *Und bitte sagen Sie es mir schnell,* hätte ich am liebsten hinzugefügt.

»Nun, die Frage ist wohl eher, was hat er *nicht* getan. Mein Bruder ist ein Genie. Der Kopf der Gesellschaft fand auf Anhieb Gefallen an ihm. Er hat Alastair die Stellenvergabe im Hotel anvertraut und ließ ihn die Artefakte katalogisieren. Aber nicht gleich von Anfang an.« Sie runzelte die Stirn. »Es ist meine Schuld, dass er dort gelandet ist, weißt du? Ich habe ihn angefleht zu bleiben, weil ich den Gedanken, ihn allein zurückzulassen, nicht ertragen konnte.«

»Aber man hat doch sicher das Potenzial Ihres Bruders erkannt und ihn deshalb engagiert.«

»Nein. Man wollte ihn nicht anstellen, nicht einmal dabehalten wollten sie ihn.« Sie beugte sich vor, als fürchtete sie, Alastair könnte jedes Wort mithören. »Du musst wissen, nur Suminaires durften damals das Gebäude über den Eingangsbereich hinaus betreten. Und auch wenn er es meisterhaft beherrscht, alle Welt vom Gegenteil zu überzeugen, hat mein Bruder keinen Funken echter Magie in sich.«

30

Der hölzerne Ring fiel mir aus den Fingern auf den Marmortresen. Alastair besaß keine Magie? »Aber er ist doch der größte Suminaire der Welt.«

»Er ist der größte *Lügner* der Welt. Schwer zu glauben, ich weiß.«

Aber ich hatte ihn Wände bewegen sehen. Ich hatte zugeschaut, wie er Blumen aus der Luft gezaubert hatte. Er löschte anderer Leute Gedanken, als wären es überreife Pfirsiche, die er pflückte. »Ihr Bruder hat sehr wohl Magie, ich habe es selbst gesehen.«

»Ich versichere dir, das ist nicht der Fall«, erklärte Céleste ernst. »Unsere Eltern waren tot. Ich konnte ihn nicht allein in Champilliers zurücklassen, deshalb überredete ich die Vorsitzenden der Gesellschaft, ihn mitbringen zu dürfen.« Sie hob ihre Teetasse und starrte in die dampfende Flüssigkeit, als enthielte sie alles Wissen über die Zukunft. »Als er dann dort war, sah Alastair Suminaires, die alt genug waren, um seine Großväter zu sein, und doch nach außen hin keinen Tag älter wirkten als er selbst. Und alles um uns herum war magisch. Selbst die Orangen waren verzaubert.«

Die fabelhaften Orangenbäume. »Ihr Bruder sagte, er habe einmal versucht, einen dieser Bäume zu fällen.«

»Er hat sie gehasst«, gab sie zurück. »Die Orangen sind einzigartig auf dieser Welt. Wusstest du, dass ihr Saft nach allen möglichen Gerichten schmecken kann, die du schon einmal gegessen hast? Für mich schmeckt er immer nach der Erdbeertorte, die ich zum zehnten Geburtstag bekam. Als ich ihn trank, kehrte schlagartig alles zurück, ich erinnerte mich, wie ich mich an dem Tag gefühlt hatte, an die Feierlichkeiten, alles wurde durch den Geschmack zum Leben erweckt. Ich roch sogar den Rauch der ausgepusteten Geburtstagskerzen.«

Eine der fabelhaften Orangen musste eine der Grundzutaten des Gebräus gewesen sein, das Yrsa mir an meinem ersten Nachmittag im Hotel serviert und in dem sie auch den Tropfen Wahrheitsserum versteckt hatte.

»Nur Suminaires können die Orangen pflücken, weißt du? Direkt nach unserer Ankunft entwickelte Alastair einen abgrundtiefen Hass auf die Bäume, weil sie ihm vor Augen führten, was er *nicht* war. Tatsächlich verstummte er, wann immer die Rede auf Magie kam. Ich ertrug es nicht, ihn so verzweifelt zu sehen, deshalb begann ich, Dinge vor ihm zu verheimlichen.«

Ich konnte sehr gut nachempfinden, wie Céleste sich gefühlt hatte. Schon oft hatte ich es bedauert, Zosa nie gesagt zu haben, wie leid es mir tat, dass ich sie nach Durc verschleppt hatte. Und jetzt war da so vieles, was ich ihr erzählen wollte, doch konnte ich es nicht mehr.

Céleste warf einige weitere Gegenstände in ihre Hutschachteln. Eine war schon fast voll, doch ich brauchte dringend noch Antworten. »Also war Alastair einsam.«

»Nicht ganz«, meinte sie. »Er hatte eine Freundin, Nicole, eine Suminaire, die nur über sehr wenig Macht verfügte.« Den Namen der Frau stieß sie mit einem Schnauben aus. »Nicoles Artefakt war ein lächerlicher Kupferlöffel, der eine Tasse voll Wasser erhitzen konnte, mehr nicht.«

Céleste hob den hölzernen Siegelring auf. Sie steckte ihn sich mehrmals an einen ihrer behandschuhten Finger und zog ihn wieder ab, dann hielt sie ihn hoch. Das mit Schnitzereien verzierte Holz fing das Licht ein.

»Eines Tages stolperte Alastair über einen Eintrag zu diesem Siegelring im Katalog der Gesellschaft. Er kam damit geradewegs zu mir. Er war überzeugt, dass der Ring, wenn er wirklich Magie verlieh, auch ihn zu einem Suminaire machen könnte. Er könnte mächtig sein *und* ewig leben, könnte alles haben, was er wollte. Deshalb flehte er mich an, ihm eine Karte zu zeichnen, die ihn zu dem Ring führte.«

Das war also das große Geheimnis. Deshalb wollte er den Ring unbedingt haben.

Er wollte den Tod überlisten, indem er zum Suminaire wurde.

»Und, haben Sie den Ring gefunden?«, fragte ich.

»Anfangs spürte ich nicht das Geringste, wenn ich den Katalogeintrag berührte. Es reichte nicht aus als Grundlage für eine Kartenskizze. Doch das änderte nichts an Alastairs Besessenheit. Der Ring weckte alle möglichen Ideen in ihm, bis er schließlich ein anderes Artefakt im Archiv der Gesellschaft fand. Einen Spiegel.« Ihre Miene verdüsterte sich.

»War es ein Handspiegel mit Flecken?«

»Du hast ihn gesehen?«

»Ein paarmal. Ich habe Madame des Rêves sich damit Luft zufächeln sehen.«

Bei der Erwähnung von Madame des Rêves verzog Céleste das Gesicht. »Sie arbeitete als Zimmermädchen für die Gesellschaft, als Alastair und ich dort einzogen. Diesen lächerlichen Namen hat sie sich selbst verpasst und ließ sich von allen nur noch mit *Madame* ansprechen. Nicoles echten Nachnamen fand ich nie heraus.«

Ich konnte nicht glauben, was ich da hörte. »Madame des Rêves war die Suminaire, mit der Alastair sich angefreundet hatte? Die mit dem Kupferlöffel?«

Céleste nickte. »Ihre Macht war schwach. Der Löffel war das einzige Artefakt, für das sie ein Gefühl entwickelte.«

»Aber wenn Madame des Rêves nichts anderes beherrschte, als Flüssigkeiten zu erhitzen, wie schafft sie es dann jetzt, mithilfe ihrer silbernen Kralle Menschen in Vögel zu verwandeln?«

»Auf die gleiche Art, wie mein Bruder es schafft, allen vorzugaukeln, er sei ein Suminaire. Mithilfe des Spiegels.«

»Wie das? Ich verstehe nicht.«

Céleste holte weiter Sachen aus den Regalen und warf sie in die Hutschachteln. Und während sie packte, erzählte sie mir die Geschichte dieses Spiegels. »Schon bald erfuhr ich, dass Alastair einige Jahre nach ihrem Beitritt zur Gesellschaft in einem alten Tagebuch auf eine Erwähnung des Spiegels stieß. Demnach hatte eine verdannische Kapitänin mit einem anderen Artefakt Wind erzeugt, um mit ihrem Schiff über einen stillen Ozean zu segeln. Als ihre Magie auf halber Strecke nachließ, benutzte sie den

Handspiegel, um sich einen frischen Schub von einem Mitglied der Besatzung zu holen, das allein nicht mächtig genug war, um das winderzeugende Artefakt zu verwenden. Der Handspiegel vermag es, Magie zeitweilig von einem Suminaire auf eine andere Person zu übertragen.« Sie seufzte. »Alastair begann allmählich älter auszusehen als die Suminaires im Hotel. Er dachte, der Handspiegel könnte vielleicht ähnlich wirken wie der Siegelring. Er kam damit zu mir, und ich habe es in meiner Naivität an ihm ausprobiert. Augenblicklich fühlte er sich verjüngt und stellte fest, dass er tatsächlich in der Lage war, einige der schwächeren Artefakte zu verwenden. Doch die Menge an Magie, die ich auf ihn übertragen hatte, war so gering, dass der positive Effekt nur wenige Tage anhielt. Die übertragene Magie bleibt nicht erhalten. Sie nutzt sich ab.«

»Haben Sie es danach noch einmal versucht?«

»Nein, nie«, sagte sie und sah mir geradewegs in die Augen. Sie nahm die Fingerspitze eines Opernhandschuhs zwischen Daumen und Zeigefinger der anderen Hand und zog ihn langsam ab.

Beim Anblick ihrer Hand schreckte ich zurück und taumelte gegen Zosas Käfig. Meine Schwester stieß ein aufgebrachtes Zwitschern aus, doch ich hielt den Blick weiter auf Céleste gerichtet. Ich konnte ihn nicht loseisen von ihrer Hand – oder was davon noch übrig war.

»Den Handspiegel zu benutzen ist nicht das Gleiche, wie wenn man Magie selbst einsetzt. Die Magie, die man auf andere überträgt, regeneriert sich nicht wieder. Das ist es, was passiert, wenn man auch nur eine geringe Menge der eigenen Magie abgibt.«

In ihrer Handfläche klaffte ein durchgehendes Loch von der Größe einer Dublone, das umliegende Fleisch war von gräulicher Farbe.

Ich schrie erschrocken auf, als sie nach meiner Hand griff. Mein Daumen glitt mühelos durch das groteske Loch hindurch. Schwache Rauchfäden stiegen von den Rändern auf, als würde sich ihr Fleisch vor meinen Augen auflösen. Céleste ließ mich los und streifte den Handschuh wieder über.

Taumelnd hielt ich mich am Tresen fest, froh über die Stütze, die er bot, froh über die Stabilität meiner Haut.

Célestes Züge spannten sich an. »Alastair versprach mir, den Handspiegel zurückzubringen und ihn nie wieder zu benutzen, aber das war gelogen. Dann erzählte er *ihr* davon.«

»Madame des Rêves?«

»Nicole ist ein bösartiges Miststück, und mein Bruder war ein Narr.«

»Das ist er immer noch.«

»Dachte ich mir. Kurz nachdem ich den Spiegel an ihm ausprobiert hatte, überzeugte Nicole ihre Zimmergenossin, sie und Alastair mit einer Portion Magie zu beschenken. Das Ganze hinterließ allerdings ein riesengroßes Loch im Arm der bedauernswerten Mitbewohnerin und saugte alle Farbe aus ihr heraus.«

Ein eiskalter Schauer überlief mich. All die Suminaires in der Voliere, die stumpfen, farblosen Federn. Allmählich fügten sich die Einzelheiten zu einem zusammenhängenden Ganzen.

»Alastair erzählte mir später, die Zimmerkameradin habe grau ausgesehen, die Lippen und Augenlider wie mit einer

Staubschicht überzogen, fast wie eine Leiche. Sie flehte Nicole an, das Geschehene rückgängig zu machen, versuchte sogar, mit ihrem eigenen Artefakt dagegen anzugehen. Aber der Handspiegel hatte ihr ihre gesamte Magie geraubt. Für immer übertragen auf die beiden. Nicole wollte das Mädchen nicht gehen lassen, damit sie niemandem erzählen konnte, was vorgefallen war. Deshalb setzte Nicole mithilfe der gestohlenen Magie das Artefakt der Mitbewohnerin gegen sie ein.«

»Was war das für ein Artefakt?«, fragte ich, obwohl ich bereits eine gewisse Ahnung hatte.

»Eine silberne Vogelkralle.« Céleste schüttelte den Kopf. »Ich wusste zu dem Zeitpunkt nicht, was vorgefallen war. Niemand hatte etwas mitbekommen. Das Oberhaupt der Gesellschaft ordnete eine große Suchaktion an. Man entdeckte, dass der Koffer des Mädchens nicht mehr da war, ebenso wie einige von ihren Kleidern. Deshalb ging man davon aus, dass sie abgehauen war. Später erfuhr ich, dass Nicole sie in die Voliere gesperrt hatte. Mein Bruder hatte alles so arrangiert, dass es aussehen musste, als hätte sie sich aus freien Stücken abgesetzt. Hätte ich auch nur geahnt …«

Célestes Lippen bebten. Ich konnte nicht ansatzweise nachempfinden, was für schreckliche Gewissensbisse ihr diese Sache bereiten musste. Da hatten Alastair und Madame des Rêves also die ganze Zeit Suminaires um ihre Magie gebracht und sich der Beweise entledigt, und das alles unmittelbar vor den Augen der Gäste.

Und auch direkt vor meiner Nase.

Ich wusste genau, wie verzweifelt Alastair sein musste. Ich selbst spürte diese Verzweiflung täglich. Nur mit dem

Unterschied, dass er in seiner Not sehr viel weiter gegangen war, als ich es je geglaubt hätte.

»Ich war in dieser Voliere«, sagte ich. »Ich habe alle diese Vögel gesehen. Ihr Gefieder hatte keine Farbe mehr. All die viele Magie …«

»Gestohlen. Von meinem Bruder. Und von Nicole. Sie müssen sich laufend mit Nachschub versorgen, um ihre Lüge aufrechterhalten zu können. Mein Bruder, damit er jugendlich und mächtig bleibt, und Nicole, damit sie ihre silberne Kralle einsetzen kann. Um ihr Verbrechen zu vertuschen, verbergen sie die entstehenden Löcher unter dem Federkleid von Vögeln.«

»Aber es sind so unendlich viele Vögel.«

»Wie viele, schätzt du, sind es derzeit?«

Mir wurde übel, wenn ich an die unzähligen Tiere dachte, die ich dort gesehen hatte; es waren bestimmt mehrere Hundert. Céleste musste mir die Antwort von den Augen abgelesen haben, denn sie sagte: »Spar dir die Mühe. Ich will es gar nicht wissen.«

»Er beraubt also sämtliche Suminaires, die er in sein Hotel locken kann, ihrer Magie?«

»Nicht alle. Wenn ein Suminaire eine starke Verbindung zu einem Artefakt aufbaut, das nützlich für den Hotelbetrieb oder für das Auffinden des Rings sein könnte, verzichtet Alastair darauf, sie oder ihn in einen Vogel zu verwandeln. Aber solche Suminaires sind selten; die meisten, die ins Hotel kommen, werden verwandelt. Es läuft alles perfekt zu seinen Gunsten. Er hält auch immer gern einige Suminaires mit intakter Magie in der Voliere, weil sie als Vögel keinen Zugriff mehr darauf haben. So schlummert die Magie in ihnen, ist keine Gefahr für irgendjemanden und jederzeit verfügbar, sobald mein Bruder oder die Des Rêves Nachschub benötigen.«

Sie hatte recht. Ich hatte tatsächlich eine Handvoll Vögel gesehen, deren Gefieder noch farbig war. Das mussten diejenigen sein, die noch Magie besaßen. Wenn auch nicht mehr lange.

Ich hatte geglaubt, Suminaires seien im Vergleich zur Anfangszeit des Hotels seltener geworden. In Durc hatte man seit Jahrzehnten keine neuen entdeckt. Vermutlich lag das daran, dass sie alle in dieser Voliere gefangen gehalten wurden, ihrer Magie beraubt. »Was geschieht, wenn Ihrem Bruder die Suminaires ausgehen, um ihn weiter mit Magie zu versorgen?«

Sie hielt den hölzernen Siegelring hoch.

Natürlich. Wenn er sich selbst Magie verleihen könnte, müsste er sie nicht mehr stehlen.

»Mein Bruder und ich sind vor mehr als einem Jahrhundert zur Welt gekommen. Würde er aufhören, sich mit Magie zu versorgen, würde er schlagartig altern und sterben.«

Ich blinzelte, als mir unsere Begegnung in diesem verzauberten Flur wieder einfiel. »Einmal sah die Haut an seiner Hand ganz faltig aus. Und gelegentlich sieht man ihn humpeln.«

Sie nickte. »Du hast ihn vermutlich in einem schwachen Moment erwischt, kurz bevor er sich mit neuer Magie versorgt hat.«

Die Grausamkeit des Ganzen verschlug mir den Atem. »Ich kann kaum glauben, wie jemand so schreckliche Dinge tun und trotzdem jeden Morgen in den Spiegel schauen kann, ohne sich in Grund und Boden zu schämen.«

Sie schnaubte abfällig. »Oh, damit hat er keine Probleme. Er hat einmal zu mir gesagt, diese Magie würde dadurch, dass sie ihn am Leben erhält, viel mehr Gutes bewirken, als sie es in diesen Suminaires, denen er sie raubt, je könnte. Er war zu der Überzeugung gelangt, dass die Löcher in ihren Armen und Händen ein vergleichsweise geringer Preis waren für den Erhalt seines Lebens. Er versprach mir auch, alles, was er getan hat, rückgängig zu machen und die gestohlene Magie zurückzugeben, sobald der Siegelring in seinem Besitz wäre.«

»Dieser Ring scheint für ihn die Antwort auf alles zu sein.«

Sie nickte schwach. »Mir hätte früher auffallen müssen, was mein Bruder und Nicole da für ein perfides Spiel spielten. Aber ich war zu sehr damit beschäftigt, Karten zu zeichnen, um dem, was er tat, große Beachtung zu schenken.« Céleste ließ den Kopf in ihre behandschuhten Hände sinken, sodass ihre blonden Haare sich über den Tresen ergossen.

»Es ist nicht Ihre Schuld«, versuchte ich sie zu trösten. Als ich ihren Arm berührte, zuckte sie zurück und riss den Kopf hoch.

»Das denkst du. Aber er ist mein kleiner Bruder.«

Als ich den verzweifelten Ausdruck auf ihrem Gesicht bemerkte, zog sich mein Magen zusammen. Sie machte sich schwere Vorwürfe, genau wie ich es Tag für Tag tat, weil ich mit Zosa nicht in Aligney geblieben war. »Sie haben nur getan, was Sie damals für das Beste hielten.«

Tränen kullerten über Célestes Wangen. Sie wischte sie mit dem Handrücken fort und ging zurück zu den Hutschachteln, um mit dem Packen fortzufahren. Währenddessen erzählte sie mir, dass Alastair mithilfe der gestohlenen Magie einige Artefakte anwenden konnte, aber nicht für so viele ein Gefühl entwickelte wie sie selbst.

»Aber das Tintenfass genügte ihm«, sagte sie. »Die damit verfassten Zauber sind ziemlich spektakulär, man will mehr und mehr davon. Später gestand er mir, er habe anfangs versucht, eigene Zauber zu verfassen, aber mit jedem Mal fühlte er sich älter, was wiederum dazu führte, dass er noch mehr Magie stahl. Ein endloser Teufelskreis. Nachdem Nicoles Zimmergenossin verschwunden war, machten sich mysteriöserweise noch weitere vier Suminaires heimlich davon, und schließlich verschwand sogar das frühere Oberhaupt der Gesellschaft. Wie es aussah, hatte mein Bruder den Handspiegel gegen ihn verwendet, als der alte Mann Nicole zum Verbleib der anderen befragen wollte.«

So also hatte sich die Gesellschaft aufgelöst. Nur dass jeder gewusst haben musste, dass Alastair gar keine Magie besaß. »Ihr Bruder hat also die Gesellschaft übernommen, und die Leute folgten ihm blind, ohne irgendeinen Verdacht zu schöpfen?« Die ganze Sache war einfach unfassbar.

»Nicht er allein.«

»Er hat sie mit Madame des Rêves zusammen übernommen?«

»Nein«, sagte Céleste mit einem bitteren Unterton in der Stimme. »Alastair und ich haben die Gesellschaft angeführt.«

»Sie waren das?«

»Ich fand, er sah jugendlicher aus denn je, erkannte aber nicht den Grund dafür. Ich hatte keine Ahnung, was für ein grausames Spiel er hinter meinem Rücken trieb.« Sie begann im Raum auf und ab zu laufen. »Nachdem das Oberhaupt und die Vorsitzenden der Gesellschaft von der Bildfläche verschwunden waren, wurden die übrigen Suminaires nervös. Jetzt war ich die mächtigste Suminaire. Deshalb wählten sie mich als ihre neue Anführerin. Mich! Die Last der Verantwortung löste schreckliche Angst in mir aus. Als Alastair mit dem Plan zu mir kam, die Organisation gemeinsam mit mir zu leiten, wie hätte ich da ablehnen können? Mir blieb gar nichts anderes übrig, als seinen Vorschlag anzunehmen.«

Ich konnte mir ihr Dilemma nur allzu lebhaft vorstellen. Die Oberhäupter der Gesellschaft fort. Ein grenzenloser Nachschub an Suminaires. »Aber haben Sie denn gar nicht mitbekommen, was sich da abspielte?« Sie hätte ihren Bruder aufhalten können.

»Nein«, meinte sie mit einem neuerlichen Anflug von Verbitterung. »Ich war zu beschäftigt. Alastair übernahm die Verwaltung und katalogisierte weiter die Artefakte, während ich all die Aufgaben übernahm, die Magie erforderten. So was wie die Verträge der neuen Suminaires.«

Ich war wie erstarrt. »Sie meinen, die Gesellschaft hat auch vor Betrieb des Hotels bereits Verträge ausgestellt?«

»Nur so ließ sich das alles geheim halten.« Céleste strich mit der Spitze ihres Zeigefingers über die violette Tinte der Anzeige. »Wenn ein Suminaire sich nicht vorschriftsmäßig verhielt, nahm man ihm oder ihr das Artefakt weg, und der Vertrag wurde aufgelöst. Das bedeutete, dass die Betroffenen alles, was sie im Inneren des Gebäudes erlebt hatten, vergessen würden, sobald sie den Unterschlupf der Gesellschaft verließen. Ziel war es, ihnen keinerlei Erinnerung an die Gesellschaft zu lassen.«

»Das klingt fast wie der Wortlaut der Gästeverträge.«

»Mein Bruder ist nicht auf den Kopf gefallen«, sagte sie. »Er hat die Verträge der Gesellschaft einfach zu Gästeverträgen erweitert. Zusätzlich entwarf er Angestelltenverträge, die in etwa das Gegenteil davon bewirken sollten. Das Personal sollte die Welt dort draußen vergessen, sobald sie das Gebäude betraten. Aber das alles fing erst an, als er es endgültig in ein Hotel umwandelte.«

»Die Idee zu diesem Hotel stammt also von ihm?«

»Letztlich ja. Er war getrieben von seiner Besessenheit von diesem Ring. Als er die Gesellschaft übernahm, nutzte er ihre Ressourcen für die Suche. Aber das war ihm nicht genug. Er wollte mehr und immer mehr, war begierig, neue Orte zu besuchen, um weitere Artefakte zu finden, weitere Suminaires anzulocken. Er dachte, wenn er dem Gebäude zu öffentlicher Bekanntheit verhalf, es in ein schillerndes Spektakel verwandelte, das die Massen anzog, könnte er das nötige Geld eintreiben, um sich den Zutritt zu Ländern zu erkaufen, die mit Magie eigentlich nichts am Hut haben wollten. Das Hotel war die optimale Lösung für ihn und bot ihm alles, wonach ihm der Sinn stand. Ohne mir darüber im Klaren zu sein, half ich ihm dabei, das Gebäude in das zu verwandeln, was es heute ist. Hast du das unendliche Registerbuch gesehen?«

Ich nickte bedächtig.

»Die meisten Zauber darin habe ich verfasst.«

»Was sagen Sie da?« Ich fiel aus allen Wolken.

»Die Zauber zu wirken, die mit der Tinte geschrieben sind, verbraucht weit weniger Magie, als sie zu verfassen. Letzteres kostet Unmengen Magie – Magie, die mein Bruder nicht erübrigen konnte. Deshalb übertrug er mir die

Verantwortung dafür, das Hotel so aufsehenerregend wie möglich zu gestalten. Ich war begeistert von seinen Ideen und hielt sie für sinnvoll. Wie blind ich doch war!«

»Aber das Hotel ist voller Zauber. Es müssen Tausende sein. Sie meinen, Sie haben die alle ganz allein geschrieben?«

Sie zuckte mit der Schulter, als wäre nichts dabei. »Es waren noch einige aus den Tagen der Gesellschaft übrig, aber sie reichten nicht aus. Ich brütete oft stundenlang über diesem Registerbuch und schrieb, bis meine Finger sich verkrampften. Aber ich war es, die seine Ideen in Zauber übertrug, eine nach der anderen. Ich verfasste Zaubersprüche, die es Alastair ermöglichten, Wände zu verschieben und Türen mit nur einem Wort zu verschließen. Ich entwarf weit mehr magische Gästesuiten, als du dir vorstellen kannst. Ich habe den Dingen sogar meine Stimme geliehen, alles mithilfe der Tinte.« Céleste griff mit zitternden Händen nach der Teetasse und trank einen Schluck. Dann räusperte sie sich. *»Seid gegrüßt, Reisende!«,* flötete sie. »Ja, ich beherrsche es tatsächlich immer noch.«

Oh ja, und ob sie das tat.

»Ich habe Sie gehört, als ich das erste Mal ins Hotel kam. Die Gäste werden immer noch von Ihrer Stimme willkommen geheißen.«

Sie lachte leise in sich hinein. »Mir war nicht klar, dass es einmal Gäste geben würde, als ich diesen Zauber schuf. Erst als Alastair das Hotel feierlich eröffnete, wurde mir bewusst, zu welchem Zweck ich alle diese Dinge und Räume verzaubert hatte.«

»Er hatte es Ihnen nicht gesagt?« Sie war seine Schwester. Wie hatte er sie so hintergehen können?

»Ich fand es von allein heraus, bevor er die Gelegenheit dazu fand. Anfangs war ich noch hellauf begeistert von der Idee. Ich wusste zwar, dass Alastair vor allem diesen Ring finden wollte, aber ich glaubte ihm auch, als er mir versicherte, er wolle einen gefahrlosen Weg finden, der Welt die Magie zugänglich zu machen.« Sie strich mit der Hand über die Zeitung, die aufgeschlagen auf dem Tresen lag. »Als das Hotel allmählich an Bekanntheit gewann, half ich ihm dabei, neue Angestellte zu rekrutieren. Zu diesem Zweck verfasste ich einen Zauber, der in dem Moment, da Alastair über unser nächstes Reiseziel entschied, eine Anzeige in den dortigen Zeitungen erscheinen ließ.«

Sie hatte all das erschaffen, einschließlich der Annonce, mit der dieses ganze Durcheinander für mich seinen Anfang genommen hatte.

Etwas ließ ihre Mundwinkel nach unten wandern. »Nach einigen Jahren fand ich die Wahrheit über diese Vögel heraus. Ich war rasend vor Wut, war aber machtlos ihm gegenüber. Denn nachdem das Hotel quasi zum Selbstläufer geworden war, brauchte Alastair mich nicht mehr. Nicole und Yrsa waren beide auf ihre Art mächtig und ließen ihm ihre volle Unterstützung zuteilwerden. Alle, die noch übrig waren, waren gezwungen, die neuen Verträge zu unterzeichnen. Dadurch wurde jedes Wissen um die Gesellschaft der Suminaires ausgelöscht …«

Sie unterbrach sich, als die Eingangstür aufgeschoben wurde.

»Hallo?«, rief sie.

Ein Vater und seine kleine Tochter traten ein.

»Ich bedaure, aber wir schließen heute etwas früher, weil das Hotel in der Stadt ist«, erklärte Céleste. »Beehren Sie uns bitte morgen wieder.« Der Vater murmelte etwas, nahm das Mädchen aber bei der Hand und ging wieder.

Céleste schloss die Tür hinter ihnen ab.

Es war kein sonderlich stabiles Schloss. Falls Sido hier aufkreuzte, würde es uns keinerlei Schutz bieten. Genauso wenig wie die Tür. Zosa hüpfte nervös in ihrem Käfig hin und her, als eine weitere Gruppe von Menschen mit Koffern draußen am Fenster vorbei in Richtung Hotel eilte.

»Alastair wird bald die Einladungen verteilen«, sagte ich.

Céleste brummte missmutig. »Wenn es immer noch das gleiche Verfahren ist wie meinerzeit, dann ist das ein einziger Bluff.«

»Es ist also alles nur inszeniert?«

»Selbstverständlich. Bevor ich fortging, gestand Alastair mir, dass Yrsa vorab durch die Menge läuft, mit einem alten Kompass, einem Artefakt, mit dem man Magie in Menschen aufspüren kann. Angeblich weist die Nadel direkt auf Suminaires.«

»Ich kenne den Kompass«, sagte ich und erinnerte mich an die starke Magie, die davon ausging. »Alastair meinte aber, Yrsa wisse nicht recht, wie man den Kompass benutzt.«

»Das stimmt, ihre Verbindung zu diesem Artefakt war immer schwach. Genau deshalb verteilte mein Bruder Einladungen an alle, auf die die Nadel deutete. Er meinte, er wolle nicht riskieren, dass ihm ein Suminaire entging.«

Bei ihren Worten wurde mir schwindelig. »Dann werden diejenigen, die die Einladungen gewinnen, also gezielt ausgewählt.«

»Falls mein Bruder seine Vorgehensweise nicht geändert hat, ja.«

»Aber ich habe es nie erlebt, dass Personen abgewiesen worden wären, nachdem sie eine Einladung gewonnen hatten. Sie können doch nicht alle Suminaires sein.«

Sie zuckte mit der Schulter. »Ich nehme an, die Gewinner ohne magische Kräfte werden einfach zu gewöhnlichen Gästen, und wenn sie sich kein Zimmer leisten können, bietet man ihnen eine Anstellung an. Alastair würde niemals jemandem einen kostenlosen Aufenthalt anbieten. Als ich noch dort war, war er auf jede noch so kleine Münze angewiesen, um seine Suche nach dem Ring und den Unterhalt des Hotels zu finanzieren.«

Diese Kiste aus rosa Urds … »Ich habe mit eigenen Augen gesehen, wie er sich seinen Zutritt zu Skaadi erkauft hat.«

»Das überrascht mich nicht«, sagte Céleste und schloss eine der Hutschachteln.

Jetzt ergab plötzlich alles einen Sinn. Alastair brauchte die riesigen Menschenmengen. Je größer das Aufsehen, das er mit dem Hotel erregte, desto größer die Chance, dass er nichtsahnende Suminaires aufspürte. Außerdem erweckte er durch den ganzen Rummel das begeisterte Interesse von mehr und mehr Menschen, sodass es an immer neue Orte reisen konnte.

Deshalb waren die Bewohner der blauen Stadt so wild auf die Einladungen gewesen, obwohl viele von ihnen sich im Grunde keine Hoffnung zu machen brauchten, weil sie sich den Aufenthalt nicht leisten konnten. Es erklärte auch, warum sämtliche Bewohner der Vieux Quais in diese Gasse geströmt waren, die Herzen voller Erwartung und mit großen Augen. Deshalb hatte Alastair also nie einen einzigen Gewinner abgewiesen. Er musste alle glauben machen, dass sie eine reelle Chance hatten, auf der Reise im Hotel die Welt zu sehen.

Das Hotel, die Zufallsgewinner, das Spektakel – nichts von alledem diente in irgendeiner Weise dazu, die Magie sicher erlebbar zu machen. Alles, was Alastair damit bezweckte, war, Suminaires zu Gefangenen zu machen, um sie ihrer Magie zu berauben, und seine Suche nach dem Ring voranzutreiben – und letztlich so seinen eigenen Tod zu verhindern.

Ich musste an diese Faust denken, die er gegen das Mondfenster geschlagen hatte. Seinen jämmerlichen Schrei. Er war im Grunde ähnlich verzweifelt wie ich.

An jenem Tag in Durc waren alle im Umkreis von mehreren Meilen in diese Gasse gekommen. Und ich hatte die ganze Zeit geglaubt, es sei gut, dass die Menschen hoffen konnten, dass jeder die Chance hatte, eine Eintrittskarte fürs Hotel zu gewinnen, und dass niemand abgewiesen wurde.

Gütiger Himmel. Ich erinnerte mich noch lebhaft an die Gewinner in Durc. Freudentränen waren ihnen über die Wangen gelaufen. Diese Mutter mit ihrer kleinen Tochter. Vielleicht hockten sie in diesem Moment als farblose Vögel in der Voliere, von ihren Liebsten getrennt.

»Was geschah, nachdem Sie herausgefunden hatten, was er mit dem Hotel im Schilde führte?«, fragte ich.

»Anfangs wusste ich mir keinen Rat, was ich tun sollte. Ich blieb noch einige Monate, bis ich es nicht länger ertrug. Ich fand den Handspiegel und wollte ihn zerbrechen. Nicole ertappte mich dabei. Sie brachte mich zu Yrsa.« Céleste neigte ihr Gesicht in einen Streifen Sonnenlicht. Und tatsächlich, eins ihrer Augen wirkte einen Hauch heller als das andere.

»Glas.«

Sie nickte. »Nicole wollte mich töten. Und sie hätte es getan, wenn Alastair mich als Vogel in einen Käfig gesperrt hätte. Doch stattdessen zerriss er meinen Vertrag und verbannte mich in diese Stadt, bevor Nicole mich zwingen konnte, einen neuen zu unterzeichnen. Damals überließ er mir das hier.« Sie griff nach dem kleinen Löffel, der auf der Untertasse lag. Er war aus Kupfer.

»Das Artefakt von Madame des Rêves.«

»Die Frau ertrug seinen Anblick nicht mehr. Und weil es das harmloseste Artefakt in Alastairs Sammlung war, ließ er mich den Löffel mitnehmen. Von der *première magie* einmal abgesehen, musste ich seither sehr viel Tee trinken, um meine Magie zu beherrschen.« Sie tauchte den Kupferlöffel in ihren Tee und rührte um. Ein feiner Faden Dampf schlängelte sich daraus empor. »Alastair drohte mir für den Fall, dass ich versuchen sollte zurückzukommen, mich einzumischen, jemandem davon zu erzählen ...«

»Er sucht also bereits seit einem Jahrhundert nach diesem Ring?«

»So in etwa, ja«, antwortete sie.

Mittlerweile fanden sich erheblich weniger neue Suminaires als noch vor hundert Jahren. Sobald Alastair sämtliche Magie auf dieser Welt aufgebraucht hätte, wären wir für immer gefangen. Es gäbe keine Magie mehr, um Federn in Fleisch zurückzuverwandeln, um verlorene Erinnerungen zurückzuholen. Zosa würde für immer ein Vogel bleiben. Alastair würde uns alle mit sich in den Abgrund reißen.

Ich weigerte mich, das zuzulassen.

»Bitte. Wie finde ich diesen Ring?« Es war die einzige Frage, die jetzt noch wichtig war, und mir lief die Zeit davon.

Céleste sah mir fest in die Augen. »Diesen Ring gibt es gar nicht.«

31

Céleste verschwand nach hinten und kehrte mit einem kleinen Buch mit grünem Leineneinband zurück. Auf die Vorderseite war in Goldlettern der Titel geprägt: *Das Buch verdannischer Sagen, gesammelt von den Gebrüdern Touchard.*

Ich erkannte es auf Anhieb wieder. Maman hatte eine neuere Ausgabe im Bücherschrank stehen gehabt. Zosa und ich hatten es gelegentlich herausgezogen, damit sie uns etwas vorlas, nur war meine Schwester für die großenteils sehr blutigen Geschichten ein wenig zu zart besaitet.

Céleste schlug es auf. Ich las die Überschrift: *Der Glücksring.*

Ich kannte die Geschichte. Sie erzählte von einem Holzfäller, der von einer Zauberin den Auftrag erhielt, durch die Wälder zu streifen, die er so gut kannte, und nach einem Ring zu suchen, der große Macht verlieh. Wenn er den Ring nicht vor dem ersten Schneefall fände, drohte die Zauberin, ihm sein Erstgeborenes wegzunehmen und es aufzuessen. Nach langer Suche fand der Holzfäller den Ring. Allerdings händigte er ihn ihr nicht einfach aus. Stattdessen kam er auf die schlaue Idee, ihn der Zauberin umgekehrt an den Finger zu stecken. Statt ihr noch mehr Macht zu verleihen, nahm der Ring ihr all ihre Macht, sodass sie auf der Stelle sterblich wurde.

Neben der Geschichte war ein Holzschnitt zu sehen. Er zeigte eine weibliche Hand mit einem Siegelring am Finger.

»Ich hatte schon viele Jahre nach dem Ring gesucht, bevor ich über dieses Buch stolperte. Es war in einer der hinteren Ecken der Bibliothek versteckt.« Céleste blätterte weiter zur letzten Seite der Geschichte. Die Ränder waren mit einer winzigen Handschrift bedeckt. »Bei diesem schwer zu entziffernden Gekritzel handelt es sich um Mutmaßungen, dass der Glücksring ein Artefakt sein könnte. Mir kam die Handschrift vertraut vor, und ich kannte sie tatsächlich. Diese Notizen stammen von derselben Person, die auch den Eintrag zum Ring auf der Liste von Artefakten erstellt hat.«

»Der Ring ist also nur eine Fabel?«

»Nichts als ein Märchen, ja. Manche der früheren Oberhäupter der Gesellschaft glaubten, dass die fiktiven Erzählungen von Kulturen aus aller Welt immer auch verborgene Wahrheiten über Artefakte enthalten. Manche der Geschichten mochten das eine oder andere Mal tatsächlich zu richtigen Artefakten geführt haben, aber ich bin mir ziemlich sicher, dass es sich in diesem Fall um eine falsche Fährte handelt. Mein Bruder wollte mir nicht glauben, als ich ihm meine Zweifel unterbreitete. Er lebte zu dem Zeitpunkt schon so lange von der Magie all dieser Suminaires, dass er sich weigerte zu akzeptieren, dass es darüber hinaus nichts mehr gab, was ihm helfen konnte.« Ihre Stimme klang sehr bedrückt.

Auch ich wurde von einer tiefen Traurigkeit erfasst, von einem schmerzhaften Gefühl des Verlusts. Es war, als würde eine Tür für immer zuschlagen, noch bevor ich hindurchgeschritten war.

Ich war Yrsas Tisch und dem Hotel entronnen. Ich war den weiten Weg gekommen, auf der Suche nach etwas, was nicht existierte. Der Ring war etwas aus einem Kindermärchen, und diese Erkenntnis brach mir das Herz. Ich hatte keine Möglichkeit mehr, meine Schwester zu retten oder die Verträge mithilfe des Rings unwirksam zu machen.

Die Verträge.

Was, wenn es doch noch eine andere Möglichkeit gab, Alastairs Tinte unwirksam zu machen, auch ohne Ring?

Ich richtete meine geballte Konzentration auf Céleste. »Hören Sie, ich weiß, dass Alastair machtvolle Magie einsetzt, um die Verträge aufzuheben. Aber Sie sagten, Sie hätten das Tintenfass dazu verwendet, Verträge für die Mitglieder der Gesellschaft auszustellen, bevor es das Hotel überhaupt gab. Gibt es denn noch eine einfachere Möglichkeit, sie zu annullieren?«

Diese Frau musste doch über irgendein geheimes Wissen verfügen, das uns weiterhelfen konnte. Ich durfte den weiten Weg nicht umsonst auf mich genommen haben.

»Leider nein«, sagte Céleste. »Mein Bruder hat nur so lange Macht über die Tinte, wie er das Fässchen in seiner Hand hält. Er beschwört die gestohlene Magie durch dieses Artefakt herauf und kann so jeden Zauber ausführen, unter anderem also auch Verträge ungültig machen.«

»Was, wenn ich ihm das Tintenfass entwenden könnte?«, fragte ich, inzwischen nach jedem Strohhalm greifend.

Sie warf mir einen skeptischen Blick zu. »Selbst wenn du es in die Hände bekämst, bezweifle ich, dass du in der Lage wärst, es zu benutzen. Man muss dazu nicht nur ein mächtiger Suminaire sein, sondern auch reichlich Übung haben.«

Ich spürte eine große Leere in meiner Brust. Der Ring war also nichts als ein Märchen, und ich konnte die Verträge nicht allein aufheben. Es gab nichts, was ich tun konnte.

Céleste schienen die gleichen Gedanken durch den Kopf zu gehen, denn nun sagte sie: »Tut mir leid.«

»Das war's dann also? Ich soll jetzt einfach so aufgeben?«

Ihre kummervolle Miene war mir Antwort genug.

Céleste sah sich noch einmal um und machte sich offenbar bereit für den Aufbruch. Eine Stimme in meinem Hinterkopf ermahnte mich, ebenfalls zu gehen, doch meine Beine waren wie aus Blei. Ich bückte mich zu Zosas Käfig und steckte die Finger durch die Gitterstäbe, um ihr Gefieder zu streicheln.

»Jetzt hör gut zu«, hörte ich Céleste unvermittelt sagen. Sie schloss auch die zweite Hutschachtel und hob beide vom Tresen herunter. »Sag meinem Bruder nicht, dass ich dir irgendetwas erzählt habe. Du magst eine Suminaire sein, aber wenn Alastair den Verdacht hegt, ich könnte sein Geheimnis preisgegeben haben, wird er dir gewiss etwas Schlimmes antun, so wie Issig.«

»Issig?« Mein Blick zuckte zu ihr hoch. »Was hat er getan?«

»Issig war absolut gegen das, was Alastair tat, und zeigte – anders als die anderen Angestellten – keine Furcht vor ihm. Er forderte Alastair heraus. Obwohl sein Vertrag wieder und wieder abgeändert wurde und obwohl ihm jedes Mal seine Erinnerungen genommen wurden, suchte Issig verbissen weiter nach der Wahrheit. Schließlich fand er einen Weg, in die Voliere einzudringen. Als er mich um Antworten anflehte, verriet ich ihm einige Details, die ich hätte für mich behalten sollen.«

»Hatte es etwas mit den Verträgen zu tun?«

Sie nickte. »Issig ist mächtig. Ich dachte, er könnte es mit meinem Bruder aufnehmen. Und das tat er auch, sehr zu seinem Pech. Er marschierte schnurstracks zu Alastair und versuchte ihm das Registerbuch zu entreißen.« Sie verzog das Gesicht. »Die Zwillinge nahmen ihm sein Artefakt ab und hielten ihn fest, während mein Bruder sein Gedächtnis löschte. Daraufhin schnappte er über. Dann sperrten sie ihn in das Kühlhaus und legten ihn in Ketten, sodass er mit seiner Magie niemandem mehr etwas anhaben konnte.«

»Aber wenn Suminaires als Vögel keinen Zugang zu ihrer Magie haben, warum hat er Issig dann nicht auch als Vogel in die Voliere gesperrt? Das wäre doch sicher die einfachere Lösung gewesen.«

»Das schon, aber ich denke, insgeheim gefiel es Alastair, ihn im Kühlhaus gefangen zu halten. Nachdem Issig den Verstand verloren hatte, machte er keine Anstalten mehr, irgendjemanden zu behelligen oder etwas gegen Alastair zu unternehmen. Außerdem kann niemand außer Issig selbst sein Artefakt benutzen, und die Gäste verlangen nach Eis«, sagte sie mit Verbitterung in der Stimme. »Wenn du versuchst, etwas an diesen Verträgen zu ändern, wird er dich einsperren …« Sie unterbrach sich.

»Was ist?«

Eine der Hutschachteln landete krachend auf dem Boden, unmittelbar gefolgt von der anderen. Céleste drehte sich alarmiert nach mir um. »Runter mit dir.«

Im nächsten Moment war das Bersten einer Scheibe zu hören, dann wurde die Eingangstür aus den Angeln gehoben und landete mitten im Raum.

»Wo steckst du, Céleste?«, flötete Yrsa gedehnt.

Blitzschnell war ich in die Hocke gegangen und spähte nun am Bücherregal vorbei in Richtung Eingang. Yrsa stand im Türrahmen, Sido direkt hinter ihr. Ich musste hier weg. Zosas Käfig stand hinter dem Tresen. Von irgendwo dort drang Licht in den Raum.

Da war eine weitere Tür.

Yrsa trat näher an den Tresen heran. »Da bist du ja, meine Liebe. Schön, dich zu sehen, Céleste. Sag, war hier zufällig ein Mädchen, das neugierige Fragen gestellt hat?« Yrsa verzog den Mund zu einem breiten Lächeln, als sie Zosas Käfig erblickte. »Ach, sieh an. Sag schon, wo steckt sie?«

»Ich habe kein Mädchen gesehen«, log Céleste.

Möglichst leise rutschte ich auf den Knien ein Stück rückwärts.

Yrsa zog etwas aus ihrer Tasche – ein mit den Jahren vergilbtes Porzellanauge. »Alastair hat mir das hier anvertraut.« Sie drehte das Stück Porzellan zwischen ihren Fingern. »Wenn ich herausfinde, dass du mich belogen hast, lasse ich es fallen.«

Céleste stürzte mit vor Schreck geweiteten Augen auf sie zu. »Gib es zurück.«

»Wo ist das Mädchen, Céleste?«

Mehr war nicht nötig. Céleste sah direkt zu mir. »Es tut mir aufrichtig leid«, sagte sie entschuldigend.

Panisch versuchte ich in Richtung Tür zu gelangen, doch im nächsten Moment packte mich eine Hand beim Schopf und riss meinen Kopf zur Seite. Sido.

»Halte sie fest!«, befahl Yrsa.

Die Alchemistin hatte das Porzellanauge auf ihrer Handfläche liegen und hielt es knapp außerhalb von Célestes Reichweite hoch. Diese versuchte danach zu greifen. Ihre behandschuhten Finger hätten es sich um Haaresbreite gekrallt, doch Yrsa neigte ihre Hand ganz leicht. Das Auge kullerte herunter und landete mit einem lauten *Knacks* auf dem Boden. »Oh, wie schrecklich ungeschickt von mir.«

Céleste stöhnte. Ihr Kopf knallte mit der Stirn auf den Tresen.

»In Zukunft steht Champilliers wieder auf unserem Reiseplan. Es gibt hier zu viele Kaufleute, die mit verschiedensten alchemistischen Paraphernalia handeln. Wir können nicht darauf verzichten, nur weil dein Bruder dir dieses sinnlose Versprechen gegeben hat«, sagte Yrsa, während sie mit dem Stiefelabsatz noch einmal gezielt auf die Porzellanbruchstücke trat.

Bei jedem Knacken zuckte Céleste zusammen. Yrsa hob den Fuß an und stampfte noch einmal kräftig darauf. Mit einem Knirschen zerbrachen auch die letzten Reste des Auges zu feinen Splittern. Céleste sank gegen den Tresen. Ich konnte ihr Gesicht nicht sehen, nur ihre behandschuhte Hand. Ein feines rotes Rinnsal rollte daran herab und tropfte auf den Marmorboden. Sido ließ von mir ab und ging zu ihr, um ihren Puls zu fühlen.

»Was tust du? Sie ist tot, du Dummkopf. Schnapp dir die Göre!«, blaffte Yrsa ihn an.

Alles in mir schrie. Ich musste fort von hier.

Hastig stolperte ich zu Zosas Käfig und hob ihn hoch. Der Metallgriff schnitt in meine aufgerissene Haut. Warmes Blut sickerte zwischen meinen Fingern hervor, als ich ihn fest an mich presste und zur Hintertür stürmte, wo ich eine baufällige Außentreppe hinabeilte.

»Tut mir leid«, sagte ich zu Zosa, als der Käfig seitwärts kippte. Es schmerzte mich zu sehen, wie ihre winzigen Füßchen panisch scharrten und ihr kleiner Körper gegen die Gitterstäbe geworfen wurde. Sie pickte mit ihrem Schnabel nach meinem Daumen. »Nicht jetzt, Zosa.« Ich brachte den Käfig wieder in die Senkrechte.

Sie krächzte. Viel zu laut.

Yrsa rief Sido etwas zu. Mein Herz raste. Den Käfig fest mit beiden Armen umklammernd, schlüpfte ich hinaus auf die Betrügergasse.

»Ergib dich besser gleich.« Erschrocken drehte ich mich um. Yrsa stand nur zwanzig Schritte von mir entfernt. Sie tippte sich an das rechte Auge. »Warte, wenn ich dich kriege.« Sido tauchte hinter ihr auf.

Ich taumelte rückwärts, bis ich mit den Ellbogen gegen Glas stieß. Der Verkaufskarren dieser Alchemistin. Ich griff, mit der Hand tastend, hinter mich, und meine Finger schlossen sich um eine der kleinen Flaschen.

Yrsa streckte einen Arm aus und hielt Sido zurück.

Ich zog meine Hand hinter dem Rücken hervor und blickte auf das Fläschchen hinab. Es war mit einem sich kräuselnden silbernen Dunst gefüllt, den ich auf Anhieb erkannte. Eine skeletthafte Hand streckte sich nach mir aus, tippte mit knochigen Klauen von innen gegen das Glas, genau wie damals im Salon.

Albträume, in Flaschen abgefüllt.

»Stell das weg«, ermahnte mich die ältere Frau, der der Karren gehörte, im schroffen Flüsterton. »Dieses Zeug ist nicht verdünnt. Wenn auch nur der kleinste Tropfen herausspritzt, wirst du schreckliche Visionen haben.«

»Du dummes Mädchen, sei nicht so leichtsinnig!«, rief Yrsa.

Langsam holte ich mit dem Fläschchen aus, und als Sido auf mich zustürzte, blieb mir gar keine andere Wahl mehr: Der Leichtsinn in mir triumphierte.

»Halten Sie die Luft an!«, rief ich der Händlerin zu.

Mit Entsetzen in den Augen sah sie zu, wie ich die Flasche auf den Boden schleuderte. Beim ersten Kontakt mit dem Pflaster zersprang das Glas. Eine funkelnde silberne Rauchschwade schoss empor und verteilte sich so schnell wie ein Tropfen Tinte, der in Wasser landet. Mir blieb kaum Zeit, um Mund und Nase zu bedecken. Daran, die Augen zu schließen, dachte ich gar nicht. Ich blinzelte erst, als die ölige silberne Wolke mir die Sicht vernebelte und bis in meinen Rachen vordrang. Die Welt um mich her hüllte sich in samtiges Schwarz. Schreie wurden laut, und die Betrügergasse verwandelte sich in eine albtraumhafte Szene, entsprungen aus diesem unscheinbaren Fläschchen.

Meine rechte Hand hielt Zosas Käfig fest, während ich mit der linken wieder nach dem Verkaufskarren tastete. Ich rang um Luft. Der dichte Nebel verschleierte mir den Blick und jagte mir einen Schauer über den Rücken. Doch das, was ich sah, war weit schlimmer.

Es ist nicht echt. Es ist der Albtraum, der mir die Sinne verwirrt, sagte ich mir. *Geh einfach weiter.*

Ich roch verwesendes Fleisch, lief an grauenhaft entstellten Wesen vorüber, die keine Ähnlichkeit mehr mit den

Frauen hatten, die sie einmal gewesen waren. Der Anblick eines riesigen schwarzen Wurms, der sich an den Häusern entlang durch die Gasse wand, entriss mir einen Schrei. Das Ungeheuer ließ eine gegabelte Zunge hervorschnellen, die mir über den Hals leckte, nass und rau. Ein Stück weiter wandte sich mir eine steinerne Statue zu und sah mich blinzelnd an. Sie hob ihre Klauenhand und versenkte sie in ihrem eigenen Hals. Der Schrei einer Frau erfüllte die Luft um mich herum.

In der Mitte der Gasse stapfte ein hochgewachsenes Geschöpf vorwärts, mit nur einem Auge, während aus der leeren anderen Augenhöhle Blut tropfte. Die rechte Körperhälfte sah aus, als wäre ein großes Stück herausgerissen worden.

Sido.

Er warf den Kopf von einer Seite zur anderen, wich vor den anderen albtraumhaften Kreaturen, die von allen Seiten in die Gasse drängten, zurück. Ich wusste, dass Sido nach wie vor ein Mensch war, es war lediglich der Albtraum, der meinen Blick trog und mir etwas anderes vorgaukelte. Nichtsdestotrotz wurde mir bei seinem Anblick speiübel.

»Jani!«, donnerte Yrsas Stimme. Eine Gestalt trat vor. Sie sah aus wie Yrsa, aber auch wieder nicht. Sie überragte alles andere und sah mich lauernd von oben her an.

Lauf, dachte ich, doch ich war wie gelähmt und konnte mich nicht von der Stelle rühren. Gebannt starrte ich auf das Ding, das Yrsa war. Jetzt lehnte sie sich gegen die nächste Wand und wischte sich die Augen.

Aber da, wo ihre Augen hätten sein sollen, war nichts. Aus den leeren Höhlen quoll eine weiße Flüssigkeit, als würde sie dicke Tränen jener Substanz, die keine Milch war, weinen.

Dann kam sie auf mich zu, als könnte sie immer noch sehen. Ihr Mund öffnete sich. Jeder einzelne ihrer rasiermesserscharfen Zähne lief zum Ende hin spitz zu.

»Du kannst uns nicht verlassen, das ist dir hoffentlich klar«, sagte Yrsa. Ihre Zunge peitschte vor wie der Schwanz eines Skorpions. Dann zog sie ein Stück Porzellan aus der Tasche und rollte es zwischen den Fingern. Eine Drohung. Alles in mir erstarrte, als sie es hochhob.

»Wem gehört das?«

»Du kennst die Antwort auf diese Frage längst.«

Ein erstickter Laut entrang sich meiner Kehle. Ich wollte ihr das Porzellanstück aus der Hand reißen, doch Sido lauerte bereits hinter ihr. Ich durfte es nicht riskieren. Ich musste weg.

»Der Maître will dich um zwei Uhr im Hotel sehen, sonst bricht er das hier eigenhändig entzwei. Und nachdem du dich persönlich überzeugen konntest, was meine Teetasse alles bewirken kann, nehme ich an, dass wir uns in Kürze sehen werden«, sagte sie und winkte noch einmal mit dem Porzellanstück. Es war kein Auge – es war ein Finger, aber nicht Zosas kleiner Finger.

Dieser Porzellanfinger gehörte einem Mann.

32

Ich stolperte über Kopfsteinpflaster durch unbekannte Gassen, die mich durch eine Stadt voller Ungeheuer führten. Dabei versuchte ich die ganze Zeit über, die Tränen zurückzuhalten.

Nicht real, das ist alles nicht real, betete ich mir im Stillen vor und kämpfte mich Stück für Stück voran. Mein Ziel war das Ufer des Noir. Als ich das schmiedeeiserne Geländer vor mir hatte, hielt ich an. Zosa kreischte auf, da ich den Käfig fallen ließ und mich übergab.

Ihr schien der Albtraum um uns herum nichts auszumachen, sie wirkte auf mich wie immer. Sie pickte nach meiner Hand und zitterte leicht. »Es tut mir alles so leid«, sagte ich. Vorsichtig strich ich ihr übers Gefieder, doch sie sträubte sich bei der Berührung und kniff ihre schwarzen Äuglein zu. »Es wird alles wieder gut, das verspreche ich dir.«

Kaum waren diese Worte aus meinem Mund, biss ich mir in die Backe. Dieses Versprechen war ja doch nur wieder so ein Schwindel zu ihrem Schutz, so wie die vielen anderen Lügen, die ich ihr im Laufe der Jahre aufgetischt hatte.

»Wenn ich ehrlich sein soll, bin ich völlig ratlos, was wir jetzt tun sollen. Ich ängstige mich zu Tode und bin schrecklich müde. Ich bin so erschöpft, dass ich auf der Stelle umfallen und schlafen könnte.« Zosas Köpfchen spähte unter ihrem Flügel hervor. Ich wischte mir silberne Schlieren aus dem Gesicht und blinzelte. »Und es fühlt sich an, als hätten mir gerade fünfzig Schnecken ihren Schleim im Gesicht verteilt.«

Sie stupste mit dem Schnabel gegen die Gitterstäbe.

»Sieh mich nicht so an.« Trotz ihrer Vogelgestalt musterten ihre Augen mich eindringlich. »Nicht zu fassen, dass ich mit einem Vogel rede.«

Sie krächzte, als könnte sie mich verstehen.

»Schon gut, schon gut. Mit einer sehr klugen, sehr temperamentvollen jungen Lady, gefangen in einem Vogelkörper.«

Mit einer Hand am Käfig und der anderen am Geländer setzte ich meinen Weg fort. Wenig später gelangte ich an eine Treppe, die hinunter zum Fluss führte. Ich stellte den Käfig auf dem Boden ab, um mir ein paar Handvoll Wasser ins Gesicht zu spritzen.

»Die Zeit! Wie spät ist es?«, rief ich einer Gruppe von Männern mit Angeln zu. Sie traten alle einen Schritt zurück, bis auf einen älteren Mann. »Noch nicht ganz elf«, antwortete der mit einem zahnlosen Grinsen.

Drei Stunden noch.

Meine Haare hingen mir in nassen Zotteln um die Schultern. Ich kämmte sie mit den Fingern durch und wickelte sie zu einem festen Knoten auf. Ich musste jetzt scharf nachdenken.

»Was soll ich nur tun?«, fragte ich, an Zosa gewandt. Ich konnte schlecht einfach ins Hotel reinspazieren; dort würde man mich sofort erkennen. Ich brauchte eine Tarnung, und vor allem brauchte ich Hilfe.

Ich dachte an Bel, und das Herz tat mir weh. Ich brauchte dringend Unterstützung. Da fiel mir wieder ein, wo wir hier waren und was das bedeutete.

Die Fischer wichen vor mir zurück, als ich auf sie zuging, wobei ich versuchte, mein triefnasses Kleid glatt zu streichen. »Ich benötige ganz dringend eine große, farbige Perücke. Könnte mir bitte jemand von Ihnen sagen, wie ich zum Atelier Merveille komme?«

Nach außen hin war das Atelier Merveille eine elegante Mischung aus mit Fresken verziertem Gestein und viel Blattgold. Beim Betreten dann gewann man den Eindruck, in eine riesige Torte mit viel Zuckerguss einzutauchen. Vergoldete Treppen und mit Taft bespannte Wände erstrahlten in einer breiten Palette von Pastelltönen: von Mintfarben über Lavendel bis hin zu Cremeweiß. Aufgeputzte Angestellte starrten mich mit offenen Mündern an, als ich an ihnen vorbeimarschierte, und das gelackte Lächeln auf ihren kirschroten Lippen erstarb beim Anblick des Vogelkäfigs und meiner nassen Mähne. Zum Glück hielt mich keine von ihnen auf.

Ich fand Béatrice weder bei den Schuhen noch bei den Pudern und den gestreiften Döschen mit Crème de Rose. Ich fand sie auch nicht bei den Schals oder den exotischen gefiederten Hüten und auch nicht bei den zu einem Schwan aufgetürmten, perlmuttartig schimmernden Macarons im Salon de Patisserie. Dafür traf ich sie bei den Umkleiden an, wo sonst. Sie saß inmitten einer reichen Auswahl an üppigen Stoffen. Eine blasslila Perücke thronte neben ihr – eine Turmfrisur, reich geschmückt mit kleinen Schmetterlingen aus Metall.

Als sie mich sah, sprang sie auf. Ihre Augen weiteten sich beim Anblick der silbernen Flecken an meinem Hals. Überwältigt vor Erleichterung, verzog ich das Gesicht.

»Oh, ich kann es kaum erwarten, deine Geschichte zu hören.« Sie schüttelte ihr Handgelenk, und ihre Werkzeuge klapperten. »Los, lass dir nicht jedes Wort aus der Nase ziehen. Und glaub mir, notfalls quetsche ich es aus dir heraus.«

Eine Angestellte in Rüschenschürze kam mit einem Tablett voll süßer Brötchen mit Zuckerguss an. Mit einer fahrigen Bewegung scheuchte Béatrice das Mädchen fort und bedeutete mir, mich zu setzen. Ich zog es vor, auf und ab zu laufen, während ich ihr die ganze Wahrheit erzählte, die Sache mit meinem Vertrag und dass er bei mir keine Wirkung gezeigt hatte, bis hin zu dem Detail mit den zerbrochenen Orangen. Abgesehen von einigen erstaunten Ausrufen und gelegentlichem amüsierten Glucksen, hörte Béatrice aufmerksam zu, bis ich zu dem Teil gelangte, in dem es um die Wahl des Cosmolabiums ging.

Sie schnaubte empört. »Mein Seelenwunsch war es aber nicht, verstopfte Toiletten in Ordnung zu bringen.«

Im Laufe der letzten Tage hatte ich mir reichlich Gedanken über die verschiedenen Artefakte gemacht, die von den Suminaires im Hotel genutzt wurden. Das, was Alastair gesagt hatte, ergab durchaus Sinn. »Aber überleg doch mal. Was, wenn es gar nicht um die Toiletten geht? Du kümmerst dich aufopferungsvoll um die Leute, die für dich arbeiten.

Ich glaube, dein Wunsch ist es, auf uns alle aufzupassen, dich um diejenigen zu sorgen, die am Dasein zerbrechen. Dein Werkzeug ist Ausdruck dieses Wunsches.«

Ihr Mund öffnete sich, dann klappte sie ihn wieder zu. Zur Abwechslung schien sie einmal sprachlos zu sein. Deshalb erzählte ich auch gleich noch den Rest, bis zu dem Moment, da ich beschloss hierherzukommen. Den Teil mit Margot ließ ich allerdings bewusst aus. Bel hatte gesagt, er habe es bereits versucht, es habe keinen Unterschied gemacht. Trotzdem war ich neugierig. »Was hat dieser Ort an sich, dass du unbedingt hierherkommen wolltest?«

Auf ihr Fingerschnipsen hin erhoben sich die Schmetterlinge von der blasslilafarbenen Perücke, stiegen zur Decke empor und formierten sich dann, ordentlich aufeinandergestapelt auf ihrer Handfläche, zu einer Metallsäule. Dann drehte sich eine einzelne Schraube ganz von allein aus dem obersten Schmetterling. Béatrice nahm sie zwischen Daumen und Zeigefinger und rollte sie hin und her. »Ich habe diese Schmetterlinge alle eigenhändig hergestellt, weißt du? Bei jedem einzelnen habe ich die Schraube reingedreht. Lange Zeit hatte ich den Wunsch, bei den Soireen aufzutreten und sie als meine Bühnenrequisiten zu verwenden.«

»Auftreten? Du?«

Sie zuckte mit den Achseln. »Ich war leider so dumm, auch noch davon zu reden. Ich hatte mir sogar eine Nummer ausgedacht, vergleichbar mit jener der Illusionistin.« In ihre Stimme schlich sich ein verbitterter Unterton. »Einige bekamen das mit und bezeichneten mich hinter meinem Rücken scherzhaft als die *Mechanique*.«

Yrsa hatte sie tatsächlich so genannt. Es ihr sogar mitten ins Gesicht gesagt.

Béatrice strich mit den Fingern über die prächtigen Kleiderstoffe. Sie warf ein hauchdünnes Stück Gaze in die Luft und sah zu, wie es zu Boden flatterte. »Ich wollte ein Kleid, in dem ich üben konnte; deshalb habe ich mit Mitgliedern der Entourage de Beauté gesprochen. Es war das erste Mal, dass ich einen Fuß in den Salon de Beauté setzte.« Ihre Mundwinkel verzogen sich. »Das hat etwas mit mir gemacht.«

»Was denn?«

»Nichts Greifbares, aber ich fühlte mich irgendwie eigenartig. Der Anblick löste eine große Leere in mir aus.« Sie tippte sich mitten auf die Brust, auf die Stelle, wo ihr Herz saß. »Ich dachte, wenn ich dem Atelier Merveille einen Besuch abstattete, ginge diese Leere vielleicht wieder weg.«

»Und, hat es funktioniert?«

»Nein. Um ehrlich zu sein, fühlt es sich sogar noch schlimmer an als vorher.«

Ihre Worte schnürten mir die Kehle zu. Ich wollte etwas sagen, um sie aufzumuntern, aber mir war klar, dass nichts, was ich sagen könnte, irgendetwas daran ändern würde.

»Warum bin ich überhaupt hier?« Béatrice wischte sich die Nase mit einem Stück Satin, dann wedelte sie mit den Händen vor ihrem Gesicht herum. »Genug von dieser Gefühlsduselei. Los, erzähl mir den Rest.«

Und das tat ich. Ihre Hände ballten sich zu Fäusten, als ich mit dem Drama um Bels Finger endete. »Ich werde die Verträge zerstören«, erklärte ich mit fester Stimme.

»Aber du hast mir doch gerade erzählt, nur Alastair könne die Verträge aufheben.«

»Ich werde sie nicht einfach nur aufheben. Ich werde sie restlos vernichten.«

»Verstehe«, gab sie zurück, klang aber skeptisch. »Und wie genau willst du das hinbekommen?«

Céleste hatte mir nicht die Antworten liefern können, die ich mir erhofft hatte, aber dank ihr hatte ich jetzt eine Idee. Auf dem langen Fußmarsch hierher hatte sich in mir ein grober Plan abgezeichnet.

Rasch berichtete ich, was ich vorhatte. Béatrice schüttelte ungläubig den Kopf. »Das ist viel zu riskant.«

»Das ist das Problem«, erwiderte ich ernst. »Selbst wenn es uns gelänge, könnten Angestellte und Gäste dabei ums Leben kommen. Dieses Risiko könnte ich bei einem Hotel voller Menschen nicht eingehen.« Ich ließ mich zu Boden sinken und wünschte, der dicke Teppich könnte mir Lösungen für alle Probleme dieser Welt liefern. »Ich hatte gehofft, du könntest mir sagen, was ich tun soll.«

»Ich?« Béatrice lehnte sich gegen einen Berg von Kleidern zurück. Um sie herum bauschte sich Stoff wie kleine, zuckergussüberzogene Wolken. »Weißt du, ich dachte immer, du würdest eine großartige Suminaire abgeben«, sagte sie und schickte ihre Schmetterlinge erneut zur Decke. »Die Stoische, die die Massen mit ihrem Starrsinn in Staunen versetzt.«

»Hörst du mir überhaupt zu? Alastair wird Bel in weniger als drei Stunden töten, wenn ich mich ihm nicht freiwillig ausliefere.«

Mir wurde bewusst, dass ich nach allem, was passiert war, tatsächlich dazu bereit war. Ich musste an Bels Gesicht denken, vergraben in meiner Halsbeuge, während seine Hände fieberhaft über jeden Zentimeter meiner Haut glitten.

Dann kamen mir weitere Bilder in den Sinn: Bel auf dem Boden, während Blut an ihm herabtropfte, ähnlich wie bei Céleste, und Zosa auf dem wachsbefleckten Tisch. Ich bedeckte meine Augen mit den Händen, und in diesem Moment, in den berühmten Umkleiden des Atelier Merveille, drohte ich endgültig zu zerbrechen und aufzugeben. Bis ich das Surren von Werkzeug hörte, gefolgt von hektischem Flügelflattern aus Zosas Käfig.

Ich nahm die Hände herunter und starrte Béatrice an. »Was tust du da?«

Eine stählerne Wolke schwirrte zu dem Käfig und öffnete das Türchen. Zosa kam herausgeflogen und landete direkt vor mir auf dem Teppich, hopste auf ihren spindeldürren Beinchen hin und her.

Béatrice streckte die Hand aus und versuchte ihr übers Gefieder zu streicheln, doch Zosa pickte nach ihr. »Du bist aber kein liebes Vögelchen, wie?«

Nein, meine Schwester war nicht lieb, wenn sie etwas ärgerte. Und wenn ich mir ihren stark gebogenen Schnabel so ansah, konnte sie damit sicher Schlimmeres anrichten als ein gewöhnlicher Vogel.

»Komm her.« Ich tippte mir auf die Schulter. Zosa schwang sich hoch und landete genau an der Stelle, die ich ihr gezeigt hatte. Sie stupste mir mit dem Köpfchen ans Ohr.

»Sie hört auf dich«, sagte Béatrice erstaunt.

Sie hatte vollkommen recht. Im Laufe des Tages waren sie mir bereits ein paarmal aufgefallen, diese kleinen Momente, in denen ich das Gefühl hatte, sie würde mich genau verstehen. Ich war nicht wie Frigga, aber ich war überzeugt, dass meine Schwester immer noch da drinnen war, unter diesem Federkleid, und irgendwie schien sie genau zu wissen, was ich von ihr wollte. »Ich glaube, sie erkennt mich. Was mir nur leider herzlich wenig hilft.«

Ich strich mit dem Finger über Zosas Nacken, was ihr ein leises Gurren entlockte. Nach all den Jahren wünschte ich mir jetzt, ich könnte sie um Rat fragen. Meine Schwester war schlau. Ihr fiel immer etwas ein.

»Ich hätte viel öfter auf dich hören sollen«, sagte ich.

Zosa plusterte sich auf und breitete ihre Schwanzfedern aus, stolz wie ein Pfau im Miniaturformat.

»Verstehst du mich etwa?«

Sie hopste aufgeregt auf und ab und schlug wild mit den Flügeln.

Eine der Verkäuferinnen kam herein, in jeder Hand den Kopf einer Schaufensterpuppe, jeweils gekrönt von einer riesigen pastellfarbenen Perücke, mindestens doppelt so hoch wie die blasslilafarbene am Boden, gerade so wie die von Madame des Rêves. Bei deren Anblick flog meine Schwester auf und fing an, nach dem Gesicht der armen Verkäuferin zu hacken. Die Perücken fielen zu Boden, während die Frau schreiend davonlief. Zosa saß auf einer babyblauen Perücke und tat etwas, dass Béatrice der Mund offen stand.

»Hast du gesehen, was dein kleiner Vogel gemacht hat?« Sie deutete auf den weißen Klecks, der seitlich an der blauen Perücke herabtropfte. »Die werde ich bezahlen müssen.«

Ich hätte gelacht, wäre mir nicht im selben Moment ein Gedanke gekommen. In jener Nacht im Salon d'Amusements waren die Gäste schreiend davongerannt, verscheucht von diesem Vogel aus der Bibliothek. In der Voliere waren noch Hunderte weiterer Vögel. Vielleicht konnten sie mir helfen, die Gäste aus dem Hotel zu bekommen. Die Vögel in Friggas Zimmer waren ihr brav gefolgt, und sie besaß einen

Schlüssel zur Voliere. Ich würde ihre Hilfe benötigen. Genauso wie Zosas. Mühsam rappelte ich mich auf.

Béatrice zupfte einen elfenbeinfarbenen Seidenfaden von meiner Schuhsohle. »Du stehst auf einem Kleid.«

Ich nahm kaum wahr, was sie sagte, weil jetzt ein Plan in meinem Kopf Gestalt anzunehmen begann. Es war bestenfalls ein Schuss ins Blaue, aber er war da. »Ich habe vielleicht die Lösung.«

Als die Worte jetzt nur so aus mir heraussprudelten, hörte Béatrice mir schweigend zu. Nachdem ich fertig war, musterte sie mich von Kopf bis Fuß. Sie zog die Stirn kraus. »Du denkst, du kannst in diesem Aufzug ins Hotel reinspazieren?«

Nicht ganz. Natürlich würde man mich schon in der Lobby erkennen und abfangen. Deshalb brauchte ich eine Verkleidung.

Mit dem letzten Rest Würde, den ich aufbringen konnte, schluckte ich zweimal schwer und sagte dann: »Wie schnell kannst du mir helfen, mein Aussehen komplett zu verändern?«

33

Die Sonne stand hoch am Himmel, als ich ganz allein draußen vor dem Hotel stand. Ich fühlte mich wie auf dem Präsentierteller, vollkommen schutzlos und ausgeliefert.

Béatrice hatte mich in ein schrilles rubinrotes Kleid mit engem Korsett und extravaganter Tournüre gesteckt. Es breitete sich hinter mir aus wie ein vielstufiger Wasserfall aus karmesinrotem Chiffon. Ich hatte sie angefleht, mir doch etwas in einer etwas dezenteren Farbe auszusuchen. Ein wenig sittsamer und bescheidener. Nicht so auffallend. Doch sie wollte nicht auf mich hören, schnalzte nur tadelnd mit der Zunge und fegte meine Hand weg. Das sei nun mal die Farbe der Saison, teilte sie mir unbeirrt mit. Wenn man mich für eine Lady aus Champilliers halten sollte, die zu einem Aufenthalt im Hotel eingeladen war, würde ich mich entsprechend kleiden müssen.

Eine weiße Perücke, die mit Goldstaub gepudert war, ergoss sich über meinen Rücken und kitzelte mich in den Ohren. Es juckte mich in den Fingern, mir das Ding vom Kopf zu reißen, die Korsage zu lockern und mir die vielen Schichten Puder und Rouge aus dem Gesicht zu kratzen.

Ich fühlte mich wie ein Schwein auf dem Weg zum Schlachthof.

Als ich die Stufen zum Eingang erklommen hatte und auf der Schwelle stand, riss ein Portier die schwarz lackierte Tür auf und musterte mich.

»Oh, ist das zu fassen? Ich bin wirklich und wahrhaftig hier!«, kreischte ich voll gespielter Begeisterung und wedelte mit dem Kaufbeleg aus dem Atelier Merveille. Hektisch fächelte ich mir damit Luft zu, damit der Portier nicht erkannte, dass es sich dabei um gar keine echte Einladung handelte. Wenn er irgendeinen Verdacht schöpfte, dass es in Wirklichkeit ein unterzeichneter Angestelltenvertrag war, der mir hier Zutritt verschaffte, wäre alles vorbei.

Zum Glück schien er auf die Finte hereinzufallen, weil er sich jetzt an die Mütze tippte und sagte: »Willkommen in Anderswo.«

Ein Kofferträger erschien. »Ihr Gepäck, Mademoiselle?«

»Mein Diener wird die Koffer in Kürze hier an der Tür abliefern«, sagte ich in perfektem Verdannisch, bemüht darum, meinen südlichen Akzent zu verbergen.

Mein Magen zog sich zusammen. Alastair stand am anderen Ende der Lobby und begrüßte soeben einen Gast. Nach außen hin wirkte er jugendlich, sogar glücklich. Keine Spur von faltiger Haut oder einem Bluterguss an den Händen von seinem Fausthieb gegen das Mondfenster. Das bedeutete wohl, dass in der Voliere wieder ein neuer farbloser Vogel herumschwirrte.

Alastairs Blick richtete sich kurz auf mich und wanderte dann gleich weiter. Er schien mich nicht erkannt zu haben. Zum Glück beachtete mich auch niemand vom Personal. Ich huschte in den hinteren Teil der Eingangshalle und schlüpfte in eine der Nischen hinter der großen Treppe. Eine kleine Kaminuhr aus Zinn tickte neben meinem Ohr. Es war ein Uhr.

Ich schaute hinunter auf ein niedriges Sofa. Keine Ahnung, wie man sich in Korsage und Turnüre daraufsetzen sollte. Vorsichtig ging ich in die Knie, zuckte aber sofort wieder hoch, als sich etwas Spitzes zwischen meine Rippen bohrte. Eine Gruppe von Dienstmädchen ging gerade vorbei und sah, wie ich mich vor Schmerz wand.

Wenn ich den heutigen Tag überlebe, dann verbrenne ich dieses Kleid, dachte ich. Nein, viel besser. Wenn ich den heutigen Tag überlebte, würde ich dieses Kleid mit Freude noch einmal tragen. Ich würde mich sogar mit Vergnügen in tausend ähnliche Kleider werfen, dazu turmhohe Perücken und aufgeklebte Muttermale tragen. Solange ich mich aus freien Stücken dafür entschied.

»Da bist du ja. Oh, ich hatte schon die Befürchtung, dir könnte etwas passiert sein.« Béatrice kam auf mich zugeeilt und ordnete die Rüschen an meinem Rock, als wäre sie ein Mitglied der Entourage de Beauté. Sie griff nach meinen Fingern und zog daran. »Immer schön lächeln, Chérie. Und jetzt komm mit.«

Wir begaben uns in einen engen Korridor, in dem ein Wäschewagen gegen die Wand geschoben war. Kurz bevor wir ihn erreichten, hielt Béatrice mich zurück. »Ich muss dich warnen. Die Pläne haben sich ein wenig geändert.«

»Was meinst du damit, geändert?« Ich sah mich um auf der Suche nach einem Nest von Haaren. »Wo ist Frigga?«

»Auf ihrem Zimmer. Denkst du, ich würde zulassen, dass meine Schwester sich an deinem lächerlichen und noch dazu gefährlichen Plan beteiligt?« Hellas' silbernes Haar war zu einem strengen Knoten zurückgebunden, sodass sein tiefgoldenes Gesicht noch schärfer geschnitten wirkte.

Misstrauisch wich ich einige Schritte zurück und versteifte mich unwillkürlich.

»Er war da, bevor ich eine Chance hatte, mit Frigga zu reden«, erklärte Béatrice. »Aber er wird uns nicht aufhalten.«

Das war zumindest eine gewisse Erleichterung. Doch Hellas würde uns niemals in die Voliere lassen, und wir brauchten auch Friggas Hilfe mit den Vögeln. Ich konnte Zosa schlecht allein reinschicken.

»Wir schaffen das nicht ohne …« Ich verstummte, als ein metallisches Klirren zu hören war. Von Hellas' Zeigefinger baumelte ein Schlüsselbund.

»Ich nehme den Posten meiner Schwester ein.«

Ich war sprachlos. Nach allem, was geschehen war, wollte er mir tatsächlich noch einmal helfen.

»Tut mir leid, Jani. Er hat zufällig gehört, wie ich mit Frigga gesprochen habe. Er hat ihr einfach die Schlüssel geklaut und ist mir gefolgt.«

Der Botanist begegnete meinem Blick. Es lag etwas in seinen Augen, was vorher nicht da gewesen war, ein kleines Funkeln, weder grausam noch hasserfüllt. Aber es war Hellas, den ich vor mir hatte. »Du hast mir geholfen zu fliehen. Du meintest doch, deine Schuld sei damit beglichen. Warum hilfst du uns jetzt noch einmal?«

Er zuckte nur gleichgültig mit der Schulter. »Ich habe es satt, dass die Gäste auf meinen Karten herumtrampeln.«

Das war natürlich eine glatte Lüge. Es musste mehr dahinterstecken. Aber ich bedrängte ihn nicht weiter.

Hellas war nicht Frigga. Er hatte keinen Einfluss auf die Vögel, besaß aber einen Schlüssel zur Voliere. Und die Zeit wurde langsam knapp.

Ein Paar dunkler Augen spähte unter dem Laken hervor, das über dem Wäschewagen hing. Zosa kauerte neben einer Dienstmädchenuniform. Ich erinnerte mich noch sehr genau an die Form ihres wahren Gesichts, hatte klar und deutlich vor Augen, wie sie ausgesehen hatte, immer ein wenig zu klein. Als Vogel wirkte sie noch hilfloser als in ihrer menschlichen Gestalt. *Aber das ist sie nicht,* rief ich mir ins Gedächtnis. Ich würde sie verlieren, wenn ich nicht darauf vertraute, dass sie uns helfen konnte.

Ein Teil von mir wollte sie sich am liebsten schützend an die Brust drücken, bis das alles vorüber war. Stattdessen beugte ich mich zu ihr hinunter, bis meine Nase auf einer Höhe mit ihrem Köpfchen war. In so einfachen Worten wie möglich flüsterte ich ihr zu, was sie für mich tun sollte. Als ich fertig war, stupste sie mir mit dem Schnabel gegen die Nase.

»Du verstehst mich also wirklich?«, fragte ich, in der Hoffnung, sie würde antworten.

Wieder stupste sie mich an. Meine klammen Hände klebten an ihren Federn fest, als ich ihr den Nacken kraulte. Dass ich dabei das Narbengewebe und den verstümmelten Knochen an der Spitze ihres Flügels streifte, ließ mich zusammenzucken. Sie hatte bereits bewiesen, dass sie noch fliegen konnte, aber es fiel mir dennoch schwer, darauf zu vertrauen, dass sie auch alles andere schaffen würde.

»Genug davon.« Béatrice griff nach der Dienstmädchenuniform und schob mich in eine kleine Abstellkammer. »Beeil dich und zieh das an. Und wage es ja nicht, dieses rote Kleid zu zerknittern. Ich habe vor, Thalia zu bitten, es für mich abzuändern, in eine Farbe, die mir steht. Für den Preis, den ich dafür bezahlt habe, werde ich es Tag und Nacht tragen, wenn das alles hier vorbei ist.«

Ich grinste. »Dein Suminairename lautet also Thalia?«

Sie rollte mit den Augen und schob die Tür hinter mir zu.

Nachdem ich umgezogen war, wischte ich mir den Goldstaub von den Wangen. Dann nahm ich die Perücke ab. Nun, da nichts mehr sie zurückhielt, quollen meine dunklen Locken über meine Schultern.

»Was hast du mit dem Kleid gemacht?«, wollte Béatrice wissen, als ich aus der Abstellkammer kam.

»Ich habe es fein säuberlich gefaltet und es in einen Putzeimer gesteckt. Du kannst es dir später holen.«

»Ich habe keinen Schimmer, warum ich mich auf dich und deinen dummen Plan eingelassen habe.«

»Du machst mit, weil es unsere einzige Chance ist.«

Einer ihrer Mundwinkel hob sich. Und diese winzige Geste traf mich mitten ins Herz. Das hoffnungsfrohe Gefühl hielt an, bis sie den letzten Bestandteil meiner Verkleidung hochhielt: eine elfenbeinfarbene Augenklappe aus Satin, die wir im Atelier Merveille auf die Schnelle noch erstanden hatten. Ich beugte mich leicht vor, als sie sie mir um das eine Auge band.

»Bist du bereit?«, fragte ich.

»Ganz und gar nicht«, gab sie mit einem halbherzigen Lächeln zurück. Dann schob sie mir ihre Werkzeugdose in die Rocktasche. »Das ist die Hälfte. Wenn du auch nur ein einziges Teil verlierst, hetzte ich dir die Chefköchin auf den Hals. Die soll dir die Haare flechten.«

Dankbar warf ich ihr die Arme um den Hals und drückte sie ganz fest.

»Denk dran, warte zehn Minuten, dann triff mich hinten in der Küche«, sagte sie.

Ich nickte, dann presste sie mir einen Kuss auf die Wange und ging.

Jetzt war nur noch Hellas übrig.

Mit schweißnassen Händen näherte ich mich ihm. »Warum hilfst du mir? Und erzähl mir nicht, du hättest es satt, dass die Leute auf deinen Karten herumtrampeln.«

»Du hattest recht«, lenkte er ein.

»Entschuldige?«

»Ich wollte mir einreden, wir seien vor Alastair sicher, weil Frigga und ich nützlich für ihn waren. Aber die Wahrheit ist: Ich hasse ihn. Ich hasse es, dass er Suminaires sammelt, als wären sie Gegenstände. Er verspricht mir dauernd, er würde sie eines Tages alle zurückverwandeln. Eine lächerliche Ausrede, und jetzt … jetzt kann ich mir selbst kaum mehr in die Augen sehen.« Seine Hände ballten sich zu Fäusten. »Obwohl ich ihn schon so lange hasse, habe ich ihm geholfen, seine Vögel versteckt zu halten, damit Frigga und ich nicht die Nächsten wären. Ich habe viel zu lange vor ihm gekuscht und bei seinem Spielchen mitgemacht, weil ich mich an die Angst gewöhnt hatte. Ich war überzeugt, nichts tun zu können, um etwas an der Situation zu ändern.« Er sah mir direkt in die Augen. »Und dann musste ich feststellen, dass ein einfaches Küchenmädchen mehr Schneid hat als ich, und das hat mich, offen gestanden, ziemlich gewurmt.«

Mir klappte der Mund auf, während er nach dem Wagen mit Zosa griff und ihn in Richtung Voliere schob.

Nachdem er außer Sichtweite war, stützte ich mich für einen kurzen Moment an der Wand ab. Ich sah Alastairs Gesicht verschwommen vor meinem geistigen Auge. Seine Tinte lief über mein Fleisch, drang in meine Nasenlöcher ein, erstickte mich, bis da nur noch dieses allumfassende Violett war und sonst nichts mehr.

Ich sog die Luft tief in meine Lungen und verscheuchte das Bild. Mir blieb keine Zeit für ängstliches Zaudern. Eine eiserne Entschlossenheit setzte sich in mir fest. Wenn ich meine Schwester wiedersehen wollte, musste ich jetzt los.

34

In der Küche herrschte viel zu große Hektik, als dass irgendjemand ein Zimmermädchen bemerkt hätte, das vorüberging. Bei der Ecke zum Kühlhaus angekommen, richtete ich meine Augenklappe und blieb wie angewurzelt stehen, als ich Béatrice mit Madame des Rêves vor der Tür stehen sah.

Madame des Rêves musste gleich ihren Auftritt haben, denn sie trug eine chartreuse-grüne Perücke, besetzt mit Diamanten und mindestens einen Fuß hoch. Ihr hellgrünes Kleid ergoss sich über ihren Körper wie Champagner in ein Glas.

»Béatrice hat mir erzählt, dass du erst kürzlich degradiert wurdest«, sagte Madame des Rêves, als sie mich sah. Ein Lächeln legte sich auf ihre Lippen beim Anblick meiner Augenklappe.

»So ist es«, gab ich zurück und wich einen Schritt zurück. Ich trug Mamans Halskette, was bedeutete, dass mir die silberne Vogelkralle nichts anhaben konnte, ihre langen Nägel allerdings schon, ebenso wie ihre herrische Stimme, wenn sie mitbekam, dass etwas faul war.

Béatrice wandte sich mir zu und räusperte sich. »Ich habe Madame bereits erklärt, dass Alastair den Würdenträgern aus Verdanne eine kleine Führung durch die Küche versprochen hat und dass er darum gebeten hat, dass ihr beide Issig so schnell wie möglich in sein Büro bringt.« Sie deutete auf den Boden, wo der Käfig stand, in dem ich Zosa durch Champilliers geschleppt hatte. Er war leer.

»Ich verstehe nur nicht, warum er es mir nicht selbst gesagt hat«, antwortete Madame des Rêves misstrauisch.

Béatrice zuckte mit der Schulter. »Er wirkte gehetzt. Hat irgendetwas gemurmelt von wegen, Gäste hätten sich erkundigt, was wir in Champilliers zu suchen hätten.«

»Und wo ist Frigga? Sie hilft doch normalerweise bei solchen Angelegenheiten?«

»Sie hatte zu tun.«

Madame des Rêves schnaubte. »Dann bringen wir es hinter uns. Ich habe in weniger als einer Stunde einen Auftritt.«

Ich nahm den Käfig zur Hand und hielt ihn Madame des Rêves hin.

»Oh nein, dieses Ding fasse ich nicht an«, meinte sie. »Es ist Friggas Aufgabe, Käfige herumzutragen. Und jetzt beeil dich und mach die Tür auf.«

Sie wollte also, dass ich mit ihr in das Kühlhaus ging.

»Ich gehe«, bot Béatrice an und versuchte, den Käfig an sich zu nehmen.

So funktionierte das nicht. Ich brauchte sie in der Voliere. »Schon gut«, sagte ich. »Ich bekomme das hin.«

»Dann … Nun, in Ordnung, wir sehen uns später.« Béatrice warf mir einen strengen Blick zu und ging.

Madame des Rêves räusperte sich. »Wollen wir noch länger herumstehen wie ein paar hirnlose Dienstmädchen? Machen wir uns an die Arbeit.« Sie trat vor die Tür zum Kühlhaus. »Wo ist der Griff?«

»Es gibt keinen.« Ich klopfte zweimal gegen die Stahltür.

Und genau wie beim letzten Mal flog die Tür auf, und ein eisiger Windstoß kam aus dem Raum.

Auch der Anblick, der sich mir bot, war ähnlich wie beim letzten Mal. Issig saß, an die Wand gekettet, auf dem Boden, sein Körper so reglos wie ein Fels.

»Er ist also tot.« Madame des Rêves trat auf ihn zu.

»Nein, nicht!«, warnte ich, als sie die Hand nach einem seiner weißen Finger ausstreckte. Eis begann davon abzublättern, doch Madame des Rêves schien das nicht zu bemerken. Sie berührte ihre silberne Vogelkralle, hob sie allerdings nicht an sein Fleisch. Stattdessen marschierte sie im Halbkreis um ihn herum.

Die rasch abfallenden Temperaturen brachten meine Zähne zum Klappern. Ich deutete auf die Kralle. Sie musste ihn für mich in einen Vogel verwandeln. »Nun machen Sie schon.«

Sie dachte nicht daran. Stattdessen spielte sie mit ihrem Artefakt, drehte es zwischen den Fingern hin und her. »Ich habe eine Weile gebraucht. Diese Béatrice ist eine gerissene kleine Lügnerin.«

Eine schreckliche Vorahnung durchzuckte mich. »Was meinen Sie damit?«

Sie warf einen Blick auf meine Augenklappe. »Wenn Yrsa jemandem das Auge herausreißt, ist das äußerst schmerzhaft. Auch wenn Suminaires rasch genesen, liegen sie danach mehr als eine Stunde flach. Aber das konnte Béatrice natürlich nicht wissen. Sie ist dieser Prozedur bis jetzt entkommen. Aber nicht mehr lange, wenn Alastair davon erfährt.« Sie stürzte auf mich zu und riss mir die Augenklappe herunter. »Genau, wie ich dachte.«

Der Schweiß auf meiner Stirn schien zu kleinen Eisperlen zu gefrieren. Ich trat einen Schritt zurück. »Sie vergessen eins: Alastair wartet auf uns.« Ein Zittern stahl sich in meine Stimme.

»Papperlapapp. Selbst wenn die Sache mit deinem Auge nicht gelogen wäre, weiß ich, dass er nie zulassen würde, dass irgendjemand Issig hier herausholt. Ich bin nur auf euer Spiel eingegangen, weil ich Issig einmal mit eigenen Augen sehen wollte. Alastair hat es mir verboten, weißt du? Yrsa hat seine Erlaubnis, hier ein und aus zu gehen, aber er vertraut mir offenbar nicht genug, um mich in seine Nähe zu lassen.« Wieder ging sie in einem Bogen um den gefrorenen Suminaire herum. »Er war einst so mächtig wie Bel, vielleicht sogar noch mächtiger. Ein lebender Gefrierschrank. So viel verschwendete Magie.«

»Sie haben mich hereingelegt.«

Ich bemerkte meinen Fehler erst, als sie die Hand in ihren Ausschnitt steckte und den Handspiegel zum Vorschein brachte. Aus dieser Entfernung schimmerte das fleckige Metall wie mit einem Ölfilm überzogen. Ein tiefes, bedrohliches Summen ging davon aus.

Ich wich an die Wand zurück. Andere Artefakte konnten mir nichts anhaben, aber dieser Spiegel *entzog* einem Suminaire Magie. Er war anders. Mächtiger. Ein schriller Ton erklang in meinen Ohren, und ich konnte den Blick nicht abwenden. »Was wollen Sie mit diesem Ding?«

»Ich beanspruche deine Magie für mich«, sagte sie schlicht. »Und dann, meine Liebe, werde ich einen Teil darauf verwenden, dich in ein hübsches kleines Vögelchen zu verwandeln.« Sie tippte sich mit ihrem spitzen Fingernagel an die

Unterlippe. »Vielleicht raube ich Issig seine Magie gleich mit. Alastair wäre nicht erfreut, aber ich habe ja dich, der ich die Schuld in die Schuhe schieben kann.«

Ich versuchte, mich zur Tür des Kühlhauses hinauszuschieben, aber sie wollte sich nicht öffnen. Madame des Rêves machte einen Schritt auf mich zu.

»Ich weiß von Ihrem Kupferlöffel«, sagte ich schnell.

Das ließ sie innehalten. »Ach ja?«

»Céleste hat mir davon erzählt.«

»Ach, und wie geht es Céleste?«

Ich musste schlucken. »Sie ist tot. Yrsa hat ihr Auge zerbrochen.«

»Besser so.«

»Besser?« Ich hatte Mühe, nicht auszurasten. Diese Frau hatte sich die gestohlene Macht auf die schlimmste Art und Weise zunutze gemacht. Ich hasste sie dafür. »Wie können Sie nur so grausam sein?«

Sie stieß ein kaltherziges Lachen aus. »Ich bin doch nicht grausam. Ich bin *spektakulär*!«

Als ich das hörte, richtete ich mich unwillkürlich auf.

»Das ist es«, sagte ich und ließ mir noch einmal alles durch den Kopf gehen, was Céleste mir erzählt hatte. »Als Sie der Gesellschaft beitraten, waren Sie nur dazu in der Lage, diesen Kupferlöffel zu benutzen. Niemand hat Ihnen Beachtung geschenkt, stimmt's?«

Madame des Rêves blinzelte verstört – für mich die Bestätigung, dass ich einen wunden Punkt getroffen hatte.

»Sie waren von den größten Suminaires aller Zeiten umgeben.«

»Damals war ich schwach«, gab sie zu. »Aber das änderte sich schnell.«

Bels Worte kamen mir wieder in den Sinn: *Du bist stärker, als ich dachte.*

Er hatte recht; ich war stark. Meine innere Stärke war die Art von Macht, an der es Madame des Rêves fehlte, eine Macht, die rein gar nichts mit Magie zu tun hatte.

»All die schrecklichen Dinge, die Sie tun, sind nichts als der Versuch, sich an die Magie zu klammern, die Sie anderen stehlen, nur damit Sie das Gefühl haben können, spektakulär zu sein. Aber hinter der Fassade sind Sie einfach nur jämmerlich und schwach. Vielleicht sogar noch schwächer als damals, als Sie noch Ihren Kupferlöffel hatten.«

Ihr Gesicht wurde puterrot. »Wie kommst du auf eine solche Idee? Ich bin nicht schwach. Ich …«

Während sie sprach, legte Issig plötzlich seine Hände um Madame des Rêves' Hals.

Sie röchelte und griff hinter sich, wollte Issigs Hände von ihrer Kehle wegzerren, indem sie ihm ihre langen Krallen in die Haut schlug. Aber ohne Erfolg. Ihre Finger nahmen eine gräulich blaue Färbung an und begannen dann langsam rissig zu werden, gefolgt von ihren Lippen, ihrer Nasenspitze. Die Luft roch säuerlich. Madame des Rêves' Mund öffnete sich weit in dem Versuch zu schreien, doch es kam nichts als eine Eiswolke heraus. Ich bekam selbst kaum mehr Luft und hob meine Hände an meine Kehle. Die Adern an ihrem Hals traten deutlich hervor. Und dann zersplitterten sie.

Issig war kein Leichnam, sondern Madame des Rêves. Komplett durchgefroren, zersprang ihr Gesicht in zwei Teile, als sie auf den Boden aufprallte. Dieser schreckliche Spiegel zerschellte zusammen mit dem Rest ihres Körpers. Ich wagte einen hastigen Blick auf Madame des Rêves' sterbliche Überreste, auf die Bruchstücke, die wie ein zerbrochener Speiseteller über den Boden verteilt lagen.

Ich stützte mich an der Wand ab und hatte große Mühe, meinen Mageninhalt bei mir zu behalten. Doch die Kälte kroch mir in die Kleider, unter die Haut, und ich begann zu zittern. Mir kam die Galle hoch, und ich musste den Blick abwenden, um mich nicht doch noch zu übergeben.

Diese Frau hatte vermutlich seit etwa einhundert Jahren oder noch länger gelebt, und das alles dank der üblen Nummer, die sie seit so langer Zeit hier abgezogen hatte. Jetzt war sie fort, und ich hatte ihren Tod mit herbeigeführt. Mein Kopf war wie benebelt. Meine Beine begannen nach dem Schock zu zittern. Sie drohten unter mir nachzugeben, aber da war nichts, worauf ich mich hätte setzen können, und ich hatte keine Zeit zu verlieren.

Ich musste schleunigst etwas tun, nur was, war mir ein Rätsel. Madame des Rêves war ein entscheidender Bestandteil unseres Plans gewesen. Der nächste Schritt wäre gewesen, sie zu zwingen, Issig in einen Vogel zu verwandeln, damit er in den Käfig passte. Und sobald ich ihn zu Alastair ins Büro gebracht hätte, hätte sie ihn wieder zurückverwandeln sollen. Danach auch noch meine Schwester. Und den Rest der Vögel …

Sosehr ich Madame des Rêves gehasst hatte, sosehr brauchte ich sie. Alles hing von ihrer Fähigkeit ab, die Vogelkralle zu benutzen.

Béatrice war gewiss längst bei Hellas und erfüllte ihren Teil des Plans. Und natürlich erwartete sie, dass ich den meinen erledigte. Wenn ich es nicht hinbekäme, würde ich vermutlich keinen von ihnen je wiedersehen, geschweige denn, lebend hier rauskommen. Ich schüttelte den Kopf, da meine Hoffnung auf Umsetzung meiner Pläne zerrann.

Issig hob den Blick von Madame des Rêves' zerschelltem Leichnam zu mir. Im Raum wurde es noch kälter, während er sich gegen seine Ketten aufbäumte.

Denk nach, ermahnte ich mich. Es musste doch noch etwas anderes geben, was ich versuchen konnte. Ich zwang mich, noch einmal zu dem Leichnam zu sehen. Die silberne Vogelkralle lag auf dem Boden, etwa zwei Fuß von Madame des Rêves' zerbrochener Wange entfernt.

Ich geriet ins Wanken, als mich ein neuerlicher Anfall von Übelkeit überkam. Möglichst gleichmäßig atmete ich durch die Nase, schob ein Bein vor und bewegte meinen Fuß an Madame des Rêves' Überresten vorbei. Vorsichtig fischte ich nach der Kette, an der die Vogelkralle hing, und zog sie zu mir her. Dann schnappte ich sie mir blitzschnell und umklammerte sie mit der Hand.

»Funktionier bitte«, presste ich hervor. Im nächsten Moment spürte ich etwas. Es war nicht das, was ich gefühlt hatte, als ich dem Gemälde von Céleste den Hinweis mit der violetten Markise entlockt hatte, aber es war eindeutig da. Ich ließ zu, dass die Magie an meinem Handgelenk emporkroch. Gebannt hielt ich den Atem an und berührte mit der Kralle die Spitze von einem von Issigs verkrampften Fingern.

Ein überraschter Ausdruck huschte über sein Gesicht. Er schien sich in seine eigenen Kleider zurückzuziehen und zu schrumpfen. Im nächsten Augenblick kauerte eine kleine Küstenseeschwalbe inmitten der herabgefallenen Ketten, die ihn nicht länger gefangen hielten.

Ich konnte es nicht fassen. Es hatte funktioniert.

Aber mir blieb keine Zeit, lange herumzustehen und mich stolz zu brüsten. Rasch schob ich die Kralle in meine Rocktasche. Jetzt musste ich ihn nur noch hier rauskriegen. Behutsam hob ich Issig hoch und schloss ihn in den Käfig ein. Als ich ihn in die Küche hinaustrug, schlug mir eine unheimliche Stille entgegen.

Die Küche war menschenleer.

Ich schlitterte um ein Regal mit Schüsseln voll Wasser herum, in denen Austern lagen. Winzige Tellerchen mit schwarzem Kaviar waren in Scherben über den Fliesenboden verteilt, dazwischen elfenbeinfarbene Waffeln, ebenfalls zerbrochen, sowie einige verbogene Silberlöffel. Keine Spur vom Küchenpersonal. Erst als ich durch die Tür in einen Vorraum trat, begegnete mir das Chaos.

»Sie haben es geschafft«, flüsterte ich vor mich hin und sprang panisch zurück, als drei Papageien direkt auf mich zugeflogen kamen. Insekten aus Metall waren hinter den Vögeln her, durchschnitten die Luft wie messerscharfe Klingen und verschwanden dann hinter der Scheibe der Voliere, aus der unzählige Vögel herausstoben und sich begeistert in die Lüfte schwangen.

Hellas hatte die Voliere geöffnet!

Eine Schar von Vögeln kreiste eine Gruppe von Frauen ein und pickte nach ihren Ohrringen. Mindestens zwölf weiße Pfauen umzingelten einen weiteren ratlosen Gast, der mit eher mäßigem Erfolg versuchte, sie mit einem Sitzpuff aus Satin abzuwehren. Überall waren Vögel, tauchten zwischen den Portiers durch, pickten nach Messingknöpfen, gefolgt von einer surrenden Horde von Schmetterlingen, alle gefertigt aus Metall mit Antrieb.

Staunend sah ich zu den Suiten entlang der Balustrade im ersten Stock auf. Sobald sich eine Tür öffnete, stürzten Schwärme von Vögeln hinein. Orientierungslose Gäste kamen herausgerannt, rafften keuchend die langen Röcke, zogen sich Hemden über. Ein Mann hatte sogar nackt, wie Gott ihn schuf, die Flucht ergriffen und versuchte verzweifelt, einen Gehrock anzulegen, doch die filigranen Knöpfe wehten ihm davon wie auch andere Teile seiner unbekleideten Anatomie.

Dann entdeckte ich Zosa, ihr Gefieder glänzend wie ein geschliffener Edelstein. Ein Flügel schien ein wenig herabzuhängen, aber sie war deshalb kein bisschen langsamer. Ihr kleiner Körper mit dem leuchtend goldenen Federkleid schoss mitten durch den Raum, und sie krächzte im Vorbeifliegen einer Gruppe farbloser Zaunkönige, Eisvögel und Rotkardinäle etwas zu. Die Vögel schienen zu *lauschen*, als verstünden sie. Zosa führte sie offenbar an, befehligte sie, die Soldaten ihrer unerschütterlichen Armee. Sie schwang sich durch die Korridore und tauchte in eine Suite nach der anderen ein.

Die Luft war erfüllt von Gekreische und Geschrei, aber der erfreulichste Anblick war die weit offen stehende schwarz lackierte Eingangstür, durch die ein steter Strom von Gästen Reißaus nahm.

Höchste Zeit für meinen Auftritt.

Ich rannte durch zahllose Flure und Ballsäle im Erdgeschoss. Kerzen mit violetten Flammen brannten entlang der Wände, und der Teppich war mit Federn übersät. Meine Hände schmerzten vom Tragen des Käfigs, aber in mir loderte ein Feuer, entfacht durch Bel, meine Freunde, meine Schwester. Es schien heller zu leuchten als jede Kerzenflamme, ließ keinen Raum für Angst. Da war nur ein schwelender Hass, der mit jedem Schritt weiter angefeuert wurde.

In einem Korridor, der mir vertraut war, kam ich schlitternd zum Stehen und rüttelte am Türknauf zu Alastairs Büro. Abgeschlossen. Ich kramte in meiner Tasche und zog Béatrices Werkzeug heraus.

Ich hatte zugesehen, wie sie damit in dieser Umkleide zwei Türen aufgebrochen hatte, Schloss und alles. Anschließend hatte sie mich unterwiesen, während ich die restlichen vier Türen übernahm. Ich war zwar nicht ganz so geschickt im Umgang mit dem Werkzeug wie sie, deshalb war ich nicht ganz so flink, aber nicht lange, und der Knauf der Tür zum Büro lag auf dem Boden.

Ich stürmte ins Zimmer, flitzte um den Schreibtisch herum und blieb wie angewurzelt stehen. Mir schnürte es die Kehle zu. Die dritte Schublade von oben auf der rechten Seite stand offen. Und sie war leer. Das unendliche Registerbuch lag nicht mehr darin.

35

Leider erwiesen sich auch die anderen fünf Schreibtischschubladen als fruchtlos. Genau wie die Regale, die Vitrine und der Aktenschrank dahinter, mit seinen bronzenen Griffen in Klauenform, die sich um meine Finger schlossen, als ich die Türen aufriss, nur um auf noch mehr gähnende Leere zu blicken. Alastair musste das Registerbuch mitgenommen haben.

Enttäuscht setzte ich den Käfig unsanft auf dem Boden ab. Issig krächzte.

»Tut mir leid«, sagte ich. Es war schwer vorstellbar, wie ein so kleiner Vogel so viel Macht besitzen konnte. Macht, die jetzt wertlos war.

Ich hatte mir eingebildet, es würde reichen. Ich hatte selbst gesehen, wie Issig einen Reiseplan, geschrieben mit Alastairs violetter Tinte, zu eisigem Staub zerrieseln ließ. Ich hatte geglaubt, wenn ich ihn hierherbringen könnte, wenn ich Issig hier in diesem Büro in einen Mann verwandeln würde, könnte er alles, was in diesem Registerbuch war, zerstören.

Aber es spielte keine Rolle mehr. Nichts war mehr von Belang, solange ich das Buch nicht gefunden hatte. Wenn ich es denn überhaupt *je* fände.

Ehe ich mir überlegen konnte, was als Nächstes zu tun war, kam ein kleiner goldener Vogel hereingeflogen und hockte sich auf die Stuhllehne. Meine Augen wurden feucht, als ich sie sah. Im selben Moment spürte ich ihren Porzellanfinger in meiner Rocktasche und verfluchte mich im Stillen dafür, dass ich ihn nicht irgendwo in Champilliers vergraben hatte, so tief, dass niemand ihn je finden würde, um ihn zu zerbrechen.

Ich berührte Zosas Gefieder und sehnte mich verzweifelt danach, ihr Gesicht zu sehen. Deshalb nahm ich die Vogelkralle in die Finger und streckte die Hand nach ihr aus, doch sie hopste von mir weg.

»Lass mich dich zurückverwandeln«, flehte ich.

Sie pickte nach meiner Hand, sodass ich die Kralle fallen ließ.

»Hör auf«, brauste ich auf, als sie weiterpickte, bis Blut kam. Ich hob die Kralle wieder auf, doch es war dasselbe Spiel. »Willst du denn nicht, dass ich dich zurückverwandle?«

Sie nahm eine meiner Haarsträhnen in den Schnabel und riss meinen Kopf seitwärts in Richtung Tür.

»Aua, das tut weh!« Ich sprang zurück, doch sie war bereits zur Tür hinausgeflogen und schoss den Korridor entlang. Als ich ihr nicht sofort folgte, machte sie kehrt und zupfte an meinem Ärmel.

»Schon gut, schon gut, ich komme ja.«

Ich hob Issigs Käfig hoch und eilte hinter Zosa her. Mein Kopf pochte. Doch schon bald mündete der enge Gang in eine Welt aus weißem Papier. Wir waren im Inneren der Voliere gelandet.

Es war die reinste Katastrophe. Immer noch flatterten Vögel darin herum. Pflanzenteile lagen am Boden, heruntergerissen und zertreten. In der Scheibe der Voliere waren hoch über mir riesige Risse zu erkennen, als hätte jemand versucht, sie mit Möbelstücken einzuwerfen. Ein großes Stück war herausgebrochen. Ein weiteres drohte jeden Moment herunterzufallen.

Frigga kauerte an der Wand und scheuchte mit einem Papierwedel Vögel zur Tür hinaus. Wir hielten beide wie versteinert inne, als ein lautes Knacksen zu hören war.

Ich blickte nach oben. Weitere Risse durchzogen die Scheibe. Das Glas ächzte und krachte, und auch aus der Lobby drangen Geräusche zu uns: schreiende Gäste, Gezwitscher, panisch durcheinanderrufende Angestellte. Dinge gingen zu Bruch.

Dann wieder ein Splittern und Krachen: Das angeblich unverwüstliche Libellenflügelglas kam herunter.

»Zurück!« Ich riss Issigs Käfig hoch und rannte damit zur Mitte der Voliere. Frigga folgte mir. Wir kauerten uns im selben Moment auf den Boden, als ein riesiges Stück Scheibe herunterkrachte und in einem Papierbaum landete, gleich da, wo wir eben noch gestanden hatten.

»Ist das wirklich Issig?« Frigga starrte auf den Käfig. Heiße Tränen kullerten ihr über die Wangen.

»Ja, er ist es. Wir müssen ihn hier rausschaffen.« Ich sah mich um. »Wo steckt Hellas?«

Sie deutete in Richtung Lobby. »Der Maître war vorhin mit Yrsa da draußen. Hellas … wollte mit ihm reden.«

»Was ist geschehen?«

Noch mehr Tränen rannen ihr über die Wangen.

»Sag es mir.«

»Er ist nicht zurückgekommen.«

»Wissen sie, dass du hier drinnen bist?«

Sie schüttelte den Kopf. »Nicht einmal Hellas wusste, dass ich hier bin. Aber ich konnte die Vögel nicht einfach so zurücklassen.«

Zosa stieß aus dem Flug herab und landete auf meiner Schulter. Als Frigga die Hand nach ihr ausstrecken wollte, hopste Zosa näher an mein Ohr heran.

»Dieser Vogel kennt dich«, stellte Frigga fest.

Ich zauste Zosas Gefieder. »Ja, das tut sie.«

Ich wusste nicht, was ich unternehmen sollte. Wenn wir hier in der Voliere blieben und das Glas herunterkäme, wären wir garantiert tot, aber da draußen in der Lobby würden wir uns wahrscheinlich sogar wünschen, es hätte uns erwischt. Wenn Alastair wirklich da draußen war, würde er sich Issig krallen, sobald er uns entdeckte. Wenn ich allerdings dieses Registerbuch in die Finger bekommen könnte, bevor Alastair sich Issig schnappte und bevor er mir mit seinem Tintenfass zu nahe kam, könnten wir alle unser Leben wiederhaben.

Nur wusste ich nicht wie. Dieses *wie* schien mir einfach undurchführbar.

Sorg dafür, dass deine Schwester in Sicherheit ist, hörte ich Maman sagen, und dann waren da plötzlich noch andere Stimmen – die Stimmen aller, die ich kannte. Sie riefen und schimpften und flehten mich um Hilfe an.

Zosa musterte mich ernst.

»Was soll ich tun?«, sagte ich zu ihr und sah mich erneut fieberhaft um, bis mein Blick an etwas hängen blieb. »Was ist das?«, fragte ich und deutete in die Richtung.

Frigga wandte sich um und betrachtete das Regal voll mit irgendwelchem Zeug. »Utensilien für die Voliere.«

Daneben stand der Wäschewagen aus Metall, den Béatrice beladen hatte.

»Ich glaube, ich weiß jetzt, wie wir Issig unbemerkt hier rausschaffen können. Aber dafür brauche ich euch beide. Ihr müsst genau tun, was ich sage«, beschwor ich Zosa und Frigga. Dann rannte ich zu dem Regal, gefolgt von meiner hinter mir herflatternden kleinen Schwester.

Meine Hände zitterten, während ich neben Frigga herlief, die den Wäschewagen in die völlig verwüstete Lobby schob. Überall lagen Koffer verstreut, aus denen Kleidung hervorquoll, zerbrochene Stühle. Es stürmten immer noch vereinzelt Gäste zur Tür hinaus, während eine kleinere Gruppe unter den Überresten des roten Pianos kauerte. Unweit davon bedeckten die gewichtslosen Federn aus einem der Dekokissen eine komplette Wand, während der weiße Marmorboden mit roten Blutflecken gesprenkelt war.

Sidos Hand legte sich wie eine eiserne Klammer um meine Schulter. »Dich suche ich schon eine Weile. Wir wissen, dass du Issig in einen Vogel verwandelt hast. Wo ist er, raus mit der Sprache!«

Jemand musste auf Madame des Rêves' sterbliche Überreste gestoßen sein und hatte eins und eins zusammengezählt.

Ich deutete mit dem Kinn auf den Käfig oben auf dem Wäschewagen. Zum Glück hatte Frigga gewusst, wo wir Segeltuch finden würden. Wir hatten eine Stoffbahn um die Gitterstäbe gewickelt und den Vogel dahinter versteckt.

Sido schüttelte den Käfig mit der freien Hand. »Wiegt aber nicht viel.«

»Was haben Sie erwartet? Er ist ein Vogel. Also, wo ist der Maître?«

»Alle warten da drinnen auf dich.« Er deutete auf den Salon. Mein Magen schlug einen kleinen Salto, als er von *alle* sprach. »Du bleibst hier«, sagte er zu Frigga.

Ihre Hände schlossen sich um den Griff des Wagens. Sie sah verstohlen zu mir, und wir wechselten einen bedeutsamen Blick. Sido grunzte und schob mich vorwärts.

Der Salon d'Amusements war in einem weit übleren Zustand als die Eingangshalle, ein einziger Trümmerhaufen. Stühle waren zerbrochen, Tische umgeworfen, Sandwiches und zerschlagenes Porzellan von der Teestunde über den Boden verstreut. Violette Flammen wurden vom Kristall der Kronleuchter reflektiert und tauchten alles in ein lilafarbenes Licht.

Sido trug den Käfig in die Mitte des Salons und schleifte mich hinter sich her.

Währenddessen hielt ich die Augen offen, suchte alles nach dem unendlichen Registerbuch ab. Jenseits des Meers von umgestoßenen Tischen saßen drei Suminaires in einer der Sitznischen.

Sowohl Béatrice als auch Hellas blieben absolut ruhig. Sie waren geknebelt, ihre Hände gefesselt. Yrsa saß ihnen gegenüber, ihr Chirurgenbesteck neben ihrer Teetasse auf dem Tisch. Bels Porzellanfinger lag gleich daneben. Die Alchemistin berührte ihn mit dem kleinen Finger. Er rollte zur Tischkante. Ich hielt den Atem an, als sie ihn in der hohlen Hand auffing und dann grinsend einen Blick hinter mich warf.

Ich wirbelte herum.

Bel saß auf einem Barhocker. Er erwiderte meinen Blick, ohne weiter zu reagieren.

Alle Wärme wich aus meinem Körper.

Seine typischen Eigenheiten waren ihm geblieben: wie er den Kopf schieflegte, seine geschürzten Lippen, sogar diese verfluchte Haarsträhne, die ihm dauernd in die Augen hing. Nur dass sein Gesicht so ausdruckslos wirkte wie das einer Schaufensterpuppe. Er war es und war es auch wieder nicht. Etwas fehlte. Alastair hatte also riskiert, ihm das anzutun, was er Issig angetan hatte, weil er mir geholfen hatte.

Ich funkelte Yrsa wütend an. »Geben Sie mir seinen Finger.«

»Ich denke nicht daran.« Sie platzierte das Stück Porzellan direkt neben ihrer fürchterlichen Teetasse.

»Da steckst du ja!«, rief Alastair und brachte mit seiner dröhnenden Stimme die Kronleuchter zum Klirren. Er trat aus einer Tür, die hinter die Bühne führte, eine Reihe von Suminaires dicht hinter ihm. Jeder Einzelne von ihnen hielt ein Artefakt in der Hand, die Augen fest auf mich geheftet.

Ich schaute auf Alastairs Hände. Er hielt das Tintenfass mit der Faust umklammert, das unendliche Registerbuch war unter seinen Arm geklemmt.

»Bring Issig ins Kühlhaus zurück«, trug Alastair Sido auf. »Leg eine Kette um den Käfig.« Sido quittierte den Befehl mit einem Nicken und ging einige Schritte, bevor Alastair ihn noch einmal aufhielt. »Warte.« Mit einem Ruck riss Alastair das Stück Segeltuch vom Käfig herunter.

Es war nicht Issigs Käfig, sondern ein altes, verrostetes Ding, an dem die Tür fehlte. Ich hatte ihn in dem Regal in der Voliere gefunden. Jetzt saß ein Vogel darin, sein Gefieder von der Farbe flüssigen Goldes.

»Wo ist Issig?« Als ich nicht gleich antwortete, trat Alastair wütend gegen einen Tisch. »Er gehört *mir*.«

»Da täuschen Sie sich. Er gehört nicht Ihnen.« Ich wandte mich Bel zu und dann der Nische, in der Béatrice und Hellas saßen. Alastair mochte ja die Kontrolle über die Verträge haben, aber ich hatte Menschen hinter mir, die mich liebten, Menschen, auf deren Hilfe ich bauen konnte.

Ich stieß einen Pfiff aus.

Zosa hatte ich vorab Anweisungen für exakt diesen Moment gegeben. Jetzt flog sie aus dem Käfig und schlug Alastair ihre Flügel ins Gesicht. Er riss schützend die Hände hoch und ließ dabei den Käfig und das Buch fallen. Ich machte einen Schritt auf ihn zu.

»Schnappt euch die Mädchen!«, rief Alastair den Suminaires zu. Ohne eine Sekunde zu zögern, setzten sie sich in unsere Richtung in Bewegung.

Ich drehte mich um. Frigga war bereits dabei, den Wäschewagen in den Salon zu rollen. Schwungvoll entfernte sie das Tuch, mit dem er verhüllt war, und berührte mit der Fessel um ihre Hand den Griff. Sie hatte das Metall mithilfe ihrer Magie manipuliert und die eine Hälfte des unteren Teils zu einem Käfig umfunktioniert. Zweiundzwanzig farblose Vögel – der Rest, der noch in der Voliere gewesen war – flogen hoch und hielten schnurstracks auf die Gruppe von Suminaires und auf Sido zu, während Zosa um Alastairs Kopf herumschwirrte und mit dem Schnabel nach seinen Ohren hackte.

Ich hatte das Registerbuch fast erreicht. Verzweifelt stieß ich Stühle aus dem Weg. Aber bevor ich danach greifen konnte, kam mir jemand zuvor.

»Bring es mir!«, befahl Alastair.

Bel blinzelte und drehte das Buch in seiner Hand um. Seine dunklen Augen richteten sich auf mich, als könnte er durch den Schleier aus verzauberter Tinte hindurchsehen.

»Das Buch! Bring es mir, sofort!«, brüllte Alastair erzürnt.

»Bel«, flehte ich. »Bitte. Gib es mir.«

Bels Augenbrauen zogen sich zusammen, aber er machte keine Anstalten, sich mir zu nähern. Meine Augen brannten, als er das Buch Alastair aushändigte.

»Jani, beeil dich!«, rief Frigga.

Ich wusste nicht, was ich tun sollte, war wie betäubt, aber wie durch ein Wunder fand ich immer noch genügend Kraft in mir, um zum Wagen zu flitzen. Hastig blinzelte ich die sinnlosen Tränen zurück. Ohne das Buch spielte Issig keine Rolle mehr. Frigga holte seinen Käfig hervor und hielt ihn hoch. Ich schüttelte den Kopf. »Ich … ich habe das Buch nicht.«

»Wie meinst du das?« Enttäuschung machte sich auf ihrem Gesicht breit. »Aber deine Schwester …«

»Als sie ihn angriff, hat er es fallen lassen, aber Bel war schneller. Ich habe es nicht rechtzeitig geschafft. Er hat es Alastair überreicht.«

Frigga warf einen Blick hinter mich und fluchte.

Ich drehte mich um. Alastair kam auf uns zumarschiert. Ohne zu zögern, packte ich die silberne Vogelkralle und hielt sie über Issig. »Bleiben Sie zurück!«

Er blieb stehen.

Mein Blick zuckte zu dem Registerbuch unter seinem Arm. Zosa kam angeflogen und landete auf meiner Schulter. Ich umklammerte die Kralle in meiner Hand. Niemand konnte mich daran hindern, Issig trotz allem zurückzuverwandeln. Im Kühlhaus hatte er sich für einen kurzen Moment daran erinnert, wer er wirklich war. Vielleicht reichte das aus.

»Nicht«, sagte der Maître mit einem drängenden Unterton, und sein Blick zuckte zu Zosa. »Deine Schwester ist keine Suminaire. Wenn du Issig verwandelst, wird seine Kälte sie töten.«

Er hatte recht. Issig mochte ja einst versucht haben, das Registerbuch zu stehlen, aber jetzt, da er den Verstand verloren hatte, war er eine tödliche Gefahr. Und alles nur wegen eines Vertrags.

Sein Vertrag!

Meine freie Hand flog zu Mamans Halskette. Wenn die Halskette auf Issig die gleiche Wirkung hatte wie auf mich, wenn sie seinen Vertrag nichtig machte und er dadurch wieder klar bei Verstand wäre, könnte er das Registerbuch selbst vernichten, ohne dabei jemandem zu schaden. Ich fingerte an dem Verschluss herum und schaffte es, ihn zu lösen. Dann hielt ich die Kette umfasst und dachte: *Was tue ich hier?* Es gab keine Garantie, dass es funktionieren würde. Falls nicht, und Issig verletzte Zosa …

»Sei keine Närrin. Gib mir die Kralle, dann lasse ich dich noch heute Nacht gehen. Du wirst in Sicherheit sein und mich nie wieder sehen. Ist es nicht das, was du willst?«

Das wollte ich, ja. Früher einmal. Aber jetzt fühlte ich rein gar nichts mehr, sein Angebot war mir gleichgültig. Alle, die mir etwas bedeuteten, waren hier in diesem Raum versammelt, und ich hatte eine Entscheidung zu treffen.

Ich sah zu Zosa. Ihre dunklen Augen waren auf mich gerichtet. »Was sollen wir tun?«, fragte ich. Es war letztlich auch ihr Leben, um das es hier ging. Tränen perlten an meinen Wimpern herab, als sie aufflog und nach der Kralle pickte, sie anstupste, in Issigs Richtung.

Sie hatte ihre Wahl getroffen.

Ich hatte in den vergangenen Jahren viel zu selten auf sie gehört. Aber jetzt würde ich zur Abwechslung einmal tun, was sie wollte.

»Nicht!«, blaffte Alastair.

Kälte zischte unter meinen Händen, kaum hatte die Vogelkralle den Kopf der Küstenseeschwalbe berührt. Der Vogel sträubte sein Gefieder und wuchs. Die metallenen Gitterstäbe barsten und flogen in alle Richtungen, als der Käfig zu klein wurde für Issig, weil er sich vom Vogel wieder in einen Mann verwandelte.

Vorsichtig darauf achtend, dass ich Issig nicht berührte, legte ich ihm Mamans Halskette um den Hals. *Funktionier schon, bitte,* versuchte ich das Schmuckstück kraft meines Willens zu beeinflussen. Doch mit Issig schien nicht das Geringste zu passieren. Tatsächlich schien hier etwas mächtig schiefzulaufen.

Ein eisiger Schauer kroch über meine Kopfhaut, als sich etwas auf mich legte wie eine schwere Nebeldecke. Ich blinzelte. Der Nebel war nicht um mich herum. Er war in meinem Kopf, und er wollte sich nicht wieder lichten.

Ich fing an zu zittern. Im Raum war es plötzlich eiskalt. Die Suminaires begannen zurückzuweichen. Bel tat es ihnen gleich. Er bewegte sich an der Bar entlang, während Yrsa mit ihrer Teetasse in der Hand auf die Bühne hochkletterte. Die Tür zum Salon ächzte von der Kälte. Zosas winzige Krallen klammerten sich an meiner Schulter fest.

»Zieh dich zurück«, hörte ich eine tiefe Stimme sagen.

Ich wandte mich um und stolperte. Issig beobachtete mich. Er berührte die beiden Halsketten, die er trug. An einer hing eine weiße Scheibe, die andere bestand aus rötlich schimmerndem Gold, war ein sehr dünnes Kettchen.

Diese goldene Halskette hatte ich getragen, bevor ich sie ihm umgehängt hatte. Sie war ein Artefakt. Doch als ich versuchte, mich zu erinnern, von wem ich sie bekommen hatte, war es, als würde mein Verstand gegen eine massive Wand stoßen.

»Ich sagte, zurück mit dir!«, knurrte Issig. Die andere Kette, die mit der weißen Scheibe, sein Artefakt, klimperte. »Geh zur Bühne, sofort. Sonst wirst du verletzt.«

Zosa zitterte auf meiner Schulter.

»Verwandle ihn zurück!«, rief Alastair mir zu.

Beim Klang seiner Stimme verzog sich Issigs Gesicht vor Wut. Er stürzte sich auf Alastair und riss ihm das Buch aus der Hand, vermutlich gerade so, wie er es an dem Tag getan hatte, als er den Verstand verlor. Doch dieses Mal hatte er sein Artefakt bei sich.

Der Buchdeckel wurde von der Kälte brüchig und begann zu Staub zu zerfallen. Alastair versuchte noch, sich das Buch zu schnappen, doch es war zu spät.

»Diesmal kriegst du es nicht«, sagte Issig. Mit einer einzigen fließenden Bewegung schlug er Alastairs Hand weg und beförderte damit das Tintenfass mit dem Verschluss in Form eines Wolfskopfes zu Boden. Es zersprang in tausend Scherben. Alastair schrie auf, als der Marmor das zerbrochene Fässchen verschluckte – inklusive Wolfskopfverschluss –, als wäre es nichts weiter als eine zersplitterte Champagnerflöte.

Die Temperatur im Raum sank deutlich ab. Ich kletterte über Stühle hinweg in Richtung Bühne, während der Salon sich nach und nach in eine Tundra verwandelte. Holz splitterte. Jeder Atemzug schmerzte in der Lunge, aber ich kämpfte mich weiter vorwärts.

Die vordere Glaswand des Salon d'Amusement barst. Dann bäumte sich der Boden unter meinen Füßen auf, als die Luft aus dem Raum entwich, ersetzt durch eine Eiseskälte, die mir das Mark gefrieren ließ.

Ich barg Zosa erst an meinem Hals, dann hielt ich sie schützend an meine Brust gepresst, während die Zeit selbst sich zu verlangsamen schien. Mein Blick begegnete – quer durch den Raum – Bels Blick. Im selben Moment klappte Issig das Registerbuch auf. Er tauchte die Hand hinein und entfesselte seine Magie, ließ mitten im Salon die Kälte explodieren.

36

Im einen Moment stand ich noch, im nächsten lag ich am Boden. Ich befand mich auf der Bühne, eingeklemmt zwischen einem gefrorenen Stück Holz und der hinteren Wand, von der Kälte viel zu betäubt, um einen klaren Gedanken fassen zu können. Die einzige Wärme, die ich noch spürte, kam von meiner Schwester, und meine Finger weigerten sich eisern, sie loszulassen.

Knochen knackten. Meine Gelenke fühlten sich uralt an, abgenutzt von den vielen Jahren in der Gerberei. Ich stieß zischend die Luft aus vor Schmerz, als sich kleine Eisklumpen und Glassplitter von meinen Armen, aus meinen Haaren, von meiner Nase lösten.

Zosa drängte sich zitternd an mich. Als ich ihre Bewegung spürte, griff ich unwillkürlich in meine Rocktasche. Meine Finger strichen über die rauen Ränder von Porzellan.

Zosas Finger war entzweigebrochen.

Nein. Ich begann heftig zu zittern. *Sieh doch. Sie lebt, sie ist am Leben,* sagte ich mir. Aber wie konnte das sein? Ich drehte mich um und stutzte.

Yrsa hatte uns letzten Endes das Leben gerettet. Ihr Körper lag zerschmettert unter einem schweren zersplitterten

Holzbalken, der bei der Explosion durch die Luft geschossen war. Ein Deckenbalken. Er war nur wenige Zentimeter von meinem Hals entfernt zum Liegen gekommen. Neben Yrsas regloser Hand lagen die zerbrochenen Überreste ihrer Teetasse in einer Pfütze aus gefrorener weißer Flüssigkeit, die keine Milch war.

Welchen Zauber man auch immer auf Zosas Porzellanfinger ausgeübt hatte, er musste unwirksam geworden sein, als die Teetasse zerbrochen war. Anders konnte ich mir das nicht erklären.

Ich richtete mich auf und zuckte zusammen, als mein Kleid wie eine Eisplatte vom Boden abbrach. Nach einem schmerzhaften Atemzug sah ich mich um.

Der Salon d'Amusements lag in Trümmern.

Die Mitte des Raums, wo Issig gestanden hatte, hatte es am schlimmsten getroffen. Die große Marmorbar dahinter schien heil geblieben zu sein, nur dass jede einzelne Glasphiole durch die Kälte geborsten und der Inhalt herausgespritzt und zu Eis erstarrt war. Das Ganze sah aus wie ein bizarrer gefrorener Springbrunnen, in bildhauerischer Vollendung erstarrt. Der Anblick war von seltsamer Schönheit. Von dort aus, wo ich am Boden saß, konnte ich einen Streifen silbernen Albtraums ausmachen, der aus dem farbigen Eis emporschoss.

Es fiel Schnee. Er rieselte in dicken Flocken von der Decke herab und sammelte sich auf dem Boden. Von der Glaswand, die den Salon von der Lobby getrennt hatte, waren nur noch Bruchstücke vorhanden. Weiße Schwaden wehten durch das klaffende Loch, zogen über das Chaos aus geborstenen Holztischen, die von einer Schneeschicht bedeckt waren.

Ich hob einen Brocken auf und presste ihn an meine warme Brust. Das Eis schmolz, und zurück blieb ein Klumpen durchnässtes Papier. Mein Atem stockte, als ich einige violette Stellen darauf bemerkte.

Der Papierschnee wehte in sämtliche Ecken und Ritzen und erfüllte die Luft im gesamten Raum. Die endlosen Listen von Artefakten, die vielen Zauber und unzähligen Verträge – alles, was je in violetter Tinte geschrieben in diesem Registerbuch gelandet war, war zerstört.

Ich berührte meine Schläfe, erinnerte mich an diese Nebeldecke, die sich noch vor wenigen Minuten über mein Bewusstsein gelegt hatte. Sie hatte sich aufgelöst, mein Verstand war wieder klar. Schaudernd erinnerte ich mich, wie schnell sich mein Geist getrübt hatte, kaum hatte ich Issig die Halskette umgelegt. Ohne mein Artefakt war auch ich sämtlichen Zaubern schutzlos ausgeliefert. Doch damit war es nun vorbei.

Über das Schrillen in meinen Ohren hinweg vernahm ich Schreie. Jemand rief meinen Namen.

Béatrice stand inmitten eines Kristallscherbenhaufens. Ihr Knebel war herausgefallen. Von Kopf bis Fuß mit Papierschnee bedeckt, kämpfte sie sich nun durch die Trümmer. Erst als sie mich erreicht hatte, blieb sie stehen und starrte mich ungläubig an, mein Gesicht, meine Hände, den zitternden Vogel an meiner Brust. Blut troff aus einer Wunde an ihrer Stirn, aber ansonsten wirkte sie unversehrt. Zum Glück hatte sie sich nicht in Issigs Nähe befunden, als er die Explosion heraufbeschwor. Erleichtert warf ich ihr die Arme um den Hals. Tränen flossen bei uns beiden, erstarrten auf unseren Wangen zu Eis.

»Jetzt erinnere ich mich wieder.« Ein heftiges Schluchzen entriss sich ihrer Brust. »Meine Schwester …«

»Sie ist am Leben.«

»Was sagst du?«

»Sie lebt in der blauen Stadt im Norden des Kontinents, wo wir Halt gemacht haben. Bel hat sie mir vorgestellt.«

Béatrice schienen die Worte zu fehlen. Ich wollte ihr Fragen zu Margot stellen, aber dies war nicht der richtige Zeitpunkt dafür.

»Hier«, sagte ich. Die Dose mit den Werkzeugen summte, als ich sie aus der Tasche fischte und sie ihr in die kalte aufgehaltene Hand legte.

Zosa gurrte.

»Ich sollte nach den anderen sehen«, erklärte Béatrice und wischte sich das Gesicht. »Dann habt ihr beide Zeit füreinander.« Sie wandte sich ab, rief verschiedene Namen und benutzte ihr Werkzeug dazu, Scherben aus dem Weg zu räumen.

Nachdem sie gegangen war, strich ich mit dem Zeigefinger über Zosas Nacken. Sie bebte, aber als sie mit dem Schnabel nach mir pickte, wusste ich, dass sie unverletzt war. Ihre kleinen Knopfäuglein weiteten sich, als ich mit der silbernen Vogelkralle ihren Flügel berührte.

In Sekundenschnelle nahm Zosa menschliche Gestalt an. Das ging so plötzlich, dass ich gar keine Zeit mehr hatte, sie abzusetzen. Ehe ich michs versah, lag ich auf dem Boden, Zosa rittlings auf meiner Brust, und die goldenen Federn an ihrem Kleid kitzelten mich in der Nase. Mühsam richtete ich mich auf und umklammerte zum ersten Mal seit Wochen ihre Schultern. Sie fiel mir freudig um den Hals und drückte mich so heftig, dass es schmerzte.

»Nicht so fest«, presste ich hervor, woraufhin sie lachte. Ich griff nach ihren Händen, tastete nach ihrem fehlenden

Finger, berührte sie. »Kann ich mal sehen?«, fragte ich, doch sie schüttelte entschieden den Kopf. Sie entzog mir ihre Hand und verbarg sie in ihrem feuchten Rock. Ich überlegte, ob ich trotzdem noch einmal danach greifen sollte, um mir die Verletzung anzusehen, entschied mich aber dagegen. Sie würde es mir zeigen, sobald sie dazu bereit war.

Nach einem Moment senkte sie den Blick, mit einem Mal verlegen. Von dem Tag, an dem sie ihren Finger verlor, einmal abgesehen, war es Wochen her, dass wir richtig miteinander gesprochen hatten.

»Du hast mir bei alldem sehr geholfen, weißt du das?«, sagte ich. »Ohne dich wäre das alles gar nicht möglich gewesen.«

»Ich bin also doch zu was zu gebrauchen, wie?« Ihr Mundwinkel zuckte verräterisch.

Ich wischte eine Träne fort. »Ja. Und penetrant.«

Sie kniff mir in die Nase, und jetzt begann ich richtig Rotz und Wasser zu heulen, während sie herzhaft lachte. Wir waren beide völlig durchnässt, mit tränenfeuchten Wangen und gleichzeitig überdreht vor Erleichterung. Mit vollen Händen griffen wir in den schmelzenden Papierschnee am Boden und warfen ihn in die Luft. Nach einer Weile wurde Zosa auffallend ruhig und zupfte Papier unter ihrem Fingernagel hervor.

Ich griff nach ihrer unversehrten Hand, denn die andere ließ sie mich immer noch nicht sehen. Sie war eiskalt. »Tut mir leid, dass ich dich am Anfang so allein gelassen habe.« Frische Tränen kullerten über meine Wangen. »Ich entschuldige mich überhaupt für alles, was passiert ist.«

»Ist doch nicht deine Schuld«, meinte sie. »Wenigstens durfte ich singen.«

»Ich habe dich auf der Bühne gesehen. Du warst umwerfend.«

»Wirklich?« Ich nickte, und ein rosiger Hauch legte sich auf ihre Wangen. »Ich erinnere mich an einzelne Momente, aber der Großteil ist verschwommen. Wie lange war ich ein Vogel?«

Ich schluckte gegen den Kloß in meiner Kehle an. »Eine ganze Weile.«

»Was ist mit dir passiert?«

Um das zu beantworten, würden wir Stunden brauchen, aber meine Zähne fingen allmählich an zu klappern. Ich half ihr auf die Beine. Sie wollte nach ihren Freundinnen suchen – den beiden anderen Chanteuses, die mit ihr aufgetreten waren. Sie mussten noch irgendwo in Vogelgestalt herumschwirren, also versprach ich Zosa, mich später mit ihr vor ein gemütliches Kaminfeuer zu setzen und ihr alles zu erzählen. Aber vorher musste ich jemanden finden.

Langsam bahnte ich mir einen Weg zu der Bar. Ich fand Bel am Boden. Er lag reglos da.

Der Stoff meines Kleids knirschte, als ich mich zwischen die Glasscherben kniete. Behutsam wischte ich ihm die feine Schneeschicht von den Wangen. Seine Augen waren geschlossen, sein Schnappmesser geöffnet. Eiskristalle hingen an seinen Wimpern, in seinen Mundwinkeln. Mir wurde schwer ums Herz.

Ganz sachte streckte ich den Zeigefinger aus und berührte seine Lippen. Seine Lider flatterten. Dann blinzelte er und versuchte gegen den Frost auf seinen Augen anzuzwinkern. Reglos verharrte ich über ihm, wagte es nicht, mich zu rühren, geschweige denn zu atmen.

Erinnerst du dich an mich?

Er verzog schmerzhaft das Gesicht und griff nach einer meiner Locken, die ihm völlig verheddert auf die Wange hing. Staunend betrachtete er sie. Dann verzog sein Mund sich zu einem schiefen Lächeln. »Ich habe dich nie mit offenen Haaren gesehen«, sagte er mit rauer Stimme. »Es ist … hübsch.«

Meine Gesichtszüge erschlafften, und auch sein Lächeln erstarb. Bevor ich von einem Schluchzen zerrissen wurde, richtete er sich auf und zog mich auf seinen Schoß. Seine Finger vergruben sich in meinem Haar, während er mich eindringlich musterte.

Zitternd ließ ich zu, dass er seine Hand über meinen Rücken gleiten ließ, dann über meine Arme, meinen Oberkörper, meinen Hals, als würde er nach Rissen suchen. »Halt still.«

»Mir geht's gut, du Dummerchen«, sagte ich mit belegter Stimme.

Unendlich sanft wischte er mir die Tränen von den Wangen. »Ich dachte, ich könnte mich nie wieder mit dir streiten.«

»Du hast deine Chance, ein langweiliges Leben zu führen, vertan.«

Er lachte. Dann schlang er die Arme so fest um meinen Rücken, dass ich seinen Herzschlag an meiner Brust spürte, als hätte er Angst, ich könnte mich vor seinen Augen in Luft auflösen. So saßen wir da, bis wir vor Kälte schlotterten.

»Meine Schwester ist wieder sie selbst«, sagte ich und schmiegte mich an seinen warmen Körper. »Und auch Béatrice ist unverletzt.«

Er blickte zu der Stelle, an der die zerbrochenen Überreste der Alchemistin lagen. »Yrsa?«

»Tot. Ihre Teetasse ist zersprungen. Auch Sido habe ich nicht mehr gesehen.«

Er nickte und schob mir eine feuchte Haarsträhne aus dem Gesicht. Ein Schauder überlief mich, als er die empfindliche Stelle unter meinem Ohr streichelte. »Und Alastair?«

Alastair hatte direkt neben Issig gestanden. Ich hatte ihn nicht weglaufen sehen, aber andererseits war ich selbst damit beschäftigt gewesen zu fliehen. »Ich weiß es nicht«, sagte ich.

»Dann sollten wir nach ihm suchen.«

Mit vor Schmerz zusammengepressten Lippen stand Bel auf und zog mich mit sich hoch. Arm in Arm bahnten wir uns einen Weg aus dem Salon in die verwüstete Lobby.

Überall lagen Glasscherben. Kaputte Stühle. Eine Schar von Gästen kauerte immer noch unter dem roten Piano, dessen Deckel komplett ruiniert war. Sämtliche Oberflächen waren von Papierschnee bedeckt. Doch anders als diese Federn aus den Kissen fiel der Schnee zu Boden. Er hatte sich auf die Kronleuchter und die Bögen über den Nischen gelegt. Er lag auf den wächsernen Ästen und Zweigen der fabelhaften Orangenbäume. Er hatte die violetten Flammen allesamt unter sich erstickt.

»Sie ist weg«, bemerkte Bel voller Staunen, die Augen auf die Stelle gerichtet, an der einst die riesige Glasvoliere stand. Über uns flatterten Vögel durchs Schneegestöber.

Eine Gruppe von Angestellten hatte sich mitten in der Lobby versammelt. Issig war bei ihnen, von Kopf bis Fuß in das Leintuch aus der Voliere gehüllt. Gerade flüsterte er

Frigga etwas zu. Sie lächelte und berührte sein Schlüsselbein, wo immer noch die Halskette meiner Mutter hing. Issig griff nach Friggas Hand, verschränkte seine Finger mit ihren. Verlegen wandte ich den Blick ab, als er ihr einen Kuss auf die Knöchel drückte.

»Unglaublich«, sagte Bel. »Es ist also tatsächlich jemandem gelungen, Issig zu befreien.«

»Muss so ein dummes Küchenmädchen gewesen sein, das den lieben langen Tag sonst nur in der Suppe rührt«, gab ich grinsend zurück.

Bels Augenbrauen schossen nach oben.

Kurz darauf stieß jemand einen Freudenschrei aus, und Issig umarmte einen Mann in Kochkleidung, als wären sie alte Freunde. Die Verträge waren vernichtet. Jetzt hatten sämtliche Angestellte ihr Gedächtnis zurück.

Schon bald scharten sich alle um einen gekrümmt am Boden liegenden Körper.

Alastair.

Seine Augen waren geschlossen, die bleichen Lider bläulich verfärbt, sodass sie fast durchscheinend wirkten. Ein wenig Blut rann ihm aus dem Mundwinkel und tropfte von seiner Wange.

Hellas stieß seinen Arm mit der Fußspitze an. »Ist er tot?«

Bel tastete nach seinem Puls. »Sein Herz schlägt noch. Er wollte wahrscheinlich wegrennen, aber die Wucht der Explosion hat ihn niedergestreckt und ihm das Bewusstsein genommen.«

Ich blickte mich unter den Angestellten um, sah von einer Person zur nächsten, alles Leute, die Alastair gefangen gehalten hatte. Verletzt hatte. Es hätte mich nicht gewundert, wenn einer von ihnen sich auf Alastair gestürzt und dessen Schädel auf den Marmorboden geknallt hätte, um seinem Leben ein Ende zu setzen. Aber keiner von ihnen rührte sich. Niemand von uns wollte weitere Qualen oder weiteren Schmerz. Außerdem würde Alastair ohne den Handspiegel ohnehin nicht mehr viel Zeit bleiben. Die gestohlene Magie würde bald aufgebraucht sein.

»Ich habe eine Idee«, verkündete Issig. Er stieg über Alastairs Körper hinweg und zerrte ihn an den Schultern hoch. »Ich kenne einen Raum, der nicht mehr in Benutzung ist. Dort können wir ihn einsperren, bis wir entschieden haben, wie wir weiter vorgehen.« Ein leises Lächeln huschte über die gemeißelten Gesichtszüge des Suminaires. »Hellas, sei doch so lieb und nimm seine Füße. Wir bringen ihn ins Kühlhaus.«

✴

Im Verlauf der nächsten Stunden spürten wir die restlichen Vögel auf und trieben sie zusammen. Eine größere Schar hatte sich in einer Ecke unweit des Mondfensters verkrochen. Immer wieder kamen weitere Vögel aus irgendwelchen Schlupfwinkeln geflogen. Sie kreischten zu Hunderten. Ich stand neben Bel und berührte einen Flügel nach dem anderen mit der Silberkralle.

Rund zwei Dutzend von ihnen waren unverletzt, als sie menschliche Gestalt annahmen. Beim Rest bewahrheitete sich, was Céleste mir berichtet hatte: Ihre äußere Erscheinung war farblos, und sie wiesen fast alle Löcher in den Gliedmaßen auf.

Die meisten dieser Löcher waren unter Kleidung verborgen, aber manche eben nicht. Ein mageres kleines Mädchen, das nicht älter als zehn sein konnte, befingerte ein Loch in seinem bleichen Arm, das so breit war wie das Handgelenk. Ein Mann mit tiefbrauner Haut lief mit einem unförmigen Loch in der Wade herum.

Das mussten die erwähnten Auswirkungen des Handspiegels sein. Es machte mich krank zu wissen, dass Madame des Rêves und Alastair jahrelang damit durchgekommen waren. Ich erinnerte mich an Célestes Hand, den Sehnenstrang, der daraus hervorragte, und mir wurde übel.

Doch immerhin schien niemand von ihnen Schmerzen zu leiden. Tatsächlich verwandelten sich sämtliche gefangenen Suminaires aus Vögeln in Menschen und traten dann einfach nur beiseite, viel zu perplex, um irgendetwas zu tun.

Gäste fanden sich inzwischen kaum mehr im Hotel, aber schon bald nahmen die befreiten Suminaires ihre Plätze ein. Einige trugen noch Abendgarderobe von ihren Auftritten. Andere steckten in glitzernden Gehröcken, seidenen Umhängen oder Korsagenkleidern aus einer früheren Zeit. Manche hatten sogar steife Küchenuniformen, voll mit Suppenflecken, an. Aber die meisten steckten noch in derselben Kleidung, in der sie einst im Hotel eingetroffen waren.

Als Nächstes berührte ich einen leuchtend smaragdgrünen Vogel, einen Suminaire also, der seine Magie noch immer besaß, und er verwandelte sich in eine ältere Frau mit dunkelolivfarbenem Teint. Sie trug eine Kochschürze und eine Haube aus einer früheren Epoche. Bel starrte sie voller Ehrfurcht an. Im nächsten Moment legte sie ihm die Arme um die Schultern. »Jetzt können wir alle unser Zuhause wiederfinden«, sagte sie.

Sein Zuhause.

Mir wurde eng um die Brust, als mir bewusst wurde, was das bedeutete.

Nachdem die Köchin ihn wieder losgelassen hatte, damit wir weitermachen konnten, verhielt Bel sich auffallend ruhig. Er schien mir nicht mehr von der Seite weichen zu wollen, aber es warteten immer noch jede Menge Vögel darauf, von mir zurückverwandelt zu werden. Ich schluckte gegen den Kloß in meiner Kehle an. »Du willst bestimmt noch nach weiteren Bekannten Ausschau halten. Den Rest schaffe ich allein.«

»Bist du sicher?« Langsam strich er mir mit der Daumenkuppe seitlich am Hals entlang. Ich schloss die Augen und gab mich für einen Augenblick der Berührung hin, völlig entspannt. Eigentlich wollte ich nicht, dass er mich allein ließ.

Bald wird er für immer gehen, zurück in seine Heimat, rief ich mir ins Gedächtnis. Ich zwang meine Finger, seine Hand sanft wegzuschieben. »Wir reden später.«

Einen Augenblick lang schien er zu zögern, dann nickte er mir so knapp zu, dass es mir den Magen zuschnürte. »Dann bis später.«

Nachdem Bel gegangen war, erlöste ich auch noch den Rest der Vögel. Zosa kam zurück, als ich gerade fertig war. Ich nahm ihre Hand und führte sie die große Treppe hinauf ins Obergeschoss. Gemeinsam suchten wir nach einem Zimmer, in dem wir unsere Kleidung trocknen und ausruhen konnten, um dann zu überlegen, was wir als Nächstes tun würden.

37

Abgesehen von der übel zugerichteten Tür, hatte die Suite *Ode an einen Fabelwald* nichts abbekommen. Im Schrank hingen glücklicherweise zwei Morgenmäntel, auf deren Taschen mit glänzendem violettem Faden das Monogramm »H. M.« gestickt war. Zosa schälte sich aus ihrem Kleid. Sie legte den Morgenrock an und schlüpfte unter die dicke Bettdecke, die sie sich bis unters Kinn hochzog.

Ich griff nach einer Teekanne, um mir eine Tasse einzuschenken, aber es stieg kein Dampf auf. Vorsichtig tauchte ich einen Finger ins Wasser. Lauwarm. Der Zauber, der die Teekanne warm gehalten hatte, hatte im Registerbuch gestanden. So wie alle Zauber hier. Die ganze Magie, die dieses Hotel zu einem Ort voller Wunder gemacht hatte, war fort.

Ich ließ mich neben Zosa aufs Bett sinken, erleichtert, ihren kleinen Körper endlich wieder neben meinem zu spüren. »Woran erinnerst du dich?«

Eigentlich hatte ich von ihr ein Lächeln erwartet, sorglos wie an jenem Tag in Durc, als das Hotel in die Stadt kam. Doch stattdessen sanken ihre Mundwinkel herab, und sie wich meinem Blick aus.

»Ich möchte jetzt nicht darüber sprechen«, sagte sie gähnend und spielte an einer Seidenquaste an ihrem Kopfkissen herum. Die andere Hand hielt sie nach wie vor verborgen, aber ich sah, wie sie sich unter der Decke bewegte. »Denkst du, dieser freundliche Portier könnte mir so was wie seinen hölzernen Finger machen?«

Sie wusste nichts von Bels Schnappmesser. Ich stellte mir Zosa mit vier Messerklingen statt Fingern vor und gab mir Mühe, mir nichts anmerken zu lassen.

Sanft drückte ich ihr einen Kuss aufs feuchte Haar. »Ich bin mir sicher, er findet eine Lösung.«

✷

Wir verließen die Suite gleich mehrere Tage lang kein einziges Mal. Zosa wollte nicht, und ich weigerte mich, von ihrer Seite zu weichen. Béatrice kam hin und wieder vorbei und brachte uns Essen sowie Informationen über alles, was sich im Hotel abspielte. Sie erzählte uns Geschichten von Leuten, die sich nach vielen Jahrzehnten wiedergefunden hatten, und von solchen, die sich zuvor nicht gekannt, sich jetzt aber angefreundet hatten. Nach beharrlichem Betteln meinerseits erzählte sie mir sogar, wie sie selbst hier im Hotel gelandet war.

Vor vielen Jahren hatte ihr Vater versucht, erst sie und dann Margot mit einem wohlhabenden Nachbarn zu verkuppeln. Aber weil Margot keinerlei Interesse am Heiraten gehabt hatte und Béatrice grundsätzlich nicht an Männern interessiert war, brannten sie gemeinsam nach Champilliers durch und fanden beide Arbeit im Atelier Merveille. Margot spielte abends in verschiedenen Etablissements der

Stadt Piano, während Béatrice an einer Nummer arbeitete, in der Hoffnung, zusammen mit ihrer Schwester auf der Bühne stehen zu können. Das Hotel tauchte auf, als sie beide ein Stück die Küste hoch Urlaub machten. Das war das letzte Mal, dass sie ihre Schwester bewusst gesehen hatte. Selbstverständlich war sie wütend, aber tief in ihrem Inneren setzte sie große Hoffnung auf die Zukunft, und das war etwas, was ich von ihr nicht kannte. Sie wollte Margot so schnell wie möglich besuchen.

Tatsächlich hatten viele der befreiten Suminaires vor, nach Verwandten und Familienmitgliedern zu suchen, die vielleicht noch am Leben waren.

Béatrice erzählte mir außerdem, dass sie sich lange und ausführlich mit Issig über die Explosion im Salon unterhalten hatte. Offenbar waren alle seine Erinnerungen auf ihn eingestürmt, kaum hatte ich ihm das Halskettchen umgelegt. Ich hätte diese Halskette am liebsten geküsst. Nicht auszudenken, was geschehen wäre, wenn es nicht funktioniert hätte.

Issig hatte darauf bestanden, sie mir noch am Tag nach der Explosion zurückzugeben. Ich bezweifelte, dass sie je wieder von solchem Nutzen sein würde wie in den vergangenen Wochen, aber das hielt mich nicht davon ab, sie sofort wieder umzulegen.

Wenn ich ehrlich war, mochte ich das Gewicht auf meiner Haut und wie subtil die Magie darin vibrierte und mich beruhigte. Ich schätzte es auch sehr, dass sie mich stets daran erinnerte, welch großes Glück ich gehabt hatte. Manchmal ertappte ich mich dabei, wie ich das Kettchen berührte und dabei verschiedene Szenarien durchging, wie das Ganze hätte ausgehen können, beziehungsweise wie ich mir Gedanken über die Verluste machte, die wir zu beklagen hatten.

Trotz unserer Bemühungen hatte es an dem Tag auch Opfer gegeben. Abgesehen von Yrsa, waren noch andere bei der Explosion ums Leben gekommen, allerdings niemand, den ich gut gekannt hatte.

Die Zwillinge waren fort. Frigga hatte Sido nach der Explosion zur Eingangstür hinausrennen sehen, aber was mit Sazerat geschehen war, wusste niemand.

Gelegentlich schaute auch Bel bei uns in der Suite vorbei. Nur leider war Zosa die ganze Zeit mit dabei, deshalb redeten wir nie mehr als ein paar gestelzte Sätze. Ich wollte auch gar nicht wissen, wann er nach Hause aufbrechen würde, und er war offenbar genauso wenig bereit, es mir zu sagen.

Nachdem eine Woche vergangen war, überzeugte ich Zosa, sich endlich einmal etwas anderes anzuziehen als immer nur den Morgenmantel. Sie verbarg ihre verwundete Hand unter einem Verband aus Stoffstreifen, die sie aus einem Laken herausgeschnitten hatte. So begleitete sie mich ins Zentrum von Champilliers.

Wir gingen in verschiedene Patisserien und Parfümerien, und im Anschluss daran statteten wir dem Atelier Merveille einen Besuch ab. Dort saßen wir inmitten von riesigen Bergen aus Spitze und Rüschen, ergriffen aber sofort die Flucht, als eine Verkäuferin mit einer Auswahl an überdimensionalen Perücken in den unterschiedlichsten Farben angetanzt kam.

Hinterher zeigte ich Zosa das Hotel, wie ich es kannte. Ich führte sie durch den Küchentrakt und durch das Labyrinth aus Korridoren im Dienstbotenbereich. Anschließend stellte ich ihr König Zelig vor, der darauf bestand, den Fahrstuhl weiter zu betreiben, auch wenn der inzwischen lauter krachte und klapperte als je zuvor.

Später, als Zosa sich bereits ins Bett gekuschelt hatte, wandte sie sich mir zu. »Ist es wirklich vorbei?«

»Vorerst schon«, sagte ich, aber insgeheim war ich selbst nicht restlos überzeugt.

Ich hob die Hand und strich mit dem Finger über eine Feder in der Farbe flüssigen Goldes, die hinter meinem Ohr steckte. Ich hatte sie nach der Explosion gefunden und konnte mich einfach nicht davon trennen. Was auch immer uns als Nächstes bevorstand, Zosa und ich würden uns dem gemeinsam stellen.

✷

Am folgenden Tag fand ich mich in der Küche wieder, in einem mit Suppe befleckten Kleid, das plötzlich im Schrank in unserer Suite *Ode an einen Fabelwald* hing. Béatrice hatte es dort deponiert. Ich stand über einen blubbernden Kupfertopf gebeugt da und unterstützte die Chefköchin, deren wirklicher Name Gerde lautete.

Als mir das Kleid vor Hitze regelrecht am Rücken klebte, nahm ich die Schürze ab und löste mein Haar. Dann stieg ich die Treppe bis in den fünften Stock hinauf. Béatrice hatte mir den Tipp gegeben, dass Bel vielleicht hier zu finden war.

Er stand ganz allein am Mondfenster.

Ich wischte mir die schwitzigen Hände am Rock ab und trat neben ihn. Eine ganze Weile sagte keiner von uns ein Wort. Als ich es nicht länger aushielt, räusperte ich mich.

»Ich habe gehört, Hellas hat in Alastairs Suite einen großen Tresor voll mit skaadischen Urds entdeckt?«

Bel nickte. »Ein halbes Vermögen.«

Béatrice hatte es auch schon angedeutet. Sie meinte, eine Gruppe von Angestellten wollte davon Baumaterial kaufen, Unterstützung anheuern und das Gebäude wieder instand setzen. Aber nur mit Geld konnte man nicht alles reparieren.

»Wie geht es den Suminaires?«, erkundigte ich mich.

»Wie zu erwarten. Wir haben Artefakte an diejenigen ausgehändigt, die noch über Magie verfügen.«

Daran hatte ich auch schon gedacht. Abgesehen davon, dass ich meine Zeit mit Zosa verbrachte, war Grübeln in den vergangenen Tagen meine Lieblingsbeschäftigung gewesen. In erster Linie dachte ich über die Zukunft nach und überlegte, wie sich wohl alles entwickeln könnte. »Denkst du, es gibt noch genügend Suminaires mit Magie, um dieses Hotel wieder … interessant zu machen?«

Er warf mir einen schiefen Blick zu. »Was geht da nur in deinem Dickschädel vor?«

»Und? Glaubst du?«, blieb ich hartnäckig.

Er massierte sich die Stelle zwischen den Augenbrauen und dachte nach. »Es gibt nichts, was mit Alastairs Tinte vergleichbar wäre. Aber du würdest nicht glauben, was für erstaunliche Dinge einige der Artefakte bewirken können.« Er nahm meine rechte Hand und strich mit dem Daumen über mein Handgelenk. Ich versuchte einen wohligen Schauer zu unterdrücken und versagte dabei kläglich. »Warum fragst du?«

»Béatrice hat mir erzählt, dass viele …« Ich seufzte tief. »Viele Suminaires waren so lange in Gefangenschaft, dass sie sich nicht sicher sind, ob sie noch ein Zuhause haben, in das sie zurückkehren können. Manche wussten ja noch nicht mal, dass sie über Magie verfügten, bevor man sie aus der Menge der Schaulustigen herauspickte, und diejenigen, die immer noch magische Fähigkeiten haben, möchten mehr darüber erfahren.« Ich blickte hinunter auf seine Hand, die sich mit der meinen verschränkte. »Diejenigen ohne Magie … Manche von ihnen haben kein Problem damit, aber der Großteil ist wütend. Sie wollen, dass das, was man ihnen angetan hat, rückgängig gemacht wird.«

»Das haben sie Béatrice erzählt?«

»Ich bin mir sicher, dass sie anders keine Ruhe gegeben hätte«, sagte ich und stellte mir dabei ihre besorgte Miene vor, als sie mir das alles erklärt hatte. »Ich habe vor, etwas dagegen zu unternehmen. Das führt mich zu dir.«

Er zog die Augenbrauen zusammen, aber ich ließ mich durch seinen missbilligenden Blick nicht beirren. Wäre ja auch ein Wunder gewesen, wenn er nicht eine gewisse Skepsis gezeigt hätte.

»Ich möchte dieses Hotel so weiterlaufen lassen wie bisher. Der Siegelring mag ja bisher nichts weiter als ein Märchen sein, aber Céleste meinte selbst, dass hinter jeder Geschichte ein kleines Fünkchen Wahrheit steckt. Und jemand aus der Gesellschaft der Suminaires muss an die Existenz des Rings geglaubt haben, sonst hätte er ihn nicht in den Katalog bekannter Artefakte aufgenommen.«

Bel ließ seine Hand sinken. »Du willst allen Ernstes nach diesem gottverdammten Ring suchen?«, fragte er mit tonloser Stimme.

»Nicht nur nach dem Ring. Selbst wenn er nicht existiert, ist die Welt so unvorstellbar groß. Wer kann da schon mit Gewissheit sagen, dass es da draußen nicht noch ganz andere Dinge gibt? Andere nützliche Artefakte zum Beispiel? Diese Suminaires waren jahrelang hinter Glas eingesperrt. Ich finde, wir schulden ihnen zumindest die Chance, sich ihre Hoffnung bewahren zu dürfen.« Bel öffnete den Mund, doch ich hielt die Hand hoch. »Sieh mich nicht so an. Menschen sind hier in diesem Haus durch das, was Alastair getan hat, gestorben. Während wir das Hotel wieder auf Vordermann bringen, sollten wir wenigstens einen Versuch wagen.« *Und ich möchte, dass du so lange an meiner Seite bleibst und mir hilfst,* wollte ich am liebsten hinzufügen, aber ich brachte es nicht über mich.

Bel tippte sich mit seinem Schnappmesser nachdenklich an den Mund. »Aber ich dachte, du willst mit Zosa zurück nach Aligney.«

Zum ersten Mal an diesem Tag musste ich lachen.

»Hey, lach mich nicht aus!«, sagte er.

Ich schnaubte. »Ich wollte tatsächlich mit Zosa zurück nach Aligney, mehr als alles andere, aber wir gehören dort nicht hin. Im Augenblick ist das hier genauso mein Zuhause, wie Aligney oder Durc es früher waren. Alle Menschen, die mir wichtig sind, sind hier. Dieser Ort … Ich möchte, dass er für alle, die zu bleiben wünschen, zu einem Zuhause wird.«

Bel antwortete nicht. Stattdessen senkte er den Blick auf die beiden Artefakte, die um meinen Hals hingen. Das Cosmolabium, durch Magie verkleinert, baumelte jetzt an Mamans Halskette.

Nach einer Stille, die viel zu lange anhielt, hob Bel die Hand. »Darf ich?«

Ich nickte und zuckte leicht zurück, als seine Finger meine Haut streiften. Eingehend betrachtete er die ausgefeilte Mechanik des Cosmolabiums. Ich wehrte ihn nicht ab, schob seine Hand nicht weg, obwohl ich kaum zu atmen wagte.

»Ich habe so den Verdacht, dass du auch ein Gefühl für meinen Schlüssel bekommen würdest, wenn du nur wolltest. Vielleicht gefällt er dir.« Er musterte mich aus dem Augenwinkel. »Und wenn wir uns auf die Suche nach einem Artefakt begeben, das all diesen Suminaires helfen könnte, wäre es vielleicht auch schön, in absehbarer Zukunft nicht jeden Tag um Mitternacht arbeiten zu müssen.«

Er würde also bleiben.

»Aber du wolltest doch so gern gehen. Deine Familie …«

Ein schmerzhafter Ausdruck huschte über sein Gesicht.

»Meine Mutter kam aus einer Familie mit Suminaireblut im Stammbaum, aber sie hat es meinem Vater nie erzählt. Sie besaß kein Artefakt, wusste jedoch genügend über die *première magie*, um zu verhindern, dass meine Magie irgendjemandem Schaden zufügte. Es wäre vermutlich alles gut gegangen, doch irgendwann beschloss sie, meinem Vater zu erzählen, was ich bin. Ich war damals noch viel zu jung. Es war lange bevor meine Magie die Chance hatte, sich zu zeigen. Von dem Tag an hatte mein Vater Angst vor mir. Er sagte zu mir …« Bel schluckte. »Er sagte, er wünschte, ich wäre nie geboren. Meine Mutter hatte von Alastair gehört, von wegen, er nehme Suminaires auf, um ihnen zu helfen. Als das Hotel dann in die Stadt kam …« Er verstummte. Ein tieftrauriger Ausdruck legte sich auf seine Züge.

»Es tut mir so leid.«

Er hob die Hand und strich mir eine Haarsträhne hinters Ohr. »Das ist lange her. Ich bezweifle, dass von meiner Familie noch jemand übrig ist. Und selbst wenn, bin ich mir nicht sicher, ob ich sie sehen möchte.« Ich schnappte nach Luft, als seine Finger über meine Armbeuge strichen. »Ich möchte hierbleiben. Und mithelfen.«

»Als Maître?«

Seine Mundwinkel hoben sich. »Du kommst mir nicht vor wie jemand, der Befehle von mir entgegennehmen würde. Und genauso bezweifle ich, dass ich unter dir arbeiten könnte.«

»Da ist vermutlich was dran. Ich schätze, wenn ich dir je einen Befehl erteilen würde, hätte ich am Ende ein Messer zwischen den Rippen.«

»Darauf kannst du wetten«, erwiderte er, und ich schrie leise auf, als ich das Heft seines Schnappmessers an meiner Taille spürte.

Keiner von uns konnte über dem anderen stehen. Vielmehr waren wir einander ebenbürtig. Er schien der gleichen Ansicht zu sein, denn jetzt sagte er: »Ich möchte mit dir zusammenarbeiten.« Er schob seine Finger zwischen meine. »An deiner Seite.« Er zog mich so fest an sich, dass ich jeden einzelnen Messingknopf seiner Uniform an meiner Brust spürte. Sein Herz schlug schnell, genau wie meins. »Du könntest auch der Maître sein, wenn du scharf auf diesen Titel bist. Nach allem, was du für uns alle getan hast, erwarten die Leute von dir, dass du den Posten übernimmst.« Er beugte sich zu mir herunter, und seine Lippen streiften meine Ohrmuschel. »Sieh nur zu, dass dir die Macht nicht zu Kopfe steigt.«

Bel erstarrte beim Geräusch des Fahrstuhls. Der Käfig hatte sich geöffnet. Wer auch immer es war, hielt sich allerdings nicht lange auf. Die Person warf nur einen raschen Blick durchs Mondfenster und verzog sich dann wieder, offenbar nicht erpicht darauf, das Paar, das darunter stand, zu stören.

Nachdem wir wieder allein waren, strich ich mit dem Finger über die Schnitzereien am Heft des Schnappmessers. Mir gingen so viele Fragen durch den Kopf, aber für die wäre später noch Zeit. Eine allerdings konnte nicht länger warten. »Wie lautet dein Name?«

»Bel«, sagte er, ohne zu zögern.

»Glaub ja nicht, du kannst mir weismachen, du könntest dich nicht erinnern.«

»Oh doch, ich kann mich an ihn erinnern. Aber er ist mit einem Ort verknüpft, der nicht länger meine Heimat ist. Zugegebenermaßen wollte ich ihn einst geradezu verzweifelt in Erfahrung bringen, aber das ist vorbei. Ich dachte, dieser Name stünde für das, was ich bin, aber es ist nichts weiter als ein Name. Bel war ich den Großteil meines Lebens. Bel bin ich auch jetzt noch.« Sein Daumen fuhr an meiner Unterlippe entlang. »Ich mag es, wenn du ihn aussprichst.«

Ich hob eine Augenbraue. »Ich dachte, du ziehst es vor, wenn ich den Mund halte?«

»Nur, wenn ich dich küsse«, gab er zurück. »Und wenn ich meinen Willen kriege, wirst du vorerst keinen Ton mehr herausbringen.«

Ich vergrub mein Gesicht an seinem Hals und grinste.

»Was tust du da?«

»Mich verstecken.«

»Dummes Mädchen.« Er hob mein Gesicht an und schloss seine Arme fester um mich.

Erzitternd drückte ich mich an ihn. »Möchtest du deine alte Heimat nicht wenigstens einmal besuchen?«

»Vielleicht eines Tages. Aber bis dahin werde ich mich wohl mit diesem Hotel als Zuhause begnügen müssen. Möchtest du deine Heimat besuchen?«

Die Frage stand eine Weile im Raum. Ich blickte hinaus auf Champilliers und musste an mein letztes Zuhause denken, an die Sonne über dem Hafen von Durc und den Gestank nach Fisch, der dort fast immer in der Luft hing. »Vielleicht. Aber höchstens für einen Tag.«

EPILOG

Ein mit Quasten gesäumter Vorhang war vor dem Salon d'Amusements zugezogen. Daran hing ein Schild mit der Aufschrift AUF UNBESTIMMTE ZEIT GESCHLOSSEN.

Niemand störte sich daran. Die Gäste waren viel zu aufgeregt, überhaupt hier zu sein und die Magie des Hotels mit eigenen Augen bestaunen zu dürfen, voller Vorfreude auf die Orte, an die es sie noch führen würde.

Im Augenblick versammelten sie sich in der Lobby. Manche trugen glitzernde Roben, andere rüschenbesetzte, selbst genähte Kleider. Einige von ihnen hatten von der Arbeit verfärbte Finger und warfen mit unflätigen Worten um sich, Ausdrücken, die man in den schickeren Geschäften entlang des Boulevard Marigny niemals hören würde. Eins aber hatten alle diese Menschen gemeinsam: Jeder und jede von ihnen hatte die gleiche Chance auf eine Einladung bekommen, und die Auswahl lief zu hundert Prozent gerecht ab. Die glücklichen Gewinner zahlten das, was sie ihrer sozialen Stellung gemäß berappen konnten, selbst wenn es nicht mehr war als eine einzelne Münze.

Die Augen der Gäste glänzten voller Erwartung und Vorfreude darauf, Magie aus nächster Nähe mitzuerleben. Denn heute Abend fand die große Soiree statt, und niemand geringerer als der größte Suminaire der Welt – der Magnifique – würde auf der Bühne stehen.

Eine Dame in der ersten Reihe hielt das Programm des Abends an die Brust gepresst und deutete auf ein zierliches Mädchen mit heller Haut und glänzenden blonden Locken. Sie trug das außergewöhnlichste Kleid weit und breit, ein durchscheinendes, hauchdünnes Etwas in Silber mit einer Schärpe um die Taille, vermutlich in einem der schicken Ateliers in Champilliers erstanden.

Alle hielten gebannt den Atem an. Manche blinzelten, weil sie den Anblick des Mädchens, dessen in Spitzenhandschuhe gehüllte Hände Hunderte von Metallinsekten in die Luft empor beförderten, nie wieder vergessen wollten. Neben ihr begann eine ältere Frau, die dem Mädchen so unglaublich ähnlich sah, dass sie nur ihre Großmutter sein konnte, auf einem leuchtend roten Piano zu spielen.

Metallflügel flatterten, und die Insekten schwärmten durch die Lobby, landeten auf Möbelstücken, auf Schultern und auf Nasenrücken. Sie stoben als glitzernde Wolken um die Papierbäume herum, die aus über den Boden verteilten Spielkarten emporwuchsen. Sie schwirrten zwischen den Kronleuchtern hindurch. Und dann, als das schlanke Mädchen eine behandschuhte Hand hob, stapelten sie sich zu einer Säule aus funkelndem Silber und rieselten anschließend als feiner Sand auf ihre Handfläche herab.

Applaus brandete auf – das unmissverständliche Zeichen für alle, die sich noch nicht in der Lobby eingefunden hatten, dass es jetzt höchste Zeit war.

In einem steten Strom trudelten die Gäste ein. Sie traten aus der unendlichen Bibliothek. Sie kamen aus dem wundersamen Papiergarten in der Mitte der Eingangshalle spaziert, für alle einzusehen und auch zugänglich, nicht durch eine Glasscheibe vor neugierigen Blicken geschützt. Manche kamen mit dem Fahrstuhl, andere schlenderten mit Leoparden an seidenen Leinen von den Balkonen aus die Treppe herab oder strömten von den Galerien herunter. Beim Anblick all der wundersamen Magie um sie herum tupften sie sich Tränen von den Wangen.

»Ist dieser Mann der Maître d'hôtel?« Eine ältere Dame deutete auf eine dunkle Ecke, eine Lorgnette vor den Augen, die nichts weiter tat, als Dinge zu vergrößern. »Mir ist zu Ohren gekommen, der frühere Maître sei spurlos verschwunden.«

»Nein, das muss ein Irrtum sein. Ich glaube, der neue Maître ist eine Frau«, erwiderte ihr Begleiter, sah dann aber doch zu dem eigenartigen Mann hinüber, der dort an der Wand lehnte.

Er stand von der Bühne abgewandt mit Blick ins Publikum und verfolgte die Soiree als stiller Teilnehmer mit. Dabei tippte er sich mit einem seltsam aussehenden Finger ans Kinn, der, soweit das Paar dies aus der Entfernung beurteilen konnte, nichts weiter war als ein geschnitztes und poliertes Stück Holz.

Über den Gästen schwirrten Vögel zwischen den Kronleuchtern umher, doch niemand wagte es, zu ihnen aufzublicken. Sämtliche Augenpaare waren auf die schwarz lackierte Tür gerichtet.

»Sollte da nicht eigentlich eine Bühne sein?«, bemerkte ein junges Mädchen, als der Maître d'hôtel sich plötzlich aus dem Publikum löste. *Sie ist ein so schmales Ding,* dachte das Mädchen. *So viel anders als ich ist sie gar nicht.*

Aber sie war ganz gewiss anders, und wie.

Sie trug ein schlichtes blaues Kleid in der Farbe eines sturmgepeitschten Ozeans, mit einem kleinen bronzenen Schmuckstück an einer Goldkette um den Hals. Ihre dunklen Haare wippten beim Gehen federnd auf und ab und ergossen sich in üppigen Locken über ihren Rücken. Das Licht flackernder Öllampen, die um die Türen herum mittels einer Handseilwinde heruntergelassen wurden, fing sich darin. Sie war eine exquisite Erscheinung in ihrer Einfachheit, ein gleißendes Leuchtfeuer inmitten eines Meers von farbenfrohen Gästen. Tatsächlich war das einzig Frivole an ihr eine einzelne Feder in der Farbe flüssigen Goldes, die sie sich hinters Ohr gesteckt hatte.

Die Frau mit der Lorgnette in der Hand neigte sich zu ihrem Begleiter. »Wo ist der Magnifique? Es bleiben nur noch wenige Minuten bis Mitternacht.«

Ihr Gefährte antwortete nicht, denn jetzt stand der sonderbare Mann aus der Ecke plötzlich vor dem Maître. Er strich über ihren Hals, um ihr eine Haarsträhne nach hinten zu schieben, doch sein Daumen verweilte einen Augenblick länger als angemessen an ihrer Kehle, ehe er ihr etwas ins Ohr flüsterte, was ihr eine leichte Röte auf die Wangen hauchte.

»Was, denkst du, hat er gesagt?«, fragte die Frau.

»Pst«, machte ihr Begleiter, auch wenn er sich insgeheim dieselbe Frage stellte.

Eine Gruppe kichernder Frauen in der ersten Reihe fiel in Ohnmacht, als der Mann sich vorbeugte und den Maître küsste, ganz sachte und zärtlich. Dabei rückten seine Finger die Feder in ihrem Haar zurecht, bevor er ihr den Schlüssel aushändigte, den er um den Hals trug.

Die Frau mit der Lorgnette schnalzte tadelnd mit der Zunge und sah zu ihrem Begleiter. »Ein klein wenig unanständig, findest du nicht?«

»Pst«, machte er wieder. »Es ist gleich Mitternacht.«

DANKSAGUNG

Dieses Buch zu verfassen, war für mich eine Reise, fast so magisch wie die des Hotels auf den zurückliegenden Seiten. Als ich mich hinsetzte, um den ersten groben Entwurf zu Papier zu bringen, hatte ich keine Vorstellung, wie viele wunderbare Menschen mir auf dem Weg bis zur Veröffentlichung begegnen würden. – Ihr alle habt mich zu der Überzeugung gebracht, dass es so etwas wie Magie wirklich gibt.

Dank an das geniale Verlegerduo, Casey McIntyre und Gretchen Durning – ich muss mich immer noch gelegentlich kneifen, weil ich nicht glauben kann, dass ich nicht nur eine, sondern zwei von eurer Sorte zu meinem Team zählen kann. Ihr habt mir von Anfang an jede Angst genommen, und einige der besten Momente in der Geschichte sind aus euren Ideen entstanden. Ich bin unendlich dankbar, euch beide an meiner Seite zu wissen.

Dank meinem Agenten-Dreamteam, Hillary Jacobson und Alexandra Machinist – danke euch beiden, dass ihr euch so für diese extravagante Welt begeistern konntet und mich dazu gebracht habt, sie in eine weit bessere Form zu bringen, als ich es mir je erträumt hätte. Euer Einfallsreichtum wird nur noch getoppt von eurer Liebenswürdigkeit. Ihr überrascht mich immer wieder mit dem, was ihr tut, ich kann mir keine besseren Agenten vorstellen. Danke außerdem allen anderen bei ICM, die mit diesem Buch auch nur am Rande zu tun hatten, ganz besonders aber Lindsey Sanderson sowie meiner Agentin für Filmrechte, Josie Freedman. Danke überdies meinen Agenten für Auslandsrechte bei Curtis Brown UK, Roxane Edouard, Savanna Wicks und Liz Dennis.

Mein Dank geht darüber hinaus an Kristie Radwilowicz, Theresa Evangelista und Jim Tierney für ein Cover, das mich in helles Staunen versetzte. Ich musste mich setzen, als ich es das erste Mal sah. Danke Tony Sahara für den wunderbaren Satz des Buchs. Und danke auch dem Rest im Team von Penguin Young Readers, Jayne Ziemba, Amy White, Marinda Valenti, Sola Akinlana, Alison Dotson, Nicole Wayland, Olivia Russo, Felicia Frazer, Deb Polansky, Shanta Newlin, Emily Romero, Alex Garber, Felicity Vallence, Shannon Spann, Jen Klonsky, Jocelyn Schmidt und Jen Loja – danke, dass ihr meinen fremdartigen Traum habt Wirklichkeit werden lassen. Ich kann es kaum erwarten zu sehen, an welch fantastische Orte das *Hotel Magnifique* noch reisen wird.

Ein tausendfaches Dankeschön an Joan He und Mara Rutherford dafür, dass ihr dieses Buch als Mentoren begleitet habt. Diese wenigen Monate während der Pitch Wars zählen immer noch zum Höhepunkt meiner Reise. Mein grenzenloser Dank gilt auch Brenda Drake, Heather Cashman und allen an den Pitch Wars 2017 Beteiligten, ganz besonders den anderen Autorinnen und Autoren, die am Mentorenprogramm teilgenommen haben. Die Gerüchte stimmen tatsächlich; diese Gemeinschaft ist nicht mit Gold aufzuwiegen. Ohne diese Erfahrung wäre ich nicht die Autorin, die ich heute bin.

Dank allen, die mein Schreiben auf unterschiedliche Weise geprägt haben. Dank Elizabeth Runnoe, der besten Kollegin und Freundin, die ein Mädchen haben kann. Dank Allison Brink, einer Ausnahmetherapeutin und einem insgesamt unglaublichen Menschen – du warst für mich das Licht in der Dunkelheit. Danke Janelle Erickson und Angie Beckey dafür, dass ihr frühe Entwürfe gelesen habt und immer noch mit mir befreundet seid. Danke April Smasal dafür, dass du so ein treuer Fan bist, und für die Blumen. Dank Tim Blevins, dem Ersten, dem ich an jenem schicksalhaften Januartag vor all den Jahren von der Idee zu diesem Buch erzählte – deine positive Reaktion war der Funke, der das Feuer entfachte. Ein Dankeschön an Sovanneary Sweere, eine meiner ältesten und besten Freundinnen, für die langen Spaziergänge und das stets offene Ohr. Und an meine süße Cousine Jessica und den Rest der Ladybugs für eure nie endende Begeisterung.

Dank allen meinen Freunden und Kolleginnen und Kollegen für eure Unterstützung während der Entstehung dieses Buchs, insbesondere Emily Lane, Denise Lorenz, Adam Ridgeway, Anna Mercier, Jenny Pinion, Renee Kallio, Lindsey Wright, Joanne Torres, Amanda Clark, Alea Toussaint und Tom Sebanc.

Bevor ich anfing, Bücher zu schreiben, arbeitete ich als Art Director mit einigen der talentiertesten Autorinnen und Autoren zusammen, die mir je begegnet sind. Mein tief empfundener Dank gilt euch allen. Ihr habt mir gezeigt, was Worte alles bewirken können.

Ein herzliches Dankeschön geht auch an meine No-Excuses-Gruppe, insbesondere an Eliza Langhans, Brook Kuhn, Lyla Lawless, Jeff Wooten, Brighton Kamen, Ryan Van Loan, Erin Fitzgerald und Margie Fuston. Ihr wart mir ein wunderbares Beraterforum und während unserer monatlichen Videochats immer voll positiver Energie. Ein extra großes Dankeschön gilt Emily Thiede für ein letztes Mal Lesen, das noch einmal zu großen Veränderungen am Buch führte, sowie Melody Steiner – für deine unermüdliche Begeisterung. Und allen bei der Loft-Kritikergruppe, Paul Bachleitner, John Sheahan, Erin Gallas, Jennifer Granneman und Mohammad Seifi – danke für euren Enthusiasmus und euer Feedback.

Ein riesiges Dankeschön allen bei The Loft Literary Center in Minneapolis. Die Abendkurse ermöglichten es mir als berufstätige Mutter, einen Ort zu haben, an dem ich träumen konnte. Dieses Buch hatte genau dort seine Geburtsstunde. Und in vielerlei Hinsicht begann dort auch mein Dasein als Autorin.

Im Zentrum dieser Geschichte steht eine besondere Geschwisterbeziehung, über die ich nie hätte schreiben können, hätte ich nicht selbst eine Schwester. Danke an dich, meine wunderbare Caren, für all deine Aufmunterungen. Du bist einfach magisch. Ich liebe dich so sehr. Und an meine Mutter Carolyn und ihren Ehemann Arnie – danke, dass ihr mir während dieser langen, anstrengenden Zeit immer wieder den Rücken gestärkt habt. Mom, jetzt erteile ich dir die Erlaubnis, allen deinen Freundinnen und Freunden auf Facebook von meinem Buch zu erzählen. Danke Pat, Jerry, Christine, Kathy und der ganzen Milwaukee-Truppe dafür, dass ihr mich die ganze Strecke über angefeuert habt. Ich liebe euch alle.

Danke meinem Ehemann Eric. Dieses Buch wäre ohne dich nicht möglich gewesen. Du hättest nicht Wochenende für Wochenende opfern müssen, um auf unsere Kinder aufzupassen, während ich mich zum Schreiben in mein Zimmer sperrte, und trotzdem hast du es freiwillig getan. Danke, dass dir diese Arbeit, die mir so am Herzen lag, ebenfalls wichtig war. Diese Reise wäre schrecklich einsam ohne dich, ich liebe dich. Dieses Buch habe ich von Anfang an für dich geschrieben.

Und danke meinen beiden Jungs, Rogue und West, verzeiht mir bitte das eintönige Essen kurz vor den Deadlines. Ich liebe euch beide! Lest weiter schräge Geschichten, und hört nicht auf zu träumen.

Und zu guter Letzt danke ich meinem Dad, Svika, der diese Welt verließ, als ich selbst noch nicht richtig erwachsen war. Es vergeht kein Tag, an dem ich dich nicht vermisse. Ich wünschte, du wärst jetzt hier, um all die erstaunlichen Dinge mitzuerleben, die ich geschafft habe. Besonders das hier.